Billy Bell · Der Wikingerdiamant

Billy Bell

Der Wikingerdiamant

Roman

Weimarer Schiller-Presse
FRANKFURT A.M. MÜNCHEN LONDON NEW YORK

Das Programm des Verlages widmet sich
– in Erinnerung an die
Zusammenarbeit Heinrich Heines
und Annette von Droste-Hülshoffs
mit der Herausgeberin Elise von Hohenhausen –
der Literatur neuer Autoren.
Das Lektorat nimmt daher Manuskripte an,
um deren Einsendung das gebildete Publikum
gebeten wird.

©2008 FRANKFURTER LITERATURVERLAG FRANKFURT AM MAIN
Ein Unternehmen der Holding
FRANKFURTER VERLAGSGRUPPE
AKTIENGESELLSCHAFT AUGUST VON GOETHE
In der Straße des Goethehauses/Großer Hirschgraben 15
D-60311 Frankfurt a/M
Tel. 069-40-894-0 ✳ Fax 069-40-894-194
email: info@frankfurter-literaturverlag.de

Medien und Buchverlage
DR. VON HÄNSEL-HOHENHAUSEN
seit 1987

Websites der Verlagshäuser der Frankfurter Verlagsgruppe:

www.frankfurter-verlagsgruppe.de
www.frankfurter-literaturverlag.de
www.frankfurter-taschenbuchverlag.de
www.august-goethe-literaturverlag.de
www.fouqué-literaturverlag.de
www.weimarer-schiller-presse.de
www.deutsche-hochschulschriften.de
www.deutsche-bibliothek-der-wissenschaften.de
www.haensel-hohenhausen.de

Bibliografische Information Der Deutschen Bibliothek
Die Deutsche Bibliothek verzeichnet diese Publikation in der Deutschen
Nationalbibliografie; detaillierte bibliografische Daten sind im Internet
über http://dnb.ddb.de abrufbar.

Satz und Lektorat: Heike Margarete Worm
ISBN 978-3-8372-0117-8
ISBN 978-1-84698-569-0

Die Autoren des Verlags unterstützen das Albert-Schweitzer-Kinderdorf in Hessen e.V.,
das verlassenen Kindern ein Zuhause gibt.
Wenn Sie sich als Leser an dieser Förderung beteiligen möchten, überweisen Sie bitte
einen – auch gern geringen – Beitrag an die Sparkasse Hanau, Kto. 19380, BLZ 506 500 23,
mit dem Stichwort „Literatur verbindet". Die Autoren und der Verlag danken Ihnen dafür!

Dieses Werk und alle seine Teile sind urheberrechtlich geschützt.
Nachdruck, Speicherung, Sendung und Vervielfältigung in jeder Form,
insbesondere Kopieren, Digitalisieren, Smoothing Komprimierung, Konvertierung in andere Formate,
Farbverfremdung sowie Bearbeitung und Übertragung des Werkes oder von Teilen desselben in andere Medien
und Speicher sind ohne vorgehende schriftliche Zustimmung des Verlags unzulässig und werden auch strafrechtlich verfolgt.

Gedruckt auf säurefreiem, alterungsbeständigen Papier,
hergestellt aus chlorfrei gebleichten Zellstoff (TcF-Norm)

Printed in Germany

Für Adele

Inhalt

Kapitel 1
Die Landung 9

Kapitel 2
Die Show 31

Kapitel 3
Geschäftsfreunde 107

Kapitel 4
Versuchungen 190

Kapitel 5
Die Flucht 286

Kapitel 6
Ein Koffer zuviel 373

Kapitel 7
Bauernkrieg 467

Kapitel 8
Spaghettitaktik 559

Kapitel 1
Die Landung

1

Die ersten Sonnenstrahlen durchbrachen zögernd den jungen Morgen. Noch herrschte Stille. Die Luft war angenehm frisch und kühl nach der stürmischen Nacht. Dichte Nebelschwaden strichen langsam über den verlassenen Strand, wie Gespenster aus einer vergessenen Zeit. Keine Möwe schrie, keine Amsel begrüßte den neuen Tag, nur eine leichte Brise wehte sanft über die Klippen. Es schien, als wolle sich Mutter Natur noch weiter ausruhen. Weiter ausruhen vom stärksten Sturm, den die südöstliche Küste von England seit vielen Jahren durchstanden hatte. Auch die Wellen plätscherten nun so harmlos, als könnten sie niemandem Schaden zufügen. Der Ozean vergaß für heute die gewaltigen Wellenbrecher, mit denen er in den vergangenen Tagen die schroffen Steilwände der Grafschaft gepeitscht hatte.

Leise, fast zaghaft, dann lauter und fordernd kam rhythmisches Plätschern näher. Wogend lag der Nebel, dick und dunkelgrau, über den trägen Wellen des Meeres. Doch plötzlich wurde der Nebel durchbrochen – durchbrochen von einem Fabelwesen – durchbrochen von einem metergroßen Drachenkopf.

2

„Jo jo, hey!" sang Terry Sox den Refrain seines Lieblingslieds.
Terry war gutgelaunt und auf dem Weg zur Küste, durch den dichten nebelverhangenen Wald. Der sogenannte Weg war ein Trampelpfad, oft benutzt als Viehweg der örtlichen Bauern, um ihre Schafe und Rinder auf die Weide zu treiben. Der Weg war gespickt mit bleichen, kahlen Steinbrocken, welche zum Teil aus dem nassen Erdreich schauten, genauso wie zahlreiche Wurzeln und Farne.
Terry war mit zwölf Jahren schon ein aufgeweckter Junge, obwohl er sich wünschte, bereits als Mann angesehen zu werden. Auf seiner Schulter trug er eine Angel und ein Fischernetz, die er voller Stolz selbst gebastelt hatte.
Heute werde ich reiche Beute machen, dachte Terry. Er würde nicht einmal fischen müssen, denn der gewaltige Sturm, der ihn drei Tage im Haus eingesperrt hatte, würde mehr als genug Fische ans Ufer geworfen haben, um das Netz zu füllen.
Vielleicht finde ich sogar eine tote Robbe, was wäre das für ein Fang, hoffte er fröhlich.
Die Laubbäume am Wegrand wurden langsam lichter und verschwanden dann vollständig. Der Trampelpfad ging nun über in einen Feldweg, der über saftige grüne Wiesen zu den steilen Klippen führte.
Als er früher mit seinem Vater und seinen Brüdern diesen Weg entlangging, war der Wald keine dreißig Meter von den Steilklippen des Strandes entfernt.
In den letzten fünf Jahren hatten aber die ortsansässigen Bauern den Wald bis auf hundert Meter zu den Klippen gerodet. Für die daraus entstandenen Wiesen mußten sie dem Grafen keinen Pachtzins bezahlen. Zudem war es für die Bauern sehr einfach, ihre Kühe zu hüten. Der undurchdringliche Wald auf der einen Seite, sowie die schroff abfallenden Strandklippen auf der anderen Seite, boten die beste Garantie dafür, daß die Tiere keinen Reißaus nehmen würden.

Terry kam gut voran, um so mehr sich der englische Morgennebel langsam auflöste. Er konnte den Anfang der Klippen bereits undeutlich erkennen.

Hier endete abrupt der Feldweg, und es begann ein steiler halsbrecherischer Felsweg. Dieser schmale Felsweg war stufenartig und mit viel Mühe in die harten Klippen gehauen worden, noch lange bevor Terry oder sein Vater geboren waren. Der oder die Erbauer blieben unbekannt. Alle Dorfbewohner rätselten, wer wohl das Bauwerk erstellt hatte. Im Laufe der Jahre, vermuteten die meisten, daß einst die römischen Besatzer den Weg in die Steinwand geschlagen hatten. Wer immer ihn auch gebaut hatte, er mußte ein guter Baumeister gewesen sein, denn der Felsweg führte in vielen verwundenen Kurven direkt zum Strand, der gut vierzig Meter tiefer lag.

Terry stoppte kurz und genoß für einen Augenblick die grandiose Aussicht auf den wogenden Ozean. Sein Blick verfolgte einige Möwen und schweifte dann ab zum Horizont, wo sich zwischen Nebelbänken der aufgewühlte Atlantik mit dem Himmel zu vereinigen schien. Ein kühler Windstoß blies salzige Meeresluft vom Strand an den Klippen hinauf und umschloß ihn für einen Moment. Er atmete tief ein, füllte hungrige Lungen mit erfrischender Luft.

Behutsam setzte Terry seinen rechten Fuß auf den nassen, rutschigen Felsweg und erstarb mitten in der Bewegung. Gelähmt stand er da – stock und steif wie eine Marmorstatue. Durchdringender Schock erfaßte seine Muskeln und sein Gehirn. Die Augen weiteten sich, so als wollten sie aus den Augenhöhlen treten.

Eisige Kälte stieg in ihm empor und harte Angst packte zu.

Das – was er dort unten am Strand sah, konnte unmöglich wahr sein!

Das – durfte nicht wahr sein!

Plötzlich verlor Terry sein Gleichgewicht.

3

Runar stand am Vordersteven und hatte wie gewöhnlich seine rechte Hand auf den hölzernen Drachenhals gelegt. Mit der linken Hand angewinkelt über den Augenbrauen und dem rechten Fuß aufgestützt auf der eichernen Reling, so spähte er durch den wallenden Nebel. Nun lichtete sich der Nebel und das Ufer kam in Sicht. Wie lange erhofft, sah er die angelsächsische Küste vor sich.
Diesen Strandabschnitt kannte er gut, er hatte ihn schon vor mehr als zehn Jahren einmal besucht. Das sandige Ufer sollte kein Problem für die Landung des Drachenbootes sein. Die einzigen Schwierigkeiten waren große Felsbrocken, die verteilt vor der Küste aus dem Wasser ragten, wie einzelne schwarzgraue Zähne. Solche kleinen Riffe mußten auf jeden Fall umschifft werden.
Aber die scharfen Augen von Runar erkannten – der Weg zum Ufer war frei von Hindernissen. Das Tempo des Bootes erschien ihm jedoch zu hoch: „Skraan hoo, Skraan hoo, hoo, hoo!" schrie er im nordischen Dialekt seiner Mannschaft zu. Sofort wurde darauf das rhythmische Rudern eingestellt und die Ruder in kurzen Abständen gegen die Laufrichtung ins Wasser gehalten. Viermal nacheinander. Die Geschwindigkeit nahm augenblicklich ab. Der hölzerne Drache lief sanft, leicht knirschend auf den flachen Strand.
Mit einem gewaltigen Satz schwang sich der Wikinger über die Reling und tauchte knöcheltief in den nassen Sand. Die ganze Küste war menschenleer, und auch an den steilen Klippen war nichts Verdächtiges zu erkennen.
Verfluchter Sturm! Wenigstens werden die Drachenboote unbemerkt landen, dachte Runar.
Überraschen konnte den Nordmann, im wetterunbeständigen Jahr 864, nichts mehr. Bereits im Frühjahr brach eine große Sturmflut über Friesland herein und kostete viele Menschenleben. Einige Städte und viele kleine Dörfer wurden weggespült. Hunderte der stolzen Drachenboote leckgeschlagen oder versenkt – kein gutes Wikingerjahr.

Trotzdem lief eine vereinigte Flotte von Norwegern, Schweden und Dänen aus.
Für Runar und die meisten anderen Wikinger passierte danach aber etwas Erstaunliches. Jede geplante Beutefahrt gelang ihnen ohne große Verluste. Jede von ihnen belagerte Stadt, von Frankreich bis zur Südspitze Spaniens, zahlte ihnen scheinbar freiwillig Danegeld. Einzig das fränkische Bordeaux hatte sich geweigert, ihnen die erpreßte Geldabgabe zu zahlen. Das Lösegeld dafür, daß sie die Stadt nicht dem Erdboden gleichmachten. Der Bischof von Bordeaux, ein gewisser Robert de Sounac – ehrgeizig, jung, und erst kürzlich vom Vatikan in sein hohes Amt eingesetzt – weigerte sich standhaft, ihnen das Danegeld (das Geld der Dänen) auszuzahlen. Seine Begründung: Es wäre nicht ein christlicher Erlaß von ihm gewesen, die Dänensteuer von den Einwohnern von Bordeaux zu verlangen, die sein gebrechlicher Vorgänger eingeführt habe. Im Weiteren sei es eine Schande und gotteslästerlich, die gläubige Bevölkerung verarmen zu lassen, wegen ungetauften gottlosen Heiden.
Weil die Nordmänner seine Stadt umstellt hatten und belagerten, waren sie von seinen mutigen Worten zuerst beeindruckt. Jedoch nur solange, bis sie mit ihm selber verhandelten.

4

Terry Sox war gestürzt und hart mit seinem Hinterteil auf dem felsigen Steinpfad aufgeschlagen. Zu allem Unglück rutschte er auf den glitschigen Steinen weiter hangabwärts und wurde in eine kleine Felsspalte geschleudert. Terry ahnte nicht, daß dieser Sturz wahrscheinlich sein junges Leben gerettet hatte.
Langsam erholte er sich vom Sturz und von der anschließenden Rutschpartie. Er konnte keine ernsthaften Verletzungen an sich erkennen, bloß einige kleinere Abschürfungen, sowie einzelne Schmerzpunkte am Rücken und an der Seite, die wohl bald blaue Flecken sein würden. Die kleine Felsspalte bot ihm den besten Sichtschutz, den man sich vorstellen konnte. Besonders wenn man nur einen Meter sechzig maß. Terry schaute sich ausgiebig um und begriff schnell, daß er vom Strand aus nicht mehr gesehen werden konnte.
Aus diesem Grund fühlte er sich etwas besser. Er strich seine hellbraunen Haare aus der Stirn. Vorsichtig blickte der Teenager über den Rand der Felsmulde auf den Strand. Der erste Eindruck hatte ihn nicht getäuscht, dort unten am Strand sah er ein riesiges Langboot, wie es ausschliesslich von den Wikingern verwendet wurde.
Terry war schon oft mit seinem Vater Steve auf den Klippen gewesen. Beide hatten in die Ferne des Ozeans gespäht, beobachteten Wikingerschiffe, wie sie vorbeifuhren, meistens nach Irland.
Jedes Mal, wenn sein Vater Steve ein Wikingerboot erkannte, stieß er einen zornigen Fluch aus und spuckte verächtlich in die Richtung der Schiffe, welche bevorzugt in großer Entfernung zur englischen Küste vorbeisegelten.
Steve Sox hatte vor Jahren Bekanntschaft mit den Wikingern gemacht, als den Nordmännern der Proviant ausging und sie deshalb hier ungebeten vor Anker gingen. Terry kannte die Geschichte in- und auswendig. Das Familienoberhaupt erzählte seine Lieblingsgeschichte mindestens einmal pro Woche, mit solcher Inbrunst, als ob sie erst gestern passiert wäre: „Diese mörderischen Halsabschneider

sind gestrandet, sind in unser Dorf gekommen und holten einfach unsere ganze Kuherde ab. Keine einzige Kuh haben sie uns gelassen – alle haben sie geschlachtet. Verdammtes Unglücksjahr 854! Jeder, der sich gewehrt oder aufgemuckst hat, dem wurde ganz einfach der Schädel gespalten. Ohne Ausnahme. Dann wurde sein Kopf auf einen Pfahl gespießt und am Straßenrand aufgestellt. – Verdammte Mörderbrut!" schilderte Steve wütend.

Das war nur die kurze Version der Horrorgeschichte, die lange und ausgeschmückte Version, gab sein Vater hauptsächlich am Wochenende zum besten.

Verständlicherweise hatte Terry daher eine tiefsitzende Angst vor den Nordmännern und traute sich fast nicht, auf den Strand hinunter zu schauen. Trotzdem begutachtete er das Langboot, bis Terry undeutlich einen Wikinger am Strand erkannte, der sich nach allen Richtungen umsah. Sogar die Steilwände der Klippen schien er mit forschenden Blicken zu erkunden. Terry duckte sich instinktiv. Die suchenden Augen durften ihn nicht finden – sonst ... Aber der Wikinger entdeckte ihn nicht. Bald hörte er dafür den Nordmann etwas Unverständliches zu seiner Mannschaft im Langboot rufen, worauf überraschend ein Signalhorn losröhrte und Terry erschrocken zusammenzucken ließ.

Terry fing an zu schwitzen.

5

Die Sonne hatte den Himmel nun endgültig erobert und stand ein gutes Stück über dem östlichen Strandanfang. Der flache Teil des Ufers, an dem das Drachenboot aufgelaufen war, wurde links und rechts durch kantige Klippen abgegrenzt. Die Größe des Strandabschnitts betrug ungefähr vierhundert Meter in der Breite sowie fünfzig Meter bis zu den Strandklippen, in denen sich Terry verborgen hielt. Wie am Morgen üblich, war eine frische Brise aufgekommen. Letzte Nebelschwaden wurden vom Strand geweht. Es roch nach nassem Sand. Sand der, feucht und klumpenartig, an den Lederstiefeln des Wikingers hängen blieb.

Wenn jemand einen Wikinger beschreiben müßte, so würde er wahrscheinlich Runar beschreiben. Runar war das fleischgewordene Abbild eines Wikingers: Mit über einem Meter neunzig, und langen ährenblonden Haaren, sah er sogar für einen Wikinger sehr groß und imposant aus. Sein durchtrainierter Körper war muskelbepackt und abgehärtet, durch jahrelanges Rudern auf vielen Drachenbooten. Er hatte die Haut eines Seefahrers, braungegerbt und narbenübersät, aus zahllosen Kämpfen in ganz Europa. Im Gesicht ein schwarzer Halbbart, der die scharfgeschnittenen Züge zum Teil verdeckte. Gekleidet, größtenteils in Leder und Leinen, nach der Tradition seines Clans und der eines Anführers. Am Oberkörper mit vielen kleinen Metallscheiben beschlagen, dick genug, um unliebsame Pfeile abzuhalten. Das Schwert an seiner linken Seite, in der ledernen Ummantelung, war scharf geschliffen wie eine Rasierklinge. Auf dem Kopf ein Eisenhelm, verziert mit zahlreichen heidnisch mystischen Ornamenten – geschmiedet, um den wuchtigen Schlag einer Streitaxt auszuhalten.

Breitbeinig stand Runar am Strand und atmete die kühle Morgenluft tief ein. Er mochte die klare frische Meeresluft, welche durch schulterlange blonde Haare wehte und seine Gedanken mit sich nahm in unbekannte Ferne.

Aufgewachsen an einem nordischen Fjord, liebte er die Seeluft, schon bevor er auf der „silbernen Halskette" über die Erde fuhr. Die Wikinger verehrten das Meer und gaben ihm aus heutiger Sicht wunderschöne, teilweise poetische Namen. Sie nannten die Ozeane eine silberne Halskette, weil sie glaubten, daß sich die Meere wie eine geschmeidige Kette um den Hals der Erde legten.
Der Nordmann schaute nochmals über den Strand. Er konnte wieder nichts Verdächtiges erkennen. Runar drehte sich zum Drachenschiff und rief: „Hagohr, blas das Horn!"
Darauf hatte der Schiffskoch Hagohr schon gewartet. Er ging zum Schiffsheck, wo ein riesiges, silberbeschlagenes Signalhorn in seiner metallenen Verankerung steckte. Der breite Mann riß das meterlange Horn ruckartig aus der Verankerung. Es wog schwer in den schwieligen Händen. Dann füllte er seinen riesigen Brustkasten: WWWWWWOOOOOOOOUUUUUUUUUUUU, röhrte das Signalhorn aufs offene Meer hinaus. Dreimal hintereinander.
Das Echo hallte von den Steilklippen zurück und erfüllte Hagohr sichtlich mit Stolz. Aus der Nebelwand, die sich in der Zwischenzeit weit aufs Meer zurückgezogen hatte, lösten sich schemenhafte Umrisse und kamen schnell näher.
Weitere Drachenköpfe jagten auf die angelsächsische Küste zu.
Nun wurden, bei den Längsseiten des Schiffs, die Landungsplanken in den weichen Sand verankert. Der größte Teil der Besatzung verließ das Boot. Fünfundfünfzig Wikinger versammelten sich am Strand. Sie warteten gespannt.
Die zwei anderen Drachenboote waren nur noch siebzig Meter vom Ufer entfernt und verringerten ebenfalls ihr Tempo, bevor sie auf den Strand auffuhren.
Nach diesem Sturm war ein erleichterter Jubel zu hören, als sich die verbliebenen Mannschaftsmitglieder wiedersahen.
Die freudige Begrüßung hielt aber bloß für kurze Zeit an, weil den Wikingern jetzt der Zustand ihrer Boote klarer wurde. Alle drei Schiffe standen mit gebrochenem Mast am Ufer. Die Steuerruder gesplittert, viele Planken gelöst von der elastischen Außenhaut, je-

des Boot leckte mehr oder weniger. Ebenso war ein großer Teil der Bordplanken zerstört, durch gewaltige Wellenberge, die pausenlos auf sie eingestürzt waren. Auch das Salzwasser hatte ganze Arbeit geleistet und hatte den größten Teil des Proviants verdorben. Die einst so stolzen Drachenboote gaben ein trauriges Bild ab.
Als erstes kamen Runar seine Halbbrüder Ivar und Ubbe am Strand entgegen gestampft. Schon von weither konnte er ihre wütenden Flüche hören und ihre zornigen Gesichter sehen. Diese ärgerliche Wildheit war nichts Neues für ihn, er war sie seit jeher gewohnt. Ivar pflanzte sich vor ihm auf und schrie ihn ohne zu zögern an: „Hast du unsere Schiffe gesehen? Du Sohn einer verrückten Wildsau! Warum bist du in den verdammten Sturm gesegelt, willst du uns alle umbringen?"
Runar kannte das Temperament von Ivar und wußte, daß er ihn besser nicht noch mehr reizen sollte. Aus diesem Grund antwortete er ausweichend: „Wir sind alle überrascht worden von der Stärke des Sturms. Wir müssen zunächst die Schäden an unseren Drachenbooten abschätzen, bevor wir übereinander herfallen."
Sofort mischte sich der rothaarige Ubbe ein: „Nein, so leicht kommst du nicht davon", brummte der vollbärtige Wikingerbär. „Nur wegen dir sind wir auf der Suche nach dieser Araberhure. Glaubst du, wir opfern unsere Drachenboote, nur wegen einer hübschen Fratze?" grölte er laut.
„Hör mir zu, blöder Auerochse!" brüllte Runar verärgert zurück. „Erstens – die Araberhure ist eine Tochter des Kalifen von Al-Djeza'Ir. Zweitens – das Lösegeld für die Prinzessin ist fünf Drachenschiffe wert. Drittens – niemand stiehlt die Beute von Runar Lodbrok – außer er will Selbstmord begehen", drohte er düster.
Das konnte der „rote Totengräber Ubbe", so lautete sein Spitznamen, nicht auf sich sitzen lassen. Er griff nach seiner schweren Streitaxt. Eine fast greifbare Spannung lag in der Luft. Genau in diesem Augenblick trat Ivar zwischen die beiden Streithähne. Keine Sekunde zu früh, denn auch Runar legte schon eine Hand auf sein verziertes Langschwert.

„Langsam, langsam, langsam", versuchte Ivar die erzürnten Kontrahenten zu beruhigen, „Runar hat recht, wir müssen schnellstens alle Schäden an unseren Booten feststellen. Ich will nicht lange bei den angelsächsischen Bastarden festsitzen. Doch Ubbe hat ebenso recht, so leicht wirst du uns nicht davonkommen."
Nach einer langen Pause, antwortete Runar: „Also gut, gebt euren Kriegern den Befehl, die Schäden abzuschätzen, wir treffen uns am Mittag wieder hier. In meinem Zelt."
Wie von den drei Wikingerhäuptlingen befohlen, startete nun auf den beschädigten Langbooten emsige Betriebsamkeit. Die jeweiligen Schiffsmannschaften schleppten Kisten, Fässer und Waffen von Bord. Mehrere Zelte wurden in einiger Entfernung zum Ufer aufgebaut. Fünf Männer wurden losgeschickt, um den Strand nach Brennholz abzusuchen. Weitere Wikinger waren, wie ursprünglich ihr heimlicher Beobachter Terry Sox, auf der Suche nach toten Fischen und Robben. Auch sie kannten die rohen Spielregeln der Natur genau.
Das Wichtigste aber waren die Feuerstellen, weil die Wikinger möglichst gut und schnell verpflegt werden mußten. Hungrige Wikinger rebellierten leicht. Deshalb wurde zuerst eine große Küche aufgebaut und ein gewaltiges Zelt darüber errichtet. In dem riesigen Zelt war die Küche bestens aufgehoben und vor jedem Regen geschützt. Das Zelt hatte sogar am Dach einige Rauchlöcher, damit sich kein giftiger Dunst im Zeltinnern bildete. Es bot hundert Mann Platz und wurde im Normalfall nur für kurze Belagerungen verwendet. Für längere Belagerungen wurden meistens Holzhütten gebaut.
Die drei Schiffsköche begannen sofort mit der Zubereitung der Speisen für das Mittagessen. Der verbliebene Proviant reichte knapp für vier weitere Tage, danach mußte Frischfleisch da sein. Krieger brauchen Kraft.
Traditionsgemäß aßen die Wikinger nur mittags und abends, wie sie es jahrhundertelang als Bauern gewohnt waren: Das Mittagessen nach der ersten Arbeit auf den Feldern, das Nachtessen bei Sonnenuntergang, meist schon in der Dunkelheit. Dafür aßen beson-

ders die Seeleute unter den Wikingern riesige Portionen, was unter anderem von der anstrengenden Ruderarbeit herrührte.

Jetzt machten sich die Zimmermänner und Bootsbauer an die Arbeit. Es galt rasch alle Schäden an den Drachenbooten festzustellen und die nötige Zeit für Reparaturen einzuschätzen. Diese Arbeit bedeutete Leben oder Tod für die gestrandeten Seeleute.

6

Von oben hatte man einen ausgezeichneten Blick über den Strand und auf das hektische Treiben der Nordmänner. Terry konnte kaum glauben, was er da unten sah. Er dachte: *Drei Wikingerschiffe gleichzeitig an unserem Strand – das ist unglaublich!*
So als ob Terry ein mörderisches Raubtier beobachten würde, so sehr faszinierte ihn der Anblick. Ein Gedanke schoß blitzschnell durch seinen staunenden Kopf, der ihn panisch werden ließ: *Ich muß meine Familie warnen. Nein, ich muß das ganze Dorf warnen. Die gottlosen Wikinger werden uns sonst überfallen und aufschlitzen! Aufschlitzen wie die Feldhasen!*
Sein Schweiß bedeckte bereits den ganzen Körper, obwohl die schwache Septembersonne keine große Hitze mehr produzierte. Er schlich auf allen Vieren den steilen Steinpfad hinauf, immer darauf achtend, daß die Felsen ihm Deckung boten. Auf dem hohen Klippenkamm angekommen, stand er auf und begann zu rennen. Terry Sox würde die nächsten vier Meilen nur noch rennen.

7

Am massiven Eichentisch saß Runar gedankenverloren im Häuptlingszelt. Seine erfahrene Bootsmannschaft hatte das Häuptlingszelt bereits vor den andern Schiffsmannschaften aufgebaut und es zum größten Teil eingerichtet.
Vier Mann tot. Vier Mann fortgerissen und ertrunken in der dunklen See. Vier gute Männer. Vier weitere Männer sitzen an der Tafel von Odin. Ich trinke mit euch, dachte er. Danach führte er sein Trinkhorn zum Mund und leerte es in einem Zug.
War diese Prinzessin wirklich vier Krieger wert? Hatte Ubbe vielleicht doch recht? Runar wußte es nicht, aber er kannte die Möglichkeiten, welche mit der Prinzessin verbunden waren. Solche unvorstellbaren Möglichkeiten bot ihm sein bisheriges Leben in keiner Art und Weise.
Er wartete weiter auf seine zwei Halbbrüder und sezierte erneut die merkwürdigen und teilweise unbegreiflichen Ereignisse der Vergangenheit. Der schwere Sturm hatte seinen Plan verdorben und in ernsthafte Gefahr gebracht. Schlimmer noch, das Unwetter hatte den ganzen Beutezug verzögert.
Runar dachte zurück, an die erste Begegnung mit der Prinzessin – mit Jasmina. Das war vor mehr als zwei Monaten: Die vierundsiebzig Schiffe starke Wikingerflotte, bestehend aus Norwegern und Dänen, hatte den Felsen von Gibraltar umrundet. Ausnahmsweise waren auch fünf Schiffe schwedischer Wikinger mit dabei, die normalerweise nur ostwärts und südostwärts ihrer Heimat auf Beutefang gingen. Alle schwedischen Wikinger wurden gemeinhin „Waräger" oder „Rus" genannt.
Das Wetter war ihnen gut gesonnen und der Wind blies stetig im Mittelmeer. Die Flotte fuhr geschlossen, in nicht allzu weit entfernter Sichtweite, an der spanischen Küste entlang. Jeder Wikingerhäuptling hatte in Frankreich und an der Westküste von Spanien für ein Jahr lang genug Beute gemacht.

Jetzt wollten die Nordmänner ihre geraubte Beute in Gold- oder Silbermünzen umtauschen. Für eine solch umfangreiche Beute konnten sie jedoch nur in einer größeren Hafenstadt einen angemessenen Preis erzielen. Aus diesem Grund beschlossen die Wikinger, Cartagena, eine Hafenstadt an der Südostküste Spaniens, anzulaufen. Cartagena war zwar von der Distanz her nicht die nächste und größte Hafenstadt, doch für ihre Zwecke der beste Marktplatz. In Cartagena fragten Händler niemals einen Kapitän, woher seine diversen Waren stammten.

Das war bei goldenen Kruzifixen, silbernen Trinkbechern, Halsketten und Siegelringen auch besser. Im sonnigen Cartagena galt nur Angebot und Nachfrage.

Es war Anfang Juli, und die Temperaturen hatten schon längst sommerliche Werte im Mittelmeerraum angenommen. Am Tage konnten leicht fünfunddreißig Grad erreicht werden. In den Nächten erfolgte keine richtige Abkühlung. Solch hohe Temperaturen waren ungewohnt für die Wikinger. Sie schwitzten stark in ihren Woll- und Leinenhosen, die teilweise sogar mit diversen Tierfellen gesäumt waren. Bald entkleideten sie sich, so oft und soviel wie möglich, worauf manche von ihnen starke Sonnenbrände bekamen. Auf Überfälle wurde nun ganz verzichtet. Gelegentlich warfen sie in einer Bucht ihre Anker. Danach sprangen die meisten Nordmänner ins klare Wasser und genehmigten sich ein Bad im azurblauen Mittelmeer. Niemand schien es noch eilig zu haben, bei diesen Temperaturen. Deshalb brauchten die Nordmänner fünfzehn Tage, bis Cartagena in Sicht kam.

Im Hafen von Cartagena angekommen, ging die Wikingerflotte vor Anker und begann die Geschäfte mit zahlreichen Händlern vieler Nationen.

Unter anderem verhandelten sie auch mit dem arabischen Kaufmann Iben Chordadhbeh. Iben war ein alter Bekannter der „berserkr", wie er die späteren Normannen gelegentlich ansprach und ihnen damit schmeichelte. Er wußte, daß für sie „berserkr" bärenhemdig bedeutete. Die Wikinger glaubten, wenn sie ein Bärenfell trugen, sich in die „berserksgangr" Bärenwut versetzen zu können. Diese Bärenwut sollte sie in der Schlacht unbesiegbar machen und ihrem Gott Odin ihre Stärke beweisen. In späterer Zeit, wurde aus „berserkr" das Wort Berserker, was soviel wie wütender Krieger bedeutet.

Iben machte oftmals Geschäfte mit Wikingern und hatte seit langem keine Angst mehr vor den Nordmännern. Der Araber kaufte den Wikingern viel von ihrer Beute ab, konnte aber nicht alles kaufen. Wie die anderen Händler, war auch er nicht auf so eine gewaltige Beute vorbereitet. Doch der gerissene Iben Chordadhbeh hatte schon jahrelang einen Plan im Hinterkopf. Und als er die mächtige und eindrucksvolle Wikingerflotte sah, wußte er, daß seine Chance jetzt gekommen war. Sollte sein Plan gelingen, würde er der mächtigste und reichste Kaufmann von ganz Arabien werden. Nein – von der ganzen Welt.

Gezielt erzählte der Händler einigen Wikingern von einer arabischen Handelsflotte, die im Hafen von Barcelona vor Anker lag. Er prahlte von den ungeheuren Reichtümern dieser Händler, und daß diese ohne weiteres das Mehrfache der Wikingerbeute abkaufen konnten.

So eine Information mußte man den Wikingern nicht zweimal geben. Noch am gleichen Tage wurde eine Versammlung der wichtigsten Wikingerhäuptlinge einberufen, einschließlich des Arabers Iben Chordadhbeh.

Der Oberbefehl der Flotte lag in den Händen von Runars Halbbruder Halfdan. Der direkte Nachkomme Ragnarrs verfügte über das größte norwegische Drachenboot, das seine Landsleute bis dahin gebaut hatten. Seine Länge war vom Bug bis zum Heck beeindruckende achtundvierzig Meter. An der breitesten Stelle zehn Meter. Der Mast hatte eine Höhe von zweiunddreißig Metern und war aus einer einzigen riesigen norwegischen Eiche gehauen. Das Kriegsschiff hatte vor allem den Zweck, seine Gegner und andere Wikinger einzuschüchtern. Mit sechsunddreißig Rudern auf jeder Seite, sowie einer Besatzung von 125 Wikingern, war es den meisten

Kriegsschiffen seiner Zeitepoche überlegen. In punkto Geschwindigkeit und Wendigkeit, kannte Halfdan kein besseres Schiff. Meistens machten andere Schiffe einen weiten Bogen um den „Drachen von Odin", wie er sein mächtiges Schiff nannte. Das riesige Langboot war das ideale Flaggschiff für jede Wikingerflotte und der ganze Stolz von Halfdan. Die Verhandlungen wurden deswegen auf dem „Drachen von Odin" abgehalten.

Als dänischer Verhandlungsführer kam nur eine Person in Frage und wurde auch so von den dänischen Wikingerhäuptlingen bestimmt: Horik, „der Junge", der über die größte Macht und über den größten Einfluß aller Wikinger verfügte. Er und sein Familienclan befehligten allein schon einunddreißig Schiffe – und das in einem schlechten Wikingerjahr. Horik wurde von seinen erwachsenen Söhnen Sodör und Goraak unterstützt.

Die schwedischen Wikinger hatten Einar „die Axt" Segersäll als ihren Stellvertreter geschickt, der vom Bastardsohn Jonastör begleitet wurde.

Die Norweger beteiligten sich mit Ragnarrs Söhnen Halfdan, Ivar und Ubbe, sowie mit ihm selber, Runar dem Bastardsohn, an den Verhandlungen.

Weil Wikinger meistens nur eine angetraute Ehefrau hatten, wurden alle unehelichen Kinder „Bastardkinder" genannt. Wobei viele Wikinger wesentlich mehr „Bastardkinder" großzogen, als Kinder aus eigener Ehe. So konnten sich ganze Schiffsmannschaften aus „Bastardkindern" zusammensetzen.

Diese schnell wachsende Bevölkerung und die Ressourcenknappheit ihrer kühlen Heimatländer waren die Hauptgründe für die ausgedehnten Beutezüge der Nordmänner.

Es war drückend heiß, als die Wikinger ihre Besprechung auf dem Deck des Drachenschiffs durchführten. Sie saßen um einen riesigen runden Eichentisch, dessen schöne Schnitzereien und Silbereinlagen den Status von Halfdan zusätzlich unterstrichen.

„Ich grüße dich, Horik den Jungen, mit deinen beiden Söhnen Sodör und Goraak. Darüber hinaus begrüße ich den mutigen Einar die Axt, mit seinem Sohn Jonastör", richtete sich Halfdan an die Anwesenden und prostete ihnen wohlwollend zu.

„Ich grüße euch, tapfere Wikingerbrüder. Und unseren fremdländischen Gast, mögen unsere Verhandlungen erfolgreich sein", sagte Horik „der Junge" und hob seinen silbernen Becher mit fränkischem Wein.

„Auch ich grüße meine Wikingerbrüder und unseren Sarazenen-Freund. Mögen uns Odin und Thor Kraft und Wohlstand schenken!" rief ebenso Einar „die Axt" in die Wikingerrunde.

Sie tranken viel fränkischen Wein, den man erst vor drei Wochen bei der Kaperung eines byzantinischen Handelsschiffs erbeutet hatte. Er mundete ganz hervorragend. Für den feierlichen Anlaß hatten fünf der Schiffsköche extra einen ganzen Ochsen am Spieß gebraten, der nun heißhungrig verzehrt wurde. Als Beilagen gab es frisches Brot, Käse und gebratene Zwiebeln. Die Zwiebel war das Lieblingsgemüse der Wikinger, sie schätzten ihre Würze und schrieben ihr heilende sowie stärkende Kräfte zu.

Einen solchen Festschmaus genossen die Nordmänner nicht alle Tage, obwohl sie gerne und oft feierten, so daß ihre Feste manchmal mehrere Tage dauerten.

Bald herrschte eine lockere und ausgelassene Stimmung. Für einmal war die Rivalität zwischen den drei Volksgruppen vergessen, die schon mehrere ihrer Kriegsflotten auf den Grund der Meere geschickt hatte. Man erzählte sich seine Abenteuer- und Familiengeschichten, verglich die verschiedenen Schiffstypen und beschrieb nicht zuletzt, was man mit dem riesigen Beuteanteil anfangen wollte, wenn man wieder zu Hause war.

Am späteren Nachmittag kam Halfdan schließlich zum wesentlichen Punkt: „Wikinger, hört mir zu!" unterbrach er die muntere Runde, die nun ein wenig angetrunken, aber aufmerksam zu ihm aufschaute.

„Wikinger, wir haben auf dieser Beutefahrt große Reichtümer und tapfere Taten gesammelt. Unsere Clans wurden gleichsam von den Göttern geführt. Wir gewannen schwere Kämpfe, dank der Hilfe unserer Götter!" Ein zustimmendes Gemurmel ging durch die Runde der Nordmänner.

„Aber jetzt, Wikinger, haben wir die Gelegenheit, welche uns die Götter nur einmal im Leben gewähren!" fuhr Halfdan großspurig fort, was seinen Zuhörern sichtlich gefiel. Die Nordmänner verstummten am Rundtisch und warteten gespannt auf jedes weitere Wort.

„Unser treuer Sarazenenfreund, Iben Chordadhbeh, hat mir erzählt, daß im Hafen von Barcelona eine Flotte liegt. Die Flotte besteht aus mehr als dreißig sarazenischen Handelsschiffen. Sie sind vollgestopft mit Gold und Silber!"

Ein allgemeines Raunen ging durch die Wikingerrunde. Keiner der anwesenden Nordmänner hatte jemals eine Flotte von über dreißig arabischen Handelsschiffen gesehen oder von so einer gehört.

Für Handelsschiffe war es üblich, in größeren Flottenverbänden zu segeln, weil sich dadurch für die Kaufleute mehr Sicherheit gegen Piraten bot. Für solche Flottenverbände wurden auch Kriegsschiffe als Schutz gemietet, was allerdings den Verdienst der Händler schmälerte. Dennoch war eine Ansammlung von mehr als dreißig Handelsschiffen sehr selten. Vor allem, wenn es sich um arabische Handelsschiffe handelte, welche, in den Augen der Wikinger, meistens als riesige dickbäuchige Gurken über die Meere fuhren.

„Das ist nicht die einzige Beute, es sollen sogar ein Prinz und eine Prinzessin bei der Flotte als Passagiere mitfahren!" beendete Halfdan seine Erzählung.

Freudiger Jubel brach unter den Nordmännern aus, bis sich Iben Chordadhbeh zu Wort meldete: „Das ist so nicht ganz richtig", fuhr er abrupt dazwischen, „es sind alles arabische Kaufleute auf den Handelsschiffen, das ist richtig. Aber die Händler und die ganze Flotte gehören dem Prinz und der Prinzessin von Al-Djeza'Ir. Es ist sozusagen ihre Handelsflotte für das westliche Mittelmeer. Im östlichen Teil des Mittelmeers, besitzen die Geschwister eine noch wesentlich größere Flotte", beschrieb Iben den staunenden Wikingern den wahren Sachverhalt.

„Das ist eine sehr fette Beute, Iben. Aber sag uns, wie viele Kriegsschiffe begleiten die Handelsschiffe? Und was ist der Preis für deine Information?" wollte Horik „der Junge" wissen.
Iben Chordadhbeh mußte nicht lange an einer Antwort überlegen, das hatte er schon viele Tage zuvor getan: „Die Handelsflotte hat dreizehn arabische Kriegsschiffe als Schutz bei sich, also wird es für eure siebzig Langboote keine ernste Schwierigkeiten geben. Meine Bezahlung besteht nur aus dem Prinzen und der Prinzessin von Al-Djeza'Ir", meinte Iben selbstbewußt.
„Der Prinz und die Prinzessin!" bellte Horik laut und ungläubig Iben an.
Horik „der Junge" glaubte sich verhört zu haben. Er, ein König von Dänemark, von denen es einige gab, sollte diesem lumpigen Muselmanen einen Prinz und eine Prinzessin schenken? Das konnte ja wohl nicht wahr sein. Es gab viele Wikingerkönige, aber nur sein Vater (Horik der Alte) war mächtig genug gewesen, um die Elbe hinaufzusegeln und im Jahre 845 ganz Hamburg zu plündern. Man munkelte, daß die Wikingerflotte aus 600 Schiffen bestand. Eine Zahl, die sogar Horik „der Junge" kaum glauben konnte. Seit dem Tod des ruhmreichen Vaters versuchte der Sohn, ebenso erfolgreich zu sein. Es gab für einen Wikinger nichts Erstrebsameres, als den eigenen Vater zu übertreffen. Bei Horik war das, wie oben erwähnt, eine schwierige Aufgabe. Doch einzig wenn Horik ruhmreiche Taten vollbrachte, verdiente er sich seinen Platz an der Tafel Odins. Geerbte Ländereien und andere Besitztümer nutzten ihm bei Wikingergöttern nur wenig bis gar nichts.
„Nur durch deine eigenen mutigen Taten, wirst du ein echter Wikinger – und nur den echten mutigen Wikingern schenken die Götter ihre Gunst", hatte ihm der Vater als Knabe eingebleut. Dann erklärte er etwas, was Horik nie mehr vergaß: „Horik, mein Sohn, höre mir zu und merke es dir – jeder Mensch will sich die Macht über andere verdienen – ein echter Wikinger verdient sich keinerlei Macht – er nimmt sie sich!"

Dieser einfache Grundsatz leuchtete ihm sofort ein und für diesen Grundsatz verehrte er Horik „den Alten", solange er lebte.

„Das kann nicht dein Ernst sein! Iben, soll das ein Witz sein?" brüllte nun genauso Einar „die Axt" den Araber an. Jetzt sah auch Halfdan verblüfft zu Iben hinüber und machte eine abfällige Handbewegung: „Iben, der Preis ist zu hoch. Der Prinz und die Prinzessin sind mindestens jeweils 1.000 Silbermünzen wert. Zweitausend Silbermünzen wird dir kein Wikinger schenken", verkündete Halfdan.

Halfdan und seine Brüder hatten ebenfalls einen berühmten Vater. Es war jener Ragnarr Lodbrok, der Paris überfallen hatte. Im gleichen Schicksalsjahr wie Horik, konnte Ragnarr, mit verbündeten Wikingerhäuptlingen, ein Lösegeld von Karl dem Kahlen erpressen. Der Kaiser von Rom und König des Westfränkischen Reiches zahlte die sagenhafte Summe von 7.000 Pfund Silber für Paris, das damals hauptsächlich aus der Ile-de-la-Cité bestand. Zum Andenken an den beispiellosen Triumph, nahm Ragnarr das Schloß eines der Tore der Stadtmauer von Paris mit nach Hause. Unsterblich wurde er dadurch, unsterblich für jeden Wikinger. Die Söhne Ragnarrs hatten ein ähnlich schweres Los wie Horik, wenn sie ihren Vater übertreffen wollten.

„Nordmänner, Nordmänner, beruhigt euch!" beschwichtigte Iben. „Hört mir zu, tapfere Krieger. Ihr seid hier im Mittelmeer, weit weg von euren heimischen Fjorden und Familien. – Weit weg von jeder hilfreichen Unterstützung. Der Prinz und die Prinzessin aber nicht! Ein törichtes falsches Wort, oder eine falsche Nachricht, die den Kalifen von Al-Djeza'Ir erreicht, dann habt ihr es nicht mit dreizehn arabischen Kriegsschiffen zu tun, sondern mit 130 Kriegsschiffen!" erläuterte Iben wortgewandt.

Diese Erklärung wirkte nachhaltig bei den gerissenen Wikingerführern. Sie hatten nicht das erste Mal mit Geiselnahme zu tun und wußten aus eigener Erfahrung, wie gefährlich solche Geschäfte sein konnten. Die anfängliche Begeisterung war aus den Gesichtern der Wikinger verschwunden und hatte Nachdenklichkeit Platz gemacht.

Halfdan strich durch seinen dichten schwarzgrauen Bart. Er blickte sich um in der Wikingerrunde. Keiner sprach mehr. Halfdan übernahm: „Also gut, Iben Chordadhbeh. Bitte sage uns, mit wieviel Beute wir rechnen können? Und warum du den Prinz und die Prinzessin nicht umsonst von uns haben willst?" fragte er lauernd, die kalten grünen Augen auf dem Araber ruhend.

Iben wußte instinktiv, daß er jetzt an einem kritischen Punkt der Verhandlungen angelangt war. Kritisch – bedeutete bei normalen Geschäftsleuten – vielleicht einige Einbußen beim Gewinn. Kritisch – bedeutete bei den Wikingern – vielleicht den Verlust seines Kopfes. Er überlegte einige Momente. Von Anfang an hatte der arabische Geschäftsmann kein Interesse am Prinz und an der Prinzessin. Wer wollte schon Lösegeld von einem Kalifen, der einen danach lebenslang jagte, wie einen räudigen Hund? Nein, er wollte nur den größten Schatz und zugleich das größte Geheimnis der Prinzengeschwister: den sagenhaften Diamanten der Götter.

Iben wußte, woher der ungeheure Reichtum des Kalifen kam: Nicht durch harte Arbeit, nein, durch weise Vorhersagen des riesigen Diamanten war der Kalif reich geworden. Steinreich. Der Kalif selbst hatte Iben den Diamanten gezeigt und ihm seine göttlichen Fähigkeiten erklärt. Aus Dankbarkeit für sogenannte – *gemeinsame* – einträgliche Geschäfte. Bei diesen Geschäften hatte Iben mehr als sein halbes Vermögen verloren.

Das hätte er besser nicht getan, dachte Iben am Ende seiner Erinnerung.

„Halfdan, alter Freund, wir werden uns doch nicht wegen Kleinigkeiten streiten", sprach er dann versöhnlich und mit lang einstudierter Selbstsicherheit.

„Die beste Beute habe ich noch gar nicht erwähnt. Der junge Verlobte der Prinzessin ist ebenfalls bei der Handelsflotte. Der Glückliche brennt darauf, seine hübsche Braut zu ehelichen. Ja, du hast richtig gehört, der Verlobte mit allen Hochzeitsgeschenken für den Kalifen von Al-Djeza'Ir! Und rate einmal, wer das ist? – Ein Graf von der Insel der Angeln und der Sachsen!"

Kapitel 2
Die Show

1

Leise trommelten lange gepflegte Fingernägel auf die rechte Sessellehne in der First-class. Sie unterbrachen in unregelmäßigen Abständen das monotone Brummen der vier riesigen Triebwerke des Flugzeugs.
Die Boing 747 der British Airways hatte vor kurzem abgehoben und erreichte nun ihre Reiseflughöhe. Adele räkelte sich im breiten bequemen Sessel und streckte ihre langen schlanken Beine aus.
Wo bleibt nur die Stewardeß? Normalerweise brauchen die nicht solange, überlegte Adele ungeduldig in Gedanken. Sie hatte ihre Bestellung schon vor einiger Zeit aufgegeben, aber bis jetzt war noch nichts passiert. Also ging das Buschtrommeln ihrer Fingernägel in eine neue Runde. Adele war froh, für den Moment unerkannt geblieben zu sein. Das Topmodel haßte es, wenn man sie im Flugzeug ansprach. Solche Gespräche drehten sich meistens um Modeschauen, um andere Models oder um prominente Stars – die sie doch bestimmt kannte – oder? Manche Leute konnten sich nicht vorstellen, daß sich ein Model im Flugzeug eigentlich nur entspannen wollte.
Jetzt kam endlich die Stewardeß mit dem Tee. Im Schlepptau hatte sie zwei weitere Stewardessen. Das konnte nichts Gutes bedeuten.
„So Miss, hier ist Ihr Tee und der Toast", servierte Stewardeß Nummer 1.
Geistesgegenwärtig klappte Adele die kleine Tischplatte aus, die im Sessel eingebaut war. Die Stewardeß plazierte das Tablett auf der Kunststoffplatte und musterte Adele etwas genauer: „Sind Sie nicht Adele Lord? Ich meine, das Model Adele Lord?" fragte sie dann neugierig.
Verdrossen dachte Adele: Verdammt, für was habe ich diese A... Sonnenbrille gekauft?

„Ja, ich bin es. Aber bitte behalten Sie es für sich. Ich möchte mich noch etwas ausruhen."

Das Gesicht von Stewardeß Nummer 1 erhellte sich und sie wandte sich an Stewardeß Nummer 2: „Siehst du, ich habe es dir doch gesagt, es ist Adele Lord!"

Die Stewardeß Nummer 2 musterte ebenfalls Adele, bevor sie freudig bemerkte: „Oh ja, Sie sind Adele Lord! Mit der eleganten Designerbrille habe ich Sie zuerst gar nicht erkannt. Freut mich, Sie kennenzulernen!"

Adele hatte in der Zwischenzeit die nutzlose Sonnenbrille auf das Tablett neben der Teetasse gelegt: „Freut mich ebenfalls, Sie kennenzulernen", erwiderte sie ausdruckslos.

Sofort meldete sich Stewardeß Nummer 3: „Oh, Adele Lord bei uns im Flugzeug. Das ist ja wirklich unglaublich! Wohin sind Sie denn unterwegs?" wollte sie begeistert wissen.

„Nun, soviel ich weiß, sind wir auf dem Flug von Mailand nach London. Ich werde morgen in London an einer Modenschau als Model laufen", amüsierte sich Adele.

„Ach, in London an einer Modenschau – ist ja toll!" wiederholte Stewardeß Nummer 3 verzückt. Adele hatte es wieder nicht geschafft. Sie war erkannt worden und mußte die Unterhaltung, wohl oder übel, zu einem guten Ende bringen. Adele kannte neugierige Stewardessen zur Genüge. Solche Quälgeister konnten sie ohne Probleme einen ganzen Flug lang mit Fragen löchern, so als ob sie sonst keine andere Beschäftigung hätten.

Das Model überlegte kurz und hatte schließlich eine Idee. Jedoch kam ihr Stewardeß Nummer 1 zuvor: „Ah, Sie waren in Mailand! Was hatten Sie denn da zu tun?" verlangte die Anführerin der Flugbienen zu wissen.

„Leider nur Arbeit. Ich habe in zwei Tagen an sechs Modeschauen als Model teilgenommen. Das war ein mordsmäßiger Streß", antwortete Adele langatmig.

„Waas, an sechs Modeschauen in zwei Tagen! Wow, wirklich unglaublich!" staunte nun Stewardeß Nummer 2, während Stewardeß Nummer 3 (noch immer) Adele bewundernd anhimmelte.
„Wollen Sie vielleicht ein Foto und ein Autogramm von mir?" bot Adele jetzt Stewardeß Nummer 1 an.
Damit hatte die Stewardeß nicht gerechnet und war ein wenig verblüfft: „Oh Miss Lord, ich bin ein so großer Fan von Ihnen. Ein Foto wäre sehr nett – und schreiben Sie bitte – für meinen Fan, Becky Hardson", gab Stewardeß Nummer 1 die klare Anweisung.
„Sicher, tue ich gerne, Becky", sagte Adele freundlich und griff nach der Handtasche auf dem linken Fensterplatz. Mit einer eleganten Handbewegung zog sie einen Stapel Fotos sowie einen Filzstift aus dem edlen Krokodilleder.
Sie hat mich Becky genannt! Was für ein nettes Model, dachte Stewardeß Nummer 1 befriedigt.
Natürlich konnten Stewardeß Nummer 2 und 3 das nicht auf sich sitzen lassen. Sie mußten unbedingt auch so ein Foto haben. Auf gut Glück sprach daher Stewardeß Nummer 2 Adele noch während der Signatur an: „Ja – und schreiben Sie auf unsere Fotos dasselbe, aber für Lora und Sarah Hardson – wissen Sie, wir sind Schwestern."
Schwestern, was für ein Zufall, sinnierte Adele ironisch.
„Kein Problem, ich habe noch genügend Fotos hier", befolgte Adele leicht gezwungen den Befehl. Schließlich hatte das Model die Fotos signiert und den Stewardessen überreicht.
Jetzt bin ich die Quälgeister wohl los, hoffte Adele.
Doch sie hatte nicht mit der angeborenen Neugier der Schwestern gerechnet: „Für welche Modenschau laufen Sie denn in London, Miss Lord?" fragte Stewardeß Nummer 3 mit leuchtenden Augen.
Oh nein, wie werde ich bloß diese Stewardessen wieder los? Wenn man ihnen den kleinen Finger gibt, reißen sie einem den Kopf weg, überlegte Adele missmutig.
Zu allem Unglück war ihre Unterhaltung nicht unbemerkt geblieben. Viele Passagiere in dem noblen Abteil hatten das Topmodel erkannt, welches ihnen schon von einigen Titelseiten zugelächelt

hatte. Jedoch verbot den meisten Passagieren ihre britische Zurückhaltung, sich in das Gespräch einzuklinken. Zudem war der größte Teil der festen Überzeugung, daß sich ein Model für *sie* zu interessieren habe – und nicht umgekehrt – ganz egal, wie bekannt oder berühmt es war. Es gab jedoch einen Passagier, dem solche Überlegungen gänzlich fremd waren. Ein Passagier, der eigentlich weder in die First-class paßte, noch der Upperclass angehörte, mit der er zusammen flog: der Spezialist für das frühe Mittelalter – Salvatore Rollo.

Er saß neben seiner jungen Sekretärin, drei Sitzreihen vor Adele, und diktierte gerade ein Memorandum. Salvatore war ein typischer Napoletaner, der gerne und häufig plauderte, vor allem, wenn es gar nichts zu plaudern gab. Rollo hatte schwarze Haare mit grauen Strähnen, die im Laufe von fünfundfünfzig Lebensjahren immer grauer und zahlreicher geworden waren. Salvatore Rollo war einen Meter siebzig groß und von leicht rundlicher Statur, was er ausschließlich italienischer Pasta zuschrieb. Der promovierte Archäologe war seit sechsundzwanzig Jahren verheiratet mit Maria, die ihm zwei (nun schon erwachsene) Söhne geschenkt hatte. Rauchen und Trinken sagten dem Südländer nichts, seine einzige Schwäche (und Leidenschaft zugleich) waren schöne Frauen.

Er vertiefte sich in das Diktat, als er ungewollt Zeuge der Unterhaltung wurde, die drei Sitzreihen hinter ihm ablief: *Adele Lord – Topmodel – drei Sitzreihen hinter mir – kann nicht sein*, schoß es ihm durch den Kopf. *Muß ich gleich überprüfen*, kam der aufgeregte Befehl und er stand unvermittelt auf.

Adele wollte gerade zu einer Antwort ansetzen, als ihr ein kleinerer, rundlicher Mann im Mittelgang entgegenkam.

Er betrachtete Adele wie das letzte Häppchen auf einer kalten Platte.

„Oohh, buongiorno. Sie sind doch Adele Lord, das Topmodel! Freut mich, Sie kennenzulernen!" begrüßte er Adele überschwenglich, drängte vehement durch die Stewardessen und schüttelte heftig ihre Hand.

„Freut mich auch, Sie kennenzulernen, Mister äähh ...?" entgegnete Adele ein wenig überrascht von solcher Spontaneität.

„Mamma mia, Rollo – Salvatore Rollo – from Italy!" klärte Salvatore sie auf.

„Buongiorno, Mister Rollo, freut mich, Sie kennenzulernen", begrüßte Adele abermals den Italiener. Inzwischen sahen die drei Stewardessen Salvatore so an, als ob sie den letzten Marsbewohner erblickt hätten. Nummer 1 bis 3 dachten: *Wie kann man sich bloß in eine Unterhaltung mit einem Model einmischen?*
So etwas kann nur einem Italiener in den Sinn kommen.
Was für eine Unverschämtheit!
Salvatore schüttelte immer noch unverdrossen die Hand von Adele. Jetzt hatte er es realisiert und löste den Händedruck, bevor er – ein wenig verlegen – seine Hand zurückzog.

„Oh, Miss Lord, ich bin ein großer Fan von Ihnen. Sie sehen in Wirklichkeit viel hübscher aus als im Fernsehen", schwärmte Salvatore hingerissen.

„Danke für das Kompliment. Wollen Sie vielleicht ein Autogramm?"

„Ma certo, ein Autogramm wäre sehr nett von Ihnen, Miss Lord", antwortete Salvatore hocherfreut.

Als Adele ein weiteres Foto aus ihrer Handtasche nehmen wollte, bemerkte sie, wie vergiftet die Stewardessen Salvatore anstarrten. Da hatte sie ihre zweite Idee, welche man auch weibliche Intuition nennen könnte.

Das Model nahm die Designertasche vom linken Fensterplatz an sich und fragte den Archäologen harmlos: „Sie haben vermutlich geschäftlich in London zu tun, Mister Rollo?"

Salvatore strahlte inzwischen wie ein Maikäfer beim ersten Frühlingsausflug.

„Ja ja. Wissen Sie, ich bin Archäologe. Ich habe einen wichtigen Forschungsauftrag in England. Aber am besten erkläre ich Ihnen das ein wenig genauer", reagierte er freudig und stieg über die ausgestreckten Beine von Adele auf den leeren Fensterplatz.

Diese Aktion missfiel den drei Stewardessen sehr. Jetzt standen sie verloren im leeren Mittelgang – und der freche Italiener saß neben dem Topmodel.
Das mußte ja soweit kommen, bei einem Italiener, kommentierten alle drei Schwestern geistig übereinstimmend. Sekunden später beschloß Stewardeß Nummer 1, die sich als einzig wahre Entdeckerin des Topmodels fühlte, daß es an der Zeit wäre, das Verhör zu beenden.
Hoffentlich langweilt er dich zu Tode, dachte sie missmutig und meinte ein wenig frustriert: „Tja, Miss Lord, wir müssen leider wieder an unsere Arbeit. Es war sehr nett, mit Ihnen zu plaudern, und nochmals danke für die Fotos."
„Oh, schade, aber ich will Sie auf keinen Fall von Ihrer Arbeit abhalten. Es hat mich gefreut, Sie alle kennenzulernen. Goodbye, bis zum nächsten Mal", verabschiedete Adele erleichtert die Schwestern.
Das hat ja hervorragend geklappt, freute sie sich in Gedanken.
Die Stewardess Nummer 2 hatte in der Zwischenzeit das Tablett mit der leeren Teetasse abgeräumt. Geschickt klappte Adele die kleine Tischplatte in den Sessel zurück, griff nach dem Toast und steckte ihn halbwegs in den Mund.
Leicht verwundert betrachteten die 3 Flugbegleiterinnen Adele ein letztes Mal, bevor sie im Gänsemarsch in die Economyclass watschelten. Neuigkeiten verbreiten sich rasch in der Economyclass.
Diese drei Plaudertaschen bin ich los. Jetzt bleibt nur noch der italienische Grottenmolch, bevor ich mich endlich ausruhen kann, überlegte das Model.
Doch der südländische Grottenmolch kam erst richtig in Fahrt: Salvatore erzählte ihr über seine strenge Jugendzeit in Neapel, wo er als viertes von sechs Kindern aufgewachsen war. Über seine Ausbildung an der Universität in Rom, welche er als Doktor für mittelalterliche Geschichte abgeschlossen hatte. Danach schweifte er ab, erzählte ihr über seine Frau Maria und seine beiden erwachsenen Söhne, die sich leider nur wenig für Archäologie interessierten. Er sprach über seine Arbeit am Forschungsinstitut, für welches er schon mehrere

Ausgrabungen erfolgreich durchgeführt hatte. Nach zwanzig Minuten Monolog war Adele in ihre eigene Gedankenwelt abgeschweift. Schlußendlich kam der Spezialist für das frühe Mittelalter zum eigentlichen Forschungsauftrag in England: „Wissen Sie, Miss Lord, wir haben ein Wikingergrab an der englischen Südküste entdeckt. So ein Wikingergrab findet man nur sehr selten. Dort könnten wertvolle historische Fundstücke begraben sein. Sehr wahrscheinlich wird das die wichtigste Ausgrabung im ausgehenden Jahrtausend", beschrieb Rollo seinen Auftrag und versuchte Adele zu beeindrucken.
Doch Adele hatte andere Interessen als verstaubte Gräber und deren Besitzer.
„Nun, Sie haben sicher ein interessantes Arbeitsgebiet, Mister Rollo. Aber wissen Sie, an der Archäologie habe ich nur geringes Interesse. Für mich ist eine Vase eine Vase, ob sie nun hundert oder tausend Jahre alt ist", vertrat Adele ihren Standpunkt.
Hätte ich mir denken können – groß und blond und strohdumm, dachte Rollo angegriffen in südländischer Machomentalität. Der Archäologe hatte Adele von einer sensationellen Entdeckung berichtet, welche sie aber scheinbar nicht einmal interessierte. Teilweise konnte Salvatore die Einstellung des jungen Models verstehen, wenn er ihre wohlproportionierte Figur betrachtete.
Dennoch (oder gerade deshalb) wollte er das Topmodel beeindrucken und überlegte, wie er das wohl am besten anstellen könnte.
Es gab da noch eine Möglichkeit. Rollo besaß noch eine geheime Information.
Eine Information – über die er Stillschweigen versprochen hatte.
Eine Information – die jede Frau auf der Welt beeindruckt hätte.
Sollte er das Risiko eingehen? Ja, er mußte es – ein Gespräch mit Adele Lord würde er wahrscheinlich nur einmal im Leben führen:
„Wissen Sie, Miss Lord, es geht bei dieser Ausgrabung nicht nur um ein seltenes Wikingergrab, sondern auch um den größten Diamanten der Welt!" erzählte er dann stolz.

Diese zusätzliche Information zeigte Wirkung. Jedoch reagierte Adele anders, als es Salvatore vermutete: „Oohh, Sie wollen mich zum Lachen bringen, das finde ich sehr nett von Ihnen. Aber wissen Sie, ich bin von den anstrengenden Modeschauen in Mailand ziemlich erschöpft", entgegnete Adele freundlich, während sich auf Rollos Gesicht Verblüffung breitmachte.

Der Italiener war perplex und wußte nicht, was er jetzt sagen sollte. So etwas kam bei Salvatore Rollo bloß in Ausnahmefällen vor.

„Miss Lord, kennen Sie den Stern von Afrika? Den größten Diamanten der Welt? Er wird bei den Kronjuwelen im Tower aufbewahrt", fragte Rollo unverdrossen das Model.

Adele überlegte kurz – dann erinnerte sie sich an einen Schulausflug, bei dem sie und die ganze Schulklasse den Tower von London besuchten. Nun sah sie den Diamanten, den „Stern von Afrika", in Gedanken wieder vor sich. Der Diamant war strahlend hell und klar, funkelte in allen Regenbogenfarben. Verblüffend groß schien er. In Adeles Erinnerung war er faustgroß. Es konnte nach Adeles Überzeugung keinen schöneren und größeren Diamanten geben.

„Ja – ich habe ihn bei einer Klassenfahrt besichtigt, als kleines Mädchen", antwortete sie gelassen.

„Das ist sehr gut. Der Stern von Afrika, unter Experten auch Cullinan I. genannt, ist mit über 530 Karat der größte Diamant der Erde. Bitte stellen Sie sich jetzt einen Diamanten vor, der zirka 25 000 Karat hat. Genau so einen Riesendiamanten, wir nennen ihn den Wikingerdiamanten, vermuten wir in dem Wikingergrab", schilderte der Archäologe.

„Mister Rollo, bitte, in England gibt es vieles, aber sicher keine Riesendiamanten. Und überhaupt, ein solch wertvoller Stein wäre schon längst entdeckt worden", widersprach Adele, ohne mit der Wimper zu zucken.

Jetzt hatte Rollo sie erneut am Haken und seine Miene hellte sich auf: „Genau das ist ja das Unglaubliche. Wir vermuten, das Wikingergrab ist aus dem Jahr 864 und wurde bis heute nicht entdeckt.

Der Riesendiamant ist natürlich nicht aus England, sondern ist die Beute eines Raubzugs der Wikinger", führte Salvatore aus.
Adele hatte an der Universität nur kurz die Wikinger in Geschichte durchgenommen und konnte sich natürlich nicht mit dem Wissen eines Spezialisten messen, trotzdem betonte sie zweifelnd: „Das ist ja alles schön und gut, aber ich habe an der Uni niemals etwas von so einem Wikingerdiamanten gehört."
Ein Model von einer Universität? – Eine Zeit- und Talentverschwendung, schwirrte es durch Salvatores Kopf. Leicht irritiert fuhr er fort: „Der Wikingerdiamant ist bis heute auch unbekannt. Er wird erst in einem Pergament erwähnt, das wir 1994, also letztes Jahr, bei einer Ausgrabung gefunden haben."
„Aha, hier bist du also! Salvatore, ich habe dich schon überall gesucht", meinte Serena Rossi, die neben Adele und Salvatore im Mittelgang stand.
Sie waren so in ihr Gespräch vertieft gewesen, daß sie die Sekretärin gar nicht bemerkt hatten.
„Ah si, darf ich vorstellen, das ist meine Sekretärin, Signorina Rossi. Serena, darf ich vorstellen, das ist die berühmte Miss Lord", stellte Rollo die beiden Damen einander vor.
Serenas Gesichtsausdruck wechselte von überrascht auf erfreut und danach von erfreut auf strahlend.
„Grande dio, Sie sind Adele Lord! Ich habe Sie zuerst gar nicht erkannt. Freut mich sehr, Sie kennenzulernen", stammelte Serena beeindruckt.
„Freut mich auch, Sie kennenzulernen", grüßte Adele retour.
Ein Archäologe mit einer jungen Sekretärin, das kann ja heiter werden, überlegte Adele und begutachtete die Schreibkraft etwas genauer.
Serena Rossi hatte schulterlange schwarze Haare, ein hübsches Gesicht und braune Augen. Die Italienerin war einundzwanzig Jahre alt und somit gleich alt wie Adele. Von ihren Gesichtszügen her würde man sie eher als Latino-Typ von Frau einschätzen, denn als italienische Schönheit. Sie hatte makellose kaffeebraune Haut und die Figur eines Models und stand in Bezug auf Aussehen dem

Topmodel in nichts nach. Abgesehen von der Haar- und Hautfarbe, bestand der sichtbarste Unterschied der beiden Frauen in ihrer unterschiedlichen Körpergröße. Mit einem Meter siebenundsiebzig hatte Adele das ideale Modelmaß, während Serena mit einem Meter achtundsechzig bedeutend kleiner war.
„Ich wußte gar nicht, daß Sie in unserem Flugzeug sind. Ich bin seit jeher ein großer Fan von Ihnen, Miss Lord. Sie sehen in Natura toll aus."
„Danke für das Kompliment, Signorina Rossi. Sie ebenfalls", gab Adele das Kompliment zurück. Salvatore beobachtete, wie sich die beiden Frauen gegenseitig taxierten und versuchte das Gespräch weiterzuführen: „Also, wie gesagt, Miss Lord, wir haben dieses Pergament bei einer Ausgrabung entdeckt. Leider war es in einem schlechten Zustand. Aber nach einer radiologischen Untersuchung konnten wir es schließlich entziffern."
„Ach, und in diesem Pergament ist dieser Wikingerdiamant erwähnt worden, nicht wahr?"
„Ja, stimmt genau, Miss Lord. Und das Unglaublichste ist vor allem die exakte geographische Beschreibung des Wikingergrabes. Sogar der mögliche Grabinhalt wird ausführlich beschrieben", kam Rollo ins Schwärmen.
Elendes Plappermaul! Er hat ihr doch tatsächlich vom Diamanten erzählt, ärgerte sich Serena in Gedanken. Das würde ihrem eigentlichen Arbeitgeber ganz und gar nicht gefallen. Sie hatten gewußt, daß Salvatore Rollo ein Großmaul war, welches sich nach Anerkennung sehnte. Daß er jedoch geheime Informationen einfach einem Model erzählte, für so dumm hatten sie ihn nicht gehalten. Serenas Auftraggeber versuchte sofort den Archäologen zu beschatten, nachdem die Bedeutung des Pergaments und dessen Inhalt klar wurden.
Es gab dafür keine bessere Möglichkeit, als die langjährige Privatsekretärin von Rollo, Maria Calculotti, durch Serena Rossi auszutauschen. Dieses Unterfangen war relativ einfach gewesen – weil Maria einen Unfall erlitt, der sie für mindestens drei Monate in einen Roll-

stuhl zwang. Serenas Auftraggeber war nicht zimperlich. Schon gar nicht bei solchen Dingen.
Problemlos übernahm Serena den freien Platz der verunfallten Sekretärin, durch den sie auf Empfehlung eines befreundeten Studienkollegen von Rollo kam. Der Archäologe war mit seiner neuen Sekretärin sehr zufrieden, die nicht nur bürotechnisch über sehr gute Qualitäten verfügte.
„Ihre Geschichte klingt wirklich interessant, Mister Rollo. Was mich noch interessieren würde, ist die Ausgrabung. Sind Sie zufällig auf das Pergament gestoßen?" fragte Adele neugierig.
Salvatore machte einen erfreuten und zufriedenen Eindruck. Er konnte das Model tatsächlich für seine staubige Arbeit interessieren. Das gelang ihm nicht oft bei Damen. Scheinbar waren Diamanten immer noch der allerbeste Freund von schönen Frauen.
„Das kann man so sagen, ja. Ich halte es für einen zufälligen Glückstreffer. Bei Aushubarbeiten für eine Autobahn, in der Nähe von Rom, wurden die Reste eines mittelalterlichen Landhauses freigelegt. Zuerst wollte der Bauunternehmer einfach weiterbauen – solche Betonmischer haben keinen Sinn für Artefakte. Als man jedoch wertvolle Fundstücke aus Gold und Silber fand, wurde eine Ausgrabung organisiert. Das Erstaunliche dabei war, daß der ehemalige Besitzer des Landhauses wohl ein arabischer Händler gewesen ist. Doch noch erstaunlicher ist die Tatsache, daß er mit Wikingern Geschäfte gemacht hat und diese fein säuberlich notierte. Dort haben wir schließlich auch das Pergament gefunden", erzählte Rollo ausführlich.
Adele war, entgegen ihrem Willen, ein wenig angetan von der faszinierenden Geschichte. Sie vergaß für einige Momente ihr stressiges Modelbusiness und tauchte ab in eine Welt, die seit mehr als tausend Jahren vergessen war.
„Je länger die Geschichte wird, desto phantastischer wird sie. Aber haben Sie schon den sagenhaften Diamanten gefunden?" wollte sie wissen.

Die Unterhaltung ging Serena Rossi gehörig auf die Nerven. Warum mußte der Archäologe immer alle Lorbeeren für sich einheimsen, obwohl der ganze Forschungsauftrag geheim war und er darüber Stillschweigen versprochen hatte?
Sie mußte versuchen, das Gespräch zu beenden, sonst würde die Ausgrabung morgen in allen englischen Boulevardzeitungen breitgeschlagen – und sie würde vermutlich mehr verlieren, als nur ihren Job.
„Leider haben wir das Wikingergrab gerade erst entdeckt. Das heißt, ihre englischen Landsleute vom Natural History Museum haben es entdeckt. Aber natürlich erst nach den Angaben auf unserem Pergament", beantwortete Salvatore die Frage.
„Für die Öffnung des Grabs und für die weiteren Untersuchungen, haben sie mich dazu gebeten, weil ich Spezialist für das frühe Mittelalter bin. Weiterhin glaube ich, daß ich der einzige Forscher bin, der den sensationellen Fund richtig auswerten kann", ergänzte Rollo selbstbewußt seine Sicht der Sachlage.
Ich kenne niemanden, der der gleichen Ansicht ist, dachte Serena amüsiert.
„Ja, aber warum wurde das Wikingergrab nicht früher entdeckt, es soll doch nach ihrem Wissen über tausend Jahre alt sein?"
„Weil die Wikinger seltsame Bestattungsriten hatten, Miss Lord. – Wenn ein bedeutender Wikingerkönig oder Anführer starb, dann hoben sie meistens eine tiefe Grube aus und wuchteten das Boot des Häuptlings in die Grube. Eine schweißtreibende Angelegenheit. Danach wurde hinter dem Mast eine Grabkammer gebaut, wo der Leichnam in seinen besten Kleidern seine letzte Ruhestätte fand. In vielen Fällen legten die Wikinger alle wertvollen Besitztümer des Häuptlings in diese Grabkammer. Also Gold- und Silbermünzen. Edelsteine in roten, blauen und grünen Farben. Luxuswaffen mit Bernstein besetzt, blankpoliert und mit wunderschönen Verzierungen. Wandteppiche aus dem Orient, mit Ornamenten von Tieren und Pflanzen aus Goldfäden. Für jeden Archäologen ist so eine Grabkammer eine wahre Schatztruhe."

Der südländische Forscher verschwieg, daß in Wikingergräbern meistens ganz normale Haushaltsgegenstände zu finden waren: wie zum Beispiel eine Sichel, eine Sense oder ein Hammer und Amboß. Es wurden sogar in Frauengräbern persönlicher Schmuck, diverse Küchengeräte sowie Werkzeuge zur Herstellung von Textilien gefunden.
Nach Rollos Meinung interessierten solch biedere Informationen Adele Lord bestimmt nicht.
„Nur schade, das die blöden Wikinger dann alles verbrannt haben", mischte sich Serena in die Unterhaltung.
„Was? – Sie haben alles verbrannt!" rief Adele erstaunt aus.
„Ja, das ist der Haken bei der ganzen Sache. Bedauerlicherweise hatten manche Wikinger die Angewohnheit, das Schiff zu verbrennen, nachdem die Grabkammer aufgefüllt war", mußte Salvatore eingestehen.
Adele war enttäuscht. Wie konnte jemand sein ganzes Hab und Gut in ein Grab legen und es danach verbrennen? So etwas war völlig idiotisch für sie.
„Mister Rollo, das verstehe ich wirklich nicht. Warum haben die Wikinger alles verbrannt? Hatten sie vielleicht Angst, daß das Gold und Silber in die Hände von Feinden fallen könnte?"
„Nein nein, da spielt eher die Religion der Wikinger eine entscheidende Rolle. Es war bei vielen nordischen Wikingern der Brauch, alle Besitztümer des Wikingers mit dem Leichnam zu verbrennen – damit sie, nach ihrem Glauben, dem Toten im Jenseits von Nutzen sein konnten. Jeder Wikingerclan hatte andere Bestattungsriten. So gab es sicher auch Wikingerbestattungen, bei denen gar nichts verbrannt wurde."
„Ach – und Sie glauben, das englische Wikingergrab wurde nicht verbrannt?"
„Wir hoffen tatsächlich, daß das englische Wikingergrab intakt und unversehrt ist. Aber wir haben natürlich noch keine Beweise", beantwortete Serena die Frage. Sie fühlte sich langsam unbehaglich, in ihrer Stehposition im Mittelgang.

Salvatore Rollo sah seine Sekretärin verwundert an, mit dem Gesichtsausdruck eines Hundes, dem man unerwartet seinen abgenagten Knochen wegnimmt. Er überlegte sich die Fortsetzung der Unterhaltung und sprach etwas gereizt weiter: „Natürlich fehlen uns noch Beweise. Aber der Fundort des Grabes stimmt mit dem Pergament überein. Wußten Sie übrigens, Miss Lord, daß man in manchen Wikingergräbern auch Skelette von Sklaven genauso wie von ganzen Pferden und Jagdhunden gefunden hat. Es müssen sich barbarische Szenen abgespielt haben bei so einer Beerdigung."
Adele schaute den Forscher leicht verstört an. Sie kannte Wikingerbegräbnisse bloß aus alten Filmen, die scheinbar alle vor ihrer Geburt gedreht wurden. In diesen Filmen fuhr das Schiff mit dem toten Wikinger immer in den Sonnenuntergang – für sie eine romantische Vorstellung. Ihre verblaßten Erinnerungen hatte der Italiener störend angekratzt. Nun gut, dann sollte er wenigstens den Riesendiamanten etwas genauer beschreiben.
„Ja, die Wikinger waren vermutlich wirklich Barbaren. Aber was hat es nun mit dem Wikingerdiamanten auf sich? – Existiert er wirklich? – Und ist er wirklich so groß?"
„Ma certo, Miss Lord. Wir haben das Pergament natürlich gründlich durchgelesen und ausgewertet. In dem Pergament werden jedoch vielmehr die unerklärlichen Fähigkeiten des Diamanten beschrieben. Die Form und Größe des Diamanten werden nur am Rande erwähnt. Durch eine komplexe Auswertung verschiedener Passagen des Pergaments, haben wir trotzdem sein ungefähres Gewicht berechnet. Wir schätzen es auf zirka fünf Kilogramm", erläuterte der Archäologe wie selbstverständlich.
„Hahaha, fünf Kilogramm! Ein guter Witz, Mister Rollo. Hahaha, fünf Kilo", lachte Adele und stieß Salvatore leicht ihren Ellenbogen in seine Seite.
Serena schmunzelte ebenfalls, jedoch mehr über die Reaktion von Adele als über die Aussage von Rollo. Sie kannte den Inhalt des Pergaments sehr genau.

Einmal mehr schaute Salvatore das Model verwundert an. Wieder überraschte ihn ihre Reaktion und Adeles frisches Lachen. Warum war dieses Model bloß so anders, als er sie eingeschätzt hatte? So ganz anders?
Das liegt sicher an der englischen Mentalität, überlegte er.
„Haha, ja, beim ersten Mal dachten wir auch an einen Scherz, als wir das Gewicht berechneten", stimmte er ein bißchen kleinlaut zu.
„Aber nachdem wir es einige Male berechneten, kamen wir zu dem Schluß, daß es wirklich etwa fünf Kilogramm sein müssen. Gewiß bin ich kein Fachmann für Diamanten. Ich habe mich daher erkundigt und erfahren, daß ein Karat etwa 0,2 Gramm hat. Also muß der Wikingerdiamant etwa 25 000 Karat aufweisen", versicherte Rollo.
„Oohh, Mister Rollo, Ihre Geschichte ist wirklich amüsant, aber ich kann sie wirklich nicht glauben. – Sie ist viel zu unglaublich für mich. Fünf Kilogramm, hahaha. – Der ist gut", meinte Adele vergnügt und beschwingt zugleich.
Sie erinnerte sich an Schmuckmessen, bei denen sie Schmuckstücke mit Diamanten vorgeführt hatte. Die wertvollen Ketten, Broschen und Armbänder, welche allesamt aus Gold, Silber oder Platin angefertigt waren, wogen höchstens 300 bis 400 Gramm. Das Model lächelte nochmals beim Gedanken an ein fünf Kilogramm schweres Diadem. Sie würde dann wahrscheinlich so gebückt dastehen, wie ein Bauer bei der Rübenernte. – Eine köstliche Vorstellung. Nein, die Geschichte konnte nicht stimmen.
Zudem sollte dieser *Wikingerdiamant* über unerklärbare Fähigkeiten verfügen.
Der Archäologe mußte wohl zuviel historischen Staub eingeatmet haben. Wieder so ein Bild, bei dem sie lächelte.
„Es freut mich, daß die Geschichte Sie so gut amüsiert. Wir sollten uns ein Beispiel an Ihnen nehmen und die Ausgrabung abwarten, bevor wir Gerüchte in die Welt setzen. Ist es nicht so, Salvatore?" unterbrach Serena die Gedanken von Adele.
„Ich glaube, du hast recht. Die ganze Geschichte klingt natürlich unglaublich, und leider haben wir bis heute auch keine konkreten

Beweise. Aber warum besuchen Sie nicht unsere Ausgrabung? Sie findet in der Nähe von Newhaven an der Südküste von East Sussex statt. Wir würden uns freuen, Ihnen dort das Wikingergrab zu präsentieren", lud Rollo Adele ernüchtert ein.

„Danke für die Einladung. Leider läßt mir mein Modeljob nur sehr wenig Zeit für solche Ausflüge. Aber wer weiß, man soll niemals nie sagen", bedankte sich Adele erleichtert und hoffte, sich endlich ausruhen zu dürfen.

„Wollen Sie vielleicht Autogramme zum Abschied? Ich habe es mir zur Routine gemacht, immer ein paar Fotos bei mir zu haben, für solche Fälle."

„Sehr gerne, Miss Lord. Bitte schreiben Sie auf meines – für meinen Fan, Serena Rossi. Sie sehen in Natura viel hübscher aus als im Fernsehen. Da muß ich Salvatore zustimmen."

„Miss Lord, ich habe schon einige Autogramme von Models – aber für Ihres werde ich einen Ehrenplatz auf meinem Schreibtisch reservieren."

Mit diesen Worten stand Rollo vom bequemen grünen Flugzeugsessel auf und stieg über die immer noch ausgestreckten Beine von Adele, die nur durch einen kurzen Minirock bedeckt wurden. *Dieses Model hat erstaunlich lange Beine*, dachte er und verglich sie in Gedanken mit denen seiner Ehefrau. *Ja ja, die italienische Pasta*, kam er abschließend resigniert zum Ergebnis.

Adele hatte bereits beide Fotos signiert und überreichte sie den Südländern.

„Danke, Miss Lord, das ist sehr nett von Ihnen. Was für ein hübsches Foto. Nochmals danke und alles Gute. Arrivederci, Miss Lord", verabschiedete sich Serena, drehte sich um und ging zu ihrem Sitzplatz.

Serena hatte es offensichtlich eilig.

„Auf Wiedersehen, Miss Rossi, hat mich gefreut, Sie kennenzulernen."

„Arrivederci, Miss Lord, es war ein großes Vergnügen, mit Ihnen zu plaudern. Hoffentlich sehen wir uns in Zukunft einmal wieder",

hoffte Salvatore Rollo überschwenglich. Sein Blick war leicht flehend.
„Goodbye, Mister Rollo. Danke für das interessante Gespräch. Und alles Gute für Ihre Ausgrabung", wünschte Adele dem Archäologen und blickte ihm kurz hinterher, auf seinem Rückweg durch den Mittelgang.
Endlich war sie alleine und ungestört. Sie schaute auf ihre Platinarmbanduhr, die sie als Werbegeschenk einer schweizerischen Uhrenfirma erhalten hatte. Die Firma hatte sich auf Luxusuhren spezialisiert. Eine bezaubernd elegante Uhr: Das Ziffernblatt aus Gelbgold, die Zeiger aus Platin, die römischen Zahlen aus Diamantsplittern – ein wahres Kunstwerk an ihrem Handgelenk.
Schon verrückt, fand Adele nachdenklich, *manche Leute arbeiten ein ganzes Leben lang und können sich niemals eine solche Uhr leisten. Und ich kriege sie geschenkt. Was für eine verrückte Welt.*
Doch in der diesjährigen Modesaison arbeitete sie wirklich hart. Auch der letzte Auftrag war ein einziger Streß gewesen. Sechs Modeschauen in zwei Tagen, das war sogar für sie ein neuer Rekord. Nicht die kleinste Chance für Shopping oder einen Stadtbummel. Dabei war Mailand ideal für Einkaufsbummel. Auf jeden Fall gefielen ihr manche Läden sehr, die am Fenster des Autos vorbeiflitzten, neben den Straßen auf den Fahrten zu den verschiedenen Shows. Andere Sehenswürdigkeiten beachtete sie nur wenig.
Wie immer, organisierte Veronica einen Privatchauffeur. Unmöglich konnte sie sonst sechs Modeschauen in Folge schaffen. Ihr Chauffeur Manuele, von dem Adele bloß den Vornamen kannte, hatte als Taxifahrer in Mailand jahrelange Erfahrung. Er kümmerte sich, wie die meisten Mailänder, nur sehr selten um die konfusen Verkehrsregeln. Manuele kreierte zusammen mit seinem kleinen Fiat-Uno-Taxi ebenso seinen eigenen Fahrstil. Ein Fahrstil, der neben Kaltblütigkeit und Dreistigkeit zusätzlich auf der Informationsquelle Polizeifunk aufgebaut war. In Mailand spuckte der Polizeifunk scheinbar nie versiegende Verkehrsmeldungen aus. Wie durch Zauberhand konnte Manuele daher sein Taxi stets durch Straßen und Gassen

lenken, in denen kein Verkehrsstau oder Unfall war. Ein genialer Fahrer, wenn auch nicht ganz legal. Adele hatte Manueles Dienste nun schon in der dritten Modesaison beansprucht. Sie mochte die Gebärdensprache und Ausdrucksweise von Manuele. Seine Fahrkünste machten ihr eher ein wenig Angst. Er nannte sie immer „Bella Donna", obwohl er ihren Namen genau kannte und er sie nur während der Hauptmodesaison sah. Das machte ihn noch sympathischer für sie. Auch diesmal hatte sie Manuele, unter Missachtung einiger Tempolimits, pünktlich zum Flughafen gebracht. Sie trug immer noch das perfekte Make-up der letzten Modenschau, von dem sie wußte, daß sie es selber niemals so perfekt kreieren konnte, dafür fehlte ihr die nötige Geduld.

„Arrivederci, Bella Donna, bis zum nächsten Jahr!" rief er ihr zum flüchtigen Abschied nach.

„Goodbye, Straßen-Roadie. Fahre vorsichtig. Wir sehen uns im nächsten Jahr!" rief Adele zurück, bevor sie in den Flughafen rannte, eincheckte und mit Mühe und Not noch ihr Flugzeug erwischte.

Das war verdammt knapp, überlegte Adele sichtlich erschöpft, *ich werde mit Veronica ein ernstes Wort reden müssen. Ihre Terminplanung ist eindeutig übertrieben. Kein Model kann sechs Shows in zwei Tagen gut verkraften. Sie muß meine Termine zeitlich besser planen.*

Veronica Balabushka war die beste Freundin und gleichzeitig Managerin von Adele. Beide wuchsen in London auf, besuchten die gleichen Schulen und wurden schließlich an der Universität beste Freundinnen. Dann trennten sich ihre Lebenswege für kurze Zeit. Während Veronica eine Managementausbildung begann, wurde Adele ungewollt als Model entdeckt und modelte vorerst nur zum Spaß. Nach durchschlagenden Erfolgen als Model, suchte Adele bald eine Managerin, wobei Veronica natürlich ihre erste Wahl war. Seitdem waren die zwei ein unschlagbares Team, das durch dick und dünn ging. Veronica kümmerte sich um alle Aufträge und den ganzen Bürokram, wodurch sich Adele ganz dem Modelberuf widmen konnte. Der länderübergreifende Erfolg stellte sich schnell ein. Und

so kam es, daß Adele pro Jahr mehrere Male um die Welt flog, was ihr sehr gut gefiel.
Ungefähr neun Uhr abends. Eine geschlagene Stunde hatte sie sich mit neugierigen Leuten unterhalten, welche sich nicht vorstellen konnten oder wollten, wie stressig und mühsam so ein Modelleben war. Wenn sie nur an das fünfmal Umkleiden der letzten Show dachte, wurde sie noch müder und sank noch tiefer in den Flugzeugsessel.
Adele wollte sich jetzt endlich ausruhen und entspannen. Zu diesem Zweck rutschte sie nach links auf den leeren Fensterplatz, in der Hoffnung, nicht mehr gestört zu werden. Als Adele ihre Sonnenbrille wieder aufsetzte, kuschelte sie sich in den weichen Sessel. Sie nahm die modernen Kopfhörer aus der Halterung an der Bordwand und streifte sie über: „Babe, Babe, I'm here again, I'm here again. I'm back again, I'm back again. Where have you been?" sangen „Take That".
Die Neunziger mit ihren Techno-Beats und Pop-Hymnen, das Jahrzehnt der Boy- und Girlbands, die wie Pilze aus dem Boden schossen und – auch wie diese – bald wieder verschwanden. Adele gefiel die Musik von „Take That", besonders die gefühlvollen Balladen. Sie war damit nicht die einzige, denn 1995 waren „Take That" das Maß aller Dinge. Wenigstens für junge Mädchen. Adele sah das Take-That-Musikvideo vor ihrem geistigen Auge, das scheinbar in einer dunklen russischen Winterlandschaft spielte. Und in einem alten Schloß – oder so ähnlich – wie sie sich zu erinnern glaubte. Doch trübe Wolken hatten sich in diesem Jahr gebildet, als Robbie Williams die Band verließ. Damit platzten die Träume von tausenden Teenies, die nun nicht mehr wußten, was sie mit ihrem Leben anfangen sollten. Einige hatten sogar Selbstmordgedanken.
„Babe, Babe, Babe, I'm here again, I'm here again. I'm back again, I'm back again. Where have you been?" verklang der Refrain des Superhits langsam.
Nun – vielleicht sind meine Fans doch nicht so übel, wie ich gedacht habe, überlegte Adele und schlief sachte ein.

2

„Hello, here is your Captain speaking!" dröhnte es aus den Bordlautsprechern des Riesenvogels. Adele befand sich im Land der Träume und wollte aus diesem nicht so schnell wieder entwischen, aber der nervige Lärm des Flugzeugführers ließ ihr keine andere Wahl.
„Wir freuen uns, Ihnen mitzuteilen, daß wir in einer halben Stunde in London Heathrow landen werden. Bitte befolgen Sie die Anweisungen des Flugpersonals. Wir danken Ihnen für Ihren Flug mit British Airways und hoffen, Sie bald wiederzusehen", verkündete der englische Chefpilot.
Das Topmodel gähnte zuerst, dann reckte und streckte es sich, wie eine Katze nach einem achtstündigen Schönheitsschlaf. Jeder, der Adele in diesem Moment beobachtet hätte, wäre verwundert stehen geblieben und hätte das Spektakel bewundert. Diesen erholsamen und entspannenden Schlaf hatte sie dringend nötig gehabt. Im Mittelgang stand Becky Hardson, die Stewardeß, in ihrer schicken blauen Uniform. Belustigt betrachtete sie den letzten Teil des Stretchings von Adele und lächelte verschmitzt übers ganze Gesicht.
„Sie waren wohl wirklich sehr müde, Miss Lord", sprach sie vergnügt das Model an. Die Flugbegleiterin bückte sich und nahm die Kopfhörer, welche Adele im Schlaf abgestreift hatte und die jetzt auf ihrem Schoß lagen. Becky steckte die Kopfhörer zurück in die Halterung an der Bordwand.
„Oh ja, das war ich wirklich. Danke vielmals, Becky. Oh, bitte sag einfach Adele zu mir. Ist weniger kompliziert, nicht wahr?" bot Adele an, der erst jetzt aufgefallen war, daß die Stewardeß sie mit Miss ansprach.
Sie traf in ihrem Beruf andauernd neue Leute, deren Namen teilweise unaussprechlich und merkwürdig waren. Also hatte es sich Adele angewöhnt, nur die Vornamen und das Erscheinungsbild in ihrem Gedächtnis zu speichern. Das Topmodel konnte sich so wesentlich mehr Leute merken, die meistens zusätzlich geschmeichelt

waren, wenn sie von Adele mit ihrem Vornamen angesprochen wurden. Dieses System war natürlich nicht perfekt, wie Becky Hardson bewiesen hatte, doch Adele konnte damit gut leben.
„Wow, du bist das erste Model, das ich mit Vornamen ansprechen darf. Danke vielmals, Adele", meinte Becky dankbar. Beide Frauen schüttelten sich die Hände und lächelten sich gegenseitig an.
„Leider landen wir gleich in Heathrow und ich habe noch viel Arbeit vor mir.
Aber vielleicht sehen wir uns beim Aussteigen, und können ein wenig plaudern. Wenn du willst, könnten wir uns im Flugplatz-Café treffen. Die machen tolle Sandwiches dort", lud Becky Adele freundlich ein.
„Vielen Dank, aber meine Managerin Veronica erwartet mich bestimmt schon in Heathrow. Und morgen habe ich bereits wieder eine Modenschau, von der ich übrigens nicht mal weiß, wo sie stattfindet und für welchen Designer ich laufen muß. Du siehst, ich bin im Dauerstreß", erklärte Adele.
„Schade, das wäre sicher lustig geworden, zusammen mit meinen Schwestern. Aber was soll's, wir sehen uns bestimmt bei einem anderen Flug wieder", vermutete Becky ein wenig enttäuscht.
„Ja sicher, davon bin ich überzeugt. Ich werde jetzt auch ganz brav meinen Sicherheitsgurt anlegen. Versprochen, Becky", flachste Adele, die sich nach ihrem Schläfchen wieder gut erholt hatte.
„Hihihi, ja danke. Wir sehen uns sicher einmal wieder. Goodbye Adele", verabschiedete sich die Stewardeß lächelnd.
„Goodbye, Becky, und alles Gute", entgegnete Adele ebenfalls lächelnd. Erst jetzt warf sie einen Blick auf ihre Armbanduhr. *Zehn nach elf.* Sie hatte zwei Stunden geschlafen. Es war ihr kürzer vorgekommen. *Wir landen schon in einer halben Stunde – vermutlich kein Gedränge und Nebel über Heathrow – Glück gehabt,* dachte Adele in Erinnerung an vergangene Warteschleifen.
Bald würde der gewaltige Jumbo-Jet aufsetzen, dessen Spannweite von neunundfünfzig Metern, dessen Länge von siebzig Metern und Höhe von neunzehn Metern (zu dieser Zeit) das größte Passagierflugzeug

darstellten. Alleine die Bugräder waren 1,24 Meter hoch. Alle Räder zusammen mußten ein Startgewicht von rund 323 Tonnen tragen. Für Adele hatte die Boing 747 trotzdem ihre eigene Anmut und Schönheit, welche sie bei anderen Passagierflugzeugen oftmals vermisste. Adele interessierte sich nicht besonders für technische Daten, sie wußte nur, daß einige Typen dieses Flugzeugs bereits vor ihrer Geburt gebaut wurden – für Adele schon echt alt.

Jetzt erfolgte abermals die Aufforderung, sich anzuschnallen, was sie auch tat.

Die Landung war ruhig und problemlos, ohne Hüpfer des Flugzeugs beim Landen, wie man sie oft bei unerfahrenen Piloten beobachten konnte.

Das Model war froh, beim Aussteigen auf keinen ihrer Fans zu stoßen, denn für heute hatte sie die Nase voll von Fans. Die Zollkontrolle verlief genauso reibungslos wie die Landung. Adele trug immer nur eine größere Handtasche als Gepäck bei sich. Die Handtasche enthielt folgendes: ihre diversen Schminkutensilien, den Travel Organizer, Schreibstifte, die Brieftasche mit Bargeld und vielen Kreditkarten, einen Kalender, eine Sonnenbrille, ein Handy – und nicht zuletzt – Autogrammfotos in verschiedenen Ausführungen. Dieses merkwürdige Verhalten resultierte aus unliebsamen Erfahrungen mit neugierigen Zollbeamten. Bei jeder Zollkontrolle mußten sie ihre Unterwäsche durchsuchen. Man wußte ja nie, ob eine Bombe in einem Schlüpfer steckte – was für sie, im übertragenen Sinne, eigentlich stimmte. Ihre Managerin Veronica ließ daher das größere Gepäck stets per Post ins jeweilige Hotel schicken. Das klappte hervorragend, weil ein Koffer ohne Model für Zollbeamte absolut harmlos war.

Sie marschierte durch die strahlendhell erleuchtete Haupthalle des Flughafens Heathrow, in der trotz der späten Stunde noch buntes Treiben herrschte. Der Heimatflughafen der British Airways platzte in Stoßzeiten aus allen Nähten. Im Westen von London gelegen, hatte er das größte Passagieraufkommen pro Landebahn auf der ganzen Welt. Im Schnitt landete oder startete alle zwei Minuten ein

Flugzeug. Mehr als achtzig Fluglinien beförderten pro Jahr um die sechzig Millionen Passagiere in rund 170 Städte. Seine vier Flugsteige waren meistens überbelegt und die Fluglotsen hoffnungslos überfordert. Kein Wunder, daß Warteschleifen an der Tagesordnung waren. Auch die Zahl der Beinahe-Unfälle stieg kontinuierlich an – sie machten den Luftraum über Britannien zum gefährlichsten in ganz Europa. Kluge Köpfe aus Industrie und Regierung planten dennoch eine Erweiterung. Wirtschaft und Politik wollten einen fünften Flugsteig. Die zukünftig gewünschte Kapazität von ungefähr achtzig Millionen Passagieren pro Jahr, freute die rund eine Million Bewohner der Einflugschneise nur wenig.

Um diese Uhrzeit waren vor allem Geschäftsleute aus Fernost unterwegs, welche die letzten Spätflüge vor dem Nachtflugverbot gebucht hatten. In der Menschenmenge, aus meist asiatischen Heimatländern, kam Adele eine Frau entgegen, deren slawische Gesichtszüge eine gelungene Abwechslung darstellten.

Veronica Balabushka grinste übers ganze Gesicht, als sie Adele auf sich zukommen sah. So zerzaust und unaufgeräumt hatte sie ihre Freundin schon lange nicht mehr gesehen. Die laufende Modesaison war hart gewesen, und früher oder später mußte jedes Model dafür den entsprechenden Preis zahlen. In Adeles Fall waren das in dieser Saison zu kurze Pausen und zu enge Terminpläne. Adele kam schlicht nicht dazu, sich nach jeder Modenschau oder Präsentation neu zu stylen. Meistens lief sie mit der Frisur und dem Make-up der letzten Modenschau durch die Weltgeschichte. Viele Frisuren an Top-Modeschauen waren bedauerlich kurzlebige Kunstwerke. Solche Meisterstücke moderner Coiffeur-Designer hielten meistens knapp eine Show und zerfielen danach in ihre Einzelteile. Genauso lief jetzt Adele durch die Gegend. Aber Veronica machte sich keine Sorgen, denn um diese Uhrzeit waren sicher keine Paparazzi mehr unterwegs. Trotzdem belustigte sie der Gedanke, was das für ein Schnappschuß gewesen wäre. Ein tolles Bild für die „Sun" oder jedes andere englische Boulevardblatt.

„Englisches Topmodel läuft zerzaust und aufgelöst durch Heathrow. Saß sie auf dem Schoß des Piloten?"

Vergnügt malte sie sich die Schlagzeile aus und mußte schmunzeln. *Bei so einem Aufhänger könnten wir dieses Jahr wohl keine Ferien machen – in dem Fall lieber nicht*, kam Veronica in Gedanken zum Schluß. Trotz der leicht derangierten Kleidung, die aus einem beigen Regenmantel, einer roten enganliegenden Bluse, einem hellblauen Minirock mit Strumpfhosen sowie langen hellbraunen Wildlederstiefeln bestand, besaß Adele immer noch ihre außergewöhnliche Ausstrahlung. Veronica war jedesmal froh und glücklich, ihre Freundin managen zu dürfen, wenn sie sie an einem Flughafen wiedersah. Im Vergleich zu dem Topmodel war Veronica Balabushka einen halben Kopf kleiner und rundlicher gebaut. Auch ihre Haare waren nicht glatt und naturblond, sondern wellig und dunkel. Dafür war ihre Haut im Farbton eine Nuance brauner, als die helle Haut von Adele. Ein Jahr älter als ihre Freundin, hatte sie ein genauso hübsches Gesicht und war nicht neidisch auf Adeles Aussehen. Den melodiösen Familiennamen Balabushka erbte Veronica von ihren Großeltern, die knapp vor der russischen Revolution nach England auswanderten.
Jetzt sah Adele ebenfalls ihre Freundin auf sich zukommen, worauf Vorfreude ihr Gesicht entspannte.
„Hallo Veronica."
„Hallo Adele", begrüßten sie sich und umarmten sich.
„Na, wie geht es dir, hattest du einen guten Flug?"
„Der Flug war gut. Aber die Shows in Mailand waren der reinste Horror."
„Ja, du siehst ein bißchen zerknautscht aus."
„Ein bißchen zerknautscht?" meinte Adele plötzlich unsicher, sie hatte seit Mailand überhaupt nicht mehr auf ihr Aussehen geachtet.
„Hast du einen Spiegel bei dir, Vron?"

Adele nannte Veronica meistens nur „Vron", eine Angewohnheit aus alten Schultagen. Veronica kramte in ihrer Umhängetasche und gab Adele schließlich einen kleinen Schminkspiegel.

„Oh mein Gott, ich sehe scheußlich aus. Meine Frisur hat sich aufgelöst – und mein Mantel, der ist ja total zerknittert", beschrieb Adele ihr Bild im Spiegel.

„Nein, so schlecht siehst du nicht aus. Du hattest wahrscheinlich einen anstrengenden Flug, so wie es scheint."

„Ich habe ein paar Stunden geschlafen, dabei muß meine Frisur gelitten haben. Aber der Mantel? Ach ja – der Doktor."

„Was für ein Doktor?" erkundigte sich Veronica überrascht, im Hinterkopf das Bild einer medizinischen Untersuchung.

„Da war so ein komischer Archäologe im Flugzeug. Der hat einen Doktor in Geschichte und muß auf meinem Mantel gesessen haben."

„Ein Archäologe? Ich dachte zuerst an einen Mediziner oder etwas in der Art. Ein Archäologe. Was macht ein Archäologe in London?"

„Oh Vron, bitte frag mich nicht. Ich bin so müde und kaputt. Diese Shows in Mailand haben mich total geschlaucht. Ich will nur noch eins, nach Hause und ins Bett, okay?" flehte Adele ihre Freundin förmlich an.

„Okay okay. Laß uns gehen", erwiderte Veronica kurz und leicht brüskiert.

Sie hatte bereits vermutet, daß sechs Modeschauen hintereinander zuviel für Adele waren. Aber sie kannte ihre Freundin sehr gut und wußte, daß sich Adele spätestens nach einer Nacht wieder erholt hatte. Dabei kamen ihr gemeinsame Clubbesuche am Piccadilly Circus in den Sinn. – Das waren wilde Zeiten. Also würde sie sich in Geduld fassen und abwarten, bis Adele selber mit der Sprache herausrücken würde. Veronica mochte es nicht, jemandem Würmer aus der Nase zu ziehen. Und besonders nicht, wenn es die Person merkte.

Beide Frauen drehten sich um und marschierten in Richtung Tiefgarage. Der Weg durch die langgestreckte Halle aus Glas und Stahlbeton war ihnen bestens bekannt; sie waren ihn schon dutzende Male gegangen.
Nach kurzer Zeit brach Adele das Schweigen: „Wie geht es übrigens Jimmy, dem Streuner?" fragte sie beiläufig.
„Dem geht es gut. Er ist wie immer putzmunter und verfressen. Aber vielleicht sollten wir ihn doch kastrieren lassen, seine Ausflüge in die Nachbarschaft nehmen ständig zu", antwortete Veronica ebenso beiläufig.
Jimmy stand eines Tages vor ihrer Türe und miaute sie so an, als ob sein letzter Tag gekommen wäre. Die Freundinnen verliebten sich auf der Stelle in den Mäusefänger. Jimmys flauschiges Fell war halblang und schneeweiß. Am Oberkopf wurde es durch einen hellgrauen länglichen Einschluß aufgelockert, der leicht in die Stirn verlief. Seine Augen waren goldgelb und eindringlich. Die Nase war leicht pink und hatte die gleiche Farbe wie seine weichen Fußballen. Die langen weißen Schnurrhaare rundeten das Bild ab. Seit jenem Tag wohnte Jimmy bei ihnen und genoß eine gewisse Narrenfreiheit.
Bald standen sie vor dem breiten Personenlift, der die unteren Stockwerke des Mammutflughafens bediente. Sie erwischten gleich eine der Liftkabinen und befanden sich in zehn Sekunden in der dämmerigen Tiefgarage.
„Wo hast du parkiert, Vron?"
„Eh, ich habe Glück gehabt. Ich fand gleich auf dem Parkfeld A einen leeren Parkplatz. Nur wenige Meter von hier", erklärte Veronica zufrieden.
„Das ist gut. Wenn ich etwas vermeiden will, dann sind es Spaziergänge durch dunkle Tiefgaragen um Mitternacht."
„Ja, ich ebenfalls. Warum kann man Tiefgaragen nie richtig beleuchten? So etwas ist für jede Frau unangenehm", ergänzte Veronica das Gespräch und führte Adele zu ihrem Auto. Sie gingen auf einen roten Mazda MX-5 zu, der im gedämpften Licht vor ihnen stand. Das japanische Cabrio, dessen Stoffverdeck offen war, glänzte sie

makellos an. Veronica hatte es am Nachmittag durch eine Waschstraße gefahren. Der Mazda war ihr erstes gemeinsam ausgesuchtes und gekauftes Auto. Die eleganten Linien der Karosserie wurden von den gelungenen Proportionen ergänzt, die sie für ein Stadtauto als ideal erachteten.

In der Londoner City brauchte man nicht unbedingt ein Auto, weil große rote Doppelstockbusse und die U-Bahn jederzeit verfügbar waren. Aber mußte man zu einem Termin in einem Vorort, war ein Auto dringend erforderlich. Die Technik von Automotoren interessierte Adele und Veronica nur wenig, daher entschieden sie sich für ein japanisches Cabrio, welches so gut wie keine Pannen hatte. Die knuffig geschwungene Form, die vor allem weibliche Autofahrer ansprach, tat ihr übriges. Im Heimatland der spartanischen Roadster war der Mazda jedoch wesentlich humaner und kompletter ausgestattet.

„Willst du fahren oder soll ich fahren?" erkundigte sich Veronica und warf ihre Umhängetasche auf die kleinen Rücksitze.

„Oh bitte, fahr du. Ich bin zu müde und habe keine Lust, mich noch mit dem Verkehr herumzuschlagen", meinte Adele dankbar und warf ebenfalls ihre Handtasche auf die Rücksitzbank. Nachdem sie im Auto saßen, fuhr Veronica die engen Kurven des Parkhauses hinauf und bog kurze Zeit später bereits auf die Auffahrt der Zubringer-Autobahn M4 ein.

Es war eine jener lauen und klaren Septembernächte, in denen der Mond und die Sterne so klar funkeln, daß man schon fast keine Straßenbeleuchtung mehr braucht. Eine Nacht, in der einem einzig und allein die nicht mehr so hohen Temperaturen verraten, daß der Sommer zu Ende geht.

Entspannt und zurückgelehnt fuhren die Freundinnen in gemächlichem Tempo den strahlenden Lichtern der Großstadt entgegen. Im Radio sang jemand vom „Blue Moon", der ihn alleine und ohne Liebe dastehen ließ. Beide genossen den frischen Fahrtwind des Cabrios, der ihnen ein Gefühl von Freiheit und Ungebundenheit vermittelte.

„Also, wer war dieser Doktor?" platzte Veronica plötzlich heraus.
„Hahaha, du kannst es echt nicht lassen", reagierte Adele belustigt.
„Ja, ich will's jetzt wissen. Sah er denn wenigstens gut aus?" fuhr Veronica hoffnungsvoll fort. Veronica Balabushka liebte es nicht, wie bereits erwähnt, jemandem Würmer aus der Nase zu ziehen. Doch gelegentlich übermannte sie ihre angeborene Neugier, die bei allen Frauen (und speziell bei jungen Frauen) stets groß ist. Sie wußte, daß Adele manchmal so eine Art hatte, einem nicht jede Neuigkeit und Gegebenheit zu erzählen. Besonders wenn sie müde war, wollte Adele eigentlich nur ihre Ruhe haben. Veronica versuchte sich dann zurückzuhalten. Wenn es aber um einen Mann ging, konnte sie ihre Neugier nicht mehr zügeln.
„Oh Gott, nein, gut hat der nicht mehr ausgeschaut. Nun ja, vielleicht vor dreißig Jahren. Ich schätze Doktor Rollo ist zwischen fünfzig und sechzig. Ich stehe nicht unbedingt auf Großväter. Er war charmant, das ist alles. Na, eben wie die meisten Italiener", schilderte Adele.
„Ach so, der war schon in den Fünfzigern", wiederholte Veronica einhellig.
„Ja, du kennst sicher den Typ. Ein alternder Macho, der junge Frauen beeindrucken will. Du hättest nur einmal seine sexy Sekretärin sehen sollen, die hatte ungefähr mein Alter und meine Figur – typisch Italiener", beendete Adele den zweiten Teil ihrer Erzählung. Es entstand eine kurze Pause, weil Veronica das Gehörte verarbeiten mußte und der Verkehr vor der Stadt automatisch zunahm.
„Nun ja, zuerst war ich ja froh, als er mich erkannt hat", ergänzte Adele.
Veronica blickte das Topmodel erstaunt an.
„Weißt du, als erstes mußte ich mich mit drei lästigen Stewardessen herumschlagen. Aber die konnte ich mit Hilfe des Archäologen loswerden."
„Du konntest sie loswerden? Wie hast du denn das geschafft?"

„Oh, das war einfach. Ich habe den Forscher gebeten, mir seinen Auftrag in England zu erklären. Er setzte sich danach gleich neben mich – und das hat den drei Flugbienen gar nicht gefallen", amüsierte sich Adele.

„Kluges Mädchen. Wirklich kluges Mädchen", witzelte Veronica ein wenig spöttisch.

„Uuuhh ja, kluges Mädchen, kluges Mädchen", spöttelte Adele zurück, griff mit beiden Händen nach Veronica und kitzelte sie über der linken Hüfte, in der Höhe des Bauchnabels.

„Kille kille, kluges Mädchen. Kille kille", machte Adele weiter.

„Wahuuuhh, Adele hör auf! Hihihi, bitte hör auf!" bat Veronica. Sie fügte warnend hinzu: „Ich muß mich auf den Verkehr konzentrieren. Uuhh hihihi", kicherte sie.

„Ja, kluges Mädchen muß sich auf Verkehr konzentrieren. Ujjujujujui ...", veräppelte Adele vergnügt Veronica noch ein bißchen, bevor sie von ihr abließ.

Gleichzeitig machte das Auto einen Schlenker auf die rechte Seite, der jedoch ohne weitere Folgen blieb.

Die beiden Freundinnen waren jetzt mitten in der Londoner City, die auch mit „Inner London" bezeichnet wird. Sie fuhren die Park Lane entlang, welche zwischen dem Hyde Park und dem Green Park verläuft.

Ihr Ziel war die Cadogan Lane No. 5, an der ihre gemeinsame Wohnung lag.

Nach der rund zwanzig Kilometer langen Autofahrt wurde es Adele ein wenig kalt, darum knöpfte sie ihren Regenmantel zu. Dennoch war der diesjährige September, mit seiner Durchschnittstemperatur von rund dreiundzwanzig Grad am Tage, einer der wärmsten seit langem.

Der kleine neckische Spaß im Auto hatte Adele und Veronica erheitert und belustigt. Manchmal veräppelten sich die Freundinnen, was ihnen sichtlich Spaß machte und jeden beruflichen Streß schmälerte. Vielleicht konnten sie deshalb eine Wohnung zusammen teilen, ohne sich andauernd in den Haaren zu liegen. Ein weiterer wichtiger

Grund waren die hohen Mieten für Wohnungen in London. Genau wie die Lebenshaltungskosten schienen sie niemals zu fallen, sondern ständig zu steigen. Dieser Umstand machte London zu einer sehr teuren Stadt.

„Endlich sind wir da. Ich will mich jetzt nur noch ausziehen und ins Bett fallen", sagte Adele, als sie die schmale Einfahrt zur Tiefgarage hinunterfuhren.

„Ich kann's dir nachfühlen. Aber keine Angst, du kannst bis um zehn Uhr morgens ausschlafen", meinte Veronica und versuchte ihre Freundin aufzubauen.

„Gott sei Dank. In Mailand bin ich immer um fünf Uhr aufgestanden – das war mörderisch. Wir müssen uns mal über meinen Terminplan unterhalten", forderte Adele schläfrig.

„Oh, du armes Ding, mußtest schon um fünf Uhr aufstehen? *Oh du armes Ding*. Ich konnte bis *elf* ausschlafen, hehehe", schäkerte Veronica erbarmungslos.

„Blöde Kuh!" gab Adele zurück.

„Ja genau, blöde Kuh, hahaha", lachte Veronica schallend.

„Hahaha, blöde Kuh, huhuhu", lachte Adele zurück und ergänzte nachdenklich: „Oh Vron, wenn ich dich nicht hätte."

„Danke für das Kompliment, Frau Topmodel. Gern geschehen", bedankte sich Veronica ironisch und parkierte rückwärts in ihren gemieteten Parkplatz ein.

Für das vierstöckige Miethaus war die Tiefgarage erstaunlich groß und modern konzipiert. Das Haus selber, welches in früheren Zeiten einige kleinere Handwerksbetriebe beheimatet hatte, war knapp nach der Jahrhundertwende in einem leicht viktorianischen Baustil errichtet worden. Anfangs der neunziger Jahre wurde es von seinem neuen Besitzer komplett saniert und teilweise restauriert. Jetzt strahlte seine helle, braun-rötliche Backsteinfassade eine eigentümliche Frische aus, die von den breiten, schneeweißen Fenstereinfassungen (und ihren flachen Spitzbögen) unterstützt wurde. Die vielen Fenster waren jeweils in kleine Vierecke unterteilt. Die Unterteilungen fanden ebenfalls durch weiße Quer- und Längsbalken

aus Holz statt. Beim Innenausbau hatte man einen wesentlich moderneren Stil angewandt, der sich durch Rundbögen, hohe Zimmerdecken und große Wohnküchen in Szene setzte.
Langsam schloß sich das automatische Garagentor der Tiefgarage. Es konnte per Wohnungsschlüssel oder per Funksender geöffnet und geschlossen werden. Diese Annehmlichkeit, genau wie den eingebauten Personenlift, fanden die beiden Frauen todschick und praktisch. Besonders nach dem Shopping war der Lift nützlich, vor allem, wenn man wie sie in einer Dachwohnung wohnte.
Es war gegen ein Uhr, als sie vor ihrer Haustüre ankamen. Veronica schloß die Türe auf und betonte: „Das war ein sehr langer Tag. Ich glaube, wir sollten uns erst morgen wegen der zukünftigen Termine unterhalten. So spät in der Nacht bringt das nichts."
„Ja, keine Frage. Laß uns morgen weiterquatschen. Es läuft uns sowieso gar nichts davon", stimmte Adele müde zu.
„Willst du zuerst ins Bad, oder soll ich gehen?"
„Geh du ins Bad. Ich gehe heute in kein Bad mehr, nur noch ins Bett", gähnte Adele. Sie ging in ihr großes Schlafzimmer, zog sich aus und schlüpfte nackt ins breite Himmelbett.
Adele löschte das Licht des schmucken Nachttischlämpchens, das die Form eines roten Teddybärs hatte, und schlief bald danach ein.

3

Miau – miau – miauuu war das erste, was Adele am nächsten Morgen hörte.
Sie spürte, wie sich das weiche Fell einer Katze an ihren entblößten Rücken schmiegte. Nun fühlte sie, wie der Katzenkopf und der gekrümmte Katzenrücken über ihre Rückseite strichen. Es kitzelte ein wenig und löste einige prickelnde Schauer aus. Adele drehte sich auf den Rücken, ihre Augen waren noch immer geschlossen. Nun spürte sie, wie sich Katzenpfoten auf ihren nackten Bauch vortasteten und schließlich das ganze Gewicht auf denselben legten, bevor sich der Mäusefänger seelenruhig und endgültig darauf setzte.
Adele öffnete ihre Augen und blickte genau in diejenigen der Katze, die sie goldgelb und neugierig musterten. Jetzt legte sich die Katze auf den Bauch von Adele und benutzte ihren linken vollen Busen als Schmusekissen. Das war nun doch ein bißchen zuviel für Adele: „Hey Jimmy, verwechselst du mich etwa mit einer deiner Freundinnen?" fragte sie die Katze zärtlich.
Der Haustiger blickte verwundert auf, so als ob er sie tatsächlich verstanden hätte. Dann richtete er sich auf und streckte erst mal seine Beine nach Katzenart, setzte zu einem eleganten Sprung an und landete in hohem Bogen auf dem hellblauen Spannteppich, der Adeles Schlafzimmer ausfüllte. Fast immer, wenn Adele einige Tage fort war, vermisste der Kater seine große Freundin und versuchte sich bei ihr einzuschmeicheln, sobald sie wieder da war.
„Ja Jimmy, so ist's brav. Man krabbelt nicht auf nackten Frauen herum. Merk dir das", sprach sie zur Katze, die sich aber scheinbar nicht mehr für sie interessierte und das Fell der Hinterbeine ableckte. Adele streckte sich genauso ausgiebig wie vorher Jimmy und warf einen Blick auf den kleinen weißen Radiowecker, der auf dem Nachttisch stand.
Samstag, halb ein Uhr am Nachmittag – Scheiße, dachte Adele schokkiert.
Warum hat mich Vron nicht früher geweckt? Jetzt bin ich im Zeitdruck.

Sie wußte von Veronica, daß sie einen Model-Job um vier Uhr in einem Londoner Kaufhaus hatte. Aber sie wußte nicht, bei wem. Hastig warf sie die Decke von sich und eilte ins Badezimmer. Nach der kalten erfrischenden Dusche war sie endgültig wach und marschierte, bloß mit einem flauschigen Bademantel bekleidet, in das Büro von Veronica Balabushka.
Adele und Veronica bewohnten nicht nur ihre Fünfzimmerwohnung gemeinsam, sondern hatten auch gleich das für ihre Arbeit notwendige Büro in derselben eingerichtet. Die geräumige Wohnung besaß zwei Stockwerke, wobei das Büro im oberen Stockwerk lag.
Adele stieg barfuß und entschieden die kleine Wendeltreppe hinauf, welche beide Stockwerke verband. Leicht knarrte die hölzerne Treppe unter ihrem Gewicht. Wie erwartet, sah sie Veronica am Schreibtisch sitzen. Sie schien gerade in einen Brief vertieft zu sein.
Durch leichte Schleierwolken strahlte die Sonne von den oberen Dachfenstern hinab. Diese großen und breiten Lichtspender waren geschickt in die Dachschräge integriert und lieferten aus rund drei Meter Höhe die Beleuchtung für das Büro. Es gab vier von ihnen. Sie waren jedoch nicht wie die übrigen Fenster in kleine Quadrate unterteilt, sondern waren moderne Doppelverglasungen.
Sonnenstrahlen fielen ungefiltert auf den antiken Teakholztisch, den die Freundinnen auf einem Flohmarkt erstanden hatten. Das dunkle Holz wurde aufgehellt. Jede andere Lichtquelle war zu dieser Tageszeit unnötig.
Eine Flut von Papieren, Ordnern und anderen Schreibutensilien übersäte den matt schimmernden Arbeitsplatz. Der Teakholztisch aus der Kolonialzeit hatte eine U-Form und war in mehrere Tischplatten unterteilt. Die fünf Korpusse mit den diversen Schubladen boten, so sollte man meinen, genügend Platz für alle Papiere. Trotzdem war der Tisch ein Chaos aus Rechnungen, Prospekten, Katalogen, Briefen und Faxen. Mittendrin saß Veronica auf einem braunen Lederbürosessel, die ihr Chaos liebte. Nun rollte sie zum Computerbildschirm, auf dem in Großbuchstaben WIN 95 stand – für viele in jenen Tagen ein revolutionäres Computerprogramm.

Flink flogen ihre Finger über die Tastatur und hauchten dem Rechner neues Leben ein.
„Hallo. Na, schon wieder bei der Arbeit?" fragte Adele, von der Sonne ein wenig geblendet.
„Ja, ich sehe gerade die Aufträge für die Modeschauen in Paris durch. Wie du weißt, starten die Shows in Paris nächsten Monat – wie immer im Oktober."
„Ja, man glaubt es kaum. Es ist schon wieder Zeit für die Frühlingskollektionen. Das Jahr geht sehr schnell vorbei, obwohl du mich mit Aufträgen im Dauerstreß hältst", meinte Adele vorwurfsvoll.
„Okay, ich habe Scheiße gebaut. Die Shows in Mailand waren zu eng gebucht. Aber hey, ich habe dir die Zeit bis Paris offengehalten. Wenn du möchtest, kannst du einige Tage ausspannen. Wir hatten ja noch keine Ferien."
„Es geht nicht darum, ob wir Ferien hatten oder nicht. Du mußt begreifen, daß ich unmöglich drei Modeschauen an einem Tag laufen kann. Kein Mensch kann das", vertrat Adele ihren Standpunkt, während sie Veronica eindringlich ansah. Im Befehlston fuhr sie fort: „Ich will von heute an nur noch zwei Modeschauen an einem Tag laufen – und das sage ich nicht nur, weil ich noch nichts gefrühstückt habe."
„Oh, Frau Supermodel will nur noch zwei Shows laufen. Oh, Frau Supermodel ist auch noch hungrig", spöttelte Veronica, anscheinend ohne jedes Verständnis.
„All right! Frau Supermodel wird jetzt ein wenig wütend", erwiderte Adele, wobei sie den voluminösen Schreibtisch umrundete und hinter Veronica stand.
Sofort packte sie Veronica von hinten am Halsansatz und drückte zu, dann ließ sie los und massierte den Nacken und die Schultern ihrer Freundin.
„Hey Veronica, du bist ja richtig verspannt. Du hast doch nicht etwa Angst?"
„Uuuhhh, nein Adele. Mach weiter so, mach weiter, weiter, weiter ..."

„Blöde Kuh!" rief Adele und stoppte die Massage von Veronica.
„Ja, ich weiß, ich habe manchmal eine grausame Ader an mir. Aber das ist mein russisches Erbe", versuchte Veronica standhaft zu erklären.
„Russisches Erbe? So ein Blödsinn! Manchmal wird Frau Supersekretärin ein wenig scharf und braucht einen kleinen Aufhüpfer", spöttelte Adele.
„Blöde Kuh! Wo bleibt deine englische Erziehung?" rief Veronica entrüstet.
„Miss Balabushka, ich genoß meine Erziehung an den besten Schulen unseres glorreichen Landes. Ich wurde nicht auf dem Hinterhof erzogen und nicht an den Wänden aller Männer-WCs verewigt, wie gewisse Osteuropäerinnen", bemerkte Adele biederernst.
„Das ist aber gemein, Adele, sei bitte ein bißchen netter zu mir. Weißt du denn nicht, daß ich gestern extra den Kühlschrank für dich vollgemacht habe?" entgegnete Veronica gespielt betroffen. Und ergänzte nach einer kurzen Pause: „Und überhaupt, du weißt genau, wie sensibel ich bin, und daß ich nicht soviel Erfahrung wie *du* in Männerklos habe."
„Du hast Glück, daß ich so hungrig bin, russisches Landei", sprach Adele schon halb im Fortgehen begriffen. Nach dem Ausdruck „voller Kühlschrank" hatte sie ihr Gehirn auf Pause geschaltet. Obendrein hatte sie keine Lust, diese Diskussion mit leerem Magen zu führen. Eilig stieg sie die Wendeltreppe hinunter, eilte durch das Wohnzimmer und kam schließlich bei der modernen Wohnküche an, deren weite, durchgängige Grenzen hauptsächlich durch eine riesige Bartheke aus schwarzem Granit angedeutet wurden. Mitten in der vollausgestatteten und ausgestalteten Küche stand der weiße Kühlschrank, wie ein Eisberg im dunklen Atlantik. Groß und breit und Glück verheißend. Adele zog am stählernen Hebelgriff, worauf sich die Kühlschranktür mit einem leichten Plopp öffnete. Veronica hatte nicht gelogen, der kühle Wächter aller Lebensmittel war bis zum Rand gefüllt. Das Model griff gierig hinein, sie hatte seit einem Tag nichts ihrer Meinung nach Anständiges mehr gegessen.

Adele packte diverse Lebensmittel auf eine der Zwischenablagen. Wie der Rest der Küche, war sie aus einem sehr dunklen, kühlen Granitstein gearbeitet. Zur Abrundung des tiefdunklen Steins, waren die Fronten der zahlreichen Küchenschränke in einem hellen Nußbaumholz gehalten.
Sie griff nach einer Edelstahlpfanne, die zusammen mit vielen Kochtöpfen an einer Halterung über ihrem Kopf schwebte. Bloß die dunkel schimmernden Pfannenstile, welche an grünen Plastikhaken hingen, erinnerten daran, daß Kochutensilien nicht fliegen können. Adele stellte die Pfanne auf das Cerankochfeld und schlug Eier hinein.
Jetzt muß ich ein großes Omelett haben, dazu ein paar Würstchen, gebratenen Schinken, und der Tag ist gerettet, dachte sie erwartungsvoll. Nach geraumer Zeit hatte sie ihr Mittagessen zusammengestellt und trug es ins Wohnzimmer.
Adele wollte heute nicht in der Küche essen, dazu war der Sonnenschein zu schön, der das ganze Wohnzimmer durchflutete. Sie stellte das schwerbeladene Tablett mit dem Essen und einer Flasche Mineralwasser auf den Marmortisch.
Heute schlage ich zu, ohne Rücksicht auf Line oder Gewicht, frohlockte sie in Gedanken und setzte sich an den Eßzimmertisch, der problemlos zehn Leuten Platz geboten hätte. Der Steintisch war aus weißem Carrara-Marmor hergestellt, einem edlen Stein, der schon von den altrömischen Cäsaren bevorzugt wurde. Ganz im Gegensatz dazu waren die hochlehnigen Eßzimmerstühle aus Chromstahl und einem hellgrünen Kunstleder. Dieser Kontrast ließ die beiden Freundinnen jeden Morgen problemlos aufwachen – und genau *das* gefiel ihnen daran. Inzwischen hatten die Kochdüfte den Kater angelockt, der sich schnurrend und miauend an den nackten Beinen von Adele rieb.
„Aha, jetzt bin ich plötzlich wieder interessant, was Jimmy?" Diese Äußerung schien die Katze nicht groß zu beeindrucken, denn sie fuhr ungerührt fort mit der Bettelei. Und ihre Lautstärke nahm eher zu als ab.

„Ja, schon gut, du Elvis im Pelzmantel", meinte Adele leicht entnervt und warf dem Kater ein großes Stück gebratenen Schinken vor seine Pfoten, das von Jimmy gleich bearbeitet wurde.
„Ich glaube, du wirst jedes Mal fetter, wenn ich vom Ausland zurückkomme."
Auch diese Aussage wurde von der Katze scheinbar überhört, worauf Adele bei sich dachte: *Der Kater hört nur, was er hören will – schlaues Kerlchen.*
Das leichte Knirschen der eichenen Wendeltreppe war zu hören, über die Veronica nach unten schritt.
„Schau an, schau an, ein Holzfäller bei seiner Lieblingsbeschäftigung", kommentierte sie und setzte sich unaufgefordert neben ihre Freundin.
„Was heißt hier Holzfäller? Nur weil ich ein kleines Mittagessen zu mir nehme? Hey, ich habe seit gestern nichts mehr gegessen", entgegnete Adele mit halbvollem Mund.
„Ja, ich weiß", beschwichtigte Veronica freundschaftlich. Sie griff gleich nach einem noch warmen Toast und strich kühle Orangenmarmelade auf das hellbraune Brot. Das glänzende Küchenmesser lag, wie das restliche Geschirr, schon für sie bereit. Adele hatte sie erwartet.
„Weißt du", sagte Veronica, nun ebenfalls mit halbvollem Mund, „du kannst essen, was du willst, du behältst immer deine Figur. Wenn ich nur schon an Schokolade denke, habe ich automatisch ein Kilo mehr auf den Hüften. Wie machst du das bloß?"
„Ich fälle mehr Bäume – ist doch logisch, oder?"
„Wwoooopfff!" machte Veronica und versuchte ihr schallendes Lachen zu unterdrücken, wobei ihre vollen Backen rot anliefen. Eine solche Antwort hatte sie nicht erwartet. Aber sie wußte, wenn sie jetzt loslachen würde, müßte sie später den halben Tisch abwischen.
„Der hat gesessen, nicht wahr?" bemerkte Adele schelmisch. Veronica verschluckte sich beinahe, doch sie hatte sich nach kurzer Zeit wieder im Griff.

„Oh ja, der war gut. – Verdammt gut", pflichtete sie ihrer Freundin bei und überlegte sich eine gelungene Fortsetzung. Doch leider fiel ihr neben der heutigen Modenschau nichts mehr ein.
„Du weißt aber schon noch, daß du heute eine Show hast?" fragte sie deshalb Adele weniger belustigt.
„Na klar weiß ich das. Aber Frau Supersekretärin hat mir nicht gesagt wann, wie, wo und weshalb", antwortete Adele in gleichem Tonfall.
„Eyeyey, das habe ich total vergessen. Sorry, Adele, aber ich hatte soviel um die Ohren, ich habe es vermasselt", entschuldigte sich Veronica mit einem leicht schuldigen Gesichtsausdruck. Erklärend fuhr sie fort: „Die Modenschau ist gleich um die Ecke. Du hast heute ein Heimspiel im Harvey Nichols, darum habe ich dich ausschlafen lassen."
Das „Harvey Nichols" kannten die beiden Freundinnen in- und auswendig. Seit Jahren war das exklusive Kaufhaus mit gelungenen Überraschungen in der Modewelt aufgefallen und hatte sich mit exquisiter Mode sowie mit Spitzenkosmetika einen guten Namen gemacht. Annähernd 200 etablierte Marken und Designer waren ständig im Sortiment vertreten. Zudem zählten die Schaufensterdekorationen zu den originellsten in ganz London.
„Ach so, im Harvey Nichols. – Da hätte ich auch gleich dort essen können."
„Aber Adele, keiner macht so gute Omeletten wie du", gab Veronica kauend von sich und schnitt mit ihrem Besteck ein Stück Omelette aus Adeles Teller.
„Vron, ich weiß jetzt, wie du auf Holzfäller gekommen bist – du hast ganz einfach und simpel ein Wort für deine Manieren gesucht. Nicht wahr?"
„Blödsinn – ich war schon immer so nett. Willst du jetzt das Storyboard für die Show sehen?"
„Die haben ein Storyboard für ihre Show geschickt? Das ist ja mal etwas ganz Neues. Wie groß ist denn diese Modenschau?" fragte Adele leicht irritiert.

„Nun ja, nicht größer als letztes Jahr. Aber ich glaube, sie wollen jedes Risiko beim Ablauf reduzieren", vermutete Veronica und kramte in der Seitentasche ihres Blazers, der Teil eines silbergrauen Hosenanzugs war. Ihre lila-gelb geblümte Bluse strahlte darunter wie ein Farbtupfer.
Endlich fand sie das Fax vom Kaufhaus Harvey Nichols, faltete es auf und überreichte es Adele. Im Normalfall schickten die jeweiligen Veranstalter nur für größere Shows ein Storyboard, weil es praktisch bei jeder Modenschau ein Storyboard vor Ort gab. Darüber hinaus probten wichtige Designer ihre Shows im voraus, was natürlich mit mehr Zeit und Kosten verbunden war.
„So wie ich das sehe, ist die Show eigentlich aufgebaut wie immer", bemerkte Adele in das Fax des Kaufhauses vertieft. Es war bereits das vierte Mal, daß sie vom Veranstalter der alljährlichen Modenschau gebucht wurde.
„Die haben sogar die gleiche Visagistin – Pamela Charmers. Weißt du noch, wieviel Spaß wir letztes Jahr mit ihr hatten?"
„Ja, ich erinnere mich. Eine Visagistin für zehn Models. Pamela ist ganz schön ins Schwitzen gekommen. Besonders bei deinem Make-up hat sie sich verbissene Mühe gegeben. Doch auf der Party danach ist sie wesentlich lockerer geworden", kramte Veronica in ihren Erinnerungen.
„Lockerer geworden? So kann man es auch nennen. Ich weiß nur noch, daß wir sie stockbesoffen nach Hause chauffieren mußten. Zwischendurch durfte ich auch noch die Autotüre öffnen, damit sie auf das Trottoir reihern konnte. *Vielen Dank, Pamela*", resümierte Adele in ironischem Tonfall, ohne den Blick vom Fax zu nehmen.
„Hahaha, ja, das war eine tolle Party. Vielleicht wird es dieses Jahr wieder so lustig", hoffte Veronica.
„Ja, wer weiß? Im Fax steht jedenfalls nichts von einer Party. Aber die schreiben sowieso nur die Hälfte von dem, was sie schreiben sollten. Auf jeden Fall muß ich fünf Kleider vorführen. Richard Main – kennst du den Designer?"

„Nee, ist mir völlig unbekannt. Ist vermutlich ein ganz junger Designer. Du weißt ja, jedes Jahr eine neue Show, jedes Jahr neue Designer. In unserem Geschäft scheint mir das manchmal die einzige Konstante zu sein."
„Vron, jetzt übertreibst du aber. Wie dem auch sei, ich muß um vier Uhr dort sein. Die wollen ihre Show um fünf Uhr starten. Du willst auch mitkommen, so wie ich das verstanden habe?" erkundigte sich Adele, faltete das Fax und gab es Veronica zurück, die es gleich wieder einsteckte.
„Das hast du richtig verstanden. Wenn Frau Supermodel einmal da ist, will ich sie auch in Aktion sehen."
„Nun gut, Vron, dann darf jetzt Frau Supersekretärin den Tisch abräumen und den Geschirrspüler betätigen, während sich Frau Supermodel frisch macht und etwas Schnuckeliges anzieht."
„Okay, okay. Ach, wir können auf dem Weg noch ein paar Schaufenster anschauen. Ich könnte noch ein paar Klamotten für den Winter gebrauchen!" rief Veronica Adele hinterher, die bereits auf dem Weg zum Badezimmer war.
„Okay!" rief das Model zurück, bevor sie sich am Haarföhn zu schaffen machte. Weil sie an der Cadogan Lane wohnten, die eine Seitenstraße der Sloane Street ist, hatten es die beiden Freundinnen nicht besonders eilig. Sie konnten zu Fuß um die Ecke laufen und waren schon in der Sloane Street, welche in Richtung Knightsbride zum Kaufhaus Harvey Nichols führt. Die Sloane Street selber, die wohl die heimliche Grenze der Stadtteile Belgravia und Knightsbride darstellt, ist untrennbar mit unzähligen Modeboutiquen verbunden, deren Schaufenster nur so vor trendiger Mode überquellen.
Nach einer halben Stunde waren die zwei Frauen schließlich abmarschbereit und verließen gemeinsam das Mietshaus. Später schlenderten sie gemächlich die Sloane Street hinauf und blieben praktisch vor jedem Schaufenster kurz stehen. Es war ein erstaunlich warmer und sonniger Herbsttag, der viele Leute in diese Gegend der Stadt zog. Ein Schaufensterbummel am Samstagnachmittag, das

typische Hobby von Großstadtbewohnern, meistens weiblicher Natur.

„Ooch, schau dir die Jacke mit dem breiten Reverskragen an. Was für eine hübsche Ton-in-Ton-Stickerei am Vorderteil. Ich glaube, das ist ein Blütenmuster", schwärmte Veronica entzückt.

„Jetzt fehlt nur noch die passende Hose dazu, dann wäre das ein perfektes Winter-Outfit", kam sie zum vorläufigen Resultat.

„Du siehst doch, daß die Verkäuferin die Puppe noch anzieht – habe ein wenig Geduld", meinte Adele erwartungsfroh. Und tatsächlich griff die Verkäuferin nach einer Hose am Kleiderständer, welche die gleiche Stickerei auf beiden Hosenbeinen an der äußeren Seitennaht hatte.

„Siehst du, es ist ein Hosenanzug", verkündete Adele lächelnd.

„Ja, aber mit der Farbe kann ich nichts anfangen – Bordeaux – haben die nichts Peppigeres?" fragte Veronica zur Hälfte Adele und zur Hälfte sich selber.

„Du bist doch schon selber peppig, was willst du dann noch mit einem peppigen Hosenanzug?" fragte Adele scherzhaft zurück.

„Du klingst so langsam wie mein Freund – der hat auch manchmal so blöde Anwandlungen – besonders beim Shopping."

„Oh sorry, ich wollte nicht wie Fredy klingen. Aber ich glaube, du hast schon sehr viele Hosenanzüge. Warum kaufst du dir nicht mal ein schönes Abendkleid oder etwas in der Richtung?"

„Glaubst du wirklich?"

„Ja, ich finde schon ein wenig, daß du zu viele Anzüge im Vergleich zu anderen Kleidern hast. Unsere ganzen Kleiderschränke sind voll damit."

„Nun übertreibst du aber. Wenn ich da nur schon an deine Schuhe denke. Wie viele Paare hast du schon wieder? Ein paar Hundert, nicht wahr?"

„Wir reden jetzt über Kleider und nicht über Schuhe. Schuhe sind ein ganz anderes Thema. Eine Frau ohne Schuhe ist wie ein Fisch ohne Wasser. Das wird dir jede Frau mit hübschen Kleidern bestätigen", brüskierte sich Adele.

„Willst du damit sagen, ich hätte keine hübschen Kleider?" brüskierte sich Veronica ebenfalls und blickte Adele vorwurfsvoll an.
„Du hast auf jeden Fall keine Klamotten, die mich anmachen."
„Warum sollte ich dich anmachen?" erwiderte Veronica mit fragendem Blick.
„Weil ich das mag", antwortete Adele in biederem Tonfall.
„Blöde Kuh!"
„Ja genau, blöde Kuh! Hahaha ...", lachte Adele vergnügt.
„Und ausgerechnet *du* meinst, daß ich einen Aufhüpfer brauche? Oh Mann!" fuhr Veronica in gespielter Empörtheit fort, worauf Adele schallend loslachte.
Die beiden setzten sich wieder in Bewegung und plauderten vergnügt weiter.
Nach zirka fünfzig Metern im Rhythmus gehen, schauen, gehen, schauen, blieben sie vor einem Juweliergeschäft stehen und sahen sich beiläufig die ausgestellten Schmuckstücke an. Da gab es Ringe, Broschen, Halsketten, Uhren und andere preisträchtige Kleinigkeiten. Kleinigkeiten, die manche Männer zur Verzweiflung treiben konnten.
„Ganz schöne Klunker. Wow, sieh dir diese Brosche an, dafür müßten wir mindestens ein Jahr lang arbeiten, ohne etwas zu essen", staunte Veronica über die exorbitanten Preisvorstellungen des Juweliers.
„Oh ja, die ist toll. Die funkelt sogar bei Tageslicht. Da kommt mir in den Sinn, hast du schon jemals etwas von einem fünf Kilogramm schweren Diamanten gehört?" wollte Adele neugierig wissen.
„Ein fünf Kilogramm schwerer Diamant? Spinnst du! Kein Mensch auf der ganzen Welt hat jemals etwas von einem fünf Kilogramm schweren Diamanten gehört oder gesehen. Der wäre nämlich verdammt berühmt und reich sowieso. Wie kommst du auf so einen verrückten Gedanken?" meinte Veronica verwirrt und sah Adele mit einem merkwürdigen Blick an.

„Ach, dieser dämliche Archäologe im Flugzeug. Der wollte mir doch tatsächlich weismachen, daß in einem Wikingergrab ein fünf Kilogramm schwerer Diamant steckt. Was für ein Blödmann!"
Der merkwürdige Blick von Veronica verwandelte sich zu einem belustigten Gesichtsausdruck. Sie dachte kurz nach und bemerkte dann: „Der ist nicht nur ein Blödmann, der ist ein kompletter Vollidiot. In England gibt es keine Riesendiamanten, höchstens bei der Queen. Und nicht einmal die Queen hat einen ähnlich schweren Diamanten, soviel ich weiß."
„Genau dasselbe habe ich dem Doktor auch gesagt. Aber der faselte nur etwas von einem Wikingergrab, mit Schätzen und Juwelen, oder so. Was für ein Aufschneider. – Ein mieser Aufschneider", resümierte Adele trocken.
„Oh Mann, ein Wikingergrab. Wenn ich das nur schon höre. Wo sollte es denn sein, dieses Wikingergrab?"
„An der Südküste von England. Bei Newhaven in East Sussex, glaube ich. Wenigstens eine hübsche Gegend für eine Ausgrabung."
„Sicher, wenn man das Meer und den Strand mag. Dort gibt es sehr imposante Klippen, aber leider keine Surfer", bedauerte Veronica.
„Ja, Surfer sind in England selten", ergänzte Adele.
„Aehä", beendete Veronica den Diskurs und schlenderte gemächlich weiter in Richtung Knightsbridge.
Der Stadtteil Knightsbridge, ist *die* große Versuchung für alle kaufsüchtigen Frauen Londons und ganz Englands. Besonders Brompton Cross (Kreuzung Fulham Rd./Brompton Rd.) zieht alle modebewußten Shoppingwesen magisch an. Meistens kennen solche mit Tragetaschen bewaffneten Einkaufsspezialistinnen, die Geschäfte in der Bond Street und Sloane Street wie ihre Westentasche.
Endlich spazierten die beiden Freundinnen durch den Haupteingang des Kaufhauses Harvey Nichols. Immer geradeaus zur Information. So wie es schien, wurde Adele bereits erwartet.
„Guten Tag, Miss Lord. Wir fingen schon an Sie zu vermissen", begrüßte eine Verkäuferin Adele, die sie vom letzten Jahr her kannte.
„Guten Tag Susanne, na wie geht's?" grüßte Adele retour.

„Danke, mir geht's gut, und Ihnen?"
„Danke danke, es könnte nicht besser gehen. Darf ich übrigens vorstellen, das ist meine Managerin Veronica Balabushka."
„Guten Tag, Miss Balabushka. Freut mich, Sie kennenzulernen."
„Freut mich ebenfalls, Frau äähh ..."
„Oh, nennen Sie mich bitte Susanne", bat sie freundlich.
„Freut mich, Susanne. Ist denn schon alles für die Show vorbereitet?"
„Oh ja, wir haben das ganze zweite Stockwerk umdekoriert. Wenn Sie kürzlich einmal oben waren, werden Sie es nicht wiedererkennen. Die Garderobe ist übrigens gleich hinter dem Vorhang. Sie können sie nicht verfehlen."
„Danke für die Auskunft, Susanne. Gibt es übrigens eine Party nach der Show, so wie letztes Jahr?" fragte Veronica.
„Jawohl, es wird wieder eine kleine Party nach der Show geben. Allerdings ist sie dieses Jahr nur bis Mitternacht geplant. Wir hatten einige kleinere Probleme letztes Jahr, deswegen die zeitliche Begrenzung."
„Na, dann wollen wir mal. Wir sehen uns wahrscheinlich auf der Party wieder, Susanne. Vermute ich."
„Dieses Jahr leider nicht, Miss Balabushka. Ich habe schon andere Pläne."
„Oh – na dann. Auf Wiedersehen, und ein schönes Wochenende noch."
„Bye bye, Susanne, danke für die Auskunft", fügte Adele hinzu.
„Danke vielmals und viel Vergnügen", verabschiedete sich die Verkäuferin und blickte den beiden Freundinnen nach, auf ihrem Weg zum Fahrstuhl.
Als sie im zweiten Stock ankamen, erkannten sie ihn wirklich nicht wieder. Alle Shops, in denen sie im Juli noch bei den Schlußverkäufen kräftig zugeschlagen hatten, waren mit gelborangefarbenen Tüchern abgedeckt. Der damit verbundene Effekt überraschte sie. Das ganze zweite Stockwerk schien ein einziger greller Raum zu sein. Mittendrin war auf einem stabilen Holzgestell der Catwalk

aufgebaut. Gut abgedeckt, mit einer silberfarbenen Plastikbespannung, erweckte er den Eindruck, niemals woanders gestanden zu haben. Ein hellgrüner riesiger Vorhang bildete den Abschluß des T-förmigen Catwalks. Links und rechts des rund zwanzig Meter langen Laufstegs standen, hintereinander in mehreren Reihen, jeweils dreihundert navyblaue Plastikstühle mit Chrombeinen. Adele und Veronica kannten ihr Ziel, es lag hinter dem Vorhang.
Kaum hatten sie die textile Trennlinie überwunden, standen sie in einem lärmig hektischen Getriebe. In dem mit Stellwänden erschaffenen Raum überlagerten sich mehrere verschiedene Düfte von Parfüms, Haarsprays und Conditoners. An fünfzehn Schminktischen saßen Models und zupften an ihren Haaren oder verbesserten ihr Make-up. Einige studierten nebenbei den Ablaufplan der Show. Einige zwängten sich, teilweise ächzend, in fragile Designerkleider. Andere schlüpften schon mal in die engen Overknees und machten Gehversuche. Der Designer machte durch seine Interpretation des Slim-Look, kopiert von 80er-Jahre-Kleidern, das Leben der Models nicht leicht. Jetzt zählte jeder Zentimeter zuviel und so manche Sünde kam ans Tageslicht. Gelegentlich huschte ein Hairstylist und seine Assistentinnen von einem Model zum andern, die Frisuren mußten zur Kollektion passen. Auch der Designer selber, „Richard Main", war anwesend und überprüfte vorerst, ob seine Modellkleider in den richtigen Größen zum jeweiligen Model paßten.
Bald hatten sie ihre Partyfreundin des letzten Jahres, Pamela Charmers, im Visier. Sie stellte gerade das Make-up an einem nigerianischen Model fertig und schien mit dem Resultat zufrieden zu sein.
„Halli hallo, Pamela. Na, bist du mit deiner Höhlenmalerei beschäftigt?"
„Waah? Wie? Oh, hallo Adele. Du bist aber reichlich spät dran, der Designer hat bereits nach dir gefragt. – Was meinst du mit Höhlenmalerei? Du wirst jedes Jahr frecher, blonder Strohkopf", freute sich Pamela.

„Ja, das machen die Partys. Besonders wenn man besoffene Leute heimfahren muß", erwiderte Adele genauso freudig und umarmte Pamela herzlich.

„Hallo, Pamela, na wie geht's?" begrüßte Veronica die Visagistin.

„Hallo, Veronica, danke gut und selber?" grüßte Pamela zurück, worauf sie sich gegenseitig auf die Wangen küßten.

„Danke, ich kann nicht klagen. Aber du weißt ja, was ich mit Adele durchmache."

„Das kann ich mir denken. Adele, reiß dich ein wenig zusammen", befahl Pamela im ernstesten Ton, den sie in dieser Situation zustande brachte.

„Bäh bäh bäh", spöttelte Adele zurück. Und fuhr trocken fort: „Wo ist mein Schminktisch?"

„Der steht gleich dahinten und wartet auf dich. Ich komme sofort zu dir und mache das Make-up."

Als sich Adele auf den blauen Plastikstuhl vor ihrem erleuchteten Schminktisch gesetzt hatte, begann Pamela ihre Verschönerungsarbeit. Auch der Hairstylist fand sich ein und war erfreut über die lange naturblonde Mähne.

Veronica machte eine kleine Besichtigungstour und verfolgte neugierig das emsige Treiben. Bald hatte sie den Designer „Richard Main" gefunden und sprach ihn an: „Hallo, Mister Main, meine Name ist Veronica Balabushka. Wir haben am Telefon miteinander gesprochen."

„Ah, hallo Miss Balabushka. Sie und Adele sind reichlich spät aufgetaucht."

„Nun ja, es ist knapp zehn nach vier. Es geht noch gut eine Stunde, bis zur Show", antwortete Veronica ein wenig schuldbewußt.

„Ja, ich weiß. Aber heute kommt alles zusammen. Leider hat sich ein Model im letzten Moment krank gemeldet. So wie es aussieht, muß jedes Model ein Kleid mehr vorführen – das wirft unser Storyboard über den Haufen", erklärte der Designer, in seiner Stimme lag ein Hauch von Panik. Dennoch überprüfte er gleichzeitig ein hauchdünnes Abendkleid, mit routinierter Gelassenheit.

„Och, machen Sie sich keine Sorgen, das wird schon klappen. Dann wird die Show eben etwas länger. Na und, was soll's?"
„Ihre Zuversicht freut mich. Bitte sagen Sie Miss Lord, daß Sie ein Kleid mehr vorführen muß. Ich muß mich im Augenblick um die Musik kümmern, weil die Show länger dauert. Aber ich werde versuchen, Miss Lord später persönlich zu begrüßen."
„Das dürfte keine Schwierigkeiten machen. Adele freut sich immer, wenn sie mehr Kleider vorführen kann. Es liegt ihr im Blut, vermute ich."
„Nur in solchen Notfällen, erkennt man einen echten Profi. Danke vielmals, Miss Balabushka", bedankte sich „Richard Main" kurz, und setzte sich in Richtung Zuschauerraum in Bewegung. Veronica beendete den Rundgang und kehrte zu Adele zurück. So wie es aussah, war die Arbeit der Visagistin beendet; denn Pamela war nirgends mehr zu sehen und ein Coiffeur belegte ihren Platz.
Der Hairstylist, ein Franzose mit dem Künstlernamen „Pepe Delacroix", hatte bereits die Frisur von Adele streng zurückgekämmt und hatte einige kleinere Zöpfe hineingeflochten. Zur Auflockerung, lagen mehrere fließende Strähnen des goldblonden Haares über der Stirn. Der lange Pferdeschwanz am Hinterkopf bildete den krönenden Abschluß des Kunstwerks. „Pepe" nebelte Adele gerade mit Haarspray ein, als Veronica hinter sie trat: „Hey, du siehst wirklich gut aus. Gefällt dir die Frisur?"
„Eigentlich nicht, aber die Geschmäcker sind verschieden. Vron, du weißt, ich bevorzuge offene Haare."
„Ich finde, der Pferdeschwanz sieht wesentlich besser aus. Was finden Sie, Mister ...?"
„Oi oui, isch finde Moidemoiselle sehen großartig aus. Très chique, vous comprendrez?" meinte der Franzose beeindruckt, sein Akzent war sehr stark.
Adeles frische Jugendlichkeit und ihre natürlich positive Ausstrahlung hatten es ihm angetan. Der Haarkünstler, dessen angeborener Name eigentlich auf Jean Grand lautete, arbeitete das erste Mal mit Adele zusammen und war dementsprechend ein wenig nervös.

Seit er vor zwei Jahren den Friseursalon seines Vaters in Paris verließ, konnte er schon mehrere berühmte Models verschönern. Aber noch kein Topmodel, und noch nicht in London. Paris war seine Heimatstadt, und Paris war seine liebste Stadt. Doch Paris war auch ein hartes Pflaster für einen jungen Coiffeur mit dem Namen Jean Grand. Jean oder „Pepe" wollte nicht wie sein Vater das ganze Leben im langweiligen Coiffeursalon verbringen. Die Welt war groß für ihn und bot unzählige Möglichkeiten. Die Welt seines Vaters, das war das vierte Arrondissement von Paris und der leicht vergilbte Coiffeursalon, welchen er seit über dreißig Jahren führte. Der Auftrag von „Richard Main", den Jean oder „Pepe" bei einer Pariser Modenschau kennengelert hatte, könnte seine erste gute Referenz in London werden; daher versuchte er seine Haarkreationen möglichst perfekt zu gestalten.

„Ach, Sie sind Franzose", bemerkte Veronica eher feststellend als fragend.

„Oui oui, isch komme aus dem schönen Pari. Sie kennen doch sicher Pari und die Seine, den Eifelturm und Momartre?"

„Sicher, wir waren viele Male in Paris", bestätigte Veronica. Und dachte bei sich: *So genau wollte ich das gar nicht wissen, Franzmann.*

„Pepe hat einen charmanten Akzent. Findest du nicht auch?" amüsierte sich Adele.

„Ach, ihr seid schon per du?"

„Ja, wir haben uns ein wenig unterhalten. Echt köstlich, dieser Akzent. Pepe, das ist übrigens meine Managerin, Veronica Balabushka."

„Oh, ich habe mich noch gar nicht vorgestellt. Tut mir leid", entschuldigte sich Veronica rasch und schüttelte ein wenig verlegen die schmale hellhäutige Hand von Jean oder „Pepe". Ein kleines Schmunzeln lief kurz über die angespannten Gesichtszüge des Hairstylisten, bevor er die Hand von Veronica ergriff und freudig erwiderte: „Das macht nischts, Mademoiselle Balabushka. Meine Name ist Pepe Delacroix. Es freut misch, die Managerin von Adele kennenzulernen, und noche eine so hübsche obendrein."

Für einen kurzen Augenblick wurde der konstant hohe Geräuschpegel in der Garderobe übertönt. Im Zuschauerraum wurde die Stereoanlage ausprobiert, mit einem Musikstück der Rockgruppe „Queen". Der Refrain von „Crazy little thing called love" ließ die Luft ganz leicht vibrieren und erinnerte die Akteure der Vorstellung, daß die Aufführung bald begann. Die Atmosphäre wurde zusehends nervöser und hektischer. Die Gespräche gereizter.

„Danke für das nette Kompliment, Mister Delacroix. Ich glaube, Sie haben ein kleines Kunstwerk an Adele vollbracht. Sie sieht umwerfend aus."

„Nischts zu danken, Mademoiselle Balabushka. Wir machen alle unseren Job so gut wir können. N'est ce pas?" fuhr der Figaro fort und zupfte an einigen unwilligen Strähnen von Adeles Haar.

„Ach, Adele, du mußt übrigens ein Kleid mehr vorführen. Ein Model ist krank geworden. Der Designer hat mich eben gerade informiert."

„Ehrlich? Das ist nicht schlecht, dann kriegen wir sicher eine höhere Gage", spekulierte Adele.

„Da bin ich mir nicht sicher – ich werde den Designer gleich nochmals darauf ansprechen."

„Ja, tu das, Vron", sagte Adele beiläufig. Sie dachte: *Warum hat sie ihn nicht gleich gefragt? Muß ich heute alles selber machen?*

Zwischenzeitlich hatte eine der zahlreichen Assistentinnen, die im Hauptberuf Verkäuferinnen im Kaufhaus Harvey Nichols waren, einen länglichen Kleiderständer zum Schminktisch gerollt. Diese Kleiderständer auf schwarzen Kautschukrollen konnten problemlos umplaziert werden – teilweise ein bißchen quietschend. Wortlos verließ die gesichtslose Assistentin den Schauplatz der Verschönerung. Es paßte ihr ganz und gar nicht, nach Feierabend und erst noch am Wochenende arbeiten zu müssen. Auf die sechs Designerkleider der Frühjahrskollektion von „Richard Main" hatte dies aber keinen Einfluß. Auch ein langes weißes durchsichtiges Brautkleid wartete auf seine Vorführung.

Jetzt kam der Designer zu Adeles Schminktisch. Er wollte es sich nicht nehmen lassen, seinen Star zu begrüßen: „Hallo, Miss Lord, freut mich, Sie kennenzulernen. Mein Name ist Richard Main."
„Hallo, Mister Main, freut mich ebenfalls. Wie ich gehört habe, ist ein Model krank geworden. Gibt es deshalb Probleme mit der Show?"
„Ja, Miss Lord, leider ist ein schwedisches Model ausgefallen. Aber wir haben dadurch keine Probleme. Wir machen einfach einen Durchgang mehr für jedes Model."
„Ach so, dann bezahlen Sie also auch einen Durchgang mehr, nicht wahr?"
„Mehr Gage? Wie kommen Sie denn auf diese Idee, Miss Lord?"
„Weil ich heute morgen zufällig Ihr Fax mit dem Auftrag gelesen habe. Darin steht, daß Sie für jedes Kleid bezahlen, daß ich vorführe. Daher ist es nur logisch, für einen Durchgang mehr zu bezahlen."
Das Gesicht des schottischen Designers verzog sich für einen Augenblick, so als hätte er in eine Zitrone gebissen. Seine rechte Hand strich durch das dichte rote Haar und suchte darin Halt, während er sich in Gedanken fragte: *Warum sind diese Londoner Tussis nur so gierig? Die sollten mal für ein Jahr lang in Lossiemouth als Model auftreten. – Verwöhnte Luder.* Aber so leicht gebe ich nicht auf. Er richtete sich an Veronica: „Miss Balabushka, Sie haben mir doch gesagt, Adele würde sich freuen, noch ein Kleid mehr vorzuführen. Miss Lord ist schließlich der Star meiner Show und wird überaus reichlich dafür belohnt. Sie darf sogar dieses wunderschöne Brautkleid als Abschluß vorführen. Ist das nicht Auszeichnung genug?"
Veronica wußte nicht so recht, wie ihr geschah, plötzlich stand sie im Mittelpunkt des Interesses. Sogar Jean oder „Pepe" sah sie schräg von der Seite aus an. Adele warf ihr ebenfalls per Schminkspiegel einen scharfen Blick zu.
„Nun ja, ich bin die Managerin, aber Adele hat ihren eigenen Kopf und ich ..."

„Spar dir deine Erklärungen", unterbrach Adele barsch. Energisch ergänzte sie: „Sehr geehrter Mister Main – ich führe Ihre Kleider vor, ob sie mir nun gefallen oder nicht. Ich esse auch einen fettigen Hamburger für Sie, ob er mir nun schmeckt oder nicht. Aber ich tue beides nicht gratis für Sie. Haben Sie das verstanden?" fragte sie den Designer mit einem harten Blick, der genauso hart aussah, wie sich ihre Stimme anhörte.

Die Kinnlade des Designers fiel kurz herunter, und sein forscher Blick schien für eine kleine Zeitspanne bloß verständnisloses Erstaunen auszudrücken. So hatte noch kein Model mit ihm gesprochen, und so durfte auch kein Model mit ihm sprechen. Er war nicht vor drei Jahren aus Aberdeen nach London gekommen, um die Befehle eines Models auszuführen. Er hatte nicht mit harter Arbeit das Label „Richard Main" aufgebaut, obwohl sein eigentlicher Familienname auf Samuel Mac Kinloch lautete, um sich von einem englischen Model herumkommandieren zu lassen. Es spielte dabei gar keine Rolle, wenn dieses Model Adele Lord hieß und in ganz London bekannt war.

„Seien Sie nicht so zickig, Miss Lord. Sie sind der Star meiner Show, was wollen Sie denn eigentlich noch mehr?" fragte er gereizt retour.

„Ach, eigentlich möchte ich nur ein bißchen spazierengehen, bei diesem schönen Wetter. Ein bißchen Shopping und ein nettes Café besuchen. Vron, gibst du mir bitte meinen Regenmantel?" bat Adele zuckersüß und wies mit ihrer rechten Hand auf den Regenmantel, der über der linken Seite des Schminktisches lag. Veronica blickte sie schockiert an, tat dann aber das Aufgetragene und griff nach dem Regenabweiser. Adele stand auf und streifte den Mantel in aller Seelenruhe über. Plötzlich war es in der Garderobe stiller geworden. Viele der Models und Assistentinnen schauten aufmerksam zu Adele. Einige hatten die hitzige Diskussion mitverfolgt, und ihre derzeitige Arbeit schien auf einmal nicht mehr so wichtig zu sein. Dieses Schauspiel wollten sie nicht verpassen – um kein Geld der Welt. Der Macher des Labels „Richard Main" war inzwischen rot

angelaufen und fühlte sich auf einmal von vierzig Augenpaaren beobachtet, als Adele wortlos vom Schminktisch wegging.
„All right, all right! Sie haben gewonnen, Miss Lord! Sie bekommen Ihre zusätzliche Gage! Aber bitte ziehen Sie jetzt das erste Kleid an, wir beginnen in zehn Minuten!" rief er flehentlich Adele hinterher, die bereits den Bühnenvorhang des Catwalks erreicht hatte. Adele machte kehrt und ging gemächlich wieder zu ihrem Schminktisch zurück. Danach blickte sie den Designer an und bemerkte trocken: „Ich werde Sie nicht enttäuschen, Mister Main."
Jegliche Betriebsamkeit war inzwischen zum Stillstand gekommen. Die meisten Akteure der Modenschau, ob aktiv oder passiv, starrten zu Adele hinüber. Ein leises Getuschel lag in der Luft, so eine krasse Lohnverhandlung sah man nicht jeden Tag.
„Ladys, Ladys, das Theater ist zu Ende! Wollen bitte alle Models Ihre Kostüme anziehen! Wir starten den ersten Durchgang in zehn Minuten!" rief der Designer durch die dunstige Garderobe an seine Mitarbeiter gerichtet.
Daraufhin löste sich jede Anspannung in der Garderobe und machte der gewohnten Hektik Platz. Sämtliche Akteure hatten plötzlich wieder mehr als genug Arbeit und waren neu zudem im Zeitdruck. Nachdem „Richard Main" die Garderobe verlassen hatte, um die Moderation der Show zu übernehmen, konnte man dennoch einige zustimmende Rufe von den anderen Models hören, für die Adele nun so etwas wie ihre Vorkämpferin geworden war.
„Dasch hascht du gut gemascht, Adele. Man kann sisch nischt alles gefallen lassen", betonte ein zufriedener Jean oder „Pepe" in seinem unverwechselbaren Akzent.
„Oh Mann, heute bist du hart im Geben", stellte Veronica fest. Trotzige Vehemenz sah sie bei ihrer Freundin nur selten, aber immer dann, wenn es nötig war.
„Danke, nichts zu danken. Solche Jobs mache ich am liebsten", sagte Adele leicht abwehrend, so als wäre ihre Aktion nur eine gelungene Posse gewesen.

Manchmal macht der Job echt Spaß, dachte sie bei sich und griff nach dem ersten Designerkleid von „Richard Main".
Der hauchdünne Zweiteiler der Frühjahrskollektion bestand aus einer weißen arm- und schulterfreien Bluse mit geschwungenen Rüschen am Ausschnitt. Dazu passend der überaus kurze neckische Minirock, ebenfalls enganliegend, in Weiß, jedoch mit aufgedrucktem Jaguarkopf auf dem Po. Der krönende Abschluß des Outfits bildeten schenkelhohe Bararella-Stiefel in metallic-schwarz. Die Zusammenstellung dieses Outfits läßt erahnen, weshalb Fotografen in der Umkleidegarderobe unerwünscht waren.
Unterdessen trat „Richard Main" vor das wartende Publikum. Er musterte die Zuschauer. Alle waren sie da: die Presse, die Fotografen, andere Designer, einige Mitglieder der High Society, Schauspielerinnen und Showstars, modeinteressierte Damen jeden Alters und jeder Hautfarbe. Die bunten 600 Zuschauer waren samt und sonderlich in angeregte Gespräche vertieft, so daß eine dichte Geräuschwolke den Zuschauerraum ausfüllte. Zwischendurch schossen Blitzlichter durch den Raum, von Fotografen, die ein bekanntes Gesicht in der Menge ablichteten.
Der Designer war erfreut über die munteren Zuschauer – diese Show würde ein Erfolg werden. *Der Raum ist ja proppevoll. Sogar hinter den letzten Reihen stehen noch einige Zuschauer. Wir hätten doch noch mehr Stühle aufstellen sollen*, dachte der Modemacher. Und überlegte weiter: *Gut, daß ich Miss Lord noch aufhalten konnte, mit ihrem Aussehen wird sie meine Kleider sensationell vorführen*, vermutete er befriedigt und begann danach per Mikrophon die Anmoderation der Show.
Die Models waren nun angezogen und warteten auf ihren ersten Durchgang. Auch Adele hatte sich in ihr Kostüm gezwängt und warf einen letzten Blick auf das weiße Storyboard. Eine der Assistentinnen von „Richard Main" korrigierte gerade mit einem roten Filzstift den Ablauf der Show. Der neue, sechste Durchgang war in Rot geschrieben, während der alte Ablaufplan in Blau gehalten war.
Interessiert studierten die vierzehn Models, die sich in einem Halbkreis um das Storyboard versammelt hatten, ihren Einsatz. Veronica

stand neben Adele und meinte erfreut: „Hey, Adele, du kannst die Show eröffnen und bist als strahlende Braut der krönende Abschluß. Ist nicht schlecht, was?"
„Das ist nur fair, wenn ich bedenke, was für ein Theater ich mit der Gage hatte", antwortete Adele konzentriert und schaute ihre Freundin mit einem kompromisslosen Gesichtsausdruck an, der sagte: *Heute mußte ich deine Arbeit auch noch machen. Bitte paß besser auf.*
Mehrere Models warfen Adele einen neidischen, andere einen bewundernden Blick zu. Wieder andere zupften an ihren Outfits, um ihre Nervosität besser in den Griff zu bekommen. Vor einer Show war Adele schon lange nicht mehr nervös, das Lampenfieber war ihr nach mehr als hundert Shows abhanden gekommen. Wie aus dem Nichts tauchte „Richard Main" auf und sprach die versammelte weibliche Truppe an: „Okay, Ladys, es ist soweit. Sie sehen alle großartig aus. Beginnen wir mit dem Tanz. In fünf Minuten starte ich die Musik. Miss Lord, Sie haben die Ehre, meine Show zu eröffnen. Hauen Sie die Zuschauer um, so wie Sie mich umgehauen haben."
„Danke, Mister Main. Ich werde mein Möglichstes tun", erwiderte Adele lächelnd und dachte amüsiert bei sich: *Der Mann hat Nerven und sogar ein bißchen Humor. – Ein echter Schotte.*
Wie angekündigt, startete ein wenig später die laute Musik und der Vorhang öffnete sich für Adele. Der Catwalk wurde von mehreren grellen Scheinwerfern angestrahlt, während der Zuschauerraum im Halbdunkel lag.
„I was made for loving you baby, you were made for loving me", hämmerten „KISS" aus den zehn voluminösen Lautsprechern, als Adele die schmale Grenze hinter dem Vorhang verließ und in geübt laszivem Gang den Catwalk herunterschritt. Die Scheinwerfer blendeten sie ein bißchen, störten jedoch nicht ihren energischen und ausdrucksvollen Auftritt. Wie gewohnt, spürte sie hunderte Augenpaaren auf sich ruhen und das damit verbundene Prickeln.

Eine solche (fast schon religiöse) Bewunderung überraschte Adele jedes Mal. Adele wußte, daß sie in keinem anderen Beruf eine so schnelle und ehrliche Anerkennung erreichen konnte. Gewiß mußte neben dem grandiosen Aussehen ebenso das Outfit passen. Mit ihren jungen Jahren hatte sie schon ein gutes Gespür für das jeweilige Publikum entwickelt. – Und dieses Publikum war begeistert von ihr, noch bevor sie das Ende des Laufstegs erreichte. Das Blitzen der vielen Kameras bestätigte ihre Vermutung. Am Ende des Catwalks drehte sie sich (mit einem kleinen Lächeln) links und rechts zum Publikum und schritt hüftschwingend in Richtung Vorhang zurück. Im Halbdunkel des Zuschauerraums konnte sie nur schwer einzelne Gesichter erkennen; jedoch hörte sie einzelne Gesprächsfetzen, die alle scheinbar wohlwollend waren. Auch der einsetzende Applaus, als sie dem nächsten Model am Vorhang begegnete, war ein gutes Zeichen und freute Adele. Hinter dem Vorhang angekommen, eilte sie schleunigst zu ihrem Schminktisch. Eine freundliche Assistentin von „Richard Main" wartete bereits mit dem nächsten außergewöhnlichen Outfit.

Das zweite Designerstück war ein enges, goldfarbenes, wadenlanges Abendkleid in verspielter schwungvoller Form. Wie die vorherige Bluse auch schulterfrei, doch diesmal ohne Rüschen, dafür mit Fransen. Dazu gehörten hellgrüne, blickdichte Netzstrümpfe und ebenfalls goldfarbene Stillethos. Die schmalen hohen Pfennigabsätze bereiteten Adele einigen Kummer. Mit solchen Absätzen mußte man vorsichtig laufen, wenn man nicht am Boden oder im Publikum landen wollte.

„Hey, Adele, du hast das Publikum echt beeindruckt. Ich habe dich hinter dem Vorhang beobachtet. Nur weiter so", feuerte Veronica ihre Freundin an.

„Ach, du hast mir zugeschaut? Nun, der zweite Durchgang wird nicht so einfach. Schau dir diese langen Absätze an. Damit läuft man schon fast wie auf Stelzen, und man fällt auch genauso leicht um, wie mit Stelzen."

„Mach dir keine Sorgen. Solche High Heels bist du doch gewohnt. Solche Schuhe hast du schon unzählige Male vorgeführt. Und bis heute bist du noch nie ausgerutscht. Also ganz ruhig bleiben. Du bist die Beste."

„Du hast gut reden, du kannst hinter dem Vorhang meinen Auftritt beobachten und wirst nicht vom Publikum beurteilt. Du mußt dich nicht alle fünf Minuten in ein neues Kleid zwängen, das, meiner Meinung nach, extra in Kindergrößen von eingebildeten Designern produziert wird", haderte Adele und schlüpfte in die fünfzehn Zentimeter hohen Schuhe.

Die junge brünette Assistentin, die das Gespräch mitverfolgt hatte, konnte sich ein vielsagendes Schmunzeln nicht verkneifen, als sie das bereits vorgeführte Outfit an den Kleiderhaken hängte.

„Siehst du, sogar die hübsche Assistentin des Künstlers gibt mir recht", neckte Adele die Helferin, worauf diese ihr nur einen verstohlen schüchternen Blick zurückwarf.

„Na komm, Adele, bleib auf dem Boden. So schlimm sind diese Klamotten nun wirklich nicht", betonte Veronica, während sie bereits das nächste Kleid einer genaueren Prüfung unterzog. Sie drehte die dünne Bluse von vorn nach hinten und zurück – so als ob sie einen versteckten Makel finden wollte.

„Ich finde diese Kollektion hübsch. Natürlich ist es nicht mein Geschmack. Aber anziehen würde ich eine solche Bluse auf jeden Fall."

„Achtung, Vron, das ist kein Hosenanzug, vergiß das nicht", sprach Adele kokett ihre Freundin in Erwartung einer passenden Entgegnung an.

„Blöd ..., heute bist du absolut unerträglich. Da will ich dich einmal ein bißchen aufbauen, und was ist der Dank? Blöde Sprüche. Ach ja, rate mal, wen ich im Publikum gesehen habe?" fragte Veronica unerwartet.

Adele wollte nochmals eine spitze Bemerkung abschießen, als sie Veronica ansah und sich besann. Veronica Balabuskha war ihre beste Freundin. Niemand hatte eine bessere Freundin. Jeder Spaß hatte fließende Grenzen. Diese Grenzen waren für den Moment erreicht.

„Ach, wer saß denn im Publikum?" gab sie deshalb scheinbar neugierig nach.

„Dein und mein alter Freund, William Tower. Da staunst du, nicht wahr?"

„Was, Will sitzt im Publikum? Das kann ja heiter werden. Ist er alleine oder in Begleitung?" erkundigte sich Adele, diesmal wirklich neugierig.

„Soviel ich gesehen habe, ist er alleine. Aber so genau habe ich natürlich nicht hingeschaut. Warum sollte ich auch?"

„Stimmt – warum solltest du auch", wiederholte Adele gedankenverloren.

William Tower war Fotograf. William Tower hatte Adele als Model entdeckt. William Tower hatte Adele mit einer anderen Frau betrogen. William Tower war schon fast vergessen – fast schon. Gedankenblitze – schöne Gedankenblitze – schmerzhafte Gedankenblitze – vergessene Zeit.

„Miss Lord, ich hoffe, Sie sind für den zweiten Durchgang bereit?" klang „Richard Main" aus dem Hintergrund ihrer Traumwelt.

„Ich ..., ääh, oh, aber sicher", antwortete Adele unsicher und mehr reflexartig als bewußt.

„Mein Abendkleid hat es Ihnen bestimmt ein wenig angetan. Das kann ich gut verstehen. Es ist ein Meisterstück. Es steht Ihnen ausgesprochen gut, wenn ich das bemerken darf", fuhr der Designer ohne Pause fort in der unumstößlichen Annahme, seine Kleider würden Adele verzaubern.

„Ja, ich muß zugeben, es steht mir ausgesprochen gut. Eine wirklich gelungene Kreation, Mister Main."

„Danke, Miss Lord. Sie verstehen etwas von guter Mode. Bitte warten Sie auf den Einsatz des neuen Musikstücks, dann können Sie den zweiten Durchgang starten."

„All right, Mister Main", beendete Adele das kurze und (für sie) informative Gespräch. Der Designer war schon wieder in Richtung Vorhang verschwunden.
„Da hat wohl jemand an seine wilden Jahre gedacht. Oder war Miss Topmodel wirklich so vom Abendkleid angetan?" spöttelte Veronica von hinten.
„Blöd ..., okay okay. Du hast ja recht, Vron. So schnell vergesse ich keinen guten Freund. Aber laß uns später darüber quatschen. Ich muß los", erläuterte Adele ihren Gemütszustand und ging rasch zum Bühnenvorhang.
Der zweite Durchgang und die folgenden Defilees verliefen ohne größere Pannen. Je länger die Show dauerte, um so besser wurden ihre Statisten. Die Models und ihre Helferinnen entspannten sich mehr und mehr; jede Hektik war von ihnen gewichen. Die Modenschau wurde ein Erfolg. Der krönende Abschluß kam: das Brautkleid. Weiß und lang und mit vielen Rüschen, romantisch und märchenhaft, wie aus einem Hollywoodfilm. Ein kleiner Kontrast zur übrigen Kollektion, der jedoch vom Publikum und von Adele gerne in Kauf genommen wurde. Am Ende der Show bildeten die Models ein Spalier auf dem Catwalk, wodurch ein lächelnd winkender „Richard Main" spazierte.
Er ließ es sich nicht nehmen, noch auf dem Catwalk jedem Model die Hände zu schütteln, was von den Fotografen mit Blitzlicht und vom Publikum mit anhaltendem Applaus belohnt wurde. Kurze Zeit nachdem der Applaus verebbt war, kehrte der Designer in die Garderobe zurück und richtete sich an die versammelten Models: „Meine Ladys, Ihr habt eure Sache sehr gut gemacht. Und das meine ich nicht spöttisch oder anmaßend. Diese Show war ein Erfolg. Und das habe ich Ihnen allen zu verdanken. Ich würde mich freuen, wenn ich alle Damen im nächsten Jahr wieder zu meiner Show einladen dürfte."
Ein lockeres Getuschel war unter den Models und den Assistentinnen ausgebrochen, welches schließlich zu einem kleinen Applaus führte.

„Vielen Dank. Vielen Dank. Ich möchte alle zudem zu der Abschluß-Party im dritten Stock einladen. Ach ja, um Mitternacht ist übrigens Schluß – auf Anweisung der Geschäftsleitung", verkündete „Richard Main" scherzhaft, was wiederum einen kleinen Applaus und Schmunzeln auslöste.

Weil die Show ein wenig verspätet gestartet wurde, und weil die Models einen Durchgang mehr laufen mußten, war der ursprüngliche Zeitplan überschritten worden. Zudem war die dreißig Minuten lange Pause, in der dem Publikum ein kleiner Imbiß serviert wurde, dafür verantwortlich, daß es bereits halb zehn Uhr abends war. Für die einen begann jetzt das Abschminken, Umziehen und Einpacken. Für die anderen das Aufräumen, Abräumen und Aufwischen.

„Wollen wir auch zu der Party?"

„Ach, ich weiß nicht, wegen einer Stunde?"

„Heute bist du aber ein schwieriger Fall, früher warst du unternehmungslustiger."

„Früher mußte ich auch meine Gage nicht selber aushandeln."

„Früher warst du auch irgendwie netter."

„Früher wohntest du doch auch in Moskau, im Rotlichtbezirk – hää?"

„Wieso verwechselst du mich auch immer mit deiner Schwester – hää?"

„Ach Vron, ich bin zu müde für diesen Schwachsinn. Gehen wir eben auf diese dämliche Party."

„Ja komm, reiß dich ein bißchen zusammen. Vergiß nicht, auf so einer Party kann man gute Kontakte knüpfen."

„Ich will aber keine guten Kontakte knüpfen. Ich möchte bloß nach Hause und ins Bett fallen. Du hast doch gesagt, daß ich die nächsten Tage frei habe", bemerkte Adele ein wenig wehleidig und schlüpfte aus dem engen Brautkleid in ihr angestammtes Outfit – welches unverändert das vom Vortag war.

Ein paar Models liefen an den Freundinnen vorbei und verabschiedeten sich, andere schminkten sich ab oder telefonierten mit ihren Handys. Viele der zahlreichen Assistentinnen räumten die

Schminktische ab. Diese wurden übers Wochenende demontiert, wie der Rest der Aufbauten. Für die Demontage hatte das Kaufhaus Harvey Nichols eine spezielle Crew kräftiger Männer zusammengestellt. Am Montag würde von der Modenschau nichts mehr zu sehen sein. Der Arbeitsalltag konnte weitergehen.
„Soll ich etwa alleine zu der Party gehen?"
„Schon gut, schon gut. Ich komme mit. Aber glaube ja nicht, daß ich nach der Party noch in einen Club mitkommen werde. Fürs Wochenende wirst du auf mich verzichten müssen", meinte Adele und zog ihre durch den jahrelangen Gebrauch rissigen Lederstiefel an.
„Wie lange willst du eigentlich noch mit den alten Lederlatschen rumlaufen?"
Das Model hatte die Frage gehört, wußte jedoch nicht so richtig, wie sie sie einordnen oder beantworten sollte. An diesen ansatzweise vergammelten Lederstiefeln hingen viele Erinnerungen. Sie hatte sie während ihrer Studienzeit in einem kleinen Laden an der Weston Street erstanden.
Wenn sie die leicht verbleichten Stiefel ansah, sah sie auch Erlebnisse aus der City University. Sah wieder ihr erstes Casting. Ihre erste Modenschau. Die wilden nächtelangen Partys und Disco-Besuche. Die Flughäfen, Flugzeuge, Hotels und Hotelbars. Die fremden Länder und Städte. Die vielen Fotoshootings, Modeschauen und Präsentationen. Die unzähligen Gesichter – mit ihren ebenso unzähligen Meinungen und Ansichten. Doch sie sah auch ein Bett, vor dem die Stiefel standen und vor dem sie besser nicht gestanden hätten. Es war das Bett von William Tower.

Warum bin ich heute so melancholisch? Vielleicht habe ich zuviel gearbeitet. Vielleicht ist es wirklich Zeit, mich von diesen alten Tretern zu verabschieden.
Vielleicht gehören diese alten Treter auch einfach zu mir, wie meine eigene Geschichte. Vielleicht hat mich meine Vergangenheit eingeholt – oder ich habe sie überholt. – Oder vielleicht denke ich heute einfach zuviel nach, überlegte Adele und warf einen unschuldigen Blick auf ihre Leder-

stiefel. Dann gab sie Veronica eine unerwartet kurze, aber ehrliche Antwort: „Ich weiß es nicht."
Veronica war leicht verwundert über Adeles Reaktion. Normalerweise mußte sie ihre Freundin immer bremsen. Heute schien aber kein normaler Tag zu sein. Gleich unnormal wie die nichtssagende Antwort, die Veronica seltsam erschien. Schweigend beobachtete Veronica darum, wie Adele den silbernen Reißverschluß ihrer Stiefel (einem Ritual ähnlich) zuzog.

„Hallo Möchtegerns! Bereit, die Party aufzumischen?" rief Pamela Charmers den beiden Gedankenversunkenen zu. Die Freundinnen schauten auf, so als ob sie gerade ein Ufo erblickt hätten.

„Hallo Pamela!" riefen sie fast gleichzeitig zurück.

„Wo warst du die ganze Zeit?" fragte Adele überrascht.

„Ich mußte meinen kleinen Sohn vom Kinderhort abholen. Danach habe ich den Babysitter eingewiesen. Das kann eine lange Nacht werden", hoffte die schwarzhaarige Visagistin erwartungsvoll. Sie schien bereit für eine Menge Spaß zu sein.

Adele und Veronica blickten sich vielsagend an. Der übereinstimmende Blick verriet ihre Gedanken: *Diese Party ist wichtig für unsere Freundin, da dürfen wir nicht zurückstehen.*

Ihre kurzfristigen Differenzen waren auf einmal unbedeutend. Wenn Pamela extra einen Babysitter anheuerte, war ihr die Freundschaft mit ihnen wichtig. Oder wollte sie tatsächlich nur ihren Spaß haben? Irgendwie unklar, die ganze Situation, aber den beiden Freundinnen keine weitere Überlegung mehr wert.

„Also, legen wir los", sagte Adele und griff, ohne weitere Worte zu verlieren, nach der Handtasche. Die drei Frauen verließen die nun fast leere Garderobe und fuhren im Lift plaudernd in den dritten Stock. Das mittlere Stockwerk hatte sich ebenfalls grundlegend verändert. Vor allen Shops standen gelbe Stellwände und versperrten den Ausblick auf die Designer-Waren. In der Mitte des Raums war eine riesige nußbaumfarbene Bar und dazu passende Barhocker aufgestellt. Dutzende von metallenen Bistrotischchen und Bistrostühlen waren kreisförmig um die Bar angeordnet. Natürlich durfte das obligatorische kalte Büffet nicht fehlen, das mit seinen verschiedenen Salaten, Meeresfrüchten und Fleischhäppchen in allen Variationen zum Schlemmen verführte.

Das Licht war leicht gedämmt worden, damit die grellbunten Discokugeln besser zur Geltung kamen, die mit ihren Lichtblitzen der Party einheizen sollten.

Die Musik war etwas lauter als Zimmerlautstärke. Gespräche waren ohne Probleme möglich. Viele interessante Persönlichkeiten wurden von der Party und der kleinen Tanzfläche angelockt. Einige Prominente amüsierten sich bestens, vor allem, wenn ein Fotograf in der Nähe war.

Schnell entschlossen sich die Freundinnen, das kalte Büffet links liegen zu lassen und sich gleich an die Bar zu setzen. Vorerst mußten sie sich einen Weg durch die Bistrotische und deren Eigentümer bahnen. An der rauchigen Bartheke angelangt, bestellten die drei Frauen jeweils ein Glas Champagner, das von der Geschäftsleitung jedem Mitarbeiter der Modenschau offeriert wurde, und setzten sich auf die Barhocker.

„Spendabel, spendabel", meinte Pamela wohlwollend.

„Ja, das ist sehr nett. Es sollte bei jeder Modenschau eine kleine Belohnung für die Mitwirkenden geben. So schafft man sich Freunde", entgegnete Veronica übereinstimmend. Adele nippte an dem langstieligen Champagnerglas und sah sich ein wenig die gesprächigen Party-Gäste an.

„Sind die Ladys Models von der Modenschau?" erkundigte sich der glatzköpfige Barkeeper hinter dem Tresen. Er hatte ihr Gespräch mitbekommen. Seine Vermutung war jedoch reine Spekulation.

Die Angesprochenen blickten verwundert zurück, bevor Adele entgegnete: „Nein, die zwei Ladys neben mir sind Models. Ich bin leider nur ihre Assistentin."

„Ach nein, hätte ich nicht gedacht", bemerkte der portugiesische Barkeeper verblüfft und sah Adele einschätzend an. Er konnte ihre Antwort nicht so recht glauben. Die junge blonde Frau übertraf in punkto Aussehen jede andere Frau im Raum spielend. Der über

zwei Meter große Mann, der sich in seiner Heimat gelegentlich als Basketballspieler versucht hatte, dachte kurz nach.
„Eigenartig, Sie kommen mir bekannt vor. Sind Sie vielleicht Schauspielerin?" hakte der Barkeeper nach, was mehr oder weniger Routine für ihn war.
„Ich? Eine Schauspielerin? Oh nein, ich kann mir doch keine fünf Wörter hintereinander merken. So etwas ginge ganz sicher schief, bei der äh ... Theaterpremiere", antwortete Adele dümmlich trokken, worauf ihre beiden Freundinnen nicht mehr an sich halten konnten: Sie lachten lauthals los.
„Hahaha, Adele, verarsch die Leute nicht immer so", verkündete Pamela Charmers schon fast schluchzend und in einer solch lauten Tonlage, daß die ganzen Leute an der Bar kurz zu ihr blickten.
„Habe ich mir's doch gedacht – Sie sind keine Assistentin!" erwiderte der Barkeeper ein wenig erregt und ein wenig erheitert.
„Jetzt haben Sie mich aber erwischt. Nein, ich bin leider keine Assistentin. Ich bin leider bloß für die Raumreinigung verantwortlich", sagte Adele leicht beschämt und schaute den Barmann flirtend an.
„Huhuhu, oh Mann, Adele, nun ist es wirklich genug. Entschuldigung, Mister, meine Freundin veräppelt nun mal gerne andere Leute. Sie heißt Adele Lord und ist ein Fotomodel. Und natürlich keine Putzfrau", erklärte Veronica dem verdutzt dreinschauenden Barkeeper.
„So so, Fotomodel sind Sie also. Gut, von so einer hübschen Frau lasse ich mich gerne auf den Arm nehmen. Ich wußte, daß ich Sie schon mal gesehen habe, Miss Lord. Ich wußte aber nicht mehr, wo", wandte sich der Getränkemann gleich wieder Adele zu. Jetzt hatte er nur noch Augen für das Topmodel.
„Och, ich wollte Sie natürlich nicht auf den Arm nehmen. Bei einem so großen und starken Mann wäre das bestimmt keine leichte Aufgabe geworden. Doch ich wußte instinktiv, daß Sie über eine gute Portion Humor verfügen."
„Sie haben richtig vermutet, Miss Lord. Wissen Sie, in meinem Job erkennt man Leute und deren Beruf ziemlich rasch. Bei Ihnen wußte

ich genau, eine so junge und schöne Lady kann keine Putzfrau sein. Ich heiße übrigens Juan Passao. Ich komme direkt aus Coimbra in Portugal. Bitte nennen Sie mich Juan."

„Freut mich, dich kennenzulernen, Juan. Ich heiße Adele, wie du ja bereits weißt."

„Adele, du bist das erste Fotomodel, mit dem ich bereits nach fünf Minuten per du bin."

„Juan, du bist der erste Barkeeper, der mir bereits nach vier Minuten Komplimente macht."

„Das betrachte ich als großen Fehler meiner Berufskollegen", fand Juan und schaute Adele direkt in ihre blauen Augen. Veronica und Pamela hatten den Flirt gespannt mitverfolgt, wollten sich aber nicht mit einmischen.

„Hallo Barkeeper!" rief jemand aus dem Hintergrund.

„Ay, die Arbeit ruft. Ich bin gleich wieder da, Ladys", versprach Juan und lief rasch zum Ende der Bar.

„Adele, Adele, kaum sitzen wir fünf Minuten an einer Bar, schon hast du dir einen Mann geangelt. Was ist dein Geheimnis?" fragte Pamela das Fotomodel und im Unterbewußtsein sich selber.

„Ich habe kein Geheimnis. Ich bin einfach nett zu allen Leuten – solange sie mich lassen. Doch der Barmann ist wirklich nicht mein Fall."

„Dafür, daß der knackige Hintern nicht dein Fall ist, hast du aber heftig geflirtet", trug Veronica zur Unterhaltung bei.

„Der Meinung bin ich ebenfalls. Ich glaube, der knackige Portugiese hat es dir ein bißchen angetan. Ist es nicht so?" wollte die Visagistin neugierig wissen.

„Nein, überhaupt nicht", entgegnete Adele ohne zu überlegen. Sie fuhr rasch fort: „Ich wollte mich nur amüsieren, was mir auch gelungen ist. Es war ein sehr harter Tag – und ein netter Flirt lockert immer die Stimmung."

„Ein netter Flirt. So nennt man das also. Pamela, weißt du, was mir Frau Supermodel heute morgen verschrieben hat?"

„Nein, was denn, Veronica?"

„Sie sagte, ich bräuchte dringend einen Aufhüpfer. Hahaha, kannst du dir das vorstellen? Oh Mann."
„Hahaha, huhuhu, einen Aufhüpfer, hahaha, das ist echt lustig. Adele Lord sagt ihrer Managerin – *du brauchst einen Aufhüpfer* – hahaha, das ist superkomisch."
„Kannst du es nicht noch lauter in die Welt posaunen", mischte sich Adele wieder ein, der dieser Spaß jetzt zu weit ging. Scheinbar beleidigt und hochnäsig sah sie ihre beiden Freundinnen an. Diese erwarteten eine deftige Retourkutsche.
Adele reagierte jedoch anders: „Vron, oh Vron, ich bin mir aber absolut sicher, daß du einen dicken, langen, feisten Aufhüpfer dringend brauuuchst!"
„Hahaha, huhuhu, hohoho", lachte Pamela los und mußte sich an der Bar festhalten, damit sie nicht vom Barhocker rutschte.
„Hahaha, hihihi, du bist und bleibst eine blöde Kuh", meinte eine lachende Veronica Balabushka vergnügt.
„Hahaha, ich weiß, hahaha ...", lachte Adele ebenso vergnügt.
Nach einigen Minuten hatte sich Pamela beruhigt und soweit wieder im Griff, um die Unterhaltung fortzusetzen. Pamela nahm ein Papiertaschentuch und wischte sich die kleinen Tränen aus den Augen, welche bei ihrem Lachanfall zu fließen begonnen hatten.
„Mit euch ist schon immer etwas los. Wenn doch nur mein Leben auch so interessant und lustig wäre. Aber leider habe ich immer den gleichen Arbeitstrott. Tagein und tagaus. Ein Glücksfall, daß ich euch in der Garderobe gefunden habe", stellte Pamela abschließend fest.
„Oh nein, da liegst du aber falsch. Unser Leben ist auch kein Honigkuchen. Wenn ich da nur schon an die letzten Tage in Mailand denke. Ich mußte an sechs Modeschauen kurz hintereinander auftreten. Hast du eine Vorstellung, was das für ein mörderischer Streß war? Oh nein, unser Leben ist auch kein Zuckerschlecken."
„Da muß ich Adele recht geben. Dieses Jahr hatten wir unglaublich viele Angebote und Aufträge verschiedenster Art. Gott sei Dank muß ich nur den Papierkrieg bestreiten und nicht jeden Tag in ganz

Europa herumreisen. Aber auch schon am Papierkram sitze ich täglich neun Stunden. Unser Leben ist wirklich nicht so lustig und interessant, wie du vielleicht denkst."

„Im Gegensatz zu mir könnt ihr euch eure Zeit frei einteilen. Ihr müßt nicht punkt acht Uhr im Kosmetiksalon antreten – und fette alte Weiber schminken. Ihr seht fremde Länder und Städte, trefft interessante Leute und bekannte Persönlichkeiten aus allen möglichen Sparten. Ihr habt es eindeutig besser."

„Ich weiß nicht, wer es besser hat. Ich weiß nur, daß ich die nächsten Tage frei habe", betonte Adele mit einer großen Portion Vorfreude in der Stimme.

„Das trifft sich gut", klang es aus dem rechten Hintergrund des Trios.

Es war die rauchige Stimme von William Tower. Der Fotograf und ehemalige Freund von Adele hatte das lustige Damentrio eher per Zufall gefunden, dank der ausgeprägten Tonlage von Pamela Charmers. Natürlich erkannte er Adele sofort bei der Modenschau und fotografierte sie auch gleich mehrere Male. Das französische Modemagazin, für das er derzeit arbeitete, würde mehr als erfreut sein. Solche Schnappschüsse zahlten sich immer aus.

„Schau an, schau an, die Fotografengilde ist auch vertreten, hallo William", richtete sich Veronica an ihren langjährigen Bekannten.

„Hallo William", wiederholten die anderen Freundinnen die Begrüßung. Alle drei kannten William lange Jahre beruflich und teilweise privat.

„Na, wie geht's den drei Großstadtkatzen?" erkundigte er sich.

Danach packte er einen leeren Barhocker und setzte sich neben Adele an die rechte Seite des Trios. Für einen kurzen Augenblick musterte er die Frauen mit einem Blick, in dem sich Anerkennung und Wohlwollen sowie Neugier vermischten.

„Uns geht es allen gut. Und wie geht es dir?" übernahm Veronica die Frage.

Veronica Balabushka kannte das momentane Verhältnis zwischen Adele und William. Nach dem heftigen Trennungsstreit, vor nun über mehr als einem Jahr, waren sie sich, wenn möglich, immer aus dem Weg gegangen. Gar nicht so einfach in Berufen, die zwangsmäßig immer wieder zueinander führten. Veronica fühlte sich verpflichtet, dieses Gespräch zu führen. In dem Moment mußte sie Adele beistehen – das wußte sie.

„Gut, gut. Man tut, was man kann. Aber im großen und ganzen läuft alles gut", antwortete der Fotograf.

Für William Tower war die Situation ebenfalls nicht allzu angenehm. Zwar glaubte er die Trennung von Adele überwunden zu haben, denn Models kamen und Models gingen in seinem Beruf. Doch immer dann, wenn William seine Adele, inzwischen Topmodel, wiedersah, dachte der Fotomann bei sich: *Wie um alles in der Welt konnte ich so dämlich sein und diese wunderschöne Frau betrügen?* Diese Frage hatte er sich oft gestellt. Und auf diese Frage hatte er bis heute noch keine befriedigende Antwort gefunden. Gab es überhaupt eine Antwort für ihn? Er betrachtete seine Exfreundin wie früher. *Es muß eine Antwort geben*, hallte es resigniert durch seine Gedanken.

„Freut mich, daß es dir gut geht. Wir haben dich schon lange nicht mehr gesehen. Arbeitest du immer noch in London?"

„Ja, Veronica, ich bin immer noch in London tätig. Und wahrscheinlich wird das auch so bleiben. Du weißt ja, einmal London, immer London. Zurzeit arbeite ich hauptsächlich für ein französisches Modemagazin. Deswegen pendle ich vor allem zwischen London und Paris."

„Wirklich? Ist ja interessant. Ein französisches Modemagazin. Wie heißt es? Vielleicht habe ich es schon mal angeschaut", mischte sich Adele ein. Obwohl sie William eher als Störfaktor betrachtete, entschloß sie sich spontan, ihrem Exfreund ein wenig auf den Zahn zu fühlen.

„Es heißt *Pour vous Madame* und erscheint einmal im Monat. Meine Aufgabe sind vor allem die Modeschauen in London und ganz England. Ich bin für das Magazin sozusagen der Fotograf für englischsprachige Länder."

„Das klingt nach einem tollen Job. Darum bist du vermutlich bei unserer Show aufgetaucht?" fragte Pamela, die bei der Diskussion nicht zurückstehen wollte.
Sie spürte die Gereiztheit zwischen Adele und William. Für sie eine aufregende Tatsache, die ihr zusätzlich eine Menge Spaß und Unterhaltung versprach. *Der Abend ist noch jung und kann noch echt spannend werden*, überlegte sie.
„Einerseits ja, ich habe den Designer Richard Main bei einer Show in Paris getroffen. Dort machte er mich auf seine Show im Harvey Nichols aufmerksam. Ein smarter Typ. Andererseits suche ich dringend ein Model für unseren Jahreskalender 1996."
„Was für ein Jahreskalender?" unterbrach Veronica.
„Eh ... ach so. Unser Magazin macht jedes Jahr einen Hochglanzkalender mit diversen Models. Im Kalender werden jeden Monat Models eingekleidet und fotografiert, passend zur Jahreszeit. Es wird sogar ein kleines Kurzporträt zu jedem Model auf der Rückseite des jeweiligen Kalenderblatts abgedruckt. Wir wollen damit unseren Leserinnen die Models ein wenig näher bringen."
„Das ist eine Spitzenidee. So was nennt man gelungene Kundenbetreuung. Findest du nicht auch, Adele?"
„Hört sich ein bißchen wie Pirelli-Kalender an. Die Idee finde ich jedoch gut, Vron."
„Freut mich, daß euch die Idee gefällt. *Pour vous Madame* bringt übrigens schon den achtzehnten Kalender heraus."
„Schon den achtzehnten. Dann muß das Magazin sehr gut laufen. Leider habe ich dieses Magazin noch nie gesehen."
„Habe ich vermutet. Natürlich wird *Pour vous Madame* hauptsächlich im französischen Sprachraum verkauft. Zufällig habe ich das neueste Exemplar bei mir. Bitte schau es dir einmal an, Adele."
Der Fotograf griff in die Seitentasche seiner schwarzen Lederjacke und zog ein gefaltetes Magazin heraus. Wie fast immer, war der einsachtzig Mann ganz in Schwarz gekleidet. Williams hagere Gestalt wurde dadurch verstärkt zur Geltung gebracht. Die einzige Ausnahme zu der dunklen Farbe, boten seine helle Haut und die dunkel-

braunen Haare. Er blickte Adele mit grünbraunen Augen an und übergab ihr beinahe feierlich das Modemagazin.
Seine Exfreundin schien ein wenig überrumpelt zu sein. So etwas Ähnliches drückte jedenfalls ihr Blick aus. Zögernd blätterte sie schließlich in dem Heft.
Neugier besiegt fast alles, schoß es durch den Kopf des Bildermachers.
Adele hatte *Pour vous Madame* auf die Bar gelegt, damit ihre Freundinnen auch mitschauen konnten.
„Schön, schön."
„Ganz nett. Oh, wirklich hübsch."
„Och, schau mal, elegant und süß", waren die Kommentare.
Solche Reaktionen hatte William Tower erhofft und ein wenig vermutet. Ein wenig nur, weil man manchmal Glück brauchte. In Adeles Fall – viel Glück.
„Na, meine Damen, gefällt Ihnen, was Sie sehen?"
„Nicht schlecht, nicht schlecht. Aber leider beherrsche ich kein Französisch."
„Macht nichts, Pamela. Die Aufnahmen sind wirklich gut. Hast du alle Fotos selber geschossen?" fragte Veronica, während sie umblätterte und unverwandt kurz aufblickte.
„Nein, natürlich nicht. Wir sind acht Fotografen in unserem Team. Einen so hohen Standard könnten wir sonst nicht aufrechterhalten."
„Wollen die Herrschaften noch etwas zu trinken?" klang überraschend die Anfrage des Juan Passao. Der Kellner war zu seinem Lieblingstrio zurückgekehrt. Das Damentrio hatte Zuwachs bekommen – einen schmalen Engländer.
Solche Schnitten bleiben nie lange alleine. Hätte ich mir eigentlich denken können, schwebten Gedankenfetzen im momentan betrübten Hirn des Barkeepers.
„Hey, Sie kommen genau zum richtigen Zeitpunkt. Ich habe einen Mordsdurst. Bitte bringen Sie mir einen doppelten Whiskey on

the rocks. Und füllen Sie den Damen bitte die Champagnergläser nach."

„Danke vielmals", erklang der kleine Damenchor fast gleichzeitig, als der Portugiese nachschenkte. Weitere Beachtung wurde ihm aber nicht mehr geschenkt. Die Ladys waren nun zu sehr mit Mode beschäftigt. Eine zu hohe Hürde für jeden Barmann, egal aus welchem Land.

Ay, wie schade. Der dünne Teesäufer hat mir meine Tour vermasselt. Aber Aufgeben steht nicht in meinem Programm, hallte es trotzig durch den Denkapparat des Portugiesen. Er würde sich bei einer günstigeren Gelegenheit wieder melden, soviel nahm er sich vor.

„Ein gelungenes Magazin, muß ich neidlos anerkennen. Was haben wir damit zu tun?" sagte Adele nach der Durchsicht des Hochglanzblattes.

Als der Satz verklungen war, verstrich eine kurze Pause. In der war es nun an William Tower, überrumpelt auszusehen. Ansatzweise ärgerlich, obendrein.

„Was ihr damit zu tun habt? Ich habe doch gesagt, daß ich noch ein Model suche. Gefällt euch euer Beruf nicht mehr?"

Die nächste Denkpause entstand, in der sich Adele und Veronica Blicke zuwarfen. Undeutbare Blicke. Schließlich brach die Managerin in Veronica Balabushka durch: „Also weißt du, ich weiß nicht so recht", begann sie ihren Satz, mit einem Auge auf Adele und mit dem anderen auf den Fotografen gerichtet. Sie schien darauf zu warten, daß ihre Freundin dazwischenfuhr – aber diese blieb für einmal stumm. Nur ein kleines Lächeln umspielte ihre vollen hellrosa Lippen.

„Weißt du, Adele hat eigentlich ein paar Tage frei, bevor die Modeschauen in Paris beginnen. Ihre Ferientage hat sie mehr als verdient. Wir hatten noch nicht einmal Ferien in diesem Jahr. Das verstehst du doch sicher?"

Gespannt warteten die drei Frauen auf eine typisch männliche Antwort. Und sie wurden nicht enttäuscht: „Na, kommt schon, rafft euch ein wenig zusammen. Wer braucht schon Ferien, wenn man so

gut wie ihr ausschaut. Es ist ein wirklich lukrativer Auftrag. Wirklich lukrativ."
„Na, komm schon, William. Du weißt, so etwas zieht bei mir nicht. Versuch es doch noch einmal. Vielleicht ein bißchen freundlicher", gab Adele ohne Nachdenken zurück. Die Erwiderung verblüffte nicht nur den Exfreund, sondern auch Pamela und Veronica. Die Spannung stieg weiter.
„Was? Bin ich etwa der Wurm am Haken, der euch überzeugen soll? Nein, sicher nicht. Ach, was soll's!"
„Och, beruhige dich. So habe ich es doch gar nicht gemeint. Bitte erzähl ein bißchen mehr von dem Auftrag."
In dieser Antwort erkannte der Fotomacher seine Exfreundin wieder. Aber sollte er sich nun freuen oder noch mehr eingeschnappt sein? William wollte es nicht wissen. Am besten würde er ganz einfach die Tatsachen erzählen. Na, vielleicht ein wenig ausschmücken – ausschmücken konnte niemals schaden.
„Es ist ein fast normales Fotoshooting."
„Was bedeutet *fast normal?*"
„*Fast normal* bedeutet, daß das Model seine Kleider aus einer großen Kollektion eines Stardesigners aussuchen darf. *Fast normal* bedeutet, daß das Model auch Mitsprache bei den Fotos und den Posen beim Fotoshooting hat. *Fast normal* bedeutet, daß das die allerbeste Werbung für ein Model ist. *Fast normal* bedeutet, daß du diese einmalige Chance ergreifen solltest."
Nun war er wieder da, ihr Exfreund. Jetzt sprachen sie wieder auf der gleichen Ebene miteinander. Nun wußte Adele wieder, warum der Fotograf einmal ihr Freund gewesen war. In Zeiten, die vergangen waren – schon lange für sie vergangen waren.
„Okay okay. Warum hast du nicht gleich so mit mir gesprochen? Was meinst du dazu, Vron?"
„Ein interessantes Angebot, finde ich. William, wie lange geht dieses Fotoshooting, und an welchem Ort findet es statt?" beantwortete Veronica die Frage mit einigen Gegenfragen. Sie hatte ihre Sicherheit neu gefunden und wollte sie behalten.

Na also, es geht doch, leuchtete es in den Gedanken von William Tower auf.
„Das Fotoshooting dauert höchstens einen Tag. Den Ort und die Umgebung kann ich mir selber aussuchen. Dieses Detail habe ich mir übrigens hart erarbeitet. Künstlerische Freiheit, wenn ihr versteht, was ich damit meine. Aber wo genau ich dieses Fotoshooting machen will, darüber habe ich mir noch keine Gedanken gemacht. Eigentlich habe ich auch noch keine Ahnung, in welchem Stil oder in welcher Kulisse ich fotografieren will."
„Dann sind ja noch viele Möglichkeiten offen."
„Richtig Veronica. Adele und du, ihr könnt sogar aus fünf Kollektionen Kleider aussuchen. Allerdings steht der Monat für das Thema der Fotos schon fest, es ist der September."
„September – nicht gerade ein freundlich sonniger Monat."
„Ich weiß, aber alle anderen Monate sind schon im Kasten. Wir haben bereits im letzten Jahr mit dem Kalender begonnen. Der September ist der letzte freie Monat, und für diesen will ich einen Knaller als Model. Und wer käme da sonst in Frage, wenn nicht du?"
„Hahaha, danke danke. Da muß ich dir wohl recht geben."
„Hahaha, ja, Adele ist schon ein Knaller, aber manchmal auch ein Knallkopf. Huhuhu hihihi ...", bemerkte Pamela vergnügt dazwischen, die der ganzen Diskussion angeregt zugehört hatte. Nach dem fünften Glas Champagner klang sie ein bißchen beschwipst.
„Bläh bläh, Knallkopf. Eh Pamela, wir haben übrigens kein Auto mit dabei."
„Kein Auto mit dabei? Was geht mich euer Auto an? Ach so ... Hahaha, du blonder Knallkopf, huhuhu."
„Siehst du, William, so schnell findet man eine Visagistin."
„Wah ...? Ei... Nun ja, eine Visagistin kann niemals schaden", stammelte der Fotograf, bevor er eigentlich wußte, wie ihm geschah.
„Was sagst du dazu, Pamela, jetzt hast du einen Job außerhalb des Kosmetiksalons. Gefällt dir das?"

„Wow, Adele, das ist unglaublich nett von dir. Vielen, vielen Dank. Das werde ich dir niemals vergessen. Jetzt habe ich ein schlechtes Gewissen, wegen dem *blonden Knallkopf.*"
„Nichts zu danken, und *blonder Knallkopf* ist eher eine Auszeichnung für mich. Du solltest mal die Schimpfwörter hören, die mir Veronica an den Kopf wirft."
„Nur wenn du dich anstrengst und sie dir verdient hast, Frau Supermodel."
„Siehst du?"
„Hihihi, okay, okay."
„Kommen wir wieder zum Fotoshooting. Natürlich kann Pamela deine Visagistin sein. Sie ist eine der besten Visagistinnen, die ich kenne. Habe ich jetzt deine Zusage?"
„Nicht so schnell, Will. Nicht so schnell. Ich darf also meine Klamotten aus fünf Kollektionen aussuchen?"
„Sicher."
„Ich kann auch den Stil und die Posen auf den Fotos bestimmen?"
„Eh – ja – zum größten Teil. Können wir uns auf mitbestimmen einigen?"
„All right, darauf können wir uns einigen."
„Aber wo und wann soll denn dieses Fotoshooting sein?"
„Das ist eine sehr gute Frage, Veronica", entfuhr es halblaut dem Fotografen, der sich scheinbar schlagartig in seine Gedankenwelt zurückversetzte. In den verschwommenen Bildern fand er jedoch weder eine Antwort, noch eine Lösung.
„Was schlägst du für einen Ort vor, Veronica? Für den Monat September?"
Heute kriege ich nur Fragen oder Vorschläge, die meine Stirnfalten vergrößern. Solche Tage sollten verboten werden, murmelte es betrübt im hübschen Kopf von Veronica Balabushka.
Was soll ich darauf antworten? Wo könnte man ein solches Fotoshooting machen? Welche Gegend bietet eine Kulisse für den Monat September? Oh ja, das ist eine Möglichkeit, wenn auch abgekupfert, aber immerhin, überlegte sie und richtete sich an William Tower: „Wie wäre es mit

der englischen Südküste? Stell dir mal die Klippen und den Strand um diese Jahreszeit vor. Die perfekte Kulisse für den September."
„Hey, das ist mal eine tolle Idee. Darauf wäre ich nicht gekommen. Natürlich – der Strand, die Klippen, das Septemberlicht – eine tolle Idee."
Zuerst fand Adele die Idee nicht gut, weil man solche Fotos genauso in einem gemütlichen Park schießen konnte. Ihre Freundin hatte sich an den Archäologen erinnert. Andererseits würde so ein Ausflug ihnen wahrscheinlich gut tun und könnte vielleicht mit einigen Tagen Ferien verbunden werden, bevor die stressigen Modeschauen in Paris begannen. Also sprang sie auf den rollenden Wagen: „Keine schlechte Idee. Wie wäre es mit den Klippen von Newhaven, in East Sussex. Die Gegend ist mir erst kürzlich empfohlen worden."
William und Veronica waren positiv erstaunt, daß Adele so schnell mit ihrer Idee einverstanden war. Pamela kümmerte sich bereits mehr um den Kellner und um den Nachschub an Champagner. Der Ort des Fotoshootings interessierte sie nur am Rande.
„Hauptsache, es ist nicht in dem gähnenden Kosmetiksalon", resümierte sie leise.
„Die Gegend ist dir empfohlen worden?"
„Empfohlen ist wohl übertrieben, Will. Ich habe per Zufall einen Archäologen im Flugzeug getroffen. Der hat mir von einer Ausgrabung bei Newhaven berichtet. Darum bin ich überhaupt erst auf diese Gegend gekommen."
William Tower freute sich insgeheim. Nach über einem Jahr wurde er wieder Will genannt. Nicht mehr Dummkopf, Blödmann, mieser Hurenbock oder Fotografenarschloch. Keine Ohrfeigen, keine zertrümmerten Vasen und Bilder, keine zerrissenen Fotos und Tritte ans Schienbein – er war wieder Will. Vermisst vertraute Gewohnheit kehrte für einen Augenblick zurück.
„Was um alles in der Welt sucht ein Archäologe in Newhaven?"
„Och, das ist eine komplizierte Geschichte. Zusammenfassend kann man sagen, er macht eine Ausgrabung eines Wikingerschiffs."

„Ach was? Scheint ein ziemlicher Spinner zu sein. Aber was soll's", meinte der Fotograf, der nicht weiter in unbekanntes Territorium vorstoßen wollte.
„Gut, wenn wir schon den Ort haben, müssen wir nun noch die Zeit festlegen. Adele hat nur nächste Woche zur Verfügung, dann ist sie wieder komplett ausgebucht. Wann paßt es dir am besten?"
„Wenn das Wetter mitspielt, würde ich den nächsten Mittwoch vorschlagen. Was meinst du dazu, Adele?"
„Warum nicht?"

Kapitel 3
Geschäftsfreunde

1

Ein kurzes Flattern war zu hören, als der alte Rabe auf seinem gewohnten Ast landete. Hier oben, in gut zwanzig Meter Höhe, hatte er sein diesjähriges Gelege ausgebrütet. Das Nest auf dem knorrigen Lindenbaum bestand immer noch, auch nach dem Sturm. Im Frühling und Sommer krächzten junge Raben; den lieben langen Tag. Hunderte von Flügen mußten er und Frau Rabe damals machen, um die hungrigen Schnäbel zu stopfen. Nun war es still. Zu still für den pechschwarzen Vogel. Wie der schwere Sturm, war Frau Rabe verschwunden. Fortgeweht im dunklen Wald. Fortgeweht in der Nacht. Fortgeweht wie die Zeit.
Stille.
Kräächz! Kräächz! Kräächz!
Verwundert blickte Terry hinauf und sah den Raben über sich im Geäst sitzen.
Er unterbrach den Meilenlauf. Schnaufend und nach Luft schnappend, lehnte er sich an den grünbraunen Stamm. Seine rechte Seite stach wie ein Messer. Der Kopf hochrot und in heißen Schweiß gebadet. *Ich bin zu schnell gelaufen – muß mich ausruhen*, pulsierte es im Gehirn.
Kräächz! Kräächz! Kräächz!
„Verdammter Vogel, du hast mir noch gefehlt. Verdammter zerzauster Unglücksbringer!" rief er hinauf in das Blättergewirr. Aber der Rabe schien ihn nicht zu verstehen. Ausdruckslos betrachtete er den Jungen, der als Mann betrachtet werden wollte. Nach einiger Zeit erholte sich dieser.
„Verdammter Waldweg, man bricht sich eher ein Bein, als daß man darauf laufen könnte. Verdammter Waldweg!" sprach er zu sich selbst, um sich Mut und Kraft zu geben. Der Weg zum Dorf war

noch lang. Gerade wollte Terry wieder losrennen, als ihm etwas auffiel: *Wo sind meine Angel und das Fischernetz? Oh nein*, leuchtete es ängstlich und enttäuscht in den verwirrten Gedanken. *Ich habe sie verloren – einfach liegengelassen. Oh nein, wie konnte das passieren? Verfluchte Wikinger, hol euch der Teufel!*
Der Waldlauf ging weiter. Der Rabe saß regungslos auf seinem Ast und sah dem keuchenden und erschöpften Jungen nach.
Kräächz! Kräächz! Kräächz!
Jetzt befand sich Terry Sox mitten im Wald. Die Schritte waren mühsam geworden, aus dem Laufen war ein schnelles Gehen geworden. Er konnte nicht schneller. Terry dachte an sein Dorf mit dem schönen Namen Cambourne. Die kleine Gemeinde hatte zwar nur knapp 300 Einwohner, aber es war sein Heimatdorf – und es sollte nicht noch einmal verwüstet werden.
Diesmal werden uns die Teufel nicht überraschen. Diesmal werden sie büßen, malte sich Terry die Begrüßung der Nordmänner durch die Dorfbewohner aus.
Endlich kam das Ende des Waldes in Sicht. Schon konnte er die ersten Hütten der Ansiedlung erkennen, wenn auch nur verschwommen.
Cambourne lag, gleich nach dem Wald, zwischen zwei sanft geschwungenen Hügelketten. Die meisten Häuser glichen mit ihren gestampften Strohdächern eher Holzhütten, denn soliden Bauten. Ein Haus ganz aus Stein war eine Seltenheit. Einzig die winzige Kirche bildete die rühmliche Ausnahme. Der Kirchturm, um den Cambourne mehrere andere Gemeinden beneideten, war größtenteils aus Stein gearbeitet. Natürlich konnte sich eine so ärmliche Gemeinde kein solches Bauwerk leisten – es wurde vom Grafen gestiftet.
Viele Leute behaupteten, daß der Kirchturm nur ein Versuchsobjekt (oder ein Versuchsbauwerk) für die neue Burg des Grafen darstellte. Doch den meisten Einwohnern war das gleichgültig. Sie hatten eine Kirche und einen Pfarrer obendrein. Der Graf sorgte gut für sie und war ein frommer Mann. So schien es jedenfalls. Das Dorf lag sechs

Meilen westwärts von der fast fertigen Burg des Grafen entfernt. Ganz typisch für diese Zeitepoche, war die Burg auf einem steilen Hügel errichtet worden. Dicke Mauern sollten den Grafen vor der allgemeinen Habgier seiner adligen Mitkonkurrenten schützen. Im frühen Mittelalter galt das Recht des Stärkeren. Ganz besonders in East Anglia.

2

Terry rannte, so gut es noch ging, auf der Dorfstraße durch die ersten Häuser. Der Wald lag hinter ihm, und auch der holperige Waldweg. Sollte er gleich losschreien oder zuerst seine Familie warnen? Das war ein ernstes Dilemma für ihn. – Blut ist dicker als Wasser – seine Familie kam zuerst.
Vor seinem Geburtshaus, im dichten Gras, spielten sein jüngerer Bruder Bryan und die um ein Jahr ältere Schwester Samantha. Sie ahnten nichts von der aufziehenden Gefahr und begrüßten ihn beide mit einem beiläufigen Gruß. Terry schlug die widerstrebende Eingangstüre des Wohnhauses auf. Es roch nach Haferbrei. Mama Sox stand an der Feuerstelle und rührte mit einem dunkel angelaufenen Holzlöffel in einem farblich fast identischen Kochtopf.
„Ah Terry, daß man dich heute auch einmal antrifft. Wo warst du die ganze Zeit?" sprach sie den Jungen an, der sich zuerst einmal am Küchentisch abstützen mußte und laut nach Luft hechelte. Erst als die Mutter das schwere Atemholen hörte, drehte sie sich um: „Wie siehst du denn aus?"
Sie hatte ihren Sohn an der Art und Weise, wie die Haustüre aufging, erkannt. Aber jetzt sah sie ihren Sohn zum ersten Mal an diesem Morgen, der nun beinahe Mittag war: Das Hemd und die Hose waren teilweise zerrissen. Das Gesicht und die Hände schmutzig und voller Kratzer. Die Haare struppig und mit ein wenig Laub durchzogen. In ihren Gedanken rumorte es: *Was hat er denn jetzt wieder angestellt?*
„Wikinger, Wikinger, ich habe Wikinger gesehen!" prustete der nach Atem ringende Jüngling.
„Was hast du mit deinen Kleidern angestellt, bist du noch ganz bei Trost?" fragte Clara Sox reflexartig, so wie sich das mit fünf Kindern im Laufe der Jahre einprägt. Jetzt kam eine Pause. – Was hatte ihr Sprößling da gesagt?
„Was hast du gesehen?"
„Wikinger, Wikinger, großer Gott, Wikinger!"

„Du hast Wikinger gesehen?" wiederholte sie ungläubig und verblüfft.
Terry war von ihren vier Söhnen der phantasiereichste und erfand öfter mal Geschichten. Aber Wikinger, würde er Wikinger ebenso erfinden? Mutter Sox mußte es wissen, während der Haferbrei bedrohlich dampfte und blubberte.
Dann kam ihr ein beruhigender Gedanke: *Ah, das Meer. Er sah ein Wikingerboot vorbeisegeln – oder etwa nicht?* Der zweite Teil ihres Gedankens beruhigte sie ganz und gar nicht.
„Am Strand, am Strand. Drei Wikingerschiffe sind gelandet! Schnell, schnell, wir müssen Papa Bescheid sagen!"
Clara Sox war schockiert und merkte erst nach einer Weile, daß ihr der Kochlöffel in den Kochtopf gefallen war.
„Oh mein Gott, bist du sicher?"
„Aber ja, Wikinger, Wikinger, eine ganze Horde!"
„Oh mein Gott! Terry, du mußt Steve benachrichtigen. Dein Vater und deine Brüder arbeiten auf dem Kohlfeld. Schnell, lauf so schnell du kannst!" befahl sie ihrem Sohn, der bereits beim Wort „Kohlfeld", grußlos und flink zu einem Spurt aus dem bescheidenen Haus angesetzt hatte.
„Terry, wohin so geschwind?" hörte er mehrmals rufen, als er die staubige Hauptstraße des Dorfes in Richtung Felder hinausstürmte.
„Keine Zeit, keine Zeit!" rief er laut dem jeweiligen Dorfbewohner zu.

3

Die Ernte war voll im Gange. Ein zufriedener Steve Sox schnitt gerade einen Kohlkopf von seiner dicken Wurzel. Die meisten jungen Männer des Dorfes halfen bei der anstrengenden Arbeit. Nach dem dreitägigen Unwetter mußten die Kohlköpfe rasch geerntet werden, sonst würden sie faulen. Der Regen hatte Steve Sox die Stimmung nicht verdorben. Im Gegenteil, dieses Jahr war ein gutes Jahr für Kohlköpfe. Eine große Ernte stand ins Haus, aber sie mußte sofort eingebracht werden, das wußten alle im Dorf.
Steve dachte: *Wer kommt denn da angerannt?* Bevor er seinen Sohn erkannte. *Ah Terry, der kommt bestimmt, um uns zu helfen. Das wurde Zeit.*
Plötzlich stutzte er, sein Sohn triefte vor Schweiß und schnaufte heftig: „Du hast es endlich einmal eilig, um uns zu helfen. Das ist gut."
„Oopfhhh, euch zu helfen?" hechelte Terry verständnislos und holte nochmals tief Luft. Angestrengt sprach er weiter: „Sie sind gelandet – uff – sie sind gelandet!"
„Gelandet? Wer ist gelandet? Rede gefälligst etwas deutlicher."
„Wikinger, Wikinger sind gelandet!" stammelte er nach Luft ringend.
Der Querfeldeinläufer war am Ende seiner Kräfte. Terry setzte sich auf das halb geerntete Feld. So hatte er sich die Benachrichtigung seines Dorfes nicht vorgestellt. Er wollte der strahlende Retter seiner Familie und der Gemeinde sein. Und was war er jetzt? Ein zerschlissenes Häufchen Elend, das müde und völlig ausgelaugt auf einem dreckigen Kohlfeld saß.
„Wikinger? Sagtest du Wikinger!"
„Ja, beim heiligen Christus. Wikinger, Wikinger sind gelandet!"
Steve Sox sah seinen Sohn an, mit dem gleichen ungläubigen Gesichtsausdruck, wie zuvor seine Mutter. Langsam veränderte sich sein Gesicht – zuerst kam die Überraschung – danach die Wut – und schlußendlich die Angst.

„Waass! Die gottverdammten Heiden sind gelandet! Wo, wo bei allen Teufeln sind sie gelandet?"
„In ... in der Bucht bei der Felsentreppe. Dort wo wir öfter fischen gehen. Es sind drei Langboote mit weit über hundert Mann."
Diese Information mußte der Bauer zuerst verdauen. Wie wild gewordene Pferde schossen Gedanken durch das aufgeschreckte Bewußtsein von Steve: *Terry sagt die Wahrheit! Die Nachricht ist zu genau und zu präzise für eine seiner ausgedachten Geschichten. Gott stehe uns bei!*
Die kleine, dafür laute Unterhaltung war den meisten anderen Feldarbeitern verborgen geblieben. Kohlköpfe ernten verbreitete bei ihnen eine gewisse Versunkenheit in sich selbst.
„Was sollen wir jetzt tun?" fragte sein Sohn nach.
„Das ist eine gute Frage", erklang die Antwort seines Vaters, halblaut und unsicher. Seine Pferde rannten immer noch im Kopf, und je länger sie rannten, um so klarer wurde ihre Formation.
„Wir werden kämpfen!"
„Was werden wir?"
„Wir werden kämpfen! Bei Gott, mein Sohn, diesmal werden wir kämpfen!"
Terry Sox schaute vom Boden auf zu seinem Vater. Eine Veränderung war durch den Landwirt und Viehzüchter gegangen, das spürte er. Es schien, als ob das Gemüt seines Vaters in eine wärmere bessere Jahreszeit übergegangen wäre. Aber es war nicht der Übergang vom Frühling in den Sommer, es war der Übergang von Ärger in hitzigen Zorn.
„Männer, kommt alle her!"
„Was ist denn nun schon wieder los?" bekam Steve mehrfach zurück.
„Nun kommt schon her! Ich muß euch etwas sagen!"
Die Kohlernter unterbrachen ihre monotone Arbeit und schlenderten aus allen Bereichen des gemeinschaftlichen Feldes zu Steve Sox. Keiner war missmutig wegen der Unterbrechung. Eine Pause von der anstrengenden Arbeit wurde gerne stillschweigend begrüßt.

Bald versammelte sich die Bauernschar in einem Halbkreis vor dem alten Lastkarren, bei dem sich Steve Sox postiert hatte. Damit ihn jeder sehen und hören konnte, stieg er spontan auf den bereits zu dreiviertel beladenen Holzkarren. Diese Aktion war ungewöhnlich für die Landwirte. Bis zum heutigen Tag hatte so noch niemand eine Rede halten wollen.

Aber das Mittagessen stand an. Der hungrige Magen mußte wohl für das eigenartige Verhalten ihres Freundes verantwortlich sein, vermuteten die meisten.

„Freunde und Nachbarn, hört mich an!"

„Hey Steve, wir wissen, daß jetzt Mittag ist. Hast du sonst noch andere Neuigkeiten?" meinte ein Witzbold heiter, worauf vereinzeltes Gelächter ausbrach.

„Ja, Steve, wir wollen keine Rede von Kohlköpfen, wir wollen sie verspeisen."

„Hahaha, hohoho, hehehe", hallte es aus dem ganzen Halbkreis.

Die einzigen, die nicht vergnügt miteinstimmten, waren Steve und Terry Sox.

Eher ungläubig, als amüsiert, sahen beide in die Menge.

„Wikinger sind gelandet!" schrie nun ein aufgebrachter Steve Sox verärgert.

Schlagartig war es still. – Totenstill. Nur das fröhliche Zwitschern der Vögel aus dem nahen Waldrand überlagerte die Stille. Keiner der Männer sagte etwas.

Nicht einmal die kleinste Regung durchlief ihre Körper. Sie schauten sich nur gegenseitig an, ähnlich Kühen auf dem Weg zur Schlachtbank.

Dann brach der Sturm los: „Wo sind sie gelandet?"

„Wer hat sie gesehen?"

„Sind sie schon im Dorf?"

„Bist du sicher, daß sie gelandet sind?"

„Wir müssen fliehen, sofort!"

„Wir schlagen diese Mörder tot, Leute, alle zusammen!"

Steve Sox wollte die Reaktionen der Dorfbewohner einordnen, es gelang ihm jedoch nicht. Zu viele Fragen und Ansichten schlugen ihm entgegen. Er mußte wieder die Kontrolle an sich reißen, sonst würde das Chaos ausbrechen: „Männer, beruhigt euch! Mein Sohn hat sie am Strand bei der Felsentreppe gesehen. Terry, steig hier herauf!"
Der Junge tat, was ihm befohlen wurde. Nervös blickte er in die vertrauten Gesichter. Mit leichten Aussetzern ergriff er das Wort: „Ha ... hallo Leute."
„Wann hast du die Wikinger gesehen und wie viele waren es?" war die Antwort auf seine Begrüßung.
Terry sammelte sich, versuchte seine Nervosität abzuschütteln, aber sie klebte an ihm, wie eine schlechte Angewohnheit: „Am frühen Morgen ... ich habe sie heute am frühen Morgen gesehen. Es ... es waren drei Boote mit über hundert Wikingern", stammelte er.
Blankes Entsetzen stand in vielen Gesichtern der Zuhörer geschrieben.
Bis auf einmal aus der hintersten Ecke der Versammlung eine durchdringende Stimme den Jungen unterbrach: „Sind die Heiden schon auf dem Weg zu unserem Dorf?" verlangte sie zu wissen. Die Bauern drehten sich um und betrachteten den Fragesteller. Der Pfarrer stand in seiner schwarzen Kutte hinter ihnen. Sein Blick durchdrang die Gruppe der Landwirte, wie ein Messer Butter durchschneidet, und blieb auf dem Erzähler haften.
„Aehh ... soviel ich weiß, nicht. Die Teufel sind wahrscheinlich in den Sturm gekommen. Die Maste ihrer Boote waren geknickt. Ich glaube, sie wollen ihre Schiffe reparieren."
Der Gottesmann spazierte durch die Gasse, welche ehrfurchtsvoll gebildet wurde, und stand direkt vor Terry. Er betrachtete ihn.
Der Junge hat das Herz auf dem rechten Fleck. Teufel, ja Teufel hat er die Heiden genannt. Genau das sind sie, überflog er das Gehörte in Gedanken.
„Terry, ich gratuliere dir. Du hast dein Dorf gerettet. Dein Mut sollte uns ein Vorbild sein. Aber nun sind wir an der Reihe", lobte er und

erklomm das Fuhrwerk. Der Pfarrer stellte sich hinter Terry. Kurz begrüßte er Steve, der bei seinen Worten zustimmend genickt hatte, und der links von ihm stand. Das hölzerne Kreuz baumelte über seinem schwarzen Gewand und berührte ganz leicht die Haare am Hinterkopf des Knaben.

„Männer, Terry hat euch und eure Familien gerettet. Er hat die Heiden entdeckt und benachrichtige sofort seine Mutter. Clara Sox hat die Gemeinde und mich benachrichtigt. Alle Bewohner sind bereits auf dem Weg zur Burg des Grafen. Wir haben noch einmal Glück gehabt."

Erleichtert von den guten Nachrichten, applaudierten die meisten Bauern. Der Pfarrer genoß die Zustimmung der Menge und wurde in seiner Rede zusätzlich beflügelt: „Danke, Männer. Wir müssen jetzt schnell handeln, bevor die Heiden unser Dorf überfallen. Wer hat Vorschläge, wie wir verfahren sollen?"

Diese Anfrage kam unerwartet für die Landwirte, denn meistens wurde ihnen immer gesagt, was sie zu tun hatten. Doch Theophilus Alkin ging seine eigenen Wege, deswegen wurde er auch in der Dorfgemeinschaft sehr geschätzt.

Die ersten Vorschläge kamen: „Wir müssen ebenfalls zur Burg des Grafen, dort sind wir in Sicherheit."

„Wir sollten schnellstens mit unseren Tieren und Vorräten verschwinden."

„Ja, gehen wir zur Burg des Grafen und beschützen unsere Familien."

„Der Graf soll uns verteidigen, er hat genug Soldaten."

Steve Sox sagten die Ideen seiner Freunde nicht zu. Hatten sie schon den Überfall der Halsabschneider vor zehn Jahren vergessen? Sehr viele ihrer Familienmitglieder waren ermordet, entführt, vergewaltigt oder ausgeraubt worden – und nun solch feige Vorschläge?

„Bauern, was soll das?" rief er darum verärgert in die Menge. „Wollen wir wirklich in die Burg des Grafen fliehen? Erinnert ihr euch nicht an die Toten vor zehn Jahren? An eure leeren Häuser und Ställe? An den Hunger und an die Zerstörung? Nein, ich sage euch,

laßt uns die Schweinehunde zurück ins Meer werfen. Dorthin, wo sie hingehören, auf den Grund des Ozeans!"
Mit dieser Meinung stand Steve gewiß nicht alleine da, aber die zustimmenden Rufe aus der Gemeinschaft waren nicht so zahlreich, wie erhofft.
Theophilus freute sich über den Wagemut seines treuen Kirchenmitglieds. Seit langem hatten ihn die Dorfbewohner über den tödlichen Zwischenfall aufgeklärt. Der ehemalige Mönch und jetzige Priester schlug die wollene Kapuze zurück und entblößte seine rasierte Halbglatze, die typisch für seinen nordirischen Mönchsorden war. Er hatte genug Erfahrungen mit den „Geißeln der Menschheit" in Irland gesammelt. Auf der grünen Insel entstand mit der Zeit ein regelrechter Wikingerstaat. Während seiner religiösen Ausbildung konnte er in den alten Schriften des Ordens die Taten der Unmenschen nachlesen. Zuerst behandelten die Berichte nur vereinzelte Plünderungen von Klöstern. Danach wurden aus den einzelnen Plünderungen Raubzüge. Aus den schrecklichen Raubzügen wurden schließlich Eroberungszüge, in denen viele Dörfer und Städte übernommen wurden. Es war grauenhaft. Ganze Landstriche fielen den Nordmännern in die Hände. Mord und Totschlag regierten Irland. Heidnische Religionen und Gebräuche gewannen wieder Zuläufer. Eine schwere Probe war der Christenheit auferlegt worden. Doch der einzig wahre Glaube würde siegen.
Ein bekannter Schmerz durchfuhr den Pfarrer, seine Gicht hatte sich gemeldet.
Die Falten auf seinem dreiundsechzig Jahre alten Gesicht vertieften sich kurz, bevor die Schmerzen zögernd nachließen. Mit der rechten knöchrigen Hand massierte er den hageren Oberschenkel. Fast schon war ein Gerippe aus ihm geworden.
Verfluchte Gicht, heute hast du aber lange gebraucht. Verflucht noch mal, sinnierte Theophilus. Seine Krankheit führte ihn vor vier Jahren vom rauhen Nordirland nach Südengland. Genauer gesagt wurde Alkin von seinem Mönchsorden zur Erholung hierhin geschickt. Zuerst sah er in diesem Wechsel keinen Sinn: „Einen alten Baum

verpflanzt man nicht", gab er seinen Mitbrüdern zu bedenken. Aber am Tag nach dem Sturm veränderte sich alles. Jetzt erkannte er den Sinn seiner Krankheit und der Versetzung – es mußte eine Fügung Gottes sein. Gott hatte ihn mit der Rettung dieses Dorfes beauftragt – daran gab es keinen Zweifel. Heute offenbarte sich ihm Gott in der Person von Terry Sox – und dafür ertrug er gerne Schmerzen.
„Völlig richtig, Steve, wir sind alle deiner Meinung", unterbrach er bejahend, mit leicht verbissenem Gesichtsausdruck, die Worte des Bauern. „Aber zuerst müßt ihr eure Vorräte und Tiere in Sicherheit bringen. Wir wollen den gottlosen dänischen Hunden nichts Brauchbares zurücklassen. Sobald wir in der Burg des Grafen sind, werden wir einen Plan gegen die Teufel schmieden."
„Jawohl!"
„Der Pfarrer hat recht, wir müssen unsere Herden mitnehmen!"
„Ja, los, gehen wir zur Burg!"
Die Menge war sofort mit dem Vorschlag ihres Pfarrers einverstanden. Ohne weitere Worte und Verzögerung verließen die Bauern das Rübenfeld in Richtung Dorf. Einige rannten sogar.
„Glaubt ihr wirklich, daß wir so die Halunken stoppen können?"
„Glauben ist ein großes Wort, Steve. Aber laß mich dir zuerst danken für deinen Einsatz und deine Kühnheit", beantwortete Theophilus die Frage fürs erste. Beide Männer betrachteten sich und suchten eine Antwort in den Augen des Gegenübers. Eine Lösung stand jedoch weder in den braun-grünen Augen von Bruder Alkin, noch in den blau-grauen Augen von Steve Sox.
„Ich kenne die heidnischen Teufel aus Irland."
„Ach ja?"
„Ja, ich habe bis heute noch nichts davon erzählt, aber auch mein Orden wurde von den Geisseln der Menschheit nicht verschont."
„Wie denn das?"
„Das ist eine lange und komplizierte Geschichte. In kurzen Worten könnte man sagen, daß unser Orden eine große Insel im Norden von Schottland besiedeln wollte."
„Eine Insel im Norden von Schottland?"

„Ich vermute, der Name *Eisland* sagt dir nichts?"
„Nein, eine Insel mit dem Namen *Eisland* habe ich noch nie gehört."
„Wie dem auch sei. Auf jeden Fall ist *Eisland* eine Insel weit im Norden von Irland oder Schottland, je nachdem wie man es betrachtet."
„Ach was."
„Ja, eine Insel fast nur aus Schnee und Eis, dafür hat sie heiße Quellen und feuerspeiende Berge."
„Das muß ein Platz der Hölle sein."
„Auf den ersten Anblick vielleicht. Aber sobald man genauer hinschaut, sieht man die Wunder von Gottes Natur. Es gibt dort grüne Wiesen mit fruchtbarem Boden. Und so viele Fische im Meer, daß sie kein Mensch jemals zählen kann."
„Was? Das ist kaum zu glauben."
„Dieser Meinung war mein Mönchsorden ebenfalls. Wir wollten *Eisland* mit Christen besiedeln und bauten darum ein Kloster und eine Kirche. Und es ging alles gut, bis die Barbaren auftauchten."
„Die Barbaren?"
„Ja, die Teufel, die Halunken, die Dänen, die Geißeln der Menschheit, die verfluchten Wikinger!"
„So weit im Norden?"
„Oh ja. Ich sage dir, wo immer sich gläubige Christen ansiedeln wollen, da tauchen sie auf mit ihren Booten. So als ob sie es riechen würden, die Hunde. Sie kamen und raubten, plünderten und brannten alles nieder – es blieb uns nur noch die Flucht. Das ist ihre Handschrift, du kannst sie auf der ganzen Welt lesen."
„Großer Gott!"
„Gott hat mit diesen Hunden nichts zu tun, das sage ich dir. Sie breiten sich aus wie die Pest. Das Schlimmste ist jedoch, daß sie sich auf den geraubten Ländereien ansiedeln, wie Eiterbeulen auf einem gesunden Körper."
Die Männer, die in ihrer Ausbildung und ihrem angesammelten Wissen nicht unterschiedlicher sein konnten, hatten ihren gemeinsamen

Schnittpunkt gefunden – es war ihr tiefsitzender Haß gegen alle Wikinger.
„Ich wußte nicht, daß die Teufel eine solche Plage sind."
„Das wissen die meisten Leute aus East Anglia nicht. Wir müssen den Hunden Einhalt gebieten, hier und heute, sonst werden sie immer wiederkommen, wie eine ansteckende Krankheit."
„Der Meinung bin ich auch. Vor zehn Jahren habe ich mein ganzes Vieh und meine Wintervorräte verloren. Wir hatten Glück, daß wir nicht verhungert sind. Warum wollten die Bauern nicht losschlagen und diese Halsabschneider erschlagen?"
„Sie haben Angst, Steve. Sie haben Angst."
Wiederum betrachteten sich beide Männer, nun verständnisvoller. Schließlich stiegen alle drei wortlos vom Holzkarren. Sie gingen zu Martin und Markus Sox, den erwachsenen Zwillingssöhnen von Steve, die einige Meter vor dem wackligen Karren standen. Mit großem Interesse hatten die Zwillinge das Gespräch des Pfarrers und ihres Vaters mitverfolgt, wollten sich aber nicht einmischen.
„Martin und Markus, was ist eure Meinung zu unserer Lage?"
Die Zwillinge glichen sich nicht nur wie ein Ei dem andern, sondern waren auch ihrem Vater wie aus dem Gesicht geschnitten. Seit frühster Jugend trugen sie zudem meistens die gleiche Kleidung, was ihrer Mutter Clara großen Spaß machte. Clara Sox war eine ausgezeichnete Schneiderin.
„Wir sind derselben Meinung wie unser Vater", antworteten sie beinahe unglaublich im Einklang. Für einen Außenstehenden der Dorfgemeinschaft wären die zwei unheimlich gewesen. Nicht nur, daß sie zum Verwechseln ähnlich aussahen, sie schienen sogar immer das Gleiche zu denken.
„Du hast eine sehr mutige Familie, Steve", fuhr Theophilus fort, so als ob er keine andere Antwort erwartet hätte. Der Mönch streifte seine Kapuze wieder über den grauweißen Haarkranz, der in jungen Jahren einmal braun-rot gewesen war. Die Sonne hatte sich nach kurzer Bewölkung hinter einigen grauen Wolken verborgen. Ein Nieselregen begann.

„Aber nicht alle Leute sind so mutig. Bitte bedenke das immer. Laßt uns ins Dorf gehen und zu Mittag essen. Ich hoffe, du hast nichts dagegen, wenn ich dich und deine Söhne einlade, mit mir zu speisen. Deine Frau und deine restliche Familie sind wahrscheinlich schon auf dem halben Weg zur Burg. Was hältst du davon?"
„Das wird wohl das Beste sein. Ich und meine Söhne müssen sowieso noch unsere Vorräte und das Vieh zur Burg schaffen. Ich danke Euch für die nette Einladung."
Danach verließen die vier Männer und der Knabe das Kohlfeld. Die Zwillinge zogen den fast vollen Holzkarren, während der Pfarrer mit Steve und Terry vor dem Gefährt liefen. Bald besiegte die jugendliche Neugier von Terry Sox das anfängliche Schweigen der Gruppe.
„Herr Pfarrer, habt Ihr in Irland viele Wikinger gesehen?"
„Terry!" unterbrach Steve barsch die Frage seines Sohns.
„Verzeiht, mein Sohn war schon immer ein wißbegieriger Junge."
„Sei froh, daß das so ist. Und nennt mich bitte Bruder Alkin. Ich werde schon seit vierzig Jahren so genannt. Mit dem Wort Pfarrer kann ich nichts anfangen."
„Ach, seit vierzig Jahren seid Ihr schon Priester?"
„Nein nein, Steve, seit vierzig Jahren bin ich schon Mönch. Priester, wie du das nennst, bin ich erst nach der Ankunft in Cambourne geworden."
„Dafür macht Ihr Eure Sache aber gut."
„Terry!"
„Dein Sohn erstaunt mich – und es gibt nicht mehr vieles, das mich erstaunt. Danke Terry, es freut mich, daß ich meine Sache gut mache. Ich werde mich stets bemühen, meine Sache gut zu machen", meinte ein lächelnder Theophilus Alkin.
„Genug der Komplimente. Jawohl, ich habe viele Wikinger in Irland gesehen. Ganze Dörfer und Städte voll habe ich gesehen. Aber ich sah auch ganze Friedhöfe voll erschlagener Irländer. Ich hoffe, das reicht dir als Antwort."
Die wohl überlegte Aussage des ehemaligen Mönchs hing einige Minuten in der Luft und begann dann zu wirken. Das kleine Grüppchen

sah jetzt das Dorf einige Kilometer von der Landstraße aus. Bereits kamen ihnen die ersten Familien mit ihren rasch zusammengesuchten Habseligkeiten und Vorräten entgegen. Auf Ochsenkarren waren ganze Möbel verstaut worden. Freundlich grüßend, marschierten sie an Bruder Alkin und den Männern der Familie Sox vorbei. Sehr viele Anfragen wurden von den Flüchtlingen an Theophilus gerichtet. Er konnte immer nur wiederholen: „Wir werden am Nachmittag eine Versammlung bei der Burg abhalten. Bitte habt noch ein wenig Geduld."

Die meisten gaben sich mit dieser Auskunft zufrieden. Doch Alkin konnte die Angst in ihren Augen sehen. Er erkannte die leeren Blicke sofort, es waren die gleichen, wie in seiner gebranntschatzen grünen Heimat.

Ziegen, Schafe und Rinder wurden aus Cambourne getrieben und gruppierten sich auf der Landstraße zu einer blökenden und muhenden Herde. Die Herde kam bloß langsam voran.

„Das ist großartig!"

„Was um alles in der Welt ist großartig?" fragte ein verdutzter Steve Sox den Pfarrer, nach dem, für ihn völlig unerklärbaren, Ausspruch.

„Eure Leute, sie sind großartig! Seht sie euch an, keine Panik, kein Chaos, nur ein ruhiger und geordneter Abzug – das ist großartig!"

Allmählich wurde Steve, Terry und den Zwillingen bewußt, mit wem sie da sprachen – das war kein gewöhnlicher Bauer mit angeborener Bauernschläue, dieser Priester war ein gelehrter Mann, der wußte, was zu tun war.

„Ich gebe zu, daß unsere Dorfbewohner nicht in Panik geraten sind. Aber was nützt uns das? Die Wikinger werden sich nicht darum kümmern. Die Hunde werden kommen und unser Dorf zerstören. Vielleicht verbrennen sie alles und kommen danach wütend zur Burg des Grafen. Habt Ihr das bedacht?"

„Steve, ich kenne die Nordmänner. Ich hatte genug Gelegenheiten, sie zu studieren, das kannst du mir glauben. Ihre teuflische Taktik ist immer dieselbe, so als ob ein Dämon ihre dunklen Seelen lei-

ten würde. Zuerst landen die Heiden meist unbemerkt an einem Strand, danach überfallen sie schlagartig das nächstgelegene Dorf. Sie rauben, plündern, morden und verbrennen alles. Leute werden sogar als Sklaven verschleppt und müssen fortan diesen Teufeln ihr weiteres Leben lang dienen, wenn sie nicht auf einem Sklavenmarkt verkauft werden. Kein schöner Gedanke, nicht wahr?"
Gebannt hörten die Mitglieder der Familie Sox dem Pfarrer zu. Der alte Holzkarren war unterdessen zum Stillstand gekommen.
„Der größte Vorteil, den die Mörder haben, ist ein Überraschungsangriff. Doch in unserem Fall scheint das nicht zu stimmen, und das ist merkwürdig."
„Es hat den Anschein, als wären die Halunken in das gräßliche Unwetter gesegelt. Wahrscheinlich wurden sie gut durchgeschüttelt und ihre Boote beschädigt. Die Freude am Plündern ist ihnen wohl fürs erste vergangen. Glaubt Ihr nicht auch, Bruder Alkin?"
„Kann schon sein, Steve. Ich glaube, wenn die Heiden bis jetzt nicht aufgetaucht sind, werden sie den ganzen Tag nicht mehr auftauchen. Ich hoffe es jedenfalls. Aber auch eine nasse Katze läßt das Mausen nicht. Sie wartet, bis sie trocken ist, dann beginnt die Jagd von neuem. Genau so müßt ihr euch die Halunken vorstellen, sie sind unbelehrbar und verschlagen."
Die Zwillinge fanden es an der Zeit, endlich etwas zur spannenden Diskussion beizutragen. Vorerst schauten sie sich nur gegenseitig an, in der Art, als ob sie ohne Worte bestimmen wollten, wer von ihnen sprechen sollte. Schließlich ergriff Martin Sox das Wort: „Bruder Alkin, findet Ihr nicht, daß wir wissen müssen, was die Halunken vorhaben? Sollten wir nicht einen Kundschafter losschicken, damit er die Wikinger auspionieren kann?"
Der gebrechliche Mönch dachte nach. Er dachte lange nach. Langsam begannen die schwieligen Füße in den bescheidenen Sandalen von neuem an zu laufen. Der kleine Troß folgte ihm und wartete auf eine kluge Antwort.
„Bist du dir über das Risiko bewußt, Martin? Hast du eine Vorstellung, was die Teufel mit einem Kundschafter anstellen, wenn sie ihn

erwischen?" gab der Gottesmann zu bedenken und versuchte eine Wespe zu verscheuchen, die es sich auf dem linken Ärmel seiner abgewetzten Kutte gemütlich gemacht hatte.
Deutlich konnte er das Blitzen in den Augen des knapp Dreiundzwanzigjährigen sehen. Ein Blitzen, welches nur die Jugend besitzt, und das mit jeder Stunde Nachdenken und jedem Jahr Arbeit mehr und mehr verfliegt.
„Bestimmt gibt es ein Risiko, aber sollen wir warten, bis unser Dorf nur noch Schutt und Asche ist? Ich unterstütze den Vorschlag meines Bruders. Am besten ich begleite ihn – vier Augen sehen mehr als zwei."
„Seid ihr total verrückt geworden?" grollte Steve Sox aufgebracht über die Ideen von Martin und Markus.
„Wenn die Zwillinge Kundschafter werden, werde ich auch Kundschafter. Ich habe die Wikinger entdeckt, nicht sie."
„Keiner von euch wird Kundschafter! Schluß und aus! Glaubt ihr, daß ich meine Söhne neben den Nachbarn beerdigen will, die ich vor zehn Jahren begraben habe? Nein danke. Wir tun das, was Bruder Alkin gesagt hat. Zuerst essen wir, danach gehen wir mit unserem Vieh und den Vorräten zur Burg. Habt ihr verstanden?"
„Verstanden", gaben die Zwillinge und Terry missmutig von sich. Der schöne gemeinsame Traum von tollkühnen Kundschaftern war geplatzt wie eine Seifenblase, noch bevor sie aufsteigen konnte. Lustlos und hungrig trotteten sie den älteren Männern nach, der Dorfeingang von Cambourne lag vor ihnen.

4

Mitten im Zentrum der Bauerngemeinde stand das Wirtshaus „Der Goldene Löwe". Das Gasthaus war das größte Gebäude der Ortschaft und stets gut besucht. Besonders Bruder Alkin sah man fast jeden Tag um die Mittagszeit hier essen, da er weder verheiratet, noch eine Köchin sein eigen nennen durfte. Selber zu kochen lag ganz außerhalb seiner Vorstellungen und dem nur geringen kochtechnischen Talent, über das der Pfarrer verfügte oder glaubte zu verfügen. Als Stammgast war er gerne gesehen und wurde meistens besonders höflich bedient.

Samuel Bone führte den Gasthof mit seiner Frau bereits in der dritten Generation. Mit achtundvierzig Jahren war er gleich alt wie Steve Sox, aber wesentlich dicker. Rundlich, freundlich und immer gleichmäßig energiegeladen gab er als seine besten Eigenschaften an. Sein Seehundschnurrbart und die untersetzte Gestalt steckten unter einer mächtigen Kochmütze und in einer weißen Kochmontur, die scheinbar niemals Flecken hatte.

Die Kohlernter und der alte Pfarrer standen vor dem Goldenen Löwen, dessen weiße Fassade sich von den anderen Gebäuden abhob. An einer eisernen Stange über dem Eingang baumelte ein hölzernes Schild, auf dem ein goldfarbener Löwe abgebildet war. Leider hatten Regen und Schnee der Farbe so zugesetzt, daß die Raubkatze nur noch teilweise glänzte. Hungrig und durstig betraten sie die leere Gaststube. Der Wirt und seine Frau Rosemarie diskutierten gerade heftig laut über ihre momentane Situation, als der geistliche Stammgast sie begrüßte: „Hallo Samuel, hungrige Gäste sind da."
„Bruder Alkin, gottlob seid Ihr da! Wir haben Euch schon sehnlichst erwartet. Wo sind die verdammten Wikinger?"
„Gemach, gemach, Samuel. Die Heiden werden heute wahrscheinlich nicht mehr auftauchen", beruhigte der Pfarrer den Wirt und erzählte ihm die bisherige Geschichte und seine Vermutungen über das Verbleiben der Nordmänner.

„Aber sicher seid Ihr nicht, daß die Hunde nicht trotzdem auftauchen."
„Bei solchen Unmenschen ist man niemals sicher. Aber ich vertraue auf die Aussage von Terry und auf mein langjähriges Wissen über die Heiden. Es hat keinen Sinn, in Panik zu verfallen, das habe ich euch bereits am Morgen erklärt."
„Ihr habt leicht reden, Euer Lebenswerk steht nicht auf dem Spiel."
„Keine Sorge, Samuel, wir werden dein Lebenswerk zu schützen wissen."
„Wie wollt Ihr das anstellen? Glaubt Ihr, die Dänen verschonen einen solch schönen und gutausgestatteten Gasthof?"
„Sie werden nicht dazu kommen, deinen Gasthof zu plündern, wir werden ihnen keine Zeit geben."
„Wie meint Ihr das – keine Zeit geben?"
„Samuel, laß uns bitte zuerst essen und trinken. Ich und meine Freunde, die Männer der Familie Sox, sind am Verhungern. Wir besprechen unser Vorgehen gegen die Heiden beim Essen. Bist du einverstanden?"
„Sicher, Hochwürden, wie Ihr wünscht. Ich kann Euch einige Feldhasen empfehlen, die mir gestern in die Falle sind. Bis jetzt hatte ich nur wenige Gäste, wie Ihr Euch ja denken könnt. Daher kann ich jedem von euch einen Hasen mit Bratensauce und Kohl anbieten. Ist das nach eurem Geschmack, meine Herren?"
„Kling deliziös, Samuel. Geradezu ein Festschmaus. Aber bestimmt verdient an solch einem Tag", kam Bruder Alkin ins Schwärmen und las die ungeteilte Zustimmung in den Gesichtern der Sox-Männer.
„Nehmt bitte dort am Stammtisch Platz, der bleibt heute sowieso leer."
Mit knurrenden Mägen und großer Vorfreude auf das opulente Essen setzten sie sich an den runden dunkelbraunen Stammtisch. Bald schon wurden die Hasen und das Gemüse aufgetragen. Samuel Bone und Rosemarie Bone, die ihrem Mann in Sachen Rundlich-

keit in nichts nachstand, schenkten eine Art dunkles Bier in Holzbecher. Genüßlich und geräuschvoll begannen ihre Gäste zu essen und zu trinken. Die Wirtsleute fanden Gefallen am ausgeprägten Appetit der Bauern und ihres Stammgastes, der sie für eine kleine Zeitspanne von den drückenden Sorgen ablenkte.

„Ich kann gut verstehen, warum Ihr jeden Tag hier eßt", schmatzte Steve Sox.

„Wirklich ein echter Festschmaus", fanden die Zwillinge.

„Ich will noch mehr Bier", forderte Terry Sox.

„Paß auf, das steigt dir in den Kopf. Laß es gut sein. Samuel, bring ihm einen Krug Wasser."

„Kommt sofort."

Terry warf seinem Vater nach dieser Anweisung einen solchen Blick zu, als ob Steve ihm sein schönstes Spielzeug weggenommen hätte. Regelrecht verärgert, schwieg er. Am Taschentuch, das er meistens bei sich trug, wischte er seine fettigen Finger ab und fuhr sich durch die hellbraunen Haare, die alle männlichen Mitglieder der Familie Sox aufwiesen. Er überlegte: *In den Kopf steigen, wie meint er das?* Terry durchfuhr abermals seine Haare und fand nichts darin oder an seinem Kopf. Der meckernde Vater mußte sich geirrt haben. Das einzige, was er bemerkte, war eine angenehme Losgelöstheit und ein leichtes Schwindelgefühl, welches jedoch durchaus begrüßend von ihm empfunden wurde.

„Schmeckt es gut, Bruder Alkin?"

„Rose, du und dein Mann seid wahre Meister eures Fachs. Ich habe seit Jahren keinen so guten Hasen mehr gegessen", vergab der Geistliche das ehrlich gemeinte Kompliment und dachte bei sich: *Ausgerechnet heute esse ich den besten Hasen meines Lebens – hoffentlich wird es nicht mein letzter sein.*

Der Wirt stellte einen tönernen Krug mit frischem Wasser vor Terry, der ihn und den gebrannten Wasserbehälter zuerst belustigt, später aber betrübt ansah.

„Dein junger Sohn verträgt wohl nicht soviel?"

„Ach, Terry verträgt schon etwas. Euer Bier ist stark und die Übung fehlt ihm beim Trinken. Wir waren beide einmal jung und haben es gelernt. Warum sollte Terry es nicht lernen? Stimmt doch, Samuel?"
„Es kommt mir vor wie gestern. Terry wird es lernen, und ich glaube früher, als dir lieb ist."
„Wer weiß?"
„Wenn er nach seinem Vater schlägt schon, hohoho."
„In dem Fall warst du früher vermutlich Stammgast hier, Steve?"
„Ich würde nicht sagen Stammgast, Bruder Alkin. Samuel und ich sind alte Freunde und Kumpel. Da ist es nur normal, wenn man sich ab und zu besucht."
„Ich verstehe. Und es ist natürlich leichter, einen Freund zu besuchen, wenn er ein Gasthaus besitzt."
„Ihr habt das genau richtig erkannt, Bruder Alkin", grinste Steve. „Doch wenn die Familie wächst, wachsen ebenso die Verpflichtungen, und die freie Zeit schwindet. Damit ist ein gelehrter Mann wie Ihr sicher vertraut."
„Vertraut bin ich damit nicht, Steve. Ich bin ein Mann der Kirche. Aber mit Verpflichtungen kenne ich mich sehr gut aus, das kannst du mir glauben. Also Prost – auf unsere Verpflichtungen."
„Prost miteinander."
Die Wirtsleute, die Sox Männer und der Pfarrer prosteten sich zu und tranken mit einem verschmitzten Grinsen.
„Gut, sehr gut hat das getan, meine Kehle war schon ganz ausgetrocknet. Soll ich euch noch ein paar Becher bringen, Leute?"
„Nur her damit, Samuel, dann können wir unsere Besprechung beginnen", meinte der Geistliche und lehnte sich satt zurück in seinem Holzstuhl, auf dem ein flaches dunkelgrünes Kissen zur Polsterung angebracht war. Der Nieselregen hatte in der Zwischenzeit gestoppt und Sonnenlicht fiel durch die kleinen, aber zahlreichen Fenster der Gaststube. Staubpartikel tanzten in den Sonnenstrahlen, im Takt einer unhörbaren Musik.
„So meine Herren, eine neue Runde, bitte sehr."

„Danke sehr, Samuel."
„Vielen Dank."
„Danke vielmals."
„Kann ich nun auch wieder Bier trinken?"
„Hahaha, dein Sohn ist wohl auf den Geschmack gekommen, Steve?"
„Terry, heute bestimmt nicht mehr, verstanden?"
„Mach dir nichts draus. Wir durften auch erst mit fünfzehn Bier trinken", versuchte jetzt einer der Zwillinge seinen Bruder zu trösten. Ob es nun Martin oder Markus war, wußte niemand so genau, und keiner wollte es überprüfen.
„Kommen wir wieder zu den Wikingern. Samuel, zuerst mußt du deine Vorräte und Getränke zur Burg schaffen."
„Wie soll ich das denn anstellen, Bruder Alkin? Wißt Ihr, wie viele Fässer und Getreide in meinem Keller lagert? Allein für das Nötigste einzupacken, brauche ich mindestens eine Woche, ganz zu schweigen von einem guten Transport."
„Wußte gar nicht, daß ein Wirt so viele Vorräte haben muß."
„Doch doch, als guter Gastwirt muß man immer auf viele Gäste vorbereitet sein. Wie sollte man sonst ein guter Gastgeber sein? Denkt nur an ein plötzliches Fest oder an eine unvorhergesehene Versammlung – damit muß man immer rechnen, Bruder Alkin. Ich würde sogar behaupten, daß das die wichtigste Regel für einen Gastwirt ist – habe immer genug Vorräte."
„Ich verstehe, ich verstehe. Dieser Umstand macht unsere Sache nicht gerade leichter. Pack zuerst das deiner Meinung nach Nötigste ein, wir finden auf der Burg eine Lösung für dein Transportproblem."
„Gut, Euer Hochwürden, damit kann ich fürs erste leben, aber vergeßt meine Vorräte nicht."
„Ich vergesse nur selten etwas Wichtiges, obwohl mir mein Alter schon einige Streiche gespielt hat. Samuel, deine Vorräte werde ich nicht vergessen, ich verspreche es dir."
„Wir danken Euch, Hochwürden."

„Nichts zu danken, Rose. Aber bitte nennt mich nicht immer Hochwürden. Sogar wenn ich einmal, Gott behüte, Bischof werden sollte, nennt mich bitte einfach Bruder Alkin."
„Ihr seid zu nett, Bruder Alkin. Eure Bescheidenheit ist vorbildlich."
„Ein starker Glaube und Bescheidenheit sind des Glückes Unterpfand. Das ist der Wahlspruch meines Ordens und ebenfalls mein eigener."
„Euer Glaube in allen Ehren, aber glaubt Ihr, daß der Graf uns so einfach in seine Burg aufnimmt?"
„Steve, darüber hege ich keine Zweifel. Graf Jakobus ist ein gottesfürchtiger Mann und ebenso ein Freund von König Edmund. Er wird euch mit Freuden Schutz gewähren."
„Ihr seid sehr zuversichtlich, Bruder Alkin."
„So ist es, Rose. Meine Zuversicht baut auf meinem Glauben und auf der Tatsache, daß die Heiden hier noch nicht aufgetaucht sind. Solche Fehler begehen die Geißeln der Menschheit nur selten. Ohne einen Überraschungsangriff sind die Teufel nur halb so stark."
„Dann glaubt Ihr, wir können die Wikinger besiegen?"
„Ja, Steve, das glaube ich. Geschlossen und vereint muß Cambourne gegen die Halunken vorgehen. Ohne Ausnahme müssen wir kämpfen. Alle kräftigen Männer zusammen mit den Soldaten des Grafen, sonst verlieren wir nicht nur unsere Vorräte!"
„Wie meint Ihr das?" erkundigte sich ein betroffen dreinblickender Samuel Bone und sprach damit den meisten Anwesenden aus der Seele.
„Ganz einfach. Wenn wir die Wikinger nicht vernichten, werden sie uns vernichten. Vielleicht nicht dieses Mal, aber die Teufel werden wiederkommen.
Sie kommen solange wieder – wie es Wasser im Meer gibt.
Sie kommen solange wieder – bis ihr keine Häuser, Felder oder Geld mehr habt.
Sie kommen solange wieder – bis sie eure Frauen samt Kindern geschändet und versklavt haben.

Sie kommen solange wieder – bis sie blutig durch euren Schlaf metzeln und ihr schreiend aus euren Alpträumen erwachen werdet. Sie kommen solange wieder – bis ihr euren einzigen Besitz verlorenen habt, euren Glauben an Gott."

5

„Was für ein Graf soll das sein?"
Iben Chordadhbeh konnte die Frage von Horik nicht richtig deuten: *Wie meint der Nordmann das?* In der orientalischen Welt Ibens war ein Graf aus East Anglia eben ein Graf aus East Anglia und nichts weiter. Aber was bedeutete dem Wikinger ein Graf aus East Anglia? *Wer kann das schon wissen – ich muß vorsichtig bleiben*, hallte es in seinen Gedanken.
„Der Graf kommt aus dem Süden von East Anglia. Sein Name ist – eh – Jakobus von Plantain oder so ähnlich. Verzeiht, Horik, angelsächsische Familiennamen gehören nicht zu meinem Wortschatz. Er war auf seiner Pilgerfahrt nach Jerusalem, als er die Prinzessin traf. Sogleich hat der Adlige ein Auge auf sie geworfen und will die Prinzessin unbedingt ehelichen."
„Hoooohh, die Angeln und die Sachsen – wie ich sie verehre!"
Verwirrt schauten sich die Wikinger der Tischrunde an. Die Zeit schien stillzustehen. Plötzlich brauste schallendes Gelächter auf. Der ironische Kommentar von Horik war verstanden worden. Laut und grölend krümmten sich die Nordmänner vor Lachen. Halfdan schlug mit der rechten Hand lachend auf Schenkel und Tischplatte, bis er sich Iben zuwandte: „Hohoho, gut, Iben, gut", brachte er heraus und begann erneut laut zu lachen.
Der arabische Kaufmann atmete erleichtert auf, sein Plan konnte jetzt gelingen.
„Genug, genug. Du willst uns also den Grafen als Beute anbieten?"
„Jawohl, Jakobus von Plantain ist gewiß eine gute Beute und wird euch ein nettes Lösegeld auf eurem Heimweg einbringen. Vergeßt außerdem nicht die wertvollen Hochzeitsgeschenke, diese sollen allein schon ein Vermögen wert sein."
Sachte schaukelte das Drachenschiff in der Hitze des Nachmittags. Im Tagesverlauf hatten sich Dunstwolken am Himmel gebildet, welche die stechende Sonne jedoch nur minimal abschwächten. Es herrschte Flaute. Der Geruch abgenagter Ochsenknochen ver-

mischte sich mit dem von Schweiß und von warmen Wein. Fliegen schwirrten in unzählbarer Anzahl zwischen den Resten des üppigen Gelages. Einzelne Möwen saßen beobachtend auf der Reling und auf den Querbalken des Mastes. Die drei Schiffsköche räumten ab. Knochen und andere Essensreste flogen über die Reling ins lauwarme Mittelmeer. Kreischend und keifend stürzten sich freche Möwen auf die ersehnte Mahlzeit.

„Ich habe noch nie von diesem Grafen gehört", unterbrach Horik „der Junge" kurz den Verzehr seines eingelegten Apfels.

„Hat dieser Graf eine wohlhabende Familie, die ein gutes Lösegeld aufbringen kann?"

„Eine wohlhabende Familie? Nach den Hochzeitsgeschenken zu urteilen nach schon."

„Mit anderen Worten – du kennst seine Verwandtschaft nicht."

„Nein, ich selber kenne seine Verwandtschaft nicht, aber ..."

„Iben, Iben, deine Geschichte hat einen üblen Nachgeschmack."

Nervös kratzte sich der Araber an der oberen Stirn, gleich unter dem schwarzen Haaransatz. Seine tiefbraune Gesichtshaut wurde ein bißchen blasser. Dieser Horik hatte ihn in die Enge getrieben. Es war für Iben an der Zeit, den Spieß umzudrehen: „Horik, Ihr größter aller Wikingerführer. Ich kann nicht alles wissen, ich bin nicht von fürstlicher Abstammung wie Ihr. Aber seid versichert, Ihr werdet von der unermeßlichen Beute aus Gold und Silber nicht enttäuscht sein. Verdiene ich da nicht eine kleine Belohnung?"

Der Anflug eines Lächelns zuckte kurz über das vollbärtige Gesicht des Nordmanns. Runenzeichen glänzten schwarz auf dem Elfenbeingriff des länglichen Dolchs, mit dem er einen rotgelben Apfel in vier Hälften schnitt. Apfelscheibe für Apfelscheibe wurde aufgespießt und verschwand im kariösen Mund des Dänenführers. Apfelsaft lief über die blanke metallene Klinge, bevor sie mit einem Ruck in die Tischplatte gerammt wurde und zitternd darin stecken blieb.

Iben Chordadhbeh rang nach Fassung. Er durfte keine Schwäche zeigen, sonst würde der massive Dolch bald woanders stecken.

Schließlich hatte Horik „der Junge" ein Einsehen und befreite ihn aus seinen Ängsten.
„Häuptlinge, was ist eure Ansicht zu der Geschichte? Wollen wir dem Sarazenen eine Belohnung geben?"
„Der Sarazene spricht andauernd von einer großen und riesigen Beute", brummte die tiefe Baßstimme von Einar „der Axt" Segersäll. Er fragte: „Wie groß und wie riesig soll diese Beute sein?"
„Die Ladung der Schiffe des Kalifen von Al-Djeza'Ir ist zehnmal so wertvoll, wie die Beute, die ihr verkauft habt."
Ungläubig starrte ihn die Wikingerrunde an. Gier, reine pure Habgier las er in den weit geöffneten Augen. Gespannte Erwartung rannte in die Köpfe der Seeleute, wie ein undeutbares Monster die Kellertreppe hinaufstrauchelt, sobald die Kellertüre offen bleibt. Iben hatte mehr als seine Selbstsicherheit gewonnen.
„Zehnmal so wertvoll?"
„Zehnmal so wertvoll."
„Wirklich zehnmal so wertvoll?"
„Ja Horik, wirklich zehnmal so wertvoll."
„Gibst du mir dein Wort darauf? Zehnmal so wertvoll wie unsere Beute? Gebe mir dein Ehrenwort darauf!" verlangte Horik mit eindringlicher Stimme und stechendem Blick.
„Zehnmal so wertvoll wie eure Beute. Ich gebe Euch mein Ehrenwort darauf."
„Halfdan, vertraust du dem Wort von Iben?"
„Ich kenne Iben, seit ich als ganz kleiner Junge mit meinem Vater gesegelt bin. Wenn Iben sagt, zehnmal so wertvoll, dann ist die Beute zehnmal so wertvoll. Ich vertraue ihm."
„Bei Odin und Thor, du hast mich überzeugt! Diese Beute werden wir holen, laßt uns darauf trinken!"
Aufgescheucht flogen Fliegen in alle Richtungen, als sich die Nordmänner fast gleichzeitig erhoben und ihre Trinkhörner wuchtig gegeneinander stießen. Laut und garstig hallten Trinksprüche in altnordischem Dialekt über das Deck. Ein neues Faß mit fränkischem Wein wurde angestochen. Der schwere rote Burgunder zeigte mehr

und mehr seine Wirkung. Schon wurden die ersten Lieder angestimmt und jeder Wikinger versuchte mitzusingen, im Choral der Sagas über Götter, Riesen und Ungeheuer. Iben Chordadhbeh war verwirrt. Es lag nicht nur am Wein und an den markigen Gesängen, von denen er nur die Hälfte verstand. Scheinbar waren für die Wikinger die Verhandlungen mit der Zustimmung von Horik beendet, oder hatte er es sich nur eingebildet, daß es echte Verhandlungen waren? Dieser Horik „der Junge" hatte ihm gegenüber weder Zugeständnisse gemacht, noch irgendeine Belohnung überhaupt erwähnt. Der Araber wartete auf das Ende eines dieser (für ihn) nach jammerndem Wolfsgeheul klingenden Gesänge und wandte sich an Halfdan: „Halfdan, könnte ich dich kurz unterbrechen?"
Der Angesprochene wollte gerade in ein neues Lied miteinstimmen, bremste sich jedoch ab und blickte zum Kaufmann hinüber. Die anderen Nordmänner ließen sich in ihrem Chor nicht stören und sangen, so laut es ging, mit erhobenen Trinkhörnern ein heroisches Lied über ihren einhändigen Kriegsgott Tyr.
Missmutig und sichtlich gestört, blaffte Halfdan: „Was ist los?"
„Was?" fragte Iben zurück und hielt seine rechte Hand als Hörmuschel ans Ohr. Der Lärm war zu groß für eine Unterhaltung. Der Kapitän und Flottenführer machte ein aufforderndes Handzeichen und lief zusammen mit dem Kaufmann zur Reling.
„Was ist denn noch?"
„Was denn noch ist? Was ist denn nun mit meiner Belohnung? Horik hat mir gegenüber weder ja noch nein gesagt. Solche Verhandlungen bin ich nicht gewohnt."
„Das ist bei uns so üblich."
„Keine Antwort zu geben, ist bei Wikingern üblich? Das wußte ich bis heute gar nicht."
„Horik hat dir eine Antwort gegeben."
„Dann sind meine Ohren nicht mehr so gut wie früher, ich hörte nämlich keine Antwort."
„Horik sagte, wir werden die Beute holen."

„Ja, und weiter? Was denkt er jetzt über meine Belohnung und die Verteilung der Beute?"
„Wikinger verteilen das Fell des Bären nicht, bevor sie ihn erlegt haben."
„Wie soll ich das verstehen?"
„Horik hat weise gesprochen, auch wenn du ihn nicht verstanden hast. Zuerst müssen wir die Beute holen, erst danach wird sie verteilt. Alles andere würde den Unwillen der Asen herausfordern."
„Du willst mir nicht sagen, daß Wikinger abergläubisch sind?"
„Aberglauben gibt es in unserer Sprache nicht. Wikinger kämpfen und sterben, um die Gunst der Götter und ihrer Ahnen zu erlangen. Wir achten aber auf die Vorzeichen der Natur und des Meers. Wenn das für dich abergläubisch ist, dann sind Wikinger abergläubisch."
„Ich kenne deine Götter nicht, aber was haben eure Götter mit dieser Beute zu tun?"
„Iben, du bist und bleibst ein Kaufmann", antwortete der Nordmann erheitert und stützte sich mit beiden Händen auf die Reling. Halfdan überblickte die geankerte Flotte bis zum Hafen von Cartagena, in welchem sich der größte Teil der Seeleute vergnügte. Die Wirtshäuser und Hurenhäuser würden ein gutes Geschäft machen. Er und seine Brüder hielten fast gar nichts von Kaufleuten und von Händlern. Nach ihrer Meinung war es bloß Zeitverschwendung, Geld und Besitztümer anzuhäufen, die vergingen wie Wellen am Strand. Nur der Mut zählte für seinen Familienclan – und Taten, von denen seine Nachkommen noch in vielen Jahren sprechen würden.
Haifische in allen Größen umkreisten das riesige Drachenboot. Die Raubfische hatten es auf die Essensreste und auf die ständig balgenden Möwen abgesehen. Ab und zu tauchte eine spitze Schnauze aus dem Wasser und schnappte schnell nach einem der Vögel. Nicht selten mit Erfolg.
„Schau dir die Haie an."
„Ja und? Was sollen mir die Ungeheuer sagen?"
„Hast du jemals einen verletzten oder kranken Hai gesehen?"

„Nein, aber was soll das? Haben die Haie etwa auch mit euren Göttern oder der Beute zu tun?"
„Nein, weder mit der Beute, noch mit den Göttern – und doch mit allen beiden."
Iben Chordadhbeh runzelte die Stirn und verdrehte ungläubig seine Augen. Für ihn sprach Halfdan in Rätseln. Nicht, daß er als Araber Rätsel nicht geschätzt hätte, aber ausgerechnet in dieser Situation? Der Nordmann mußte zuviel Sonne abgekriegt haben.
„Jetzt verstehe ich gar nichts mehr."
„Dann erkläre ich es dir", meinte der Wikinger regungslos.
„Haifische sind nur solange Raubfische, wie sie jagen können. Wenn Haie verletzt oder krank werden, sind sie nur noch Beute für ihre Artgenossen. Haifische verlieren ihr Leben, sobald sie keine Gefahr mehr für ihre Artgenossen sind. Ein Wikingerhäuptling ist nur solange ein Anführer, wie er den Respekt und die Achtung seines Clans und aller Krieger besitzt. Verliert er sein Ansehen, verliert er auch seine Ehre und bald darauf sein Leben."
Nach diesem Einblick in die Denkweise der Wikinger, verstand der orientalische Kaufmann Halfdan besser. Mit leerem Ausdruck in den Augen verfolgte er das Treiben der Raubfische, die grausilbern auftauchten und bald wieder verschwanden. Erkenntnis schlich ins Bewußtsein, unerbittlich und unabänderlich. Nochmals überdachte er die Worte des Nordmanns – unerbittlich und unabänderlich.
„Warum so betrübt?" fragte Ivar den Händler und schlug freundschaftlich die rechte Hand auf das linke Schulterblatt von Iben. Erschrocken aus den trüben Gedanken zuckte er zusammen. Aufgebracht sah er Halfdans Bruder an, der sich unbemerkt von hinten genähert hatte.
„Was ...?" brachte der Araber heraus und verstummte sogleich wieder.
Ausgelassenheit und Neugier, durch den regen Alkoholgenuß, prägten die Gesichtszüge von Ivar, der von vielen „der Knochenlose" genannt wurde. Diesen Spitznamen verdankte er seiner unglaublichen Gelenkigkeit. Ohne große Mühe konnte der Wikinger sitzend

beide Füße hinter seinem Kopf zusammenführen. Ein Kunststück, das Ivar oft und gerne vorführte, und das mit tosendem Applaus belohnt wurde.
„Hätten die Götter keinen Krieger aus mir gemacht, so wäre ich eine Katze geworden", kommentierte er meistens humorvoll seine Vorführungen, die aus verschiedenen Verdrehungen und Dehnungen seines elastischen Körpers bestanden.
„Wow, habe ich gestört?"
„Hooh, wo denkst du hin? Unser Kaufmannsfreund ist nur ein wenig bekümmert. Er denkt zuviel und trinkt zuwenig. Genau wie wir, Ivar."
„Hohoho, genau das habe ich vermutet, als ich euch zwei hier beieinander stehen sah. Trinkt, Männer trinkt! Morgen früh stechen wir in See und holen eure Sarazenenflotte."
„Morgen früh schon?"
„Gewiß, Iben. Morgen früh segeln wir in Richtung deiner Freunde."
„Wer hat das gesagt?"
„Horik und die andern. Wir müssen schnell handeln, sonst ist die Gelegenheit vertan."
Iben Chordadhbeh wunderte sich über die plötzliche Eile der Nordmänner und darüber, daß Ivar den Beutezug so beschrieb, als ob er ein Hühnchen aus einem Hühnerstall klauen wollte. Noch mehr wunderte er sich über Halfdan, dessen Gesichtsausdruck weder Verwunderung noch Überraschung zeigte.
„Da habt ihr euch aber schnell entschieden. Wann werdet ihr wieder zurück sein?"
„Wieso wieder zurück sein?" fragte Halfdan.
„Ich meine, nach eurem Beutezug. Wann werdet ihr wiederkommen?"
„Wieso wiederkommen?"
„Wegen der Aufteilung der Beute. Wie wollt ihr sie sonst verteilen?"

Beide Wikinger schauten sich völlig verständnislos an, bis Halfdan zu lächeln begann: „Iben, du wirst uns natürlich begleiten. Wie sollten wir sonst die richtige Flotte finden?"
„Oh!"
„Die richtige Flotte finden – hohoho – die richtige Flotte finden – hahaha, Iben soll die richtige Flotte finden – wohoho", grölte Ivar laut und ging leicht torkelnd zu der immer mehr betrunkenen Tischrunde zurück.
„Aber ich kann meinen Laden hier nicht einfach so im Stich lassen. Ich habe wichtige Geschäfte zu erledigen. Meine Verkäufer am Marktstand brauchen Aufsicht, sonst rauben sie mich aus", beschwerte sich der Kaufmann völlig aufgebracht und kratzte sich nervös im Nacken.
„Du hast seltsame Sorgen, Iben. Hören wir, was Horik dazu zu sagen hat."
Mit einer unmissverständlichen Handbewegung winkte Halfdan dem Anführer der Dänen. Dessen Interesse galt jedoch mehr seinen Trinkbrüdern. Nach dem dritten Versuch nahm Horik „der Junge" die Winkzeichen wahr und stampfte widerwillig zur Reling. Angespannt betrachtete Iben Chordadhbeh den näher kommenden Häuptling, dessen übergewichtige Gestalt und gerötetes Gesicht bei ihm kein Vertrauen auslösen konnten. Neben dem zerzausten schwarzen Bart stach ihm die pockennarbige aufgequollene Nase in die Augen, die auf einen übermäßigen Alkoholgenuß schließen ließ. Langsam bezweifelte er, daß es eine gute Idee gewesen war, die Wikinger in seinen Plan miteinzubeziehen.
„Halfdan, wir haben dich vermisst. Wo bleibst du? Wir wollen feiern", richtete sich der Wikingerkönig schnaufend an seinen Flottenführer. Die sengende Hitze und die Gesänge, verbunden mit dem schweren Wein, hatten Horik zugesetzt. Er und Halfdan hatten schon längst vergessen, seit wann sie sich kannten. In den alten Tagen, als ihre Väter noch lebten, teilten beide die Freude an Wettkämpfen und Ringkämpfen. Doch während Halfdan Jahr für Jahr an Raubzügen beteiligt war, meistens in Irland, regierte Horik bequem

seine Ländereien und wurde das, was er als junger Raufbold niemals werden wollte – *zivilisiert*. Schlimmer noch, eines Tages sah er in den Spiegel und erkannte: *Alt bin ich geworden. Fett bin ich geworden. Wo ist meine Kraft geblieben? Wo sind meine Ideale geblieben? Wo sind die Jahre geblieben – und für was sind sie vergangen?*
Schnell entschlossen begleitete er als Führer den diesjährigen Raubzug. Horik brach damit die Tradition, daß Wikingerkönige niemals persönlich an Raubzügen beteiligt waren. Im Normalfall wurden für solche Angelegenheiten untergebene Häuptlinge oder Clanführer beauftragt. Kein Wikingerkönig wollte beim Kaiser in Ungnade fallen, aber jeder wollte insgeheim seine Gurgel durchschneiden.
„Unser Sarazenenfreund hat ein Anliegen?"
„Das ist richtig."
„Ja, Ivar hat es schon verkündet. Iben will die Flotte seiner Freunde alleine finden – hohoho. Du bist wirklich mutig, Kaufmann."
„Hahaha, Ivar war schon immer ein Witzbold."
„Genau das ist dein Bruder. Genau das ist er. Wenn ich es nicht besser wüßte, würde ich eine gewisse Verwandtschaft mit Loki vermuten. Erinnerst du dich an seinen Streich bei Bordeaux? – Das war ein Streich, wie ihn sich nur die Götter ausdenken."
„Soweit würde ich nicht gehen, mein Bruder ist bestimmt kein Verwandter von Loki, auch wenn er sich manchmal so aufführt. Aber sein Streich bei Bordeaux war großartig, ohne jeden Zweifel."
Für Iben waren die Geschichten der Nordmänner uninteressant. Iben hörte jeden Tag auf dem Marktplatz (an seinen zehn Marktständen) die unglaublichsten Geschichten. Trotzdem blieb für ihn andauernde Freundlichkeit, die höchste Tugend eines erfolgreichen Händlers, deswegen fragte er nach: „Was war denn das für ein Streich?"
Erfreut über das Interesse des Arabers drehte sich Horik von Halfdan zu Iben und versuchte in dessen Augen zu ergründen, wie tief sein Interesse wirklich war. In den schwarzen Augen konnte er aber nur schwer etwas lesen. Vielleicht war Iben Chordadhbeh deshalb ein so guter Kaufmann, weil seine Augen auf Wunsch so leer sein

konnten wie die karge Wüstenlandschaft, aus der er einst stammte. Bald verlor Horik sein Interesse, etwas zu erfahren, wo es scheinbar nichts zu erfahren gab. Geduld gehörte nicht zu seinen Stärken. Er begann die Geschichte: „Wir lagen vor Bordeaux. Das war vor zwei, ja vor zwei Monden. Viele Tage haben wir die Stadt belagert. Ja, viele Tage. Eine schöne Stadt, dieses Bordeaux. Eine besonders schöne Stadt."
„Bordeaux? Ja, ich kenne Bordeaux. Ich habe Geschäftsfreunde in Bordeaux", unterbrach Iben den Dänenkönig, der Unterbrechungen nicht gewohnt war.
Wenn Horik „der Junge" sprach, hatten andere zu schweigen. Das war Sitte bei Wikingerclans. Ganz besonders bei Wikingerkönigen. Aber konnte er von einem Dunkelhäuter etwas anderes erwarten? Wohl kaum. Also besann er sich aufs neue und wischte Schweiß von der Stirn. Mit erhobener linker Augenbraue fuhr er fort: „Gut, sehr gut, Kaufmann. Dann kennst du ja die Stadtmauern von Bordeaux."
Iben sagte nichts, dennoch fragte er sich, warum dieser Wikinger ihn immer mit Kaufmann ansprach? Hatte er seinen Namen vergessen? Diese Nordmänner waren Barbaren. Barbaren und schlechte Geschichtenerzähler.
„Solche Mauern überwindet man nicht einfach so. Darum haben wir die Stadt belagert. Wir ließen keinen hinein und keinen heraus, tagelang. Auch den Hafen haben wir abgeriegelt. Kein Schiff konnte mehr anlegen. Und sobald sie uns sahen, wollte auch keines mehr anlegen, hohoho."
„Ja, die ganze Stadt war dicht wie ein Flaschenverschluß. Nur stinkt eine Flasche nicht so sehr nach Fisch, wenn man sie verkorkt hat. Hahaha", ergänzte Halfdan lachend die Erzählung.
„Fisch ginge ja noch, aber ich habe noch anderes gerochen, hohoho."
„Hahaha, so ist es, hahaha."
Beide Nordmänner schwelgten in ihren Erinnerungen und versuchten einzelne Gegebenheiten der Belagerung aus dem Gedächtnis

abzurufen. Der Alkohol trübte die bunten Bilder jedoch ein, die sie abrufen wollten.
„Wie dem auch sei. Schließlich ging den Einwohnern das Wasser aus. Vorräte hatten sie schon seit Tagen keine mehr. Darum wollten sie verhandeln."
„Sie wollten verhandeln?"
„Genau Iben. Sie wollten verhandeln."
Die Stimmung von Iben Chordadhbeh verbesserte sich schlagartig. Endlich hatte Horik seinen Namen ausgesprochen. Ein gutes Zeichen. Sein voller Name – Abu Fadil Rahin Ali Ibn Chordadhbeh – war zu lang für Barbaren, und deswegen benutzte er bei ihnen die Abkürzung Iben. Der Wikinger stockte mitten in der Erzählung. Mühsam schien er nach Worten zu suchen. Iben kannte solche Pausen von arabischen Geschichtenerzählern. Abenteuergeschichten waren der einzige Trost und die einzige Ablenkung, als er als kleiner Junge sein Leben mit Taschendiebstahl verdienen mußte. Die geschäftigen Straßen von Al-Djeza'Ir waren sein Spielplatz und sein Schulzimmer zugleich gewesen. Er mußte leicht schmunzeln bei dem Gedanken. Ein Schmunzeln, komisch und melancholisch zugleich. Was war er doch für ein rotzfrecher Bengel gewesen. Seinen Vater hatte er niemals gekannt, trotz des Zusatzes Ibn, was soviel wie „Sohn des" bedeutet. Seine junge Mutter arbeitete in einem Freudenhaus, in dem kein Platz für kleine Jungen war oder nicht sein durfte. So wurden die verwinkelten Gassen, Kreuzungen und vor allem die orientalischen Marktstände das Wohnzimmer des kleinen zerlumpten Iben. Bald fand er Zuflucht in einer Kinderbande, die sich auf kleine Gaunereien und Taschendiebstahl spezialisiert hatte. Manche Börse hatte er fingerfertig aus den wallenden Gewändern unvorsichtiger Opfer hervorgezaubert. Es waren vor allem Kaufleute. Kaufleute faszinierten ihn. Kaufleute, wie sie verhandelten, wie sie sprachen, wie sie flehten und wie sie jammerten. Kaufleute – wie sie etwas verkauften, *daß da war* – und doch nicht *da war*. Kaufleute – die einem sogar die Luft zum Atmen verkaufen konnten. Nun war er der Kaufmann. Ein Kaufmann, der gut zuhören konnte.

„Lösegeld. Ja, Lösegeld ist das Wort, welches ich gesucht habe", beendete Horik die lähmende Pause.
„Die Einwohner von Bordeaux wollten wie gesagt verhandeln. Zu dem Zweck schickten sie einen Unterhändler in unser Lager. Das war vielleicht ein dummes schmächtiges Männlein. Bei Odin, beinahe ein Weibsbild, hohoho. Wie dem auch sei. Wir verlangten tausend Silbermünzen Lösegeld für die Stadt. Eine angemessene Summe für eine solch schöne wohlhabende Stadt. Aber was taten die Einwohner?" fragte Horik ironisch.
„Keine Ahnung, was taten sie?"
„Feilschen, feilschen wollten sie! Mit Kriegern wollten sie feilschen! Feilschen wollten sie, mit einem König – Lumpenpack!" Verächtlich hob Horik den Zeigefinger seiner rechten Hand und deutete auf Iben. „Bordeaux-Lumpenpack! Denen zeigten wir, wie Krieger verhandeln!"
Die verbesserte Stimmung des arabischen Kaufmanns hatte sich im Laufe der Erzählung wieder ihrem Nullpunkt genähert. Zu genau erkannte er die Wesensart und die Charakterzüge des Anführers der Dänen. Zu genau hörte er heraus, was der Nordmann von den wehrlosen Einwohnern einer Stadt hielt. Es mußte ungefähr das Gleiche sein, was er vom schmierigen Dreck unter seinen Fingernägeln hielt: nichts, absolut nichts. Eine traurige Stimme mahnte ihn: *Mit solchen Leuten sollte man keine Geschäfte machen. Mit solchen Leuten darf man keine Geschäfte machen. Was hast du dir da bloß gedacht?* Aber nun war es zu spät. Iben hatte die nordischen Piraten am Haken. Aber war dieser Riesenfisch nicht zu groß für ihn? Würde er den gewaltigen Fisch an Land ziehen können, oder würde der Fisch ihn zuletzt ins trübe Wasser reißen?
„Nach dem dritten Tag der Verhandlungen schickten sie einen Christenmann zu uns. Irgendeinen heiligen Bischof. Wie dem auch sei. Langsam wurden wir der Verhandlungen und dem Feilschen überdrüssig. Da hatte Ivar einen glänzenden Einfall", erzählte Horik „der Junge". In seinen Augen war ein kurzes überhebliches Blitzen.

Ein Blitzen, das aus den Augen einer Giftschlange hätte stammen können. Einer Schlange, die eine kleine Eidechse entdeckt hatte.

„Oh ja, was für ein Einfall! Bei allen Göttern, was für ein Einfall! Ausgezogen haben wir den Bischof, hohoho. Ausgezogen, bis er splitternackt war. Hohoho, was für ein Spaß, splitternackt, hehehe."

Prustend hielt sich der Wikinger seinen fetten Wanst und wurde noch eine Spur röter im Gesicht, als er sonst schon war. Auch die Lippen von Halfdan umspielte ein gedankenverlorenes, erinnerndes Lächeln.

„Ihr habt ihn ausgezogen? Einen Bischof habt ihr ausgezogen? Bei Allah, ihr müßt verrückt geworden sein!"

Beim Einwand des Kaufmanns mußten beide Wikinger noch mehr grinsen.

„Sachte sachte, du wirst gleich verstehen", beschwichtigte Halfdan.

„Der Bischof hat gezetert und geschlagen und getreten, wie ein kleines Mädchen, dem seine Spielzeugpuppe geklaut wird. Hohoho, was für ein Schauspiel! Hohoho, wunderbar! Genau, wunderbar ist das richtige Wort. Hohoho."

Nach einer weiteren Pause fuhr der beleibte Nordmann fort: „Wir steckten den Bischof in unsere Kleider und setzten ihm einen Helm auf den Kopf. Das war vielleicht ein Anblick. Bei Odin, was für ein Anblick! Ein Bild für die Götter!"

„Ihr stecktet den Bischof in Wikingerkleider?"

„Ja doch. Und glaub mir, Iben, in unseren Kleidern sah der Bischof besser aus als vorher. Oh, was für ein Schauspiel! Hohoho, was für ein Schauspiel! Wie dem auch sei. Danach banden wir den Bischof aufrecht auf sein Pferd, so daß er sich nicht mehr rühren konnte. Das brauchte einige Versuche, aber es hat sich gelohnt. Bei Thor, der Bischof sah aus wie ein echter Krieger!"

„Ihr bandet den Bischof auf ein Pferd?"

„Ja doch, aber der wahre Streich kam erst danach. Wir postierten Krieger um die Stadtmauern und bewarfen den Gaul mit Steinen.

Wie von Dämonen besessen raste der Schimmel mit dem Bischof entlang der hohen Mauern. Och, das war unbeschreiblich, das war göttlich, das werde ich nie mehr vergessen! Das hättest du sehen müssen, Iben. So etwas kann man gar nicht so genau erzählen."
„Ich kann es mir vorstellen. Auf so eine Idee muß man wirklich zuerst einmal kommen."
„Genau meine Worte. Genau, auf so etwas muß man zuerst einmal kommen. Das war wirklich eine Idee direkt von den Göttern!"
„Und was passierte dann?"
„Dann, dann begannen die Soldaten auf den Mauern den Bischof mit Pfeilen zu beschießen."
„Die Soldaten beschossen ihren eigenen Bischof?"
„Genau, genauso war es. Sie beschossen den eigenen Bischof. Sie haben ihn wohl nicht erkannt. Obgleich er zu schreien begann, als die ersten Pfeile an ihm vorbeipfiffen."
„Er begann zu schreien?"
„Ja doch. Immerzu schrie er – ich bin der Bischof, ich bin der Bischof, hört auf zu schießen! Ihr Idioten, hört auf zu schießen! Wohoho, was für ein Spaß!"
Erneut hielt sich der fette Nordmann seinen Bauch und lachte prustend beim Gedanken an den johlenden Gottesmann, während Iben nur mit einem gezwungenen Lächeln auf die Fortsetzung der blutigen Geschichte wartete.
„Später trafen sie ihn endlich. Aber sie trafen ihn nicht gut, diese fränkischen Memmen. Nur einen Oberschenkel trafen sie. Fränkische Anfänger ... wie dem auch sei. Der Bischof schrie noch lauter und der Gaul rannte noch schneller um die Stadtmauern. Den Soldaten begann das Spiel zu gefallen und sie schossen mehr und mehr Pfeile auf den Bischof. In jeder Runde steckte ein weiterer Pfeil in ihrem Bischof und im Gaul. Irgendwann brach der Gaul zusammen. Mit dem Bischof auf seinem Rücken lag der Gaul wiehernd im hohen Gras und verblutete. Es müssen dutzende Pfeile in beiden Körpern gesteckt haben, aber gezählt habe ich sie nicht."
„Eine blutrünstige Geschichte, die ihr da erzählt."

„Blutrünstig? Vielleicht, aber die Geschichte ist noch nicht zu Ende. Nachdem der Gaul und der Bischof ihre letzten Atemzüge getan hatten, untersuchten die strohdummen Soldaten ihre Leichen. Was für Idioten, da hatte der Bischof wirklich recht. Aus der Nähe erkannten sie jetzt ihren Bischof und auf einmal jammerten sie – *Oh, unser Bischof ist tot! Oh, was für ein Unglück!* Jammerndes Frankenpack! Dämliches Söldnerpack! Wie dem auch sei. Am nächsten Tag erhielten wir unsere tausend Silbermünzen. Sie haben ihre Lektion wohl gelernt – dämliches Frankenpack!"
„Ja, es sieht wirklich so aus, als ob sie ihre Lektion gelernt hätten."
„Genau meine Worte, Iben. Genau meine Worte. Ach, was für eine herrliche Geschichte. So etwas hast du wohl noch nie gehört, was, Iben?"
„Nein, so etwas habe ich wirklich noch nie gehört", antwortete der Kaufmann ein wenig angewidert. Sein Tonfall verriet das jedoch nicht. Er sprach weiter: „Ich hörte, daß die Flotte morgen früh ausläuft."
„Gewiß Iben. Morgen früh laufen wir aus und holen uns die Beute. Das wird ein Kinderspiel – dank deiner Hilfe."
Ja, dank meiner Hilfe, hämmerte es für einen Moment im Kopf des Arabers. „Ich habe da leider einige Schwierigkeiten."
„Schwierigkeiten? Was für Schwierigkeiten?"
„Meine Marktstände. Ich kann meine Geschäfte nicht einfach so schließen und davonsegeln. Meine Verkäufer brauchen Aufsicht, verehrter König."
Die Mimik von Horik veränderte sich von Interesse zu Verständnislosigkeit.
„Ach so. Also willst du nichts von der Beute abhaben?"
„Was? Natürlich will ich etwas von der Beute abhaben, aber ..."
„Kein Aber. Nur wenn du mit uns segelst, wirst du etwas von der Beute erhalten. Von mir aus auch diesen Prinz oder diese Prinzessin, die du ja so sehr wünscht. Also, was willst du?"
Iben Chordadhbeh mußte sein ursprüngliches Vorhaben umstellen. Die Nordmänner würden ihm die Geschwister nicht einfach so

ausliefern, wie er es gehofft hatte. Wenn er wirklich den Diamanten der Götter haben wollte, mußte er jetzt ein Risiko eingehen. Ein großes Risiko. Das Risiko der Entdeckung. *Aber ohne Risiko kein Gewinn,* wie eine uralte orientalische Händlerweisheit besagte.

„Ehrenwerter Horik, gebt mir bis morgen Zeit, um meine Geschäfte zu ordnen. Es wird mir danach eine Ehre sein, mit Euch zu segeln."

„Sieh an, sieh an. Gut, sehr gut, Iben. Mit deinem Vorschlag bin ich einverstanden."

„Ja, dein Vorschlag hört sich gut an", ergänzte Halfdan.

„Es wird das Beste sein, wenn du gleich hinüberruderst. Man soll Geschäfte nicht warten lassen. Wir werden dich bei der Morgendämmerung abholen", versprach der Flottenführer. Er ließ ein kleines Ruderboot und drei Krieger kommen. Der Kaufmann verabschiedete sich überschwenglich von den Nordmännern und wurde zum Hafen hinübergerudert. Die Wikinger standen schweigend an der Reling. Sie schauten dem Ruderboot nach, das bald am Hafensteg anlegte. Halfdan und Horik versuchten Einzelheiten des südlichen Hafens zu erspähen. Im Hafen, dessen Farbe weißem Marmor glich, ließ die Hitze die Luft flimmern.

„Er verbirgt etwas."

„Ich weiß, Horik. – Ich weiß."

6

Drückende Beklommenheit breitete sich in der Gaststube aus, als Bruder Alkin seine ausführliche Antwort an Samuel Bone beendet hatte. So ausführlich wollte er gar nicht werden, aber die Gedanken an die Missetaten der Heiden hatten ihn aufgestachelt. Bekümmert und trist schauten ihn Samuel und Rosemarie Bone, Steve und die restlichen Männer der Familie Sox an.

Er hatte zuviel erzählt, war viel zu eindringlich – wenn nicht aufdringlich geworden. Er hatte sich hinreißen lassen – hinreißen lassen von schrecklichen Mördern. Er hatte einen großen Fehler gemacht – der Fehler stand in den Gesichtern seiner Zuhörer. Ein unverzeihlicher Fehler – in seiner Selbsteinschätzung als friedfertiger Mönch. Schwere und tiefe Gedanken hingen bleiern in der Luft der dämmrigen Gaststube. Behutsam und langsam öffnete sich die Wirtshaustüre aus Nußbaumholz.

„Hallo, ist jemand da?"

„Ha... hallo, oh Clara, du bist immer noch hier?"

„Natürlich bin ich immer noch hier, wo sollte ich sonst sein?" beantwortete Clara Sox ärgerlich die für sie dumme Frage ihres Ehemanns.

„Wir glaubten, Ihr wäret schon auf der Burg des Grafen."

„Auf der Burg des Grafen? Wieso auf der Burg des Grafen?" fragte Clara zusehends ärgerlicher und mit vorwurfsvoller Miene nach.

„Der Pfarrer ... Bruder Alkin hat uns gesagt, ihr wäret schon auf dem Weg zur Burg. Nicht wahr, Bruder Alkin?"

Der Angesprochene erwachte aus tiefen und lähmenden Selbstzweifeln, ähnlich einem bösen Traum. Nicht einmal den Worten von Clara Sox hatte er richtig zugehört, geschweige denn verstanden, was gesprochen wurde. Hologrammartig verschwommen hatte er Mutter Sox wahrgenommen. Dieses Hologramm plapperte irgendetwas, ein anderes Hologramm fragte ihn – irgendetwas.

„Wie bitte?" erkundigte er sich mehr reflexartig als bewußt bei der Plapperstimme.

„Bru... Bruder Alkin, Ihr habt uns doch gesagt, meine Familie sei schon auf dem Weg zur Burg des Grafen."
„Auf dem Weg? Oh, hallo, Clara. Ach so."
„Hallo, Bruder Alkin", erwiderte Clara die Begrüßung nun vollends verwirrt.
„Oh Verzeihung, ich war gerade in Gedanken. Ja, das dachte ich ebenfalls. Warum seid ihr überhaupt noch im Dorf?"
„Ich wartete mit dem Mittagessen auf meinen Mann. Aber so wie es aussieht, hat sich der Herr ja ausgiebig verpflegt, während ich und meine Kinder fast vor Angst starben."
„Grund Gütiger! Das ist mein Fehler, ich habe deinem Mann erzählt, daß du mit den Kindern schon auf dem Weg zur Burg bist. Das tut mir sehr leid. Bitte verzeihe deinem Mann, es ist allein meine Schuld."
Diese Erklärung befriedigte die Mutter von fünf Kindern nicht besonders. Der Anblick ihres Ehemanns in der Dorftaverne, vor leergegessenen Tellern, konnte nicht so leicht entschuldigt werden. Nicht in solchen Zeiten.
„Was hast du dir dabei gedacht? Daß ich die Kinder, den Hausrat und unsere Tiere alleine zur Burg führe?"
„Nein nein, Clara, ganz bestimmt nicht", sagte Steve schnell schuldbewußt.
„Gerade in diesem Moment wollten wir aufbrechen und die Tiere abholen. Glaube mir, ich hatte keine Ahnung, daß ihr noch zu Hause wart. Wenn ich das gewußt hätte, wären wir sofort nach Hause gekommen", versicherte er.
„Du hättest gleich nach Hause kommen sollen, ganz egal, ob wir nun schon zur Burg aufgebrochen wären oder nicht."
„Es tut mir sehr leid, Clara. Komm, setz dich hin und trinke etwas mit uns."
„Ja Clara, glaube Steve, er hat tatsächlich geglaubt, ihr wäret bereits auf der Burg", versuchte der Gastwirt die Ehefrau seines Freundes zu beschwichtigen.

Schließlich fügte sich Clara Sox, vielleicht wollte sie den begonnenen Streit auch nur nicht vor Publikum weiterführen.
„Bloß für eine kleine Weile", betonte sie und setzte sich zu ihrer Familie, worauf Samuel Bone rasch noch einen Becher Bier mehr auftischte.
„Du mußt verzeihen, Clara, aber wir diskutierten gerade, wie wir uns vor den Wikingern schützen können. Da haben wir die Zeit vergessen", richtete sich Bruder Alkin an Steves Ehefrau, die ihn mit einem aufgebrachten Blick musterte. Einem Blick, den sie nicht verändern konnte, so sehr sie sich auch bemühte. Wortlos nahm Clara einen Zug des dunkelbraunen Bieres und schien ein wenig sanfter zu werden. Jedenfalls deutete Steve den minimal veränderten Ausdruck in ihrem Gesicht derart.
„Wo sind denn Bryan und Samantha?"
„Die sind mit den Bromptons auf dem Weg zur Burg. Wirklich nett, daß du dich für deine Kinder interessierst."
Da war er wieder, der anklagende Unterton, den Steve überhaupt nicht schätzte und der im Laufe ihrer Ehejahre immer häufiger vorkam. Der Unterton, an den sich Steve zu gewöhnen versuchte, weil es besser war, sich an Dinge zu gewöhnen, die ein normaler Bauer nicht ändern konnte oder wollte.
„Mit den Bromptons – das ist gut. Das war eine sehr gute Idee von dir", versuchte er seine Ehefrau zu loben und hoffentlich zu versöhnen.
„Schon gut, schon gut", lächelte Clara, die ihrem Mann nie lange böse sein konnte, wenn er ihr Komplimente machte.
„Was kann man gegen die Bastarde unternehmen?"
„Soweit sind wir nicht gekommen. Aber die Sicherheit der Dorfbewohner steht an erster Stelle", führte der Geistliche aus, obschon Clara eigentlich Steve gefragt hatte.
„Wir werden die Angelegenheit mit Graf Jakobus besprechen, wenn wir Glück haben, können wir das Problem ein für allemal lösen."
„Ein für allemal lösen? Was soll das heißen?"

„Wir müssen zusammen mit den Soldaten gegen die Wikinger kämpfen", mischte sich Claras Sohn Terry ein und betrachtete sehnsüchtig den halbvollen Bierbecher seiner Mutter.
„Wie? Meine Söhne sollen gegen Wikinger kämpfen? Seid Ihr noch ganz bei Trost? Bruder Alkin, das kann unmöglich Euer Ernst sein!"
„Ich weiß, wie hart das klingen mag, doch es bleibt uns keine andere Wahl."
„Keine andere Wahl? Keine andere Wahl! Oh mein Gott, Bruder Alkin, warum verhandelt Ihr denn nicht mit den Wikingern? Warum wollt Ihr Blut vergießen? Ist denn noch nicht genug Blut geflossen?" fragte Terrys Mutter verzweifelt und beinahe hysterisch. Der kurze Augenblick ihrer Gemütsruhe war wieder verschwunden.
„Clara, du kennst die Wikinger nicht so gut wie Bruder Alkin. Er hatte schon in Irland mit den Halunken zu tun. Er weiß ganz bestimmt, wie man mit solchen Halsabschneidern verfährt."
„Das ist mir egal, Steve. Für was sollen meine Söhne kämpfen, wenn das die Aufgabe der Soldaten des Grafen ist?"
„Beruhige dich, Clara, hör dir bitte zuerst an, was Bruder Alkin vorschlägt", versuchte Rose Bone mit weiblicher Einfühlung ihre nicht so enge Freundin zu trösten.
Clara Sox wollte sich aber nicht trösten lassen und sprach Bruder Alkin trotzig an: „Nein, nein, nein, meine Söhne werden nicht kämpfen! Meine Söhne sind zu jung, um wegen ein paar stinkenden Mördern zu sterben!" Und ergänzte: „Bruder Alkin, kommt zur Besinnung, meine Söhne sind keine Krieger, sie sind nur Bauern. Wir sind alle nur Bauern. Bauern, Bruder Alkin. *Nur Bauern.*"
Theophilus Alkin fühlte sich nicht angegriffen, er konnte Clara Sox verstehen. Die Sorge einer Mutter um ihre Kinder ging über jede Logik hinaus. In Irland hatte er die gleiche Reaktion erlebt. Eine verständliche Reaktion von gläubigen, gottesfürchtigen Christen.
– Christen, die zum Teil nicht mehr lebten.

„Es ist nicht meine Absicht, euch zu etwas zu zwingen", hörte er sich selbst sagen in einem Ton, den er zu erkennen hoffte und es doch nicht tat.
„Nicht ich bin es, der euch zum Handeln zwingt. Die Heiden an eurem Strand sind es, die euch zu etwas zwingen wollen. Und sie werden es – glaub mir, Clara – sie werden es."
Den Kopf aufgestützt auf ihre beiden, vom Alter und der Arbeit ‚spröden Hände, vergrub Clara Sox ihr Gesicht darin. Eine große Träne rollte über ihre rechte Wange, die mehr sagte als alle guten Worte. Auch in den Augen von Rose Bone sammelte sich Wasser. Schüchtern legte Rose ihre leichten Hände auf jene von Clara, die nun vollends zu weinen begann. Die Frau des Gastwirtes brauchte nicht lange, bevor sie ebenso still zu weinen begann. Mehrmals wischte sie mit dem Handrücken Tränen von ihren rosigen Backen, auf denen sich ein feuchter Film bildete.
Die meisten Männer ertragen es nicht, wenn ihre Ehefrauen weinen. Steve Sox und Samuel Bone bildeten da keine Ausnahme: „Jetzt beruhigt euch doch. Noch steht ja gar nicht fest, ob wir überhaupt kämpfen werden. Vielleicht sind die Wikinger nur aus Versehen gelandet, ihre Drachenboote sollen beschädigt sein."
„Glau..., glaubst du wirklich?" fragte Clara Sox ihren Ehemann hinter den geschlossenen Händen, welche sich nun öffneten und ein nasses trauriges Gesicht freigaben, dessen Augen rötlich unterlaufenen waren.
„Ja, kann schon sein. Vielleicht reparieren die Halunken bloß ihre Boote und verschwinden danach wieder", versuchte er sie zu trösten, stand auf und zog seine Ehefrau vom Tisch an sich. Zittrig erhob sich Clara und lehnte sich kopfvoran gegen die breite Brust ihres Ehemanns. Steves Arme umschlossen Clara, seine rechte Hand fuhr zärtlich über ihre brünetten Haare. Das Zittern ihrer Gliedmaßen verringerte sich, das Schluchzen blieb. Samuel schloß Rose ebenso in seine Arme, ihre Reaktion war ähnlich.
Der Anblick der Ehepaare und die ganze ungewohnte Situation lösten Unbehagen im ehemaligen Mönch aus. Wäre er doch nur

im Kloster geblieben. Hätte er doch nur nie der Versetzung nach East Anglia zugestimmt. Sollte er so von Gott belohnt werden, für sein selbstloses Streben nach tiefem Glauben und Gerechtigkeit? Die *wären*, *hätten* und *sollten* waren in langen Lebensjahren angewachsen und verlangten im Moment gehört zu werden. Wie Geister stiegen sie auf, bis der Schmerz erneut anfing – die Gicht.

„Weine nicht, Mama, ich werde dich nie verlassen", wandte sich Terry Sox an seine bebend schluchzende Mutter.

„Ich bleibe bei dir – ich werde nicht kämpfen", fuhr er halblaut und bedrückt fort, so als suchte er einen Halt zu finden, wo es keinen Halt gab.

„Oh Terry, mein armer kleiner Terry", schluchzte Clara, löste sich aus der Umarmung ihres Mannes und umarmte kurz darauf Terry.

Die Zwillinge enthielten sich der traurigen Unterhaltung freiwillig. Die Sorgen und Ängste ihrer Eltern waren für beide von untergeorteter Bedeutung. Hauptsache, sie konnten gegen die Nordmänner kämpfen, nur das zählte am Schluß.

Endlich lief etwas in dem verschlafenen Cambourne, einem für die Zwillinge tödlich langweiligen Ort. Einem Ort, in dem es scheinbar nur Bauern gab – langweilige Bauern. Es war schon fast ein Geschenk für sie: die Wikinger – die sagenumwobenen Wikinger. Nun konnten sie beweisen, daß sie eigentlich Krieger waren. Jawohl, echte Krieger und echte Kerle. So gute und starke Kämpfer, wie die Schweinehunde an ihrem Strand. Mindestens so gut – nein besser, weil die Hunde ja nur halb so gut waren, wenn sie keinen Überraschungsangriff machen konnten, laut der Aussage des erfahrenen Pfarrers. Diesen *Geißeln der Menschheit* würden sie zeigen, wie man kämpfte. Seit langem warteten sie in Cambourne auf etwas Gutes, auf etwas Spannendes, auf etwas Mutiges, auf etwas nicht Langweiliges.

„Was werden wir jetzt tun?" unterbrach deshalb Martin Sox die rührselige Szene, die von den Zwillingen als eher peinlich empfunden wurde.

„Wir brechen auf, es wird Zeit", antwortete Steve und versuchte bestimmt zu klingen, was ihm sichtlich schwer fiel.
„Ihr zwei könnt die Rinder zusammentreiben. Ich und Terry laden den Hausrat auf den Karren."
„Können wir alles mitnehmen?" fragte Clara nach Fassung ringend.
„Nur das Wichtigste, Clara. In der kurzen Zeit können wir nur das Wichtigste mitnehmen."
„Steve, ich würde euch empfehlen, alle Wertgegenstände mitzunehmen. Auf eure Möbel und Werkzeuge haben es die Heiden nicht abgesehen. Ach ja, nehmt so viele Vorräte wie möglich mit, ich schätze, ihr werdet sie brauchen."
„Bruder Alkin, wie lange wird das Unglück dauern? Was vermutet Ihr?"
„Das weiß nur Gott allein, Clara. Nur Gott allein. – Es können Tage sein, es können aber genauso Wochen werden. Darum ist es sehr wichtig, daß die Teufel in Cambourne keine Vorräte finden. Hunger ist eine mächtige Waffe. Auch Halsabschneider müssen essen, vielleicht noch mehr, als gläubige Menschen. Wenn die Barbaren in Cambourne nichts Eßbares finden, sind sie schnell wieder weg, da bin ich mir ziemlich sicher", erklärte der Gottesmann in hoffnungsvoller Tonart. Absichtlich sparte er mit kämpferischen Worten, obwohl das gegen seine Überzeugung war. Doch die von Steve Sox ausgelöste Aufbruchstimmung wollte der ehemalige Mönch keinesfalls stören.
„In dem Fall werde ich zuerst unsere Vorratskammer ausräumen und danach alle Wertgegenstände einpacken."
„Danke für Euren guten Rat, Bruder Alkin. Ich und meine Frau sind Euch zu Dank verpflichtet. Werdet Ihr uns auf unserem Weg zur Burg begleiten?"
„Danke, Steve. Ich begleite euch natürlich gerne zur Burg."
„Wir werden euch ebenfalls begleiten. Ich spanne nur unsere alte Mähre vor unseren Karren. Hoffentlich hat sie heute ihren guten Tag, meistens bockt sie nämlich, wie ein sturer Esel", ergänzte Sa-

muel die Verabredung und löste allseits kurzes Schmunzeln aus, beim Gedanken an „slow Susie", wie der Wirt und das ganze Dorf die in die Jahre gekommene graue Stute nannten.
„Slow Susie" war das einzige Pferd in der kleinen Gemeinde und schien das genau zu wissen. Der struppige Gaul hatte seinen eigenen Kopf, was sich besonders bei anstrengenden Zugarbeiten zeigte. Wenn der eigenwilligen „slow Susie" eine Last zu schwer vorkam, blieb sie einfach stehen. Keine noch so gutmütige Macht der Welt brachte sie dazu, etwas zu ziehen, das ihr nicht paßte. Man konnte ihren Besitzer, Samuel Bone, von Zeit zu Zeit ein wenig bedauern, denn der Gastwirt war kein Freund von Gewalt. Bloß ein einziges Mal versuchte der Wirt mit einer Rute, das eigensinnige Roß zu erziehen. Das erste und letzte Mal. Vermutlich spürte das hohe und breite Zugpferd den Rutenstreich auf das ebenso breite Hinterteil nicht einmal genau. Aber es drehte den Kopf zu Samuel und schüttelte wiehernd seine lange Mähne. Mit fragend herablassendem Pferdeblick, der wohl *Was machst du da hinten?* sagte, blickte es zurück und dann schlug „slow Susie", diesmal ziemlich schnell, ein gezieltes Huf in die Weichteile des Gastwirts. Samuel Bone brach zusammen, den Mund weit geöffnet. Krampfartig wälzte er sich am Boden und hielt seine gequetschten Hoden. Rasende Schmerzen durchfuhren jeden Winkel seines Bewußtseins, bevor er es verlor. Nach langer schwarzer Ohnmacht erwachte er im Ehebett des Schlafzimmers. Rose Bone betrachtete ihn, als wäre gerade eine Leiche zu neuem Leben erwacht. Aber für einige Wochen gab es kein großes Leben mehr – in dem Schlafzimmer. Seit diesem im Dorf legendären Vorfall stand Samuel Bone nie mehr hinter „slow Susie", sondern immer nur an ihre Seite. Die Rute hatte Samuel mit der Handfläche vertauscht, mit welcher er ab und zu einen Klaps verteilte, der aber weder von „slow Susie" noch von ihm selber ernst genommen wurde.
„Besser wenn Susie heute einen guten Tag hat, sonst wird sie als Fleischgericht bei den Nordmännern enden."

„Ja Rose, hoffen wir das Beste. Ich fände es eine Schande, das Pferd den Heiden zu überlassen. Wirklich eine Schande."
„Die würden es wohl gleich auffressen."
„Gut möglich, Rose, gut möglich. Solche Barbaren essen alles, womöglich noch Frösche und anderes Ungeziefer."
„Frösche? Igittigitt! Wie eklig, Bruder Alkin."
„Die Schindmähre wird sich schon besinnen, wenn sie die nahende Gefahr wittert. Komm Clara, wir brechen auf."
„Ja, laß uns gehen. Eh, wer begleicht eigentlich die Rechnung?"
„Ach, das habe ich ganz vergessen, Bruder Alkin hat uns eingeladen."
„Aber ja doch, die Mahlzeit geht auf meine Rechnung. Geht jetzt und beeilt euch, wir werden hier auf euch warten."
Auf freundliche Dankesworte folgten kurze Abschiedsworte, nach denen die Familie Sox geschlossen das Wirtshaus verließ.
„Rose, wir sollten ebenfalls das Wichtigste einpacken."
Rosemarie Bone hatte die Anweisung ihres Ehemanns verstanden, kam aber trotzdem ins Grübeln. Was war denn *das Wichtigste* – aus über zwanzig Ehejahren? Konnte man *das Wichtigste* einfach so benennen und mitnehmen? Welche Wertgegenstände oder Erinnerungsstücke waren *wichtig*, wenn es um das eigene Leben ging? Nervös zupfte Rose am Geschirrhandtuch, das lose und verwaschen blaufarben aus ihrem braunen Werktagsrock hing. Ihr Gatte schien ihren Zwiespalt nicht bemerkt zu haben, er war bereits aus der Gaststube spaziert, den Kopf vermutlich schon bei „slow Susie". Einzig der Pfarrer saß wie gewöhnlich an seinem Stammplatz und zog die Kordel über seiner Kutte wieder fest, die er vor der ausgiebigen Mahlzeit gelöst hatte. Der unsichere Gesichtsausdruck der Wirtin blieb Theophilus Alkin nicht verborgen, wurde jedoch falsch von ihm ausgelegt: „Wieviel macht es? Ich werde unsere Mahlzeit gleich bezahlen."
„Die Mahlzeit? Oh die Mahlzeit. Natürlich, die macht ... ach, vergeßt Eure Mahlzeit. Könnt Ihr mir vielleicht helfen?"
„Helfen? Wobei denn helfen, Rose?"

„Mit meinem Mann."
„Mit deinem Mann? Wie denn das?"
„Nicht direkt mit meinem Mann, vielmehr mit dem Einpacken. Samuel hat gesagt, *das Wichtigste* einpacken. Was bei allen Heiligen ist *das Wichtigste*?"
„Du hast Glück, daß du mir diese Frage stellst. Du bist nicht die erste, die mir diese Frage stellt. In Irland wurde ich dauernd nach *dem Wichtigsten* gefragt."
„Und was habt Ihr geantwortet?"
„Das Wichtigste trägst du in deinem Herzen. Öffne dein Herz und erkenne es, danach packe es ein."
Diese Antwort sprach Rose Bone zwar sehr an, aber etwas damit anzufangen, vermochte sie nicht.
„Mein Herz öffnen? – Mein Herz öffnen – dazu fehlt mir die Zeit. Bitte Bruder Alkin, was soll ich einpacken?"
Auch diese Antwort und die nachstehende Frage waren dem Pfarrer bekannt. Seinen philosophischen Antworten wurde meistens mit Zeitmangel aus dem Weggegangen. In der momentanen Situation – und von Rose Bone – konnte er das ohne weiteres verstehen.
„Lebensmittel, ich würde sagen, daß du zuerst Lebensmittel einpacken solltest. Möglichst viele und unverderbliche Lebensmittel. Nachher eure Ersparnisse, Schmuck, wertvolles Geschirr, Bilder, Spiegel, beschlagene Truhen. Einfach alles, was dir wertvoll erscheint."
„Ich werde es versuchen. Es wird schwierig, alles einzupacken."
„Rose, wir werden mehrere Fuhren machen. Bitte pack zuerst kleinere Sachen ein. Größere Gegenstände werden wir bei der nächsten Fuhre transportieren."
„Das mache ich. Danke, Bruder Alkin, was würden wir bloß ohne Euch tun?"
„Keine Angst, Rose, ihr würdet auch ohne mich zurechtkommen. Jeder Mensch ist ersetzbar – auch ein gichtkranker greiser Mönch."

„Gichtkrank und greise? Oh nein, Ihr doch nicht, Bruder Alkin. Ich wünschte, ich wäre noch so gut beisammen, wenn ich Euer Alter erreiche."

„Danke Rose. Ich vermute, du wirst besser beisammen sein, als ich jetzt, wenn du mein Alter erreichst."

„Versprecht Ihr mir das?" fragte Rose in ängstlich hoffnungsvollem Ton und ebensolchem Gesichtsausdruck.

„Versprechen ...?" sinnierte Theophilus stirnrunzelnd. Er war kein Freund von schnellen Versprechen oder unüberlegten Zusagen. Spontane Aussagen waren gegen seine Natur und gegen seine Erfahrungen. Erfahrungen, nach denen niemand mehr schnelle Versprechen gab. Erfahrungen, nach denen niemand mehr schnelle Versprechungen geben wollte.

„Versprechen – ja, ich verspreche es dir", überwand er sich.

„Danke. Vielen Dank, vielen vielen Dank", hörte er Rose erleichtert.

Kurz beneidete er Rosemarie Bone für ihr einfaches Gemüt und wollte ihr Gefühl der Erleichterung teilen. Aber es gelang ihm nicht – ganz im Gegenteil.

„Ich ... ich werde mal nach Samuel und slow Susie schauen. Wir wollen nicht unnütz Zeit verlieren."

„Ja, seht nach Samuel und der störrischen Schindmähre. Wißt Ihr, mein Mann ist viel zu gütig mit dem Pferd. Jeder andere Mann hätte längst schon den Pferdemetzger gerufen."

„Dein Mann hängt wohl an der Stute, darum ist er nachsichtig."

„Ihr kennt slow Susie nicht so gut wie wir, doch seht ruhig selber nach. Ich wette mit Euch, Samuel hat den eigensinnigen Gaul noch nicht einmal aus dem Stall gebracht."

„In Ordnung, dann sehe ich mal nach", verabschiedete sich der Pfarrer und verließ die Gaststube.

Vielleicht hätte ich Rose beim Einpacken helfen sollen, überlegte er leicht unsicher und bog dennoch festen Schrittes um die linke Ecke des Gasthofs zum goldenen Löwen. Irgendetwas zog ihn zur hölzernen Scheune hinter dem Haus.

Nicht, daß er noch nie in der Scheune mit dem undichten Dach und den löchrigen Wänden gewesen wäre, die auf einer Blumenwiese, wenige Meter hinter dem Gasthaus stand. Ebenso wurde ihm „slow Susie" schon in den ersten Tagen nach seiner Ankunft von Samuel vorgestellt. Beide hatten sich amüsiert an der Störrigkeit des Vierbeiners. Fanden es lustig, daß ein Pferd nur soviel arbeiten wollte, wie es von ihm als nötig empfunden wurde.
Heute hatte sich das geändert – heute brauchten sie das Pferd – brauchten es dringend.
Die wurmstichig verdorrte Türe der Scheune war halb geöffnet. Das klobige Schloß, welches früher Einbrecher abschreckte, blinkte verrostet und locker von der nach außen abgerundeten Türkante, so als wollte es jeden Augenblick herunterfallen.
„Kommst du voran mit Susie?" richtete sich der irländische Mönch an den Wirtefreund, der tatsächlich das Roß nicht in Bewegung setzen konnte.
„Sie bockt ein wenig", kam ernüchtert und resigniert die Antwort.
„Das Zaumzeug konnte ich ihr bereits umbinden, aber sonst macht sie keinen Wank."
Theophilus Alkin sah sich in der Scheune um. Licht fiel bloß durch die halboffene Scheuentüre sowie durch einige Spalten und Löcher der Wände in den Innenraum. Die drei dafür vorgesehenen Fenster waren mit zugeschnittenen Holzläden verschlossen, die je nach Gutdünken geöffnet oder geschlossen werden konnten. Der gestampfte Boden war größtenteils mit Stroh ausgelegt, wonach es miefig roch. Der hintere Teil der Scheune war fast bis zur Decke mit Stroh aufgefüllt, während vorne rechts ein Holzkarren stand, der vor allem dem Lebensmitteltransport diente, wenn „slow Susie" nach Bewegung zu Mute war.
Vorne links stand „slow Susie" in ihrer Box. Samuel Bone an ihrer rechten Seite. Der Kopf des Gastwirts reichte knapp bis zur Schulterhöhe des massigen Zugpferds.
„Heute ist wohl nicht ihr Tag?"

„Susie konnte bis jetzt nicht auf die Weide. Nicht wahr, Susie Susie", sprach der Wirt zum Pferd, wie man zu einem Kleinkind sprechen würde.
Der Pfarrer tätschelte „slow Susie" am muskulösen Hals und kraulte ihre seidige Mähne. Aufmunternd sprach er zu ihr: „Brave Susie, brave Susie. Was will denn unsere Susie?"
„Gewöhnlich lasse ich sie am Morgen auf die Weide, damit sie ein wenig galoppieren kann. Leider kamen mir die Nordmänner dazwischen, darum ist sie eingeschnappt."
„Ach so. Keine Angst, Samuel, wir werden slow Susie schon zum Ziehen bringen. Mit störrischen Gemütern kenne ich mich aus."
„Mit Pferden? Ihr kennt Euch mit störrischen Pferden aus?"
„Ja, Samuel. Unser Kloster hatte einen Pferdestall und über zwanzig Pferde. Wir brauchten sie vor allem für landwirtschaftliche Arbeiten."
„Gottlob, Bruder Alkin. Dann wißt Ihr mir sicher einen Rat, für slow Susie."
„Gewiß. Probieren wir das Einfachste. Mit Zucker fängt man Fliegen."
„Mit Zucker fängt man Fliegen?" stutzte der Wirtshausbesitzer.
„Ja, Samuel, was für Leckerbissen frißt slow Susie am liebsten?"
„Leckerbissen? Aha, ja natürlich. Mohrrüben – auf Mohrrüben ist sie ganz scharf."
„Mohrrüben, hätte ich mir denken können. Und wo hast du Mohrrüben?"
„Im Garten. In unserem Garten haben wir mehrere Beete voll Mohrrüben."
„Gut, Samuel. Ich hole die Mohrrüben und du ziehst den Karren ins Freie. Alles klar?"
„Geht in Ordnung, Bruder Alkin. Geht in Ordnung."
Wortlos verließ der Pfarrer die Scheune in Richtung Gemüsegarten, während sich Samuel Bone am Karren zu schaffen machte. Schon bald stand der Karren im Freien, und Momente später tauchte Alkin erneut auf.

„Ihr habt mächtig zugegriffen."
„Dein Pferd wird sehr viele Mohrrüben fressen, auf dem Weg zur Burg. Besser wir nehmen zu viele, als zu wenige Mohrrüben mit", sagte er und verschwand in die Scheune. Augenblicke später führte er „slow Susie" ohne Schwierigkeiten aus dem Stall, zur sichtlichen Überraschung des Wirts.
„Wie habt Ihr das fertiggebracht?"
„Ganz einfach. Ich habe wie du mit dem Pferd gesprochen. Aber reden alleine nützt bei einem störrischen Geist nichts. Die Belohnung ist es, Samuel. Nur auf die Belohnung kommt es an."
„Das verstehe ich nicht. Ich habe Susie auch schon Mohrrüben gegeben, aber besser gehorcht hat sie deswegen nicht."
„Ja, dann hast du ihr zuerst die Mohrrüben gegeben und danach hast du etwas von ihr verlangt."
„Eehh ... nun ja, das war ungefähr so. Ooohhh, jetzt verstehe ich! Bruder Alkin, Ihr seid ein gerissener Fuchs!"
„Hahaha, nur ein bißchen erfahrener. Nur ein bißchen erfahrener, Samuel."
Sogar das Pferd schien die Situation komisch zu finden, als es fröhlich wiehernd vor den Karren gespannt wurde. Im Vergleich zum Karren wirkte das Zugpferd riesig. Das einzig Massive am hölzernen Gefährt waren die vier achtspeichigen Räder, deren runde Laufflächen jeweils unter einem dünnen Eisenring verborgen waren. Es mußte ein Kinderspiel für das Roß sein, dieses Wägelchen zu ziehen. Um so unverständlicher wirkte daher die Sturheit der Stute. Schnell hatte der Gastwirt die zwei Zugbügel am Zaumzeug festgezurrt.
„Es kann losgehen."
„Großartig! Hüü, hott, Susie, zeig uns, was du kannst", befahl Theophilus Alkin seiner neuen Freundin, gefolgt von einem leichten Klaps auf die Hinterbacken.
„Slow Susie" zog ohne Probleme und zur neuerlichen Überraschung von Samuel Bone das Gefährt vor das Gasthaus.

„Ihr habt es tatsächlich geschafft!" wunderte sich Rose Bone erfreut beim Anblick des Gefährts vor der Eingangstüre. Sie kam näher und begutachtete das Gefährt genauer.
„Bruder Alkin hat mir geholfen. Ich hätte es andernfalls wahrscheinlich nicht geschafft, vermute ich", erklärte Samuel und schüttelte verneinend, die Augen abwärts gerichtet, den Kopf.
„Ihr scheint nicht nur mit Menschen gut umgehen zu können, Bruder Alkin."
„Danke, Rose. Dein Mann wird in Zukunft auch besser mit slow Susie umgehen können, wenn er meinen Ratschlag befolgt."
„Kann schon sein", meinte der Angesprochene, sein Blick wanderte schräg aufwärts.
„Was habt Ihr ihm denn geraten?"
„Zu Mohrrüben. Ich habe ihm zu Mohrrüben geraten."
„Zu Mohrrüben? Warum denn das?"
„Ganz einfach, slow Susie ist versessen auf Mohrrüben. Wenn Samuel etwas von slow Susie will, muß er nur zu ihr sprechen und eine Mohrrübe als Belohung zeigen. Slow Susie wird dann besser gehorchen, glaube mir. Er sollte das Pferd jedoch nicht wie ein kleines Kind ansprechen. Pferde hören Menschen gerne zu und verstehen jede Tonlage. Wenn er mit slow Susie wie mit einem Kind redet, so wird er von ihr auch als kleines Kind angesehen, und sie wird ihm ebensoviel gehorchen."
„Siehst du, was habe ich dir nicht immer gesagt. Aber auf mich wird ja nicht gehört."
„Auf dich wird ja nicht gehört, so ein Scheiß...", wollte Bone seiner Ehefrau entgegnen, bis ihm der Pfarrer neben ihm einfiel.
„Ich habe noch immer auf dich gehört, aber slow Susie gehorcht dir genauso wenig wie mir."
„Es ist nicht meine Aufgabe, dieses Riesenvieh zu erziehen, sondern deine."
„Aha, aber dreinquatschen kannst du immer."
„Ich quatsche nicht drein. – Ganz bestimmt nicht", entgegnete Rose in weinerlichem Ton, schon wieder den Tränen nahe. Doch

bevor der Wirt die Gelegenheit zur Revanche hatte, unterbrach ihn Theophilus Alkin: „Samuel, laß es bleiben. Das Dümmste wäre jetzt ein Streit. Wenn die gottlosen Bestien abgezogen sind, werde ich euch beiden zeigen, wie man mit dem Pferd richtig umgeht. Im Augenblick aber müssen wir dringend aufladen."
Die Eheleute schauten sich an, schauten sich gut an. Fanden dann das eine, das eine, das sie verband, das sie schon immer verbunden hatte. Verbunden in guten und schlechten Zeiten – verbunden bis zum Tod.
„Na ... natürlich, Bruder Alkin. Komm, Rose, laß uns aufladen."
„Ich helfe euch gerne dabei", begleitete der Pfarrer den Stimmungswandel. Er wollte sicherstellen, daß keine andere Stimmung mehr aufkam.
„Viel konnte ich bis jetzt nicht zusammenpacken."
„Macht nichts, Rose. Wozu hast du uns?" bestärkte Samuel seine Frau.
Alle drei betraten erneut die Gaststube und begannen danach mit dem Beladen des Karrens. Bald füllte sich die ausgebleichte braungraue Ladefläche mit Kisten und Säcken, in denen hauptsächlich Lebensmittel waren.
„Mehr geht wahrscheinlich nicht drauf."
„Nein, Samuel, mehr geht wirklich nicht drauf", bestätigte Alkin und biß kurz seine Zähne zusammen, bis der Gichtanfall abebbte.
„Mehr können wir nicht übereinanderstapeln, sonst fällt die Hälfte ständig vom Wagen."
„Wir werden mehrere Fuhren machen müssen. Ich will meinen Vorratskeller nicht diesen Hurensöhnen überlassen."
„Ich werde bei der Burg noch ein paar Karren bereitstellen. Ich will den Heiden noch viel weniger etwas überlassen."
Die Familie Sox kehrte zum Gasthaus zurück. Terry und die Zwillinge trieben eine Kuhherde von zehn Milchkühen, drei Kälbern und fünf Rindern am goldenen Löwen vorbei, während sie freundlich winkten. Wenige Meter hinter der Herde fuhren Steve und Clara

Sox auf ihrem Ochsenkarren und stoppten die zwei bulligen Tiere vor dem Gasthof.
„Da sind wir. Kann es losgehen?"
„Hallo, Steve und Clara. Gemach, gemach, meine Frau ist im Haus beschäftigt.
Wir sind gleich soweit", richtete sich Samuel an die Neuankömmlinge und verschwand im Haus.
„Hallo, Bruder Alkin, seid Ihr fleißig beim Aufladen?"
„Hallo, Steve. Ja, ich glaube fürs erste haben wir genug aufgeladen."
„Wo sind eigentlich Eure Wertgegenstände, Bruder Alkin?"
„Meine Wertgegenstände – nun ja, ich habe alles Wertvolles bereits am Morgen aus der Kirche ausgeräumt und dem ersten Karren mitgegeben, der auf dem Weg zur Burg war. Ich selber besitze keine Wertgegenstände, Clara."
„Ach so", meinten Steve und Clara fast gleichzeitig.
„Habt Ihr Euch schon etwas einfallen lassen wegen der Wikinger?"
„Nein, Steve, dazu war ich zu sehr abgelenkt. Wie schon gesagt, ich glaube sowieso, wir sollten mit Graf Jakobus zusammen eine Lösung finden."
„Finde ich ebenfalls."
„Gut, Steve, dann sind wir ja einer Meinung."
„Aber kämpfen müssen meine Söhne nicht, oder?"
Der Pfarrer wollte Clara beruhigen, doch wie sollte er das anstellen? Jemanden beruhigen, wenn es um das eigene Fleisch und Blut ging? Sehnsüchtige Bilder des grünen Irlands tauchten wieder auf. Bilder von Blumenwiesen und kristallklaren Bächen. Bilder von duftenden Wäldern und verlassenen Tälern.
Tälern – in denen man seine Ruhe fand.
Tälern – in denen es keine nordischen Teufel gab.
„Bruder Alkin?"
„Ich ... nein, deine Söhne müssen nicht kämpfen, wenn sie nicht wollen."

„Wenn sie nicht wollen? Natürlich wollen sie nicht, da bin ich mir sicher."

„Gut, gut, wenn du dir da sicher bist", sagte Theophilus und griff in die tiefe Tasche seiner Mönchskutte, in der sich einige ausgefranste Löcher gebildet hatten. Längst hatte er sich vorgenommen, diese Löcher zu stopfen. Es kam aber irgendwie immer etwas dazwischen. *Solange nichts daraus hinausfällt, ist es ja nicht so schlimm*, überlegte Alkin oftmals und verdrängte halbwegs vor sich die Tatsache, daß er nachlässiger geworden war, seit er für das Seelenheil von Cambourne verantwortlich war. Der wildlederne Geldbeutel, welcher mit einer dünnen schwarzen Schnur zusammengezogen werden konnte, war ein bißchen zu prall für eines der zackigen Löcher. Graf Jakobus entlöhnte ihn wohlwollend für seine Dienste.

Nur halb so schlimm.

Orangefarbig, mit einem grünen Büschel, kam eine Mohrrübe aus dem Rock zum Vorschein. Der Pfarrer hielt die Mohrrübe vor das Maul von „slow Susie", die sie sogleich zu verzehren begann. Steve Sox stieg vom Ochsenkarren und lief prüfend um das Fuhrwerk der Familie Bone. Interessiert inspizierte er die Ladung und deren korrekte Verstauung: „Ein paar Seile würden einen besseren Halt geben", kam er zum Schluß.

„Könnte sein. Ja, könnte sein. Hast du noch ein paar Seile?"

„Nein, leider nicht."

„Dann muß es bis zur Burg reichen. Es wird schon irgendwie gehen."

„Ja, irgendwie wird es schon gehen."

„Heute muß wohl alles – *irgendwie gehen.*"

„Ja, Clara, da hast du vermutlich recht, heute muß alles irgendwie gehen", bestätige Theophilus die Feststellung und hielt die bereits dritte Mohrrübe vor das Maul von „slow Susie".

„Hallo miteinander", begrüßte Rose ihre Weggefährten mit einem ausgebeulten Leinensack über der Schulter, während Samuel die Wirtshaustüre abschloß. Was den meisten Beteiligten merkwürdig

vorkam in Anbetracht der Bedrohung durch Mördergesindel, welches sich durch Türen oder Schlösser nicht aufhalten ließ.
„Hallo, Rose, konntest du deinen Hausrat einpacken?"
„Nein, in der Kürze der Zeit lag das nicht drin. Ich versuchte nur das Wichtigste einzupacken", beantwortete die Wirtin Claras Frage und stieg neben ihrem Gatten auf den Pferdekarren.
Der Pfarrer verfütterte an „slow Susie" den Rest der Mohrrübe und rief laut: „Hüüh, hott, los geht's, Susie!"
Das graue Zugpferd spitzte seine Ohren und setzte wiehernd seinen massigen Körper in Bewegung. Nach wenigen Metern schüttelte es die Mähne und prustete durch seine Nüstern, so als ob ein ungewohnter Geruch darin wäre. Sein Pferdeabschiedsblick, den es dem „Goldenen Löwen" schenkte, würde zugleich auch die letzte Erinnerung an das unversehrte Gasthaus bleiben.

7

Laut polternd schlug das Ruderboot an die Bordwand des „Drachen von Odin".
Schlaftrunken und leicht mürrisch erwachte Iben Chordadhbeh aus dem Dämmerzustand, in den er während der Überfahrt gefallen war. So früh am Morgen war er nur selten auf den Beinen. Sogar die Morgenfrische, die bestimmt bald von gewohnter Hitze abgelöst werden würde, konnte den Kaufmann nicht richtig wach kriegen. Gähnend blickte er hoch zur Reling, von der ihn ein bekanntes Gesicht ansah.
„Iben Chordadhbeh, auch schon hier? Das wurde Zeit, die Flut ist fast vorbei."
„Auch schon hier? Deine Männer reißen mich mitten in der Nacht aus dem Schlaf, und du sagst, auch schon hier?"
„Siehst du die Sonne nicht?" erwiderte Halfdan und deutete auf den Horizont, wo sich eine winzige halbrunde Scheibe aus dem Wasser zu stemmen versuchte.
Hellgelb, beinahe weiß, doch auf diese Entfernung nur sehr schwer erkennbar.
Der Araber packte die Strickleiter, die ihm Halfdan zuwarf. Jede Stufe darin war mit je zwei Löchern an dem linken und rechten Seil befestigt, die am Anfang und am Ende der Strickleiter zusammengeknotet waren. Mühsam erklomm er eine Stufe nach der anderen. Mehrere ausgetretene und teilweise gesplitterte Holzbretter ließen auf einen regen Gebrauch der Strickleiter schließen.
„Kommst du klar?" fragte der Wikinger und griff nach Ibens Arm. Kaum hatte er ihn erwischt, zog er Iben mühelos hinauf an Deck.
„Ganz schön stark", bedankte sich Iben ein wenig überrascht.
„Früher vielleicht, Iben. Früher vielleicht ...", meinte der Nordmann und rief in ureigenem Clandialekt Befehle in alle Richtungen. Die eingespielte Bootsmannschaft begann mit ihrer Arbeit. Das Beiboot wurde an Bord gehievt, die Ruder ins Wasser gelassen und das rechteckige Segel gesetzt.

Trotz seiner Größe nahm das elegante Langboot so leicht und schnell Fahrt auf, wie es der Araber noch nie erlebt hatte. Die restliche Flotte folgte dem Drachenboot. Bald verschwand der Hafen von Cartagena aus seinem Blickfeld und wurde zu einem weißen verschwommenen Punkt an den bewaldeten Hängen der spanischen Küste.

„Du hast wirklich ein unglaubliches Schiff", richtete sich Iben an Halfdan, als dieser die Ruder wieder einholen ließ. Das längsgestreifte Segel, aus doppelt gewebtem groben Leinen, verstärkt mit einem aufgenähten Netz, übernahm jetzt den Antrieb.

„Ja, es gibt nur einen Drachen von Odin."

„Bei Allah, ich sehe den Hafen schon nicht mehr."

„Ja, wir machen gute Fahrt. Gewöhn dich besser an die Geschwindigkeit."

Was für ein Schiff. Was für eine Flotte, dachte der orientalische Händler beim Anblick der dreiundsiebzig gespannten Segel, die hinter dem Flagschiff vom Wind ausgefüllt wurden. Der Wikingerkapitän winkte seinen Brüdern zu, die leicht rückversetzt zur linken und rechten Seite in ihren Langbooten fuhren.

Mit für den Kaufmann undeutbaren Handzeichen unterhielten sich die Söhne Ragnarrs über die Wellen hinweg. Diese tonlose Seemannssprache war neu für Iben. Die mit Händen und Armen ausgeführten Zeichen schienen nicht nur die Kursrichtung, die Windrichtung und die gewünschte Formation zu beschreiben, sondern ebenso die Geschwindigkeit und die beste Ausrichtung der Segel. Sogar persönliche Mitteilungen, wie das momentane Befinden, Vorschläge für die zu fahrende Route oder das zu erwartende Wetter wurden mit der Zeichensprache ohne Probleme angezeigt.

„Was sind das für Zeichen, die du da machst?"

„Das ist unsere Schiffssprache. Wir nennen die Zeichen Schiffssprache, weil jedes Schiff mit den anderen Schiffen sprechen kann durch die Zeichen. Stell dir vor, du müßtest eine Nachricht ohne Zeichen weiterleiten, du würdest dir die Lunge aus dem Leib schreien. Aus dem Grund erfanden schon unsere Ahnen die Schiffssprache."

„Interessant, von so einer Sprache habe ich noch nie etwas gehört."
„Das wundert mich nicht. Die Schiffssprache ist eine Sprache der Wikinger und keine Sprache der Sarazenen. Zudem, Iben, man hört nur selten etwas von einer Sprache ohne Wörter."
Eine verblüffende Antwort von einem Barbaren, der wahrscheinlich nicht einmal lesen und schreiben kann, überlegte der Araber, welcher sich Lesen, Schreiben und vor allem Rechnen selbst beigebracht hatte. *Eine Sprache der Schiffe. Natürlich – eine Schiffssprache. Eine Sprache von Wikingern erfunden und nur für Wikinger verständlich. Genial einfach und doch unverständlich – genau wie ihre Runenzeichen,* sinnierte er, bis ihn der Fahrtwind aus den Gedanken riß. Der Nordmann gab weiter Zeichen an die Nachbarschiffe ab, wobei seine Hände und seine Arme teilweise groteske Bewegungen machen mußten, wenn sie die Schiffssprache richtig weitergeben wollten.
Eine Gruppe Tümmler hatte sich dem Langboot angeschlossen und verfolgte es spielerisch. Quiekend schossen die Zahnwale aus dem Wasser und führten in hohen Bögen ihre Sprungkraft vor.
„Was sagen deine Brüder?"
„Sie sind guter Dinge. Die Delphine sind ein gutes Vorzeichen für unsere Beutefahrt. Hoffen wir, daß der Wind so gut bleibt."
„Ja, hoffen wir es", meinte Iben und beobachtete die Kunststücke der Meeressäuger, die sich mit Schrauben und Überschlägen gegenseitig übertreffen wollten. Manchmal warfen sie den Nordmännern solche Blicke zu, als ob sie eine Benotung ihrer akrobatischen Darbietungen erwarteten.
„Lustige Tiere, diese Delphine."
„Ja, Iben, und sehr schlau obendrein", ergänzte Halfdan, streckte seine rechte Hand aus und machte eine wellenförmige Handbewegung, die von seinem Bruder Ubbe auf dem Nachbarschiff wiederholt wurde. Ohne lange nachzudenken, kopierte der Kaufmann seine Handbewegung zur sichtlichen Verblüffung des „roten Totengräbers Ubbe", der bald lauthals loslachte. Auch der Flottenführer konnte ein Schmunzeln nicht unterdrücken.

„Was bedeutet das Zeichen?"
„Du hast meinem Bruder gerade gesagt – *Die Wellen sind zu klein für die Delphine.*"
„Wirklich? *Die Wellen sind zu klein für die Delphine.* Interessant, aber was bedeutet das ganz genau?"
„Das ist nicht so einfach zu erklären. Man kann nämlich das Zeichen in mehreren Deutungen auslegen."
„Das Zeichen hat mehrere Deutungen?"
„Ja, das ist so. Dieses Zeichen wird sogar von jedem einzelnen Wikingerclan unterschiedlich ausgeführt und genauso verschieden gedeutet."
„Eure Schiffssprache ist demnach ziemlich kompliziert."
„Jede neue Sprache ist am Anfang kompliziert. Die Schiffssprache erscheint uns aber als sehr einfach, vielleicht weil wir sie jeden Tag gebrauchen."
„Das kann ich gut verstehen. Ich selbst brauchte mehrere Jahre, um die Sprache der Nordmänner zu lernen. Aber zurück zur Schiffssprache, wie deutest du oder dein Clan – *Die Wellen sind zu klein für die Delphine?*"
„So wie du gerade das Zeichen gemacht hast, würde ich meinen, du willst mir sagen, daß zu wenig Wind für höhere Wellen weht."
„Aha, dann hat das Zeichen also mehr mit dem Wetter und weniger mit den Delphinen zu tun."
„In der Art und in der Handstellung, wie du es ausgeführt hast, könnte man es so deuten."
„Was kann man denn sonst noch damit anzeigen?"
„Wenn du den Arm gestreckt hältst, bedeutet es – *Das Wetter bleibt lange ruhig.* Wenn du den Arm beugst, bedeutet es – *Das Wetter wird sich verändern.* Wenn du zusätzlich mit der Hand große Wellen machst, bedeutet es – *Das Wetter wird sich verändern und es kommt Wind auf.* Wenn du den Arm beugst und mit der Hand kleine Wellen machst, bedeutet es – *Das Wetter wird sich verändern, doch die Wellen sind noch zu klein für Delphine.*"

„Diese Schiffssprache ist viel komplizierter, als ich zuerst angenommen habe. Aber die Delphine, was haben die eigentlich mit dem Zeichen zu tun?"

„Die Delphine haben das mit dem Zeichen zu tun, was du angezeigt hast."

„Jetzt verstehe ich gar nichts mehr", erwiderte Iben Chordadhbeh und verzog resigniert sein Gesicht.

„Hooh, macht nichts. So schnell wirst du nicht wie ein Wikinger denken oder handeln."

„Das vermute ich ebenfalls. Trotzdem, was haben die Delphine mit den Wellen zu tun?"

„Du bist hartnäckig, Iben. Eine Eigenschaft die ich sehr schätze", antwortete der Nordmann und legte seinen verzierten Eisenhelm auf einen der leeren Ruderbänke. Er kratzte sich an der Schläfe und versuchte ein widerspenstiges Haarbüschel glatt zu streichen.

„Hartnäckigkeit ist eine der besten und ehrlichsten Eigenschaften, welche ein Mann besitzen sollte", fuhr er fort und besiegte schließlich das schwarzgraue Büschel.

„Du hast meine Frage nicht beantwortet."

Ohne Antwort, dafür mit einem ächzenden „Uuufff" setzte sich Halfdan neben den matt schimmernden Helm.

„Also gut", sprach er gedehnt. Seine Stimme klang genervt. Die Tonlage erinnerte stark an einen Lehrer, der einem Schüler etwas erklären mußte, das die ganze Klasse bereits vor Jahren gelernt hatte. Auswendig gelernt hatte.

„Weil die Delphine im Meer leben, kennen sie das Meer weit besser als wir.

Wenn die Delphine ein Schiff begleiten, springen sie meistens aus dem Wasser und begrüßen die Seeleute. Viele Leute denken sich dabei nichts – wir schon.

Wir schätzen die Höhe und die Anzahl der Sprünge ab und erkennen dadurch, ob uns gutes Wetter und guter Wind auf der Reise begleiten werden."

„Jetzt verstehe ich langsam, worauf du hinaus willst. Natürlich, je höher die Delphine über die Wellen springen, um so besser wird das Wetter. Bei Allah, eine phantastische Deutung."
„Gut, Kaufmann, jetzt hast du einen Teil der Schiffssprache erkannt. Wenn es auch nur ein kleiner Teil ist, aber auch ein kleiner Teil, kann manchmal schon wichtig sein."
„Wahrlich, eure Schiffssprache ist unbeschreiblich und geheimnisvoll, wir ihr Nordmänner selbst."
„Das erscheint dir im Augenblick nur so. Wenn du uns länger und besser beobachtest, wird sich das ändern."
„Ich möchte euch nicht beobachten, wie du das nennst. Ich möchte euch vielmehr besser verstehen, euch und eure Gebräuche."
„Dein Interesse ehrt deine Absichten. – Aber ist Beobachten für einen gesunden Geist nicht dasselbe wie verstehen?"
„Darüber könnte man lange diskutieren, würde ich meinen. Doch eure Schiffssprache würde ihn nur mit Beobachten niemals verstehen."
„Dann wirst du auch die Wikinger niemals genau verstehen", schloß Halfdan das Gesprächsthema ab im Tonfall eines Lehrers, dessen Schüler die Lektion nicht verstand.
Iben Chordadhbeh gab sich mit der Antwort zufrieden, für den Moment jedenfalls. Es gab bessere Gesprächsthemen für ihn, als undurchschaubare Schiffssprachen und Delphine, die scheinbar Wetter und Wind vorhersagen konnten.
„Wann glaubst du, werden wir den Hafen von Barcelona erreichen?"
„Die Delphine sagen mir, daß der Wind anhalten wird. Wenn wir heute abend die Klippen von Formentera sehen, werden wir in gut zwei Tagen im Hafen von Barcelona ankommen."
„So schnell?"
„Ja, wenn die Götter auf unserer Seite sind", sagte der Nordmann und kramte aus seinem Lederwams eine gefaltete Seekarte heraus, die auf den Araber einen primitiven Eindruck machte. Über den Knien entfaltete er die angegilbte Karte und fuhr mit breitem Zei-

ge und Mittelfinger Küstenlinien entlang. Die einst schwarze Tinte der Landlinien und Runenzeichen war ausgebleicht. Der Händler erinnerte sich an orientalische Seekarten, welche die Küsten genauer darstellten und wesentlich detaillierter gezeichnet worden waren. Iben wollte aber den Wikinger keinesfalls beleidigen, darum entschloß er sich gleich, die gelblichhellbraune Seekarte zu loben: „Eine schöne Karte, die du da hast. Damit findest du vermutlich jeden Hafen, den du suchst – auch ohne Delphine."
„Ja, Iben, damit finde ich jeden Hafen – jeden, den ich suche", erklang die sonore Stimme Halfdans, der nun zum Kaufmann aufblickte.
„Die Karte stammt von meinem Vater Ragnarr. Schon er fand jeden Hafen, den er suchte – auch ohne Delphine", sprach er mit eindringlichem Blick, der jedoch weicher und umgänglicher wurde, als er weitersprach: „Ich hoffe, ich kann die Karte eines Tages meinem Sohn Haraldr weitergeben. Sie wird ihm sicher gute Dienste leisten, davon bin ich überzeugt."
„Gewiß Halfdan, solche Seekarten sind sehr hilfreich, für alle Seeleute", bestätigte Iben. Jovial fügte er hinzu: „Ich wünschte, ich hätte auch einen Sohn, dem ich eine Seekarte des Mittelmeers weitergeben könnte."
„Des Mittelmeers? Du hast die Karte wohl nicht so genau betrachtet?"
Erst auf den zweiten Blick erkannte Iben nun Inseln und Küsten, die er zuvor noch auf keiner anderen Karte gesehen hatte. Die Seekarte zeigte neben dem Mittelmeer ebenso das schwarze Meer und einige Teile des Atlantiks, sowie einen großen Teil der Nordsee. Iben glaubte England und Irland zu erkennen, obwohl er nie dort gewesen war. Bei der Darstellung der riesigen Meere und Küstenregionen konnten die Zeichner dieser Seekarte gar nicht ins Detail gehen, sonst wäre die Karte übermannsgroß geworden. Es mußten mehrere Wikinger an der zerknitterten Karte mitgewirkt haben, denn so viele Länder und Meere konnte ein Mensch alleine niemals besuchen, geschweige denn selber kartographieren. Viele Wikingerkapitäne

hatten vermutlich ihre persönlichen Ansichten zum Küstenverlauf und zu auffälligen Aussichtspunkten eingebracht. Die daraus entstandene Informationsflut machte sich auf der Karte breit und kam dem Kaufmann wie ein undurchschaubares Wirrwarr vor.

„Tatsächlich, die Karte zeigt nicht nur das Mittelmeer. Einige Inseln und Küsten erkenne ich, aber einige sind mir vollkommen unbekannt", meinte Iben und deutete mit seinem mokkafarbenen Zeigefinger auf zwei unvollkommene Halbinseln über England.

„Ich war selbst noch nicht an allen Küsten und auf all den Inseln der Karte. Zu den zwei Inseln da oben werde ich bestimmt nicht segeln."

„Wie nennt ihr sie für gewöhnlich? Vielleicht habe ich die Namen schon einmal gehört."

„Wir nennen sie *Eisinseln*."

„*Eisinseln*? Haben die Inseln vielleicht noch andere Namen, mit dem Namen *Eisinseln* kann ich nichts anfangen."

„Ich war niemals auf den Inseln, darum kann ich dir nichts über sie erzählen. Mein Vater hat einmal erwähnt, es gebe dort nichts, was für einen Krieger interessant wäre. Nur Schnee und Eis, vielleicht im Sommer ein paar grüne Wiesen – aber ich bin kein Bauer."

„Nein, du bist sicher kein Bauer."

„Genau. Zudem, jeder Wikingerclan gibt den *Eisinseln* andere Namen."

„So wie es ausschaut, könnt ihr Wikinger euch nur selten auf einen einzigen Namen einigen."

„Das kann schon so sein", bestätigte Halfdan und verzog dabei keine Miene.

„Was bedeuten die geschwungenen Linien auf der Karte? Und was sind das für komische Vögel? Solche Vögel sah ich noch auf keiner Seekarte."

„Die geschwungenen Linien, wie du sie nennst, deuten auf Meeresströmungen hin. Wenn es dir gelingt, mit einer solchen Strömung zu segeln, bist du schneller als sonst."

„Aha, ja, von solchen Meeresströmungen habe ich schon mal gehört."

„Ah, das ist gut", freute sich der Nordmann sichtlich erleichtert, daß er dem Araber Meeresströmungen nicht erklären mußte.

„Was die Vögel betrifft – wenn du soweit auf dem Meer bist, daß du das Ufer nicht mehr siehst, mußt du wissen, wo Norden und Süden ist."

„Ja, das klingt einleuchtend."

„Also, wir nennen die Vögel *Sturmvögel* (Eissturmvogel), weil sie im Sturm fliegen können. Die *Sturmvögel* fliegen je nach Jahreszeit in den Norden oder in den Süden. Es gibt keine bessere Anzeige für Norden oder Süden als die *Sturmvögel*."

„Und warum sind mehrere *Sturmvögel* auf die Karte gezeichnet worden?"

„Die *Sturmvögel* sind an den Stellen gezeichnet worden, wo du das Land aus den Augen verlierst. An diesen Stellen hältst du besser nach den *Sturmvögeln* Ausschau, wenn du dich nicht auf dem offenen Meer verirren willst."

„Ach, darum sind die *Sturmvögel* so merkwürdig auf der Karte verteilt."

„Genau, Iben. Jetzt hast du die Karte besser erkannt", sagte Halfdan in leicht genervtem Tonfall, der andeuten sollte, daß die Schulstunde beendet war. Der Wikingerhäuptling stand wieder auf und übergab die geöffnete Seekarte wortlos dem Araber. Iben Chordadhbeh merkte, daß der Nordmann irgendetwas auf der Karte gefunden hatte, was er auf ihr gesucht hatte.

Wie so oft schon, vermutete er, wollte aber nicht eine neue Fragerunde nach dem Gesuchten und dem Gefundenen beginnen. Es war an der Zeit, einen Moment innezuhalten und das fremdartig Gehörte zu überdenken, vielleicht sogar ein wenig zu verstehen. Die Seekarte hatte einen speckartigen Glanz und fühlte sich wie Leder an. Sie bestand aus dem dicksten und rauhesten Papier, welches der Kaufmann bis dahin gesehen hatte. Kein Vergleich zu dem arabischen Papier, mit dem Iben vertraut war. Arabisches Papier eignete sich hervorragend für alle Rechnungen, Pfandscheine und Schuldscheine von Iben. Natürlich ebenfalls für Briefe, Bücher und feine Bilder – die den Händler jedoch weniger interessierten.

„Sieh dir die Karte nur in Ruhe an, ich muß meiner Mannschaft einige Befehle geben", meinte der Kapitän und verließ die Ruderbänke in Richtung Backbord.

Plötzlich rissen heftige Windstöße an der Seekarte sowie am langen weißen Kaufmannsgewand von Chordadhbeh. Waren sie schon vorher da? Gut möglich, aber erst jetzt fielen sie ihm auf, genauso wie das Schaukeln des Drachenboots.

Eine säuerliche Übelkeit überkam ihn. Schiffsausflüge waren nicht seine Sache, er bevorzugte festen Boden. Fester Boden und feste Regeln. Keine Vögel und Delphine, die einem sagten, was kommt oder wohin man segeln soll.

Der Blick des Kaufmanns verließ die geschwungenen und zackigen Linen der Karte und schielte über ihren speckigen Rand aufs Mittelmeer. Die halbrunde winzige Scheibe des Morgens war nun voll ausgefüllt und strahlte majestätisch im Hellblau des Himmels.

8

Drei Tage später schien die gleiche volle Sonne über dem Hafen von Barcelona, als die Wikingerflotte diesen erreichte. Das Hafenbecken war bis auf einige kleinere Handelsschiffe leer. Von einer arabischen Handelsflotte war weit und breit nichts zu sehen. Frust und Ärger stiegen in den Wikingern hoch, wie Rauch und brodelnde Lava vor einem Vulkanausbruch.

„Wo ist jetzt die verfluchte Sarazenenflotte?" schrie Horik „der Junge" den verdutzten Iben an, bevor er ihn auf irgendeine Weise begrüßt hatte. Keine dreißig Zentimeter stand der Wikingerkönig vor dem Kaufmann, so daß dessen fauliger Mundgeruch ihn einhüllte. Es war der Geruch eines längere Zeit toten, madigen Kadavers. Süßlich beißend, stinkend, gärend, verfaulend – ein Geruch aus den tiefsten Schlünden der Hölle.

Angewidert wich Iben einen Schritt zurück.

„Ich weiß es nicht! Keine Ahnung, wo die Flotte ist", raunte Iben erschrocken und ballte krampfhaft seine Fäuste zusammen.

„Sooo, unser Kaufmann hat keine Ahnung. Keine Ahnung wo die Flotte ist. Duuuu ...", stieß Horik verächtlich aus und hob drohend seinen angewinkelten rechten Arm vor Ibens Gesicht, so als ob er einen Schlag mit dem Handrücken austeilen wollte.

Iben wich noch weiter zurück. Fasziniert verfolgte die Schiffsmannschaft das Schauspiel, sie hatte sich in einem Kreis um die beiden formiert. Halfdan trat aus dem Kreis und legte seine linke Hand auf die rechte Schulter von Horik.

„Laß ab, Horik, er ist nur ein Sarazene. Er versteht uns nicht."

„Dann versteht er vielleicht das!" wütete Horik und zog mit einem schnellen Griff sein breites Schwert. Die massive Klinge mußte über zehn Pfund wiegen und fast einen Meter lang sein. Das Gewicht schien aber für den Dänen nicht zu existieren, so mühelos stemmte er die scharfe Spitze an den Kehlkopf des Kaufmanns. Ein wenig zu nahe, denn die metallene polierte Waffe ritzte braune Haut und ließ sie bluten.

„Ooooowww!" war das Geräusch des überraschten Arabers, der erneut einen Schritt zurückwich und panikartig seine Hände über den Hals legte. Erschreckte ungläubige Augen zogen zitternde Hände vom Hals und betrachteten die Handflächen – sie waren blutverschmiert.

„Du hast mich verletzt, du Hurensohn!" schrie er auf.

„Hohoho, du weißt gar nicht, wie sehr ich dich verletzen kann", erwiderte Horik. Das Gesicht des Nordmanns nahm einen hämisch zufriedenen Ausdruck an, bevor er weiterwütete: „Sag mir, Kaufmann! Wo ist die verfluchte Sarazenenflotte?"

„Ich weiß es nicht! Bei Allah, ich weiß es nicht!" rief Iben zurück und seine Hände umklammerten seinen Hals. Deutlich war Angst in den verstörten Augen zu erkennen. Panische Angst.

„Er weiß es nicht."

„Das weiß ich selber, Halfdan", antwortete Horik gedehnt, drehte den Kopf und musterte dessen Gesicht. Die Mimik darin bestätigte sein bisheriges Vorgehen, drückte jedoch zudem aus, daß nun ein intelligenteres Vorgehen gefragt war als rohe Gewalt und Einschüchterung. Erst jetzt bemerkte der Anführer der Dänen, daß er das Schwert immer noch in die Luft streckte. Er ließ die Spitze langsam auf die Bordplanken sinken.

„Du mußt verzeihen, Iben, aber wir Wikinger schätzen es nicht, wenn man uns belügt", richtete sich Halfdan an den Händler.

„Ich habe euch nicht belogen, glaubt mir. Jemand muß die Geschwister gewarnt haben, sonst wäre ihre Flotte noch im Hafen."

„Siehst du hier im Hafen irgendeine Flotte?" fragte Halfdan und hob seinen rechten Arm. Seine nach oben gerichtete Handfläche fuhr über die entfernten Gebäude des Hafens und die wenigen Schiffe, die darin vor Anker lagen. Als er den angedeuteten Halbkreis beendet hatte, beantwortete er die rhetorische Frage gleich selber: „Ich sehe keine Sarazenenflotte im Hafen. Ich sehe nur ein paar kümmerliche Kähne, die keinen Überfall wert sind. Wie nennst du das in eurer Sprache, wenn man etwas verspricht und es dann doch nicht wahr ist?" erkundigte sich der Nordmann in ruhigem Ton, der so trügerisch erschien, wie unsichtbare Untiefen in trübem Wasser. Iben Chordadhbeh betastete seinen Hals. Keine Schnittwunde, bloß ein Kratzer. Ein kleiner Stich, nichts Ernstes. Das Blut an seinen Händen war geronnen, aber nicht ganz getrocknet. Erleichtert darüber fing sein Gehirn erneut an zu arbeiten und er verzichtete auf verbale Spontanausbrüche.

„Ich bin kein Lügner, auch wenn die Flotte nicht im Hafen ist. Es gibt diese Flotte, glaubt mir. Es gibt diese Flotte, und ich werde euch zu ihr führen, egal was es mich kostet."

„Du bist mutig, das muß man dir lassen", stellte Horik fest und steckte das breite Schwert wieder in die lederne Scheide. Die Ankündigung des Kaufmanns hatte ihn beschwichtigt, denn wenn irgendetwas ihm imponierte, dann war es der Mut eines Mannes. Keine schönen Worte oder Versprechungen, keine Andeutungen oder Übertreibungen – nur der Mut zählte am Schluß. Der Mut zählte immer am Schluß.

„Ich möchte dir schon wieder glauben, Kaufmann. Aber du mußt mich verstehen, ich bin für meinen Clan verantwortlich."

„Gewiß seid Ihr das, Horik. Verzeiht meine Beleidigung. Ich bin es nicht gewöhnt, mit einem Schwert bedroht zu werden."

„Gewiß doch, Iben. Es gibt Tage wie diesen, da geht mir mein Temperament durch, wie in früheren Tagen. Aber es ist besser Temperament bei einem selber zu finden, als gar keines mehr zu haben."

„Da habt Ihr wohl recht."

„Zudem erkennst du erst einen Mann, wenn du ihm ein Schwert unter die Nase hältst. Erst dann erhältst du ehrliche Antworten. Und deine Antworten waren ehrlich."

„Meine Antworten sind immer ehrlich und waren immer ehrlich."

„Gut, Iben, gut."

Die Schiffsmannschaft war ein wenig enttäuscht über den Verlauf des anfangs hitzigen Disputs. Sie hätten lieber einen Schwertkampf gesehen, aber was war schon anderes von einem Sarazenenkaufmann zu erwarten? An den Hafenanlagen und Piers von Barcelona

hatten sich Grüppchen von Zuschauern gebildet, welche in banger Erwartung die Wikingerflotte begutachteten.
„Habt ihr nichts zu tun?" richtete sich Halfdan an seine Mannschaft. „An die Ruder, es wird Zeit, den Hafen zu verlassen", befahl er, worauf die Ruder ins Wasser gelassen wurden und sich der „Drachen von Odin" in Richtung offene See in Bewegung setzte. Die restliche Flotte folgte ihm.
Nachdem die Wikingerflotte außer Sichtweite des Hafens war, setzten die drei Männer das Gespräch fort: „Also Iben, was vermutest du, wo diese Sarazenenflotte sein könnte?"
„Keine Ahnung, verehrter König Horik, das Mittelmeer ist sehr groß. Ich habe aber einen guten Geschäftsfreund in Barcelona, vielleicht weiß er, wohin die Schiffe gesegelt sind."
„Ein Geschäftsfreund?"
„Ja, ein guter Geschäftsfreund. Sein Name ist Issachar ben Nachbun. Wir sind gemeinsam in Al-Djeza'Ir aufgewachsen. Schon als kleine Knirpse teilten wir unser Brot und unsere Feigen. So etwas vergißt man nicht mehr."
„Issachar ben Nachbun – an so einen Namen muß man sich erst einmal gewöhnen", fand Horik und studierte die Gesichtszüge des Arabers. Der Ausdruck im (für ihn zu braunen) Gesicht verriet ihm, daß Issachar ben Nachbun nicht nur ein guter Geschäftsfreund von Iben war, sondern mehr, viel mehr. Der Sarazene mit dem komischen Namen mußte eine wichtige Rolle in der Vergangenheit des Kaufmanns gespielt haben – und solche Verbindungen hielten ein Leben lang, ob sie nun gut oder schlecht waren. Bedächtig langsam wiederholte er dreimal in Gedanken den sonderbaren Namen wie einen geheimnisvollen Vers, der einem Reichtum und Glück bringen sollte.
„Du scheinst in vielen Städten Geschäftsfreunde zu haben."
„Geschäftsfreunde sind das Salz in der Suppe eines Kaufmanns."
„Gut, Iben, gut. Dann wirst du deinem Freund einen Besuch abstatten."
„Ihr nehmt mir die Worte aus meinem Mund, König Horik."

9

Der Marktstand war mäßig besucht, an diesem heiter warmen Sommermorgen. Issachar ben Nachbun pries gerade die Vorzüge einer Öllampe, als er ein ihm bekanntes Gesicht in der bunten Menge des Bazars erkannte. Konnte es sein? Konnte das wirklich Abu sein? Issachar zupfte an seinem weißen Ziegenbart. Ja, das war Abu, der auf ihn zumarschiert kam. Aber er war nicht alleine. Vier Männer begleiteten ihn. Vier weißhäutige Männer, jeder mindestens einen Kopf größer als der Freund aus Jugendtagen. Die Männer sahen nach Ärger aus. Er richtete seinen schwarzen Turban gerade.
„Hallo Issachar, wie geht es dir?"
„Beim Barte des Propheten, Abu Fadil Rahin Ibn Chordadhbeh, meine Augen haben mich nicht getäuscht", begrüßte Issachar erfreut den alten Freund, ging um seinen Markstand herum und umarmte ihn. Beide Männer küßten sich auf die Wangen und klopften sich mehrmals abwechselnd auf ihre Schulterblätter.
„Abu, wie lange ist das her? Bestimmt sieben oder acht Jahre. Gut siehst du aus. Ja, gut siehst du aus", fuhr Issachar fort, hielt Iben an den Oberarmen vor sich und strahlte ihn an, wie einen lange verlorenen Sohn, der unverhofft endlich heimgekehrt ist.
„Danke, Issachar, du siehst genauso gut aus. Bei den 114 suras des Qu'ran, wir werden nicht älter, wir sehen nur besser aus."
„Jawohl Abu, wahrhaft, so ist es."
Verdutzt beobachteten die vier Wikinger die Begrüßung, die nicht fremdartiger und unverständlicher für sie sein konnte. Männer, die sich umarmten und küßten, waren in ihren Augen Schwächlinge. Lächerlich dumme Schwächlinge.
„Komm in mein Zelt und laß uns etwas Tee trinken. Wie in alten Zeiten. Deine Begleiter kannst du gleich mitbringen."
„Vielen Dank, Issachar, wir wissen deine Gastfreundschaft zu schätzen", bestätigte Iben die Einladung und übersetzte alles in den altnordischen Dialekt, der von Halfdan und seinen Brüdern verstan-

den wurde. Kopfnickend nahmen die Nordmänner nun ebenfalls die Einladung an.

Issachar verstand die nordische Sprache nicht, aber er erkannte die gedehnten „Ahs" und „Ohs" und „Igs". Solche Laute gaben nur nordische Leute von sich – und es gab nur eine Sorte von ihnen, die soweit im Süden anzutreffen war: Wikinger.

Jetzt begriff er auch, warum die Fremden so dicke und unpassende Kleidung trugen – sie schützten sich vor Schnee und Eis, die in diesen Breitengraden jedoch so selten waren, wie sie selber.

„Abdul, sieh mal, wer hier ist", rief er seinem Sohn zu, der im Zelt hinter dem Marktstand etwas suchte. Abdul trat aus dem Zelt und grüßte freudig überrascht: „Abu Fadil Rahin Ibn Chordadhbeh, alter Kameltreiber, was tust du denn hier?"

„Abdul, es tut gut, dich zu sehen", erwiderte Iben die für ihn freundschaftliche Begrüßung. Das vorherige Umarmungsritual wiederholte sich jetzt mit Abdul.

„Du bist ein stämmiger Mann geworden. Das letzte Mal, als ich dich sah, warst du noch ein Jüngling."

„Ja, das ist viele Jahre her. Viele Schiffe sind seit damals in den Hafen gefahren und wieder fortgefahren. Ich bin sogar schon verheiratet."

„Bei Allah, ich bin zu lange nicht mehr hier gewesen. Das muß ich in Zukunft ändern. Ich gratuliere dir nachträglich zu deiner Vermählung und freue mich, deine Frau kennenzulernen."

„Danke Abu. Meine Beira wird sich freuen, dich kennenzulernen. Wie ich sehe, bist du nicht allein", erkannte Abdul und musterte die Fremden.

Die Nordmänner machten auf ihn den Eindruck, wie riesige Djinnis (Dämonen) aus Tausendundeiner Nacht. Und sie schienen auch genau so auf ihn hinunterzublicken. Ein kaltes beklemmendes Unbehagen stieg in ihm auf, als er die verständnislosen leeren Gesichter länger studierte.

„Das sind bloß Geschäftsfreunde aus Cartagena. Wir wollen hier in Barcelona Geschäfte tätigen", beschwichtigte Iben, dem das sichtliche Unbehagen Abduls auffiel.

Den farbenfrohen Besuchern des Marktstands waren die vier hellhäutigen Hünen ebenso aufgefallen. Fasziniert betrachteten sie die Fremden, denen man sofort ansah, daß sie von weit entfernten Ländern stammten. Von unbekannten Ländern. Besonders der blonde Riese in der Mitte hatte es ihnen angetan. Hier sah man nur selten blonde Riesen. Eifriges Getuschel brandete auf.

„Seit wann machst du Geschäfte mit Wikingern?" fragte Abdul in abschätzigem Ton. Beim Wort „Wikinger" erhörte sich die Lautstärke des Getuschels um mindestens das Doppelte.

„Dieses Geschäft ist eine Ausnahme, darum die Wikinger", sagte Iben.

Abdul glaubte ihm diese Antwort nicht. Und vermutlich glaubte sie Abu Fadil Rahin Ibn Chordadhbeh selbst auch nicht. Trotzdem war Abu ein Jugendfreund seines Vaters.

„Er ist der einzige, dem ich mein Leben anvertrauen würde", erinnerte sich Abdul an die Worte von Issachar, wenn er wieder einmal von seiner Kindheit in Al-Djeza'Ir erzählte. Zudem kannte er Abu, solange er denken konnte.

„Aha – ein Ausnahmegeschäft. Das ist natürlich etwas anderes", antwortete er deshalb und gab es auf, näheres zu erfahren.

Vielleicht ist es besser so, vermutete er. Nach einem zweiten Blick auf die Barbaren wußte er es sogar genau: *Ja, es ist besser so*, lieferte der wache Verstand das Endresultat.

„Gröön daaln hästil köön bään soon. Grän haan, ig mar need waartn", richtete sich nun der schwarzgraue Djinni an Abu – während die beiden roten und der blonde Djinni zustimmend nickten.

„Verzeihe uns bitte, Issachar, aber wir haben nicht viel Zeit. Meine Geschäftsfreunde neigen zur Eile. Laß uns Tee trinken."

„Ich verstehe, Abu. Alle Zeit ist wertvoll, wenn es um Geschäfte geht", sprach Issachar gedehnt und darauf bedacht, natürlich zu klingen. Er wollte im Tonfall nicht die Zweifel aufkommen lassen, die in seinem Kopf ständig an Bedeutung gewannen.

„Abdul, kannst du für einen Moment auf den Marktstand aufpassen? Ich will mit Abu und den Geschäftsfreunden Tee trinken."

„Gewiß Vater, ich werde dich vertreten."

Wortlos schlug Issachar ben Nachbun eine Hälfte des Zelteingangs auf und bat gestikulierend die Männer einzutreten. Das Licht im hellbraunen Zelt war nur wenig dunkler als im Freien. Regale, beschlagene Truhen und geöffnete Kisten standen dicht an drei der inneren Zeltwände. Issachar hatte sich auf den Verkauf von Lampen, Eßgeschirr und Blumenvasen spezialisiert. Einige Wasserpfeifen standen auf den Regalen ebenfalls zum Verkauf bereit. In der Zeltmitte war ein Holzpfosten in den Boden eingelassen, der die Zeltkonstruktion abstützte. Um den Holzpfosten herum waren einige Teppiche ausgelegt. Die handgeknüpften Teppiche zeigten kunstvolle Motive von Blumen, Pflanzen und wilden Tieren. Rankenmuster in blauen, roten, grünen und weißen Farben. Auf einem Teppich waren sogar Jagdszenen abgebildet.

Issachar holte sechs große Kissen aus einer Kiste, verteilte sie um den Zeltpfosten und bat seine Gäste, sich darauf zu setzen. Wie gewünscht, setzten sich alle auf die weichen Kissen. Danach stellte er ein metallenes Kohlebecken in den gedachten Kreis. Das topfähnliche Kohlebecken stand auf vier metallenen Beinen, deren Füße wie die Pfoten eines Löwen aussahen. Mit einem rostigen Schürhaken stocherte er in den Kohlen, worauf diese begannen, rötlich zu glimmen. Issachar gab jedem Gast eine gläserne Teetasse, griff nach einem tönernen Krug und goß süßen Tee in die Gläser. Als er fertig war, stellte er den Krug in das Kohlebecken.

„Auf euer Wohl und auf gute Geschäfte", prostete er seinen Gästen zu.

„Auf dein Wohl, mein alter Freund", prostete Iben zurück, während die Nordmänner seine Geste nachahmten. Der stark gesüßte Tee schmeckte ihnen auffallend gut.

„Wie geht es deiner Familie und wie laufen die Geschäfte in Cartagena?"

„Meiner Familie geht es gut, sie wird größer und größer. Den Geschäften – nun ja, man kann nicht sagen, daß sie schlecht laufen – man kann aber auch nicht sagen, daß sie gut laufen – sie laufen nach dem Wunsch von Allah", meinte Iben blumig.

„Allah ist groß und weise. Er hat dir Nachkommen geschenkt?"

„Ja, Issachar, es war der Wunsch von Allah, mir einen Enkel und eine Enkelin zu schenken."

„Beim Barte des Propheten, dann bist du jetzt Großvater!"

„Ja, Issachar, ich bin jetzt Großvater. Kannst du dir das vorstellen?"

„Das ist unglaublich! Ich beglückwünsche dich. Mögen sich deine Enkel vermehren, wie der Sand in der Wüste."

„Danke, Issachar, du warst es und wirst es immer bleiben, mein bester Freund."

„Danke Abu, mögen wir auch im Paradies noch Freunde sein."

„Scaarn möör naa, groon dööln waagreen."

„Was hat dein Geschäftsfreund gesagt?"

„Halfdan hat dir für den Tee gedankt und hat mich gebeten, zu unserem Anliegen zu kommen."

„Ach ja? Ich dachte, er hätte etwas von *gemala sarka* (fliegenden Kamelen) erzählt."

Iben wußte nicht so richtig, wie er auf diese Anspielung reagieren sollte; denn der Ausdruck „gemala sarka" wurde meistens in Märchengeschichten gebraucht oder wenn jemand etwas Unglaubwürdiges erzählte.

„Haha, ja, Issachar, ihre Sprache klingt manchmal wirklich so, als ob sie etwas von gemala sarka erzählen."

„Richtig Abu, es wundert mich, daß du die Barbarensprache verstehst."

„Das ist eine reine Übungssache. Ich mache schon viele Jahre Geschäfte mit Wikingern."

„Ich habe auch schon Geschäfte mit Wikingern gemacht. Aber ihre Sprache habe ich deswegen nicht gelernt. Vielleicht will mir das Talent dazu fehlen."
„Jedem das seine, Issachar. Jedem das seine. Allah verteilt Talente, wie es ihm beliebt."
„Gewiß Abu, gewiß. Was ist euer Anliegen?"
„Wir kamen nach Barcelona, um Geschäfte mit den Kaufleuten des Kalifen von Al-Djeza'Ir zu tätigen. Leider scheint aber die Handelsflotte der Geschwister schon weitergesegelt zu sein."
„In dem Fall bist du mit der riesigen Flotte gekommen, die kurz im Hafen aufgetaucht ist?"
„Jawohl, Issachar. Ich bin den Wikingern behilflich, ihre Waren zu verkaufen."
„Jetzt verstehe ich", meinte der Jugendfreund und betrachtete die Nordmänner mit dem gleichen Blick, wie man Gefängnisinsassen betrachtet.
„Tatsächlich, solche Geschäfte sind wirklich – *Ausnahmegeschäfte*."
„Dann verstehst du sicher unsere Eile?"
„Ja, gewiß verstehe ich eure Eile, doch ihr kommt zu spät."
„Zu spät?"
„Ja, zu spät. Die Flotte des Kalifen lag einige Wochen im Hafen, aber auf einmal hatten sie es gleich eilig, von hier wegzukommen, wie deine schweigsamen Geschäftsfreunde und du."
„So ein Pech. Meine Geschäftsfreunde haben viele Wertgegenstände, die sie verkaufen wollen. Du weißt nicht zufällig, wohin die Flotte gesegelt ist?"
„Die Flotte segelt nach Marseille. Gestern haben sich die Geschwister plötzlich entschlossen, schnellstens den Hafen zu verlassen und kein Mensch wußte, wieso."
„Kein Mensch wußte, wieso", wiederholte Iben geistesabwesend. Er wußte, wieso. Iben Chordadhbeh wußte schon auf dem „Drachen von Odin", wieso – er wollte es sich dort nur nicht eingestehen: *Warum sich etwas eingestehen, wenn jeder Beweis fehlt*, konnte er sich da noch beschwichtigen. Aber die Aussage des Jugendfreunds hatte

das jetzt geändert. Aus Vermutung war Gewißheit geworden: *Der Diamant muß sie gewarnt haben. Der Diamant hat die Wikingerflotte erkannt und hat Jasmina gewarnt. – Darum die überstürzte Abfahrt. Die ganze Händlerflotte flieht nach Marseille, wahrscheinlich warten dort schon Kriegsschiffe,* pochte es zwischen seinen Schläfen.
„Nein, Abu, keiner wußte, wieso. Auf einmal verließen alle Kaufleute den Bazar und gingen auf ihre Schiffe. Nur durch einen glücklichen Zufall erfuhr ich, wohin die Flotte segelt. Der Kapitän eines Handelsschiffs hat es mir verraten. Das Ganze ist sehr merkwürdig, vor allem wenn man bedenkt, was für gute Geschäfte die Kaufleute gemacht haben."
Gute Geschäfte macht man leicht, wenn man jemanden hat, der einem vorhersagt, was für Geschäfte man machen soll, überlegte Iben und entgegnete in gezwungen normalem Ton: „Danke für deine Auskunft, Issachar. Wir werden versuchen, die Flotte in Marseille zu erreichen."
„Nichts zu danken, Abu. Einem guten Freund helfe ich immer gerne. Dennoch ist mir etwas unklar – warum verkauft ihr eure Wertgegenstände nicht einfach hier in Barcelona?"
„Wir hoffen einen besseren Preis zu erzielen, wenn wir den Geschwistern die ganze Beu..., die ganzen Wertgegenstände auf einmal anbieten können."
„Ihr müßt eine riesige Menge an Wertgegenständen haben."
„Das haben wir, Issachar. Das haben wir", bestätigte Iben und nippte am Teeglas. Genüßlich schwenkte er den warmen Schwarztee in seinem Gaumen und genoß das süßlich starke Teearoma. Issachar tat es ihm nach.
„Ein wahrhaft guter Tee, Issachar. Ob die Geschwister immer noch Tee verkaufen?"
„Den besten Tee, Abu. Die Geschwister verkaufen den besten Tee. Dieser Tee hier ist übrigens auch von ihnen."
„In dem Fall hast du also auch Geschäfte mit den Geschwistern gemacht?"

„Jeder Kaufmann in Barcelona hat schon Geschäfte mit den Geschwistern gemacht. Jedoch hatte nicht jeder Kaufmann die Ehre, die Geschwister einmal zu sehen."
„Du hast die Geschwister gesehen?"
„Jawohl, vor einigen Tagen waren sie an meinem Stand. Sie interessierten sich für Blumenvasen aus Marmor."
„Erzähle."
„Das war gleich nachdem der Mullah das Morgengebet beendet hatte. Und da standen sie plötzlich vor meinem Stand. Die Geschwister mit ihrer Leibwache und einem Grafen, einem angelsächsischen Grafen, soviel ich weiß."
„Wirklich?"
„Jawohl, es war eine große Ehre für mich. Ich habe die Geschwister sofort erkannt. Prinzessin Jasmina – so schön wie eine Blume im Morgentau. Prinz Hassan – so stolz und majestätisch wie ein Löwe. Der Anblick der Geschwister hat mich ergriffen, das kannst du mir glauben."
„Mir ist es ähnlich ergangen, als ich sie zum ersten Mal sah."
„Beide haben sich mit mir unterhalten. Wir redeten über dieses und jenes. Die Geschwister sind sehr gebildet, mußt du wissen."
„Ich weiß, Issachar, ich habe mit den Geschwistern und sogar schon mit dem Kalifen gesprochen."
„Dann weißt du ja, wovon ich spreche. Jedenfalls haben sie mir über fünfzig Vasen abgekauft. Sie brauchen die Vasen für die geplante Hochzeit mit diesem Grafen. Das muß ein riesiges Hochzeitsfest werden, die Geschwister haben in ganz Barcelona dafür eingekauft."
Vielleicht hätten sie damit warten sollen, überlegte Iben Chordadhbeh bei den Ausführungen seines Jugendfreunds, dessen Gesicht sich für einen Moment erhellt hatte, als er vom gelungenen Handel erzählte und die Nordmänner in seinem Zelt dabei vergaß. Irgendwie schienen das die Wikinger bemerkt zu haben und fingen nun ebenfalls an zu diskutieren: „Der Ziegenbärtige hat Iben wahrscheinlich über die Flotte aufgeklärt."

„Ja, Halfdan, nach ihren Gesichtern nach vermute ich das auch so", bestätigte Ivar und zupfte mit einer Hand am oberen linken Ärmel des Kaufmanngewands von Iben.

„Was hat dein Freund gesagt? Weiß er, wo die Flotte ist?" fragte Ivar.

Iben unterbrach nur ungern das Gespräch mit Issachar. Doch schließlich war er nicht wegen ihm hier, daran hatte ihn das energische Zupfen erinnert. Ein wenig umständlich und so gut er konnte übersetzte er das bisherige Gespräch in die Wikingersprache.

Aufmerksam hörten die Nordmänner zu, bis Halfdan meinte: „Wenn die Flotte erst gestern losgesegelt ist, werden wir sie schnell einholen. Bis nach Marseille werden sie auf jeden Fall nicht kommen."

„Nein, bis nach Marseille werden die nicht kommen", wiederholte Ubbe düster.

Kapitel 4
Versuchungen

1

Das breite Doppelbett quietschte unter den rhythmischen Bewegungen der Liebenden. Das regelmäßige Quietschen durchdrang die sonst ruhige und abgedunkelte Hotelsuite. Zum zusätzlichen Vergnügen der Liebenden warf die hohe Zimmerdecke die Quietschlaute des Bettes zurück. Nun wurde der Rhythmus schneller. Das taktmäßige Hinein und Hinaus ließ die vollen Brüste bei jedem Stoß erbeben. Von Stoß zu Stoß erhöhte sich das Tempo, bis die Brüste nur noch im Takt waberten. Plötzlich packte die Frau ihren Liebhaber und warf ihn auf seinen Rücken. Der Mann lag schwer keuchend vor ihr und streckte seine Arme nach den Längsseiten des Bettes aus, während der latexgeschützte Penis wie eine Lanze dastand. Mit den Händen griff sie nach dem harten Pfahl und umklammerte ihn. Fest griff sie zu und fuhr daran vor und zurück. Nach einigen Wiederholungen verkrampfte sich der Mann, und sie ließ den zitternden Stamm los. Die Frau stand nun über den Mann und den erdbeerfarbenen Freudenspender. Sehr langsam ging sie in die Hocke und führte den massiven Glücksbringer in ihre feuchte, pinkfarbene Vagina. Bald saß sie vollständig auf dem Becken des Mannes und fühlte pralle Hoden an ihren Pobacken. Jetzt befahl sie ihren eigenen Rhythmus, des immer schneller werdenden Auf und Ab, wobei sie kreisende Bewegungen auf dem pochenden Schaft einstreute. Krampfartig verengten und lösten sich die Muskeln ihrer Scheide, als beide ihren Orgasmus hinausschrieen. Genüßlich blieb sie auf dem Mann sitzen und sah ihn verlangend an, während sie mit ihrer langen Zunge ihre vollen Lippen benetzte. Wieder ließ sie ihr Becken kreisen und massierte mit den Vaginalmuskeln den leicht zitternden Pflock, der in den letzten Zuckungen lag und schließlich erschlaffte.

„Ooouuuhhh, Serena, du bist die Beste", keuchte Salvatore erleichtert und seine Hände kneteten die Brüste der Sekretärin wie einen weichen Teig.
„Ayyy Salvatore – piccolo porcellino. Du bist auch nicht schlecht", antwortete Serena lüstern und fuhr mit den kreisenden Bewegungen fort. Sie streckte den linken Arm aus und steckte ihren Zeigefinger in Rollos Mund, der daran zu saugen begann. Ihr rechter Arm griff hinter sich und packte den Hodensack des Archäologen. Ihre Hand umschloß den Sack und preßte ihn zärtlich zusammen, bis sie das Leben in den zwei Bällchen fühlen konnte. Die pingponggroßen Kugeln pulsierten in ihrer geschlossenen Handfläche.
Salvatore beendete das Kneten und zog den Finger aus seinem Mund: „Ahhh, Serena, laß es bleiben. Ich kann nicht mehr. Du hast mich endgültig geschafft."
„Va bene!" meinte sie trocken, stützte sich auf ihre Kniescheiben und ließ Rollos erschlafftes Glied lasziv aus sich gleiten. Danach saß die Sekretärin rittlings auf beide Oberschenkel des Archäologen. Ein wenig lehnte Serena sich nach hinten und öffnete weit ihre makellosen Schenkel.
Salvatore richtete seinen Oberkörper auf und sah ihre glänzend feuchte, glattrasierte Lustgrotte. Zwei von Serenas Fingern öffneten obszön die rosa Muschel und fuhren aufreizend durch das nasse Fleisch. Die andere Hand hielt Salvatores dicken schlaffen Wurm und preßte den letzten Rest Sperma in das Latexreservoir. Beinahe wäre er wieder hart geworden. Aber der Archäologe war keine zwanzig Jahre mehr.
„Ooouuuhhh, Serena, du bist die Allerbeste", vergab Salvatore das gesteigerte Kompliment und ließ sich befriedigt ins Kopfkissen zurückfallen.
Geübt zog Serena das glitschige Präservativ von der eingeschrumpften Wurst.
Mein Freund wäre wieder hart geworden. Mein Freund kann es nämlich die ganze Nacht durch – alter Arsch, dachte sie beim Anblick des

kraftlosen Lustspenders und sagte ausdruckslos: „Ich gehe unter die Dusche."
„Mach das, Serena. Mach das", erwiderte Rollo und schaute leer an die hohe Hotelzimmerdecke.
Geräuschlos stand die Sekretärin auf und lief nackt zum Badezimmer. Sie hielt das Kondom vor ihr Gesicht, schätzte den darin enthaltenen Inhalt und lächelte selbstgefällig: *Du hast ganz schön abgespritzt, alter Sack. Einmal ficken und daliegen wie ein Toter – altes Fickarschloch*, resümierte sie in Gedanken, betrat das Badezimmer und warf den benutzten Gummi in die Kloschüssel. Serena saß auf der Klobrille und pinkelte über den Kautschuk, der unter ihr im blauen Wasser schwamm. Der gelbe Strahl drückte den Samenbehälter nach unten. Sie betastete ihre Vulva: *Immer noch ein wenig feucht und immer noch ein wenig geil. Nicht einmal richtig ficken kann das alte Arschloch*, überlegte sie erneut und drehte, fast schon enttäuscht, die Spülung.
Eine Dusche war jetzt dringend nötig. Eine Dusche, die den Schweißgeruch fortwusch. Doch da war auch noch dieser andere Geruch. Dieser Geruch des Alters, der von Rollo ausging. Ein Geruch, den sie immer bei alten Leuten wahrnahm – wahrzunehmen glaubte. Der gleiche Geruch, den sie auch bei Salvatore wahrgenommen hatte, nachdem sie intim geworden waren. Sie wußte gar nicht, welchen Geruch sie eher loswerden wollte. Sie wußte gar nicht, welchen Geruch sie mehr haßte. Die Dusche würde das für sie entscheiden.
Salvatore Rollo studierte gedankenverloren die Zimmerdecke. Die Decke war makellos weiß und eine Struktur unerkennbar. Das Wasser der Dusche begann zu laufen und Rollo konnte hören, wie einzelne Wasserstrahlen den Duschvorhang trafen. Er stellte sich vor, wie Serena ihre wohlgeformten Brüste einseifte. Seifenschaum lief über ihre reifen Melonen, die sie mit ihren Händen durchknetete. Das Bild ließ seinen Penis zittern, aber nicht stehen. Für heute war es genug. Über das ganze Wochenende hatten sie viele Male Sex. Und es war gut gewesen. Unglaublich gut.

Serena Rossi war genau die Art von Sekretärin, die er seit langem gesucht und gewollt hatte. Kein Vergleich zu der älteren Maria, deren Schönheit schon vor Jahren verblaßt war, wenn sie überhaupt einmal so etwas Ähnliches wie schön gewesen war. Er würde Maria Calculotti kündigen. – Egal, ob sie nun einen Unfall erlitten hatte. Egal, wie viele Jahre sie schon für ihn arbeitete. Schließlich war Maria in keiner Gewerkschaft oder einem ähnlichen Verein. In diesen Details war der Besitzer des privaten Forschungsinstituts stets konsequent gewesen. „Wer in einer Gewerkschaft ist, wird nicht angestellt. Wer einer Gewerkschaft beitritt, der fliegt", hatte ihm sein Capo als Anweisung für Personalangelegenheiten gegeben. Sonst ließ er Rollo weitgehend freie Hand, was von ihm sehr begrüßt wurde. Eigentlich interessierte sich der Capo nur wenig für ihn und seine Forschungsarbeit. Denn sein Capo war ein vielbeschäftigter Mann, der nur auf Resultate schaute. Auf gute Resultate. Bei den vielen verschiedenen Firmen und Geschäften, die der Capo betrieb, konnte er sich wohl auch nicht für alle Mitarbeiter interessieren. Aber die Resultate, die konnte er tagtäglich sehen und in Zahlen erfassen. Die mühsame Forschungsarbeit von Rollo war da ein anderer Fall. Manchmal vergingen Jahre, bevor sich archäologische Arbeit auszahlte, bevor irgendein Resultat erzielt wurde. Ob das Resultat nun wichtig oder unwichtig war, entschieden sowieso meistens andere Leute.
Ja, ich werde Serena behalten. Die alte Schnepfe Maria – soll von mir aus zum Teufel gehen, freute er sich in Gedanken schadenfroh, obwohl er keine Veranlassung dazu hatte. Waren Maria und seine Frau, die beide den gleichen Vornamen hatten, nicht immer gute Freundinnen gewesen?
Selbstverständlich. Beides sind alte keifende Schnepfen, die einem nicht das kleinste Vergnügen gönnen. Die beiden mußten ja Freundinnen werden, sobald sie gegenseitig erkannten, wie verwelkt sie waren. Es wurde Zeit, daß Serena aufgetaucht ist – keifende Giftschnepfen, dachte Salvatore und versuchte den anstehenden

Rausschmiss vor sich selbst zu begründen, zu erklären, aber gewiß nicht zu entschuldigen.
Nein, da gibt es nichts zu entschuldigen – alte Keifschnepfen, bestärkte sich der Archäologe nachdenkend und schweifte danach zu angenehmeren Dingen ab.
Das vergangene Wochenende war phantastisch gewesen. Zuerst die Landung in Heathrow. Die Taxifahrt durch das nächtlich erstrahlte London, in einem traditionellen schwarzen „Cab". Einem frühen Nachkriegsmodell von Taxi, mit den klassisch runden Formen eines Spielzeugautos und einem geknickten, überdimensionalen Kühlergrill. Für Londoner mochten ihre „Cabs" ein gewohnter Anblick sein, doch für Salvatore Rollo nicht. Einerseits erinnerten ihn die alten Taxis und ihre erhabene Karosserie an Schwarzweißfilme der fünfziger und sechziger Jahre. Meistens Kriminalfilme. Andererseits an seine zwei Söhne, als sie noch Kinder waren. Genau solche „Spielzeug-Cabs" schenkte er ihnen einmal zu Weihnachten. Aus Plastik. Das mußte graue Ewigkeiten lang her sein. Es gab vermutlich keine andere Stadt auf der Welt mit solch nostalgisch alten Taxis.
Vielleicht haben sie in Bombay oder Delhi auch noch solche Autos, vermutete er sich selbst korrigierend. Salvatore konnte nur in wenigen Punkten mit Engländern und ihrer Denkweise übereinstimmen, trotzdem mußte er den Briten zugestehen, daß sie in Sachen Tradition weltweit führend waren.
Wenn er da nur schon an das Einchecken ins Dorchester Hotel dachte. Als das „Cab" beim Luxushotel anhielt, öffnete ein Hotelpage die Autotüren, der scheinbar vom Hauspersonal des Buckingham Palace ausgeliehen war. In einem smokingähnlichen grünen Anzug, verziert mit goldfarbenen Knöpfen, begrüßte er sie. Das automatisierte Lächeln auf seinem Gesicht paßte zu der unauffälligen schwarzen Fliege, die seinen gestärkten weißen Hemdkragen makellos zusammenhielt. Mit einer freundlichen Geste bat er sie auszusteigen. Seine weißen Handschuhe, die er trug, waren so schneeweiß wie sein frischgebügeltes Hemd. Leicht tippte er an den Rand seines schwarzen Zylinders, worauf der Gepäckboy samt Gepäckwagen

angerollt kam. Salvatore konnte sich nicht daran erinnern, daß er jemals in einem italienischen Hotel so empfangen wurde. Auch die Einrichtung des Dorchesters war ein Traum. Ein unvergleichlicher Art-déco-Traum.
Samstag und Sonntag hatten sie einige Besichtigungsbummel durch London gemacht, wobei das Wetter zur großen Überraschung von Rollo mitgespielt hatte. Heute, am Montagmorgen, regnete es Bindfäden und von Sonnenschein war nichts mehr zu sehen. Weil die gelben Brokatvorhänge jedoch zugezogen waren, konnte der Archäologe nicht erkennen, wie stark oder wie schwach es regnete. Trotzdem mahnte ihn der Regen daran, daß die freien Tage nun zu Ende waren, und daß die Arbeit weitergehen mußte.
Die Dusche wurde zugedreht und kurz darauf schlenderte Serena aus dem Badezimmer. Ähnlich einer Toga, hatte sie sich ein hellblaues Badetuch umgebunden. Gemächlich ging sie geradewegs zum Balkonfenster. Ruckartig zog sie die Vorhänge auseinander und spähte über die Dächer von London. Graues trübes Licht fiel in die Doppelsuite. Salvatore betrachtete die Rückseite seiner Sekretärin. Er war ein bißchen enttäuscht. Gerne hätte er ihren nackten Rücken und ihre runden Pobacken am Fenster beobachtet.
„Wann müssen wir beim Museum sein?" fragte Serena, ohne den Blick von den nassen Dächern der englischen Hauptstadt zu nehmen.
„Wir sollten um zehn Uhr bei Professor Farnsworth sein", antwortete Rollo, obwohl er wußte, das Serena die Frage vermutlich nur rhetorisch gestellt hatte. Serena Rossi kannte seinen Terminkalender genau, da war er mehr als sicher. Er drehte den Kopf und schaute auf die digitalen Ziffern des Weckers: „Es ist acht Uhr zweiundvierzig", las er laut die roten Zahlen auf dem Ziffernblatt ab. Der Kunststoffwecker wollte so gar nicht zu den viktorianischen Linien des Nachttisches passen. Aber über Geschmacksfragen wollte Rollo jetzt nicht nachdenken.
„In dem Fall haben wir genug Zeit, um zu frühstücken", meinte Serena. Sie drehte sich vom Fenster weg und ging auf das französische

Doppelbett zu. An ihrer Bettseite zog sie die oberste Nachttischschublade heraus. Elegant griff sie nach einer Tube Feuchtigkeitscreme. Sie schraubte den Deckel ab und legte ihn auf den Nachttisch. Serena stand vor dem breiten Doppelbett. Ihre linke Hand öffnete den Knoten ihrer Tunika. Das lange Badetuch segelte zu Boden. Ihre rechte Hand drückte die blaue Tube, so daß weiße Feuchtigkeitscreme über die vollen Brüste und ihren Oberkörper lief. Genüßlich beobachtete Salvatore, wie Serena die dickflüssige Creme über ihren Busen und Bauch schmierte. Jeden Morgen wiederholte sie dieses Ritual. Die Sekretärin ging zum Nachttisch, stellte die Tube neben den Deckel und rieb mit beiden Händen die Feuchtigkeitscreme ein, bis nur noch ein schimmernder Glanz auf ihrer straffen Haut zu erkennen war.

„Grande Dio, du bist so wunderschön", kommentierte der Archäologe die ausgiebige Hautpflege.

„Macht es dich an, wenn ich mich hier so eincreme, piccolo porcellino?"

„Du machst mich immer an."

Serena stand mit dem rechten Fuß auf der Matratze und begann ihren Oberschenkel einzucremen: „Siehst du, wie meine zarte Haut glänzt? Wie straff und feucht sie durch meine Finger gleitet."

„Oh grande Dio, Serena, du bist unbeschreiblich. Unbeschreiblich schön."

„Dein kleiner Freund scheint sich dafür aber nicht zu interessieren."

„Mein kleiner Freund ist völlig k. o., wie ein Boxer nach der Zahl zehn", beschrieb Rollo das leblose Teil, auf das er zufrieden blickte. Und fuhr fort: „Er braucht dringend eine Pause, sonst fällt er von der Ohnmacht ins Koma. Si, eine verdiente Pause braucht mein kleiner Freund."

„Vielleicht braucht er bloß eine Mund-zu-Mund-Beatmung", vermutete Serena beim Anblick des weichen Geschlechtsteils lüstern. Sie fuhr ihre lange Zunge aus und leckte provozierend über ihre roten Lippen.

„Am Abend, Serena. Am Abend steht dir mein kleiner Freund wieder zur Verfügung", versprach Salvatore in erwartungsfroher Tonlage und einem lustigen verschmitzten Lächeln.
„Wer nicht will, der hat schon gehabt", stellte Serena ausdruckslos fest und schüttelte ihre nassen schulterlangen Haare über dem Bett. Wassertropfen flogen in alle Richtungen, so als ob ein Hund sein Fell ausschütteln würde.
„Attenzione, Serena, du machst mich naß!"
„Jetzt stell dich nicht so an. Ein wenig Wasser hat noch niemandem geschadet. Du willst doch sowieso noch duschen, oder?"
„Ma certo, aber ich will nicht unbedingt im Bett duschen."
„Manchmal bist du wirklich nur ein kleines Baby", sprach die Sekretärin mitleidig, bückte sich und ihre rechte Hand packte den Penis des Archäologen. Sie zog ihn lang und knetete das weiche Fleisch.
„Mein armes kleines Rollo-Baby", schmachtete sie und schaute Salvatore mit einem Krankenschwesternblick an. Langsam knetete sie weiter und ergänzte: „Die kleine feuchte Serena-Pussy muß sich jetzt die Haare föhnen. Der große Archäologe kann jetzt das Frühstück bestellen. Ciao bello!" rief sie lakonisch und ließ das schlaffe Fleisch wieder los. Danach verschwand sie leise „volare" summend in Richtung Bad.
Grande Dio, was für eine Frau. So eine sexbesessene Sekretärin habe ich noch nie gesehen. Ich muß Paolo noch einmal danken, daß er sie mir vermittelt hat, überlegte Rollo und griff nach dem Telefonhörer des Hoteltelefons. Das Drehscheibentelefon war teilweise vergoldet und der Hörer ruhte auf einer Hörergabel, die auf einer mittelhohen runden Stange angebracht war. Die Sprech- und Hörmuschel waren elfenbeinfarbig lackiert, vermutete er, bis er den ungewohnt schweren Metallhörer am Ohr spürte und realisierte, daß es echtes Elfenbein war. Salvatore wählte die Null: „Hallo? Ja, hier ist Hotelzimmer 511. Bitte bringen Sie uns je ein englisches Frühstück ... ja für zwei Personen ... natürlich mit allen Beilagen ... in fünfzehn Minuten ... ja danke, auf Wiederhören."

Nach der problemlosen Bestellung des Frühstücks wollte der Archäologe duschen. Salvatore stand auf und lief, so wie ihn Gott geschaffen hatte, ins Badezimmer. Im Bad ließ ihn der kalte Marmorfußboden für einen Moment schaudern. *London ist eben doch nicht Rom*, dachte er leicht fröstelnd. Die Steinplatten in seinem heimischen Badezimmer fühlten sich meistens warm an. Damit waren die Gemeinsamkeiten der Badezimmer aber auch schon beendet. Das Bad im Dorchester war purer Luxus, in weißem Marmor und Blattgold. Sein heimisches Badezimmer hätte gut und gerne zweimal hineingepaßt, sogar mit der häßlichen Waschmaschine, die darin stand. Serena föhnte beim blankpolierten Waschbecken ihre Mähne. Sie beachtete Rollo nicht groß.
„Ich habe uns Frühstück bestellt. – Ich dusche jetzt. Kannst du dem Hotelpagen ein Trinkgeld geben?"
„Was? Ach so. Na klar, ich werde dem Hotelpagen ein Trinkgeld geben", antwortete sie laut, um den Föhn zu übertönen. Im überdimensionalen Frisierspiegel, sah sie, wie Salvatore die Dusche betrat und den hellgrünen Duschvorhang zuzog. Ihre langen Haare waren nun trocken. Die Sekretärin verließ das Bad und schlüpfte in ein leichtes Sommerkleid, wie man sie in Süditalien gerne trägt. Der fast durchsichtige Stoff war in Ferarrirot gehalten und hatte gelbe Blüten aufgedruckt. Niemand hätte eine Schreibkraft in diesem Kleid vermutet, eher eine Römerin bei einem sonnigen Einkaufsbummel. Unterwäsche trug sie nur in den kälteren Monaten des Jahres. Und September war für sie noch nicht kalt genug. Zudem hielt sie Unterwäsche in ihrem derzeitigen Job für so nützlich, wie das Amen am Ende eines Gottesdienstes.
Es klopfte an der Zimmertüre und Serena rief: „Herein, nur herein, die Türe ist offen!"
Ein Hotelpage in gewohnt grünem Anzug und weißem Hemd folgte ihrem Befehl und schob einen Servierwagen in die Suite. Der Servierwagen war voll beladen. Teller, Schüsseln, Kannen und Karaffen stapelten sich geradezu darauf.

„Good morning, Misses Rollo. I hope, you had a pleasant night. Here's your breakfast", sprach der Page in akzentfreiem Englisch. Er mußte ungefähr im gleichen Alter wie Serena sein und musterte ihr farbenfrohes Kleid. Die kleine Spur von Verlegenheit in seinem forschenden Blick, empfand sie als ehrliches Kompliment.
Ein kurzes Lächeln huschte über Serenas Gesicht und sie überlegte: *Mit einem so strammen Jungen wie dir, hätte ich bestimmt eine noch angenehmere Nacht gehabt. Falsch liegst du aber mit Frau Rollo. Nie und nimmer bin ich oder werde ich die Frau dieses müffelnden Greises*, stellte sie bestimmt fest. Und entgegnete in nicht ganz so akzentfreiem Englisch: „Thank you very much. Please, wait a moment", und lief zur braungrauen Anzugsjacke des Archäologen, die über einem Polstersessel der Suite lag. Gelassen durchstöberte sie die Innentaschen der Jacke und fand schließlich die lederne Brieftasche. Serena kehrte zum Pagen zurück und zog einen Zehnpfundschein aus der Brieftasche. Sie hielt ihn in Richtung des Pagen, wonach dieser so zugriff, daß er mit seiner Hand die ihrige für einen Moment umschloß. Ein winziger elektrischer Schlag war für beide kurz spürbar.
Der Junge ist reichlich geladen. Bei Gelegenheit sollte ich ihn mal entladen, hallte es durch den Denkapparat der Sekretärin.
„Oh, thank you very much. That's very nice, Misses Rollo", bedankte sich der Page, der nicht mit soviel Aufmerksamkeit und Trinkgeld gerechnet hatte.
Warte, bis ich mir dich vorgenommen habe, dann weißt du, was nice bedeutet, dachte sie. Meinte jedoch nur trocken: „You're welcome."
Der Page schenkte ihr (und ihrer üppigen Figur) einen letzten Abschiedsblick, so als wollte er Serenas Masse für eine lange Zeit in Erinnerung behalten. Danach verließ er wortlos, aber mit einem frechen Grinsen die Suite.
Viele Frauen hätten ein solches Verhalten als Unverschämtheit taxiert. Serena Rossi nicht. Sie liebte solche zweideutigen Blicke. Solche Blicke machten sie an, machten sie scharf, machten sie feucht, ließen sie aufleben, wie eine Blume nach einem Sommerregen. Seit Serena mit zwölf Jahren in die Pubertät gekommen war und mit

dreizehn zum ersten Mal Sex hatte, liebte sie fast jede Art von Geschlechtsverkehr. Ihr südländisches Temperament, welches Serena ihrer italienischen Mutter und ihrem mexikanischen Vater verdankte, fand großen Gefallen an Sexspielen. Manchmal überkam Serena die Angst sexsüchtig zu sein. In diesen Momenten stellte sie sich vor einen Spiegel und betrachtete sich. Mit dem Spiegelbild verflogen alle derartigen Ängste. Das Abbild schien in ihren Kopf zu flüstern: *Du bist nicht sexsüchtig. Schau dich doch an! Jemand, der so hübsch und gut gebaut ist. Die Männer sind es. Die Männer sind sexsüchtig. Geile sexsüchtige Schweine, wie dein nichtsnutziger Vater. Du bist nicht sexsüchtig, du bist über alle Maßen schön.* Der Spiegel sagte ihr jedes Mal dasselbe. Und sie glaubte es – denn Spiegel können nicht lügen.
Serena hob einen der silbernen Warmhaltedeckel von einer ebenfalls silbernen Schüssel. Ein Kunterbunt aus Würstchen, Rühreier, Spiegeleier und Cornflakes kam darunter zum Vorschein. Das Wasser lief ihr im Mund zusammen. Der Matratzentango hatte sie hungrig gemacht. Herzhaft belud sie einen Porzellanteller mit Würstchen und Rührei. Sie schmierte Butter und Orangenmarmelade auf eine noch warme Toastscheibe, obwohl ihr nicht ganz klar war, ob sie Orangenmarmelade überhaupt mochte. Serena stellte nun den randvollen Teller auf den rauchgläsernen Salontisch, vor den sie den Servierwagen geschoben hatte. Sie setzte sich in einen der breiten Alcantarasessel und begann zu essen. Die sandfarbenen Sessel, mit dem dünnen Streifenmuster, paßten gut zu dem rotbraunen Buchara-Orientteppich, der den größten Teil des Wohnzimmers ausfüllte. Fünf Stück der wertvollen Teppiche verschönen die ganze Suite.
Bald kam Salvatore aus dem Bad, zog seine Kleider an und gesellte sich zu ihr.
Auch nach dem dritten Tag im Dorchester überraschte ihn die Vielfalt des englischen Frühstücks.
Dreißig Minuten später und ausgiebig gestärkt durch das reichhaltige Frühstück, verließen sie zusammen die Hotelsuite. Ein Taxi wartete bereits vor der überdachten Eingangshalle des Hotels. Diesmal war es kein traditionelles „Cab", sondern ein in die Jahre ge-

kommener weißer Mercedes, der sie durch London fahren sollte. Ihr Ziel war das Natural History Musem, in dem Professor Farnsworth tätig war.
Der Weg von der Park Lane, an der das Dorchester lag, führte sie vorbei am Hyde Park über Knightsbridge bis zur Exhibition Road. Salvatore Rollo kam es so vor, als hätte sich ein beachtlicher Teil aller britischen Wissenschaften an der Exhibition Road versammelt. Nach der Royal Albert Hall, die Salvatore bewußt keiner Wissenschaft zurechnete, und die vom Taxi aus nicht sichtbar war, kam das Imperial College of Science, Technology & Medicine. Danach kamen das Science Museum, das Geological Museum und schließlich das Natural History Museum. Diese Ansammlung von Wissen und Wissenschaft schien den Engländern aber noch nicht zu genügen, denn auf der anderen Straßenseite befand sich das Victoria & Albert Museum. Die detaillierten Erklärungen des pakistanischen Taxifahrers, über den Sinn und Zweck jedes der Museen, fanden ein abruptes Ende, als das Taxi vor einer spätviktorianischen Terrakottafassade anhielt. Die Fassade mußte über 200 Meter lang sein und fiel einem sofort mit mannigfachen Tierdarstellungen ins Auge. Sie waren am Ziel.
Der Archäologe bezahlte das Taxi und spannte seinen Regenschirm auf, der ihm als kleine Aufmerksamkeit in der Hotellobby überreicht worden war. Es regnete in Strömen. Serena drängte sich ebenfalls unter den Schirm, während das Taxi zum nächsten Fahrgast losfuhr. Einige Wasserfontänen trafen das Trottoir, als der Taxifahrer barsch durch Regenpfützen davonpreschte. Für einen Augenblick schauten sie dem Mercedes nach, dann überquerten sie eilig den Vorplatz und stiegen die breiten Stufen bis zum Haupteingang hinauf. Die gläserne Türe war verschlossen und auf ihrer Rückseite hing ein Hinweisschild:
Wegen Renovation geschlossen.
Wir freuen uns, Sie naechsten Monat wieder zu begruessen.
„Was hat das zu bedeuten?" fragte Serena verblüfft.

„Keine Ahnung. Es sieht so aus, als würde das Museum renoviert", fand Rollo ebenso verblüfft. Er schloß den Regenschirm und gab ihn Serena. Danach legte er beide Hände auf das Glas und spähte in den halbdunklen Raum. Kein Mensch war darin zu erkennen, bloß einige Tafeln mit blauen Pfeilen darauf, die den Weg zu den unterschiedlichen Ausstellungen anzeigen sollten.
„Soviel kann ich auch noch lesen", entgegnete Serena missmutig und schüttelte den Regenschirm aus, den sie unter dem Vordach des Museums nicht mehr benötigten.
„Hat dir Professor Farnsworth nichts gesagt? Ich meine, von der Renovation?"
„Nein, nicht ein Sterbenswort hat er darüber verloren. Ich wollte dich gerade dasselbe fragen", erwiderte Rollo und versuchte weiter im drüben Raum etwas zu erkennen.
„Porca miseria!" fluchte Serena und wischte sich einige Regentropfen von ihrer Nase. Da entdeckte sie einen roten Knopf, rechts, an der Wand des Eingangs, über dem „Lieferanten" stand. „Aha!" triumphierte sie laut und drückte auf den Knopf.
„Hoffentlich ist jemand da", kommentierte Salvatore ihre Aktion. Die leere Eingangshalle hatte seinen Mut etwas gedämpft, hierorts jemanden anzutreffen.
„Natürlich ist jemand da. Niemand bringt einen roten Knopf an, wenn er sinnlos ist. Nicht einmal die dämlichen Engländer", gab Serena energisch zu verstehen, die sich die Begrüßung im Museum anders vorgestellt hatte.
„Porca miseria!" fluchte Salvatore ebenfalls mechanisch, als nach geraumer Zeit das Knopfdrücken ohne irgendeine Reaktion geblieben war. Rollo nahm sich den Knopf selber vor und drückte fünfmal hintereinander darauf. Endlich stieß die Glastüre einen nervigen Summlaut aus.
„Allora, es geht doch", sprach der Archäologe, stieß die schwere Glastüre auf und betrat mit Serena die Eingangshalle. Die Halle war so menschenleer, wie sie von außen ausgesehen hatte. Weiter hinten erkannten sie jedoch einen Schalter, über dem „Auskunft"

geschrieben stand. Die Schiebetüre des Schalters aus milchigem Wellenglas war geschlossen. Ein Schatten regte sich dahinter und die Schiebetüre wurde aufgeschoben. Eine etwas mollige Frau, mit sichtbar schlecht gefärbten roten Haaren und einem Ich-bin-eine-Büroziege-Gesicht, gaffte sie unintelligent an.
„Das Museum ist *geschlossen.* Haben Sie das Schild nicht gesehen? Oder sind Sie vielleicht Lieferanten?" erkundigte sich die Frau ungehalten, wobei nicht ganz klar war, ob ihre Ungeduld vom sechsmaligen Läuten oder von ihrer unterbrochenen Vormittagspause herrührte.
„Scusi, tut mir leid, daß wir Sie gestört haben, aber wir sind keine Lieferanten. Mein Name ist Salvatore Rollo, und das ist meine Sekretärin, Serena Rossi. Wir haben einen Termin bei Professor Farnsworth. Um zehn Uhr, um genau zu sein."
„Sie haben mich nicht gestört. Aber eine Pause ist eine Pause", stellte sie fest und dachte bei sich: *Das sollte euch Pizzabäckern mit euren langen Generalstreiks mehr als bekannt sein.* Und vermutete danach: „Dann sind Sie dieser Italiener. Dieser Archäologe, oder?"
„Richtig, Miss. Genau der bin ich."
„Na also, warum nicht gleich? Bitte warten Sie einen Augenblick", bat sie die verdutzten Südländer und schlenderte mit ihrem Ponyhintern zum Schreibtisch.
Sie hob den Telefonhörer ab und wählte eine fünfstellige Nummer. Weil das Büro sehr weitläufig war, konnten Salvatore und Serena nur undeutlich hören, was die Sekretärin in den Hörer sprach. Sie kam jedoch schon nach kurzer Zeit wieder zu ihnen: „Der Professor läßt ausrichten, daß er in zehn Minuten hier ist. Bitte nehmen Sie dort Platz", sagte sie und zeigte auf fünf gelbe Plastikstühle an der entgegengesetzten Wand. Oberhalb der Stühle, an der Wand, hing das riesige Ölbild eines Pteranodon ingens, eines Flugsauriers aus der Kreidezeit. Mit ausgestreckten spitzen Flügeln, die eine Spannweite von acht Metern ergaben, und einem langen Knochenkamm am schnabelförmigen Schädel überflog der Saurier eine Felsenkuppe, während er einen Fisch verspeiste.

„Danke für die Auskunft. Wir warten", bedankte sich Rollo.
„Nichts zu danken. Ist gern geschehen. Haben Sie noch einen schönen Tag", verabschiedete sich die Empfangsdame, schob die Schiebetüre zu und nahm am Schreibtisch den Verzehr ihres Schinken-Gurken-Butter-Sandwichs wieder auf, das sie daran hindern sollte, jemals wieder in eine Größe 52 zu passen.
„Gut, daß die Viecher ausgestorben sind", stellte Serena fest, als sie unter dem Bild Platz nahmen.
„Stimmt, so einem Vieh möchte ich nie begegnen", pflichtete Salvatore ihr bei und studierte einige Details des Kunstwerks.
„Hast du alle Unterlagen?"
„Ma certo, Salvatore. Hier, du kannst selber nachsehen", betonte Serena und gab ihm den schwarzen Aktenkoffer aus Kunstleder, den sie die ganze Zeit mit sich getragen hatte. Rollo machte sich an den zwei Zahlenschlössern zu schaffen, die die überaus originelle Kombination 111 und 222 benötigten, um aufzuschnappen.
„Suchst du etwas Bestimmtes?"
„Nein, mir ist da plötzlich etwas durch den Kopf gegangen. Ein wirrer Gedanke. Ich will bloß noch einmal die Kopie des Pergaments anschauen."
„Ach so", sagte Serena und richtete ihren Blick auf den Rest der Halle. Nun fiel ihr auf, daß nicht nur über ihnen eine Darstellung eines Dinosauriers hing, sondern daß auch an den Wänden des Ganges vor ihnen mehrere Bilder mit Dinos hingen. Weiter hinten, am Ende des Ganges, wurde eine Tür geöffnet und ein Mann kam ihnen entgegen. Es hätte ebenso gut eine Frau sein können, auf diese Distanz konnte sie das nicht so richtig erkennen. Die Körpersprache deutete jedoch mehr auf einen Mann hin. Langsam erkannte sie ihn immer besser. Der Mann trug einen blauen Hausmeisterkittel und war rund einen Meter achtzig groß. Er hatte grauschwarze Haare und einen farblich identischen Vollbart. Der Bart war vielleicht eine Spur weißer. Serena schätzte ihn zwischen vierzig und fünfzig Jahren. Sein ganzes Auftreten roch nach Bildung, was von der dicken dunkelbraunen Hornbrille im länglichen Gesicht unterstützt wur-

de. Inzwischen hatte Salvatore den Professor ebenfalls entdeckt und packte die Kopie wieder in den Aktenkoffer. Die Italiener standen auf.

„Ah, Sie müssen Doktor Rollo sein. Wie geht es Ihnen, hatten Sie eine angenehme Reise?"

„Buongiorno, Professor Farnsworth, freut mich, Sie kennenzulernen", begrüßte der Archäologe den Professor und schüttelte seine Hand.

„Gut, danke der Nachfrage, die Reise war sehr gut. Darf ich vorstellen, das ist meine Sekretärin, Miss Serena Rossi."

„Oh, hallo Miss Rossi, freut mich, Ihre Bekanntschaft zu machen."

„Hallo Professor Farnsworth, freut mich ebenfalls, Sie kennenzulernen."

Nach dem rituellen Händeschütteln fuhr der Professor fort: „Bitte folgen Sie mir, mein Büro liegt am anderen Ende des Gebäudes. Wir werden durch einige Ausstellungsräume gehen müssen", bat er sie höflich und machte eine dementsprechende Geste.

„Sehr nett von Ihnen, Professor Farnsworth. In dem Fall werden wir wahrscheinlich einen Teil der Ausstellung sehen."

„Jawohl, das werden Sie, Mister Rollo. Sie müssen unser Durcheinander entschuldigen, aber wir gestalten gerade ein paar unserer Ausstellungen neu."

„Veramente? Ich habe gemeint, das Museum wird renoviert?"

„Nun, *renoviert* steht auf dem Eingangsschild – doch es ist das falsche Wort. Bedauerlicherweise hatten wir kein anderes Schild und fanden, das alte sei ausreichend. Trotzdem gestalten wir einige Ausstellungen grundlegend neu."

„Ich verstehe", meinte Rollo zufrieden und lief zusammen mit Serena auf gleicher Höhe neben dem Professor den Gang entlang.

„Ihre Dinosaurierbilder sind wirklich erstaunlich. So naturnah gemalt, als würden sie jeden Moment aus den Bildern steigen."

„Danke, Miss Rossi. Die Bilder wurden von Kunststudenten im letzten Semester gemalt. Ich stimme Ihnen zu – hoffen wir, daß die Biester in ihren Bildern bleiben."

„Hihihi, ja, hoffen wir es", schmunzelte Serena.
Der Professor öffnete unverhofft eine der Türen links von ihm und bat sie einzutreten. Vor ihnen lag eine riesige Halle. Gut beleuchtet standen ausgestopfte Tiere jedwelcher Art herum. Mitarbeiter beiderlei Geschlechts stellten in Glasvitrinen die Tiere in unüberschaubarer Anzahl zurecht. Genau wie der Professor trugen alle einen blauen Hausmeisterkittel. Auch Skelette konnte man bewundern, wohl von den bedauerlichen Tierspezies, die bereits ausgestorben waren. Die größte Attraktion für die staunenden Südländer war die Nachbildung eines Blauwals, der sie mit winzigen Augen grinsend ansah. Je weiter sie durch die Halle schritten, desto mehr Skelette sahen sie, bis schließlich nur noch Dinosaurierknochen und die versteinerten Abdrücke der Urzeitriesen zu sehen waren.

„Ihre Ausstellung ist grandios, Professor Farnsworth. So viele Exponate habe ich noch in keinem Museum gesehen. Das müssen Millionen sein!"

„Über vierzig Millionen, Doktor Rollo. Weit über vierzig Millionen", schwärmte der studierte Paläontologe mit einer Spur Stolz in der Stimme.

„Mama mia, über vierzig Millionen Exponate!"

„Jawohl, Doktor Rollo. Selbstverständlich meine ich damit alle Exponate im NHM (Natural History Museum). In dieser Halle werden es fünf bis sechs Millionen sein."

„Das ist absolut phantastisch!"

„Freut mich, daß Ihnen unser Museum gefällt. Sie müssen unser Museum unbedingt besuchen, wenn unsere neuen Life and Earth-Gallerien aufgebaut sind, dann werden Sie aus dem Staunen nicht mehr herauskommen."

„Das werden wir auf jeden Fall, Professor Farnsworth. Auf jeden Fall", versprach Salvatore, als sie bei einer Treppe ankamen. Sie stiegen mit dem Wissenschaftler drei Stockwerke höher. Wiederum öffnete der Professor eine Seitentüre, und gleich darauf waren sie im Bürotrakt des NHM angekommen.

„Bitte treten Sie ein", bat Alan Farnsworth seine Gäste vor seinem Büro. Er stellte einen zweiten Bürostuhl vor seinen aufgeräumten Bürotisch und sagte: „Nehmen Sie bitte Platz. Möchten Sie vielleicht einen Tee?"

„Gerne, ein Tee wäre sehr gut bei diesem Wetter", nahm Serena dankbar an.

„Ja, ein garstiges Wetter heute", meinte Alan zustimmend und drückte einen Knopf der metallicfarbenen Gegensprechanlage, die auf seinem Bürotisch stand.

„Hallo Peggy, bringst du uns bitte Tee?" sprach er in die Anlage.

„Okay Alan, kommt sofort", bestätigte eine Frauenstimme aus der Anlage die Bestellung.

„Ich hoffe, Sie konnten Ihren bisherigen Aufenthalt in London genießen, trotz des heutigen Hundewetters. In welchem Hotel wohnen Sie?"

„Wir haben eine Suite im Dorchester bezogen."

„Im Dorchester! Dort würde ich auch gerne einmal eine Suite beziehen, Doktor Rollo. Demnach sind Sie mehr als gut untergebracht."

„Kann man sagen. Kann man sagen. Ich würde sagen, wir sind entsprechend unserem Forschungsauftrag untergebracht."

„Zweifellos, Doktor Rollo. Zweifellos."

„Haben Sie schon neue Erkenntnisse, betreffend der Ausgrabung?"

„Ich wollte gerade darauf zu sprechen kommen. Sie haben mir die Worte aus dem Mund genommen. Sie wundern sich vielleicht, warum sich gerade ein Paläontologe mit dieser Ausgrabung beschäftigt?"

„Nein, bis eben gerade nicht, weil ich gar nicht die Fachrichtung Ihrer wissenschaftlichen Ausbildung kannte. Ich nahm an, daß Sie eine Professur in Archäologie oder Geschichte haben."

„Ganz so falsch liegen Sie damit nicht, Doktor Rollo. Close, but no cigar, wie ich da immer zu sagen pflege. Apropos Zigarre, möchten Sie beide vielleicht rauchen?" fragte Farnsworth und deutete auf einen jadegrünen Aschenbecher in ovaler Form. Der Jadeaschenbe-

cher war bereits zu einem beachtlichen Teil angefüllt. Es schien die Asche von Pfeifentabak zu sein.
„Danke nein, ich habe es mir abgewöhnt. Meine Frau und meine Sekretärin mögen keinen Rauch. Im Übrigen ist Nichtrauchen gesünder, laut meinem Hausarzt."
„Demnach haben Sie früher einmal geraucht?"
„Ma certo, früher habe ich viel geraucht. Begonnen habe ich mit Zigaretten und bin danach auf Zigarren umgestiegen. Eine Zeitlang waren Zigarren eine große Leidenschaft von mir. Besonders kubanische Zigarren. Für eine gute Havanna hätte ich auf vieles verzichtet, damals."
„Kann ich gut verstehen, Doktor Rollo. Ich selber bevorzuge mehr meine Pfeife. Obschon ich gegen eine gute Zigarre gelegentlich nichts einzuwenden habe", bestätigte der Professor. Er öffnete die oberste Schublade seines Schreibtisches und zog eine Pfeife und eine weißblaue Plastiktüte Pfeifentabak heraus. Auf der Tüte stand in goldener Schönschrift: „Williamson & Smith, Tabacco Company, East India".
„Mit einer guten Pfeife läßt sich alles ein bißchen besser bereden. Sie haben doch nichts dagegen?" fragte er seine Besucher.
„Nicht das Geringste. Im Gegenteil, ich mag den Geruch von Pfeifenrauch."
„Ich schließe mich meinem Chef an. Ich mag den Geruch von Pfeifentabak ebenfalls. Ich selber rauche Luky Strike", ergänzte Serena und zog ein Päckchen Luckies aus ihrem roten Sommerkleid.
„Ich dachte, Sie mögen keinen Zigarettenrauch?"
„Come? Ma no – Sie verwechseln mich mit Maria. Wissen Sie, ich bin die Ersatzsekretärin für Maria. Maria ist eigentlich die Sekretärin von Salvatore – äh, Doktor Rollo. Leider hatte Maria einen unglücklichen Unfall, deswegen bin ich sozusagen ihr Ersatz."
„Ich verstehe. Jetzt verstehe ich", antwortete Alan, und nach einem zweiten Blick auf Serena glaubte er auch zu verstehen, warum die Italiener nur *eine* Suite gebucht hatten. Farnsworth kramte ein ZippoFeuerzeug, das er bei einem USA-Besuch erstanden hatte, aus

dem Hausmeisterkittel, beugte sich nach vorne und zündete Serenas Zigarette an, welche sie bereits zwischen Zeige- und Mittelfinger hielt.

„Ein Unfall – wie bedauerlich. Hoffentlich geht es Ihrer Sekretärin Maria – bald wieder besser. So ein Unfall kann einen ganz böse aus der Bahn werfen."

„Keine Sorge, Professor Farnsworth, Maria ist auf dem Wege der Besserung. Und Miss Rossi, ist die beste Vertretung, die ich jemals hatte."

Kann ich mir denken – kann ich mir gut denken, überlegte der Professor und sagte: „Freut mich, das zu hören, Doktor Rollo. Es ist heutzutage nicht einfach, eine gute Vertretung zu finden. Und eine so charmante, noch viel schwieriger. Zwischen all unseren alten Skeletten gibt Miss Rossi dem Ausdruck *klassische Schönheit* eine ganz neue Bedeutung."

„Come? Oh, danke für das Kompliment", lächelte Serena und sog den Rauch der Lucky-Zigarette tief in ihre Lungen.

„Nichts zu danken, Miss Rossi."

„Signorina Rossi ist ein Glücksfall für mich. Man könnte schon fast von einem Treffer im Lotto sprechen. Aber wieder zurück zu Ihnen, Professor, Sie wollten gerade etwas über Ihre Fachrichtung ausführen."

„Eh ... natürlich. Entschuldigen Sie bitte die Abschweifung, ich habe selten so interessante Gäste. Meine Fachrichtung – nun ja, wie bereits erwähnt, bin ich eigentlich Paläontologe und habe meine Professur in Paläozoologie gemacht. Wie die meisten Paläontologen bin ich aber auch mit Ausgrabungen und der Archäologie vertraut."

„Ah, molto bene, Professore. Molto bene."

„Danke, Doktor Rollo. Ich weiß Ihr Einverständnis zu schätzen. Ich habe übrigens mehrere Wochen in der Nähe von Neapel verbracht, also scheuen Sie sich nicht, ein wenig Italienisch zu sprechen."

„Sie waren in Neapel?"

„Richtig. Während meiner Studienzeit war ich zweieinhalb Monate in Neapel und habe dort meine Ferien verbracht. Darum konnte ich einige Brocken Italienisch aufschnappen."
„Molto bene, Professore. Ich werde trotzdem versuchen, mich in Englisch zu unterhalten, ich kann es sonst fast nie anwenden."
„All right, Doktor Rollo. Wie erwähnt, bin ich ebenfalls mit der Archäologie vertraut, obwohl mehr in Fachrichtung altägyptische Archäologie, was den Forschungsauftrag jedoch nicht tangiert. Ich besitze aber auch in Paläographie einen Doktortitel, darum wurde mir vermutlich dieser Forschungsauftrag anvertraut. Geschichte unterrichte ich im Nebenfach. Nebenbei, sozusagen."
Die Bürotüre wurde hinter ihnen gut hörbar geöffnet und eine Frau in mittleren Jahren trug ein Serviertablett herein. Sie war schlank und hatte ein unscheinbares Gesicht. Ihre dunkelblonden Haare waren zu einem Pferdeschwanz zusammengebunden.
„Guten Morgen allerseits, ich bringe den Tee."
„Hallo, Peggy. Wir haben dich schon vermisst. Spinnt der Teekocher wieder?"
„Ja Alan, ich mußte wieder zum Getränkeautomaten im unteren Stock", betonte die Sekretärin des Professors verärgert. Und sie fügte den Ratschlag hinzu: „Den Teekocher sollten wir bei den defekten Antiquitäten im Museum ausstellen, dort wäre er wenigstens nützlich."
„Hahaha, ja, vielleicht hast du sogar recht, Peggy", bestätigte Farnsworth vergnügt und stellte sie seinen Gästen vor. Danach verteilte Peggy braune Pappbecher, in denen Tee dampfte, und verließ das Büro wieder.
„Verzeihen Sie bitte, daß ich Ihnen keinen frisch aufgebrühten Tee anbieten kann. Sie haben es ja gehört, der Teekocher spinnt mal wieder. Ist schon eine dumme Sache, wenn so ein Teekocher einmal spinnt. Manchmal geht er und manchmal geht er nicht. Man fragt sich da immer, reparieren oder fortwerfen.
Sein oder nicht sein. Eine Frage, die Shakespeare schon eingehend beschäftige."

Auf so einen eigenartigen Vergleich kann bloß ein Engländer kommen, analysierte Salvatore in Gedanken und nippte vom heißen Schwarztee.

„Kommen wir wieder zum Forschungsauftrag. Noch bis letzten Freitag war ich bei der Ausgrabungsstätte. Es ist tatsächlich ein bedeutender Fund, den wir da entdeckt haben."

„Ich wußte es. Ich wußte es vom ersten Augenblick, an dem ich das Pergament in den Händen hielt", freute sich Rollo. Neugierig wollte er wissen: „Wie ist das Grab beschaffen? Ist es in gutem Zustand oder schon verwittert?"

„Das Grab oder vielmehr das Wikingerschiff lag unter einem Sandhügel, der sich im Laufe der Jahre gebildet hat. Es müssen ungefähr vier Meter Sand über dem Grab gelegen haben. Die Fundstücke, die wir bis jetzt freilegten, sind in einem guten Zustand."

„Phantastisch! Absolut phantastisch!"

„Ich kann Ihre Begeisterung gut verstehen, Doktor Rollo. Es ist das erste Mal, daß ich eine Ausgrabung aufgrund eines mittelalterlichen Pergaments leite. Ich habe niemals von einem ähnlichen Fall gehört."

„Ich genauso wenig. Es ist eine wahre Sensation! Eine Entdeckung, die in die Geschichte der Archäologie eingehen wird."

„Zweifellos, Doktor Rollo. Zweifellos", bestätigte der Professor und lehnte sich in das schwarze Kunstleder des Bürostuhls zurück. Er steckte seine Pfeife in den Mund und zündete sie an. Während er die ersten Züge einzog, sprach er weiter: „Es fällt mir nicht leicht, das zu sagen, aber bei der Beisetzung haben die Wikinger das Drachenschiff verbrannt."

Eine gedankenschwere Pause verstrich. Im Gesichtsausdruck des italienischen Archäologen spiegelte sich Enttäuschung.

„Verbrannt – schade, sehr sehr schade. Wieviel von der Schiffsausrüstung konnten Sie freilegen?"

„Wir haben erst letzte Woche mit der Ausgrabung begonnen, daher konnten wir bis jetzt nicht viele Fundstücke freilegen. Etwas Eigenartiges ist uns jedoch aufgefallen – scheinbar haben die Wikinger nicht gewartet, bis das Boot verbrannt war, sondern sind vorher weitergesegelt. Ein Regenschauer muß kurz darauf eingesetzt haben und hat das Feuer teilweise gelöscht. Auf diese Weise wurde nur ein Teil der Ausrüstung und wahrscheinlich ebenso der Grabbeilagen verbrannt."

„Bene, molto bene. In dem Fall können wir hoffen, unversehrte Grabbeilagen zu finden. Bei Wikingergräbern ist das allein schon ein Geschenk."

„Ich bin der gleichen Ansicht. Im Gegensatz zu anderen mittelalterlichen Völkern, verbrannten die Wikinger fast alles bei einer Beerdigung", stimmte Professor Farnsworth zu und stieß Pfeifenrauch aus. Er warf einen Blick aus dem Bürofenster links von ihm. Es regnete unverändert.

„Was für Fundstücke fanden Sie bis jetzt?" fragte Serena Rossi.

„Wir fanden mehrere Schwerter, Rundschilde und Kampfäxte. – Merkwürdig, wirklich merkwürdig."

„Was ist denn daran so merkwürdig?" erkundigte sich Serena erneut und betrachtete Alan Farnsworth gespannt, während Sie einen tiefen Zug der Lucky inhalierte.

„Die Anzahl, Miss Rossi, die Anzahl ist merkwürdig. Wir fanden bisher neun Schwerter, acht Rundschilde und neun Kampfäxte. Kein Wikinger braucht alleine so viele Waffen."

„Meinen Sie damit, daß noch mehr Wikinger in dem Grab liegen?"

„Vermutlich schon, Miss Rossi. Obwohl wir bis jetzt noch keine Skelette oder andere Beweise dafür gefunden haben. Ich bin kein Experte für Wikingergräber, mein Wissensgebiet liegt eher bei altägyptischen Grabstätten. Bei einigen Pharaonen war es gang und gäbe, daß die Bestatter ebenfalls eingemauert wurden. Aber bei Wikingern – sehr unwahrscheinlich. Nicht wahr, Doktor Rollo?"

„Völlig richtig, Professor Farnsworth. Wikinger begruben nur Häuptlinge und Könige in solchen Schiffsgräbern. Manchmal wurde auch der Lieblingssklave oder ein Pferd mit ihm begraben. Aber mehrere Krieger in einem einzigen Grab? Das ist völlig neu und bisher unbekannt. Wir müssen unbedingt das ganze Schiff freilegen, dann erkennen wir den wahren Sachverhalt wahrscheinlich besser. Wer führt diese Ausgrabung eigentlich durch?"

„Nachdem Ihre Anfrage an das zuständige Ressort der National History Society weitergeleitet wurde, bekam ich den Auftrag mit der Ausgrabung zu beginnen. Es wurden keine staatlichen Finanzmittel dafür freigegeben. Wir finanzieren diese Ausgrabung durch einen speziellen Museumsfonds, der glücklicherweise für solche Forschungsarbeiten zur Verfügung steht."

„Die historische Bedeutung dieser Ausgrabung scheint Ihren staatlichen Behörden nicht ganz klar zu sein. Haben Sie eigentlich den Inhalt des Pergaments richtig interpretiert?"

„Zuerst möchte ich mich für die Kopie des Pergaments und für Ihre fundierten Schlußfolgerungen über den Inhalt bedanken. Mehrere unserer Experten haben das Schriftstück analysiert und in Bezug auf Sprache, Schriftstil und Inhalt ausgewertet. Die größten Schwierigkeiten hatten wir bei der altarabischen Schrift. Wir sind uns aus dieser Zeitepoche eher Pergamente in Latein gewohnt, meist verfaßt von Mönchen oder Priestern. Wir zogen daher einen Experten in altarabischer Schrift hinzu, der uns sehr hilfreich unterstützen konnte", erklärte der Professor und griff nach einem gutgefüllten Plastikmäppchen, das auf der rechten Seite seines Bürotisches lag.

„Hier ist der vorläufige Bericht über die Auswertung Ihres Pergaments. Ich möchte Sie bitten, den Bericht sorgfältig durchzulesen, wenn Sie ins Hotel zurückgekehrt sind. Vorerst gebe ich Ihnen eine mündliche Zusammenfassung unserer Resultate – die Experten und meine Wenigkeit kamen zu dem Schluß, daß es sich bei dem Pergament um die Memoiren eines arabischen Kaufmanns handeln muß. Die altertümlichen Schriftzeichen und die blumige Ausdrucksweise lassen keinen Zweifel an der mittelalterlichen Epoche und an der Echtheit des Pergaments aufkommen. Der Inhalt erschien uns jedoch teilweise übertrieben und manchmal fragwürdig. Nachdem wir aber nach der geographischen Beschreibung das Wikingergrab gefunden haben, können einige der Passagen des Pergaments neu beurteilt und als korrekt eingestuft werden."

„Damit erzählen Sie mir nichts Neues, Professor Farnsworth. Meine Kollegen und ich hatten bereits in Rom die Echtheit des Pergaments festgestellt."
„Zweifellos, Doktor Rollo. Zweifellos. Wir hatten niemals die Absicht, Ihre Resultate anzuzweifeln. Aber bitte versetzen Sie sich in unsere Lage, wir kannten weder Ihr Forschungsinstitut, noch hatten wir ausschlaggebende Beweise für die Echtheit des Pergaments – vom Inhalt ganz zu schweigen."
„Ma certo, das habe ich auch nicht vermutet, Professore. Ich kann es nur kaum erwarten, an der Ausgrabung teilzunehmen."
„Ihre Ungeduld ist mehr als verständlich. Wie lange können Sie an der Ausgrabung mitwirken?"
„Vorerst wurden uns zwei Wochen bewilligt. Sollten nach dieser Zeit keine relevanten Fundstücke gefunden werden, müssen wir unseren Einsatz abbrechen. Da Sie aber bereits Waffen gefunden haben, hoffe ich, noch länger bei der Ausgrabung und der Auswertung der Fundstücke mitzuwirken."
„Großartig, Doktor Rollo. Ich freue mich schon auf unsere Zusammenarbeit", erwiderte Farnsworth und gab das Plastikmäppchen mit dem Bericht an Salvatore weiter. Danach lehnte er sich wieder zurück und trank vom nun lauwarmen Tee. Rollo gab das Mäppchen seinerseits an Serena weiter, die es ohne lange Umschweife in den Aktenkoffer steckte.
„So wie ich Sie verstanden habe, werden Sie also die Ausgrabung leiten?"
„Richtig, Doktor Rollo. Ich bin trotzdem sehr dankbar, mit einem Spezialisten zusammenarbeiten zu können. Meine Kenntnisse des frühen Mittelalters können sich natürlich nicht mit den Ihrigen messen. Gespannt habe ich Ihre bisherige Forschungsarbeit studiert, welche Sie in der Nachricht an unser Museum detailliert beschrieben haben."
„Grazie tante, Professore. Es freut mich ebenfalls, mit Ihnen zusammenzuarbeiten. Wir werden gute Forschungsergebnisse erzielen,

davon bin ich fest überzeugt. Wie viele andere Archäologen werden uns unterstützen?"

„Die Verantwortung liegt alleine auf unseren Schultern. Unsere finanziellen Mittel erlauben leider keine weitere personelle Verstärkung. Selbstverständlich wird die Mehrzahl der Grabungsarbeiten von interessierten Studenten des Imperial College of Science, Technology and Medicine, durchgeführt. Die Auswertung und Analyse der Fundstücke liegt damit ganz in unseren Händen."

„Schade, ich vermutete, daß mehrere Wissenschaftler an der Ausgrabung teilnehmen werden. Allora, dann werden ein paar arbeitsreiche und spannende Wochen vor uns liegen. Ich hoffe, Ihre Studenten sind auf dem Gebiet der Ausgrabungsarbeit keine Anfänger. Wenn mir etwas missfällt, dann sind es dämliche Hobby-Archäologen, die bereits bei den ersten Schwierigkeiten jammern und die wichtige Fundstücke durch Unkenntnis und Ungeduld beschädigen. Oder noch schlimmer – für alle Zeiten zerstören."

„In dem Punkt kann ich Sie vollständig beruhigen, Doktor Rollo. Unsere Studenten sind alle im letzten oder zweitletzten Semester. Ich hatte letzte Woche die Gelegenheit, sie für ihre minutiöse Grabungsarbeit zu sensibilisieren. Die Studenten waren alle hellauf begeistert von dem Wikingerschiff und gehen mit größter Vorsicht ihrer Arbeit nach."

„Bene, Professor Farnsworth. Es ist beruhigend, so etwas zu hören. Wann können wir mit unserer Arbeit beginnen?"

„Ich war so frei, für Sie schon zwei Zimmer im Hotel Sea Terrace zu reservieren. Unser ganzes Ausgrabungsteam ist im Hotel Sea Terrace in Newhaven einquartiert. Wir brauchen von Newhaven bis zur Ausgrabungsstätte bloß knapp eine halbe Stunde. Wenn Sie keine Einwände haben, würde ich vorschlagen, daß wir morgen früh gemeinsam hinfahren."

„Molto bene, Professore. Sehr vorausschauend von Ihnen. Natürlich haben wir keine Einwände."

„All right, Doktor Rollo, das wird bestimmt eine interessante Autofahrt. Was halten Sie von neun Uhr früh? Ist doch hoffentlich nicht zu früh?"

„Ma no, Professore. Neun Uhr früh ist perfekt", übernahm Serena unerwartet und drückte die siebte Lucky im Aschenbecher aus. Jede Zigarette hatte sie mit dem Feuerzeug des Professors angezündet, welches dieser wie zufällig in ihrer Nähe liegen ließ, wenn er seine Pfeife neu anzündete. Jedesmal warf sie ihm einen forschen Blick zu. Einen Blick, der so sehr zu ihr gehörte, wie das rote Tuch zu einem Stierkämpfer gehört.

Kann ich mir denken, daß das für dich perfekt ist, italienisches Flittchen, überlegte Farnsworth und sah, wie sich Serena eine neue Lucky anzündete und mit vollen roten Lippen den Rauch einzog. Er konnte sich exakt ausmalen, wie sie ebenso andere Dinge einzog. Serena stellte das Zippo-Feuerzeug erneut auf den Bürotisch und ließ sich in ihrem Stuhl nach hinten fallen, wodurch ihr voller Busen unter dem dünnen Sommerkleid deutlich wogte. Die Brustwarzen waren ansatzweise erkennbar, wenn auch nicht direkt sehbar.

Das kleine Flittchen trägt nicht einmal einen BH, dachte er anerkennend beim Anblick der perfekten Rundungen. Eine Regung ging durch seine Hose. Reflexartig fielen dann aber seine Augen auf das eingerahmte Foto auf seinem Schreibtisch. Eine Frau und ein kleiner Junge waren darauf abgebildet. Die Frau mußte knapp über vierzig Jahre alt sein, der Junge um die zehn Jahre. Die Frau, mit einer typischen Hausfrauenfrisur, hatte eine Hand auf den Kopf des Knaben gelegt und lächelte den Betrachter freundlich an. Die Regung in der Hose ebbte ab. So etwas Ähnliches wie ein Schuldgefühl brandete dafür auf und verschwand genauso schnell wieder, wie die vorherige Regung.

„All right, dann ist dieser Termin abgemacht. Morgen früh um neun Uhr werde ich Sie beim Dorchester abholen."

„Einverstanden, Professor Farnsworth. Ich werde meinen Capo kontaktieren und ihn über die Fortschritte der Ausgrabung informieren. Er wird sich sicher über die neuentdeckten Fundstücke freuen."

„Zweifellos, Doktor Rollo. Zweifellos. Ich hoffe, Ihr Capo wird Ihnen einige Wochen mehr zugestehen in unserem schönen England. Wer ist eigentlich Ihr Capo? – Ich hoffe, ich gehe mit dieser Frage nicht zu weit, aber Sie haben ihn in Ihrer Anfrage an unser Museum nicht erwähnt."
„Mein Capo? No no, kein Problem, Professore. Sein Name ist Roberto Ludovisi. Er ist ein Industrieller und interessiert sich stark für antike Fundstücke. Ihm gehört das Museo Ludovisi in Rom, in welchem ich angestellt bin. Er finanziert das Museum aus der eigenen Tasche und ist ein profunder Kenner historischer Kunstobjekte. Man könnte ihn auch als eingefleischten Sammler bezeichnen."
„Als Sammler? Ihnen ist doch hoffentlich bekannt, daß alle Fundstücke der Wikinger als britisches Staatseigentum angesehen werden?"
„Ma certo, Professore. Wir sind nicht in England, um Fundstücke mit nach Italien zu nehmen. Wir besitzen ja schon das Pergament. Es ist vielmehr die große wissenschaftliche Neugier, die meinen Capo dazu veranlaßt hat, mir diesen Forschungsauftrag zu übertragen."
Wissenschaftliche Neugier? Das glaubst du aber nur alleine, alter Dummkopf, lästerte Serena in Gedanken und blies Rauch in die Luft. Sie wußte genau, warum der Archäologe den Auftrag bekommen hatte. Und Neugier war dabei nur von untergeordneter Bedeutung.
„Very good, Doktor Rollo. Sollten wir im Grab noch mehr Wikingerwaffen finden, werde ich mich beim Departement of National History dafür einsetzen, daß Ihr Museum ebenfalls einige Fundstücke zugesprochen bekommt."
„Grazie tanto, Professor Farnsworth."
„Nichts zu danken, Doktor Rollo. Ohne Sie und Ihr Pergament wäre das Wikingergrab wahrscheinlich niemals entdeckt worden. Wie viele Seiten hatte das gesamte Pergament eigentlich?" fragte Farnsworth, steckte seine Pfeife in den rechten Mundwinkel und blickte so gespannt in Rollos Gesicht, als ob er daraus die ehrliche und korrekte Antwort herauslesen könnte. Der Italiener erkannte die Falle in der harmlos klingenden Frage. Was hatte der Professor

vorher über seine Ausbildung erzählt? Ja natürlich, er hatte auch einen Doktortitel in Paläographie, also der Lehre über Schriftarten des Altertums und des Mittelalters. Wenn der Professor nicht seine eigenen Schlüsse aus dem Pergament gezogen hätte, wäre wohl der Forschungsauftrag nicht von ihm selber, sondern von einem weniger gut qualifizierten Archäologen übernommen worden. Sein Spürsinn warnte ihn: *Vorsicht, Salvatore!* Er durfte dem Engländer nicht zuviel verraten. Weder über die genaue Seitenzahl des Pergaments, noch über den sensationellen Inhalt der antiken Seiten. Er hatte Stillschweigen darüber versprochen. Gut, dieses hatte er im Flugzeug nicht beachtet. Aber wer würde einem Model wie Adele Lord schon so eine Geschichte glauben? Niemand – nicht einmal das Model selber hatte die Geschichte geglaubt. Dort oben im Flugzeug hatte ihn das noch gestört – ja, fast schon beleidigt. Aber hier und heute – war er froh darüber – sehr froh.

„Wie schon so treffend von Ihnen bemerkt, handelt es sich um die Memoiren eines arabischen Kaufmanns. Seltsamerweise fanden wir diese bei der Ausgrabung einer mittelalterlichen Villa, in einer römischen Weinamphore. Selbstverständlich war ursprünglich kein Wein in der Amphore. Trotzdem war die Qualität des Pergaments sehr schlecht. Nur durch eine radiologische Untersuchung konnten wir überhaupt Schriftzeichen entziffern. Teilweise gelang es uns gar nicht. Teilweise zerfielen die Seiten, oder die Tinte war verblaßt. Darum sandten wir Ihnen auch nur eine komplette Seite. Es ist übrigens die am besten erhaltene Seite der ganzen Memoiren."

„Solche Schwierigkeiten kenne ich. Bei vielen Ausgrabungen werden Schriftstücke gefunden, die nicht mehr entziffert werden können. Mir ist das ebenfalls schon einmal bei einer Ausgrabung in Spanien passiert. Unser Team legte eine römische Kaserne aus dem Jahr 185 frei. Also aus der Regierungszeit des Kaisers Commodus. Wir fanden dreißig Schriftrollen, die wahrscheinlich die Truppenzusammensetzung und andere militärische Einzelheiten festhielten. Bei der unterirdischen Feuchtigkeit ist das Papier regelrecht verfault."

„Veramente?"

„Ja, leider. Aber genug von mir, Doktor Rollo. Können Sie mir vielleicht wenigstens den ungefähren Umfang der Memoiren angeben?"

„Ma certo, Professore. Wir schätzen die Seitenzahl der Memoiren auf ungefähr zweihundert Seiten. Nach meiner Auffassung sind achtzig Prozent davon unleserlich. Ich meine damit, nur mit einer mikroskopischen oder radiologischen Untersuchung leserlich – wenn überhaupt irgendwie zu entziffern."

„Bedauerlich, wirklich bedauerlich, das zu hören. Manchmal glaube ich, es ist unser Schicksal, Fundstücke antiker Kulturen zu finden, welche Licht in vergangene Zeiten werfen sollten, sobald man sie aber in den Händen hält, werfen sie bloß noch mehr Fragen auf."

„Völlig richtig, Professor Farnsworth. Völlig richtig. Sie sprechen mir damit aus meiner Seele. Es gibt Fundstücke, an denen ich schon fast verzweifelt bin. Die Memoiren des Kaufmanns gehören jedoch nicht zu dieser Sorte."

„Dann konnten Sie den Inhalt der Memoiren rekonstruieren – vermute ich jetzt einmal."

Der Engländer ist gut, sehr gut sogar – aber aufs Glatteis wird er mich nicht führen, meldete sich das Sicherheitssystem im Kopf des Italieners wieder.

Serena blickte ihn von der Seite her an und schmunzelte erwartungsfroh. Sie war gespannt, wie sich Salvatore aus der neuerlichen Fallgrube retten wollte.

„Ihre Vermutung ist korrekt, Professore. Meine Kollegen und ich haben einige Spekulationen über den Inhalt angestellt. Die Unvollständigkeit der Seiten läßt jedoch keine detaillierte Geschichte erkennen, so wie sie bei Memoiren üblich ist. Zudem kann ich unsere Spekulationen auch nicht in wenigen kurzen Worten schildern – dazu fehlt uns wohl die nötige Zeit."

„Klingt ja richtig geheimnisvoll, Doktor Rollo", meinte Farnsworth und warf einen Blick auf seine Armbanduhr. Rund zehn Minuten vor zwölf. Sie hatten fast zwei Stunden lang diskutiert.

„Es ist schon kurz vor Mittag. Ich schlage vor, Sie erzählen mir Ihre Spekulationen bei der morgigen Autofahrt nach Newhaven. Am Nachmittag habe ich bereits mehrere andere Termine."
„Eine sehr gute Idee, Professor Farnsworth. Morgen haben wir mehr Zeit und zudem wartet eine Menge Arbeit auf uns. Ich werde versuchen, ein Memorandum über den Inhalt der Memoiren anzufertigen", erwiderte Rollo schnell.

2

„Hör auf damit!" rief Adele der Katze zu, die ihre Krallen am hellbraunen Ledersofa wetzte. Streng blickte sie Jimmy in die goldgelben Augen, wonach der Kater seine Pfoten zurückzog und das weiße Fell zu lecken begann. Adele rückte das rotgrüne Kissen zurecht, auf dem ihre Schulterpartie lag. Mit fast ausgestreckten Beinen ruhten Adeles nackte Füße auf der weichen Lehne des Dreiersofas. Prüfend spreizte sie die Zehen und kontrollierte die hellblauen Fußnägel, welche sie vor wenigen Minuten lackiert hatte. Der Nagellack wurde langsam trocken. Es mußte monatelang her sein, seitdem sie die Zehennägel selber lackiert hatte.
Für wen sollte ich sie auch lackieren? überlegte Adele in Anbetracht der langen Zeitspanne. Das Modemagazin „Pour vous Madame" lag auf ihrem Bauch. Sie konnte es knapp bis zur Mitte durchsehen und teilweise durchlesen – und sie merkte, ihr Schulfranzösisch brauchte dringend eine Auffrischung. Dann kratzte Jimmy plötzlich am Sofa und riß sie aus ihren zwiespältigen Gedanken. Die Katze tat so etwas öfter, wenn sich das Tier vernachläßigt oder unbeachtet fühlte. Manchmal machte der Kater ein regelrechtes Spiel daraus, welches er mit solcher Meisterschaft beherrschte, daß er meistens entnervt aus der Wohnung geschmissen wurde. Das störte die Katze aber keinesfalls, weil sie genau wußte, daß sie bald wieder reumütig in die Wohnung gebeten wurde, häufig sogar noch mit einem Leckerbissen.
„Wie weit bist du? Fertig zum Fotoshooting?" fragte Veronica ungeduldig, als sie ins Wohnzimmer hineinschritt. Die Managerin hantierte am linken Ohrclip.
Der Verschluß klemmte und wollte auch beim besten Willen nicht zuschnappen.
„Na klar bin ich fertig", antwortete Adele und beobachtete Veronica, die vor ihr stand und nervös am Ohrclip herumhantierte.

„Warte, ich helfe dir", bot Adele an und erhob sich vom Dreiersofa, welches Bestandteil einer vierteiligen Polstergruppe war, die im Wohnzimmer großzügig um den Glassalontisch verteilt dastand.
Adele begann ebenfalls am Steckverschluß des Ohrclips zu fingern: „Warte – nicht so – gleich hab ich's – nein – nicht so – dämlicher Verschluß – *klipp* – ah – er ist zu."
„Danke, Adele. Diese Ohrclips machen mir jedes Mal Probleme."
„Nichts zu danken, dafür sehen sie recht hübsch aus."
„Findest du?"
„Ja, sind die neu?" erkundigte sich Adele und erkannte silberne feingravierte Schmetterlinge auf den runden purpurfarbenen Ohrclips.
„Ja, die hat mir Fredy geschenkt. Sie sind nicht unbedingt der letzte modische Schrei, doch für den Modegeschmack eines Automechanikers sind sie gut ausgewählt."
„Finde ich auch. Sie haben so einen netten Tatsch von sechziger oder siebziger Jahren", meinte Adele, während sie den rechten Ohrclip nochmals mit ihrem Daumen und Mittelfinger berührte. Es war kein Kunststoff, wie zuerst vermutet, dafür war die Oberfläche des Clips zu kühl – es mußte wahrscheinlich ein Halbedelstein sein.
„Nette Clips. Gibt es einen speziellen Grund, weshalb dir Fredy die Ohrclips geschenkt hat?"
„Wir sind seit einem Jahr zusammen, deshalb das Geschenk."
„Schon ein Jahr! Wow, die Zeit vergeht wie im Fluge!" staunte Adele, zog ihre Hand zurück und setzte sich wieder auf das Sofa. Veronica setzte sich neben sie und griff nach dem Modemagazin. Sie lehnte sich im Sofa zurück und blätterte ohne großes Interesse im Magazin. Adele trank ihren Milchkaffee zu Ende aus einer schwarzen Keramiktasse, die auf dem Salontisch gestanden hatte.
„William war ziemlich reumütig, als wir letztes Wochenende nach der Show ins Stringfellow's gegangen sind. Wirst du ihm nochmals eine Chance geben?"
Adele antwortete nicht sofort, sondern sah Veronica über den Rand der Kaffeetasse an. Sie nahm kleine kurze Schlucke des süßen Kaffees. Der Süßstoff darin schmeckte im Moment exakt wie eine Kopie

von Zucker, aber wie eine blasse Kopie. Veronica blätterte weiter im Magazin, ihr Blick blieb gesenkt, sie schien direkten Augenkontakt vermeiden zu wollen.

„Um ehrlich zu sein –", sagte Adele, stoppte und stellte die Tasse wieder auf den Tisch. Sie ließ sich ebenfalls ins Sofa zurückfallen. „Ich bin mir nicht ganz sicher. Die Zeit, die Will und ich gemeinsam hatten, war unbeschreiblich schön. Wahrscheinlich werde ich eine solche Zeit niemals wieder erleben. Trotzdem – er hat mich betrogen – und ich weiß nicht, wieso. Er hat mir bis zum heutigen Tage nicht gesagt, wieso. Solange er das nicht tut, können wir lockere Freunde sein – nicht mehr und nicht weniger."

„Ein klarer Standpunkt", stimmte Veronica verständnisvoll zu und musterte ihre Freundin. Adele hielt ihrem Blick ein paar Sekunden lang stand, dann tauchte eine Spur von Ärgerlichkeit in Adeles Gesichtszügen auf, und sie fragte: „Was?"

„Oh nichts. Ich dachte nur, daß da noch mehr vorhanden ist, als nur ein bißchen lockere Freundschaft. Schließlich habt ihr im Stringfellow's bis um vier Uhr morgens getanzt. Sieht für mich nach etwas mehr aus."

Adeles Gesichtsausdruck wandelte sich von ärgerlich zu nachdenklich, bevor sie entgegnete: „Wer hat denn eigentlich einen Termin für ein Fotoshooting vereinbart, obwohl wir eigentlich Ferien machen wollten? Wer hat mich denn ins Stringfellow's mitgeschleppt, obwohl ich eigentlich nach Hause wollte? Wer hat denn selber mit diversen Kerlen, darunter auch mit William, bis um vier Uhr morgens getanzt, obwohl sie eigentlich einen Mechanikerfreund hat?"

Veronica hörte sich die Vorwürfe schmunzelnd an und konterte: „Du hast meine Frage nicht beantwortet."

„Sooo, ich habe Ihre Frage nicht beantwortet, Frau Baladingsbums. Nun gut, vielleicht versteht Ihr Kosakenverstand das Folgende besser – der Fremdgänger muß sich verdammt anstrengen, wenn er bei mir noch eine winzige Chance haben will!"

„Ja, das war überdeutlich. Aber ich mag dich trotzdem, blöde englische Kuh. Hahaha", lachte Veronica ungeniert los, so daß der Kater für einen Moment erschrak und sie vorwurfsvoll ansah.
„Blöde Kosakenkuh. Hahaha", lachte Adele ebenfalls los und umarmte ihre Freundin. Während sie sich gegenseitig umarmten, flüsterte Adele sanft in Veronicas Ohr: „Weißt du, möglicherweise fühle ich noch etwas für Will. Aber ich möchte selber herausfinden, was dieses Gefühl genau ist, bevor ich mich auf irgendetwas einlasse. – Vielleicht wieder verletzt werde", hauchte sie und löste die Umarmung. Adele griff nach der halbvollen Kaffeetasse und nahm einen großen Schluck. Mit den Händen an der Tasse, sprach sie weiter: „Der Kerl hat mich einmal betrogen – zweimal wird er das nicht tun."
„William scheint jetzt mehr Respekt vor dir zu haben, als vor eurer Trennung. Früher kam er gleich zur Sache, wenn er einen Fototermin wollte. Letzten Samstag hat er sein Angebot für das Fotoshooting sehr vorsichtig unterbreitet."
„Sollte er auch tun. Seinetwegen habe ich vor fünfzehn Monaten mein Karate-Training wieder aufgenommen, mit dem ich nach dem College aufgehört habe. – Es tut sehr gut, auf einen Sandsack einzuprügeln und sich dabei gewisse Leute vorzustellen."
„Hahaha, du bist unverbesserlich, Adele."
„Kann sein, kann sein. Doch wenn ich den Trennungsstreit mit William heute hätte, würden in seiner Wohnung nicht nur ein paar Teller und Vasen zu Bruch gehen. Er könnte sich schon mal auf die Erhöhung seiner Krankenkassenprämie freuen", schilderte sie drohend, stellte die Tasse auf den Salontisch und fuchtelte mit gespreizten Karatehänden durch die Luft. Interessiert beobachtete Veronica ihre Luftübungen, während der Kater mehr verstört dem Treiben zusah.
„Mach dich nicht lächerlich. Du würdest sowieso dein Karate nur im Notfall einsetzen. Britisches Softeis."
„Bei dir und Will würde ich vielleicht eine Ausnahme machen. Ruß..."

TUUUUT! TUUUUT! TUUUUUUUUT!
Es hörte sich so an wie die Hupe von William Towers Range Rover, die das Schimpfwort von Adele abwürgte. Adele und Veronica erkannten die Hupe aus lange vergangenen Tagen, an denen Will Adele abholte, und sie mit diesen Hupzeichen über seine Ankunft informierte.
„Wahrscheinlich käme es dem Kerl in tausend Jahren nicht in den Sinn, die Hausglocke zu benutzen", vermutete Adele, in ihrem Schimpfwort gestört. Sie besann sich und fuhr in rechthaberischem Ton fort: „Soviel zum Thema Respekt, Frau Supersekretärin."
„Tja, manche Dinge ändern sich nie. Ich habe jedoch irgendwie das Gefühl, daß das Frau Supermodel gar nicht so sehr stört."
„Spar dir die Mühe, Vron. Du brauchst nicht zu versuchen, mir Will schmackhaft zu machen, nur weil du mit deinem Kosakenverstand glaubst, daß ich einen Freund nötig habe. Meine Freunde suche ich selber aus. Merk dir das!"
„Okay, okay. Wenn man dir schon mal helfen will."
„Helfen würde ich so etwas nicht nennen, dafür gibt es andere Wörter", widersprach Adele und blickte Veronica zweifelnd an.
„In letzter Zeit bist du wirklich unerträglich", bemerkte Veronica angegriffen, wobei sie „unerträglich" speziell arrogant (mit britischem Akzent) betonte.
„Ich mag es nun mal nicht, wenn man mir Ferien verspricht – und diese dann mit einem blöden Fotoshooting versaut. – Zudem noch an einem Mittwoch – damit ist die ganze Ferienwoche versaut."
„Nun ja, für ein Fotoshooting braucht es nun einmal gutes Wetter. William hat gemeint, daß nur am Mittwoch sonniges Wetter in der Gegend von Newhaven vorhergesagt wird."
„William hat das, William tut dieses, William meint jenes. Du hörst dich schon an wie meine Mutter, als wir noch ein Paar waren. Doch für mich bleibst du eine blöd..."
TUUUUT! TUUUUT! TUUUUUUUUT!
„Verdammte Hupe! Wir kommen ja schon!" rief Adele laut aus.

„Zeit zu gehen", ergänzte Veronica versöhnlich und darauf bedacht, keine neuen Schimpfwörter zu benutzen, obwohl sie nichts lieber getan hätte.
Der dunkelgrüne Range Rover stand auf dem Trottoir vor dem Eingang des Mehrfamilienhauses mit einem ungeduldigen William Tower darin. Zu der frühen Morgenstunde würde sich vermutlich kein Fußgänger oder Police Officer daran stören. Auf der Rücksitzbank des Rovers unterhielten sich die Visagistin Pamela Charmers und der Coiffeur Jean Grand (alias Pepe Delacroix) angeregt. Seit einer Dreiviertelstunde mußte sich William die Plauderei seiner Fahrgäste anhören. Deren tiefgreifende Gesprächsthemen – drehten sich um so wichtige Punkte, wie die korrekten Rougefarben bei royalblauen Abendkleidern – und die Sprungkraft der Haare bei gewissen Haarsprays. Solche Gespräche liebte William Tower. Was würde er dafür geben, den Mut gehabt zu haben, am Trafalgar Square anzuhalten und die Plaudertaschen (eine davon ohne Zweifel eine warme Plaudertasche) aus dem Rover zu werfen. Sollten sie doch unter der Statue von Lord Nelson ihr Gequatsche fortführen. Wozu brauchte Adele eigentlich eine Visagistin und einen Franzosencoiffeur? Sie sah doch immer phantastisch aus. Jedenfalls gut genug für „Pour vous Madame".
Idiotisches Froschschenkel-Magazin, dachte er in Erinnerung an den frankophonen Auftraggeber des Shootings. Gerade wollte er zum dritten Mal energisch auf die Hupe drücken (und diesmal mit der ganzen Hand), als die Eingangstüre des Mehrfamilienhauses geöffnet wurde und die Freundinnen zusammen hinauskamen. William kurbelte das Seitenfenster des Range Rovers herunter und rief ihnen zu: „Na endlich. Kommt schon, wir wollen die Sonne nicht verpassen – sonst kann ich das ganze Fotoshooting abschreiben!"
Adele blickte Veronica vielsagend an und wiederholte: „Respekt, Veronica. Soviel zum Thema Respekt", während sie die vordere Autotüre öffnete und einstieg. Veronica stieg hinten ins Auto. Schnell hatten sich gegenseitig alle Insassen des Rovers begrüßt. Die Fahrt nach Südengland konnte losgehen.

„Welche Strecke werden wir fahren, Will?" fragte Adele und legte den Sicherheitsgurt um. Der Wagen hatte die Cadogan Lane bereits verlassen und fuhr die Sloane Street in Richtung Knightsbride hinauf.
„Ich fahre über Hammersmith auf die Autobahn. Ich habe keine Lust, in den Berufsverkehr zu kommen. Dann nach Brighton und danach auf der Landstraße nach Newhaven."
„Eine nette Strecke. Wann werden wir ungefähr in Newhaven sein?"
„Schätzungsweise in zwei Stunden, wenn wir in keinen größeren Verkehrsstau geraten", meinte William und bog links in die Kensington Road ein. Er versuchte sich auf den Verkehr zu konzentrieren. Trotzdem sprang sein Blick mehrmals von der Straße auf Adele und zurück. Adele schien es zu bemerken, jedenfalls deutete er so das Schmunzeln, das ihre Lippen vielsagend umspielte.
Alles aufgeben. – Ja, Adele gehörte für ihn zu der Sorte von Frauen, bei denen Männer alles aufgaben, woran sie glaubten. Oder glauben wollten. Ihre Vorsätze, ihre Einstellung, ihre Freunde, ihre Hobbys – wenn nötig sogar ihren Beruf und ihre Karriere. Alles stehen und liegen lassen. Nur noch eine einsame Insel und Adele. All you need is love – wie die Beatles schon sangen. Gehörte er selber zu dieser Sorte? Er war sich nicht sicher, aber in diesem Augenblick – hoffte er es.
„Hey William, hast du für das Fotoshooting eigentlich die Entwürfe der Kollektionen mit dabei?" richtete sich Veronica vom Rücksitz aus an ihn.
„Klar habe ich die Entwürfe mit dabei", bestätigte er gedankenverdrängend.
„Siehst du den schwarzen Aktenkoffer – hinter dir?" fuhr er fort und schaute kurz in den Rückspiegel. William sah darin Veronica, wie sie sich umdrehte und suchend in den Kofferraum des Rovers spähte.
„Hier hinten sind viele Koffer. Die meisten sind Alufarben und sehen mehr wie Kisten aus."

„Ich sagte Aktenkoffer. *Schwarzer* Aktenkoffer", präzisierte der Fotograf und stieg auf die Bremse. Den weißen Fußgängerstreifen vor ihm überquerte ein altes Großmütterchen, für welches Zeit bloß eine unbedeutende Rolle spielte.
„Da ist wohl jemand ein bißchen gereizt", stellte Pamela fest und half Veronica bei ihrer Suche.
„Ischt heute wohl nicht Ihr Tag, Mischter Power?" ergänzte Jean oder „Pepe" mit unnachahmlichem Akzent die Feststellung.
„Es gibt nun mal Leute, die ich nur schlecht vertrage so früh am Morgen", erklärte William Tower schneidend und stieg entschlossen aufs Gaspedal.
„Was soll denn das nun wieder bedeuten?" kam prompt in angegriffenem Tonfall die Anfrage der Visagistin.
„Sie schind scheinbar ein kleiner Morgenmüffel, n'est ce pas?"
Ich sag dir gleich, woran du mir müffeln kannst – Froscharsch, überlegte William und verpaßte beinahe die Auffahrt zur Autobahn.
„Findet ihr endlich den Koffer, oder muß ich selber danach suchen?" rief er fast nach hinten, als er den Range Rover beschleunigte.
„Beruhig dich mal wieder, William. Sie werden deinen Aktenkoffer schon finden", gebot Adele versöhnlich. Sie versuchte das Gespräch in andere Bahnen zu lenken: „Was ist denn so Wichtiges in deinem Koffer?"
„Ich habe einige Fotos der Designerkleider gemacht. Sie sind im Aktenkoffer. Ich dachte, ihr könntet die Fotos ansehen und euch Gedanken wegen der Frisur und dem Make-up machen. Damit sparen wir viel Zeit."
„Oh, jetzt verstehe ich", sagte Adele und drehte sich halb nach hinten. „Habt ihr gehört? Es sind Fotos von den Kleidern drin."
„Okay, aber hier ist ein mordsmäßiges Chaos", betonte Veronica.
„Herrgott ... seht unter den Kleidersäcken nach. Darunter muß er liegen."
Die Visagistin und die Managerin stießen im Kofferraum mehrere obsidianfarbene Kleidersäcke zur Seite. Gerne hätten sie dem Foto-

grafen ihre Meinung zu seiner Anweisung gesagt. Tatsächlich kam darunter der schwarze Aktenkoffer zum Vorschein.

„Wir haben ihn gefündään", meldete sich „Pepe Delacroix" stolz, der sich freiwillig an der Suche beteiligt hatte.

„Das ist phantastisch", bemerkte William ironisch, blickte Adele an und schüttelte leicht den Kopf. Adele achtete nicht groß darauf. Sie sah sich lieber die letzten Häuser von London an, bevor die Autobahn endgültig die Stadt hinter sich ließ und die Sicht auf die englische Landschaft freigab. Veronica öffnete mühelos den Koffer. Die Fotos mit den Designerkleidern lagen darin. In den Zwischenfächern waren zudem einige Skizzen, welche die gewünschten Posen für das Magazin darstellten. Die Bleistiftskizzen waren von erstaunlich guter Qualität, was Veronica zu der Frage veranlaßte: „Diese Kleiderskizzen hast du aber nicht selber gemacht, nicht wahr, Will?"

„Nein, dafür hat das Magazin eine Modezeichnerin. Meine Fähigkeiten bei Zeichnungen sind sehr beschränkt. Francoise ist aber eine echte Künstlerin auf ihrem Gebiet."

„Ach, Francoise heißt die Zeichnerin", stellte Pamela fest und sah sich ein paar Skizzen an. Veronica verteilte den Inhalt des Koffers.

„Ja, echt hübscher Name. Leider nur der Name, wenn ihr wißt, was ich damit meine."

„Ja, wir wissen, was du damit meinst, Will", bestätigte Adele, ohne den Blick von den Fotos und den Skizzen zu nehmen.

Verdammt ... hämmerte es im Gehirn des Fotografen. Wie konnte ihm ein solch sprachlicher Aussetzer passieren? William ärgerte sich derart darüber, daß er auch gerne einen Hirntumor für seinen misslungenen Satz verantwortlich gemacht hätte. Aber in Wirklichkeit war dafür keinem Stammtumor die Schuld zuzuschreiben. William Tower war kerngesund – was ihn jedoch im Moment nicht tröstete. Es mußten Zirpo, Harpo und Grautscho auf dem Rücksitz sein, die ihn soweit gebracht hatten. Die ihm auch das letzte Quentchen Geduld geraubt hatten. Ausgerechnet jetzt, wo er einen guten Eindruck auf Adele machen wollte. Ein fataler Versprecher. So unangebracht – und doch so ehrlich.

Mist ... verdammter Mist, klang es durch seine Gedankenwelt, und er wußte überhaupt nicht, wie er das Gespräch fortsetzen sollte.
Der nasse Straßenbelag der Autobahn wurde immer trockener, je weiter sie sich von der Stadt entfernten. Während es in London am Montag und Dienstag wie aus Kübeln gegossen hatte, waren südlich der Stadt nur wenige Niederschläge zu verzeichnen gewesen. Die bekannte Wechselhaftigkeit des Londoner Klimas, welches hauptsächlich von der Lage der britischen Hauptinsel zwischen zwei Meeren und der Nähe zur Themsemündung herrührt, machte weiter südlich für einmal Pause. Die Voraussetzungen für ein Fotoshooting am Strand waren gut. So gut, wie sie im September und in Südengland sein konnten.
Auch die Sonne spielt mit, dachte William und klappte die Sichtblende des Rovers herunter. Die vorbeiflitzenden weißen Trennstriche der Autobahn, auf welche er leer geblickt hatte, beruhigten seine aufgebrachten Gedanken. Die professionelle Routine eines Fotografen kehrte zurück.
„Eine gelungene Kollektion, die du da ablichten kannst", begann Veronica die wortlose Pause zu brechen, in der seine Mitfahrer die Entwürfe der Designerkleider studierten.
„Finde ich ebenfalls. Ja, eine wirklich gelungene Herbstkollektion. Ich kann mir schon das Make-up dazu vorstellen. Es sollten Erdfarben sein. Brauntöne – vielleicht eine Art Kastanienbraun", ergänzte Pamela und betrachtete die Fotos und Skizzen von allen Seiten.
„Très jolie, très jolie", lobte der Coiffeur. „Isch schlage eine Hochsteckfrisür für die collection vor. Hochsteckfrisüren sind – wie sagt man das – top actuell cette saison."
„Wirklich? Ist mir gar nicht aufgefallen", betonte William und war froh darüber, daß nun die Vorbereitung für das Fotoshoothing besprochen wurde und nicht andere, heiklere Punkte.
„Mais oui. In fast allen Modeschauen in Pari laufen die Models cette saison mit Hochsteckfrisüren. Adeles lange Haare sind wie geschaffen dafür."

„In Paris. Wirklich? Guter Vorschlag, Mister Delacroix. Adele hat Sie nicht umsonst empfohlen. Danke für Ihre professionelle Anregung."
„Nischts zu danken, Mischter Tower. Neue Frisüren sind ma passion, vous comprendrez?"
„Kann ich gut verstehen, Mister Delacroix. Frisuren sind Ihre Passion. Meine Passion sind Fotos. Verzeihen Sie, wenn ich etwas rauh zu Ihnen war."
„Macht nischts, Mischter Tower. Wir haben dafür eine Sprichwort in Frankreisch – toujours du plaisir, n'est pas du plaisir."
„Hääh ...?" gab William von sich und schaute Adele fragend an.
„Immer Vergnügen ist kein Vergnügen. – Ein Sprichwort, daß du dir merken solltest, Will", übersetzte Adele und konnte sich ein Schmunzeln nicht verkneifen.
„Wie? Ach so. Ein gutes Sprichwort, Mister Delacroix. Ein gutes Sprichwort", bestätigte William etwas verwirrt. Er wurde aus Adeles Lächeln nicht schlau. Lächelte sie seinetwegen? Wegen des Sprichworts? Oder wegen des nasalen Akzents des Franzosen? Ihr erstes Lächeln konnte er ohne Mühe analysieren, es rührte ganz klar von der erkannten Bewunderung für sie her. Doch dieses zweite Lächeln war undurchschaubar, aber es fühlte sich gut an, auch wenn er nicht wußte, weswegen. Seit er sie nach ihrer Trennung wiedergesehen hatte, lächelte Adele nur wenig. Nicht einmal während des Tanzes im Stringfellow's hatte sie ihm auch nur den Ansatz eines Schmunzelns geschenkt.
Nun, vielleicht lag das an der Tatsache, daß Veronica und Pamela sie überreden mußten, nach der Show im Harvey Nichols noch tanzen zu gehen. Sie erschien ihm damals recht mürrisch und müde, was irgendwie erklärte, warum sie den Franzosen-Coiffeur als Hairstylist haben wollte. Natürlich hatte er ihre Bitte nicht abgeschlagen. Einer Adele Lord schlug man keinen Wunsch aus, so wie er das früher einmal tun konnte. Die Zeiten hatten sich geändert – und sie hatten sich für Adele wesentlich positiver verändert als für ihn. Jetzt führte er ihre Wünsche aus und nicht sie die seinigen. Die letzten

fast eineinhalb Jahre nagte die Erinnerung an Adele an ihm, wie ein Biber an einem Birkenstamm. Gleichmäßig scharf und ohne große Eile – dafür schmerzhaft. Auch mehrere unbedeutende Abenteuer mit anderen Models änderten nichts an diesem Zustand. Adele hatte sich in seinem Kopf eingenistet und hatte es sich darin bequem gemacht. Nichts und niemand war machtvoll genug, um sie daraus zu vertreiben.

William drehte kurz seinen Kopf und betrachtete sie abermals. Adele lächelte noch immer, aber sie blickte ihn nicht an. Langsam glaubte er ihr Lächeln zu begreifen und sein eigenes Lächeln verschwand. Aus „All you need is love" wurde wieder der disillusioned Fool (desillusionierter Dummkopf), wie ihn sein englischer Landsmann Roger Whittaker so treffend besungen hatte. Er hatte nicht die leiseste Ahnung, warum ihm ausgerechnet dieser Song einfiel. Dieser Song mußte auf einer alten Tonbandkassette sein, die er irgendwann als Geburtstagsgeschenk erhalten hatte. Die Musikkassette sollte eigentlich irgendwo in einer Schachtel im dunklen Estrich verstaut sein. Derart dunkel, daß weder der Song, die Kassette oder die Schachtel irgendwie auftauchen konnten. Trotzdem hatte es der (für ihn überaus schmalzige) Song geschafft, wieder ins Licht seines Bewußtseins zurückzukehren. Konnte er ihn im Radio gehört haben? Nein, solche Songs werden nicht im Radio gespielt. Ganz sicher nicht in den technoverliebten Neunzigerjahren. Wurde er überhaupt jemals im Radio gespielt? William bezweifelte es.

„Die Skizzen sind wirklich gut", sagte Adele, „wie hast du dir die Fotos vorgestellt?"

„Ich dachte, wir schießen einige Serien Fotos am Strand, mit den Klippen im Hintergrund. Eine Serie mit dem Meer im Hintergrund. Und eine Serie mit der Kombination Klippen und Meer. Das Shooting sollte in einem Tag zu schaffen sein", erklärte William und überholte einen langsam fahrenden Tanklastwagen.

„Da haben wir ja eine Menge vor. Sind der Strand und die Klippen eigentlich für ein Fotoshooting geeignet?" fragte Adele.

„Ja, durchaus. Ich habe mich beim Touristikbüro in Newhaven informiert. Die waren hocherfreut, als ich von einem Fotoshooting gesprochen habe."
„Kann ich mir denken", meinte Adele.
„Sie sagten, daß der geeignetste Strandabschnitt für ein Fotoshooting südostwärts von Newhaven läge. Ungefähr eine halbe Stunde von der Stadt entfernt. An dem Strandabschnitt sollen die imposantesten Klippen zu finden sein", ergänzte William.
„Und zu den Klippen kann man einfach so hinfahren?" wunderte sich Adele.
„Nein, natürlich nicht. Laut dem Touristikbüro gibt es eine schmale Landstraße, die bis zu dem Strandabschnitt führt. Besser gesagt, die zum Rastplatz oberhalb des Strandes führt."
„Zum Rastplatz?"
„Ja, die Straße führt zum Rastplatz oberhalb der Klippen und des Strandes. Vom Rastplatz aus muß man eine Art Steintreppe bis zum Strand hinuntersteigen. Veronica, sieh mal im Koffer nach. Die Leute vom Touristikbüro haben mir eine Straßenkarte und ein Foto des Strandabschnitts gefaxt. Es scheint, als wären die dortigen Klippen eine Art Touristenattraktion."
„Okay, ich sehe nach", erwiderte Veronica und griff erneut nach dem Aktenkoffer, den sie in der Zwischenzeit wieder zurück in den Kofferraum gelegt hatte. Nach einigem Suchen in den Seitenfächern fand sie die Faxe.
„Wow, die Klippen haben es in sich", reagierte sie verblüfft beim Anblick der schroffen Felsen. Pamela und Jean (oder „Pepe") gaben ebenfalls staunende Laute von sich.
„Ja, die Felsen haben es wirklich in sich. Ich war auch beeindruckt, als ich das Faxfoto zuerst sah. Die Klippenwände sind zwischen vierzig und fünfzig Meter hoch. Ein von der Kulisse und vom Licht her genialer Küstenabschnitt für das Fotoshooting", faßte William zusammen und sah ein Verkehrsschild über sich hinwegflitzen, auf dem unter anderem stand: BRIGHTON 15 MEILEN.

„Zeig bitte mal her", bat Adele und streckte eine Hand nach hinten. Veronica drückte ihr die Faxe in ihre geöffnete Hand.
„Oh, sehr hohe Felswände. Gut, daß es dort eine Treppe gibt", fuhr sie fort und versuchte Einzelheiten der Felsformationen auf dem undeutlichen Faxfoto zu erkennen. Die Schwarzweißkonturen ließen diese jedoch bloß erahnen.
„Es gibt übrigens merkwürdige Gerüchte, die sich um die Treppe ranken."
„Ehrlich, Will? Dann laß sie uns mal hören, die Gerüchte", mischte sich Pamela vom Rücksitz aus in die Diskussion ein. Die bisherige Autofahrt war für sie nicht so interessant verlaufen, wie sie sich das ausgemalt hatte. Adele und Veronica berichteten nicht, wie sonst üblich, über stadtbekannte Persönlichkeiten aus der Londoner Modeszene. Es mußte an Will liegen, dessen Anwesenheit sie davon abhielt und der damit verantwortlich war, daß die Stimmung kein höheres Niveau erreichte. Vielleicht würden die abwegigen Gerüchte um jene seltsame Steintreppe die Atmosphäre etwas auflockern. Schaden konnte es ganz sicher nicht.
„Nun, das verhält sich folgendermaßen", setzte William an, wurde dann aber von einem schwarzen Porsche gestört, der lichthupend hinter ihm auffuhr. William schwenkte unwillig in die gewohnte linke Fahrbahn zurück.
„Laut den Leuten vom Touristikbüro war der Rastplatz im Ersten Weltkrieg ein Bunker, den die Royal Navy als Aussichtspunkt gebaut hat. Die Steintreppe sollte im Notfall einen schnellen Zugang zum Strand sicherstellen. Nach den Weltkriegen und nach dem kalten Krieg hat die Navy den Bunker ausgeräumt und aufgegeben. Aus dem Bunker wurde der Rastplatz mit dem obligatorischen Parkplatz."
„Und was ist daran merkwürdig?" erkundigte sich Adele.
„Man munkelt in Newhaven, daß der Bunker nicht nur als Aussichtsbunker benutzt wurde. Er soll vielmehr als Beobachtungsstützpunkt für streng geheime U-Boote benutzt worden sein, die in der Nähe der Klippen Manöver durchführten. Die U-Boote selber

sollen in einem unterirdischen Stützpunkt unter einer verfallenen Burgruine stationiert gewesen sein."

„Was hat eine Burgruine mit U-Booten zu tun?" unterbrach Veronica.

„Gar nichts. Die Ruine steht auf einem Felshügel und darunter soll sich dieser Stützpunkt befinden."

„Hört sich ein bißchen wie der Vorspann zu einem James-Bond-Film an. Die Sache hat allerdings einen Haken", fand Adele.

„Was für einen Haken?"

„Wie sollen diese U-Boote in den unterirdischen Stützpunkt kommen, Will?"

„Wollte ich eben gerade erzählen. Es soll eine Höhle unter dieser Ruine geben. Diese Höhle soll knapp unter dem Wasserspiegel sein. Dadurch ist sie nur bei Ebbe gut sichtbar. Die U-Boote konnten somit direkt in den Felshügel hineinfahren. Zumindest hat man mir die Sache so geschildert."

„Oh Mann, da haben dir die Touristiktanten aber einen großen Bären aufgebunden. Sieht für mich wie ein Gerücht aus, um Touristen anzulocken."

„Nein, Veronica, glaube ich nicht. Am Telefon habe ich nur belanglos mit der, wie du sie nennst, Touristiktante geplaudert. Zudem sind die Burgruine und die Höhle militärisches Speergebiet. Also könnte doch etwas dran sein, an dem Gerücht."

„Na gut, bei einem militärischen Speergebiet – klingt es nicht so albern", gab Veronica zu.

„Klingt für mich eher logisch und einleuchtend. – Aus der unwichtigen Anlage wird eine Raststätte gemacht. – Aus der fast geheimen Anlage wird ein militärisches Speergebiet. – Touristikförderung und Sparübung, die schlanke Royal Navy läßt grüßen", resümierte Adele.

„Wow, unglaublich gut kombiniert", staunte William.

„Mein Vater war ein Navy-Mann."

„Das erklärt einiges", meinte der Fotograf stirnrunzelnd. Er mußte die hohe Geschwindigkeit des Range Rovers verringern, sie hatten den Stadtanfang von Brighton erreicht.

„Wie bist du eigentlich auf diesen Strandabschnitt gekommen, Veronica?"
„Jemand, den Adele kennengelernt hat, hat mich darauf gebracht. Als du im Harvey Nichols einen geeigneten Ort für ein Fotoshooting gesucht hast, ist mir der Archäologe in den Sinn gekommen. Beinahe blitzschnell sind die Klippen in meinem Kopf aufgetaucht", erklärte Veronica und beugte sich nach vorne zwischen die Vordersitze. Sie versuchte Williams Gesichtsausdruck zu deuten.
„Sei froh darüber, Will. Normalerweise taucht nur selten etwas blitzschnell in ihrem Kopf auf", schilderte Adele leicht bedauernd, worauf Pamela, Jean und William zu lachen begannen.
„Du strohblöde ...", blaffte Veronica abrupt und zog mit einer Hand am langen blonden Haarschopf. Sie war erstaunt, wie weich und fest sich Adeles Haare anfühlten.
„Hey, laß mich los!"
„Erst, wenn du dich bei mir entschuldigt hast."
„Für was soll ich mich entschuldigen?"
„Für dein gemeines Mundwerk", betonte Veronica ärgerlich und zog stärker.
„Und dafür, daß du mich verarscht und lächerlich gemacht hast."
„Okay, okay. Du hast mich überzeugt. Entschuldigung für mein Schandmaul, russisches Landei."
„Schon besser, englische Modelkuh", entgegnete Veronica und ließ die seidigen Haare wieder los. Die restlichen Mitfahrer amüsierten sich ganz köstlich.
William konnte sich nicht daran erinnern, wann er zum letzten Mal soviel jugendlichen Übermut gesehen hatte. Immerhin war er gute zehn Jahre älter als die Freundinnen. Sie schienen immer noch die gleichen zu sein, wie damals im Ministry of Sound, wo er ihnen frühmorgens begegnet war. Beide saßen an einem der kleinen Clubtische, jeweils in männlicher Begleitung, und stritten sich über irgendeine Kleinigkeit. So etwas wäre nicht weiter verwunderlich gewesen, aber wie sie sich stritten und sich wieder versöhnten, war

unnachahmlich. Dies sagte mehr über Adele und Veronica aus, als sie jemals hätten erklären können.
William stand von dem Barhocker auf und näherte sich dem hitzigen Gespräch. Dann, in der Nähe des Disputs, trafen ihn die Ausstrahlung und die Schönheit von Adele fast wie ein Schlag. Er mußte Fotos von ihr machen, was ihm nach hartnäckiger Überredung und nach einigen Wochen auch gelang. So startete ihre Karriere – und seine ging einfach weiter.
„Achtung Ampel!"
„Was?"
„Achtung Ampel!"
„Scheeeiiiß ...!" schrie William und ließ die Bremsen quietschen. Der Range Rover blieb knapp nach der roten Ampel stehen. Der Fotograf mußte vorsichtig zurücksetzen und sah im Außenspiegel einen farblich undefinierbaren BMW mit einem Fahrer darin, der ihm gut sichtbar den Vogel zeigte.
Mieser Krautfresser, dachte William aufgebracht. Erst jetzt wurde ihm richtig bewußt, daß sie sich mitten in der City von Brighton befanden.
„Aufwachen, Will. Aufwachen. Wir sind nicht in deinem Schlafzimmer", fuhr Adele kokett fort, worauf alle wiederum lachen mußten, außer William.
„Heute ist wohl dein lustiger Tag? Nimm lieber das Fax und zeig mir auf der Straßenkarte den Weg", befahl er streng.
„Natürlich, selbstverständlich, wie der Herr Modefotograf wünschen", neckte Adele weiter. Sie überflog kurz das Fax und gab William Anweisungen: „Die nächste Straße mußt du rechts, dann geradeaus und die übernächste Straße links."
„Danke, Adele", raunte William und wartete, bis die Ampel grün war. Er kannte sich in Brighton nicht aus. Die Straßenführung war kompliziert und undurchsichtig. Jedenfalls für ihn. Es hätte ihn sehr gestört, nach dem richtigen Weg zu fragen. So wie es die meisten Männer gestört hätte. Gut, daß Adele neben ihm saß. Ihr Orientierungssinn war erstaunlich präzise. Für eine Frau sogar ungeheuer

präzise. Und er mußte es wissen, schließlich hatte er es mit sehr vielen Modeln zu tun, die nach dreißig Minuten überhaupt nicht mehr wußten, auf welchem Weg sie in sein Fotoatelier gekommen waren. Geschweige denn, wo sie (falls vorhanden) ihr Auto parkiert hatten. Doch bei Adele fand er in diesem Punkt, wie in so manch anderen Punkten, Intelligenz vor – und nicht gähnende Leere, einem Vakuum ähnlich.
„Dort, beim gelbgrünen Kaufhaus, mußt du links in die Landstraße einbiegen. Siehst du die Abzweigung?"
„Ja, danke Adele. Warst du schon mal in Brighton?"
„Nein, nicht daß ich wüßte."
„Sie hatte mal einen Model-Job in der Nähe von Crawley. Vielleicht kennt sie deshalb die Gegend um Brighton", spekulierte Veronica.
„Na klar, ich fahre von Crawley hinunter nach Brighton, nur um die Gegend zu kennen. Wieso liest *du* nicht die Straßenkarte, Vron?"
„Blöde Straßenkuh", stellte Veronica fest. Sie richtete sich an William: „Übrigens Will, wir haben dir doch schon im Harvey Nichols von der Ausgrabung und dem Archäologen erzählt. Erinnerst du dich?"
„Flüchtig, Veronica. Ich kann mich nur noch flüchtig daran erinnern. Die letzten Tage hatte ich sehr viel um die Ohren. Ich bin euch übrigens dankbar, daß ihr mir die Wahl der Modellkleider überlassen habt. Andernfalls wäre die Sache wohl noch komplizierter geworden", vermutete William und bog in die Überlandstraße nach Newhaven ein.
„Was wäre noch komplizierter geworden?" kam prompt die Frage von Veronica, die William gleich nach Beendigung seines letzten Satzes erwartet hatte. Die Freundinnen ließen nichts einfach so auf sich beruhen. – Oder konnten sie es einfach nicht?
„Na, kommt schon. Ihr wißt genau, was ich damit meine. Ihr hättet die fünf Kollektionen stundenlang angeschaut und durchdiskutiert. Ich kenne euch doch. Am Schluß wärt ihr gleich schlau wie am Anfang gewesen – und ich hätte die Kleider so oder so aussuchen müssen."

„Völlig aus der Luft gegriffen, deine Unterstellung. Findest du nicht ebenfalls, Vron?"

„Genau, Adele. Vollkommen hirnrissig, die Vermutung. Wir können uns sehr schnell auf eine Sache einigen und bleiben auch bei dieser. Im Gegensatz zu anderen Leuten", verteidigte sich Veronica. Sie warf William über den Rückspiegel einen vorwurfsvollen Blick zu, der seine Wirkung nicht verfehlte.

Es wurde Zeit, das Thema wieder zu wechseln, fand William Tower: „Glaubt ihr, wir werden auf den komischen Archäologen stoßen?"

„Hoffentlich nicht. Ich kann mir nicht vorstellen, daß seine Ausgrabung ausgerechnet an diesem Strandabschnitt ist. Ich wüßte nicht, wie ich ihn dann abschütteln könnte. Er hing schon im Flugzeug wie eine Klette an mir."

„Aufdringlicher Typ, hä?"

„Ja Will. Wenn du ihm nur eine kleine Chance gibst, rattert sein Mundwerk los wie ein Maschinengewehr. Zuerst versuchst du es zu stoppen, doch bald merkst du, daß sich der Abzugshebel verklemmt hat. Unlösbar verklemmt hat. Schließlich wartest du nur noch, bis die Munition ausgeht", erklärte Adele, worauf jeder Autopassagier leise lächelte.

„Solche Leute kenne ich ebenfalls, ziemlich viele sogar. Wie verhält es sich eigentlich genau mit dem Archäologen?" fragte William und sah in der Ferne bereits die ersten Häuser von Newhaven.

Während Adele über ihre Begegnung mit Salvatore Rollo erzählte, wobei sie, wenn nötig, Anweisungen zur Fahrtrichtung gab, fuhr der Range Rover durch Newhaven und bald danach auf einer schmalen Landstraße in Richtung Küste. Die Landstraße ging sachte bergauf und bot zur Rechten einen herrlichen Blick über das Meer und teilweise über den Strand. Die Klippen waren ebenso gut sichtbar. Die Sonne erwärmte den Tau der Graswiesen, deren starker Geruch sich im Wageninnern breitmachte. Sträucher und Büsche standen vereinzelt auf den Rinder- und Schafweiden. Wald war überhaupt nicht vorhanden. Die Straße verlief nun weg von der Küste und mehr ins Landesinnere. Sanft geschwungene Hügel unterbrachen

selten die flache Landschaft. Jetzt stieg die enge Landstraße in langgezogenen Kurven überraschend wieder an. Langsam erklomm der Range Rover den Küstenkamm, dessen rechte felsige Seite steil bis zum Strand abfiel. Vom Wagen aus ließ sich der Abhang bloß erahnen, sehen konnte man ihn nicht.
Gemächlich erreichte der Rover den Parkplatz vor dem ehemaligen Bunker und jetzigen Rastplatz. Der Parkplatz war gut ausgebaut und bot ungefähr dreißig Autos eine Parkgelegenheit. Für die Touristen hatte man nach dem Parkplatz und vor dem Küstenabhang eine Betonmauer gebaut. Ein erwachsener Mann konnte sich ohne Mühe in Brusthöhe darauf abstützen und die Aussicht genießen. Die Mauer wurde links von einer Drahtmetalltüre unterbrochen, hinter der die Steintreppe begann, welche bis zum Strand hinunterführte. Es befand sich kein Restaurant im Rastplatz, dessen große getönte Aussichtsfenster seine militärische Herkunft nicht verleugnen konnten, dazu waren die massiven Betonmauern zu dick. Irgendwie erinnerte die einstöckige Anlage an den kalten Krieg und an den Versuch, aus etwas Nutzlosem etwas Sinnvolles machen zu wollen. Gescheitert war der Versuch sicher nicht, er ließ dennoch jede Phantasie vermissen, was die trostlosen Verpflegungsautomaten im Innern des Rastplatzes bewiesen. Sollte jemand aber die Armee vermissen, würde er sich hier wie zu Hause fühlen. William Tower parkierte den Geländewagen im rechten Teil des Parkplatzes, gleich vor der Betonmauer.
„Wir sind nicht alleine hier", sagte Adele, als William den Motor abstellte. Sie deutete mit gestrecktem Zeigefinger auf einen leicht rostigen, hellblauen VW-Bus, der gerne von Studenten als Transportmittel verwendet wird. Knapp daneben stand ein gelber Volvo, dessen verblichene Farbe in den Siebzigerjahren einmal frisch ausgesehen hatte. Nur der dunkelgrüne Range Rover, an der rechten Seite des Trios, machte einen neuen, gepflegten Eindruck. Die drei Autos standen im linken Teil des Parkplatzes, rund fünfunddreißig Meter weit von ihnen entfernt.

„Ist das nicht der gleiche Range Rover, den du fährst?" erkundigte sich Veronica erstaunt, öffnete die hintere Wagentüre und stieg aus.
„Schwer zu sagen von hier aus. Es könnte dieselbe Farbe sein. Beim gleichen Fahrzeugtyp bin ich mir nicht so sicher", antwortete William und stieg ebenfalls aus. „Ich müßte mal hinübergehen und in den Rover hineinschauen, dann wüßte ich es ganz genau", ergänzte er, machte jedoch keine Anstalten, es auch wirklich zu tun.
Nachdem alle Insassen ausgestiegen waren und sich nach der langen Autofahrt genügend gestreckt und gereckt hatten, ging das ganze Grüppchen geschlossen zur Raststätte hinüber. Wie die fünf Aussichtsfenster war die Eingangstüre aus Rauchglas. Einige schmucklose Holztische und Stühle bildeten neben den erwähnten Verpflegungsautomaten die Inneneinrichtung. Wirklich freundlich erschienen bloß die hellorange gestrichenen Wände des ehemaligen Bunkers.
Hinweisschilder dokumentierten in mehreren Sprachen die abwechslungsreiche Geschichte der Region und der Raststätte. Veronica verschwand eilig in der Damentoilette, während die anderen den Inhalt der zwei Automaten unter die Lupe nahmen. Schokoriegel, Kaugummi, Pommes Chips, Bonbons, saure Drops, daneben der Getränkeautomat.
„Seht euch das Touristenfutter an. Echt gräßlich. – Ich brauche einen Schokoriegel", meinte Adele und kramte in ihrer Handtasche nach Kleingeld.
„Ich wußte gar nicht, daß Models Schokolade essen."
„Dieses Model schon, Pamela."
„In dem Fall kannst du mir auch ein paar Schokoriegel hinauslassen."
„Kein Problem. Hast du Münzen?"
„Mal sehen", entgegnete Pamela und fing in den Taschen ihres Mantels zu suchen an.
„Chocolat können Frauen niscnt widerstehen", stellte Jean fest.

„Völlig richtig, Mister Delacroix. Fast schon traurig, aber völlig richtig", bestätigte William. Nachdenklich setzte er drauf: „Ich geh mir den Strand und die Klippen anschauen. – Wenn ihr weiter so futtert, werden das je länger je mehr Männer tun, die euch begegnen."

„Blödmann! Du bist wirklich ein ausgemachter Blödmann!" rief Pamela Jean und William hinterher, die erheitert dem Ausgang entgegenschlenderten. Im Freien angekommen, marschierten sie zur Betonmauer.

„Der Typ ist ein echter Idiot! Ich kann gut verstehen, warum du ihn verlassen hast", gab Pamela aufgebracht von sich und biß herzhaft in den Marsriegel.

„Den stört nur die Zeit, die wir hier verlieren. Er will das Morgenlicht nicht verpassen. Ich kenne ihn. – Ich kenne ihn leider nur zu gut", sinnierte Adele gedankenverloren. Die Gefühlsmischung aus Vertrautheit und Erkenntnis war unbehaglich für sie. Das Gefühl hielt jedoch nicht lange an.

Veronica kehrte von der Damentoilette zurück und sah die Snacks in den Händen ihrer Freundinnen: „Ach, ihr habt euch schon bedient? Gibt es auch Kaffee in dem Laden?"

„Nein Vron, scheinbar nicht. Im Getränkeautomat sind nur Dosen", klärte sie Adele kauend auf. Worauf Pamela hinzufügte: „Nicht gerade klug, die Leute, die den Rastplatz eingerichtet haben. Hier fehlt eindeutig ein Automat mit warmen Getränken."

„Vielleicht hat die Navy nach dem Bunker auch die Raststätte eingerichtet. All zu viele Touristen werden sich hierher wahrscheinlich nicht verirren", vermutete Adele und riß die Verpackung eines weiteren Schokoriegels auf.

„Na gut, dann lasse ich eben eine Cola raus", resümierte Veronica und durchsuchte die Jacke ihres Hosenanzugs nach Kleingeld. Sie fand aber keines.

„Warte, ich habe noch ein paar Münzen", half ihr Adele aus und steckte zwei Fünfzigpencemünzen in den Schlitz des Getränkeautomaten. Veronica drückte auf das Coca Cola-Symbol, worauf eine

Dose polternd herunterfiel. Sie öffnete die rotsilberne Dose, die zischend schäumte.

„Danke Adele. Wollen wir ebenfalls hinausgehen?"

„Ja, gehen wir. Hier drinnen gibt es nichts zu sehen", bejahte Adele und verließ zusammen mit Pamela und Veronica die Raststätte. Zielstrebig gingen die Frauen über den Parkplatz. William und Jean standen an der Betonmauer und spähten in die Ferne. Sie gesellten sich zu ihnen.

„Grandiose Aussicht, was?" begrüßte William die Neuankömmlinge.

„Oh, wirklich beeindruckend."

„Wow, eine tolle Fernsicht."

„Schöner Strand und Klippen da unten", waren kurz danach die Reaktionen.

„Ich habe eine unangenehme Entdeckung gemacht. Schaut mal nach rechts unten, ungefähr 250 Meter den Strand hinauf. Seht ihr, was ich meine?" fragte William und streckte seinen rechten Arm in die Richtung aus.

Auf den ersten Blick war nur schwer zu erkennen, was er damit andeuten wollte. Nachdem sich die Augen jedoch auf die Weite eingestellt hatten, wurde klar, was ihn störte: Wie eine Horde kleiner Gartenzwerge buddelten Leute auf einer Düne. Das Loch mußte bereits einigermaßen tief sein, weil ab und zu ein Gartenzwerg darin verschwand. Bald tauchte dafür ein anderer auf und leerte einen Kübel Sand über die entgegengesetzte Dünenwand. Jetzt fielen einem zudem die weißgelben Plastikbänder auf, mit denen die Düne weitläufig abgesteckt war.

Vom übrigen Strand abgegrenzt, ähnlich einem Kleinstaat mit löchrigem Hügel, hätte die Düne ebenso eine Art Zwergenmine sein können.

„Oh nein, das darf nicht wahr sein", entfuhr es Adele enttäuscht und frustriert. In einem hinteren Winkel ihrer Gedankenwelt, hatte sie eine böse Vorahnung betreffend des Ortes für das Fotoshooting gehabt. Zwar konnte sie diese bis jetzt noch gut verleugnen und die

Weitläufigkeit der Küste hatte sie darin zusätzlich bestärkt, doch das undeutliche Ausgrabungsteam, welches so unablässig fleißig Sand schaufelte, ließ ihre Befürchtung Wahrheit werden.
„Jetzt lernen wir ihn vermutlich kennen, deinen Archäologen."
„Er ist nicht *mein Archäologe*, Will. Er ist nur ein alternder Italo-Macho. Und seine Sekretärin ist für meinen Geschmack zu jung", betonte Adele und blickte William Tower scharf an.
„Ach, eine junge Sekretärin", erwiderte William anzüglich.
„Will, weißt du, was du mich kannst?"
„Nein, Adele, was denn?"
„Ich werde dir schon noch sagen – was du mich kannst – aber sicher nicht vor Zeugen", meinte Adele ärgerlich, worauf ihre Zuhörer herzhaft lachen mußten.
Ein frischer Windstoß blies die Klippen hinauf und ließ die fünf frösteln. Das fast gemeinsame Lachen ebbte ab.
„Schon gut, schon gut", sagte William versöhnlich, „ich wollte die Fotos sowieso gleich im unteren Strandabschnitt schießen. Hier unten hat es eindeutig imposantere Klippen als dort oben. Wir werden wahrscheinlich nicht einmal mit diesen Archäologen in Kontakt kommen."
„Will, du weißt genau, daß das nicht funktioniert. Sobald wir Fotos schießen, werden sie uns sehen. Und dann haben wir mehr als genug Zuschauer bei unserem Fotoshooting", befürchtete Adele.
„Daran kann ich nichts ändern. Ich habe diesen Ort nicht für das Fotoshooting vorgeschlagen, wenn du dich erinnern kannst", entgegnete William und blickte Veronica ins Gesicht, was Adele ebenso tat. Veronicas Gesichtsmimik zeigte jedoch keinerlei Anzeichen von Schuldgefühl, sondern strahlte eher amüsierte Gelassenheit aus. Sie schwieg beharrlich, und der schelmische Ausdruck in ihren Augen wies jede zugewiesene oder vermutete Verantwortung zurück.
„Mach dir keinen Kopf. Ich werde den Spagetti-Archäologen schon zurechtweisen, wenn er aufdringlich werden sollte. Für seine Kollegen gilt dasselbe. Ich lasse mir mein Fotoshooting nicht von Sandburgenbauern vermiesen", versuchte William Adele zu beruhigen.

„Danke, Will. Wenn ich etwas hasse, dann sind es gaffende Zuschauer bei einem Fotoshooting. Ihre dummen Gesichter werfen dich aus deiner Konzentration. Du versuchst dich neu zu konzentrieren und siehst trotzdem nur ihre blöden Glupschaugen. Verdammt, ich hasse es!" fluchte Adele aufgebracht.
„Wow, wow, komm wieder runter. So schlimm wird dieser Doktor Rollo bestimmt nicht sein", unterbrach Veronica.
„Es geht nicht um Doktor Rollo, es ist die ganze Situation. Wenn ich auch nur ein Fünkchen Verstand in meinem Schädel gehabt hätte, hätte ich nicht auf dich gehört. Und wir würden das Fotoshooting vielleicht in einem Park in London machen. Aber nein, ich mußte ja nachgeben."
„Ist vielleicht besser, wenn du gelegentlich nachgibst."
„Blöde Kosaken ...", setzte Adele zu einem vertrauten Schimpfwort an, doch irgendetwas ließ sie innehalten. „All right, tut mir leid. Mein Fehler. Machen wir das Beste aus dem Strand, dem Sand und den Klippen", beendete sie ihren Aussetzer.
„Woher kommt der plötzliche Sinneswandel?" fragte William erstaunt.
„Nun, eigentlich hätte ich jetzt eine Woche Ferien. Also verliere ich wegen *deinem* Fotoshooting einen Ferientag. Es ist mir klargeworden, daß ich nicht noch mehr verlieren will, als nur einen Ferientag."
„Oho, da hat wohl jemand dazugelernt."
„Kann schon sein, Will. Kann schon sein."
„Lassen wir das. Wir müssen die Ausrüstung zum Strand hinunterschaffen. Ein so gutes Licht kriege ich den ganzen Tag nicht mehr."
„Mischter Tower hat rescht. Commençons-nous", stimmte Jean ihm zu.
„Was hat er gesagt?" wollte Pamela wissen, für die Französisch schon immer eine unerlernbare Sprache gewesen war, obwohl sie ihr als Visagistin nützlich gewesen wäre. Daran hatten auch unzählige Make-up-Artikel nichts geändert, die sie andauernd in ihrem Beruf benutzte. Die Verben, Pronomen und Substantive auf den Döschen und Schächtelchen blieben für sie ein sich stets neu änderndes Rät-

sel. Dieser Umstand störte sie heimlich und trat dann verstärkt offen zutage, wenn sie mit französischsprachigen Leuten in Kontakt kam.
„Er hat gesagt, daß wir mit dem Fotoshooting anfangen sollen", übersetzte Veronica. Sie fuhr gleich an William gerichtet fort: „Wieviel Material hast du mit dabei?"
„Alles im Kofferraum habe ich mit dabei. Wir müssen alles im Kofferraum zum Strand hinuntertragen."
„Den ganzen Kram?"
„Ja, Veronica, den ganzen Kram. Aber keine Sorge, wir Männer werden die größeren Koffer tagen. Ihr Frauen könnt den Kleinkram hinuntertragen."
„Zu Befehl, Herr General!" salutierte Veronica ernst vor William. Ihre überraschende Aktion brauchte eine Weile, um in der Aufmerksamkeit der Anwesenden zu wirken. Schließlich mußten alle wiederum mehr oder weniger stark schmunzeln. Vergnügt ging die Gruppe zum Range Rover und sie begannen die Utensilien für das Fotoshooting auszuladen.
Die steile Steintreppe war für keinen Transport (egal welcher Art) geeignet. Trotz der morgendlich kühlen Temperaturen kamen die Träger und Trägerinnen bald ins Schwitzen. Auch die fest einbetonierten Treppenstufen und das metallene Treppengeländer konnten das nicht verhindern. Mühsam stiegen sie die Steinstufen hinab und hinauf, bis zuletzt der Kofferraum leer war und ein Haufen Koffer, Taschen, Kleidersäcke, Klapptische und Klappstühle am Strand dalagen. Schnaufend versuchten sie die Klappstühle aufzustellen, was sich als gar nicht einmal so einfach herausstellte.
„Woher hast du diese unpraktischen Dinger?" beklagte sich Pamela und versuchte nervös, aus dem Chromgestell und dem blauen Stoff dazwischen einen Stuhl aufzubauen. Der Stuhl blieb nicht stehen, sogar nach dem vierten Versuch nicht. „Scheißding, bleib endlich stehen!" fuhr sie das Gestell an.
„Einen Moment, ich zeige dir, wie's gemacht wird", erbot sich William. Er hob das Chromgestell aus dem Sand und klappte es auseinander. Seine Übung darin war unübersehbar. Bald stand der

Klappstuhl im weichen Sand. „Du mußt die Schrauben der Metallstutzen anziehen", erklärte William, als sich Pamela ächzend auf die blaue Sitzgelegenheit fallen ließ. „Mir doch egal, welche dämliche Schraube ich an dem Scheißding anziehen muß", erwiderte sie und streckte ihre Beine gerade. Schließlich saß die ganze Truppe auf ihren Stühlen und ruhte sich von der Tragearbeit aus.

„So, das Gröbste ist geschafft. Ich montiere noch schnell die Klapptische, dann könnt ihr mit der Frisur und dem Make-up beginnen", sagte William.

Zuerst kam keine Reaktion bei seiner Ankündigung. Das restliche Team saß da und betrachtete, schwer atmend, die plätschernde Brandung. Sie hatten nicht mit einer solch anstrengenden Tragearbeit gerechnet.

„Normalerweise bin ich nicht als Möbelpacker tätig", beschwerte sich Adele und versuchte Ordnung in die vom Wind zerzausten Haare zu bringen. Eine neuerliche Windböe ließ sie dieses Unterfangen aufgeben.

„Ein bißchen Bewegung in den Ferien tut gut", entgegnete William fast schadenfroh und begann den ersten Klapptisch zu montieren.

„Du hast echt Nerven, das muß ich wirklich zugeben", betonte Adele mit einer minimalen Spur von Bewunderung in der Stimme.

Jean oder „Pepe" griff nach seiner gestreift lilafarbenen Tragetasche, die ein kleines grünes Krokodil verzierte, und packte Coiffeurutensilien jeglicher Art auf den Klapptisch. „Frau Süpermödel, wir können mit der Frisür anfangen", ahmte er Veronica nach, was ihm allerdings bloß verwunderte Blicke einbrachte.

„Nicht frech werden, Pepe. Nicht frech werden. Frau Supermodel darf mich nur die Intelligenzbestie dort drüben nennen", sprach Adele bereits wieder in besserer Stimmung. Sie stellte ihren Klappstuhl vor den Tisch und setzte sich erneut.

„Isch würde doch niemals fresch zu dir sein, Adele. So etwas würde isch mir niemals erlauben", versicherte der Hairstylist. Er begann ihre blonden Haare durchzukämmen und versuchte eine seiner geliebten Hochsteckfrisuren zu kreieren.

Pamela kramte inzwischen in ihrem Make-up-Koffer und suchte nach herbstlichen Brauntönen und dazu passenden Eyelinern und Lippenstiften.
Veronica ging auf die spitze Bemerkung Adeles nicht ein, sondern zog den Reißverschluß eines Kleidersackes auf. Darin fand sie einen leichten Pullover, hauptsächlich aus Acrylfasern, schwarzgrau mit Rollkragen. Dazu ein roter Polyester-BiStretch-MiniJupe (Länge ca. 37 cm) mit doppeltem Bund, Gürtelschlaufen und Falten seitlich, las sie auf dem dazugehörenden Etikett. Das Bild vervollständigten glänzende Elasthan-Stretch-Kunstlederstiefel, knapp bis unter das Knie reichend, rotschwarz, mit neun Zentimeter hohen Absätzen.
Manche Leute haben eine komische Vorstellung von Herbstoutfits, dachte sie und bekam eine Gänsehaut beim Gedanken an einen Shoppingausflug durch das herbstlich kühle London, in diesem kurzen MiniJupe. Natürlich gehörten zusätzlich braune Strumpfhosen zu dem Outfit, trotzdem, der Designer schien in wärmeren Ländern zu Hause zu sein.
Für London eindeutig zu wenig Stoff, resümierte sich gedanklich. Dann legte sie die Kleider auf einen Klapptisch und begann den Paravent aufzustellen, welchen William extra für Adele mitgenommen hatte. Er wollte sicherstellen, daß sich Adele dahinter ungestört umziehen konnte. Veronica steckte die Füße des Paravents tief in den Sand, damit der Wind ihn nicht gleich umwarf. Die chinesischen Landschaftsbilder auf den Seiten des verblaßten hellgelben Paravents, paßten so gar nicht zum Rest der nüchternen Ausrüstung. *Wahrscheinlich muß ich ihn noch einige Male aufbauen*, ließ sie die frische Brise vermuten, die über den Strand wehte.
William Tower schraubte inzwischen ein Objektiv vor seine Nikon. Er gehörte nicht zu den Fotografen, die nur auf ein einzelnes Bild warteten oder hofften. Von jeder Pose schoß er mindestens ein dutzend Fotos. Lieber zu viele Fotos, als zu wenige, war sein Motto. Die besten Schnappschüsse erkannte man sowieso erst später in der eigenen Dunkelkammer. Dort konnte er dann in aller Ruhe auswählen und sortieren. Surrend zog die Spiegelreflex den Film zur richti-

gen Stelle. Bei Modefotos arbeitete er meistens mit Stativ, obwohl ihm das im Laufe der Jahre immer mehr störend vorkam. Schnappschüsse schoß man freihändig, spontan, aus der oder auch in der Bewegung heraus. Doch mit Modefotos verdiente er sein Geld, und Modefotos mußten präzise sein, statisch präzise. Solche Fotos waren eher Werbebilder, meistens im Vorderprofil oder ganz leicht im Seitenprofil geschossen. Mit wenig lächelnden oder nur schmunzelnden Models ohne eigentlichen Gesichtsausdruck, dafür allgemein verträglich. Nein, solche Fotos wollte er nicht Schnappschüsse nennen, dafür hatte er schon zu viele echte Schnappschüsse geschossen und zu viele andere gesehen. Der Fotograf ließ das Stativ mit den eingezogenen Spinnenbeinen im Koffer. Von Adele Lord würde er Fotos schießen, wie er sie sich schon immer gewünscht hatte. Mit provokativen, aufrührenden und etwas aussagenden Posen. Dazu jeweils die passende Körpersprache, der passende Gesichtsausdruck. Die Fotos würden mehr werden als nur Fastfood, das war er Adele und sich selber schuldig. Vielleicht schon zu lange schuldig.
„Mischter Power, sind Sie fertig?" fragte Jean und ging hinüber zu William.
Dieser richtete sein Teleobjektiv auf die Klippen und versuchte den geeignetsten Hintergrund für die erste Serie der Fotos herauszufinden.
„Klar, ich bin fertig, wenn Sie es sind", antwortete er und sah Adele an, welcher gerade die letzten Pudertupfer ihres Make-ups aufgetragen wurden. „Adele, du siehst großartig aus", rief er ihr zu. Und sagte an Jean gerichtet: „Gratulation, Mister Delacroix. Sie haben großartige Arbeit geleistet."
„Nischts zu danken, Mischter Power. Aber wir müssen aufpassen auf die böse Wind. Die Wind ist gefährlich für die Frisür", stelle er warnend fest.
„Natürlich, Mister Delacroix. Der Wind ist hier immer eine Gefahr. Doch mit einem solch grandiosen Haarkünstler wie Ihnen, ist die Gefahr deutlich kleiner."
„Sie beschämen moi, Mischter Power. Sie beschämen moi."

„Ganz und gar nicht, Mister Delacroix. Ganz und gar nicht."
„Darf ich die beiden Turteltauben stören – oder wollt ihr zwei alleine sein?" erkundigte sich Veronica frivol, nachdem sie die letzten Sätze mitgehört hatte.
„Du darfst mich stören, wann immer du willst, Veronica."
„Ist echt nett von dir, Will", neckte Veronica weiter. Und fuhr in normalem Tonfall fort: „Adele ist soweit fertig, soll sie dieses Outfit anziehen?"
„Ja, damit werden wir starten. Ich fange mit den Klippen als Hintergrund an, dort ist momentan das beste Licht. Kannst du ihr beim Umziehen helfen?"
„Sicher."
„Und sag Pamela, sie soll die restlichen Kleider auspacken und geordnet auf die Klapptische legen."
„Ja Sir, zu Befehl Sir, wie Herr General wünschen", bestätigte Veronica und machte links kehrt. Sie ging zu Adele und Pamela zurück und gab Williams Anweisungen weiter. Kurz blickten die Frauen zu den Männern herüber und lachten gemeinsam über etwas für die Männer Unhörbares. Wie es Frauen gelegentlich tun, und wie es Frauen gelegentlich lustig finden. Danach fingen sie an, die aufgetragenen Arbeiten auszuführen.
„Blöde Weiber", fand William, „die wichtigen Arbeiten bleiben an uns hängen. Nicht wahr, Mister Delacroix?"
„Rischtisch, Mischter Power. Toujours la même chose. Wenn eine Arbeit, wie sagt man, gut gemascht werden soll, gibt man sie einem Mann. Wenn ein Theaterschtück du haben willst, gib die Arbeit einer Frau."
„Hahaha huhuhu, oh ja, das kenne ich. Hahaha, phantastisch, Mister Delacroix."
„Hahaha, danke, Mischter Power."
„Hohoho, oh Mann, Sie sprechen mir aus der Seele. Trotzdem, ich heiße Tower und nicht Power. Obschon man Power natürlich immer brauchen kann."
„Oh, mon Dieu. Wie kam isch bloß auf Power?"

„Klingt beides ziemlich ähnlich. Nicht, daß es mich stören würde. Warum nennen wir uns nicht beim Vornamen? Ich heiße William, für meine Freunde Will, such dir eines aus", sagte der Fotograf und streckte dem Friseur die Hand entgegen.
Jean oder „Pepe" hätte mit allem gerechnet, nur nicht, sich mit dem hageren Engländer zu duzen. Nach der Unterhaltung im Range Rover erschien ihm das unmöglich. Aber die Suche nach Perfektion im jeweiligen Beruf änderte alles. Irgendwie verband sie dieser berufliche Ehrgeiz und ließ manch Unvereinbares vergessen. „Pepe" sollte genügen, „Jean" wurde er ausschließlich von seinen engen Freunden genannt. Ein zufriedener Ausdruck erhellte seine Gesichtszüge: „Danke, Will, nenn misch einfach Pepe", meinte er dankbar und schüttelte die Hand des Fotografen kräftig.
„Okay Pepe, dann wollen wir mal loslegen", kündigte William an. Er ließ die Hand wieder los und begann das 90-300 mm Objektiv der Nikon abzuschrauben. Aus dem geöffneten Koffer auf dem Klapptisch nahm er sein 28-90 mm Objektiv. Die Nahaufnahmen wollte er zuerst machen. An winzigen Reglern konnte er die Belichtung und die Verschlußzeiten der Kamera einstellen.
„Pepe, siehst du die rechteckigen Kartondeckel mit der Aluminiumfolie darauf?"
„Welsche? Die großen dort trüben im Sand, Will?"
„Genau die meine ich."
„Oui, was soll isch damit?"
„Wir benutzen die Dinger meistens als Lichtverstärker. Also wenn die Sonne einmal zu wenig hell ist, könntest du mit den Alukartons das Licht auf Adele richten und somit verstärken. Glaubst du, du kannst das?"
„Mais oui, dann bin isch dein Assistant."
„Na klar, dann bist du mein Assistent und hast eine wichtige Aufgabe."
„C'est magnifique. Mais, warum verwendest du keinen Scheinwerfer?"
„Möchtest du Scheinwerfer diese Steintreppe heruntertragen?"

„Non."
„Siehst du, ich genauso wenig."
„Ah oui, isch verstehe."
Inzwischen hatte sich Adele umgezogen. Sie ging zusammen mit Veronica und Pamela auf William zu. Der nutzte die Gelegenheit und betrachtete sie durch das Objektiv der Fotokamera. „Sehr schön, sehr schön", kommentierte er, die Kamera vor seinem Kopf. „Durch meine Linse siehst du keinen Tag älter als achtzehn Jahre aus", schätzte William, nachdem Adele vor ihm stand und er die Kamera fein justierte.
„Danke, Will. Ich habe auch immer noch dieselbe Kleidergröße wie damals. Nur oben rum habe ich etwas zugelegt. Ist es dir vielleicht aufgefallen?"
Bei Adeles Geständnis hob sich Williams Blick. In den Augen von Adele las er jedoch keine erhoffte Anzüglichkeit, sondern bloß den Ausdruck sachlicher Feststellung.
„Nein, ist mir gar nicht aufgefallen", log er. „Aber nur ein absoluter Trottel von einem Mann würde sich daran stören", komplettierte William mit dem Versuch eines harmlosen Tonfalls. Die Mimik seines Gesichts verriet aber etwas anderes.
„Fein, fein", schmunzelte Adele vielsagend. Ein minimales Schmunzeln, das William nur zu gut kannte und welches ihn informierte: Anschauen gestattet. Bewundern gestattet. Anfassen verboten!
„Wir machen die Fotos für dieses Outfit dort drüben bei dem Felsvorsprung", lenkte William das Gespräch auf ein anderes Thema um.
„Ja, kein schlechter Platz", bestätigte Adele und studierte den Felsen, der zu einem großen Teil ins Wasser hineinragte. Im Hintergrund türmten sich spitze Klippen. Die Brandung schlug gegen sie und schäumte in meterhohen Wellen, welche in durchsichtigen Dunstschleiern wieder vergingen.
„Pamela, du mußt versuchen, das Make-up in Ordnung zu halten."

„Bei der Gischt? Will, das wird kein Kinderspiel werden. Der nasse Dunst ist pures Gift für ein ausdrucksvolles Make-up. Das solltest du eigentlich wissen."
„Versuch es einfach, okay?"
„All right. Aber versprechen kann ich dir beim Make-up nichts, auch wenn die Klippen ein atemberaubend romantischer Hintergrund sind."
„Ist lange gegangen, bis das jemand erkannt hat. Du scheinst nicht nur beim Make-up eine kreative Ader zu haben", vermutete William und hängte sich die Kamera um.
„In meinem Beruf muß man manchmal verdammt kreativ sein, glaube mir das."
„Kann ich mir denken. Ist wohl heutzutage bei den meisten Berufen der Fall. Laßt uns jetzt zum Felsen gehen", forderte William, worauf das Grüppchen geschlossen zum Felsvorsprung marschierte. Oberhalb der Wasserlinie war der Felsen hellbraun, dort wo die Wellen gegen ihn schlugen, schmutzig dunkelblau. Wenige Algen und Muscheln klebten an den nassen Stellen. Ein Seestern war ebenfalls darunter. Tief flogen kreischende Möwen neben ihnen vorbei.
„Ich habe gedacht, du steigst auf den Felsen und spähst in die Ferne. So als hieltest du nach einem Schiff Ausschau. Mit den Klippen im Hintergrund werden das tolle Fotos", erklärte William und deutete auf eine Stelle über dem Felsvorsprung, wo er sich Adele vorgestellt hatte.
„Nach einem Schiff Ausschau halten?" fragte Adele verwundert.
„Ja. Stell dir vor, du wartest auf die Rückkehr deines Seemannsfreundes, darum stehst du auf dem Felsen und spähst sehnsüchtig in die Ferne."
„Hahaha, meines Seemannsfreundes, hahaha, der ist gut! Hahaha", lachte Adele los. Was ihr alle, außer William, nachtaten.
„Ist doch nur ein Beispiel. Nehmt doch nicht alles so persönlich."
„Hahaha, Will, manchmal bist du zum Schreien komisch. – Seemannsfreund – hahaha", lachte Adele weiter und kraxelte den Fel-

sen hoch, wobei ihr Veronica behilflich war, denn mit langen Absätzen läßt sich nur sehr schwer bergsteigen.
Endlich stand sie auf dem Felsen und winkte kokett herunter: „Hallo Seemannsfreund", neckte sie dazu, worüber diesmal alle lachten.
„Schön. Lege deine linke Hand seitlich auf die Hüfte und die rechte Hand über die Augenbrauen, so als würdest du aufs Meer hinausspähen."
„Etwa so?"
„Ungefähr ja. Versuche noch mehr Spannung in den Armen zu erzeugen. Und setz deinen rechten Fuß vor den linken, damit du leicht versetzt stehst."
Adele versuchte Williams Positionsanweisungen zu erfüllen, mußte jedoch die unebene Oberfläche des Felsens beachten, in welcher einzelne Mulden waren. Interessiert schauten Veronica, Pamela und Jean dem wackligen Schauspiel zu.
„Habe ich jetzt die richtige Position?"
„Beinahe, es fehlt noch der richtige Gesichtsausdruck. Denk an etwas, was du sehr vermisst. Ich nenne absichtlich kein Beispiel."
„Spielverderber", kommentierte Pamela von der Seite her.
„Etwas, das ich sehr vermisse, etwas, das ich sehr vermisse ...", murmelte Adele gebetsartig vor sich hin. Am Ende des Psalms kam ihr die Lösung in den Sinn.
„Ein gigantischer Eisbecher. Ich vermisse einen großen süßen Eisbecher."
„Das ist gut. Das ist sehr gut. Du brauchst einen Eisbecher, du willst einen Eisbecher, du kannst ohne einen Eisbecher nicht mehr leben. Zeig mir das!" befahl der Fotograf, hob die Kamera und begann Fotos zu schießen. Tatsächlich verwandelte sich Adeles Gesichtsausdruck mit dem Klicken des Fotoapparates. Plötzlich erschienen Verlangen, Sehnsucht und Verträumtheit. So, als ob jemand in Sekundenbruchteilen ihr Gesicht vertauscht hätte.
„Das ist es. Jetzt hast du es", rief William Adele zu, während er ein Foto nach dem anderen schoß. „Nimm die zweite Hand auch über

die Augenbrauen. Ja, so. Denk an den Eisbecher, mehr Spannung im Oberkörper. Ja, das ist es. – Pepe, setz mehr Licht auf ihr Gesicht."
„Isch soll was?" fragte Jean oder „Pepe", der bloß fasziniert zugeschaut hatte.
Nun bemerkte er wieder den Alukarton, den er bei sich trug. „Ah oui, un moment s'il vous plait", entgegnete der Franzose und richtete den Lichtverstärker an der Sonne aus. Das machte Jean großen Spaß. William hatte ebenfalls Spaß und war mit der Arbeit von Jean zufrieden. „Ich habe den Film verschossen, ich hole schnell einen neuen. Pamela, sieh mal nach dem Make-up, es sieht ein wenig verwischt aus."
„Okay, Will", stimmte Pamela zu und stieg auf den Felsvorsprung.
„Na, wie fühlst du dich hier oben?"
„Wie ein Leuchtturm – so ähnlich jedenfalls", erwiderte Adele und hielt ihr Gesicht ganz still, damit Pamela mit dem Puderpinsel das Make-up ausbessern konnte.
William stand unterdessen vor dem Klapptisch. Eilig legte er einen neuen Film in die Kamera, als ein Teenager auf ihn zumarschiert kam. Der Teenager trug eine Art blauen Overall und eine helle Baseballkappe mit der Aufschrift „Arsenal London". Ein goldener Nasenring stach aus seinem neugierigen Gesicht heraus, dessen unreine Haut schon von weitem erkennbar war. Zwischen siebzehn und zwanzig Jahren, schätze ihn William Tower ein. Schmutzig waren nicht nur die hellbraunen Wanderschuhe, sondern ebenso der Overall, die Hände, und sogar am Kinn war etwas Erde verkrustet. Kopfhaare konnte William kaum erkennen, dazu war der Millimeterhaarschnitt zu kurz.
„Hallo."
„Hallo."
„Sind Sie Fotograf? Ich, oder besser wir, haben Sie Fotos machen gesehen."
Fotos machen gesehen – tolle Grammatik hat der Junge, überlegte William und mußte fast lächeln. Bloß der Gedanke an seine eigene

Schulzeit verhinderte das. „Richtig, Sportsfreund, wir machen gerade ein Fotoshooting, dort am Strand."
Die dunkelgrünen Augen unter der Baseballkappe bekamen einen strahlenden Glanz. Freudige Überraschung löste die Neugier in der Mimik des Teenagers ab: „Geil, ein Fotoshooting! Echt geil, so was!"
Zwar konnte William die Begeisterung des Burschen teilen, aber „geil" fand er dafür übertrieben und unpassend. Dieses Wort würde er dort lassen, wo es hingehörte, nämlich im eigenen Schlafzimmer oder im Sprachschatz einer jüngeren Generation – und darüber war er ganz und gar nicht unglücklich.
„Finde ich ebenfalls. Bist wohl ein Arsenal-Fan?"
„Klar Mann. Arsenal ist das einzig Wahre. Spielen Sie auch Fußball?"
„Nein. Ich hatte mal einen Bänderriß – in der Schule – ist schon lange her."
„Wirklich? Blöde Sache, so ein Bänderriß. Darum sind Sie sicher Fotograf geworden?" vermutete der Student.
„Nein, leider nicht. So einfach lag die Sache damals nicht. Ich spielte zwar gerne Fußball und hatte auch ein wenig Talent, aber für einen Profifußballer hätten meine Ballkünste niemals ausgereicht. In einem Punkt hast du allerdings recht, als ich den Bänderriß auskurierte, entdeckte ich meine Leidenschaft für Fotos und für die Fotografie. Also brachte mich der Fußball quasi zu meinem jetzigen Job."
„Geil, Sachen gibt's, die gibt's gar nicht", staunte der Teenager.
„Richtig. Wieder ein Punkt, bei dem ich dir zustimmen muß. Und du? Was macht ein Arsenal-Fan an so einem abgelegenen Strand?" erkundigte sich William, obschon er es zu wissen glaubte. Doch manchmal war es besser, nicht alle Karten gleich aufzudecken.
„Äh, es mag vielleicht komisch klingen, aber wir machen hier am Strand eine Ausgrabung. Wissen Sie, wir graben ein Wikingerboot aus."

„Ein Wikingerboot! Jetzt bin ich es, der staunt. In dem Fall bist du vermutlich so eine Art Archäologe?"
„Schön wär's. Nein, ich bin Geschichtsstudent im hoffentlich letzten Semester. Mein Name ist übrigens Mike, Mike Fowley."
„Freut mich, Mike. Ich heiße Tower, William Tower. Sag einfach Will."
„Freut mich, Will", betonte Mike und schüttelte die entgegengestreckte Hand.
„Und Mike, schon etwas gefunden, von dem Wikingerkahn?"
„Ja, mehr als genug. Zuerst dachten wir, es wäre nur ein einzelnes Boot. Aber nach und nach kamen immer mehr Fundstücke ans Tageslicht. In der Zwischenzeit glauben wir, daß es sich um drei Schiffe gehandelt haben muß."
„Gleich drei Schiffe!"
„Ja, ein echter Wahnsinnsfund! So was habe ich noch nie gesehen. Wir buddelten schon etliche Schwerter, Beile und Schilder aus. Allesamt in einem recht guten Zustand", erzählte Mike fasziniert. Dann sah er etwas im rechten Augenwinkel, was ihn schlagartig noch mehr faszinierte: „Das ist doch ... Ist das nicht Adele Lord? – Das Topmodel?"
„Richtig Mike. Das ist Adele Lord. Und sie schaut gerade ziemlich giftig zu mir herüber", bestätigte William heiter.
„Geil, Mann, das wird ja immer besser. Ich bin neben Arsenal auch ein großer Fan von Adele Lord."
„Ach was, wirklich?"
„Klar Mann, wer ist das nicht?"
„In dem Fall habe ich einen interessanten Vorschlag für dich."
„Einen Vorschlag? Was für einen Vorschlag?"
„Weil du mir sympathisch bist und ein Fan des richtigen Fußballclubs bist, lade ich dich und deine Freunde ein, Adele Lord kennenzulernen."
„Geil Mann, das ist unheimlich nett von dir."
„Unter einer Voraussetzung aber", gebot William unerwartet für Mike.

„Was für eine Voraussetzung?" wollte Mike wissen, mit ängstlich erwartendem Ton in der Stimme. Einem Ton, der jedermann sagte, daß der gute Mike alles nur Erdenkliche tun würde, um das Model Adele Lord kennenzulernen.

„Keine Angst, Mike. Es ist nichts Unmögliches, was du tun sollst", beruhigte der Fotograf den Studenten und steckte sich mehrere Filme in die Seitentasche seiner schwarzen Lederjacke. Er klappte den Deckel der Fotokamera zu und warf einen Blick auf die Omega-Armbanduhr an seinem Handgelenk.

„Okay Mike. Es ist jetzt knapp zehn Uhr. Deine Aufgabe ist, dafür zu sorgen, daß wir unser Fotoshooting bis zwölf Uhr ungestört durchführen können. Also keine Besuche deiner Ausgrabungskollegen, die blöd rumstehen und noch blöder in die Gegend schauen. Ich drücke mich extra etwas drastisch aus, damit dir die Bedeutung deiner Aufgabe klar wird. Genau wir ihr, müssen wir unsere Arbeit nämlich auch ungestört machen können. Aber im Gegensatz zu euch haben wir nur heute dafür Zeit. Morgen ist es zu spät. Glaubst du, du kannst diese Aufgabe für mich erfüllen?"

„Das wird nicht einfach werden, Will. Sobald das Team weiß, daß hier wirklich ein Fotoshooting durchgeführt wird, und zudem noch mit Adele Lord, werden alle bestimmt hier zusehen wollen. So was zu verhindern, ist echt schwer", antwortete Mike und schaute nervös zu Adele hinüber.

„Ist verständlich für mich, Mike. Dir sollte jedoch genauso klar sein, was du für die Erfüllung meiner Aufgabe erhältst. Nur wenige Leute lernen Adele Lord persönlich kennen. Da kannst du zum Beispiel Salvatore Rollo fragen, der bei euch mitbuddelt."

„Wo..., woher kennst du Salvatore Rollo?" fragte Mike verblüfft und schenkte nun ungewollt seine ganze Aufmerksamkeit William.

„Ich kenne ihn nicht, aber Adele kennt ihn. Und wenn du meine Aufgabe tadellos erfüllst, kann dir Adele Lord selber erklären, woher sie ihn kennt.

„Geil, Mann, bei deinem Fotoshooting wird dich keiner von unserem Team stören, darauf kannst du dich verlassen", versprach Mike überzeugend.

„Na also, jetzt verstehen wir uns. Von einem Arsenal-Fan habe ich auch gar nichts anderes erwartet", bemerkte William Tower zufrieden.

„In Ordnung, Mann. Ich gehe jetzt wieder zum Hügel. Wir sehen uns Punkt zwölf Uhr – abgemacht?"

„Klar Sportsfreund. Punkt zwölf Uhr, wenn du unsere Vereinbarung einhältst. Andernfalls vergiß Adele Lord einfach. Warum nennst du eigentlich die Düne einen Hügel?"

„Wenn du die Düne so viele Male hinauf und hinuntergestiegen wärst wie ich, würdest du den Sandhaufen sicher nicht mehr Düne nennen. Vielleicht würdest du ihm auch ganz andere Namen geben."

„Hahaha, okay Mike, okay."

„Wiedersehen, Will."

„Wiedersehen, Mike."

Der Fotograf kehrte zum Felsvorsprung zurück, von dem aus ihn Adele misstrauisch beobachtete. Jean, Pamela und Veronica taten dasselbe. Sie schienen wild darauf zu erfahren, wer der schlaksige Bursche war, mit dem sich William unterhalten hatte. Gerne hätten sie mitgehört, doch dazu war die Distanz zum Klapptisch zu groß und die Brandung zu laut gewesen.

„Hier bin ich wieder. Habt ihr mich vermisst?" erkundigte sich William, nachdem er vor dem Felsen stand. Er bekam keine Antwort, statt dessen standen nur Fragen in den Gesichtern geschrieben.

„Wer war denn das?"

„Das war Mike, ein Student vom Ausgrabungsteam dort drüben. Die sahen uns Fotos schießen, darum kam Mike herüber", schilderte William und wußte genau, was jetzt kommen würde.

„Ihr habt euch ja prächtig unterhalten. – Wann darf ich mit dem Rest der Maulwürfe rechnen?"

„Hat dir schon mal jemand zum Schachspielen geraten? Du bist nämlich anderen Leuten immer drei Züge voraus."

„Bei dir ist soviel Logik nicht nötig, Will", entgegnete Adele missmutig.

„All right. Ich gebe mich geschlagen. Aber dank Mike werden wir bis zum Mittag von den Studenten verschont bleiben."

„Aha. Und darauf bist du wahrscheinlich noch stolz."

„Nun hör aber mal wieder auf. Mehr war nicht drin. Mike hat dich sofort erkannt. Wir können froh sein, daß die Clique nicht schon hier blöd rumsteht."

„Oh, deswegen hast du einen Autogrammtermin vereinbart?"

„Ich habe keinen Autogramm...", stoppte William mitten im Satz und dachte aufgebracht nach. Wie immer lag Adele richtig, aber zugeben lag nicht drin.

„Es gibt Leute, die wären froh, wenn sie soviel Publicity hätten."

„Es gibt ein Model, das froh wäre, wenn sie jetzt in den Ferien wäre."

„Hee hee, beruhigt euch. Ihr klingt schon wie ein altes Ehepaar", unterbrach Veronica den Disput. Sie sah sich im Geiste bereits frühzeitig auf der Heimfahrt, jedoch nicht in Wills Range Rover, sondern in einem Taxi oder einem anderen weniger bequemen Gefährt.

Adele traf manchmal schnell eigensinnige Entscheidungen, wenn ihr etwas nicht paßte, ohne Rücksicht auf irgendwelche Konsequenzen. Fatal daran war – solche Entscheidungen zog sie dann bis zum Schluß durch. Wobei der Schluß durchaus gut aussehen konnte – er konnte aber auch bitter sein.

„Wir sollten erst mal Ruhe bewahren. So ein paar Studenten sind leicht zu unterhalten. Machen wir unser Fotoshooting, dazu sind wir schließlich hier."

„Ja, Veronica, wir schind Profis, pas des amateurs", stimmte ihr Jean oder „Pepe" wohlwollend zu.

William und Adele beäugten sich unterdessen wie zwei gereizte Hunde, die knurrend und mit gesträubtem Fell um sich herumschleichen und darauf hoffen, daß der andere Hund ein Anzeichen von Schwäche zeigt, den Schwanz einzieht oder zu winseln beginnt.

„Wo willst du die nächsten Fotos machen?" brach Adele die Spannung. Der Streit war für sie aufgeschoben, jedenfalls bis das Fotoshooting zu Ende war. Es blieb danach noch genug Zeit, Will zu sagen, was einmal gesagt werden mußte. Geduld war eine Tugend für sie, eine zähneknirschende, nervtötende Tugend.

„Eh, ich möchte zusätzlich Fotos vor dem Felsvorsprung machen. Im selben Outfit. Für die Weitwinkelaufnahmen möchte ich ein anderes Outfit. Such dir eines aus, sollte dir ja nicht schwer fallen."

„Oh nein, Will. So was fällt mir nicht schwer."

3

Mike Fowley stampfte zurück zur Düne, bei der stets emsiges Treiben herrschte. Je näher er kam, desto höher wurde die Düne. Sie mußte gut an die sechs Meter hoch sein und ungefähr vierzig Meter lang. Wie jemand darauf kam, daß ausgerechnet unter diesem Sandhauen Wikingerschiffe lagen, war ihm seit Beginn der Ausgrabung unbegreiflich geblieben.
Bis Salvatore Rollo aufgetaucht war. Der Italiener mit der großen Klappe, dem man aber einiges verzeihen konnte, wenn man seine Sekretärin ansah. Rollo hatte die vier männlichen und zwei weiblichen Studenten gleich über das Pergament informiert. Manche würden behaupten, er hatte ihnen einen Vortrag gehalten und war ihnen danach mit seiner Pingeligkeit auf die Nerven gegangen. Alle mußten nach seiner Pfeife tanzen und möglichst vorsichtig mit den Fundstücken umgehen, obwohl es kein Porzellan war, das da zum Vorschein kam, sondern Waffen aus verrostetem Metall. Mike hatte manchmal das Gefühl, als würde der Italiener auf irgendetwas Wertvolles warten, das unter der Erde begraben war. Was das genau sein könnte, darüber hatte er keine Ahnung. Das Memorandum, welches Rollo verteilen ließ, gab davon ebenso nichts preis. Es berichtete lediglich vom Fund des Pergaments in einer verfallenen Villa und darüber, wo die Wikingerschiffe begraben waren. Natürlich stand darin auch etwas von dem arabischen Kaufmann, dem die Villa gehört hatte und der das Pergament verfaßt hatte. Rollo äußerte darin die Vermutung, der Araber könnte die Wikinger bis nach England begleitet haben. Doch dann war Schluß. Belegen konnte der Italiener seine Vermutungen nicht, dazu war das Pergament zu stark beschädigt – stand in dem Memorandum.
Alan Farnsworth, Leiter der Ausgrabung und Geschichtsprofessor von Mike, ließ Rollo weitgehend freie Hand. Die „läufige Serena", wie die Studenten Serena Rossi heimlich nannten, interessierte Farnsworth sichtlich mehr, als der italienische Archäologe, der seine Studenten antrieb.

Doch dann entdeckten sie das dritte Schiff. Unter den zwei verbrannten und stark verkohlten Schiffen kam ein Schiff zum Vorschein, welches weder verbrannt, noch sonst irgendwie beschädigt schien. Ein echter Sensationsfund, leider durch Holzwürmer stark zerfressen, trotzdem einmalig in seiner Bedeutung.
Seit Dienstagnachmittag versuchten sie, das dritte Drachenboot freizulegen. Was die Wikinger ursprünglich vorhatten, wurde dem Ausgrabungsteam bald klar: Die Nordmänner hoben nach ihrer Clantradition eine Grube aus, in welche sie das erste Wikingerboot hievten. Die Krieger schaufelten genügend Sand über das Schiff, und hievten die anderen Schiffe über das vermutliche Wikingergrab. Danach zündeten sie die zwei Schiffe an. So ein Ablenkungsmanöver wurde bisher in keiner Wikingersaga erwähnt und ließ die Hoffnung aufkeimen, noch Unglaublicheres zu entdecken. Vor allem, weil die Wikinger gleich beide ihrer Schiffe als Brennholz geopfert hatten.
Salvatore Rollo hatte diese These bezweifelt, da er der Meinung war, daß die Schiffe wahrscheinlich leck gewesen sein mußten und sie somit für die Wikinger bloß noch von geringem Nutzen waren. Gerippe kamen auf dem Oberdeck zum Vorschein, mit verwitterten Helmen und Brustpanzern. Fein säuberlich in einer Reihe aufgebahrt, wie an dem Tag, als sie begraben wurden.
Undeutlich konnte Mike Fowley die Schrift auf den weißgelben Plastikbändern lesen, mit denen die Düne rechteckig abgesteckt war. In roten Lettern stand darauf:
ACHTUNG AUSGRABUNG - BETRETEN AUF EIGENE GEFAHR!
Die Warnung wurde bedeutungslos, wenn man sie, wie Mike, schon acht Tage hintereinander gelesen hatte. Für Mike wurde sie eher eine Anweisung zum Buddeln und Schaufeln. Zum Abwaschen und vorsichtig Reinigen der Fundstücke, die Rollo und Farnsworth danach unter die Lupe nahmen. Ihre fachmännischen Erläuterungen zu den Fundstücken am Holztisch in ihrem Archäologen-Contai-

ner, kamen Mike wie eine Belohnung für die harte und mühselige Drecksarbeit vor.
Er freute sich über ihre Begeisterung und wollte dieselbe empfinden, doch der Schweiß und Schmutz des vermaledeiten Hügels hinderten ihn daran. Eine gute Note im Abschlußzeugnis würde er von Farnsworth aber sicher erhalten für seine Knochenarbeit, und allein das zählte schlußendlich.
„Hey Mike, wer sind die Leute dort drüben? Ist es wirklich ein Fotograf?" fragte ihn Bruno, einer der Studenten, neugierig.
„Ja, es ist wirklich ein Fotograf. Ruf mal schnell die anderen zusammen, ich muß euch etwas ausrichten von dem Fotografen da drüben. Wir treffen uns bei Farnsworth."
„Geht in Ordnung", bestätigte Bruno.
Wie meistens fachsimpelten Rollo und Fransworth vertieft über einem Fundstück, als Mike den hellbraunen Kunststoffcontainer betrat, der ihnen als Schutz gegen Wind und Regen diente. Serena Rossi stand neben ihnen und machte Notizen. Sie war inzwischen die offizielle Sekretärin der Ausgrabung geworden.
„Äh, darf ich mal kurz stören?"
„Oh, hallo Mike. Sicher, um was geht es?" erkundigte sich Farnsworth.
„Eh, wir haben vorher einen Fotografen entdeckt, bei der Steintreppe. Ich bin kurz mal rübergegangen. Er macht dort in der Nähe ein Fotoshooting."
„Ein Fotoshooting? Hier am Strand?"
„Ja, Professor Farnsworth. Ein Fotoshooting mit Adele Lord."
„Adele Lord? Meinst du die Adele Lord?"
„Ja, Professor, genau die meine ich."
„Wirklich? Das ist kaum zu glauben. Hast du mit ihr gesprochen?"
„Nein, dazu hatte ich leider keine Gelegenheit. Die Leute waren gerade zu sehr mit dem Fotoshooting beschäftigt."
„Aha. Nun gut, dann werden wir mal rübergehen und beim Fotoshooting zusehen", kündigte Farnsworth an. Er wollte gerade aufste-

hen, als ihn Mike unterbrach: „Einen Moment Professor. Der Fotograf hat mir einen Auftrag gegeben."
„Er hat dir einen Auftrag gegeben? Der Kerl gibt dir einen Auftrag – scheint ein echter Witzbold zu sein. Und was für einen Auftrag hat er dir gegeben?"
„William hat uns eingeladen, Adele Lord kennenzulernen. Wir sollen jedoch erst um zwölf Uhr kommen, weil er das Fotoshooting ungestört beenden will."
„Ach, William heißt der Knabe. – Okay, kann ich gut verstehen, wir wollen unsere Arbeit ebenfalls ungestört machen. Zwölf Uhr paßt sowieso besser, als ausgerechnet jetzt", fand der Geschichtsprofessor und wandte sich der Pfeilspitze mit den eingeritzten Runenzeichen zu, die er in der Hand hielt.
„So etwas Ähnliches hat William auch gesagt. Er läßt zudem Mister Rollo von Adele Lord grüßen. Mister Rollo kennt Adele Lord scheinbar näher", erklärte Mike, worauf sich Alan Farnsworth erstaunt an Rollo wandte: „Was, Sie kennen Adele Lord? Mister Rollo, Sie überraschen mich."
Salvatore Rollo und Serena Rossi sahen sich unterdessen völlig ungläubig an.
Niemals hätten sie damit gerechnet, Adele Lord noch einmal zu begegnen. Während Rollo nach einer harmlosen Erklärung suchte, verwandelten Ärger und Unmut die hübschen Geschichtszüge Serenas in eine stechende Maske.
„Ah si, ich habe Adele Lord auf dem Flug nach London getroffen. Wir haben uns im Flugzeug ein wenig unterhalten. Sie hat mir sogar ein Autogramm gegeben. Ich sammle nämlich Autogramme von Models", beschwichtige Rollo.
„Ach so. Ein hübsches Hobby, Doktor Rollo."
„Ma certo, Professor Farnsworth. Natürlich sammle ich nicht nur Autogramme von Models, sondern allgemein von bekannten und berühmten Persönlichkeiten. Leider sind Autogramme von Models nur schwer zu bekommen. Wie es der Zufall aber so will, habe ich Verwandte in Mailand, die gelegentlich bei den Modeschauen an-

gestellt werden, dadurch bekam ich schon einige Autogramme von berühmten Models."

„Demnach war Ihr Zusammentreffen mit Adele Lord höchst erfreulich."

„Certo, Professore. Wir haben uns gut unterhalten im Flugzeug. Wahrscheinlich findet dieses Fotoshooting am Strand nur wegen unserem Gespräch statt. Ich erwähnte nämlich die Ausgrabung hier am Strand. Gewiß nicht absichtlich, aber unsere Plauderei könnte einige Ideen und Interessen initialisiert haben."

„Langsam glaube ich, Sie zu verstehen, Doktor Rollo. Sie erwähnten die Ausgrabung nebenbei, um dafür mehr Aufmerksamkeit von der britischen Öffentlichkeit zu erhalten", vermutete Farnsworth.

„Könnte man so sagen. Jedenfalls kann uns öffentliches Interesse sehr nützlich bei unserer wissenschaftlichen Forschungsarbeit sein."

„Zweifellos, Doktor Rollo. Zweifellos. Die Öffentlichkeit sollte sicher an unserer Forschungsarbeit teilhaben. Ja, von mir aus sollte sie sogar daran mitwirken. Doch in England haben wir dafür andere Möglichkeiten, als Gespräche mit Models. Für solche Informationen ist unsere Presseabteilung zuständig."

„Bene, molto bene. Im Flugzeug wußte ich nichts von Ihrer Presseabteilung, sonst wäre ich vermutlich nicht so ins Detail gegangen. Wissen Sie, Professor, manchmal reißt mich die Faszination für unsere Forschungsarbeit mit sich, und ich rede und rede. Das Schlimmste daran ist, ich merke es nicht einmal."

„Es gibt schlimmeres, als eine ausgeprägte Rhetorik. Kann uns allen schon mal passieren. In Italien gehört so etwas eher zum guten Ton."

„Da muß ich Ihnen zustimmen. Italiener führen liebend gerne Gespräche. Ob nun wichtig oder unwichtig, spielt dabei keine große Rolle, solange das Thema unterhaltend ist", mischte sich Serena Rossi ein, die Rollo beistehen wollte.

„Haben Sie ebenfalls Miss Lord kennengelernt?"

„Ja, Professor. Jedoch nur kurz. Wir haben bloß ein paar Worte gewechselt."
„Die ganze Welt kennt Adele Lord, bloß ich nicht."
„Hahaha, sieht so aus, Professor Farnsworth", lachte Mike.
Die restlichen Studenten traten ein und blickten Mike erwartungsvoll an.
„Was soll denn diese Versammlung hier drinnen?"
„Ich habe die Studenten zusammenrufen lassen, damit wir sie gemeinsam über das Fotoshooting informieren können", erklärte Mike dem Geschichtsprofessor.
„Gut gemacht, Mike. Nun, meine Damen und Herren, wie Sie vielleicht bemerkt haben, wird in unserer Nähe ein Fotoshooting durchgeführt. – Ruhe, Ruhe bitte. Bestimmt werden wir es uns nicht nehmen lassen, diesen Leuten über die Schulter zu schauen. Der Fotograf hat jedoch verlangt, daß wir erst um zwölf Uhr dort erscheinen, damit er seine Fotos ungestört und in Ruhe machen kann. Selbstverständlich werden wir seinen Wunsch erfüllen, alles andere wäre unsportlich."
„Ist wirklich Adele Lord bei dem Fotoshooting dabei?" wollte Gaby Smith, eine leicht pummlige, brünette, mit Zahnspange bewährte Studentin wissen.
„Ja, sie ist es, Gaby. Mehr ist mir aber nicht bekannt. Wir brechen um zwölf Uhr gemeinsam auf, bis dahin geht bitte wieder an eure Arbeit. Nehmt euch das Unterdeck des dritten Bootes vor, dort sollten noch viele Fundstücke verborgen sein."
„In Ordnung, Professor Farnsworth", meinten die Studenten abwechselnd, bevor sie gingen. Mike begleitete seine Studienkollegen ein bißchen fröhlicher, als sonst üblich.
„Vermutlich werden wir die Grabkammer bald freilegen. Nach meiner Ansicht sollte sie unter dem Haufen Rundschilder sein, gleich hinter dem ehemaligen Mast des Wikingerschiffs."
„Ihre Hypothese kann ich unterstützen, Professore. Die Rundschilder gehörten wahrscheinlich zur Ausstattung des Drachenboots und wurden bei der Beisetzung über die Grabkammer gelegt. Wieso

die Wikinger das taten, ist nur schwer zu erklären. Vielleicht war es ein Bestandteil der Bestattung. Es könnte aber auch eine spezielle Tradition dieses Clans gewesen sein, ihre Häuptlinge oder Anführer nach dem Tod mit Rundschilden abzudecken. Möglicherweise wird die Grabkammer und deren Inhalt unserer Fragen klären können."
„Hoffentlich, Doktor Rollo. Obschon die bisherige Ausgrabung sensationelle Fundstücke und Erkenntnisse gebracht hat, dürften in der Grabkammer noch viele Überraschungen auf uns warten. Mir kommt die ganze Ausgrabung wie eine Geburtstagsparty vor, wobei die Grabkammer vermutlich unser Geburtstagsgeschenk enthält", schwärmte Farnsworth.
Nur schade, daß du niemals sehen wirst, was im Geburtstagspäckchen drinnen ist, überlegte Salvatore und grübelte panisch an einem Notfallplan.
Neunzig Minuten später verließen die Studenten und Alan Farnsworth ihren löchrigen Sandhügel. Einzig Salvatore Rollo und Serena Rossi blieben zurück, versprachen jedoch gleich nachzukommen, wenn sie ihre Notizen beendet hätten. Bei der ausgesprochenen Pingeligkeit von Rollo fand niemand etwas merkwürdig daran. Sobald sie außer Sichtweite waren, stiegen Salvatore und Serena in die verfaulten Überreste des dritten Drachenboots. Acht Meter unter der Erde, in modriger Luft, zündete der Archäologe eine rote Stehlampe an, wie sie beim Minenbau und bei Ausgrabungen oftmals verwendet wird. Düsteres Licht beleuchtete das Oberdeck und die Gerippe darauf, die bis jetzt niemand geborgen hatte. Dunkle Schatten, in leeren bleichen Augenhöhlen.
Während die verbrannten Wikingerschiffe etwa drei Meter unter der Dünenkuppe lagen, war das dritte Schiff einen guten Meter tiefer begraben. Aus dem Loch hatten die Studenten die verkohlten Reste der verbrannten Schiffe geborgen und gruben danach weiter, bis sie das Oberdeck des dritten Schiffes freilegten. Der seitliche Zugang, den die Studenten aushoben, erlaubte es, direkt auf das Oberdeck des dritten Schiffes hinunter zu gehen, ohne dafür eine Leiter zu benötigen. Je tiefer das Loch wurde, um so weniger Licht

war vorhanden. Ein Brett lag über dem Einstieg in den Laderaum, damit niemand aus Versehen hineinfiel. Im Laderaum des Wikingerschiffs roch die Luft noch modriger und abgestandener als auf dem Oberdeck. Trotz der ehemals guten Qualität des Eichenholzes bestand jetzt eine akute Einsturzgefahr.

Serena zündete eine Stabtaschenlampe an. Ihr greller Strahl viel auf verstaubte Kisten und Fässer, welche größtenteils schon längst in sich zusammengefallen waren. Was für Gegenstände sie enthielten, konnte Serena bloß ansatzweise durch die zentimeterdicke Staubschicht erkennen.

„Dort hinten sind die Rundschilde", sagte sie und deutete in Richtung Mast, vor dem sich ein riesiger Haufen von ungefähr fünfzig Rundschilden stapelte.

Der Mast selber war abgebrochen und ragte, wie ein gesplitterter Baumstumpf aus dem Oberdeck.

„Ich weiß, bevor du und Farnsworth aus dem Sea Terrace kamt, sah ich mir die Rundschilder an. Wieso habt ihr eigentlich so lange gebraucht, bis ihr hier am Morgen aufgetaucht seid?" fragte Rollo.

„Der Professor hat mir einen Brief diktiert, weil seine Sekretärin nicht bei der Ausgrabung dabei ist. Danach nahm er mich mit in seinem gelben Volvo. Ich dachte, er hätte dich darüber informiert?"

„Hat er. Ich wollte nur einmal deine Version hören."

„Salvatore – piccolo porcellino, du wirst doch nicht etwa eifersüchtig werden? Dazu hast du nämlich keinen Grund", beschwichtige ihn Serena schmunzelnd.

In Wirklichkeit diktierte ihr Farnsworth tatsächlich einen Brief, und sie fuhren auch im Volvo zur Raststätte. Doch bevor die Landstraße hangaufwärts stieg, verlangsamte das Schwedenauto und bog in einen schmalen ungeteerten Feldweg, der direkt zum Strand führte. Dort stoppte der Wagen und Farnsworth griff Serena zuerst an die Schulter, dann an den Oberschenkel und schließlich massierte er ihren Busen. Leidenschaftlich küßten sie sich. Serenas Hand wanderte zwischen die Beine des Geschichtsprofessors. Geschickt öffnete sie seine Hose und war erfreut über das, was da herausstand.

Wild öffneten sie die Autotüren und stiegen aus. Farnsworth packte Serena, ging mit ihr zur nächsten Felswand und drehte sie um. Mit dem Gesicht voran stemmte sich Serena beidhändig gegen den Felsen, während Farnsworth hinter ihr das rote Sommerkleid hochzog und feststellte, daß sie keine Unterwäsche trug. Fast verrückt vor Lust drang er in sie ein und rammelte los wie ein Kaninchen. Bei den Stößen, welche Serena durch Mark und Bein gingen, stöhnten beide gierig vor sich hin. Bald grunzte Farnsworth hemmungslos. Serena drehte sich um, ging in die Knie und ließ ihn in ihrem Mund kommen.

Außer Atem zogen sie sich wieder an. Farnsworth küßte Serena zärtlich und dankte ihr für die „besten zehn Minuten meines Lebens", wie er es nannte. Sie fragte ihn, woher er diese Stelle am Strand kannte. Der Geschichtsprofessor erklärte ihr, daß die Studenten den Feldweg als Abkürzung nach Newhaven benutzten, als ihr VW-Bus einmal seinen Geist aufgab. Die Düne mit dem Ausgrabungsteam sei nur 150 Meter weiter östlich, den Strand entlang, gleich hinter einer Biegung mit Klippen. Darum wäre die Düne nicht sichtbar. Serena wollte die Abkürzung unbedingt ausprobieren. Alan fand das keine gute Idee, ließ sich aber auf einen Kompromiss ein. Während Serena die Abkürzung nahm, fuhr er die Landstraße hinauf und parkierte beim Rastplatz. Die Wette, wer von ihnen zuerst bei der Düne ankäme, gewann Serena. Den Wetteinsatz würde ihr der Professor mit seiner Zunge auszahlen müssen.

„Eifersüchtig? – Ich? Nein, absolut nicht", unterbrach Salvatore ihre Erinnerung, bei der neben Vorfreude ebenso ungeduldiges Verlangen entstanden war. Der Archäologe hob die Stehlampe und ging vorsichtig zum Haufen mit den Rundschildern hinüber. Davor lagen mehrere Skelette. Warum sie dort ihre letzte Ruhestätte gefunden hatten, würde vermutlich für immer ihr Geheimnis bleiben. Salvatore begann die Rundschilde vom Haufen zu nehmen und sie daneben abzulegen. Nachdem Serena ebenfalls mithalf, kam die Grabkammer bald zum Vorschein. Genau wie die Holzrundschilder, war der primitive Holzverschlag morsch. Im Innern des Holzverschlags lag ein weiteres Gerippe. Ein bräunlichverrosteter Eisenhelm bedeckte den Knochenschädel. Die zerfressenen Lumpen mit den Metallplättchen, die es trug, sahen eher wie verfaultes Leder aus und nicht wie die verrissenen Stofffetzen der anderen Skelette. Das lange Schwert an seiner Seite ließ jeden Zweifel schwinden – es mußte der Wikingerhäuptling sein. Die Knochenhände hielten seit dem Todestag das tiefblaue Kästchen fest, welches auf seinem Brustkorb lag. Ein kalter Schauer lief über Rollos Rücken: „Grande Dio, das Pergament sagt die Wahrheit! Grande Dio, das Kästchen der Ägypter existiert!" murmelte der Italiener ehrfürchtig.

„Nimm es! Nimm es schon! Worauf wartest du? Wie haben nicht ewig Zeit!" befahl Serena in einem Ton, den Salvatore niemals zuvor von ihr gehört hatte.

„Schon gut. Einen Moment, ja", antwortete er und tastete nach den Knochenhänden. Ekelgefühle stiegen in ihm auf, beim Gedanken an die unzähligen Maden, welche die Knochen abgenagt hatten. Eigentlich hätte ihm das als Archäologe nichts ausmachen dürfen, doch der saure Geschmack in seinem Gaumen, der hochstieg und sich in einem Brechreiz bemerkbar machte, verriet ihm das Gegenteil. Vom Gerippe ging ein penetranter Geruch aus, so als hätten sich die Knochen und das Holz geeinigt, gemeinsam zu vermodern und zu stinken. Angewidert berührte Rollo die Handknochen. Sofort fielen sie auseinander und landeten klappernd auf dem Boden des Holzverschlags. Erschrocken zog Salvatore seine Hand zurück. Bleich und verdattert starrte er vor sich hin.

„Du bist so ein Schlappschwanz. Geh zur Seite!" befahl Serena und griff nach dem Kästchen. Mit triumphierendem Gesichtsausdruck nahm sie es vom Gerippe und hielt es vor den Lichtstrahl ihrer Stabtaschenlampe. Das Gewicht war zu schwer für Serena, um es lange vor ihrem Gesicht zu balancieren. Darum legte sie das Kästchen aus Lapislazuli auf das oberste weggeräumte Rundschild und wischte Staub davon ab. Salvatore half ihr dabei mit einem Papiertaschentuch aus seiner Anzugstasche. Drei weitere Taschentücher benötigte die sehr dicke Schmutzschicht, bevor sie endgültig verschwand. Schließlich glänzte das Kästchen wie an jenem Tag, als es ein ägyptischer Handwerker fertiggestellt hatte. Scharniere fehlten an der Schatulle, man mußte den rechteckigen Deckel an der Oberseite herausziehen. Gekränkt von der Aussage Serenas, ergriff Salvatore die Initiative und zog den Lapislazulideckel heraus. Der Inhalt verschlug ihm seine Sprache.

„Er ... er ist wunderschön", stammelte die Sekretärin beeindruckt und mit weit aufgerissenen Augen, beim Anblick des riesigen Diamanten.

Hungrig verschlang der Diamant das Licht der Lampen und begann in Regenbogenfarben zu funkeln. Andächtig betrachteten sie den Diamanten und verloren sich in ihm. Standen sie Sekunden, Minuten oder Stunden vor ihm, sie wußten es nicht. Ähnlich dem Inhalt des steinernen Kästchens, spielte für sie Zeit keine Rolle mehr.

„Wir haben ihn gefunden. Wir haben ihn tatsächlich gefunden", hauchte Rollo.

„Ja, das haben wir. Das haben wir tatsächlich", bestätige Serena tranceartig.

Den Diamanten zu berühren, diesen starken magischen Drang verspürten sie beide. Aber das vergilbte mittelalterliche Pergament hatte sie eindringlich davor gewarnt: *Ein göttlicher Schlag töte jedermann, welcher den Götterdiamanten berühre, der nicht von den Göttern dafür vorgesehen wäre.* Vielleicht war diese blumige Warnung bloß eine Ablenkung? Aber was war mit den Skeletten vor der Grabkammer? Hatten sie die Warnung vielleicht auch nicht beachtet und lagen deshalb nun vor der letzten Ruhestätte? In einem unausgesprochenen Einverständnis schob Salvatore den Deckel wieder zu.

„Und wie geht es jetzt weiter?"

„Der Diamant muß so schnell wie möglich in unseren Range Rover. Jetzt ist dir hoffentlich klar, warum ich ein Auto für uns gemietet habe. Ich glaube nicht, daß du den Diamanten im Volvo des Professors transportieren möchtest."

„Nein, Salvatore."

„Allora, wir schichten die Rundschilde wieder auf die Grabstätte, und danach verstauen wir den Diamanten in unserem Aktenkoffer. Ich gehe zu Farnsworth und lenke ihn ab, während du unseren Aktenkoffer in den Kofferraum unseres Range Rovers legst. Das dämliche Fotoshooting hätte uns beinahe den Wikingerdiamanten gekostet", führte Salvatore neu selbstbewußt aus.

„Wir wissen ja, wem wir das Fotoshooting verdanken."

„Willst du streiten, oder willst du den Diamanten?"

„Den Diamanten. Den Diamanten natürlich. Scusi, das Riesending hat mich etwas verwirrt."

„Du scheinst den ganzen Morgen schon etwas verwirrt zu sein."

„Jetzt bin ich es nicht mehr, Salvatore. Jetzt nicht mehr", sagte Serena und half Rollo, die Rundschilder neu aufzuschichten. Irgendwie hatte sich die Mimik des Knochengesichts in der Grabstätte verändert, so als würde es etwas vermissen. Nein, ihre Einbildung mußte ihnen einen makaberen Streich spielen.

4

William Tower fotografierte das vorletzte Designer-Outfit im Weitwinkel, das Meer im Hintergrund, als unerwartet ein holländisches Ehepaar auftauchte. Sie mußten unbemerkt die Steintreppe heruntergestiegen sein und kamen in Begleitung ihrer drei Kinder auf das Fototeam zugeschlendert. Die Kinder machten einen Höllenlärm und tobten wild um ihre Eltern herum. Nachdem William angespannt in die Richtung der Holländer blickte, tat es ihm das ganze Fototeam nach.
„Wer ist denn das nun schon wieder?" wunderte sich Veronica.
„Die sehen aus wie Touristen, wenn ihr mich fragt."
„Ja, Pamela, sieht nach Touristen aus. Na ja, bei dem schönen Wetter hätten wir damit rechnen müssen", meinte William.
„Dein Fotoshooting wird immer besser", ergänzte Adele.
Bei den Klapptischen konnten die Holländer nur mühsam ihre Kinder davon abhalten, mit der dortigen Ausrüstung zu spielen. Zu verlockend waren die so merkwürdigen Gegenstände auf den Tischen und im Sand. Wie sie es trotzdem schafften, die Rasselbande davon loszureißen, blieb unklar für das Fototeam.
„Guten Morgen allerseits", grüßte der Ehemann. Sein holländischer Akzent war unüberhörbar. Der Rest seiner Familie versammelte sich hinter ihm und betrachtete neugierig die für sie ungewohnte und unerwartete Szenerie.
„Guten Morgen. Nettes Wetter heute, ist es nicht so?"
„Ja, schönes Wetter für einen Ausflug. Bis auf die Schleierwolken dort drüben, die versprechen nichts Gutes", schränkte der Amsterdamer ein. „Machen Sie gerade ein Fotoshooting? Ich kenne mich damit nämlich ein wenig aus. In den Ferien fotografiere ich auch immer."
„Da haben Sie richtig vermutet. Wir müssen jedoch nur noch ein paar Fotos schießen, dann sind wir fertig", schilderte William und verschob gedanklich eine ganze Serie von Fotos eines Designerkleids auf den Nachmittag.

„Ach, nur noch ein paar Fotos? Dürfen wir zusehen?"
„Natürlich. Bitte halten Sie aber etwas Abstand, ich brauche das ganze Meer als Hintergrund."
„Keine Sorge, wir werden Sie sicher nicht stören", versprach der Holländer. Sein Versprechen hielt ungefähr eine halbe Minute, bis seine Kinder erneut lostollten und sie dazu vor der Linse Williams hin- und hersprangen.
Entnervt gab William die Anweisung für eine Pause, in der sich alle gegenseitig vorstellten. Es stellte sich heraus, das die Familie Van der Saar hieß und mit einem Wohnmobil den Süden Englands bereiste. Seit drei Wochen seien Ray und Eske Van der Saar schon unterwegs, um mit ihren Kindern Südengland zu erkunden. Nächste Woche ginge es wieder nach Hause.
„Die Nacht haben wir in Newhaven verbracht. In einem Restaurant erzählten uns die Leute etwas von einer Ausgrabung. Von einem Fotoshooting haben sie uns nichts erzählt", erklärte Ray den Grund des Familienausflugs.
„Die Leute in Newhaven wissen nicht alles, das ist gut. Weiter oben, bei der hohen Düne, dort ist die Ausgrabung", informierte William in der vergeblichen Hoffung, eine Ausgrabung sei interessanter als ein Fotoshooting.
„Ich vermute, die Ausgrabung läuft uns nicht davon. Erzählen Sie uns doch bitte etwas über das Fotoshooting. Wir waren noch nie bei einem mit dabei", bat Ray den Fotografen, während er von seiner Frau Eske mit Blickkontakt unterstützt wurde. Also erzählte William über den Kalender für „Pour vous Madame" und wie er sich die Fotos vorstellte. Was er früher bereits für das Magazin fotografiert hatte und was er weiterhin fotografieren wollte. Ray war ihm auf Anhieb sympathisch. Nicht nur, weil er in seinen Ferien auch Fotos schoß, sondern weil er ein interessierter Zuhörer war. Am Ende saß das gesamte Fototeam in ihren Klappstühlen und bediente sich vom Picknickkoffer, den William für die Mittagspause eingepackt hatte. Einzig die drei Kinder, Jake, Tansy und John, rannten energiegeladen um die lockere Gesprächsrunde herum.

„Beneidenswert, diese Energie", staunte Veronica. Sie schenkte sich warmen Kaffee aus der Thermosflasche ein. Verschiedene Leckereien lagen im Picknickkorb, unter anderem kaltes Hühnchen, Aufschnitt, frisches Brot und Weichkäse. Mineralwasser und eine Thermosflasche Tee durften ebenso wenig fehlen.
„Meine Kinder haben meistens zuviel Energie, darum ist es besser, sie herumtollen zu lassen, dann sind sie am Abend müde und gehen fast alleine ins Bett", erläuterte Eske van der Saar, wobei ein Auge auf ihrem Nachwuchs ruhte. Die Kinder verlegten den Spielplatz ans Ufer. Das Meer erschien ihnen wesentlich interessanter als die untätigen Erwachsenen.
„Ich gehe schnell zum Wohnmobil und hole etwas zu essen. Die drei werden bald zurückkommen und nach Essen betteln, wie eine hungrige Meute", fuhr Eske in wissendem Ton fort, was den Rest des Fototeams amüsierte.
„Konnten Sie gut mit dem Wohnmobil zur Raststätte hinauffahren?" fragte William Ray, kurz nachdem Eske bei der Steintreppe ankam.
„Ja. Leider ist mit unserem breiten Wohnmobil auf der schmalen Küstenstraße kein großes Tempo möglich. Doch mit einer großen Familie bist du ohne ein Wohnmobil aufgeschmissen", fand Ray, worauf alle verständnisvoll nickten.
„Haben Sie schon viele Fotoshootings gemacht?" richtete er sich an Adele, die an einem Hühnchenschenkel kaute und verwundert war, das er sie nicht sofort erkannte. Adele nahm sich vor, irgendwann Ferien in Holland zu machen.
„Ich habe mit dem Zählen aufgehört. Aber ein paar waren es schon. Was sind Sie eigentlich von Beruf, wenn ich fragen darf?"
„Gärtner. Ich arbeite in meiner eigenen Firma. Wir haben uns auf die Tulpenzucht spezialisiert und beliefern hauptsächlich Kunden aus Europa."
„Oh, ein Gärtner. Das ist für mich einer der schönsten Berufe, die ich mir vorstellen kann."
„Freut mich, Miss Lord. Wir konnten unseren Betrieb von meinem Vater übernehmen. Auch er war schon Gärtner. Trotzdem ist es gut,

manchmal aus dem Gewächshaus herauszukommen und sich die Welt anzusehen."

„Natürlich, durchaus verständlich. Züchten Sie verschiedene Sorten?"

„Nein, wir haben uns auf leicht zu pflegende Sorten spezialisiert. Experimente überlassen wir anderen Tulpenzüchtern. Jetzt, wo ich so mit Ihnen rede, glaube ich wirklich, Sie schon einmal in einem Magazin gesehen zu haben."

„Möglich wäre das. Ich habe für viele Modemagazine Fotos gemacht. Ob diese in Holland erhältlich sind, weiß ich jedoch nicht."

„Ach, dann waren Sie noch nie in Holland?"

„Leider nein. Aber früher oder später werde ich sicher auch in Holland bei einer Modenschau auftreten."

„Papa, da kommen Leute", unterbrach Rays Sohn Jake die Unterhaltung. Er und seine Geschwister standen plötzlich mit neugierigem Gesichtsausdruck vor ihrem Vater. Verwundert blickten die Erwachsenen den Strand entlang und entdeckten eine Gruppe, die auf sie zumarschiert kam. Alle trugen einen blauen Arbeitskittel. Nur ein sichtlich älterer Mann mit grauschwarzem Vollbart trug einen braunkarierten Trenchcoat. Der Mann schien die Gruppe anzuführen.

„Oje, die Ausgräber kommen", sagte Pamela halbkauend.

„Die Ausgräber?" wunderte sich Ray.

„Ja, die Truppe, die dort hinten eine Ausgrabung macht. Ich war so blöd und habe sie eingeladen. Jetzt haben wir die Bescherung", haderte William.

„Trifft sich gut, wir wollten die Ausgrabung sowieso anschauen. Geht und holt eure Mama. Sie will sicher auch dabei sein, wenn die Leute hier sind", erwiderte Ray, woraufhin seine Kinder losrannten und die Steintreppe hinaufspurteten.

Eine Minute später standen die Studenten und Alan Farnsworth vor dem Fototeam: „Hallo allerseits. Mein Name ist Farnsworth, Professor Farnsworth."

„Hallo, Professor Farnsworth. Mike hat Sie bereits angekündigt. Freut mich, Sie kennenzulernen", begrüßte William den Wissenschaftler, was ihm sein Team nachtat. Kurz stellten sich die Studenten und die Mitglieder des Fotoshootings vor, wobei das mehrheitliche Interesse Adele galt.

„Wo ist denn Ihr berühmter Doktor Rollo?" wollte Veronica wissen.

„Er mußte einige Unterlagen fertigstellen. Er ist ein bißchen pingelig bei solchen Dingen. Aber er kommt gleich nach, wenn er fertig ist", erklärte Farnsworth und schaute, wie die meisten Studenten, Adele hingerissen und bewundernd an. Adele machte gute Miene zum bösen Spiel und setzte ein Lächeln auf.

„Sie kennen Mister Rollo ja schon, Miss Lord", betonte Alan.

„Das ist richtig. Wir machten Bekanntschaft im Flugzeug auf meinem Rückflug von Mailand. Ich hoffe, Sie haben Erfolg bei Ihrer Ausgrabung? Ihr Mister Rollo hat geradezu geschwärmt von der Ausgrabung und vom Wikingergrab."

„Dazu hatte er gute Gründe. Wir fanden sensationelle Relikte aus der Wikingerzeit. Ich hoffe sehr, daß Sie unsere Ausgrabung besuchen, Miss Lord. Es wäre mir ein großes Vergnügen, Ihnen die Fundstücke zu präsentieren."

„Danke für die Einladung, Professor. Wenn wir das Fotoshooting beendet haben und uns noch Zeit bleibt, werden wir darauf zurückkommen. Mister Rollo hat mich übrigens bereits im Flugzeug zu einer Besichtigung eingeladen."

„Wirklich? Doktor Rollo kann manchmal charmant sein."

„Nun, um ehrlich zu sein, im Flugzeug fand ich ihn eher ein wenig geschwätzig und aufdringlich. Zudem glaubte ich ihm nicht allzuviel von dem, was er da erzählte. Doch nach dem, was Sie jetzt sagen, muß wohl etwas dran sein."

„Hahaha, ja, das ist Rollo. Sie haben ihn ganz hervorragend beschrieben, Miss Lord", stimmte Farnsworth Adele zu und mußte gemeinsam mit seinen Studenten lachen. Adele fand die Unterhaltung nach wie vor nicht besonders interessant. Sie erinnerte sich jedoch an ein Detail, welches für sie von Interesse war:

„Haben Sie eigentlich diesen Wikingerdiamanten gefunden?"
„Diesen was?" erkundigte sich Alan erstaunt.
„Na, diesen Wikingerdiamanten, oder wie immer Sie ihn auch nennen. Mister Rollo erwähnte einen riesigen Diamanten, den er im Wikingergrab vermutet. Im Flugzeug nannte er ihn den Wikingerdiamanten."
„Merkwürdig, Doktor Rollo hat mir gegenüber nichts von einem Diamanten erwähnt. Ich werde ihn bei der nächsten Gelegenheit darauf ansprechen."
„Also haben Sie keinen Diamanten gefunden?"
„Nein, Miss Lord. Obwohl wir im Moment die Grabkammer untersuchen, vielleicht finden wir dort diesen sogenannten Wikingerdiamanten. Es ist unverständlich für mich, warum Doktor Rollo Ihnen etwas von seiner Vermutung erzählt hat und mir nicht."
„Er wollte mich vermutlich beeindrucken, jedenfalls hatte ich den Eindruck im Flugzeug. Keine Ahnung, warum er Ihnen nichts davon gesagt hat."
„Typisch Rollo. Uns Studenten gibt er auch immer nur Befehle, ohne uns zu sagen, weshalb", mischte sich Mike in die Diskussion ein. Der Student hatte dafür seinen ganzen Mut zusammengenommen, in der Hoffnung, sich einmal mit Adele Lord unterhalten zu dürfen.
„Trotzdem ist es unglaublich für mich, Ihnen persönlich zu begegnen. Ich bin nämlich ein großer Fan von Ihnen", versicherte er. Sein Gesichtsausdruck war Adele vertraut, sie hatte ihn bereits erwartet. Veronica kannte die Prozedur und griff nach der Handtasche mit den Autogrammfotos. Sie gab die Tasche Adele, einschließlich ihrem Edding-Filzstift.
„Oh, das freut mich sehr", antwortete Adele geduldig. „Dein Name ist Mike, glaube ich?" fragte sie und schrieb bereits vor der Bestätigung des Studenten eine Widmung auf ihr lächelndes Fotogesicht. Mike Fowley wurde abgewürgt.
„Wir sind alle Fans von Ihnen", riefen die restlichen Studenten lautstark und versammelten sich rasch um den Klapptisch vor Adele.

Sie übergab das signierte Autogrammfoto Mike, der es verdutzt, aber dankbar betrachtete.

„Sie ist durch und durch ein Profi, wissen Sie", wandte sich der Fotograf an den Professor, dem die Aktion Adeles zu schnell und zu sehr einstudiert vorkam.

„Ja, sieht zweifellos danach aus", fand Alan, ohne die Nuance Enttäuschung nicht verbergen zu können, die sich in seine Tonlage eingeschlichen hatte.

„Keine Angst, Professor, Sie kriegen auch ein Autogramm. Adele hat sehr viele davon", wollte William Alan aufbauen, erreichte jedoch das Gegenteil davon.

„Äh ja, danke."

„Dort kommt übrigens Ihr italienischer Forscherfreund", informierte William den Professor. Tatsächlich sah er Salvatore und Serena auf sich zukommen. Bei der Steintreppe trennten sie sich, und Serena stieg mit einem Aktenkoffer die Stufen hinauf. Rollo winkte fröhlich und lief beschwingt weiter auf sie zu. Er schien völlig locker und gelöst. Wahrscheinlich in Vorfreude, Adele Lord wiederzusehen. Nicht der einzige Punkt, bei dem sich Farnsworth irrte.

Serena erklomm die steilen Steinstufen mühelos, obschon der Diamant im Koffer ein erstaunliches Gewicht hatte. Doch die Erleichterung über den gelungenen Diebstahl ließen sie die fünf Kilo vergessen, welche an ihrem Arm zogen. Die morgendlichen Schleierwolken verdichteten sich immer mehr zu dunklen Wolkenbänken – es drohte ein Regen.

Scheiß englisches Wetter, was kann man schon anderes erwarten, dachte sie, als der Parkplatz in Sicht kam. Die meisten Parkplätze waren leer. Zu ihrer Linken stand der grüne Range Rover von Rollo, glaubte sie. Zu ihrer Rechten stand ein Monstrum von Wohnmobil mit einer Frau und drei Kindern davor. Sie aßen Sandwichs und tranken Cola. Zweifellos mußten es Touristen sein. Hinter dem sperrigen Wohnmobil hatten sicher der Professor, die Studenten und der Fotograf parkiert. Sehen konnte man die Autos wegen dem Wohnmobil nicht. Aber wo sollten sie sonst parkieren?

Natürlich muß Salvatore wieder eine Extrawurst haben und seinen Mietwagen links abstellen, überlegte Serena, fand es jedoch nicht ungewöhnlich, dazu kannte sie die Marotten des Archäologen nur zu gut. Seine Mätzchen gingen ihr immer mehr auf die Nerven, und sie war froh, ihn bald loszuwerden. *Sobald ich mein Geld von Ludovisi erhalten habe, kann sich Maria Calculotti wieder um den Schlappschwanz kümmern,* kam gedanklich der Schlußpunkt.

Freundlich nickte die fremde Frau Serena zu, was Serena ebenfalls lächelnd tat.

Wenn sie am Morgen bereits auf dem Parkplatz gewesen wäre, hätte sie genau gewußt, daß das nicht der Range Rover von Rollo war, dessen Türe sie öffnete.

Ohne Probleme ließ sich die Autotüre des Rovers öffnen. Salvatore mußte vergessen haben, abzuschließen. Behutsam und vorsichtig legte Serena den Koffer mit dem wertvollen Inhalt auf den Beifahrersitz. Sie selber hatte keinen Autoschlüssel. Rollo fand es unnötig, ihr ebenfalls einen Autoschlüssel zu besorgen.

Aber wenn man irgendetwas lernt, wenn man in Rom aufgewachsen ist, dann ist es, die Autotüren jedes Mal zu verschließen, sobald man das Auto irgendwie verläßt. Also drückte Serena den Hebel an der Innenseite der Türe herunter und schloß die Autotüre wieder. Sicherheitshalber kontrollierte Serena, ob jetzt die Türen verschlossen waren. Keine ließ sich mehr öffnen. Nun befand sich der Diamant in ihrem Besitz oder besser gesagt, im Besitz ihres Capo. Und Serena würde sich hüten, daran etwas zu ändern. Roberto Ludovisi verstand keinerlei Spaß. Ein klein wenig Verlockung blieb dennoch vorhanden, sich den Diamanten einzuheimsen und in Zukunft seine Freizeit an der Copa Cabana zu verbringen.

Der Lärm der Kinder unterbrach die aufkeimenden Phantasien. Ihr Hunger und Durst waren gestillt, die Kalorien mußten erneut verbrannt werden. Mit Gelassenheit wurde ihr erstaunlicher Bewegungsdrang von der Mutter hingenommen. Serena fand ebenso Gefallen am Toben der Geschwister, bis diese auf einmal zur Steintreppe rannten und verschwanden. Eske Van der Saar rannte ärgerlich rufend

hinterher. Nach einem letzten Blick auf den Aktenkoffer beschloß Serena, ihnen zu folgen. Zuerst wollte Serena das Wohnmobil näher betrachten, doch sie entschied sich spontan anders in Erinnerung an Adele Lord, die Serena keinesfalls verpassen wollte.
„Buongiorno, Miss Lord, es freut mich, Sie wiederzusehen."
„Guten Tag, Mister Rollo, freut mich ebenfalls", entgegnete Adele, als der Italiener sich seinen Weg durch die Studenten bahnte und ihre Hand kräftig schüttelte. Sein Gesicht war eine einzige grinsende Maske.
„Ich hätte niemals gedacht, Sie so schnell wieder zu treffen."
„Geht mir genauso, Mister Rollo. Geht mir genauso."
„Wie geht es Ihnen? Ich habe gehört, Sie machen hier ein Fotoshooting."
„Richtig, Mister Rollo. Im übrigen geht es mir gut, obschon mir so langsam die Autogrammfotos ausgehen", erklärte Adele und signierte ein weiteres Foto.
„Ah si, wer kann das den Studenten schon verdenken? Ein Autogramm von einer *Bella Donna* wie Ihnen ist unbezahlbar. Meines ist bereits so gut wie eingerahmt und wird mich auf meinem Schreibtisch in Rom anlächeln."
„Danke, Mister Rollo. Sie sind immer noch so charmant wie im Flugzeug. Einige Landsmänner von mir könnten sich davon eine Scheibe abschneiden", betonte Adele und blickte seitlich kurz William Tower an, der sich jedoch gerade mit Alan Farnsworth unterhielt. Zu spät bemerkte er den Blick.
„Ihre englischen Landsmänner haben andere Qualitäten, als wir Italiener."
„Kann sein, sie sind nur manchmal schwierig zu finden."
„Ma, vielleicht brauchen Sie dazu auch einen Archäologen?"
„Hahaha, nein danke, Doktor Rollo. Im Moment bestimmt nicht", schmunzelte Adele vergnügt und stellte Salvatore dem Rest des Fototeams vor.
Nach der allgemeinen Begrüßung stießen Serena und Eske mit den Kindern wieder zur Gruppe. Eine angeregte Diskussion entstand,

während sich immer mehr Regenwolken formierten. Ab und zu fiel bereits ein Regentropfen aus den Wolken.
„Wie sind Sie ausgerechnet auf diesen Strandabschnitt für ein Fotoshooting gekommen? Hat das etwas mit unserem Treffen im Flugzeug zu tun?"
„Sie haben es erraten, Mister Rollo. Ich habe Veronica vom Zusammentreffen im Flugzeug erzählt. Kurz gesagt – es war danach ihre Idee, das Fotoshooting hier durchzuführen. Ich persönlich hätte einen anderen Ort bevorzugt."
„Ach so, ich verstehe. Hauptsache, Sie sind jetzt hier."
„Etwas müssen Sie uns bitte erklären, Doktor Rollo", bat der Professor, „Sie haben Miss Lord gegenüber einen Diamanten erwähnt, den Sie im Wikingergrab vermuten. Warum haben Sie uns eine solch wichtige Information verschwiegen? Glauben Sie nicht, wir sollten auch darüber Bescheid wissen?"
„Ma certo, Professore. Doch was ich Miss Lord im Flugzeug gesagt habe, war reine Spekulation. In einigen unwichtigen Passagen des Pergaments, die übrigens nur unvollständig und mit großer Mühe entziffert werden konnten, steht etwas von einem großen Stein. Meine Kollegen im Museo Ludovisi haben vermutet, daß es sich um einen Edelstein handeln könnte. Deswegen gaben sie ihrer Vermutung den Namen Wikingerdiamant. Bis jetzt ist es eine Vermutung geblieben. Sollten wir aber einen Diamanten in dem Wikingerschiff finden, dann werde ich mich persönlich bei Ihnen entschuldigen, Professore."
„All right, diese Erklärung klingt plausibel. Wir werden spätestens am Nachmittag wissen, ob etwas an der Vermutung richtig ist."
„Das Fotoshooting können wir vergessen", meinte Pamela, als es leicht zu nieseln begann. Der Himmel war inzwischen eine dunkelgraue trübe Wand.
„Ja, ich weiß, wenn ich verloren habe. – Wir brechen das Shooting ab. Ich begnüge mich mit den Fotos, die schon im Kasten sind", bestätigte William.

Wortlos nickte ihm sein Team zu. Adele verschwand hinter dem Paravent und zog ihre alten Kleider an, sie trug immer noch das vorherige Designer-Outfit. Veronica half ihr dabei, während Pamela die Make-up-Utensilien einpackte.

„Sie brechen das Fotoshooting ab?" fragte Alan den Fotografen.

„Tja, der Regen läßt mir keine andere Wahl. Ich und der Wetterbericht haben mit Sonnenschein gerechnet, und jetzt beginnt es zu gießen. – Pech gehabt."

„Bedauerlich, wirklich bedauerlich", fand Farnsworth, seinen Kopf gesenkt.

Auch seine Studenten, einschließlich Salvatore und Serena, waren enttäuscht.

„Können wir vielleicht beim Aufräumen helfen?"

„Das wäre sehr nett, Professor. Unser ganzes Material muß wieder die Treppe hinauf. Ob wir es vor dem Regen schaffen, weiß ich nicht."

„Habt ihr gehört, Studenten, eure fleißige Mithilfe ist gefragt!" richtete sich Farnsworth an das Ausgrabungsteam, welches mehr als froh war, anpacken zu dürfen. Bald trugen sie die Koffer und den Rest der interessanten Gegenstände zum Parkplatz. Die Familie Van der Saar beteiligte sich dabei. Ohne eine Hand zu rühren und eher gelangweilt wurden sie dabei von den Italienern beobachtet. Farnsworth dagegen half gerne, die Sachen zu tragen.

„Miss Lord, wollen Sie nun unsere Ausgrabung besichtigen?"

„Bitte, Mister Rollo, verzeihen Sie, aber der Regen. Ich bin jetzt schon naß und meinen Regenschirm vergaß ich leider. Sie verstehen doch hoffentlich?"

„Certo, Miss Lord. Vermaledeiter englischer Regen. Molto peccato!" bedauerte der Archäologe.

„Finde ich genauso. Vielleicht ein anderes Mal, Doktor Rollo", ließ Adele Salvatore ein wenig hoffen, obschon sie möglichst schnell ins Trockene wollte.

Beide Südländer verabschiedeten sich überschwenglich und liefen zurück zum Wikingergrab. Sie beeilten sich, es regnete in der Zwischenzeit stark.

„Konntest du den Koffer sicher im Range Rover verstauen?" wollte Salvatore wissen, kurz bevor sie bei der ausgehöhlten Düne ankamen.

„Si. Nur gut, daß du den Range Rover nicht abgeschlossen hast."

„Ma, ich habe ihn heute Morgen abgeschlossen, gleich nachdem ich ausstieg."

„No, die Autotüre war nicht verschlossen. Ich habe mich noch darüber gefreut, weil ich keinen Autoschlüssel habe. Aber warum mußtest du im linken Parkfeld parkieren?"

„Come? Ich weiß genau, daß ich neben dem hellblauen VW-Bus der Studenten parkierte – im rechten Parkfeld – dazwischen war sogar ein Parkplatz leer."

„Maledetto!" rief Serena erschrocken aus, als ihr die Verwechslung der Autos klar wurde. Wie von Sinnen rannte sie los und erreichte schnaufend die Steintreppe. Nichts war mehr von einem Fotoshooting zu sehen, alle Utensilien waren verschwunden. Wie gewöhnlich hatten die Studenten gute Arbeit geleistet. Triefend naß sprang Serena die Steinstufen hoch. Mehrere Male rutschte sie fast aus und mußte sich am Geländer festhalten. Oben auf dem Parkplatz winkten die Studenten, Farnsworth und die Familie Van der Saar dem Range Rover von William Tower nach.

Kapitel 5
Die Flucht

1

Schmale Frauenhände öffneten das rechteckige Kästchen aus blauem Lapislazuli. Licht viel auf reinen Kohlenstoff, dem wertvollsten aller Materialien. Eingebetet in den roten Samt lag das längliche Prisma vor ihr. Das Makrodoma verschlang das Tageslicht und warf es in wundersamen Farbtönen zurück – ähnlich einem Regenbogen. Weiches Feuer aus hartem Stein – dem härtesten Stein – dem Diamanten. Behutsam griff sie mit beiden Händen nach dem „Diamanten der Götter", wie sie und ihre engste Familie den riesigen Edelstein nannten. Vorsichtig zog sie den Diamanten aus seinem weichen Bett. Er fühlte sich kalt an.
Kalt – trotz des Regenbogenfeuers, das in ihm brannte.
Kalt – trotz der unbegreiflichen Fähigkeiten, die er hatte.
Kalt – wie die dunkle unterirdische Welt, aus der er einst stammte.
Fast schon ehrfürchtig legte sie den Stein auf den Rosenholztisch. Ihre zarten Hände lagen auf den Enden des Prismas. Nur knapp gelang es ihr, die eckigen Kanten mit den Fingern zu umschließen. Sämtliche Flächen des Prismas waren glattgeschliffen. So glattgeschliffen, daß nicht die kleinste Reibung zu spüren war, wenn man über sie fuhr. Jasmina schloß ihre dunkelbraunen Augen. Die Regenbogenfarben des Diamanten begannen vor ihrem inneren Auge zu funkeln. Sie hatte Kontakt aufgenommen. Jasmina öffnete die Augen wieder. Vor ihr begann die Luft zu flimmern. Zuerst nur undeutlich und völlig farblos. Dann gewann die Fata Morgana an Deutlichkeit und an Farben. Das Wabern der Luft verringerte sich, bis das dargestellte Bild schließlich so klar wurde, als ob es ein Spiegelbild wäre. Doch der kreisrunde Spiegel, der da vor ihr in der Luft schwebte, zeigte nicht die makellose Schönheit der Prinzessin, sondern eine Flotte von Wikingerschiffen, die einen Hafen verließ.

Azurblau schimmerte das Wasser, welches die eleganten Schiffsbuge zerschnitten. Jasmina konzentrierte sich. Einzelheiten des Bildes wurden klarer und gewannen an Schärfe. Nun wurden winzige Seeleute auf den Schiffen erkenntlich, wie Kleinstlebewesen unter den Linsen eines Mikroskops. Von der Seite aus betrachtet, ähnelte der Spiegel einem Loch in der Luft, das aberwitzig und grotesk da hing, wo eigentlich kein Loch hängen konnte – hängen durfte. Der Kreis, mit rund einem halben Meter Durchmesser, bot den Einblick in eine andere Dimension, befreit von Raum und Zeit. Angestrengt pochte eine Ader an der rechten Schläfe von Jasmina. Die Seeleute wurden deutlicher. Gesichter und deren Mimik waren jetzt gut erkennbar. Nur der Ton bei den Kristallkugelbildern fehlte.

Geräusche kamen einzig von den angeketteten Rudersklaven, deren Kraft dafür sorgte, daß sich die Prunkgaleere der Geschwister fortbewegte. Dumpf und monoton schlug eine Trommel den Ruderrhythmus, nachdem sich die Sklaven richten mußten. Auch die Peitsche knallte gelegentlich, wenn ein Sklave aus der Reihe tanzte, und hinterließ einen blutigen Striemen auf dem ausgemergelten Rücken. Schmerzensschreie drangen nur selten bis zur luxuriös eingerichteten Kabine von Jasmina. Gestört hätte sie sich daran nicht. Seit Kindesbeinen war sie es gewohnt, von Dienern und Sklaven umsorgt zu werden. Im Palast ihres Vaters, dem Kalifen von Al-Djeza'Ir, verrichteten über 800 Diener und Dienerinnen verschiedene Aufgaben. Sklaven standen für sie noch eine Stufe tiefer, ungefähr auf derselben Stufe, wie eine Kuh oder ein Kamel. Nicht im Traum hätte sie aber einen Sklaven auf die gleiche Stufe wie ein Pferd gesetzt. Ein Araberpferd war edel, ein Sklave nur nützlich. Sklaven wurden vor allem auf den Rudergaleeren, bei der Feldarbeit und für niedere Reinigungsarbeiten eingesetzt. Im Moment sah sie Männern zu, die Jasmina noch eine Stufe tiefer einordnete: Wikinger. Der Abschaum nordischer Länder und genau so kühl wie diese. Manche ungebildeten Araber mochten die Nordmänner faszinierend finden. In den Augen Jasminas und ihrer Familie waren es Barbaren. Ungeziefer, das immer dann aus einer Ecke kroch, wenn

man es am wenigsten erwartete. So sehr sie sich auch abmühte und konzentrierte, die offenen und geschlossenen Münder der Wikinger blieben stumm. Kein Ton wurde vom Diamanten in ihr Gehirn geleitet, was gewöhnlich der Fall war, wenn jemand im runden Spiegelbild sprach. Genützt hätten ihr die merkwürdigen Laute wohl nur wenig, denn Jasmina verstand keinen Wikingerdialekt. Arabisch und Lateinisch beherrschte sie dafür einwandfrei.
Jetzt kam der Verräter Abu Fadil Rahin Ibn Chordadhbeh ins Bild und sagte etwas zu einem blonden Barbaren. Wut stieg in Jasmina auf über den ehemaligen Familienfreund, der sie so schändlich an Ungläubige verraten hatte. Zwar warnte der Diamant Jasmina im Hafen von Barcelona vor der Wikingerflotte, darum segelte die Handelsflotte der Geschwister nun nach Marseille. Wenn sie jedoch das Tempo der schmalen Wikingerschiffe betrachtete, wußte sie, daß ihre Flucht nicht lange dauern würde. Zu schnell und zu geschickt segelten die Nordmänner. Abu mußte in Erfahrung gebracht haben, daß Marseille ihr Zielhafen war – und die bleichen Bluthunde des Nordens konnten die Jagd fortsetzen.
Warum in Allahs Namen machte Abu gemeinsame Sache mit Mördern? Verzweifelt ließ Jasmina den Diamanten los, es hatte keinen Zweck. Solche Fragen wurden vom „Diamanten der Götter" nicht beantwortet. Das Spiegelbild vor ihr begann zu vibrieren und zerfiel schließlich in sich selber. Von dem Loch in der Luft war keine Spur mehr vorhanden. Wie weit mochten die Barbaren noch weg sein? Einen Tag? Einen halben Tag? Was würde passieren, wenn beide Flotten aufeinander stießen? Der Gedanke daran verwandelte ihre Wut in Angst. In ohnmächtige Angst. Mit leicht zitternden Händen legte Jasmina den Diamanten zurück in den rötlichen Samt. Sie schob den blauen Lapislazulideckel wieder zu. Ihre Augen verloren sich im tiefen Blau des Kästchens und sie konnte sich nicht entscheiden, ob es die Farbe des Himmels oder des Meeres war, in die sie hinabfiel.
Der Kurs – natürlich – der Kurs der Flotte muß sofort geändert werden, hallte es plötzlich durch ihren Kopf. Sie stand auf und verstau-

te das Kästchen in einer beschlagenen Holztruhe, die bis obenhin mit Seidenkleidern vollgestopft war. Langsam versank das schwere Steinkästchen in den weichen Stoffen. Als sie ihre Kabine verließ, standen wie gewohnt zwei Wächter mit Turbanen davor, die jeweils ein Scimitar trugen. Die Wachmänner senkten den Blick aus Ehrerbietung, da es unhöflich gewesen wäre, Jasmina direkt in die Augen zu sehen. Jasmina ging achtlos an ihnen vorbei. Sie trug ein knöchellanges, safranfarbenes Seidenkleid, in das kunstvolle Ornamente gestickt waren. Ihre schwarzen glänzenden Haare hingen offen bis zu den Schulterblättern. Einen Schleier trug Jasmina nicht, obwohl es der Kalif gerne so gehabt hätte. Doch nachdem sie ihr sechzehntes Lebensjahr erreichte, verzichtete Jasmina darauf. Natürlich gab es Streit deswegen. Jasmina gewann ihn, als sie ihrem Vater sagte, daß hinter einem dunklen Vorhang keine Rose blühen könne. Mürrisch und unwillig stimmte der Kalif zu. Er konnte seiner Lieblingstochter nur selten etwas abschlagen. Und weil Jasmina die einzige war, die mit dem „Diamanten der Götter" in Kontakt treten konnte, vermied er es.

Jasmina erreichte das sonnige Oberdeck der Prunkgaleere. Hassan al Gamal und Jakobus von Plantain standen beieinander und diskutierten eifrig über einer Seekarte. Der Bruder sprach kein Angelsächsisch, der Verlobte kein Arabisch, also unterhielten sie sich in der Gelehrtensprache Latein.

„Da bist du ja. Was hat der Diamant dir gesagt?" fragte Hassan.

„Die Wikinger verfolgen uns noch immer. Die Barbarenflotte verließ Barcelona und segelt uns hinterher."

„Bist du dir ganz gewiß darüber, daß sie uns verfolgen? Könnten die Wikinger nicht einen anderen Kurs segeln? Vielleicht kehren sie zurück in ihre Heimatländer", hoffte Hassan, obschon Jasminas Gesicht das widerlegte.

„Den Kurs kann ich dir nur ungenau sagen, jedoch gibt Abu Fadil Rahin Ibn Chordadhbeh den Bluthunden Anweisungen. Er ist ein Verräter, ich spüre es, sogar ohne den Diamanten."

„Allah stehe uns bei! Unsere Schiffe sind zu langsam für die Barbaren."
„Hassan, wir müssen den Kurs unserer Schiffe ändern – jetzt sofort!" befahl Jasmina streng und rüttelte ihren Bruder an der Schulter.
„Du willst unseren Kurs ändern? Wohin? Wohin willst du segeln? Meines Vaters Kriegsschiffe liegen in Marseille vor Anker. Nur dort sind wir in Sicherheit", erwiderte Hassan nervös.
„Dafür bleibt uns keine Zeit mehr. Abu kennt unser Ziel. Er hat bestimmt viele Geschäftsfreunde in Barcelona – wahrscheinlich konnte einer seinen Mund nicht halten", vermutete Jasmina.
„Dieser Sohn eines Schakals. So dankt er uns die Gastfreundschaft und die einträglichen Geschäfte. Mögen seine Gebeine in der heißen Wüstensonne verdorren", haderte Hassan wütend.
„Warum segeln wir nicht einfach aufs offene Meer hinaus? Sollen sie uns doch dort suchen, die Wikingerhunde", schlug Jakobus vor.
„Ihr seid bestimmt ein bedeutender angelsächsischer Graf, Jakobus, aber sicher kein Seemann. Auf der offenen See sind unsere Handelsschiffe viel schutzloser als in der Nähe der Küste. – Die Küste ...", meinte Hassan nachdenklich.
„Schiffe in Sicht!" unterbrach ihn der Ruf aus dem Mastkorb. Der Ruf zerstörte Hassans Hoffnung, ans Ufer zu segeln und die Flucht auf dem Landweg fortzusetzen. Erschreckt rannten Hassan, Jasmina und Jakobus zum Heck der Galeere. Männer der Besatzung und Soldaten der Leibwache gesellten sich zu ihnen. Am Horizont erkannten sie winzige Punkte – bloß undeutlich und verschwommen. Die Punkte wurden größer. Segel wurden sichtbar, ein paar davon in grellen Farben gestreift. Immer mehr Segel waren zu sehen, bis schließlich der Horizont von ihnen wimmelte. Panik ergriff die Seeleute und viele sprangen ins Wasser, um den rettenden Strand schwimmend zu erreichen. Nur behende Schwimmer überwanden die rund drei Kilometer. Neun waren es nicht. Bevor Hassan einen Befehl weitergeben konnte, setzen seine dreizehn begleitenden Kriegsschiffe alle Segel und machten sich davon – in verschiedene Richtungen. Fluchend riefen ihnen die Kapitäne der Handelsschiffe

hinterher. Ein heilloses Durcheinander entstand auf ihren Schiffen, während die bedrohlichen Drachenköpfe erkennbar wurden. Grimmige Gesichter schauten von den Drachenbooten zu den Arabern herüber. Etliche gespannte Bogen warteten darauf, todbringende Pfeile abzuschießen. Zum Glück griff niemand von den Muselmanen zu den Waffen. Schnell umkreisten elegante Langboote schwerfällige Galeeren. Geschickt kletterten Wikingerkrieger an den Spanten hinauf und drohten mit gezücktem Schwert. Widerstand gab es keinen. Zwar waren Wikinger nicht Piraten, aber wie man eine Handelsgaleere kapert, mußte ihnen niemand erklären. Iben Chordadhbeh staunte trotzdem, als nach wenigen Augenblicken die gesamte Handelsflotte unter der Kontrolle der Nordmänner stand.

Bis jetzt war noch kein Tropfen Blut geflossen – und das erstaunte ihn noch mehr. Augenscheinlich hatten die Ungläubigen Erfahrung bei der Kaperung von Handelsschiffen, obgleich sie dafür nicht bekannt waren. Oder gab es gar keine Zeugen mehr, die davon erzählen konnten? Jedenfalls ging die Entwaffnung der Leibgarde ohne Schwierigkeiten voran. Prinz Hassan mußte seine Wachen aufgefordert haben, die Waffen zu strecken, sonst würden die Sarazenenkrieger bis zum Tode kämpfen. Sie glaubten ebenso wie die Wikinger, daß sie für Gewalt und Mord im Paradies einmal belohnt würden. Eine Gemeinsamkeit, welche Iben in diesem Moment bewußt wurde und die er höchst beunruhigend fand. Gemeinsam mit Halfdans Halbbruder Runar betrat er die Prunkgaleere der Geschwister. Runars Männer hatten die Galeere gekapert, somit gehörte nach dem Gesetz der Wikinger alle Beute ihm. Wenn er wollte, konnte Runar die ganze Beute behalten und mußte seiner Bootsmannschaft nur einen Pflichtanteil auszahlen. Gewiß würde er das nicht tun, denn im nächsten Jahr wollte er mit der gleichen Mannschaft wieder zur See fahren. Der Zusammenhalt und somit der Erfolg einer Wikingermannschaft wuchs über Jahre, und je mehr Beute, desto mehr Zusammenhalt. Seit Iben in Barcelona auf das Drachenboot Runars gewechselt hatte, wußte er, daß Runar nicht so dumm war, seiner

Schiffsmannschaft etwas zu enthalten. Im Gegenteil, Iben schätzte Runar als noch klüger ein als Halfdan. Somit wurde er auch gefährlicher. Und Iben hoffte inständig, daß sich Runar dem von König Horik gegebenen Versprechen beugen würde.

Jakobus von Plantain verfügte über zehn Soldaten, die er zu seinem Schutz auf die beschwerliche Reise mitgenommen hatte. Der angelsächsische Graf befahl ihnen, die Waffen nicht anzurühren. Iben und Runar kletterten über die Brüstung der Galeere, wobei sich Iben sehr ungeschickt anstellte. Nur mit der Hilfe von Runar konnte er die Holzbalken erklimmen. Das Schiff glich mit seinen hohen Aufbauten einem orientalischen Palast, sogar ein kleines Minarett mitsamt Muezzin sorgte für das Seelenheil der Muselmanen. Iben Chordadhbeh wunderte sich nicht mehr, warum sie die schwerfällige Galeere bereits nach sechs Tagen einholten. In wenigen Augenblicken wurde die Schiffsmannschaft zusammengetrieben. Hassan, Jasmina und Jakobus stachen durch ihre Haltung und ihre wertvoll bestickten Seidengewänder aus den anderen Seeleuten hervor.

Runar wandte sich an Iben: „Übersetze, was ich den Sarazenen sage. Ich spreche die Sprache der Sarazenen nicht und werde es gewiß dabei bleiben lassen."

„Gut, Runar."

„Zuerst sollen die Geschwister und der Graf vortreten", befahl der Wikinger.

Der Kaufmann gab die Anweisung weiter. Die Edelleute befolgten den Befehl, wobei sie Iben giftig ansahen.

„Sag ihnen, daß sie gut behandelt würden, solange sie keinen Widerstand leisten. Ihr Gefolge und die Schiffsmannschaft sperren wir im Ruderdeck ein. Wir werden später entscheiden, was mit ihnen geschieht."

Erleichterung machte sich auf den Gesichtern der Araber breit, als Iben übersetzte. Einzig Jasmina behielt eine wütende Mimik und schrie Iben an: „Was willst du von uns, Sohn einer räudigen Hyäne?"

Tief betroffen schaute Iben sie an, bevor Runar fragte: „Sie ist vermutlich die Prinzessin Jasmina?"

„Ja."
„Ihr Gesicht sagt mir, daß sie kein Vertrauen zu dir hat. Und wir wissen beide, weshalb. Ich rate dir darum, jedes Wort richtig weiterzugeben, wenn ich mein Vertrauen zu dir behalten soll", warnte der Nordmann.
„Gewiß, Runar. Es liegt mir fern, dich zu täuschen."
„Hat die Prinzessin ein Anliegen vorzubringen?"
„Nein, sie wollte nur wissen, was ich von den Geschwistern wolle."
„Sage ihr, daß wir später darüber sprechen werden. Es fehlt mir an Zeit, nun gerade ein Gespräch zu beginnen. Meine Männer wollen die Beute zählen und ich werde sie nicht daran hindern. Die Edelleute werden warten müssen – welche Kabine sie dazu wünschen, sei ihnen freigestellt."
„Du kennst dich dem Anschein nach mit Edelleuten aus."
„Edelleute sind genau wie wertvolle Vasen – je weniger Kratzer sie haben, um so mehr bringen sie ein. Ich möchte vermeiden, sie zu beschädigen. Übersetze ihnen das im weiteren", bat Runar und blickte in das zornige Gesicht Jasminas.
Runars geschickte Worte zeigten Wirkung, bevor Hassan erwiderte: „Wir wählen Jasminas Kabine, sag das dem Barbaren."
„Sie wollen in Jasminas Kabine verweilen, bis Ihr Zeit findet."
„Der Wunsch sei ihnen gewährt. Svend, Knud, Thorfin, begleitet die Edelleute in die Kabine", befahl Runar, wonach die drei Wikingerkrieger die Geschwister und den Grafen zur Kabine eskortierten.
Die Nordmänner durchstöberten alle Frachträume und kamen aus dem Staunen nicht mehr heraus. Berge von Gold und Silbermünzen, Trinkbecher, Weinkrüge und Teller aus denselben Metallen, sowie Orientteppiche in wunderschönen Farben stapelten sich darin. Ähnlich reiche Beute hatten auch die anderen Galeeren geladen. Laut jubelnd warfen sie Münzen durch die Luft, bevor das Zählen begann. In einem der Frachträume wandte sich Runar an Iben: „Du hast nichts Falsches erzählt, die Beute ist wirklich zehnmal so groß wie jene, welche wir schon hatten."

„Die Menge der Münzen hat mich selbst überrascht. Es freut mich sehr, daß ich mein Versprechen einhalten konnte", sagte Iben, als ihn eine Stimme aus dem Hintergrund lobte: „Iben Chordadhbeh, dein Wort hast du gehalten, deine Belohnung ist dir sicher", versprach Horik „der Junge". Er stand mit Halfdan, Ivar und Ubbe zusammen. Runar und Iben drehten sich um und sahen die zufriedenen Gesichter der Wikingerhäuptlinge. Nur selten trugen sie ein kleines Lächeln wie jetzt.

„Runar obliegt es, seine Beute zu verteilen, so verlangt es der Wikingerbrauch.

Doch höre Runar, ich habe mit deinen Brüdern gesprochen."

„Ich höre, König Horik."

„Unsere Beute ist so groß, daß wir sie in einem Tage nicht zählen können. Deine Brüder und ich wollen das Gold und Silber deswegen zur Eroberung von neuem Land einsetzen."

„Zur Eroberung von neuem Land?"

„Ja, Runar. Neues Land für Wikinger. Neues Land für uns. Neues Land für dich und deinen Clan. Ein Land, in dem dir kein König sagen wird, was du tun oder lassen sollst, denn das Land wird dir gehören. – Du wirst selber ein König sein, Runar", pries Horik seinen Plan an.

„Schöne Worte, Horik. Doch wo soll dieses Land sein? Ich kenne kein Land ohne König."

„Es liegt vor deinen Augen, du siehst es nur nicht. – Es ist Anglia."

„Anglia? In Anglia gibt es viele Könige und vier Königreiche."

„Gewiß, Runar. Vier Königreiche im Streit. Irland hatte genauso viele Könige mit genauso vielen Streitigkeiten. Doch nun herrschen Wikinger in Irland. Laß Mercia, Northumbria, Wessex und East Anglia streiten, wir werden sie von ihrem Streit befreien. Wir stellen eine Wikingerarmee zusammen und nehmen uns das Land der Streithähne, noch bevor die Angelsachsen merken, was mit ihnen geschieht", erläuterte Horik.

„Dein Vorhaben ist so kühn, als wäre es von Odin selber ausgedacht. Selbst wenn wir scheitern sollten, werden wir an seiner Ahnentafel speisen. Wenn meine Brüder zustimmen, werde ich es auch tun", bekräftigte Runar.

„So sei es. Dein Bruder Ivar hatte den Einfall. Wir andern stimmten ohne zu zögern zu. Eine Wikingerarmee gab es noch nie – nächstes Jahr gibt es eine."

Iben Chordadhbeh schwieg bei den Zukunftsplänen der Nordmänner. Zwar war ihm bewußt, daß dank seiner Hilfe die Wikinger in Anglia einfallen konnten und wahrscheinlich großes Unheil anrichten würden. – Aber hatten sie solcherlei nicht schon immer getan? Wäre es früher oder später nicht sowieso passiert? War er vielleicht schuld am Zwist und an der damit verbundenen Schwäche der Angelsachsen? Nein, diese nordischen Wilden erkannten bloß wieder eine Möglichkeit, ihr Handwerk auszuüben, auch wenn es ein Handwerk des Todes war. Und schlußendlich bekäme er seine Belohnung – mit oder ohne tote Angelsachsen.

„Es verbleiben die Edelleute. Wie sollen wir mit ihnen verfahren?" fragte Runar und gab den Befehl weiter, die Beute auf die Drachenboote umzuladen.

„Ich versprach den Prinzen und die Prinzessin dem Kaufmann. Der Graf aus East Anglia kann dir ein hohes Lösegeld einbringen", antwortete Horik.

„Ich werde dein Versprechen nicht brechen, Horik. Die Wertgegenstände der Prinzengeschwister sind jedoch Teil meiner Beute", beharrte Runar.

„So ist es, und so war es schon immer nach altem Wikingerbrauch", stimmte Horik zu und hob seine rechte Hand als Bestätigung des Einvernehmens.

„Wartet einen Augenblick", mischte sich Iben ein, „in diesem Wortlaut habe ich unsere Abmachung nicht verstanden. Ich dachte, die Geschwister gehören mir, mitsamt ihren Wertgegenständen."

„Was du denkst, sei dir überlassen. Mein Wort ist eingelöst. Es liegt bei Runar, dir etwas von der übrigen Beute abzutreten", klärte Horik Iben auf.

„Ihr macht Euch Eure Sache sehr einfach."

„Das tiefe Mittelmeer würde meine Sache noch vereinfachen. Glaubst du nicht auch, Iben?" drohte Horik „der Junge" und verließ derb lachend den Frachtraum. Halfdan, Ivar und Ubbe taten es ihm brüllend vor Lachen nach.

„Verfluchte Hurens...", wollte Iben auf Arabisch losfluchen, brach aber schnell ab. Runars grüne Augen bohrten sich in die seinen und verweilten dort.

„Genügen dir die Prinzengeschwister nicht? Nenn mir deinen Preis, ich kaufe sie gerne", hörte Iben Runar durch verärgerte Gedankenwelten.

„Sie sind nicht zu verkaufen. Kein Geld der Welt kann die Geschwister aufwiegen. Vielmehr möchte ich dir die Wertgegenstände der Geschwister abkaufen", bot Iben dem Wikinger an, der verwundert meinte: „Ihr Sarazenen habt merkwürdige Bräuche. Vor einigen Tagen verrietst du deine Landsleute – und heute, da du ihr Herr bist, willst du ihre Habseligkeiten kaufen? Du gibst mir Rätsel auf, Iben Chordadhbeh."

Immer tiefer wurde die Zwickmühle, in die der Kaufmann fiel. Seine ursprüngliche Idee, den „Diamanten der Götter" mit Hilfe der Wikinger zu rauben, kam ihm nun so absurd vor, als wollte er eine Kamelherde alleine durch die Sahara bis nach Mekka treiben. Und bis jetzt wußten die Ungläubigen nichts von dem magischen Edelstein – und das war gut so. Vielleicht waren die Geschwister so weise und versteckten den Diamanten, damit er nicht in die Hände der Barbaren fiel. Diese Hoffnung ließ ihn weiter verhandeln, weiter denken, weiter versuchen das Unmögliche zu erreichen. Andere Möglichkeiten kamen nicht in Frage.

In der Zwischenzeit unterhielten sich Hassan, Jasmina und Jakobus in der luxuriösen Kabine. Ein purpurner Baldachin spannte sich über dem breiten Bett Jasminas, auf dem sie saß. Jakobus und Hassan saßen am Rosenholztisch und blickten düster vor sich hin.

„Unsere Lage ist so trostlos wie die eines Lammes, das von Wölfen umringt wird", sagte Jakobus. Erklärend fuhr er fort: „Schon in mei-

ner Heimat hatte ich es mit den Unmenschen zu tun. Einst plünderten und brandschatzten sie ein Dorf meiner Grafschaft."
„Auch wir sahen schon Wikinger. Doch wenn sie unsere Kriegsschiffe erkannten, segelten sie davon. Diese Wikinger sind von anderer Güte, sie scheinen für den Kampf und für den Raub geboren worden zu sein."
„Nein, Hassan, sie haben nur dank dem Verräter Abu einen Vorteil. Sollten unsere Kriegsschiffe bis nach Marseille kommen und die Flotte alarmieren, werden sie flüchten – wie feige Hyänen, wenn ein übermächtiges Rudel Löwen auftaucht."
„Ich befürchte, die Teufel des Nordens wissen Bescheid über unsere Kriegsflotte. Sie werden nicht lange auf unseren Galeeren verweilen."
„So ist es an uns, sie aufzuhalten."
„Aufzuhalten? Wie willst du einen Sturmwind aufhalten, Jasmina?" erkundigte sich Hassan und schob seinen schwarzen Turban gerade.
„Wir bieten ihnen den Diamanten der Götter an, für unsere Freiheit."
„Den Diamanten der Götter? Du mußt verrückt geworden sein."
„Nein, du mußt verrückt sein, wenn du glaubst, daß die Barbaren ihn nicht finden. Ich vermute zu wissen, warum sie ihn noch nicht suchen", entgegnete Jasmina ihrem Bruder.
„So wie ich Abu einschätze, hat er den Diamanten verschwiegen, in der hinterhältigen Absicht, den Diamanten selber zu stehlen. Ähnlich muß es sein, sonst würden die Barbaren uns nach dem Stein fragen oder wenigstens meine Kabine durchsuchen", folgerte die Prinzessin.
„Deine Gedanken mögen stimmen, doch nützen tun sie uns nichts", schränkte Jakobus ein, den Jasmina, zum Unwillen von Hassan, ebenfalls in das Geheimnis des Diamanten eingeweiht hatte. Sie sah darin kein Hindernis, weil Jakobus und sie versprochen waren und bald in Al-Djeza'Ir heiraten würden.

„Du erkennst meine Absicht nicht, Liebster. Wenn die Wikinger erfahren, daß Abu ihnen den Diamanten der Götter verschwiegen hat, werden sie ihn für unglaubwürdig halten. Und an wen wenden sie sich danach – an uns."

„Ja, sie werden dir den Diamanten abnehmen und ohne zu danken gehen."

„Nein, werden sie nicht. Gelingt es mir, die Fähigkeiten des Diamanten zu erklären, können wir Zeit gewinnen. Unsere Flotte sollte danach den Barbaren zeigen, wer hier im Mittelmeer das Sagen hat", betonte Jasmina.

„Das Risiko ist gewaltig und die Rettung durch die Flotte ist ungewiß. Wie willst du vorhersagen, wie die Barbaren reagieren?" wollte Hassan wissen.

„Willst du warten, bis der erste Wikinger vom Diamanten erschlagen wird und sie uns dafür die Schuld geben? Oder willst du warten, bis du auf einem Sklavenmarkt meistbietend versteigert wirst?"

„Sie werden es nicht wagen, uns als Sklaven zu verkaufen. Erkennen uns Araber auf einem Markt als der Prinz und die Prinzessin von Al-Djeza'Ir, hängen sie die Barbaren vor den Stadttoren auf. Die Geier würden sich freuen."

„Mein Bruder hält viel von unserem Volksstamm, aber Habgier und Missgunst hast du vergessen. Nur wenige würden das gewaltige Lösegeld ausschlagen, das sie für uns bekämen", schilderte Jasmina.

Hassan kam nicht mehr zur Fortsetzung des Gesprächs, die Kabinentüre wurde geöffnet. Der arabische Kaufmann und der riesige blonde Wikinger, der anscheinend die Befehlsgewalt hatte, traten in die Kabine. Iben wandte sich an die Geschwister: „Ich glaube, ihr wißt, warum ich hier bin. Gebt mir den Diamanten der Götter und ich lasse euch gehen."

„Hole ihn doch, Abschaum eines Hurenhauses! Fehlgeburt einer Giftschlange!" fluchte Jasmina, sprang vom Bett hoch und rannte auf Iben los. Bevor sie Iben erreichte, packte Runar sie in der Vorwärtsbewegung am Oberarm. Sein Schraubgriff stoppte Jasmina abrupt. Beinahe wäre sie zu Boden gestürzt. Jasmina schlug mit ihrer freien Faust gegen den Brustkorb des Wikingers, wie ein kleines Kind seine Mutter schlägt, wenn es von einer verlockenden Sache weggezogen wird. Erschrocken beobachteten Hassan und Jakobus ihre verzweifelten Anstrengungen.

„Genug! Sag ihr, sie soll sich beruhigen, sonst wird ihr Arm brechen."

Ängstlich übersetzte Iben die Worte des Nordmanns. Erst jetzt wurde ihm bewußt, wieviel Kraft in dem Barbaren steckte. Immer noch wütend beendete Jasmina das sinnlose Schlagen. Runar ließ sie wieder los.

„Nennt mir Euren Namen, Krieger", wandte sie sich lateinisch an ihn.

Erstaunt über ihren Mut, versuchte Runar die Sprache zu verstehen, welche die Edelleute gerne benutzten. Latein hob sie vom gemeinen Volk ab – glaubten sie jedenfalls nach Runars Ansicht. Natürlich war Runar die lateinische Sprache durch weite Reisen bekannt – verstehen konnte er vieles, sprechen weniger, und nur mit Mühe: „Ich bin Runar, Sohn des Ragnarr. Ich bin mein eigener Herr und Anführer meiner Männer."

„Ich bin Jasmina, Tochter des Kalifen Qandrasseh. Prinzessin von Al-Djeza'Ir. Herrscherin über hunderte Schiffe und tausende Männer. Ich befehle Euch, uns auf der Stelle freizulassen."

„Eure Kühnheit gleicht Eurer Schönheit. Es liegt nicht in meiner Hand, über Euch zu gebieten. Ihr und Euer Bruder seid die Beute des Iben Chordadhbeh.

Er bestimmt Euer Schicksal."

„Die Beute? Ich bin niemandes Beute! Eine Prinzessin ist niemals Beute!" schrie Jasmina laut, bevor Hassan aufstand und sie hielt.

„Deine Schwester muß von Sinnen sein, so den Anführer anzuschreien. Kann ich vielleicht mit dir ein vernünftiges Wort sprechen, Hassan?"

„Du hast uns maßlos enttäuscht, Abu Fadil Rahin Ibn Chordadhbeh. Doch der Wille Allahs ist geschehen und läßt sich nicht mehr verändern. Vielleicht ist es an der Zeit, Verhandlungen aufzunehmen."

„Weise gesprochen, Hassan."
„Ich habe nicht gesagt, daß ich mit dir verhandeln will, Abu."
„Aber Hassan ..."
„Mutiger Runar, wir Misstrauen der Schlange Iben Chordadhbeh und wollen mit Euch verhandeln", wandte sich Hassan zum großen Schrecken des Kaufmanns an Runar. Der Wikinger war aufs Neue bemüht, sein Latein zu verstehen.
„Es ehrt mich, mit Prinz Hassan zu verhandeln. Was ist Euer Begehr?"
„Wir wollen unsere Freiheit – und die des Grafen Jakobus kaufen."
„Wie ich Eurer Schwester schon sagte, seid Ihr die Beute des Iben Chordadhbeh. Eure Habseligkeiten und der angelsächsische Graf sind meine Beute."
„Das zu ändern, liegt nicht in unserer Absicht. Doch Eure Männer führen das Schwert und somit liegt unsere Freiheit in Euren Händen."
„Gewiß – Prinz Hassan", antwortete Runar stockend.
„Ich möchte Euch etwas verkaufen, damit Eure Männer uns ziehen lassen."
„Euer Anliegen ehrt mich. Ich glaube jedoch nicht, daß Ihr mir im Augenblick etwas anzubieten habt."
„Wartet kurz und seht selber", sagte Hassan und schaute Jasmina an. Die Prinzessin ging zur beschlagenen Kleidertruhe und öffnete sie. Ein strahlend blaues Kästchen kam zum Vorschein, das anscheinend schwer wog. Sie legte das Kästchen auf den Rosenholztisch und zog den Verschlußdeckel heraus. Der Edelstein darin verschlug dem Nordmann die Sprache. Mit weit aufgerissenen Augen und halboffenem Mund betrachtete er den Diamanten.
Iben rang unterdessen nach Fassung, ohne zu verstehen, wie die Dinge so ungünstig und so rasch an diesen Punkt angelangt waren. Ungläubig schüttelte er seinen Kopf. Die Geschwister hatten ihm einen Barbaren vorgezogen! – Sollten sie selber sehen, was sie davon hatten.
„Was sagt Ihr über den Edelstein?" fragte Hassan den Wikinger.

Runar brachte keinen Ton heraus, zu unglaublich war der funkelnde Inhalt des Kästchens. Eine Weile später raunte er aus einer weit entfernten Welt: „Großer Odin – einen solchen Stein kann es nicht geben. Nur Götter selber können einen solchen Stein besitzen. – Fürwahr, Prinz Hassan, Ihr habt etwas anzubieten. Aber Ihr bietet etwas an, das schon in meinem Besitz ist."

„Ihr hättet keine Freude am Diamanten der Götter, wenn Ihr seine Geheimnisse nicht kennt", mischte sich Jasmina ein.

„Diamant der Götter? Also war mein Mutmaßen richtig, daß der Stein von den Göttern herstammt."

„Ja, Götter, nur keine Götter des Nordens. Der Diamant kam aus dem Land der Ägypter, weit vor unserer Zeit. Es sollen Könige gewesen sein, denen die Götter den Diamanten gaben, um sie vor Unbill zu schützen. Pharaonen nannte man sie damals. Sie sollen in riesigen Pyramiden gelebt haben", erklärte Jasmina.

„Von solchen Pharaonen hörte ich noch niemals."

„Der Sand der Zeit hat sie weggefegt, lange bevor Euer kriegerisches Volk die Meere befuhr."

„Was ist eine Pyramide?" stutzte Runar, dessen Neugier geweckt war.

„Eine Pyramide ist ein eckiges Gebäude, das sich zu einer Spitze gegen den Himmel verjüngt und höher ist als ein Berg."

„Sei es so. Der Diamant kam also von Königen, die in Bergen lebten?"

„Wenn Ihr so wollt, ja."

„Es waren mächtige Könige, doch vor unzähligen Jahren eroberten die Legionen Cäsars Ägypten, dabei fiel der Diamant in seine Hände. Später kam meine Familie in den Besitz des Diamanten. Was jedoch eine lange und seltsame Geschichte ist", ergänzte Hassan Jasmina.

„Fürwahr, Ihr sprecht in Rätseln", meinte Runar und griff nach dem Stein.

„Wartet!" riefen die Geschwister fast gemeinsam.

Der Wikinger zog seine Finger erschrocken zurück. Ungläubig erstaunt sah er sie an: „Weshalb soll ich den Stein nicht berühren?"
„Weil Ihr den Blitzschlag vielleicht nicht überlebt, der Euch dabei trifft."
„Redet keinen Unsinn. Kein Stein versendet Blitze, das ist Thors Aufgabe."
„Ich kenne diesen Thor nicht."
„Es ist einer ihrer Barbarengötter, Prinz Hassan", unterbrach Iben.
„Ein Barbarengott, der Blitz und Donner ausschickt und einen Hammer schwingt", gab Iben den Geschwistern einen Einblick in die nordische Götterwelt.
Hassan und Jasmina schüttelten die Köpfe, bei der für sie absurden Erklärung.
Bloß Graf Jakobus nickte zustimmend und bestätigte: „Ja, dieser Kaufmann spricht die Wahrheit. Die Wikinger verehren wirklich eine Gottheit des Donners und des Blitzes."
„Seltsame Götter, die Euer Volk verehrt. Der Diamant beherbergt die Kraft Eures Donnergottes. Wenn Ihr ihn berührt, werdet Ihr sie bestimmt zu spüren bekommen."
„Kein Blitz wohnt in einem Stein und die Blitze des Thor schon gar nicht", missachtete Runar Hassans Warnung und zog den Diamanten aus dem rötlichen Samt. Zunächst verhielt sich Runar völlig normal. Er betrachtete den Edelstein von allen Seiten, bewunderte die Klarheit, den unnachahmlichen Schliff. Das Funkeln der Regenbogenfarben im Innern – das ewige Feuer des Lichts. Gerade wollte er den Geschwistern sagen, wie lächerlich ihr Versuch war, ihn für dumm zu verkaufen, als ein durchdringender Schmerz begann. Arme, Hände und Beine zitterten plötzlich stark und ohne jede Kontrolle. Ein höllischer Schlag durchfuhr sein Rückenmark und explodierte weißgelb in seinem Gehirn. Alle Farbe entwich aus den Dingen und ließ verschwommenes Weiß zurück, bevor er von etwas Unsichtbarem durch die Luft geschleudert wurde, ähnlich einer nervigen Spielzeugpuppe, die ein Kind in eine Ecke wirft. Über vier Meter flog der 250 Pfund schwere Wikinger, bis er, mit dem

Rücken voran, in die Türe des Kleiderschranks von Jasmina krachte. Splitternd durchschlug er die Schranktüre und blieb regungslos liegen. Schwarz hatte Weiß abgelöst. Der Diamant fiel ihm kurz vor seinem Flug aus den Händen, darum lebte er noch. Pochend laut und unregelmäßig klopfte sein Herz. Angsterstarrt blickten ihn Hassan, Jasmina und Jakobus an. Runar vermochte seine Augen zu öffnen und versuchte durch die tanzenden Punkte etwas zu erkennen. Benommen wollte er aufstehen. Es gelang ihm aber nicht. Jeder Knochen schmerzte und schien gebrochen. Die Schwärze in seinen Augen kehrte wieder, verschwand danach nur langsam. Ächzend stand er auf.

Jakobus und die Geschwister beobachteten ihn erschrocken. Hilfe kam keine von ihnen, dazu waren sie zu verblüfft.

„Ihr seid von harter Statur, Nordmann. Selten überlebt jemand den Schlag des Diamanten der Götter", wunderte sich Jasmina.

„Der Edelstein muß verhext sein. Dämonen und Ungeheuer müssen in ihm wohnen", stammelte Runar benommen. Jasmina hob den Diamanten vom Boden auf und legte ihn auf den Rosenholztisch.

„Eine Hexe, bei Odin! – Ihr müßt eine Hexe sein, sonst würde Euch der Stein erschlagen!" fuhr er fort und zog sein Schwert. „Ich werde Euch und den verfluchten Stein in Stücke hauen und ins Meer werfen!" drohte Runar.

„Ich, eine Hexe? Glaubt Ihr wirklich, Eure Barbarenflotte hätte uns gefunden, wenn ich eine Hexe wäre?" erkundigte sich Jasmina.

„Wer weiß das schon – erzählt das den Fischen, die Ihr antrefft", entgegnete Runar ärgerlich und holte zum Schlag aus.

„Haltet ein!" schrieen Hassan, Jakobus und Iben Chordadhbeh gemeinsam.

Knapp gelang es Runar, seinen Schlag zu stoppen, wenige Zentimeter vor dem Gesicht Jasminas. Die Prinzessin lächelte merkwürdig.

„Schmunzelt Ihr etwa, Hexe? Runar gehorcht nicht drei Skrälingen."

„Hat der Krieger Runar eine Familie?" fragte Jasmina.

„Gewiß habe ich eine Familie. Meine Frau und meine Söhne leben im Dorf unseres Clans, hoch oben im Norden. In einem Land, in dem keine Hexe fünf Tage überleben würde."
„Wollt Ihr sie sehen?"
„Nach unserer Beutefahrt werde ich sie alle wiedersehen. Freya wird Euren Schmuck gerne tragen, Sarazenenhexe."
„Nein, in diesem Augenblick. Wollt Ihr Freya in diesem Augenblick sehen?"
„Wie soll das vonstatten gehen? Nur Götter und Riesen, können so weit sehen."
„Genau so ist es, Nordmann. Nur Götter und Riesen. Wenn ich Euch in diesem Moment Eure Freya zeige, mit der Hilfe des Diamanten wohlgemerkt, glaubt Ihr mir dann, daß ich keine Hexe bin?"
„Warum sollte ich Euch glauben?"
„Weil Euch eine Hexe schon längst in eine Schnecke verwandelt hätte und Euch zertreten hätte, bis Euer gelber Schleim über die Bordplanken spritzt."
„Weise gesprochen, Prinzessin", mischte sich Iben ein, „Jasmina hätte uns beide in niedere Tiere verwandelt, wenn sie es könnte. Sie verfügt über keine Zauberkraft. – Der Diamant der Götter hat dafür mehr als genug davon."
„Meine Gedanken sind verwirrt. Euer Mut ist aber größer als der Eurer Mannschaft und dieser Skrälinge, alleine das ehrt Euch. Wenn Ihr Eure Worte beweisen könnt, dann glaube ich Euch."
„So kommt an meine Seite und steckt das Schwert wieder ein. Die Klinge würde mich stören, in Verbindung mit dem Diamanten zu treten."
Runar steckte das blankpolierte Schwert zurück und trat neben Jasmina. Hassan und Jakobus standen ebenfalls neben ihr. Die Prinzessin legte die Hände auf den Diamanten und schloß ihre Augen. Kurze Zeit später begann die Luft vor ihrem Gesicht zu flimmern. Immer stärker flimmerte es, bis schließlich eine kreisrunde Öffnung Gestalt annahm und wie ein Loch in der Luft dahing. Etwas Ähnliches wie Dunst oder Nebel wogte darin.

„Hexerei – unaussprechliche Hexerei", murmelte Runar verblüfft. Jasmina öffnete ihre Augen und nahm eine Hand vom Diamanten: „Gebt mir Eure Hand, Nordmann", zögernd kam Runar ihrer Bitte nach. „Wie Ihr wißt, verstehe ich Eure Wikingersprache nicht."
„So ist es", bestätigte er und wunderte sich, wie kalt Jasminas zarte Hand war.
„Dann erklärt dem Diamanten in Eurer Sprache, wo Euer Heimatdorf liegt."
Runar blickte Jasmina erstaunt an und fragte verständnislos: „Sollte ich das nicht besser Euch erklären?"
„Nein. Sagt es dem Stein in Eurer Sprache, dann werdet Ihr sehen."
„Wie soll der Stein mich verstehen?"
„Fragt nicht, tut es."
Also beschrieb der Wikinger den Fjord, an dem sein Heimatdorf lag. Er malte ein Bild der steilen Berge, bewaldet mit dichten Nadelbäumen. Wasserfälle stürzten tief ins Tal. Kristallklare Bäche, in denen Forellen jagten. Lange gekerbte Holzhäuser, verschönt durch geschnitzte Giebel. Fischerboote holten Netze ein, Kabeljau zappelte darin. Männer fällten Bäume, Frauen kochten Haferbrei, Kinder rannten um die Wette.
Das Loch in der Luft wandelte sich. Aus wallendem Dunst wurden Steilhänge, aus Nebel wurden Häuser. Dunkles Wasser plätscherte an einen Bootssteg. Menschen gewannen Konturen. Eine blonde Frau trennte drei sich zankende Knaben, zum Greifen nahe – und doch unendlich weit entfernt – im Spiegelbild – das kein Spiegel war.
„Freya – Freya – hörst du mich?" rief der Nordmann seiner Frau darin zu.
„Sie kann Euch nicht hören, so wenig, wie Ihr sie hören könnt", sagte Jasmina.
„Wie macht Ihr das? Sagt mir, wie macht Ihr das?"

„Der Diamant tut es. Ich spreche Eure Wikingersprache nicht. Schon vergessen, Nordmann?" betonte Jasmina und löste den Händedruck.

Freya gelang es im Spiegelbild, die Knaben zu zähmen, wobei sie jedem eine saftige Ohrfeige verpaßte.

„Eure Frau weiß sich durchzusetzen, Krieger", kommentierte Jasmina.

„Recht hat sie, die Raufbolde sind unbelehrbar. Da helfen nur Schläge", ergänzte Runar und erschrak über seine eigenen Worte. Jetzt wurde ihm klar, daß es keine Illusion war, die sich da abspielte, sondern Realität. Alltägliche Realität. Dutzende Male hatte er selber die Knaben zurechtgewiesen.

„Großer Odin!" stieß er aus.

„Seid Ihr nun überzeugt, daß ich keine Hexe bin?"

„Nein, der Diamant könnte auch bloß Euer Werkzeug sein."

„Wißt Ihr, Ihr habt viel mit Euren Knaben gemeinsam."

„Jeder Vater hat mit seinen Söhnen etwas gemeinsam."

„Eure Söhne sind stur und unbelehrbar, das haben sie von ihrem Vater."

„Meine Augen finden diese Eigenschaften gut."

„Meint Ihr wirklich? – Die Vorstellung ist dennoch zu Ende", schloß Jasmina den Disput ab. Sie ließ den Diamanten los. Das Spiegelbild wurde undeutlich, trübe, flackerte kurz und fiel in sich zusammen. Kein Loch hing mehr da – gab es überhaupt jemals eines?

„Wohin ist der Spiegel verschwunden?"

„Dorthin, wo er schon immer war, zurück in den Diamanten der Götter", schilderte Jasmina und blickte den Nordmann unbewegt an.

„So ist es der Edelstein, in dem die Macht des Spiegels wohnt."

„Ja, obschon ich es nicht Macht nennen würde. Der Diamant der Götter verfügt über Fähigkeiten, die es aufzuwecken gilt. Mit Übung und Beflissenheit können viele Menschen seine Fähigkeiten nutzen."

„Wie soll das vonstatten gehen, wenn der Stein jedermann erschlägt, der ihn berührt?"

„Sucht jemanden mit der rechten Sorte Blut, dann bleibt der Diamant zahm."

„Wieder sprecht Ihr in Rätseln, Prinzessin. Die rechte Sorte Blut? – Gibt es rechte und unrechte Sorten Blut?" wollte Runar wissen.

Hassan klärte ihn auf: „Meine Schwester drückt sich nicht genau aus. Manche Menschen haben die richtige Sorte Blut, um den Diamanten zu erwecken, andere haben die falsche Sorte Blut. Seht her, ich habe die gleiche Sorte Blut wie Jasmina, mir tut der Diamant nichts." Zum großen Erstaunen des Wikingers nahm der Araberprinz den Diamanten vom Tisch, ohne das geringste Anzeichen von Schmerzen oder einem Schlag.

„Bei Odin, der Stein entscheidet, wer seine Gaben nutzen kann und wen er erschlägt. – Wahrlich, ein Diamant der Götter!"

„Das habt Ihr richtig erkannt, Krieger. Überdenkt einmal die Möglichkeiten, die Euch der Diamant der Götter geben würde. Was immer Ihr sehen wolltet, der Diamant würde es Euch zeigen. Kein Feind wäre mehr sicher vor Euch."

Während der Nordmann das Unbegreifbahre überdachte, das Jasmina gesagt hatte, runzelte sich seine Stirn: „Wieso konnte unsere Wikingerflotte Eure dann überraschen?"

„Fragt das den Verräter Iben Chordadhbeh. Er wird Euch darüber sicher gerne Auskunft erteilen", meinte Jasmina lakonisch.

„Du wußtest vom Edelstein, Händler?"

„Natürlich wußte ich vom Edelstein, und ich habe dich darüber nicht belogen. Ich habe ihn nur verschwiegen, was als Kaufmann mein gutes Recht ist."

„Du hast mit unseren Leben gespielt und mit denen unserer Verbündeter!"

„Sei nicht töricht, Runar. Eure Flotte ist viele Male größer und schneller als die der Geschwister. Darüber berichtete ich schon in Cartagena. Ihr habt alles bekommen, was ich anpries."

„Du bist schlauer als ein Fuchs, Iben. Doch auch einem Fuchs wird der Kopf abgeschlagen, wenn er zu viele Hühner frißt."
„Wie meinst du das?" fragte Iben in nordischem Dialekt und schaute Runar ängstlich wartend an. Der Wikinger setzte seinen Helm auf den Rosenholztisch und kratze in seiner blonden Mähne. Er überlegte schweigend eine Weile.
„Ich gab Horik mein Wort, dir die Geschwister zu überlassen – und es wäre dumm von mir, das zu ändern. Der Edelstein ist meine Beute, doch er ist nutzlos ohne jemanden, der seine Gaben nutzen kann. Nein – gefährlich ist er, meine Glieder schmerzen noch immer. Ich glaube, ich sollte Horik und meine Brüder um Rat bitten."
„Warum willst du deine Verwandten damit belästigen? Mein Vorschlag ist einfacher. Ich kaufe dir den Diamanten ab, und du kannst dich am Gold freuen. Der Stein wäre nur eine Last für dich auf deinen Eroberungszügen."
„Sprich gefälligst Latein, Ausgeburt eines Schakals. Der Nordmann soll uns die Freiheit schenken, also misch dich nicht in unsere Anliegen."
„Jasmina gehört der Diamant der Götter und sie kann über ihn verfügen, Kaufmann. Zudem sind wir versprochen und werden in wenigen Tagen heiraten. Also verlang ein Lösegeld und laß uns ziehen", ergänzte Jakobus Jasmina.
„Nordmann, sagt mir, wie hoch ist Euer Preis?" fragte Hassan Runar.
„Mein Kopf ist wirr von den vielen Worten", sagte Runar, ließ alle stehen, ging zur Kabinentüre und öffnete sie. Davor standen drei Krieger Wache.
„Svend, hol mir Horik und meine Brüder, ich benötige ihren Rat."
„Gut, Runar."
Zurück in der Kabine, sprach Runar an Hassan gerichtet: „Es obliegt mir nicht, mit Edelleuten zu verhandeln. Darum ließ ich jemanden rufen, der von Eurem Stande ist. König Horik soll Euer Anliegen entscheiden."

„Eine weise Entscheidung, Nordmann", stimmte Hassan zu, während Jasmina und Jakobus zweifelnde Mienen aufsetzten. Iben Chordadhbeh schüttelte ungläubig sein Haupt. Es ging nur kurze Zeit, bis Halfdan, Ivar, Ubbe und Horik auftauchten. Sie waren sehr guter Laune und Ivar verkündete: „Runar ließ uns rufen – Edelleute zu zähmen – gehen wir ans Werk."
„Wohoho wahaha hahaha", brachen sie in Gelächter aus. Sogar Runar fing an zu lachen, wie er es immer tat, wenn Ivar Späße machte.
„Männer, was für ein riesiger Edelstein!" unterbrach Ubbe das Lachen. Überrascht und mit offenen Mündern betrachteten sie den Diamanten.
„Großer Odin, es muß ein Kristall sein, aus den Schneebergen im Süden."
„Kristalle strahlen weniger als dieser Edelstein."
„Es ist ein Diamant, er gehört den Geschwistern", berichtete Runar Halfdan und den verblüfften Horik. Ubbe griff nach dem Diamanten der Götter.
„Vorsicht, Ubbe, der Blitzschlag von Thor wohnt in dem Stein!"
„Bist du von Sinnen, Runar? Kein Blitz wohnt in einem Stein, möge er auch noch so wertvoll und so strahlend sein", widersprach Ubbe und ließ den Diamanten durch seine Finger gleiten. „Solch ein riesiges Ding von Edelstein ist mir noch nie untergekommen", war sein letzter Kommentar, bevor er zu zittern begann. Schmerzerfüllt betrachtete Ubbe den Stein, sein ganzer Körper zitterte inzwischen. Laut schreiend flog der rund 300 Pfund schwere Wikinger durch die Luft, bevor er auf dem Himmelbett der Prinzessin landete, welches krachend zusammenfiel. Bewußtlos röchelnd lag er unter dem purpurnen Baldachin, der über ihn gefallen war. Erschrocken rannten Ivar und Halfdan zu ihm, rissen den Baldachin von seinem Körper und richteten Ubbe auf.
„Er ist im Land der Nacht. Bringt mir Wasser, schnell!" befahl Ivar.
„Habt Ihr Wasser hier?" fragte Runar die Prinzessin.

„Dort in der Karaffe", antwortete Jasmina und zeigte auf eine kunstvoll geschwungene Bronzekaraffe, die neben den Trümmern ihres Himmelbettes stand. Runar griff sich die Karaffe und leerte deren Inhalt über den Kopf Ubbes. Mit merkwürdigen Lauten kam der Nordmann wieder zu Bewußtsein: „Wo ... wo bin ich? Was ist passiert?"
„Du bist bei uns auf der Prachtgaleere. Dieser verdammte Edelstein hat dich durch die Luft geschleudert und dich ins Land der Dunkelheit geschickt."
„Ja, Halfdan, jetzt erinnere ich mich wieder. – Gib mir meine Axt!"
„Was hast du vor?"
„Gib mir meine Axt!"
„Warte ..."
„Gib mir meine Axt, Halfdan! Wo ist meine Streitaxt? Ich werde den verfluchten Stein spalten, dann sehen wir, wer hier Blitze und Schläge austeilt!" rief Ubbe wutentbrannt und stand ruckartig auf wie ein Grizzlybär, den man in seinem Schlaf stört. Zornig suchten seine Augen die Kabine ab, bis sie die scharfe Axt fanden. Unglaublich schnell war er bei der massiven Axt und holte zum Schlag aus. Nur ganz knapp verfehlte er den Edelstein, statt dessen durchschlug die Axt eine Bordplanke und stoppte erst danach. Ubbe zog die Streitaxt aus der Planke, die jetzt endgültig zersplitterte. Er holte nochmals aus, diesmal zielte er genauer. Eine Hand griff nach seinem Arm und hielt ihn fest: „Warte, Ubbe! Wenn die Kraft von Thor in dem Stein wohnt, so dürfen wir ihn nicht erzürnen. Götter können nachtragend sein", erklärte Horik und versuchte weiterhin den Arm von Ubbe zu stemmen.
„Nachtragend? Sieh dir meine Hand an, sie ist so verbrannt, als hätte ich sie in glühende Kohlen gehalten. Laß mich den verfluchten Stein zerschmettern!"
„Das ist dein gutes Recht, Nordmann. Doch höre zuerst die Geschichte des Steins", unterbrach ihn Jasmina.
„Ihr sprecht Latein?"

„Ja, König Horik. Mein Name ist Jasmina. Prinzessin Jasmina von Al-Djeza'Ir. Ich hoffe, Euer Krieger ist nicht zu stark verwundet."
„Mein Name ist Horik, Anführer meines Clans und König meiner Ländereien. Es freut mich, Latein anzuhören auf einem Sarazenenschiff. Ubbe ist ein wenig verbrannt, aber keine Sorge, der rote Totengräber besitzt gutes Heilfleisch. Wie habt Ihr unseren Wikingerdialekt verstanden?"
„Die Wikingersprache ist unverständlich für mich, ich habe Eure Worte nur geraten."
„Hoho, Euer Mut und Eure Weisheit gleichen Eurer Anmut und Schönheit."
„Danke für die netten Worte. Laßt mich Euch erklären, was es mit dem Diamanten der Götter auf sich hat."
Jasmina erzählte den Neuankömmlingen abermals die seltsame Geschichte des Diamanten, wobei sie selber nur einen kleinen Teil von ihrem Vater wußte und ganze Jahrhunderte im Dunkel der Geschichte verborgen blieben und weder von ihr noch vom Kalifen aufgeklärt werden konnten.
„Eure Geschichte erinnert mich an Weissagungen aus Runensteinen. Aber Runensteine lügen nicht – und Runensteine schlagen niemanden tot."
„Ich habe nicht vor, Euch die Unwahrheit zu sagen. Fragt Euren Anführer Runar, er kennt die Fähigkeiten des Edelsteins."
„Runar?"
„Ja, Horik, das ist der Grund, warum ich Euch rufen ließ. Die Prinzessin will den Stein und seine Macht gegen ihre Freiheit eintauschen. Der Prinz und der Graf sollen in dem Handel eingeschlossen sein."
„Bist du darauf eingegangen?"
„Nein, Horik, ich breche kein Wort, das ich einem König gab."
„Gut Runar. Laßt uns das Unsagbare sehen, Prinzessin. Danach werde ich Runar einen Rat geben, was er mit seiner Beute anfangen soll."

„Wie Ihr begehrt. Habt Ihr einen Wunsch, was Euch der Diamant zeigen soll?"
„Hoo, wählen kann ich überdies?"
„Gewiß, Horik, wenn Ihr es wünscht."
„Dann zeigt uns Haithabu, den größten Marktplatz des Wikingergeschlechts."
„Kommt her und gebt mir Eure Hand", bat Jasmina Horik, bevor sie am Rosenholztisch Platz nahm und die andere Hand auf den Diamanten legte. Hassan hatte den Stein aufgehoben, nachdem Ubbe seinen fürchterlichen Flug beendet hatte. Flimmernd nahm der Kreis in der Luft Gestalt an, mit brodelndem Dunst darin. Staunend betrachteten die Nordmänner das Loch in der Luft. Sogar Ubbe vergaß für einen Moment die brennenden Schmerzen: „Großer Odin!" stieß er grollend aus.
„Nun ist es an Euch, dem Diamanten zu sagen, wo dieses Haithabu liegt. Ich hörte diesen Ortsnamen noch nie und bin nicht betrübt darüber."
„Sarazenen ...", wollte Horik Jasmina beleidigen, brach jedoch ab und fing an den Weg zu beschreiben, den ein Drachenboot segeln mußte bis nach Haithabu.
Bald erschienen Holzhütten und Marktstände auf dem Spiegelbild. Bauern und Knechte trieben Vieh durch schlammige Straßen. Frisches Gemüse, Obst und Fleisch wurde von Marktschreiern angepriesen. Wobei die Marktschreier unhörbar blieben, nur ihre ausholenden Gesten waren verständlich. Schmiede hämmerten über Ambossen und ließen Funken sprühen. Trunkenbolde lagen vor Wirtshäusern im Dreck, gleich neben suhlenden Schweinen. Streunende Hunde jagten durch den Morast, es hatte wohl kürzlich geregnet. Sklaven beiderlei Geschlechts wurden auf Holzpodesten ausgestellt, es waren ganz erstaunlich viele. Waffenhändler boten Mordwerkzeuge feil, wobei sie ihre Klingen knapp über den Köpfen der Kunden sausen ließen. Bunte Kaufleute, gerüstete Krieger, neugierige Gaffer und interessierte Käufer bildeten eine geschäftige Menschenmenge.

„Es ist Haithabu, ich erkenne es wieder. Schon manches Mal bin ich durch seine Straßen gegangen. Wir werden ertragreiche Geschäfte machen, wenn wir dort sind", meinte Horik fasziniert. Jasmina ließ seine Hand los und erläuterte: „Da Ihr nun Haithabu erkennt, wißt Ihr um die Fähigkeiten des Steins."
„Gewiß, doch warum hört man die Leute nicht reden im Spiegelbild?"
„Das ist nur durch lange Übung möglich und ist dem Besitzer des Steins vorbehalten."
„So könnt Ihr die Leute dort im Spiegel reden hören?"
„Nein, König Horik, nur wenn ich mich ganz in das Bild vertiefen kann. Wikingerkrieger – stören mich zu sehr dazu."
„Dann beherrscht Ihr Eure Magie nicht richtig", unterbrach Halfdan.
„Ich beherrsche keine Magie und will auch keine beherrschen. Ich erwecke nur die Fähigkeiten des Steins", betonte Jasmina und hob ihre Hand von dem Diamanten. Der Kreis in der Luft verschwand, so wie er gekommen war.
„Hexerei!" rief Ubbe aus, wich zurück und hob drohend seine Streitaxt.
„Langsam, Ubbe", stoppte ihn Horik. Er blickte Jasmina an und fragte: „Ihr habt von Göttern gesprochen, die den riesigen Diamanten den Königen überreicht haben. Was für Götter waren das?"
„Diese Könige oder Pharaonen, wie wir sie nennen, hatten eigene Götter. Sie sind längst vergessen, gleich wie die Könige."
„So sind es keine nordischen Götter, die dem Stein Bilder schenken."
„Nein. Weder stammt der Diamant von Euren Göttern, noch kommen Bilder von ihnen."
„Gut. Runar, höre meinen Rat – der Edelstein gehört zu deiner Beute, doch er wird dir nur Unglück bringen, denn die unsagbare Magie, welche in ihm wohnt, kommt nicht vor Thor oder Odin. Fremde Götter gaben ihm seine Zauberkraft. Schwache Götter, denn sie sind vergessen – und wenn Götter vergessen sind – sind sie tot. Verfüge

über den Diamanten, wie es dir beliebt, doch achte darauf, daß dein Name nicht vergessen wird."
Gütiger Allah, der fette Wikinger kennt den Fluch des Diamanten, dachten Jasmina und Hassan gemeinsam. Verblüfft sahen sich die Geschwister an. Konnte es sein, daß Horik den Preis erkannt hatte, welcher jeder Besitzer zahlen mußte, der den Diamanten der Götter sein eigen nannte? – Unmöglich, es war bestimmt ein Zufall, sonst wäre der Nordmann deutlicher geworden.
Bald wich die Verblüffung aus ihren Gesichtern und machte gespannter Erwartung Platz. Runar schien die Worte des Königs abzuwägen, abzuschätzen und zu durchleuchten, als suchte er darin die simple Weisheit eines Großvaters, welche alle Fragen löst.
„Euer Rat ist der eines Königs würdig. Ich werde morgen meine Entscheidung treffen. Mein Kopf ist wirr und meine Gedanken drehen sich wie ein Wagenrad", erklärte Runar.
„Überdenk mein Angebot, Runar. Ich kaufe dir den Diamanten ab, und du bist deine Sorgen los", bot Iben an.
„Oh, unser guter Freund, Iben Chordadhbeh."
„Ja, Horik, gibt es etwas Verwerfliches an meinem Angebot?"
„Nein, Iben, wir überlegten bloß, was du uns die ganze Zeit verschweigst. Wir dachten, du würdest uns vielleicht in eine Falle locken. Doch weit gefehlt, du machst deiner Kaufmannsgilde alle Ehre."
„Danke, mutiger Dänenkönig."
„Ich stehe zu meinem Wort, der Prinz und die Prinzessin gehören dir. Verfahre mit ihnen, wie es dir beliebt. Runar muß entscheiden, ob du mehr von seiner Beute erhältst."
„Laßt uns endlich feiern! Meine Kehle ist schon ganz ausgetrocknet von dem Geschwafel", forderte Ivar unerwartet.
„Hohoho, Ivar ist der Klügste von euch Lodbrokbrüdern", entgegnete Horik in nordischem Dialekt, worauf alle Wikinger schallend zu lachen begannen.
Hassan, Jasmina und Jakobus verstanden die Welt nicht mehr. Scheinbar interessierten sich die Nordmänner weder für den

Diamanten, noch für sie selber. Ungläubig sahen sie die Krieger an, bevor Horik zu ihnen sprach: „Edelleute, wir feiern den gelungenen Beutezug. Wollt ihr mit uns feiern?"
„Eure Einladung ehrt uns, aber wir sind es nicht gewohnt, Niederlagen zu feiern. Wir bescheiden uns hier, um die Entscheidung Runars abzuwarten."
„Wie Ihr wünscht, Prinz Hassan. Wir werden trotzdem für Speis und Trank reichlich sorgen", antwortete Horik. Die Edelleute bedankten sich.
In Vorfreude auf das Trinkgelage verließen die Wikinger und Iben die Kabine. Man konnte gut hören, daß die Verladung der Gold und Silbermünzen sowie anderer Wertgegenstände im vollen Gange war. Kistenweise wurde der sagenhafte Reichtum der Geschwister auf die Drachenboote gehievt. Arabische Seeleute wurden gefesselt, sie sollten später als Sklaven verkauft werden. Einzig die Leibwache aus Sarazenenkriegern wurde in Ketten gelegt.
„Dein Plan ist misslungen. Diese Barbaren vertrauen weiterhin dem Verräter Abu, uns betrachten sie nur als ihre Beute."
„Du hast recht, Bruder, auch wenn ich es nicht gerne zugebe."
„Das ist von mir aus offen, dieser Runar macht den Eindruck, als ob mit ihm zu verhandeln wäre."
„Ich hatte eher den Eindruck, als höre er nur auf diesen Barbarenkönig. Nein, Jakobus, wir müssen fliehen, sonst werden wir zu Sklaven. Der Diamant hat dir gezeigt, wie die Bluthunde mit Gefangenen verfahren, auf dem was sie ihren Markt nennen, in Haithabu. Glaub mir Liebster, es bleibt nur die Flucht."
„Fliehen? Wie willst du fliehen? Vor der Kabine stehen Wachen. Unsere Krieger sind gewiß schon längst gefesselt, wenn nicht schlimmer", vermutete Hassan und ging in der Kabine auf und ab wie ein eingesperrtes Tier.
„Dort in der Truhe", mahnte Jasmina und deutete auf eine beschlagene Mahagonitruhe in einer Ecke.
Hassan öffnete den schweren Deckel: „Kleider, bloß ein Haufen Kleider."

„Darunter, sieh darunter nach."
Hassan tat, was Jasmina befahl und durchstöberte die bestickten Seidenkleider, bis seine Hand Metall spürte. Der Araber zog einen leicht gekrümmten Dolch aus der Truhe. Der mit braunem Leder überzogene Griff war verziert und am Dolchkopf mit bunten Edelsteinen besetzt. Die Klinge glänzte lang und schmal und scharf.
„Es sollten noch weitere sechs Dolche in der Truhe sein", sagte Jasmina.
„Ja, hier sind sie", bestätigte Hassan und legte alle Dolche auf den Rosenholztisch. Jakobus, Jasmina und Hassan betrachteten die Waffen für mehrere Augenblicke gedankenverloren.
„Was hast du vor?" fragte Jakobus.
„Ich überlege, wieviel Wein die Nordmänner vertragen. So wie ich die Barbaren einschätze, werden sie bald betrunken herumtorkeln und ihren Rausch ausschlafen. – Dann kommt unsere Gelegenheit."
„Auch wenn dem so ist, ihre Anzahl ist gewaltig und darum können wir nicht siegen", warf Hassan ein.
„Ich will niemanden besiegen, ich will ein Drachenboot übernehmen."
„Ein ... – ooohhh, jetzt verstehe ich. Du willst ein Drachenboot kapern und damit zu unserer Flotte nach Marseille segeln."
„Richtig, genau das ist mein Plan. Wenn die Bluthunde betrunken sind, müssen wir ihre Schwäche ausnutzen. Wir müssen die Wachen vor der Kabine überwältigen, unsere Leibwache und die Soldaten von Jakobus befreien, danach ein Wikingerschiff kapern und fortsegeln."
„Du mußt verrückt geworden sein!" rief Hassan.
Jasmina nahm einen der Dolche und fuhr mit zwei Fingern über die polierte Klinge. Blitzschnell holte sie aus und hielt die Spitze an den Bauch des Bruders.
Verblüfft und erschrocken sah Hassan in ihre wütenden Augen.
„Ich werde kein Sklave werden, willst du einer werden?"

„Was soll das, beim Propheten Mohammed? Willst du mich umbringen?"

„Nein, Hassan, ich wollte dir nur zeigen, wie die Nordmänner mit jemandem verfahren, der den Bluthunden widerspricht. Hast du es begriffen?"

„Ja, ich begreife. Trotzdem ist dein Vorhaben Wahnsinn."

„Habt ihr einen besseren Vorschlag?"

Hassan und Jakobus schüttelten die Köpfe. Betraf das Kopfschütteln den Plan oder die allgemeine Situation? Für Jasmina blieb es unklar.

„Also, seid ihr einverstanden?"

„Einen Versuch ist es wert. Verlieren können wir nicht mehr viel."

„Dein Verlobter vergißt unsere Flotte, vielleicht ist sie schon auf dem Weg hierher."

„Ja, und vielleicht werde ich einmal Königin der Angeln und der Sachsen, aber nützen tut uns das im Moment genauso wenig."

„Dein Mundwerk ist so scharf geschliffen wie der Dolch in deiner Hand. Vergiß niemals, daß es ein Dolch des Wüstenvolkes ist. – Und er wird es immer bleiben, genau wie du."

„Wenn wir weiter streiten, werden wir bald Barbaren dienen und dieser Dolch wird einen Eber im hohen Norden zerschneiden. Ich bin Prinzessin Jasmina von Al-Djeza'Ir – und ich möchte es bleiben."

2

Die Abenddämmerung fing langsam an. Blutrot versank die Sonne im Meer.
Der Himmel war in violette und blaurosa Töne getaucht. Dünne Schleierwolken unterbrachen nur leicht das eindrucksvolle Farbenspiel. Trübes Licht hüllte die Drachenboote und Galeeren ein, wie ein dunkler durchsichtiger Vorhang. Fackeln wurden entzündet und warfen tanzende Schatten über die seit Stunden feiernden Wikinger. Lautes unverständliches Gejohle drang bis in die Kabine Jasminas. Rumpelnd wurde die Kabinentüre geöffnet. Runar trat ein: „Ich bringe Euch Speis und Trank", richtete er sich an die Geschwister und an den angelsächsischen Grafen. Sie saßen alle am Rosenholztisch und schauten zu ihm auf. Drei Wikinger traten ein und stellten eine Silberplatte mit gebratenen Hühnern auf den Tisch. Ebenfalls wurden Wein und Bier in Tonkrügen serviert. Runar verteilte Fladenbrot, anscheinend war die Bordkombüse geplündert.
„Danke für die Speisen", entgegnete Hassan.
„Laßt es Euch schmecken. Solltet Ihr noch weitere Wünsche haben, so richtet Euch an die zwei Wachen vor Eurer Kabine. Sven und Björn sind des Lateins mächtig", erklärte Runar.
„Nochmals danke, wir wissen Euer Angebot zu schätzen", meinte Jasmina.
Nichts ahnend, gab Runar den Wachen Anweisungen in nordischem Dialekt. Er schaute sich kurz im Raum um und verließ mit seinen Männern wortlos die Kabine. Nach einem Moment legten die Gefangenen die Dolche wieder auf den Tisch, welche sie unter ihren Gewändern verborgen hatten. Jasmina hob einen Dolch und stieß die Klinge wuchtig in ein gebratenes Huhn.
„Wir wissen dein Angebot zu schätzen, Barbarenhund", grollte sie dazu.
„Woher hast du eigentlich die Dolche?" wollte Jakobus wissen.
„Mein Vater schenkte sie mir einst, nachdem wir einer Gruppe Gaukler und Messerwerfer zusahen. Ich war damals sehr beein-

druckt, von ihrer Kunst. Der Spielleute Fingerfertigkeit erreichte ich niemals, aber für einen Barbarenhund reicht sie allemal", drohte Jasmina.

3

Strahlend hell stand der Vollmond über der Flotte, so nah, als ob man ihn berühren könnte. Das Gejohle der Nordmänner verklang zusehends und verwandelte sich in betrunkenes Lallen. Als kein lauter Ton mehr zu hören war, ging Hassan zur Kabinentüre und klopfte energisch dagegen.
„Was ist Euer Begehr?" nuschelte Björn angetrunken. Seine Augen waren glasig, seine Körperhaltung unsicher. Mit einer Hand stützte er sich an der Türe ab, die andere Hand hielt einen halbgefüllten Becher Bier.
„Meiner Schwester geht es nicht gut. Sie klagt über Bauchschmerzen", erläuterte jemand in der Kabine.
„Sven ... Sven, hast du gehört, der Sarazenenfrau geht es nicht gut. Sven ... Sven", blaffte Björn zu Sven, der ihn betrunken ansah und rülpste: „Mach ... mach die Türe eben auf, dann sehen wir nach."
Björn befolgte den Rat des Wächterkollegen. Neugierig musterten die Wikinger das Innere der Kabine. Vor dem vergitterten Kajütenfenster stand Jasmina und spähte mit leerem Gesichtsausdruck auf das Meer hinaus. Jakobus stand rechts neben ihr. Gebückt jammernd hielt Jasmina ihre Hände über den Bauch.
„Fehlt Euch etwas, Prinzessin Jasmina?" erkundigte sich Björn.
„Ja, mein Bauch schmerzt stark. Ich habe wohl verdorbenes Fleisch gegessen."
Scheißmist, dachte der Nordmann, *das Fest ist damit für mich und Sven zu Ende. Wenigstens sind wir nicht schuld an den Bauchschmerzen dieser dummen Sarazenenbraut.*
„Setzt Euch hier zum Tisch. Trinkt etwas Wein, der wird Euren Magen versöhnen", gab er die Anweisung, worauf Jasmina langsam und angestrengt auf ihn zuging, während Jakobus sie am Arm hielt. Mühsam und ächzend setzte sich Jasmina auf den Stuhl. „Oh mein Bauch, oh mein armer Bauch", jammerte sie.
„Sven, hast du eine Ahnung, was der Frau fehlt?" fragte Björn, den Kopf und den Oberkörper über Jasmina gebeugt.

„Keine ... keine Ahnung", lallte Sven in nordischem Dialekt. Er stand auf der anderen Seite des Rosenholztisches und beobachtete, wie Jasminas Hand im Seidenkleid verschwand. Verschwommen sah er plötzlich ein glitzerndes Metallstück, das in Sekundenbruchteilen aus dem Kleid der Prinzessin auftauchte. Es ging zu lange, bis sein Alkoholverstand den Dolch erkannte. Blitzschnell stieß Jasmina die spitze Klinge aufwärts und zerschlitzte Björns dicke Luftröhre. Der Schwung des Dolches war so groß, daß er die Zunge und den Rachen des Wikingers durchbohrte und erst im Schädelknochen zum Stillstand kam. Aus seinem Mund spritzte ein Schwall von Blut, traf den safranfarbenen Ärmel Jasminas und hinterließ einen tiefroten Fleck. Röchelnd verdrehte Björn seine Augen, danach fiel er kopfüber auf den Tisch, wo er blutend weiterröchelte.

„Waaaahhh...?" schrie Sven, bevor der Dolch Hassans in seinen Nacken stach und seine Wirbelsäule zertrennte. Schmerz, ein riesiger Hammer aus Schmerz explodierte in seinem Gehirn und ließ tiefdunkles leeres Nichts zurück. Sven brach zuckend vor dem Tisch zusammen. Wenige Augenblicke später waren die Wikinger tot.

„Geschafft! Wir haben es tatsächlich geschafft!" sagte Jakobus verwundert, er glaubte in seiner Stimme eine Art von Stolz zu hören, was ihn sofort beschämte.

Die Geschwister achteten nicht darauf, sondern zogen ihre Dolche aus den Leichen. Zusammen mit ihm schleppten sie die Toten in eine Ecke. Frisches Blut verschmierte den Rosenholztisch sowie mehrere Planken.

Hassan nahm eine Bettdecke und warf sie über die leblosen Körper, andächtig sprach er: „Allah, sei ihren Seelen gnädig."

„Allah bestimmt unseren Weg, und er hat ihren Weg bestimmt", ergänzte Jasmina. Sie wischte das Blut des Dolchs an der Decke ab.

„Der erste Schritt ist getan, jetzt muß alles schnell gehen", fuhr sie fort.

Wie geplant, verließen Hassan, Jasmina und Jakobus die Kabine und schlichen durch den Mittelgang des Unterdecks. Sie kamen an eine Treppe, es waren keine Wachen davor. Leise stiegen sie die Stufen

zum Ruderdeck hinunter und sahen wie erwartet ihre Leibwache in Ketten gelegt. Auch Jakobus Soldaten lagen in Ketten gefesselt da. Alle Männer schienen fest zu schlafen. Die drei gingen zum vordersten Gefangenen. Hassan schüttelte den Mann, bis dieser erwachte. Überrascht wollte Ali ausrufen, doch Hassan hielt seine Hand über den Mund des Leibwächters. Mit aufgerissenen Augen sah ihn Ali an.
„Leise, Ali, wir wollen die nordischen Hunde nicht stören."
„Ja, mein Prinz, gewiß wollen wir das nicht."
„Wecke deinen Nachbarn und sage ihm, er soll sich ruhig verhalten. Danach soll er seinen Nachbarn wecken und der soll das Gleiche tun."
„Ja, Prinz Hassan", stimmte Ali zu, worauf sich Hassan am schweren Schloß der Kette zu schaffen machte. Das Schloß hielt die dicke Eisenkette zusammen, an der die Leibwächter und Soldaten angebunden waren. Nach wenigen Augenblicken knackte Hassans Dolch den einfachen Schließmechanismus.
„Befreit euch und hört mir zu."
Vorsichtig befolgten alle Gefangenen den Befehl Hassans. Rasselnd zogen sie die Kette durch ihre Fußeisen, welche vor ihnen Galeerensklaven getragen hatten. Öllampen leuchteten auf müde, aber hoffnungsvolle Gesichter.
„Männer, wir werden versuchen ein Drachenboot zu kapern und damit davonzusegeln."
Erstaunt murmelten die Männer untereinander, während Jakobus für seine Soldaten übersetzte. Noch bevor jemand einen Einwand aussprechen konnte, betonte Hassan: „Es geht nur um unsere Flucht. Wir töten nur, wer uns im Wege steht. Also keine Gewalt, wenn nicht nötig. Verhaltet euch unauffällig."
„Mutiger Prinz, wie wollt Ihr die Barbaren überlisten?" fragte Ali gespannt.
„Sie haben sich selbst überlistet. Diese Dummköpfe tranken, bis sie besoffen waren. Wir lassen sie schlafen, das sollte uns leicht fallen", vermutete Jasmina.

„Soviel ich weiß, ankern mehrere Drachenboote rund um unsere Galeere. Wir müssen an den Wikingern vorbeischleichen, das am nächsten liegende Boot kapern und Segel setzen. Bevor die Barbaren erwachen, sind wir längst fort", führte Jasmina aus. Sie versuchte überzeugend zu klingen: „Ich weiß, was ihr jetzt fragen wollt – was passiert, wenn wir scheitern? In dem Fall, Männer, werde ich die Schuld auf mich nehmen – und ihr werdet als Sklaven verkauft, genau so, als ob ihr nichts unternommen hättet. Ihr könnt also nur gewinnen, verloren haben wir bis jetzt nämlich schon."
„Jasmina hat weise gesprochen. Wir müssen es wagen, sonst ist es zu spät", bekräftige Ali Jasminas Worte. Niemand widersprach.
In der Galeere waren keine weiteren Wachen, und so erreichten sie bald das Oberdeck, auf das der gelbfahle Mond schien. Überall lagen schnarchende Wikinger. Nicht eine einzige Wache war zu sehen, die Nordmänner mußten sich anscheinend sehr sicher fühlen.
„Dort, dieses Schiff nehmen wir", flüsterte Hassan und zeigte rechts zur Reling, hinter der ein Drachenboot im Mondschein glitzerte.
„Wir müssen zuerst kontrollieren, ob Wachen auf dem Boot stehen."
„Richtig, Jasmina, das übernehme ich. Ich wollte schon immer mal auf ein Wikingerboot schleichen. Wünsch mir Glück."
„Viel Glück, mein Liebster. Sei vorsichtig", hauchte Jasmina. Sie küßte Jakobus auf die Wange. Er erwiderte den Kuß, duckte sich und schlich im Dämmerlicht davon. Fast wäre Jakobus über die Beine eines Nordmanns gestolpert, bevor er die Reling erreichte.
Das Drachenboot lag ungefähr fünf Meter neben der Galeere und war mit zwei Tauen am Bug und am Heck mit dem Prunkschiff vertäut. Jakobus spähte über die Reling und beobachtete das Deck des Drachenboots. Beim Mast des Boots lag ein schlafender Wikinger, sonst konnte er niemanden sehen. Beruhigt schlich Jakobus zurück zum Vorraum der Deckaufbauten, in dem die restlichen Männer und Jasmina warteten: „Sie haben eine Wache aufgestellt. Sieht so aus, als ob der Kerl schläft."

„Sehr gut. Die Barbaren sind völlig betrunken, hoffen wir, daß es der Kerl da drüben auch ist", meinte Jasmina.
„Ich, Ali und Jakobus schwimmen hinüber. Wir schalten die Wache aus, danach schwenke ich meinen Turban, und ihr könnt nachkommen", flüsterte Hassan. Er wandte sich an Ali: „Dieser Dolch ist für dich, verstecke ihn unter deinem Gewand. Wir werden die Messer erst auf dem Drachenboot benötigen."
„Danke, Prinz Hassan."
In gebückter Haltung huschten sie zur Reling. Möglichst geräuschlos kletterten sie die Bootswand hinunter und ließen sich ins Wasser gleiten. Das Wasser war angenehm warm, der Wellengang kaum erwähnenswert.

4

Einar „die Axt" Segersäll döste an den Mast seines Schiffs gelehnt. Schlaf konnte er keinen finden, wie meistens, der Wikingerhäuptling litt an Schlaflosigkeit. Im Gegensatz zu der Mannschaft und dem Sohn Jonastör verließ er das ausgelassene Fest frühzeitig. Als jüngerer Mann genügten ein paar Becher Bier oder Wein, um danach tief einzuschlafen. Doch je älter er wurde, desto mehr Bilder kamen. Gräßliche Bilder. Bilder abgeschlagener Arme und Beine, die zuckend weiterlebten. Aufgeschlitzte Leiber von Kindern, von Frauen, von Männern und von Greisen. Aufgespießte Köpfe – mit leeren verwunderten Augen. Augen, die ihn ansahen. Augen, die ihn anklagten. Gedärm, das aus blutenden Wunden hervorquoll und dampfend rot zu Boden fiel. Schmerzensschreie – die sein Hirn zerrissen und ihn unaufhörlich wieder an den Anfang der Bilder zogen, wie eine endlose schreckliche Wiederholung.
Segersäll wußte, warum die Bilder nie zu Ende gingen, es war die detaillierte Wiederholung seines Wikingerlebens. Erst in Walhalla würde er Ruhe finden, das hoffte er jeden Tag. – Hoffte es jeden Tag mehr.
Äonen Sterne funkelten über ihm, so als wollten sie ihn auslachen, ihn und seine unbedeutenden Bilder. Vielleicht lachten sogar die Götter darüber. Einar konnte es nicht. Nur der volle Mond schenkte ihm Trost, bis er ein Geräusch wahrnahm.
Etwas kletterte an den äußeren geklinkten Schiffsplanken hoch. Zwar trübte der Wein sein Bewußtsein, aber sein gutes Gehör blieb Segersäll treu. Schnell griff er zur Axt, die neben ihm lag. Mühsam stand er auf. Langsam ging er in Richtung der knarrenden Geräusche. Jemand schwang sich über die Reling und sah ihn erschrocken an. Zuerst glaubte Einar, einen seiner Krieger zu erkennen, doch dann hob er reflexartig das Beil. Der Gebieter über Ebbe und Flut leuchtete fahl auf einen Turban. *Wikinger tragen keine Turbane*, war das letzte, was Segersäll dachte, bevor er seine Axt schleuderte. Ganz leise pfiff sie durch die Luft. Wie in Zeitlupe sah Einar, daß der

Turbanträger ebenfalls etwas Metallisches hob und gegen ihn warf. Metall flog an Metall vorbei, grotesk langsam für Segersäll.
Fast nie verfehlte Einar ein Ziel mit der Axt, daher hatte er seinen Spitznamen „die Axt". Diesmal grub sich das Beil tief in die Schulter des Turbanträges und zersplitterte dumpfkrachend sein Schlüsselbein. Doch Hassans Wurfmesser traf besser, nämlich genau zwischen die Augen des Wikingers. Zehn Zentimeter im Gehirn des Nordmanns wurde es gebremst. Die Wucht des Beils riß Hassan von den Beinen, er stürzte auf seinen Rücken. Laut losschreien wollte er. Den unerträglichen grenzenlosen Schmerz hinausschreien. Hassan biß seine Zähne mit übermenschlicher Anstrengung zusammen und ballte die rechte Hand zur Faust. Links gehorchte der Arm nicht mehr. Schnell kletterte Ali über die Reling und beugte sich über ihn. Wie ein kurioser Auswuchs ragte der Stiel des Beils aus der Schulter Hassans. Ali riß die Axt frei, dazu brauchte er beide Hände. Am Boden wand sich der Prinz stöhnend vor Schmerzen hin und her. Jakobus stieg vor dem Wikinger über die Reling. Segersäll stand völlig regungslos da und hatte seine Augen nach oben verdreht. Es war unklar, ob er das Messer in seiner Stirn betrachtete oder die blinkenden Sterne darüber.
Erstaunt ging Jakobus zu ihm und berührte ihn mit ausgestrecktem Finger an der Brust. Als hätte Jakobus gerade einem abgesägten Baumstamm den letzen Schubs gegeben, so fiel Einar seitlich zu Boden. Steif und starr blieb er liegen.
Auch Hurenhunde gehen irgendwann ein, überlegte Jakobus befriedigt. Achtlos lief er am toten Nordmann vorbei. Noch immer wand sich Hassan in unerträglichen Schmerzen. Dickflüssiges Blut rann aus seiner klaffenden Wunde.
„Ist es schlimm?" fragte Jakobus Ali, dann merkte er, daß Ali gar kein Angelsächsisch verstand. Eine Antwort kam trotzdem, er konnte sie im Gesichtsausdruck des Arabers lesen und im darauffolgenden Kopfschütteln.
Verzweifelt nahm Jakobus den weißen Turban Hassans, den er beim Sturz verlor und der dunkelrote nasse Flecken hatte. Jetzt schwenkte

Jakobus den Turban im Mondschein. Jasmina sah ihren Verlobten, sie erkannte sein Winken und war sofort beunruhigt. Warum schwenkte Jakobus den Turban wie ein Geistesgestörter? Blanke eisige Angst stieg in ihr hoch. Unsicher gab sie das Zeichen zum Aufbruch. Die Männer der Leibwache und die Soldaten von Jakobus stiegen vorsichtig ins warme Wasser. Zum Glück konnten alle Männer schwimmen. Sie standen bald auf dem verwaisten Drachenboot und beobachteten schweigend den vor Schmerzen stöhnenden Prinzen.

„Kappt die Taue, setzt das verdammte Segel", befahl Jasmina und wußte selber nicht, woher sie die Kraft für diese Worte hernahm. Beinahe geräuschlos wurde das Segel gehißt. Dolche zerschnitten die dicken Haltetaue, sie fielen ins Wasser. Ostwind füllte das grobe Leinentuch aus und spannte es. Der schlanke Drache nahm Fahrt auf und schien die Galeere anzufauchen.

„Wir sind fort. Fort von hier ...", sprach Jasmina abwesend zu sich selbst.

5

„Runar! Runar! Runar wach auf!" rief jemand durch das Land der Träume. Der nordische Anführer ging mit seinen drei Söhnen jagen. Er hielt den Speer fest in der Hand. Die Söhne waren mit Pfeil und Bogen bewaffnet. Ein riesiger Elch stand auf einer Lichtung und graste. Das Tier hatte noch nicht ihre Witterung aufgenommen. Immer geringer wurde die Distanz zum gefährlichen Tier, bis Harald den Bogen spannte und ...
„Runar! Runar! Aufwachen!"
Missmutig verließ Runar die Jagd und seine Söhne. Unwillig öffnete er die Augen und sah in das Gesicht Ivars. Dann kam das Kopfweh, wie der Aufprall eines stacheligen Morgensterns. *Wein – Wein – zuviel Wein*, hämmerte es zwischen seinen Schläfen.
„Los, komm schon. Es ist etwas Unsagbares geschehen. Horik will dich gleich sehen."
Langsam kam Runar zu sich. Er befand sich immer noch am gleichen Ort, wo er in der letzten Nacht eingeschlafen war, auf dem Vorderdeck der Prunkgaleere.
„Horik will mich sehen? Was ist sein Begehr so früh am Morgen?"
„Das wird dir Horik selber sagen. Ich soll dich nur holen."
Als Runar aufgestanden war, folgte er mit wackligen Beinen Ivar zum Mitteldeck. Mehrere Krieger standen um einen Tisch herum. Hecktisch und nervös diskutierten die Männer untereinander. Jemand lag auf dem Tisch, bleich und fahl sah er in den blauen Himmel hinauf, der Griff eines Dolches ragte aus seiner Stirn. Runar erkannte den leichenstarren Einar Segersäll. „Großer Odin! Wer war das?" stutzte Runar ungläubig.
„Deine Gefangenen. Deine Gefangenen waren das!" antwortete Horik düster.
Schweigend betrachtete der Dänenkönig seinen ehemaligen Freund. „Ich werde sie finden. Ich finde sie und werfe ihre Köpfe den Krähen vor. Glaub mir, Einar, ich verspreche es dir, ich werde die verfluch-

ten Sarazenen finden", sprach Horik weiter und packte die weiße Hand des Toten, bevor er sie wieder auf den Tisch legte.
Halfdan richtete sich an Runar: „Die Geschwister und der Graf sind mit dem Drachen Einars geflohen. Zuvor befreiten sie ihre Männer und töteten Sven und Björn. Du weißt, was das Gesetz unseres Clans in solchen Fällen vorschreibt. Ich kann dir nichts befehlen, denn es waren deine Gefangenen. Wie entscheidest du dich?"
„Niemand tötet Männer meiner Mannschaft ungeschoren und stiehlt zudem meine Beute. Ich schließe mich König Horik an und werde die Edelleute finden. Sollte ich sie finden, werde ich sie Horik übergeben. Es gebührt ihm, über sie zu richten, so will es der Wikingerbrauch."
„Ich erkenne deinen Vater in deinen Worten. Sei es so, es soll nicht dein Schaden sein", meinte Horik dankbar.
„Überlaßt die Sarazenen mir! Einar war mein Vater, mir gebührt die Rache!" unterbrach Jonastör aufgebracht.
„Gewiß, niemand hat ein größeres Recht auf Rache als du, Jonastör. Wenn wir die Edelleute finden, werden wir sie gerecht aufteilen – darauf gebe ich dir mein Wort, Jonastör", erklärte Horik und zog den Dolch aus Einars Schädel. Wütend warf er das blutige Messer über Bord ins Wasser.
„Wir begleiten unseren Bruder, wer unseren Bruder bestiehlt, beleidigt uns. Und wer uns beleidigt, muß dafür bezahlen", führte Halfdan aus, worauf Ivar und Ubbe zustimmend nickten.
„Zuerst müssen wir Einar bestatten, wie es einem Wikingerhäuptling gebührt. Erst wenn Einar an der Tafel bei seinen Ahnen sitzt und Odin zuprostet, werden wir Glück bei der Verfolgung der Edelleute haben. Ich schlage vor, wir verbrennen seinen Körper mit dieser prunkvollen Galeere. Ein wertvolleres Schiff sah ich noch nie", schlug Horik vor.
„Besser wir verbrennen alle Galeeren, als Opfer für unsere Götter. Damit wäre uns ihre Hilfe sicher", ergänzte Ivar.
„Ja, verbrennen wir alle Sarazenenschiffe. Unsere Götter werden uns dankbar sein", fügte Ubbe hinzu.

„So ist es beschlossen. Laßt uns mit dem Ritual beginnen", faßte Horik zusammen.
Die Nordmänner legten Einars Waffen zu ihm und begannen Runenzeichen auf sein blasses Gesicht zu malen. – Alte magische Formeln, gezeichnet in nasser schwarzer Rußfarbe, welche Einar Segersäll als mutigen und tapferen Anführer priesen, der im Kampf den Heldentod starb und sich damit seinen Platz an Odins Tafel verdient hatte. Auf dem rotweißen Rundschild, das auf Einars Brust gelegt wurde, priesen die merkwürdigen Runen seine Stärke und Weisheit. Ein Haufen Gold- und Silbermünzen wurde über den leblosen Körper verstreut, sie sollten Wohlhabenheit und Vermögen bekunden. Der Totengesang wurde von den Wikingern angestimmt und in dumpfem Singsang gebeten, die Seele Einars in Walhalla aufzunehmen.
Danach zündeten sie die Prunkgaleere an und verließen das Schiff. Auch die anderen Galeeren fingen Feuer. Flammen schlugen hoch – fraßen sich durch Holz, Metall und Stoff. Haushohe gierige Flammen – alles verschlingend, durch Wasser gelöscht. Häßlich zischend versanken die Galeeren zusammen mit Einar Segersäll. Fünf Stunden hatten die Handelsschiffe gebrannt und weit sichtbare Rauchsäulen gebildet. Mitten am Nachmittag wollten die Wikinger nicht mehr lossegeln und die Verfolgung der Geschwister aufnehmen. Außerdem herrschte Flaute. Darum beschlossen sie, erst am nächsten Morgen zu segeln.

6

Fünfunddreißig Seemeilen weiter westwärts, bei gutem Ostwind, sahen Jasmina und Jakobus winzige dunkle Rauchsäulen. Und sie wußten gleich, woher der Rauch stammte. Hassan lag vor ihnen, er wurde vom Fieber durchgeschüttelt. Jasmina gab ihrem Bruder möglichst viel zu trinken und wechselte den Verband um die eiternde Wunde. Ali steuerte das Drachenboot, da er früher einmal Steuermann gewesen war.

„Die Bluthunde haben unsere Galeeren verbrannt. Allah verfluche sie!"

„Wer hat was verbrannt?" fragte Hassan ganz schwach.

„Nichts, gar nichts. Ruh dich aus, Hassan. Ruh dich aus", flüsterte Jasmina und tupfte mit einem Tuch Schweißperlen von Hassans Stirn.

„Er muß sofort zu einem Medicus, sonst ist er bald tot."

„Ich weiß, Jakobus. Ich ... Wie weit ist es noch bis Barcelona?"

„Ich gehe Ali fragen – oh – ich glaube, du mußt ihn fragen."

„In Ordnung. Achte du auf meinen Bruder. Ich bin gleich wieder zurück."

Jasmina verließ Hassan und ging in Richtung Steuerruder, an dem sich Ali abmühte. Er benötigte viel Geschicklichkeit, um den Kurs beizubehalten.

„Ali, wie steuert sich das Drachenboot?"

„Schwer, Prinzessin, es steuert sich schwer. Das Drachenboot ist zwar ungeheuer schnell im Vergleich zu unseren Schiffen, aber steuern läßt es sich nicht einfach. Das Segel sucht immer Wind, danach bricht das Boot aus seinem Kurs. Unsere Schiffe steuern sich einfacher."

„Hauptsache, das Boot ist schnell. Wir bleiben sowieso in Sichtweite zum Ufer. Wann schätzt du, sehen wir Barcelona?"

„Wenn der Ostwind weiter so anhält, vermutlich im Laufe des übermorgigen Tages", erklärte Ali und stemmte sich gegen das Ruder.

„Geht es nicht schneller? Hassan hat starkes Fieber, er muß zum Medicus."
„Nein, Prinzessin. Wenn ich könnte, würde ich mich hinter das Barbarenschiff stellen und schieben, so sehr verehre ich Euren Bruder. Mein Leben würde ich für Euren Bruder geben, das wißt Ihr. Doch Allah verwehrte mir diese Gabe so sehr, wie er diesem Drachenschiff verwehrt zu fliegen."
„So halte das Schiff im Wind. Hassan muß durchhalten, er muß ...", sagte Jasmina und brach verzweifelt ab. Tränen flossen über ihre Wangen. Sie kehrte Ali wortlos den Rücken. Die Sonne brannte erbarmungslos auf Hassan, der im Fieberwahn wild gestikulierte, während Jakobus ihn hielt. Alle Männer der Leibwache und die Soldaten von Jakobus standen um ihn herum. Jasmina kniete neben ihrem Bruder. Auf einmal wurde Hassan ganz still und streckte seine Hand zum Himmel hoch, so als wollte er etwas Unsichtbares ergreifen. Krampfhaft öffnete er die Hand – schloß sie wieder. Ohne Leben fiel sein Arm zu Boden, sein Kopf knickte zur Seite und sah Jasmina mit leeren glasigen Augen an.
„Haaasssaaannn!" schrie Jasmina und vergrub ihr Gesicht auf dem Brustkorb des toten Prinzen. Schluchzend leise wiederholte sie seinen Namen. Jakobus umschloß Jasmina fest mit beiden Armen. Der Graf zog sie tröstend an sich. Inzwischen weinte Jasmina hemmungslos und durchdringend. Betroffenheit machte sich breit unter den umstehenden Männern.
„Er ist tooot! Tooot!" schluchzte Jasmina in das Gewand von Jakobus.
„Es ... es tut mir leid. Du hast mein ganzes ehrliches Mitgefühl, das ich aufbringen kann."
„Er ist tot! – Tot!"
„Ja, er ist tot."
Später wußte niemand mehr, wie lange sie dort umschlungen standen. Es interessierte auch niemanden mehr. Der hölzerne Drachenkopf bleckte weiter seine spitzen Zähne und sein Bug zerschnitt

weiterhin das blaue Wasser. Und jeder, der im Moment Passagier auf dem Schiff war, haßte ihn dafür.

„Was soll jetzt werden? Was soll jetzt aus uns werden?"
Gerne hätte Jakobus darauf geantwortet. Gerne hätte er Jasmina aufgebaut, sie mit guten oder einfallsreichen Worten getröstet. Doch es fielen ihm keine passenden Sätze ein – und so schwieg er – sah das Segel flattern.

7

„Hurenfotziger Wind, wo bist du?" rief Ubbe verärgert über das Deck des Drachenschiffs. Sogar die vielen tausend Silber- und Goldmünzen, die im Bauch seines Bootes ruhten, konnten ihn nicht damit versöhnen, daß weiterhin Flaute herrschte. Daß er weiter warten mußte, um die Verfolgung der Sarazenenmörder aufzunehmen. Der Hexe, ihres Bruders und dieses idiotischen angelsächsischen Grafen, der nichts Besseres zu tun hatte, als eine dunkelhäutige Sarazenenhure zu heiraten.

Es war eine drückend heiße Flaute, die einem schon bei der geringsten Bewegung den Schweiß auf die Stirn trieb und jedermann für einen Windhauch beten ließ.

„Wir kommen kein Stück voran – verdammte Dreckshitze", fluchte er und betrachtete abermals den Schattenstift seiner Peilscheibe. Dank der Hilfe der senkrechten Nadel in der Mitte der runden Metallscheibe, konnte Ubbe den ungefähren Kurs ablesen. Nachts wurde dazu der Polarstern benötigt. Natürlich hätte genauso gut ein Blick auf die nahegelegene Küste gereicht, um das festzustellen, doch Ubbe wollte sichergehen, bevor er Zeichen gab.

Schwer atmend spannten und lockerten sich die Muskeln der Ruderer. Seit dem Tagesanbruch war die Wikingerflotte unterwegs, wenn man das so nennen konnte. Nun mußte etwas geschehen, langsam ging den Nordmännern die Puste aus. Ubbe ging zur Reling hinüber und gab Halfdan ein Handzeichen. Nur kurze Zeit später standen Halfdan, Ivar, Runar und Horik auf seinem Boot. Auch Iben Chordadhbeh war mit dabei, er vertrug die Hitze wesentlich besser.

„Unsere Flotte ist zu langsam. – Wenn die Sarazenen Barcelona vor uns erreichen, haben wir verloren. Barcelona ist eine Sarazenenstadt."

„Ubbe hat recht. Der Emir von Barcelona ist kein Freund nordischer Seefahrer. Ich glaube, er würde euch gerne vor der Stadtmauer aufhängen, denn er hat mit Wikingern schlechte Erfahrungen gemacht", erläuterte Iben.

„Woher kennst du den Emir?" wollte Horik wissen.
„Er ist ein Freund des Emirs von Cordoba, dem die Provinz Murcia untersteht. Somit befiehlt der Emir von Cordoba ebenfalls über meine Heimatstadt Cartagena. Die jedoch nicht von den Sarazenen gegründet wurde, sondern von den Phöniziern."
„Komm zur Sache, Kaufmann."
„Gewiß Horik, gewiß", raunte Iben. Er lehnte sich an die Reling: „Als der Emir ein Fest zum zehnten Hochzeitstag seiner sechsten Ehefrau ausrichtete, gab er mir die Ehre, das Tafelsilber zu liefern. Der Emir war sehr zufrieden mit dem Geschirr. Und so wurden ich und meine Samira ebenfalls Gäste des Festes. Ich ergriff die Gelegenheit und unterhielt mich mit dem Emir. Dabei stellte er mir Harsha ben Nabr vor, den jetzigen Emir von Barcelona und früheren Reitergeneral. Dieser erzählte von schweren Kämpfen mit Wikingern, die er vor zwanzig Jahren im Landesinnern geführt habe, wobei viele seiner Krieger gefallen wären, bevor er schließlich siegte."
„Die Welt sieht so groß aus und ist dennoch so klein", meinte Halfdan.
„Du sagst es, mein Bruder. Du sagst es", bestätigte Ivar.
„Wie? Ihr kennt Harsha ben Nabr?"
„Ja. Vor langen Jahren hatten wir das Vergnügen, gegeneinander zu kämpfen. Der eingebildete Schwachkopf hatte großes Glück, uns zu besiegen. Nur mit einer Übermacht von dreißig zu eins gelang ihm das. Doch Harsha ben Nabr ist ein Dummkopf, der mehr Glück als Verstand besitzt, darum bin ich nicht verwundert, daß er Emir von Barcelona wurde", erklärte Halfdan und sein Gesicht strotzte vor Missgunst.
„Ihr seid weit gereist auf euren Beutezügen."
„Weit genug, Iben. Weit genug", betonte Halfdan und Iben wußte instinktiv, daß der Wikinger damit nicht nur die Distanz der Reisen meinte, sondern auch keine Fragen mehr wünschte, welche Harsha ben Nabr betrafen.
„Demnach könnt ihr euch vorstellen, daß der Emir nicht gerade gut auf euch zu sprechen ist. Es wäre unklug, wenn ihr in Barcelona

einfallen würdet, wie eine wilde Horde. Zumal es in Barcelona nur so von Soldaten wimmelt."
„Vielen Dank für deine Warnung, Kaufmann."
„Ich bin Euer bescheidener Diener, Horik."
„Wenn mir die Götter ihre Gunst erweisen, wirst du die Geschwister erhalten, wie versprochen. Vielleicht nicht in einem Stück, doch erhalten wirst du sie."
Bevor Iben Chordadhbeh darauf etwas erwidern konnte, unterbrach ihn Ivar: „Laßt den Kaufmann, Horik. Wir haben Wichtigeres zu entscheiden, als die Belohnung von Iben. Meiner Meinung nach werden uns die Sarazenen schon in Barcelona erwarten, sobald die Geschwister dort angekommen sind. Es wäre töricht, auch nur in die Nähe von Barcelona zu segeln."
„Und wie willst du die Geschwister und den Grafen dann einholen?"
„Wir überraschen sie, wenn sie sich am sichersten fühlen."
„Du sprichst in Rätseln, Ivar – teile mit uns deine Gedanken", forderte Horik.
„Die Geschwister werden Schutz suchen, weil sie wissen, daß wir sie verfolgen. Es gibt drei wahrscheinliche Möglichkeiten, wo sie diesen Schutz bekommen, ohne dafür viel zu bezahlen. Diese Orte sind Barcelona, Al-Djeza'Ir und die Burg des Grafen Jakobus. Unsere Aufgabe ist nun herauszufinden, wo die Geschwister Schutz suchen, alles andere wird sich finden."
„Deine Gedanken verblüffen mich, Ivar. In ihrer großen Klarheit sprechen die Götter."
„Ivar ist ein gerissener Meister, wenn es um Geiselnahme geht", bestätigte Ubbe.
„Was schlägst du vor, wie wir vorgehen sollen?" fragte Runar.
„Ich schlage vor, daß unsere Flotte nach Haithabu segelt. Dort sollen die Kapitäne die Wertgegenstände und Sklaven unserer Beute verkaufen. Danach sollen sie auf uns warten. Ich und meine Brüder sowie Horik und Jonastör trennen uns von der Flotte. Wir ankern außerhalb der Sichtweite des Hafens von Barcelona, während Iben

Chordadhbeh in Erfahrung bringt, wo sich die Geschwister und der Graf in Sicherheit bringen wollen. Bei seinem alten Geschäftsfreund in Barcelona dürfte das keine schwierige Aufgabe sein. Wissen wir erst, wo die Edelleute sind, können wir zuschlagen."
„Schön und gut, aber verfügt der Emir von Barcelona über Kriegsschiffe?"
„Nein, Harsah ben Nabr hat keine Kriegsschiffe. Er mag keine Schiffe, weil er an der Seekrankheit leidet und somit kein Schiff selber befehlen kann."
„Dieser Harsah ben Nabr vertraut wohl nicht gerne seinen Kapitänen?"
„Er vertraut nur Leuten, die er gut kontrollieren kann. Kapitäne auf hoher See kann niemand gut kontrollieren. Harsha verfügt bloß über ein paar Transportschiffe. Wenn er Schutz benötigt, bekommt er Kriegsschiffe von den anderen Emiren. Aber er verfügt über gutausgerüstete Soldaten", beantwortete Iben die Fragen von Horik und las Erleichterung in seinen Gesichtszügen.
„Du hast den Emir gut beschrieben, Halfdan. Wenn nötig, werden wir seine Einbildung und Dummheit ausnützen. Hat jemand etwas auszusetzen am Vorschlag von Ivar?"
Die Wikinger verneinten gemeinsam, denn wenn sie sich auf etwas verließen, dann auf die ausgeklügelten Pläne des knochenlosen Ivar. Sie setzten ihre Gefangenen an die Ruder, weil es besser war, Kräfte zu schonen. Langsam kamen die Drachenboote bei der anhaltenden Flaute voran.

8

Strahlend hell brannte die Sonne, als das Wikingerschiff in den Hafen von Barcelona einlief. Neugierige hatten sich am Hafenquai versammelt und beobachteten die Ankunft des eleganten Schiffs. Nordmänner konnten die Stadtbewohner keine erkennen, dafür Männer mit Turbanen und solche mit polierten Metallhelmen. Umständlich wurde das Langboot vertäut.
Gewöhnlich wagte sich kein Schiff der Nordmänner in den Hafen, deswegen versammelten sich immer mehr Schaulustige davor. Soldaten der Hafenwache waren ebenfalls darunter, die nervös versuchten, ein wenig Raum für die Seeleute zu schaffen, welche jetzt ausstiegen. Jasmina und Jakobus kletterten als letzte auf den steinernen Bootssteg.
„Wer gibt hier die Befehle?" fragte Jasmina gleich einen der Bewaffneten.
„Ich befehle hier", antwortete ein großer schlanker Mann im Hintergrund. Er trat vor die Soldaten. Sein Mantel, seine Stiefel und sein Turban waren weiß. Das dunkle arabische Gesicht wurde von einer auffälligen Hackennase geprägt. Seine braunschwarzen Augen drückten Stärke und Weisheit sowie Milde aus.
„Ich bin Karim, Hauptmann der Wache. Allah erweist mir die Gnade, Euch Prinzessin Jasmina hier zu treffen", sagte Karim und neigte sein Haupt.
„Danke für deine netten Begrüßungsworte. Wie hast du mich erkannt?"
„Ich sah Euch und Euren Bruder schon vor einigen Tagen. Auch den Grafen an Eurer Seite habe ich gesehen. Es war mir damals nicht vergönnt, mit Euch zu sprechen. Später seid Ihr davongesegelt. Doch Allah ist gütig und führte die Rose von Al-Djeza'Ir zurück nach Barcelona."
„Abermals danke für deine Worte, die von einem Dichter stammen könnten."

„Die Dichtkunst ist ein Zeitvertreib von mir. Sagt mir, wie kann ich Euch dienen? Und woher hat die Blume von Al-Djeza'Ir ein Wikingerschiff?"

„Barbarenhunde des Nordens haben mich und meinen Bruder überfallen", erzählte Jasmina und mußte einen Moment innehalten, denn Wasser stieg in ihre Augen. Leicht zittrig wischte sie die Tränen am Ärmel ab und fuhr zaghaft fort: „Hassan ... Hassan haben sie getötet. Ermordet ... ermordet durch das Beil eines stinkenden Barbaren. Wir konnten nur knapp fliehen mit diesem Drachenboot."

„Großer Mohammed, was für ein böser Schicksalsschlag! Seid meines Beileids versichert, Prinzessin Jasmina", entgegnete Karim betroffen.

„Kannst du meinen Bruder vom Schiff holen? Wir haben ihn auf eine Bahre gelegt – es hat mir fast das Herz zerrissen", schluchzte Jasmina.

„Gewiß, Prinzessin, meine Männer werden ihn heraustragen. Vielleicht ist es am besten, wenn wir den ehrenwerten Prinzen gleich zur Moschee bringen. Die drückende Hitze setzt jedem Körper stark zu."

„Ja, so ist es wahrscheinlich ...", vermutete Jasmina und konnte ihre Tränen nicht länger zurückhalten. Weinend fiel sie in die Arme von Jakobus. Haltlos begann sie zu weinen, als die Bahre mit Hassan in die Stadt getragen wurde.

Der Lärm der Zuschauer verging schlagartig. Viele Leute begleiteten sogar die kleine Prozession bis zur braunen Sandsteinmoschee von Barcelona. Dort legte man den dreitägigen Leichnam in einen Sarg, was den süßlichen Verwesungsgeruch vorerst stoppte. Ein wenig erbost erkundigte sich der altehrwürdige Mullah Fakhr ben Rabia: „Warum bringt Ihr den Prinz erst heute? Des Toten Seele braucht Zuspruch."

Jasmina war noch immer in Tränen aufgelöst und so übernahm Karim für sie: „Die Edelleute waren auf der Flucht vor Ungläubigen. Ihr Schiff kam in eine Flaute, danach mußten sie bis Barcelona ru-

dern. Seht, wie angeschlagen die Prinzessin ist. Bedenkt Eure Worte, Fakhr ben Rabia."
„Dann verzeiht, das wußte ich nicht. Verzeiht einem unwissenden Mullah. Ich wollte Euren Schmerz nicht vergrößern, glaubt mir, Prinzessin. Allah wird Euren Bruder im Paradies aufnehmen, wo ihm tausend Freuden zuteil werden. Wir wollen dafür beten."
Nachdem Jasmina, Karim und Fakhr zu beten begonnen hatten, fing Jakobus ebenfalls damit an, obschon sein Gott auf einen anderen Namen hörte.
Mehrere Stunden später verließen sie das orientalische Gotteshaus. Vor der Moschee tänzelte ein schwarzer Araberhengst. Ein Mann saß im silberbeschlagenen Ledersattel und versuchte das temperamentvolle Pferd zu zügeln. Sein Blick war stolz, gleich stolz, wie der des heißblütigen Pferdes. Er war größtenteils in Weiß gekleidet, der Farbe seiner Soldaten. Bloß der Turban leuchtete in einem eigenartigen Feilchengrün, das den eingefaßten hellrosa Smaragden besser zur Geltung brachte, der darauf angebracht war.
„Prinzessin Jasmina von Al-Djeza'Ir, meine Augen freuen sich, Euch zu sehen", begrüßte Harsha ben Nabr Jasmina und bestärkte das durch ein gefälliges Handzeichen.
„Es freut mich im gleichen Maße, Euch zu sehen, Emir Harsha. Meine Freude ist leider getrübt von schwerem Unheil, deswegen mögen meine Lippen nicht lächeln", sprach Jasmina bedrückt und senkte leicht ihren Kopf.
„Ich vernahm vom Unglück, welches Euch Barbaren antaten. Nehmt meine Gastfreundschaft an. Gebt mir die Ehre, Euer Gemüt neu zu stärken."
„Wir danken für Eure Gastlichkeit und nehmen gerne an", bedankte sich Jasmina und gab Ali ein Zeichen, den Jutesack aufzunehmen, in welchem zahlreiche ihrer Seidenkleider eingepackt waren, neben einigen Schatullen mit wertvollem Schmuck. Ganz unten im Sack ruhte zudem ein Kästchen aus Lapislazuli.

9

Das Ruderboot kam langsam in die Sichtweite des Ufers. An diesem abgelegenen Teil der Küste waren die Hügel mit Kiefern dicht bewaldet. Bei besonders heißen Sommern genügte ein kleiner Funken, um die Kiefernwälder in Brand zu setzen. Solche Brände konnten wochenlang wüten und bis vor die Stadttore von Barcelona kommen. Auch dieses Jahr war der Sommer heiß, trocken und unbarmherzig. Aber zum Glück blieben die Wälder bis jetzt verschont.
Am menschenleeren Strandabschnitt lief das Ruderboot auf den warmen Sand.
Drei Leute waren in dem Boot, zwei Wikinger hatten gerudert, ein arabischer Kaufmann hatte Ausschau gehalten.
„Ziehen wir das Boot hinter jenes Gebüsch, dort ist es vor allen Blicken verborgen", meinte Ivar und deutete auf einen riesigen Holunderstrauch, der zwischen Strand und Waldanfang wucherte. Die anderen Männer nickten zur Bestätigung. Dank der erstaunlichen Kräfte der Nordmänner war das Boot schnell im Buschwerk versteckt.
„Du hast bis zum Abend Zeit, Iben. Danach werden wir zum Drachen zurückrudern. Ich muß dir nicht erklären, was passiert, wenn du hier nicht auftauchst", drohte Runar.
„Ich werde hier auftauchen, so sicher wie die Sonne jeden Morgen auftaucht. Vergiß nicht – deine Beute ist ebenso meine Beute. Und meine Rache ist ebenso deine Rache", versicherte Iben Chordadhbeh.
„Genau so ist es, Iben. Behalte deine Worte in Erinnerung und bringe in Erfahrung, was wir wissen müssen", entgegnete Runar.
Iben verabschiedete sich von den Wikingern. Irgendwie freute es ihn, bald das vertraute Gesicht seines Freundes Issachar zu sehen.
Römische Straßenbauer hatten einst die Straße angelegt, auf der er nun nach Barcelona marschierte. Als die römischen Legionen verschwanden, kümmerten sich die Goten nur recht mangelhaft um

die Handelsstraße. Tiefe Furchen in den flachen Steinplatten zeigten an, wo schwere Ochsenkarren entlangfuhren.
Im Moment war jedoch kein Transportkarren unterwegs.
Wehrhaft erhoben sich die Stadtmauern Barcelonas, die Emir Harsha ständig aufstocken ließ. Das Stadttor stand weit offen und die Wächter davor parlierten untereinander, scheinbar ohne das geringste Interesse, wer oder was in die Stadt hineinging, solange es keine Waffen bei sich trug. Mühelos passierte Iben das Tor. Die Stadtluft schlug ihm entgegen. Eine Mischung aus Schweiß, Tieren, Gewürzen, Teppichen, Gerbereien und Klärgrube stieg ihm in die Nase. Die Goten pflegten weder ihre Straßen, noch kannten sie so etwas wie Kanalisation. Als Iben den geneigten Hang zum Markt hinaufging, erinnerte er sich an eine Aussage von Halfdan, der ihm erklärt hatte, daß er lieber im Kampf fallen würde, als ein Leben lang die Luft einer Ansiedlung zu atmen, in der mehr als tausend Menschen lebten. Damals auf dem „Drachen von Odin" hatte er ihn für einen schwachköpfigen Barbaren gehalten, der überhaupt nichts von modernen Städten wußte. Aber nachdem einige Wochen frischer Seeluft seine Lungen und Atemwege gereinigt hatten, war er unsicher geworden, wer denn eigentlich der Schwachkopf war.
Das quirlige Treiben des Marktes riß ihn aus den zweifelnden Gedanken. Man konnte sich schon fast wie im Orient vorkommen, so zahlreiche Hautfarben waren hier versammelt. In allen bekannten und unbekannten Sprachen wurde verhandelt, was schließlich zu einem undurchdringlichen Geräuschchaos führte, welches Iben jedoch gewohnt war. Als fleißiger Geschäftsmann hatte er sich stets bemüht, mehrere Sprachen zu sprechen und damit einen Vorteil gegenüber anderen Kaufleuten zu erlangen. Dialekte waren seine Spezialität. Iben wußte selber nicht genau, wie viele er halbwegs sprach.
Vor Issachars Marktstand standen ebenfalls feilschende Interessenten, die (mit theatralischer Gestik und flehenden Ausrufen) zu neuen Kunden gemacht werden konnten.

„Ist es wahr oder spielt mir die Sonne nur einen Streich? Abu Fadil Rahin Ibn Chordadhbeh, alter Kameldieb, es tut gut, dich zu sehen."

„Sei gegrüßt, Issachar, Verkäufer gestohlener Kamele", antwortete Iben, ging um den Bazarstand herum und umarmte Issachar ben Nachbun. Issachar erwiderte die Umarmung, wie er es bereits vor drei Wochen getan hatte.

„Wieder in Barcelona? Haben dich deine Nordmänner auf dem Meer alleine ausgesetzt?"

„Nein, Issachar, ganz so schlimm machen Nordmänner keine Geschäfte. Ich verließ die Ungläubigen, kurz nachdem ich bei dir war. Ihr Umgangston gefiel mir nicht."

„Daran hast du gut getan, Abu. Nordmänner haben nämlich die Flotte der Kalifengeschwister überfallen", erzählte Issachar und wartete gespannt auf die Reaktion Ibens. Issachar zog seinen Ziegenbart zurecht, wie er es oftmals tat.

„Beim Namen Mohammeds, das darf nicht wahr sein!" rief Iben überrascht und Issachar versuchte abzuschätzen, ob seine Überraschung echt war. Sehr lange kannten sie sich. Sehr lange waren sie Mitglieder derselben Kinderbande gewesen, damals in Al-Djeza'Ir. Gemeinsam wurden sie erwachsen. Vieles hatten sie geteilt, vieles hatten sie erfahren, vieles hatten sie gelernt. Vieles – vielleicht zu vieles. Darunter auch die Fähigkeit, jede Emotion darzustellen, wie ein routinierter Schauspieler. Das Gesicht verriet so manches, doch bei Iben Chordadhbeh war es schwer, wenn nicht unmöglich, etwas aus seiner Mimik zu lesen. Ob seine Überraschung nun die Wahrheit war oder eine raffinierte Lüge, blieb für Issachar völlig offen.

„Allah sei Dank, das die Geschwister fliehen konnten und Schutz beim Emir Harsha ben Nabr gefunden haben. – Glaubst du, es waren deine Geschäftsfreunde, die ihre Flotte überfallen haben?" fragte Issachar lauernd.

„Ich hoffe es nicht. Ich hoffe es wirklich nicht. Als ich mich von ihnen trennte, wollten sie nur Wertgegenstände verkaufen. Ich ging

danach nach Manresa, um selber Geschäfte zu tätigen. Hoffentlich geht es den Geschwistern gut."
„Was für Geschäfte?"
„Eh, nur Kleinigkeiten. Ich verkaufte ein paar Silberbecher der Nordmänner. Warum fragst du?"
„Hassan ist tot. Prinz Hassan von Al-Djeza'Ir ist tot, Abu. Ermordet, Abu."
„Allah sei uns gnädig! Das darf nicht wahr sein!" stieß Iben ungläubig aus.
„Leider ist es aber so, Abu. Prinz Hassan wurde von einer Wikingeraxt ermordet. Er wurde schon vor einer Woche auf dem Friedhof beigesetzt. Und du hast wirklich nichts davon gewußt?"
„Nein, gewiß nicht. Wie hätte ich davon wissen sollen? Ich trennte mich von den Nordmännern vor ungefähr drei Wochen."
„Ich dachte nur, weil die ganze Stadt pausenlos darüber spricht. Es scheint im Moment kein anderes Gesprächsthema zu geben, als der tragische Märtyrertod des Prinzen und die bedauernswerte Prinzessin Jasmina."
„Ich hörte erst von dir davon, weil ich erst vor wenigen Augenblicken die Stadt betrat. – Was für ein tragisches Schicksal ...", meinte Iben halblaut und schüttelte verständnislos seinen gegen unten gerichteten Kopf.
„Verzeih – verzeihe deinem alten Freund. Niemals hätte ich annehmen dürfen, das du etwas mit der Sache zu tun hast. Das pausenlose Geschwätz – machte mich mürbe. Kannst du mir verzeihen?" raunte Issachar und blickte Iben bittend an. Iben hob den Kopf, ein Lächeln umspielte kurz seine Lippen: „Unter guten Freunden wie uns gibt es nichts zu verzeihen – Kameldieb."
„So ist es und so wird es immer bleiben", bestätigte Issachar und umarmte Iben erneut. Die Kunden vor dem Stand beobachteten sie interessiert.
„Deine Kunden warten, wo ist eigentlich Abdul?"
„Der kommt erst am Nachmittag. Seiner Beira ist unwohl, das hat vermutlich mit ihrer Schwangerschaft zu tun."

„Schwanger? Heute nehmen die Überraschungen gar kein Ende."
„Ja, glaub mir, ich war ebenso überrascht, als ich davon erfuhr. Bald werde ich auch so ein grauer Großvater, wie du es bist."
„Ich gratuliere dir. Wenn du erst Großvater bist, wirst du die Welt mit anderen Augen sehen, das war wenigstens bei mir der Fall."
„Kann sein, Abu, kann sein. Doch Geschäft bleibt Geschäft. Warum hilfst du mir nicht, bis Abdul auftaucht? Erinnerst du dich, wie früher in Al-Djeza'Ir."
„Nichts auf der Welt kann mich davon abhalten", stimmte Iben freudig zu.
Für eine kurze Zeit waren die beiden wieder kleine Taschendiebe, die ihre gestohlene Ware an den Mann brachten. Tagediebe, die durch enge Gassen schlenderten und weder sich noch das Leben ernst nahmen. Spaßdiebe, die Mädchen hinterher schauten und sich standhaft weigerten, über irgendetwas nachzudenken. Schneller als es ihnen lieb war, kam der heiße Nachmittag. Schatten und ein wenig Kühle bot jetzt nur das Zelt hinter dem Marktstand, während Abdul auftauchte und die spärlichen Kunden bediente, welche sich bei dieser drückenden Hitze noch auf den Markt wagten. Die Wasserpfeife schmeckte nun am besten. Issachar zerteilte eine Feige und begann zu essen. Iben rauchte weiter.
„Dann kommst du also von Manresa?"
„Ja, es war ein beschwerlicher Weg bis Barcelona – aber mein Heimweg hat sich gelohnt, denn dein vertrautes Gesicht hat meinen Geist versöhnt."
„Greif zu, nimm dir Feigen. Mohammed hat nicht übertrieben, diese Feigen kommen direkt von Allah."
„Vielen Dank, Issachar. Süßen Feigen konnte ich noch nie widerstehen. Nur, wer kann das schon?"
„Hahaha, ja, so ist es. – Wer kann das schon? Hahaha."
Die zwei Männer aßen, lachten und tranken Tee. Sie erzählten über Jugendtage und ihre damaligen Streiche. Sie kramten in Erinnerungen, welche für andere Leute unverständlich gewesen wären. Und sie fragten sich, wo ihre Freunde geblieben waren und was aus ihnen

geworden war. Wohin die Zeiten gingen und wieviel Zeit ihnen noch blieb. Später kamen sie zurück zum toten Hassan: „Man sollte alle Nordmänner vierteilen. – Nein, ich glaube das ist noch zu milde für diese rohen ungebildeten Hyänen."

„Ich bin deiner Meinung, Abu."

„In Zukunft werde ich keine Geschäfte mehr mit Wikingern machen. Über jeden, der ihnen begegnet, bringt die Brut aus nordischen Länden nur Unglück und Verderben. Es hat lange gebraucht, doch der Tod von Prinz Hassan überzeugte mich voll und ganz. Sollen sie erfrieren in ihren eisigen Fjorden."

„Jetzt gefällst du mir besser, Abu. Ähnliches hat auch Harsha ben Nabr über die Wikinger gesagt. Er hat sogar ein Kopfgeld für jeden Nordmann ausgesetzt, der in den nächsten Wochen Barcelona betritt. Es sollen fünfzig Silbermünzen sein. – Kein schlechter Preis für eine faule Wassermelone."

„Ja, wirklich kein schlechter Preis. Was geschah eigentlich mit Prinzessin Jasmina? Sie ist doch hoffentlich wohlauf?"

„Gewiß ist Jasmina wohlauf, soviel ich hörte. Natürlich traf sie der Tod ihres Bruders hart und bei der Beerdigung weinte sie ununterbrochen. Aber dieser angelsächsische Graf tröstete sie, wenn du weißt, was ich damit meine."

„Ich kann es mir vorstellen. Nun – wir waren alle schon einmal verliebt, nicht wahr, Issachar?"

„Gewiß, gewiß waren wir das. Natürlich nur solange, bis wir heirateten, danach waren wir nie mehr verliebt. So etwas wäre unziemlich gewesen."

„So war es, genauso war es, Issachar. Unziemlich – ein seltsames Wort. Ich würde vielmehr sagen, die Ehe hat uns von einer Krankheit geheilt, auch wenn die Medizin manchmal etwas bitter schmeckte und Rückfälle möglich waren."

„Du sprichst nur für dich in der Vergangenheit. Für mich sind Rückfälle der Ansporn, meine Medizin zu behalten und sie zu schätzen. Ohne Rückfälle – ist nämlich auch die beste Medizin sinnlos."

„Hahaha, hohoho, Issachar ben Nachbun, du Sohn eines Beduinenräubers", lachte Iben und klopfte auf die Schulter seines alten Freundes. Dieser schmunzelte mit ihm und klopfte ebenfalls auf die Schulter von Iben. Eine Weile verharrten sie, lachten gemeinsam, dann fuhr Issachar fort: „Schade, daß du erst heute gekommen bist. Prinzessin Jasmina ist schon wieder fort. Die Edelleute konnten mit einem Drachenboot der Nordmänner fliehen, damit sind sie jetzt unterwegs nach East Anglia. Es war die Rede von einer Heirat bei den Angelsachsen. Ja, die Liebe macht manchmal nicht nur blind, sondern auch töricht. Allah möge der Prinzessin ihre Verblendung verzeihen, sich mit einem Ungläubigen einzulassen."
„Die Sache ist wirklich merkwürdig. Ich hätte gedacht, die Prinzessin kehrt nach Al-Djeza'Ir zurück. Der gute Kalif Qandrasseh wird nicht gerade glücklich sein über ihre Entscheidung."
„Es wird ihm das Herz brechen, wenn du mich fragst. Sein Sohn ermordet von Bastarden und seine Tochter segelt zu den Angelsachsen, um zu heiraten. Ich möchte nicht der Überbringer dieser Nachricht sein. Es ist gut, daß wir bloß einfache Kaufleute sind, Abu."
„Da muß ich dir zustimmen. Wäre ich an der Stelle der Prinzessin gewesen, so würde ich nach Al-Djeza'Ir segeln und versuchen die Angelegenheit mit der Heirat dort zu regeln. Der Kalif kann ziemlich nachtragend sein."
„Gewiß Abu, aber Jasmina wurde ja schon immer von Qandrasseh bevorzugt und verwöhnt, obschon der Kalif zehn Töchter hat. Allah weiß alleine, warum das so ist."
„Allahs Wille ist so unergründlich, wie die große Wüste bei Nacht."
„So ist es Abu, so ist es", bestätige Issachar und aß eine weitere Feige.
Iben nippte an seinem Teeglas, seine Gedanken überschlugen sich. Das weiche Kissen, auf dem er ruhte, erschien ihm plötzlich steinhart. Verloren betrachtete er das wunderschöne Tiermotiv des Perserteppichs darunter. Sehr viel hatte er riskiert, für den „Diamanten

der Götter", doch immer dann, wenn Iben glaubte, daß der Diamant nun ihm gehöre, entwischte er, so als ob ein glitschiger Fisch aus seinen Händen flutschten würde. Es gab für Iben Dinge im Leben, die er sehnlichst erreichen wollte, besitzen wollte, wenn möglich beides. Dazu zählten Reichtum und der unfaßbare „Diamant der Götter". Das Schicksal zeigte ihm diese Dinge, führte sie ihm vor, lockte ihn damit, gaukelte ihm die Nähe seiner Ziele vor. Und was hatte er davon? Sein Vermögen war mehr als halbiert durch die Geschäfte mit dem Kalifen. Und der Diamant war weiter von ihm entfernt als je zuvor. Zudem klebte nun Blut an seinen Händen – Prinz Hassans Blut.
Für Iben kam in diesem Augenblick die Erkenntnis, hier und jetzt bei seinem Freund Issachar, er würde den Diamanten nie sein eigen nennen können. Nein, es lag ganz einfach nicht in seinem Schicksal, den Stein zu besitzen, und Schicksal konnte man zwar beeinflussen, aber man konnte es nicht überlisten. Was hatte Qandrasseh einmal zu ihm gesagt: *Der Diamant der Götter sucht sich seinen Besitzer selber aus. Sei froh, daß du es nicht bist, Abu.*
„Wo sind deine Gedanken, Abu?"
Tief in seinem Innern hinderte ihn irgendetwas, gleich zu antworten. Ibens Augen verließen das blaurote Tiermuster und blickten in diejenigen von Issachar. Harmlose freundliche Neugier stand in ihnen, wie sehr hatte er sie vermisst.
„Ein schwieriges Geschäft. Meine Gedanken hängen an einem schwierigen Geschäft. Ich würde Allah danken, wenn ich niemals darauf eingegangen wäre."
„Solche Geschäfte kenne ich. Glaub mir, es gibt Tage, da feilsche ich um jedes Silberstück hundertmal. Am Abend frage ich mich – hat es sich gelohnt? Hat sich die Mühe, der Schweiß und die Plage gelohnt? Dann schaue ich in das lachende Gesicht von Abdul, und ich weiß, auch wenn ich den ganzen Tag keine Münze verdient habe, dieser Tag hat sich gelohnt."
„Willst du mir damit sagen – es sind freudige Dinge, die bei deinen Geschäften zählen?"

„Ungefähr, Abu. Mir sind die Geschäfte am liebsten, bei denen ich ein gutes Gefühl habe und vielleicht sogar noch etwas dazulerne. Der Gewinn spielt dabei gewiß eine große Rolle, doch Geld kommt und Geld geht, Abu."
„In diesem Punkt sind wir verschieden, Issachar. Bei mir müssen sich Geschäfte vor allem lohnen, sonst mache ich sie nicht."
„Dann würde ich vorschlagen, daß du dein schwieriges Geschäft mit Gewinn abschließt, und sei er auch noch so klein, danach werden sich deine Gedanken wieder schöneren Dingen zuwenden können."
„Ich hoffe, eines Tages so weise wie du zu sein, Issachar."
„Das bist du schon, Abu. Das bist du schon, und du warst es immer."
„Danke, Issachar", sagte Iben und hob sein Glas zur Bestätigung. Es kam ihm so vor, als würde der süße Tee nicht nur seinen Durst stillen, sondern jedes Problem fortspülen, das er hatte.
Die Nachmittagshitze ebbte langsam ab und erste Schatten bildeten sich. Auf dem Markt begann die Zeit der Nachzügler, welche schnell zum Markt gingen, bevor die Marktstände abgebaut wurden. Und die das taten, weil sie etwas vergessen hatten oder einfach die sengende Hitze verdösten und jetzt Lebenswichtiges einkauften.
„Du wirst doch hoffentlich über Nacht bei uns bleiben. Meine Frau brennt darauf, Neuigkeiten aus Cartagena zu erfahren."
„Ich wünschte, ich könnte es, Issachar. Leider wartet aber schon ein Schiff auf mich, das in Richtung Cartagena segelt, und dessen Kapitän sehr ungehalten wäre, wenn ich nicht bis heute abend an Bord erscheinen würde, damit er lossegeln kann", erklärte Iben und hoffte, daß Issachar diese Antwort glaubte.
Issachars Gesichtsausdruck zeigte neben Enttäuschung eine seltsame Art von Traurigkeit, die Iben deuten wollte, es jedoch schlußendlich vermied.
„So bleibt mir nur, dir alles Gute zu wünschen, Abu. Möge Allah deinen Weg erleuchten und dich gesund bis Cartagena bringen."

Die Freunde standen auf und schüttelten sich die Hände, wobei Iben danach mit seinen Händen jene von Issachar umschloß und betonte: „Der schnelle Abschied fällt mir schwer, ein baldiges Wiedersehen wird bestimmt länger dauern. Lebe wohl, alter Freund."
„Lebe wohl, Abu. Geh mit Allah und kehre bald wieder."
Nachdem sich Iben abermals von Abdul verabschiedet hatte, ging er eiligen Schrittes in Richtung Hafen. Vor der Hafenstraße bog er rechts ab und verließ Barcelona durch das bekannte Stadttor. Der Verkehr auf der ehemaligen Römerstraße hatte zugenommen. Iben marschierte ein gutes Stück weit weg von den Ochsen- und Pferdekarren, er wollte kein Aufsehen erregen. Schließlich erreichte Iben schwer atmend den abgelegenen Strandabschnitt. Lange Märsche waren noch nie seine Sache gewesen. Das Ruderboot schaukelte bereits auf den Wellen, und Ivar und Runar ließen die Ruder ins Wasser gleiten.
„Du kommst spät, aber du kommst. Weißt du, was wir wissen müssen?"
„Ja, Runar."
„Sehr gut. Steig ein und erzähle."

10

„Schau dir an, was einer unserer Späher gefunden hat!" rief Ivar ärgerlich und warf die Angelrute und das Fischernetz auf den massiven Eichentisch. Runar erwachte schlagartig aus seiner Erinnerung. Er konnte selbst kaum glauben, was sich für seltsame Ereignisse abgespielt hatten. Wie in Trance blickte er auf die primitive Angelrute vor sich. Die Bauart der Rute ließ ihn vermuten, daß ein Kind sie angefertigt hatte.

„Wir sind entdeckt worden! Hörst du, jemand hat uns entdeckt!" Während Runar wortlos die Angel mit seinen fleischigen Fingern überprüfte, setzte sich Ivar an den Tisch und goß fränkischen Wein in ein Trinkhorn.

„Das ist die Angelrute eines Kindes und nicht die eines Mannes", konterte Runar wütend. Er brach die Rute mühelos entzwei.

„Ist das von Bedeutung, Runar? Ob sie nun einem Mann oder einem Kind gehört hat, derjenige sah uns wahrscheinlich. Ich vermute, die Angelsachsen sind schon gewarnt – und das ist schlecht – sehr schlecht."

„Haben die Späher sonst noch etwas gefunden?"

Ivar setzte das Trinkhorn wieder ab. Wein rann an seinem Kinn herunter.

„Nein, sie sind zum Dorf unterwegs. Wenn die Dorfbewohner in Panik herumrennen, wissen wir ganz sicher Bescheid. Sollte es so sein, werden wir schwer zu etwas Eßbarem kommen. Auf jeden Fall schwerer, als vor zehn Jahren."

„Ja, vor zehn Jahren waren die Götter auf unserer Seite."

„Richtig. Und vor zehn Jahren waren unsere Langboote nicht leckgeschlagen.

Hoffentlich bringt Ubbe gute Kunde von den Bootsbauern", ergänzte Ivar und stand auf. Er wärmte seine Hände über dem Lagerfeuer. Iben Chordadhbeh trat ein und gesellte sich zu Ivar beim Feuer. „Verdammter Nieselregen, elend kühl, elend feucht und elend garstig."

„Du warst bestimmt noch nie bei den Angelsachsen, Iben. Gewöhn dich besser daran, wir werden für eine ganze Weile hier sein. Wenigstens bist du nicht mehr so grün im Gesicht, wie beim letzten Sturm. Ich dachte schon, du wolltest den ganzen Ozean vollkotzen ... hahaha", lachte Ivar.

Stechend und missmutig blickte der arabische Kaufmann den Wikinger an: „Bevor ich mit euch segelte, kannte ich keine solchen Stürme. Wenn ich schon in Barcelona gewußt hätte, daß ihr in solche Unwetter hineinsegelt, wäre ich von Bord gesprungen und glücklich ertrunken."

„Hoho, mutige Worte für einen Sarazenenkaufmann. Aber ich muß dir recht geben. Runar hat es in seiner Eile übertrieben. Gewöhnlich segeln wir in keine Sturmfront, sondern davon weg."

„Dann hättest du es also besser gekonnt, Ivar?" fragte Runar lauernd.

„Ich hätte mir mehr Zeit gelassen. Das ist zwar nicht besser, aber unsere Drachenboote wären noch seetüchtig und wir säßen hier nicht fest."

„Mehr Zeit? Wir verloren schon bei der langen Flaute Zeit und danach bei den Stürmen im Mittelmeer. Dann mußten wir in Erfahrung bringen, wo dieser Graf Jakobus überhaupt seine Burg hat. Wenn wir noch mehr Zeit verlieren, können wir unsere Boote auf dem blanken Eis in unsere Fjorde ziehen. Oder willst du bei den netten Angelsachsen überwintern, Ivar?"

„Nein, Runar, soweit geht meine Bewunderung nicht für die Angelsachsen. Trotzdem sitzen wir hier fest und können froh sein, wenn wir unser Vorhaben irgendwie durchführen können."

„Nur solange, bis Halfdan, Horik und Jonastör zu uns stoßen, dann wird die Sache bedeutend leichter."

„Ja gewiß, aber wann wird das sein? Im letzten Sturm haben wir sie aus den Augen verloren. Die gewaltigen Wellen können sie weit aufs Meer hinausgetrieben haben. Es kann sehr lange dauern, bis sie unsere Feuer am Strand sehen, wenn es ihnen überhaupt gelungen ist, heil aus dem Unwetter herauszusegeln."

„Sie werden kommen, Ivar. Sie werden kommen", beharrte Runar und trank weiter. Iben und Ivar saßen bei ihm und tranken ebenfalls. Schweigend blickten sich die drei an. Sie hingen ihren Gedanken nach, bis Ubbe eintrat. Ubbe grüßte kurz und warf seinen durchnäßten Mantel auf den Tisch gleich neben das Fischernetz. Er goß Frankenwein in sein Trinkhorn und setzte sich zu ihnen. Der Wikinger setzte an und leerte das lange Horn fast gänzlich.

„Fünfzehn bis zwanzig Tage", grollte er, scheinbar mit sich selber sprechend und doch für die Allgemeinheit bestimmt. Die anderen schauten verwundert.

„Was ist fünfzehn bis zwanzig Tage?" erkundigte sich Ivar.

„Die Bootsbauer brauchen fünfzehn bis zwanzig Tage, dann schwimmen unsere Drachen wieder. Sie sagen, wenn wir Glück haben, kommen wir bis nach Irland zu unseren Verwandten. Weiter zu segeln wäre Wahnsinn mit Booten, die nur teilweise repariert werden können, und die beim nächsten Sturm sinken werden, sagen sie", erklärte Ubbe und goß Wein nach. Alle sahen gut, wie er seine Wut unterdrückte, und daß der geringste Funke genügen würde, um eine gewaltige Explosion aus Ärger, Zorn und tödlicher Raserei auszulösen. Einer Raserei, die blindlings vor nichts und niemand Halt machte, das atmete. Der rote Totengräber, wie ihn die meisten Leute nannten, trug seinen Spitznamen nicht aus Anerkennung, sondern aus wohlbegründeter Furcht.

„Ich werde eure Boote ersetzen. Ihr bekommt neue Drachen und einen Anteil meiner Beute. Doch die verdammte Prinzessin und der hurende Graf werden für ihre Morde bezahlen. Niemand stiehlt meine Beute – niemand!"

„Wollt ihr es bei diesen Umständen nicht gut sein lassen und euch mit eurer Beute begnügen? Auch so werdet ihr noch fürstlich entlohnt."

„Das Wort zählt, Kaufmann. Sogar wenn wir es wollten, dürfen wir ein gegebenes Wort nicht brechen. Du brichst nur einmal ein Wort, das du König Horik gibst. Zweimal hast du keine Gelegenheit dazu", betonte Ivar.

„Ich glaube, er würde es verstehen, wenn ihr zuerst Schutz in Irland sucht."

„Es ist unwichtig, was du glaubst, Sarazene. Der verfluchte Diamant und die Hexe von Prinzessin bringen uns nur Unglück, seit wir sie verfolgen. Unsere Götter haben sich von uns abgewandt, seit wir die Magie des Edelsteins sahen. Wir sollten die Burg dieses Grafen ausräuchern! Ich bin es leid, von einem Unbill in das nächste zu stürzen. – Je schneller dieser Graf Krähenfutter ist, um so schneller sind wir in Irland", resümierte Ubbe.

„Warten wir erst ab, was uns die Späher berichten. Wenn wir keine neuen Vorräte an Eßbarem finden, haben wir sowieso andere Sorgen, als die Eroberung der Burg."

„Ich teile deine Meinung. Hungrige Männer kämpfen schlecht. Du hast unsere Lage am besten erkannt. Was ist mit der Burg? Sind ihre Mauern hoch oder können wir sie mit Leitern überwinden?" fragte Runar Ivar.

„Ein paar Späher sind zur Burg unterwegs, sie werden es uns sagen."

„Das ist gut, Ivar. Trinken wir und warten wir."

„Du hast Glück, Runar, daß der fränkische Wein so gut mundet. Manchmal vergesse ich, daß du mein Halbbruder bist. Ich hoffe, mein neues Langboot wird so schnell sein wie mein altes", meinte Ubbe. Er schien sich ein wenig beruhigt zu haben. Bloß ein kleines Funkeln in seinen Augen verriet etwas anderes. Seine Grobschlächtigkeit blieb, daran änderten weder Alkohol noch ein versprochenes Drachenboot etwas.

Die Stunden vergingen, bis schließlich am Nachmittag die Späher ins Lager zurückkehrten. Ihr Anführer Thysen betrat das Häuptlingszelt. Thysen war eher schmächtig gebaut, dafür flink und verschlagen. Blonde Haare umrahmten sein Gesicht, während ein blonder Vollbart es verdeckte. Der Helm auf seinem Kopf war mindestens eine Nummer zu groß. Kein Wunder, Kriegsbeute paßte nie genau.

„Thysen, bringst du uns gute Kunde?"

„Nein, Runar, ich und meine Späher sahen nichts Gutes. Das Dorf hinter dem Wald ist leer. So leer, als hätte ein Sturmwind die Dorfbewohner fortgefegt."
„Es ist leer? Warum ist es leer?"
„Jemand hat sie gewarnt. Und jemand befahl den Dorfbewohnern zu fliehen. Es muß jemand sein, auf den die einfältigen Bauern hören – der ihr Vertrauen besitzt – der ihnen Ratschläge erteilt – sonst würden die Bauern herumrennen, wie ihre aufgescheuchten Hühner", beantwortete Ivar Ubbes Frage.
„Vielleicht ist ein Druide oder einer dieser Christenpfarrer."
„Ja, Iben, das könnte sein. Jedenfalls ein Mann mit einem kühlen Kopf – und solche Männer sind gefährlich – besonders wenn sie uns schon kennen", bestätigte Runar.
„Als wir merkten, daß kein Mensch im Dorf war, gingen wir hinein. Nun sahen wir in die Häuser, in die Ställe und in die Scheunen. Alles war leer. Jede Kuh, jedes Schaf, jedes Schwein – alles Vieh war weg. Nicht einmal einen Hund oder eine Katze sahen wir. Es war sehr still im Dorf, fast schon unheimlich still, so als hätte ein böser Zauber jedes Lebewesen von einem Augenblick zum anderen fortgezaubert. Danach brachen wir zur Burg des Grafen auf", erzählte Thysen.
Runar bot dem Späher ein Trinkhorn voll Wein an, welches Thysen dankend annahm und erstaunlich gierig zu trinken begann.
„Dieser Jemand scheint euch tatsächlich zu kennen."
„So ist es wahrscheinlich. Auf jeden Fall kennt er Nordmänner. Aber das, was mich wirklich erstaunt, ist seine Voraussicht. Er wußte, daß wir Vieh zur Verpflegung suchten und ließ alle Tiere davontreiben. Eine solche Tat zeugt von Erfahrung – und wie er sie durchführte – von jahrelanger Erfahrung."
„Stimmt, Ivar. Einfache Bauern sind zu uneins für eine solch geordnete Tat."
„Ja, Runar, dieser Jemand hat die Bauern zu einer Einheit geformt."
„War es vielleicht der Graf und die Prinzessin?" erkundigte sich Iben.

„Das glaube ich weniger. Meistens behandeln Edelleute ihre Bauern schlecht, wichtig ist ihnen nur, daß sie ihre Abgaben rechtzeitig bezahlen. Hören wir, was Thysen weiter zu erzählen hat", forderte Ivar auf.

Der Späher setzte sich ebenfalls an den Tisch. Er nickte mit dem Kopf und fuhr fort: „Als wir das leere Dorf verließen, folgten wir der Hauptstraße in nördlicher Richtung. Danach verläuft die Straße in einem weiten Bogen gegen Osten, in den Wald hinein und zu einem steilen Hügel, darauf ist die Burg gebaut. Der hintere Teil des Hügels fällt steil hinunter bis zum Strand und dem Meer."

„Wäre es möglich, dort mit einem Langboot zu ankern?" unterbrach Runar.

„Nur sehr schwer. Der Strand besteht aus riesigen Felsen, und davor sind viele Klippen im Wasser. Es bedarf eines sehr guten Steuermanns, um in die Nähe zu segeln. Ankern würde ich dort nicht, die Wellen würden jedes Boot auf die Klippen werfen."

„Habt ihr dort ein Drachenboot gesehen?"

„Nein, Ivar, weit und breit war kein Boot zu sehen. Wir sahen nur Felsen und Klippen. Wahrscheinlich wagen sich nicht einmal die Fischerboote der Angelsachsen in die Nähe der Klippen – sie sind zu gefährlich."

„Ich frage mich, wo das Boot von Einar geblieben ist? Ein Drachenboot kann nicht einfach so verschwinden, wie die Dorfbewohner. Irgendwo müssen sie das Langboot mit dem Widderkopf geankert haben", spekulierte Ivar.

„Also, die Dorfbewohner sahen wir, wenigstens ein Teil von ihnen. Sie fuhren mit Ochsenkarren in die Burg des Grafen. Es war eine richtige Kolonne."

„Aha, jetzt beginne ich zu verstehen. Die Bauern suchen Schutz in der Burg des Grafen. Gewiß, ihr Vieh nahmen sie natürlich einfach mit sich. Sahst du jemand, der den Tölpeln Befehle gab?"

„Wir sahen nur einen alten Mann bei der Zugbrücke, der den Dorfbewohnern etwas zurief. Der Mann trug eine schwarze Kutte. Ach ja, ein kleines Holzkreuz baumelte vor seiner Brust. Verstehen konnten

wir ihn nicht, Ivar. Wer spricht schon die merkwürdige Sprache der Angelsachsen?"
„Ein alter Mann in schwarzer Kutte und einem Holzkreuz. Das ist entweder ein Pfarrer oder ein Mönch. Was immer er sein mag, der Alte ist schlau und listig. Wahrscheinlich hat ihn der Graf angestellt, um die Bauern auf Trab zu halten."
„So könnte es sein", stimmte Runar zu, was die anderen Männer auch taten.
„Die Bohnenfresser freuen sich bestimmt ungemein, daß ein Gottesmann der Christen sie unterstützt und ihnen ihre Entscheidungen abnimmt. Ihre Freude wird jedoch nicht lange anhalten, genau so wenig lang, wie die Freude des listigen Alten, wenn er sieht, womit sich sein Graf Jakobus seine Zeit vertreibt. Sarazenenhuren stehen nicht besonders weit oben in der Christenreligion."
Nach dieser Erklärung von Ivar brüllten die Wikinger in schallendem Gelächter los und prosteten sich freudig zu, so als hätten sie schon die Burg eingenommen. Iben vermochte nicht zu lachen. Für ihn war der Spruch von Ivar die größte Beleidigung, die man einer Frau und einer Religion machen konnte. Der vorher so gute Wein schmeckte Iben plötzlich sauer und abgestanden. Er wünschte, er wäre in Barcelona bei Issachar geblieben und nicht auf das Drachenboot von Ivar zurückgekehrt. Aber Iben wußte, daß er dann nicht sehr lange weitergelebt hätte. Eines Tages wäre ein Wikinger vor ihm gestanden, wenn er es am wenigsten erwartet hätte. – Und dieser Barbar hätte ihm ohne zu zögern ein Schwert in seinen Bauch gerammt. Ohne Warnung, ohne Mitleid und ohne so etwas Ähnliches wie Bedauern. Im Moment galt es nur zu überleben, weiterzuleben und irgendwie aus diesem misslungenen Geschäft herauszukommen. Iben würde Allah bis ans Ende seines Lebens danken, wenn ihm das vergönnt wäre.
„Warum seid ihr so guter Dinge? Bis jetzt habt ihr weder diese Burg erobert, noch habt ihr den Grafen oder die Prinzessin gefangen genommen."

„Du verstehst das nicht, Iben. Ivar kennt sich mit der Christenreligion aus, eine seiner Frauen war eine Christin. Er weiß, wie man mit solchen Pfarrern umgehen muß, damit man nicht mit leeren Schiffen nach Hause segelt."

„So ist es, Runar. Rebecca war eine gute Frau, bis sie an der kleinen Pest (den Pocken) starb. Sie lehrte mich die Geheimnisse der Christen zu verstehen."

„Davon wußte ich nichts."

„Mußt du auch nicht, Kaufmann. Sorge dich um deine Angelegenheiten und überlaß das Kriegshandwerk uns. – Wie dick und wie hoch sind die Mauern der Burg? Und wieviel Wasser fließt im Burggraben?" fragte Ivar und wechselte damit das Thema, über welches er nur ungern sprach.

„Es ist kein Wasser im Burggraben, vermutlich wurde der Graben erst kürzlich ausgehoben. Die Mauern sind sehr hoch, ich schätze, so hoch wie drei große Männer übereinander. Sehr dick sind sie jedoch nicht, ungefähr so dick wie eine fette Kuh", erklärte Thysen.

„Der Graf hat uns erwartet, darum ließ er einen Burggraben anlegen. Doch ein Burggraben ohne Wasser ist so nützlich wie eine Kuh ohne Euter", fand Ivar.

„Was willst du damit sagen?" wunderte sich Ubbe.

„Ich vermute, der Graf will uns mit dem Graben abschrecken. Wasser fand er keines für seinen Burggraben, das zeigt, wie vorschnell und töricht er angelegt wurde. Und ein Fehler kommt selten allein."

„Also sollen wir versuchen die Burg zu stürmen?"

„Nein, Ubbe, genau das erwarteten die Edelleute. Wir verfügen im Moment, dank den Segelkünsten von Runar, über zu wenige Männer. Der Gottesmann hat eine List angewandt. Es ist nun an uns, ihn mit einer Gegenlist zu besiegen."

„Jetzt verstehe ich überhaupt nichts mehr", stieß Ubbe aus.

„Weil du nicht denkst wie einer dieser Kuttenträger. Der Gottesmann sorgt sich um die Bauern und ihren Besitz, vermutlich hat er sich mit ihnen verbündet.

Dort ist sein wunder Punkt, und dort müssen wir ihn treffen."
„Ach, dann willst du also keinen Kampf?" staunte Ubbe.
„Kämpfen? Du wirst noch mehr als genug kämpfen können. Wir werden aber nicht gegen Mauern kämpfen, sondern gegen dumme unerfahrene Bohnenfresser und einen alten Gottesmann, der nicht weiß, mit wem er es zu tun hat."

11

„Herein, kommt herein!" rief Theophilus Alkin den Nachzüglern der Wagenkolonne zu. Die schwerbeladenen Ochsen- und Eselkarren fuhren gemächlich in den Burghof. Viel Platz war darin nicht mehr vorhanden, überall im Burghof standen Transportkarren mit allerlei Kisten, Truhen oder Schränken. Jede Art von Nutztieren schlenderte über den Hof, während einige Bauern versuchten, sie unter Kontrolle zu halten. Andere Landwirte und ihre Frauen diskutierten eifrig über die ungewohnte Lage und deren beste Lösung. Kinder hatten sichtlich Vergnügen, grölend an den Burgmauern entlang zu rennen. Steve Sox und seine Zwillingssöhne wiesen die Karren auf ihre gedachten Standorte.

Immer voller wurde der Burghof, bis schließlich sämtliche Bauern in der Burg waren. Ein völlig unverständliches Durcheinander von Muhen, Grunzen, Blöken, Gackern, Reden, Lachen und Schreien erfüllte den Innenhof. Durch die bunte Menge schritten ein Mann in einem Kettenhemd und eine Frau in einem türkisfarbenen Seidenkleid. Sie gingen zum offenen Burgtor, wo Theophilus stand. Er unterhielt sich mit zwei turbantragenden Männern.

„Seid gegrüßt, Bruder Alkin. Es freut mich, Euch zu sehen."

„Gott zum Gruß, Graf Jakobus. Die Freude ist auf meiner Seite", entgegnete der ehemalige Mönch und schüttelte die Hand des Edelmanns.

„Ich hörte von meinen Bauern, weswegen sie hier Schutz suchen. Habt Ihr die Heiden schon gesehen?"

„Nein, mein Graf. Ich wollte nicht solange warten, denn ich kenne die Vorgehensweise der Nordmänner nur zu gut. Wenn man sie nämlich sieht, ist es meistens schon zu spät", antwortete Theophilus und blickte Jasmina neugierig an.

„Darf ich vorstellen, das ist meine Verlobte, das ist Prinzessin Jasmina von Al-Djeza'Ir. Sie versteht kein Angelsächsisch, dafür sehr gut Latein."

Erstaunen machte sich im Gesicht des Pfarrers breit, bevor er sagte: „Ich begrüße Euch, Prinzessin Jasmina von Al-Djeza'Ir. Verzeiht meine Verwunderung, Eure Anmut ließ meine Sprache verstummen. Mein Name ist Theophilus Alkin. Ich trage als Pfarrer Sorge zum Seelenheil dieser Bauern."
„Danke für Eure galante Begrüßung, Pfarrer Alkin. Es ist selten, einen Gottesmann der Christen zu treffen, der die arabische Sprache spricht. Wart Ihr in unseren Ländern auf Reisen, oder habt Ihr unsere Sprache anderswo gelernt?"
„Es war mir einst vergönnt, die heilige Stadt Jerusalem als Pilger zu besuchen. Vor langen Jahren, bei denen ich es vermeide, sie zählen zu wollen. Dort lernte ich die arabische Sprache und Schrift. Viele Gespräche führte ich mit Muslimen und viele Bücher las ich, darunter auch den Koran. Ich versuchte die Religion der Sarazenen zu ergründen, was für mich aber unmöglich blieb. Dennoch schätze ich arabische Bücher und ihr großes Wissen in so manchen Dingen."
„Dann seid Ihr mehr als ein Gottesmann, dann seid Ihr überdies ein Gelehrter."
„Das ist zuviel des Lobes, Prinzessin. Unser Mönchsorden bemüht sich, die göttlichen Geheimnisse des Lebens zu ergründen, damit wir Gott besser dienen können. Mein Beitrag dazu ist nur klein und unbedeutend."
„Eure Bescheidenheit bestärkt meine Vermutung, Bruder Alkin. Nur ein gelehrter und weiser Mann kann sein Wissen ohne Eigennutz verbergen."
Obwohl Jakobus fast kein einziges Wort verstand von dem, was Jasmina und Theophilus miteinander sprachen, freute es ihn ungemein, daß sie sich auf Anhieb verstanden. Er hatte anderes vermutet und war dementsprechend erleichtert. Später würde es vielleicht anders werden, doch warum sich darüber Sorgen machen? Im Augenblick hatten sie wesentlich dringendere Probleme.
„Ich wußte nicht, daß Ihr die Sprache der Sarazenen sprecht."
„Und ich wußte nicht, daß Ihr mit einer Sarazenenprinzessin verlobt seid. Eure Reise nach Jerusalem scheint in mancher Hinsicht

merkwürdig verlaufen zu sein", vermutete Alkin und blickte Jakobus abschätzend an.

„Gewiß, gewiß, Bruder Alkin. Ich werde Euch so manches erklären müssen, aber vielleicht ist hier nicht der richtige Platz dafür."

„Vielleicht habt Ihr recht. Es wäre jedoch angebracht, Euren Bauern zu versichern, daß sie nun unter Eurem Schutz stehen. Damit würden wir Unruhen vorbeugen und die verängstigten Gemüter beruhigen."

„Ein guter Einfall, Bruder Alkin. Wir brauchen ruhige Bauern, wenn wir den Angriff der höllischen Bestien heil überstehen wollen. Ich werde gleich zu den Bauern sprechen", willigte Jakobus ein.

Theophilus Alkin wunderte sich, warum der Graf gleich von Angriff sprach und nicht von Belagerung oder Verhandlung. Stutzig machte ihn zudem, daß die Soldaten mit den Turbanen, welche bestimmt zur Leibgarde der Prinzessin gehörten, etwas von Flucht und Verfolgung erzählt hatten. Leider hatte er bloß Teile des arabischen Dialekts verstanden, der zweifellos ein Stammesdialekt aus einer Sandwüste war.

Bevor er sich weitere Gedanken machen konnte, gab der Graf den Befehl, die Zugbrücke hochzuziehen. Ein schweres Eisengitter wurde heruntergelassen und damit das Burgtor verschlossen. Weil der Bau der trutzigen Burg noch nicht abgeschlossen war, fehlte ein eigentliches Holztor. Auch die Schießscharten oben auf den Mauern waren noch in der Bauphase.

Vom hohen Burgfried aus beobachtete ihn eine ältere Frau, die er bei näherem Hinschauen als Martha, die Mutter des Grafen, erkannte. Er winkte ihr freundlich zu, sie winkte zurück. Alkin begleitete Jakobus und Jasmina zur Mitte des quadratischen Burghofs, bei der ein Zugbrunnen stand. Dort angekommen, rief der Graf: „Leute von Cambourne, hört mich an!"

Die Bauern drehten sich zu ihm und versammelten sich rund um den Brunnen. Ihre lauten Gespräche wurden immer leiser, bis sie vollständig verstummten.

„Leute von Cambourne, ich hörte vom großen Unglück, das euch droht. Die nordischen Bastarde sind an unserer Küste gestrandet, wie vor zehn Jahren. Wir wollen dafür sorgen, daß sie nie wieder bei uns stranden!"
„Jaaaahhh! Jaawohl! Jaa! So ist es! Gut gesprochen!" bejubelten die zornigen Bauern ihren Lehnsherrn. Der freute sich über ihre Reaktion und fuhr fort: „Ich sandte einen Boten zu König Edmund. Mein königlicher Freund wird uns sicher Soldaten schicken. Sobald diese bei uns eingetroffen sind, werden wir die Nordmänner angreifen und zurück ins Meer werfen. Kein Teufel des Nordens wird euch dann noch belästigen, bis zum jüngsten Tag!"
„Jaaahhh! Hoch lebe unser Graf! Hoch lebe Graf Jakobus!" jubelten sie weiter.
Als der Beifall abebbte, richtete sich der Gastwirt Samuel Bone an Jakobus: „Verehrter Graf, Euer Vorschlag ist großartig. Aber was ist mit meinem Gasthof? Ich habe viele Vorräte in meinem Keller, die ich nicht ungeschützt lassen will."
„Ja, ich mußte auch Vorräte zurücklassen", meldete sich ein anderer Mann.
Plötzlich kam den meisten Bauern in den Sinn, daß sie noch etwas zu Hause vergessen hatten. Natürlich meldeten sie sich lautstark und fingen gleich wieder an heftig zu diskutieren. Ratlos blickte Graf Jakobus in die Runde.
Theophilus Alkin, der bei Ansprachen und Vorträgen eine wesentlich größere Routine besaß, bemerkte seine Ratlosigkeit und fragte ihn: „Soll ich für Euch sprechen? Ich weiß, wonach die Bauern verlangen."
Nur ungern überließ Jakobus die Initiative seinem Pfarrer. Doch sein wirrer Kopf, welcher sich niemals mit den Problemen Leibeigener befaßt hatte, sagte ihm: *Laß den Mönch ruhig sprechen, du kannst am Ende selber entscheiden, ob du dem Pfaffen zustimmen willst, oder ihn in seine Schranken weisen willst.*
„Ihr habt das Wort, Bruder Alkin."

„Danke, Graf Jakobus. – Meine Gemeinde, hört mir zu!" rief Theophilus. Er machte eine kurze Pause und betonte eindringlich: „Ich kenne eure Nöte und Sorgen, als wären es meine eigenen. Bestimmt werden wir freiwillig keine Vorräte in Cambourne zurücklassen. Trotzdem ist Vorsicht geboten. Wikinger sind keine einfachen Diebe, es sind blutrünstige Heiden. Erinnert euch nur, was vor zehn Jahren passiert ist."
„Theophilus hat recht. Ja, wir müssen vorsichtig sein", hörte man vereinzelt.
„Bevor wir uns selber in Gefahr bringen, ist es besser, einige Kundschafter loszuschicken. Wenn keine Wikinger in Cambourne sind und die Nacht kommt, können wir immer noch alle Vorräte abholen, ohne dabei gesehen zu werden. Damit schlagen wir die Heiden gleich doppelt, glaubt mir das!"
„Weise gesprochen! Ja, tun wir das! Jaaahh!" jubelten die Bauern.
„Seid Ihr ebenfalls dieser Meinung, Graf Jakobus?"
„Gewiß, gewiß bin ich das, Bruder Alkin. Wir sollten gleich besprechen, wie wir vorgehen wollen."
„Gut, dann wendet Euch abermals an die Bauern, denn sie brauchen Eure Zusage. Sie zählen darauf – weit mehr, als auf einen alten klapprigen Mönch."
Der Blick, den er Jakobus von Plantain zuwarf, hinderte diesen daran, etwas Gegenteiliges zu behaupten. Und Jakobus wollte es auch gar nicht, zu sehr spiegelten die tiefen Furchen im Gesicht des Mönchs seine Schmerzen wider. Es mußten wohl Gichtschmerzen sein. Dieselben Gichtschmerzen, die seinen Orden veranlaßt hatten, ihn ins wärmere Südengland zu schicken.
Der Prior des Klosters, in dem Theophilus Alkin als sein Stellvertreter waltete, kannte König Edmund persönlich und war ihm freundschaftlich verbunden. Bei einem der Besuche im Ordenskloster in Irland, die der strenggläubige Edmund öfter machte, klagte der Prior über Alkins Krankheit. Schnell war man sich einig, daß bloß wärmere Temperaturen Linderung bringen konnten. Und noch schneller hatte man sich auf eine neue Wirkungsstätte geeinigt. Es

war jene aufstrebende Gemeinde Cambourne, die einem anderen Freund gehörte.

„In Ordnung, ich werde nochmals zu den Bauern sprechen", antwortete Jakobus und hob seine rechte Hand in die Luft, damit die Bauern ruhiger wurden.

„Hört mir zu, Bauern!" rief er. „Ich stimme mit Bruder Alkin überein, wir müssen zuerst Kundschafter losschicken. Wenn wir unsere Lage danach besser erkennen und keine Wikinger in Cambourne mehr sind, könnt ihr eure Vorräte abholen. Ich werde euch Soldaten als Schutz mitgeben. Solange aber die Gefahr durch die Nordmänner besteht, werde ich euch allen Schutz auf meiner Burg gewähren, so wie es meine Gottespflicht ist", versprach er.

Aus der Menge der Bauern kamen mehrheitlich positive Zurufe, bei der Ankündigung des Grafen. Trotzdem hörte man einige besorgte Anfragen: „Wann wollt Ihr die Kundschafter losschicken? Wer sind diese Kundschafter? Sind die Kundschafter zuverlässig? Habt Ihr gute Leute für diese Aufgabe?"

Jakobus von Plantain bereute es bereits, Theophilus eingewilligt zu haben, bis der Pfarrer unaufgefordert das Wort ergriff: „Eines nach dem anderen. Bitte eines nach dem anderen. Die besten Kundschafter seid ihr selber, Leute von Cambourne. Ihr alleine kennt die Schleichwege und verborgenen Pfade am besten, bis nach Cambourne. Der dichte Wald ist dunkel und vielleicht sind schon Wikinger darin. Es sollten sich darum einige mutige Freiwillige melden, welche sich zutrauen, als Kundschafter nach Cambourne zu gehen. Zur Sicherheit werden sie dabei von den Soldaten des Grafen begleitet."

Schlagartig waren die Bauern ruhig und flüsterten untereinander. Das leise Getuschel dauerte eine erstaunlich lange Weile, bis sich jemand meldete: „Ich werde gehen. – Ich ebenfalls. – Ja, ich will auch mitgehen."

„Wählt die Kundschafter aus, Bruder Alkin. Ihr kennt die Leute besser."

„Gewiß, Graf Jakobus. Ich werde gute und zuverlässige Männer auswählen."
„Gut. Dann werde ich Euch Soldaten zur Verfügung stellen, die den Schutz der Kundschafter sicherstellen. Ich glaube, fünf Männer sollten genügen."
„Gewiß, mehr Männer wären auffällig und leicht zu entdecken."
„Ihr klingt, als ob Ihr Erfahrung mit Kundschaftern habt."
„Ja, in Irland lernt man solche Dinge sehr schnell, sogar wenn man nicht will."
„Das ist gut – oder schlecht – je nachdem, wie man es betrachtet."
„Richtig. Ich nehme an, im Moment bleibt uns nur eine Betrachtungsweise."
„So ist es, Bruder Alkin. Wählt jetzt die Männer."
Theophilus Alkin konnte Verärgerung in der Stimme des Grafen wahrnehmen.
Der ehemalige Mönch vermutete, daß Jakobus gerne vorgeprescht wäre und die Wikinger angegriffen hätte, so wie es junge Männer gerne tun. Er konnte seine Ungeduld verstehen, früher war er ähnlich veranlagt, wenn es um die Fragen des Glaubens ging. Aber Ungeduld endete manchmal tödlich, besonders bei ungläubigen Heiden, die jede Unüberlegtheit ausnutzten, weil sie nichts anderes kannten. Alkin war froh, den Grafen etwas bremsen zu können, obwohl er ihm dadurch bestimmt ein bißchen auf die Nerven ging.
Der Pfarrer winkte Steve Sox mit seinen Zwillingen sowie Samuel Bone zu sich. Die Angesprochenen kamen auf ihn zumarschiert, wobei plötzlich Terry Sox aus der Menge auf ihn zugesprungen kam. Der Junge sah ihn rebellisch an.
„Ich will auch mitgehen, ich habe die Wikinger entdeckt!" rief er.
Theophilus, Jakobus und Jasmina blickten verwundert zu ihm.
Im selben Moment packte Clara Sox ihren Sohn von hinten am Kragen. „Terry, was fällt dir ein, dich einzumischen! Schweig gefälligst!" befahl sie.

„Hör auf deine Mutter, Terry. Du hast schon genug für uns getan", stimmte Theophilus Clara zu und amüsierte sich am zappelnden Terry.
„Wer ist der Knabe?" fragte Jakobus den Pfarrer neugierig.
„Das ist der Junge, der die Nordmänner zuerst am Strand gesehen hat. Er hat das ganze Dorf gewarnt, ihm verdanken wir unsere Rettung."
„Ach, das ist der Knabe?" erwiderte der Graf erneut fragend und beobachtete den strampelnden Terry, der sich aus dem Griff seiner Mutter lösen wollte.
„Ja, das ist er. Ohne ihn wären wir noch in Cambourne und säßen in der Falle."
„Gute Frau, laßt euren Sohn los. Ihr verdankt ihm vielleicht euer Leben."
Verblüfft von der direkten Anrede des Grafen ließ Clara Terry los. „Mein Sohn ist noch ein Kind, Graf Jakobus. Er kann nicht als Kundschafter mitgehen. Er vermag nicht einmal zu schweigen, wenn er es sollte", betonte Clara ärgerlich. Sie schaute den Grafen ängstlich flehend an.
„Seid froh, daß er heute morgen nicht geschwiegen hat", entgegnete Jakobus.
„Mein Junge, wie heißt du?"
„Terry ... Terry Sox ist mein Name, Graf Jakobus."
„So, Terry, Terry Sox, du hast wirklich Wikinger am Strand gesehen?"
„Oh ja, Graf Jakobus. Es waren drei Schiffe mit Teufeln darauf. Sie sind am Strand aufgelaufen, bei der alten Steintreppe. Ihre Schiffe sahen angeschlagen aus, die Maste waren ganz geknickt", erklärte Terry.
„Aha, ihre Schiffe waren also beschädigt."
„Ja, so schien es jedenfalls. Die Teufel sind bestimmt in den Sturm geraten und hatten Glück, das Ufer zu erreichen. Vielleicht wären sie besser versunken."
„Terry!" unterbrach Clara.

„Schon gut, laßt euren Sohn erzählen. Wir wünschten wahrscheinlich alle, wir müßten uns nicht mit den Halunken herumschlagen. Zudem erzählen Kinder meistens nur, was sie von ihren Eltern aufgeschnappt haben. Und bis jetzt zeigt Terrys Schilderung die gute Erziehung, die er von euch erhält."
„Danke, Graf Jakobus. Wenn Ihr meint."
„Gewiß, Frau Sox. Ich meine immer, was ich sage. Fahre fort, Terry Sox."
Unsicher sah Terry seine Mutter an, bis diese zustimmend nickte. „Nun ja, danach sind die Teufel ausgestiegen und haben Zelte aufgebaut. Ich wollte unser Dorf warnen, darum bin ich davongeschlichen und heimgerannt."
„Wie viele Wikinger hast du gesehen?"
„Es ... es dürften mehr als hundert sein. Gezählt habe ich sie nicht, denn ich wollte nicht gesehen werden. Aber mehr als hundert waren es, Graf Jakobus."
„Sehr gut, junger Mann. Ich gebe dir zur Belohnung die Möglichkeit, deine Bauern bis nach Cambourne zu begleiten und eure Vorräte zu holen, wenn keine Wikinger im Dorf sind. Dies ist zwar die Aufgabe für einen starken Mann, doch ich glaube, du könntest es schaffen. – Was glaubst du?"
Terry Sox wußte nicht so recht, wie er antworten sollte, denn er wollte natürlich Kundschafter werden und nur ungern Begleiter einiger sorgenvoller Bauern. Aber der strenge und anspornende Blick, den ihm sein Vater zuwarf, ließ ihn innerlich eine Antwort formulieren, mit der er und seine Familie leben konnten: „Bestimmt schaffe ich das. Wenn Ihr wollt, kann ich Euch zu den Teufeln am Strand führen. Es wäre mir eine Ehre, Euch als Kundschafter zu dienen."
„Terry!" unterbrach Clara unwirsch. Sie legte ihre Hände von hinten auf die Schultern des Jungen. Dieser schüttelte sich, als wären es lästige Käfer.
„Wir zwei verstehen uns, Terry Sox. Wir möchten beide die Nordmänner sofort wieder ins Meer werfen, wohin sie gehören. Jedoch verbietet einem das Leben manchmal, seinen Mut auszuleben und

gibt einem dafür Verpflichtungen. Verpflichtungen, die erfüllt und beachtet werden müssen, besonders wenn sie mit der Familie zusammenhängen. Trotzdem bewundere ich deinen Mut, Terry Sox. Eines Tages wirst du ein großartiger Kundschafter werden, wenn du es dann noch willst", vermutete Jakobus und tätschelte den Kopf von Terry.

„Danke ... danke, Graf Jakobus. Ich bin Euch sehr dankbar", murmelte Clara Sox erleichtert. Steve Sox schaute den Grafen mit einem ähnlichen Blick an. Nur der Gesichtsausdruck von Terry drückte unterschwellige Enttäuschung aus.

Der Graf zog seine Hand zurück und lehnte sich wieder an den Zugbrunnen.

„Ich hätte es nicht besser sagen können. Ihr habt Euch auf manchem Gebiet stark verbessert, Graf Jakobus", lobte Theophilus leise.

„Eine neue Liebe verändert manches, Bruder Alkin", sagte Jakobus ebenso leise.

Der ehemalige Mönch hörte zu und lächelte. Er erinnerte sich kurz an den Tag, an dem er Jakobus zum ersten Mal sah. Vor vier Jahren war Jakobus ein junger ungestümer Mann gewesen. Ein Mann, dessen Vater im Streit mit einem benachbarten Grafen getötet wurde. Beim Streit ging es um Land der Grafschaft, wie immer. Der Todesfall veranlaßte seine Mutter, Gräfin Martha von Plantain, König Edmund um Hilfe zu bitten. Edmund bot Schlichtung an, im Streitfall mit dem benachbarten Grafen, wenn dafür eine neue Kirche gebaut würde. Zudem sollte ihr Sohn, Jakobus, einen Lehrer zu seiner christlichen Glaubensstärkung erhalten, damit seine religiöse Erziehung abgeschlossen werden konnte. Soviel sei er seinem toten Freund Otmund schuldig. Also wurde Theophilus Alkin Lehrer. Und sein Schüler hatte schnell gelernt, daß seine zukünftige Aufgabe als Graf mehr verlangte, als die Raufereien mit Trunkenbolden oder die Jagd nach wilden Tieren und verlockenden Weiberröcken. Einzig seine Vertiefung in den Glauben bereitete Theophilus Sorgen – sie war nicht tief genug nach seiner Ansicht. Nachdem die Kirche im Dorf stand, kam König Edmund zur Besichtigung.

Es war ein unvergeßlicher Feiertag für ganz Cambourne. Zufrieden mit dem neuen Gotteshaus verweilte der König über Nacht auf der Burg der Edelleute. Im vertraulichen Gespräch mit Alkin, betreffend der Fortschritte des Grafen in religiösen Fragen, schlug Edmund eine Pilgerreise nach Jerusalem vor, die noch jeden Grafen zu einem wahrhaft gläubigen Christen gemacht habe. Mehr als erfreut stimmte Theophilus Alkin dem königlichen Ansinnen zu. Jakobus und seine Mutter waren ebenso einverstanden. Wahrscheinlich hatte sie König Edmund bei ihrem persönlichen und ausführlichen Gespräch von der großen Wichtigkeit eines tiefen Glaubens überzeugt. Natürlich konnte das Theophilus nur vermuten, weil er ja nicht beim Gespräch mit ihnen dabei war. Am nächsten Tag verließ der König die Burg wieder. Sechs Wochen später brach Jakobus von Plantain, begleitet von einigen Soldaten, zu seiner Pilgerreise nach Jerusalem auf. Und Alkin waltete weiter als Pfarrer in Cambourne – bis heute.

Merkwürdig, dachte er, *warum hat mich Jakobus nicht gleich bei seiner Rückkehr aufgesucht, wie wir es vereinbart hatten? Liegt es wirklich nur an der Sarazenenprinzessin und daran, was ich vielleicht dazu gesagt hätte, oder hat sich noch etwas anderes auf seiner langen Reis abgespielt?*

„Wie sollen wir vorgehen als Kundschafter?" fragte der Zwilling Markus.

„Wieso müssen ausgerechnet meine Zwillinge Kundschafter werden?" unterbrach Steve Sox.

„Ach, demnach sind die Zwillinge ebenfalls eure Söhne?"

„Aber ja, Graf Jakobus. Und ich weiß nicht, warum Bruder Alkin sie überhaupt ausgewählt hat. Es genügt doch, wenn einer meiner Söhne die nordischen Teufel entdeckt hat. Warum müssen meine Zwillinge dann auch noch in Gefahr gebracht werden? Es gibt genügend andere Kundschafter für Euch."

„Ich wählte deine Zwillinge, weil sie klug, behende und schnell sind, wie ihr Vater. Es sind keine Kinder mehr, auch wenn du das gerne so sehen würdest."

„Das ist noch lange kein Grund, sie auszuwählen."

„Gut Steve, dann nenn mir einen besseren Grund als die Barbaren vor Cambourne. Die Heiden, die darauf warten, euren Friedhof zu vergrößern."
„Ich ..."
„Beruhigt euch. Meine Soldaten sind kampferprobt. Dir und deinen Zwillingen wird nichts geschehen. Ich selber werde mitgehen und sie schützen."
„Graf Jakobus, Ihr könnt nicht als Kundschafter mitgehen, bedenkt doch ..."
„Ich kann und ich werde, Bruder Alkin. Ich habe mich auch auf diesem Gebiet stark verbessert", erklärte Jakobus in unnachgiebigem Tonfall. Er fuhr in demselben fort: „Wir gehen auf gar keine Gefahren ein, sobald wir Wikinger sehen, schleichen wir zurück. Unser Vorteil ist, daß wir den Wald und das Dorf besser kennen als die Bastarde. Wenn wir diesen Vorteil geschickt für uns nutzen, besteht keine große Gefahr. Am besten, wir brechen gleich auf."
„Das hört sich vernünftig an, Graf Jakobus", bestätigten Steve und die anderen.
„Es ist zwar nicht so, wie ich es mir vorgestellt habe, aber Ihr seid Graf und ich ein alter Mönch. Gott schütze euch alle, Männer", wünschte Theophilus Alkin.
Zur Überraschung des Mönchs übersetzte Jakobus Jasmina kein einziges Wort seines Plans, sondern verabschiedete sich mit den Männern und fünf Soldaten.
Die Kundschafter ließen die trutzige Burg hinter sich und marschierten durch den dämmerigen Wald auf Schleichwegen, die nur Einheimische gut kannten.
Das dichte Gebüsch und die wuchernden Farne verhinderten ein schnelles Vorankommen, boten jedoch einen ausgezeichneten Sichtschutz. Bloß einige Eulen sahen die Kundschafter, als sie geduckt beim Waldrand von Cambourne ankamen. Beißender Rauch stieg in ihre Nasen.

Kapitel 6
Ein Koffer zuviel

1

William Tower saß im Range Rover vor dem Mehrfamilienhaus von Adele Lord. Die Rückfahrt von Newhaven war längst beendet und trotzdem parkierte er noch hier. Vielleicht in der vagen Hoffnung, daß sie ihn zu einem Kaffee in ihre Wohnung einlud? Nein, dazu wurde zuviel Geschirr zerschlagen auf der Rückfahrt. Adele hatte ihm ständig schwere Vorwürfe wegen dem Fotoshooting gemacht, weil er nicht abgeklärt hätte, daß am gleichen Strandabschnitt die Ausgrabung dieses komischen Italieners stattfand. Automatisch waren Veronica und Pamela in den Disput eingestiegen und erhoben ebenfalls Vorwürfe wegen irgendwelcher Kleinigkeiten, die allemal bei einem Shooting passieren konnten. Bloß der lauwarme Franzosencoiffeur blieb auf seiner Seite, was William im nachhinein sehr verwunderte. So wurde die Rückfahrt für ihn zu einem einzigen unerfreulichen Erlebnis.

Jetzt betrachtete er gedankenverloren die braunrötliche Backsteinfassade und blieb mit seinen Augen am Fenster der Dachwohnung hängen, die Adele und Veronica ihr eigen nannten. Er überlegte: *Warum müssen Frauen so zickig sein, sobald ihnen die kleinste Kleinigkeit nicht paßt?*

Doch William wußte genau, warum das bei Adele der Fall war. Solange er Adele seinen Fehltritt nicht plausibel erklären konnte, würde ihr Verhältnis nie wieder so wie früher sein. Es würde kalt und unpersönlich bleiben, wenn überhaupt wieder ein Fotoshooting zustande käme. Und was noch schlimmer war, war die Erkenntnis, daß Adele seine Situation präzise erkannt hatte und zudem noch wußte, daß er es auch wußte.

Elender Mist, fluchte er in Gedanken, während im Radio Chaka Kahn sang „There's nobody – nobody – nobody better then you", verklang der Liedreim.
Ja, Adele war *das Beste,* was ihm jemals widerfahren war. Aber wie sollte er seinen Fehltritt plausibel erklären, wenn er ihn nicht einmal sich selber erklären konnte?
Sein Blick wanderte die helle Hausfassade herunter und blieb im rechten äußeren Rückspiegel des Rovers hängen. Der jämmerliche Gesichtsausdruck darin betrübte ihn noch mehr. Bestimmt lag sein damaliger Fehltritt ganz einfach an der Gelegenheit, die sich ergab. An der Tatsache, daß junge unerfahrene Models manchmal ein wenig scharf wurden, bei gewissen Fotos. Und daran, daß er der Mann hinter der Kamera war und somit ihr erstes Opfer. *Gelegenheit macht Diebe – und in meinem Fall – schnelle Liebe,* dachte er amüsiert und mußte lächeln.
Sie wollten nun ihre Ruhe haben und abends etwas essen gehen, hatte Pamela gesagt. Er solle sich ruhig wieder einmal melden, wenn er ein Model suche, hatte Veronica gesagt. Adele sagte keinen Ton nach dem Disput im Auto, nur für eine belanglose Verabschiedung hatte es gereicht. Am liebsten wäre er ihr hinterhergesprungen und hätte sie gepackt – hätte ihr gesagt, wie sehr es ihm leid tat, und wie sehr er seinen Seitensprung bereute – und daß ein solcher nie mehr vorkommen würde. Doch der Ausdruck „nie mehr" war William in diesem Augenblick so verhaßt vorgekommen, wie sein eigener, dummer, englischer Dickschädel.
Schlußendlich ließ William das Grübeln sein und entschloß sich nach Hause zu fahren. Er hatte den Blinker schon gestellt, als sein Blick per Zufall auf einen Aktenkoffer im Kofferraum fiel, der ihm völlig unbekannt vorkam. Es war ein Aktenkoffer aus schwarzem Kunstleder, das vermutete er, weil meistens nur billiges Kunstleder ein so plastikartiges Glänzen hatte. William mochte gerne Leder, aber keine minderwertigen Imitate davon, welche eher nach Lack rochen.

Wem dieser Koffer gehörte, konnte er sich gar nicht erklären, also stellte er den Motor seines Range Rovers wieder ab.
Verwundert stieg er aus und ging um den Wagen herum zum Kofferraum. Die nähere Begutachtung des Aktenkoffers lieferte auch kein brauchbares Resultat. Vielleicht gehörte das abgenutzte Ding Veronica, obwohl er ihren Geschmack bei Aktenkoffern ein wenig höher einschätzte. Öffnen konnte er ihn nicht, dazu wäre die richtige Kombination für die Zahlenschlösser notwendig gewesen. Die Verlockung war jedoch zu groß, es nicht wenigstens zu probieren. Aber nach einigen erfolglosen Versuchen, mit ihm sinnvoll erscheinenden Kombinationen, gab er es entnervt auf.
Das Scheißding gehört bestimmt Veronica. Zuerst dämliche Kleinigkeiten beanstanden und dann seinen dämlichen Koffer im Auto vergessen – typisch Weiber, dachte er und bemerkte das erstaunliche Gewicht des Koffers. Als er ihn schüttelte und das seltsame Poltern darin hörte, fragte er sich in Gedanken: Was hat sie denn da drin, Ziegelsteine oder Hanteln? Deinen Aktenkoffer trage ich dir nicht nach, Miss Modelsekretärin. Ich lege das Ding am besten in den Mazda in der Tiefgarage – soll sie ihn selber holen.
Dann kam William plötzlich ein anderer Einfall: Konnte es vielleicht sein, daß einer der Studenten, die ihnen am Ende des Fotoshootings so hilfreich beim Verladen des Zubehörs zur Hand gegangen waren, einen falschen Aktenkoffer eingepackt hatte? Nein, so blöd konnte kein Student sein, auch wenn er so etwas Abartiges wie Archäologie studierte. Trotzdem war er sich nicht mehr ganz sicher, weil die Studenten ausschließlich Augen für Adele hatten. Und wer konnte das den Studenten schon verübeln? Adele tat es, weil sie meckerte, die ganze Autofahrt bis nach London meckerte. Warum zerbrach er sich eigentlich seinen Kopf darüber?
Absoluter Blödsinn! Der Scheißkoffer gehört Veronica! Ende und aus!
Verärgert schlug er den Deckel des Kofferraums zu und marschierte die relativ schmale Einfahrt zur Tiefgarage hinunter. Nur gut, daß er noch die Fernbedienung für das Garagentor hatte – den Schlüssel zur Wohnung der Freundinnen mußte er schon längst abgeben.

Quietschend ging das Tor hoch und die Deckenlampen der Garage gingen an.
Da stand der Mazda, wie gewöhnlich war er nicht abgeschlossen. Die beiden Frauen vergaßen ständig, ihr Auto abzuschließen. Ein weiter Hinweis, daß der Koffer eigentlich nur Veronica gehören konnte. Ohne Mühe öffnete William die Autotüre beim Beifahrersitz und warf den Aktenkoffer darauf. Den kleinen inneren Hebel an der Türe drückte er herunter, er wußte, wie man Autotüren abschloß.
– Im Gegensatz zu zickigen Gewitterziegen, die höchstens ihren blöden Aktenkoffer verschließen konnten und wahrscheinlich sogar noch die Kombination für die Zahlenschlösser vergaßen. William war sehr froh, den Frauen heute nicht noch einmal begegnen zu müssen, ihr nerviges Gequatsche wäre eindeutig zuviel für ihn gewesen. Vielleicht hätte er wieder Dinge gesagt, die er im nachhinein bereut hätte. Adele war für William nun an einem Punkt angekommen, an dem sie jedes seiner Worte durchleuchtete und es nach Schwachstellen durchsuchte. Und wenn William irgendetwas haßte, dann waren es spitzfindige Frauen, die irgendeine Schwäche oder Kränkung aus den Worten eines Mannes heraushören wollten, nur weil man ihnen nicht jede Minute des Tages seinen aktuellen Lebenslauf erklärte.
Jetzt ging er wieder die Auffahrt hinauf, während sich das Garagentor dank der Lichtschranke automatisch schloß. Als er im Range Rover saß, wanderte sein Blick ein letztes Mal zum Fenster der Freundinnen. Bewegte sich da irgendjemand hinter dem weißen Vorhang? Nein, das mußte hoffnungsvolle Einbildung sein. Zudem hätte er auf diese Distanz seine Brille benötigt, die er neuerdings für weite Distanzen brauchte, jedenfalls nach Ansicht seines Augenarztes. Doch dazu war die Sache nicht wichtig genug. Deswegen blieb die Metallbrille im Handschuhfach, als er den Motor startete und davonfuhr.

2

„Siehst du jemand?" fragte Veronica Adele, die vor dem breiten Fenster stand.
„William ist gerade fortgefahren. Komisch, daß er so lange da unten parkiert hat."
„Kann sein, daß er etwas vergessen hat", entgegnete Pamela, die neben Veronica saß. Sie blätterte in Modemagazinen, welche verstreut auf dem Glassalontisch lagen.
„Ja, vielleicht hat er wirklich etwas vergessen", meinte Adele nachdenklich.
„Komm schon, vergiß den Typ. Der wird sich niemals ändern, das hat er dir beim Fotoshooting eindeutig bewiesen. Obschon er am Regen unschuldig war."
Adele drehte sich wortlos um und betrachtete Pamela zustimmend. Sie ging zum hellbraunen Lederpolstersessel und ließ sich hineinfallen. Danach nippte sie an ihrer Dose Cola light und meinte leicht resigniert: „Ich dachte nur, daß er ein bißchen – nun ja, ihr wißt schon."
„Du dachtest, er würde den Streit zwischen euch klären. Gib es zu, du bringst ihn nicht aus deinem Kopf", betonte Veronica.
„Bei Verflossenen bin ich nun einmal sentimental. Und William war mehr als nur ein Verflossener, das weißt du genau, Kosakenfrau."
„Der wird sich bestimmt wieder melden, wenn er es ernst meint. Darauf würde ich sehr viel wetten. Aber kommen wir wieder zu wichtigeren Dingen. Wohin wollen wir zum Abendessen gehen?" erkundigte sich Pamela Charmers, in der unumstößlichen Tonlage eines langjährigen Nachrichtensprechers.
Adele und Veronica mußten lachen. Pamela lachte schließlich mit ihnen gemeinsam, bis Adele unterbrach: „Warum gehen wir nicht ins Ivy? Nach der Dusche am Strand und nach William würden mich ein wenig Luxus und High Society wieder aufbauen."
„Habe ich dazu die richtigen Klamotten an?"
„Wir könnten natürlich auch beim Pizza Expreß bestellen."

„Oh, ich glaube plötzlich, ich habe die richtigen Klamotten an."
„Na also, Pamela, finde ich ebenfalls. Ab ins Ivy", resümierte Adele.

3

„Sie haben waasss?" fragte Roberto Ludovisi ungläubig nach. Die Stimme am anderen Ende der Telefonleitung verstummte kurz und wiederholte: „Serena hat unseren Aktenkoffer in ein falsches Auto gelegt. Leider ist dieses Auto kurz danach fortgefahren – mit dem Diamanten darin."
Roberto wollte losfluchen, losschreien, den Telefonhörer an der Bürowand zertrümmern. Er würde in seinen Pivatjet steigen, nach London fliegen und diesen gottverdammten dämlichen Rollo eigenhändig erwürgen. Sein feistes Gesicht rötete sich und er ballte seine rechte Hand zu einer verkrampften Faust. „Porca miseria!" schrie Ludovisi in einer solchen Lautstärke, daß seine Sekretärin im Nebenraum zusammenzuckte und verwundert um sich schaute. „Wie konnte so etwas passieren? Rollo, wie haben Sie das geschafft?" fuhr er in gleichbleibender Tonlage fort und mußte tief einatmen – sehr tief.
Salvatores gesunde Gesichtsfarbe wurde eine Spur bleicher, als er antwortete: „Serena hat die Autos verwechselt. Ich fuhr scheinbar den gleichen Mietwagen wie ein Fotograf, der ein Fotoshooting am Strand machte. Es müssen zwei fast identische Range Rover gewesen sein, hat Serena gesagt, weil ich den Rover des Fotografen nicht gesehen habe. Mein Rover stand hinter einem Wohnmobil von einer holländischen Touristenfamilie, deswegen konnte Serena mein Auto nicht sehen und hat unseren Aktenkoffer in den falschen Rover gelegt. Es ... es war eine dumme Verwechslung und es ..."
„Wissen Sie, wie Ihre Geschichte klingt?" unterbrach Roberto barsch.
„Nein ... ich ... es ..."
„Sie klingt wie dicke, dampfende Bullenscheiße! Haben Sie gehört, Rollo? Wie dicke, dampfende, stinkende Bullenscheiße!" schrie Roberto beinahe.

„Wir ... es ... es tut uns leid, aber die Verwechslung ist nun einmal geschehen", entschuldigte sich Salvatore kleinlaut und mußte mehrmals leer schlucken.

Sein Capo wußte, daß er jetzt selber die Initiative ergreifen mußte, wenn er den Wikingerdiamanten noch irgendwie in seinen Besitz bringen wollte. Von diesen Idioten in England hatte er nichts mehr zu erwarten. Sie hatten den Auftrag gründlich vermasselt. Ludovisi lehnte sich zurück und stieß zuerst einmal Luft aus, um sich zu beruhigen. Er griff wütend nach seinem Kugelschreiber.

„Kennen Sie den Namen dieses Fotografen?" kam seine scharfe Anfrage.

„Ja, der Name ist Tower, William Tower. Er hat mit dem Model Adele Lord ein Fotoshooting am Strand gemacht. Später fing es an zu regnen, und da hat die ganze Fotocrew den Strand schnell verlassen. Ein bißchen zu schnell."

„Eine ganze Fotocrew? Vorher war es nur der Fotograf und das Model. Wie viele Leute waren da eigentlich am Strand?" wunderte sich Roberto.

„Das ist schwer zu sagen. Da waren unsere Studenten, Professor Farnsworth, die holländischen Touristen und die Fotocrew. Ich würde schätzen, so ungefähr zwanzig Leute. Aber ganz sicher bin ich mir nicht mehr", erklärte Rollo.

„Ich habe genug gehört. Bleiben Sie mit Serena im Dorchester und unternehmen Sie nichts weiter. Ich fliege sofort nach London. Wir treffen uns am frühen Morgen im Hotel. Wir versuchen zu retten, was noch zu retten ist. Haben Sie kapiert, Rollo?"

„Certo, Signore Ludovisi, certo."

Ohne sich zu verabschieden, knallte Roberto Ludovisi den Hörer auf die Gabel. Deutlich konnte man den Ärger in seinen missmutigen Gesichtszügen ablesen. Und seine Mundwinkel, die scheinbar immer gegen unten gerichtet waren, vibrierten ganz leicht. Verdrossen las er den Namen auf dem rosa Stück Papier vor sich: *William Tower – ein Fotograf – noch nie gehört – Scheißkerl*, dachte er.

Mit der rechten Hand fuhr er durch sein verbliebenes weißgraues Haar, das in jüngeren Jahren recht buschig gewesen war. Aber mit achtundfünfzig Jahren hatte es nicht mehr die frühere Dichte. Die hellblauen Augen lasen erneut den Schriftzug. Er stand auf, ging zur Bürotüre und öffnete sie: „Presto, Anna, ruf mir Carlo. Es gibt Probleme in London. Und laß den Learjet auftanken, wir fliegen heute nacht", befahl er der Sekretärin.

„Si, Signore Ludovisi", bestätigte Anna, die sich längst an den Umgangston ihres Capos gewöhnt hatte und diesen nur noch bedingt ernst nahm. Es war jedoch besser, dessen Anweisungen sofort zu befolgen und andere Arbeiten ruhen zu lassen, wenn man nicht missmutig angesehen werden wollte von einem gebräunten Gesicht, dessen Mimik stets etwas auszuhecken schien. Ob nun dieses *Etwas* gegen einen selber oder gegen die eigene Arbeitsweise gerichtet war, das blieb absolut unerkennbar. So tat man einfach seine Arbeit, ohne viel zu fragen. Vor allem, wenn man wie Anna keine unangenehmen Antworten hören wollte. Schließlich hatte man als Sekretärin eindeutig genug anderes zu tun.

„Bene, Anna. Bring mir einen Espresso", sagte Roberto und schloß die Bürotüre hinter sich. Als er wieder am Mahagonischreibtisch saß, überlegte Ludovisi, welche Komplikationen in London auftreten könnten.

Rund fünf Minuten später servierte Anna den Espresso und unterbrach die unschönen Spekulationen im Kopf des Sammlers, der unter diesem Spitznamen in der römischen (und teilweise in der italienischen) Geschäftswelt bekannt war.

„Grazie, Anna. Wann kommt Carlo?"

„Bin schon da, Capo", tönte es laut vom Vorraum, der zugleich Anna als Büro diente.

Carlo trat ein und schüttelte freudig die Hand seines Capo. Wie gewöhnlich, hatte Anna zwei Espresso serviert, weil Roberto und Carlo öfter miteinander diskutierten und sie dazu immer den kleinen starken Kaffee tranken. Anna begrüßte kurz Carlo und verließ das riesige Büro wortlos.

„Wie geht's, Capo? Was gibt's Neues?" fragte Carlo und trank Espresso.
„Bene, Carlo, bene. Wir haben nur ein kleines Problem in London. Du weißt – das Plappermaul Rollo – er hat Scheiße gebaut – echte Bullenscheiße!" schilderte Roberto und gestikulierte mit einer Hand zu fast jedem Wort.
„Ah Rollo, die trübe Tasse. Wunderte mich schon immer, wie so ein elendes Großmaul Dottore geworden ist. Was hat er für Scheiße gebaut?"
„Er sagte – Serena habe den Diamanten in ein falsches Auto gelegt, plapperte von einer Verwechslung der Autos. Stell dir das mal vor – eine Verwechslung!"
„Santa Maria, die Geschichte stinkt zum Himmel!"
„Ja, die Geschichte stinkt gräßlicher – als ein Elefant mit Durchfall."
„Hahaha, ein Elefant mit Durchfall, hahaha."
„Schweig! Da gibt's nichts zu lachen."
„Scusi, Capo, mir ging da nur so ein Bild durch den Kopf. Was wollen wir jetzt tun wegen Rollo? Soll ich ihn mir mal vornehmen?"
„No, Carlo. Zuerst will ich wissen, ob mich die Idioten in London aufs Kreuz legen wollen. Später entscheide ich, was weiter geschieht."
„Bene. Ich glaube sowieso, daß Serena nichts mit der Sache zu tun hat, dazu ist sie viel zu clever. Der Stupido Rollo ist sicher schuld an der ganzen Scheiße. Er konnte ja schon im Flugzeug seine große Klappe nicht halten."
„Ich weiß, aber nur weil Serena deine kleine Freundin ist, ist sie noch lange nicht unschuldig. Vielleicht stecken beide unter einer Decke."
„Ma no, Capo. Serena hat mir schon oftmals gesagt, daß sie Rollo für einen unfähigen Trottel hält. Mit dem würde sie niemals gemeinsame Sache machen. Im Gegenteil, sie verachtet ihn eher, diesen dummen Trottel."

„Trotzdem stinkt die Geschichte, Carlo. Sie stinkt gewaltig. Würdest du einen Fünfkilodiamanten in ein falsches Auto legen?"
„Nur wenn ich völlig besoffen wäre, Capo. Völlig besoffen oder nicht ganz bei Trost. Ich würde mir eher in den Fuß schießen, als so etwas zu tun."
„Glaube ich auch, Carlo. Glaube ich auch", sagte Roberto und trank den Rest des schwarzen Espresso. Sein Blick wanderte durch das Bürofenster und blieb auf den fernen Überresten des Kolosseums haften, das ihm im Moment ähnlich bruchstückhaft vorkam, wie die unglaubliche Geschichte des Salvatore Rollo.
Seit der Archäologe das Pergament in der frühmittelalterlichen Villa gefunden hatte, zweifelte Roberto an dessen Echtheit. Erst als das Wikingergrab in Südengland dank der Hilfe des Pergaments gefunden wurde, erkannte Roberto die ungeheure Bedeutung seines Inhalts. Und jetzt, so nahe vor dem Ziel, versagte Rollo. Wie konnte jemand bloß so gottverdammt dämlich sein? Auch die heiteren Sonnenstrahlen über den Dächern Roms erklärten ihm das nicht. Es blieb bloß die wunderschöne Aussicht aus dem achten Stock seines stahlblauverglasten Verwaltungsgebäudes. Hier liefen die verwirrenden Fäden seiner Unternehmen und Geschäfte zusammen. Hier wurde verwaltet, geschaltet, gerechnet und abgerechnet. Ein Riesengehirn für ein kleines Imperium – sein Imperium.
Salvatore Rollo war bloß ein winziges Rädchen darin. Ein Rädchen, das geölt werden mußte – oder besser ganz ausgewechselt?
„Wir fliegen gleich, sobald mein Learjet aufgetankt ist. Ich lasse uns Zimmer im Dorchester reservieren. Bin gespannt, was Rollo uns erzählen wird."
„Soll ich ein paar unserer Männer zusammentrommeln?"
„Sag ihnen, sie sollen sich bereithalten. Kann sein, daß wir sie noch brauchen.
Du mußt die Adresse eines gewissen William Tower herausfinden. Er ist Fotograf und lebt sehr wahrscheinlich in London. Ohne die Adresse dieses Knilchs können wir genauso gut in Rom bleiben. Capito?"

„Si, Capo. Ich werde gleich unsere Freunde in London anrufen. Wird sicher eine Kleinigkeit, die Adresse des Fotografen herauszufinden."

„Hoffentlich, Carlo, hoffentlich", entgegnete Roberto und gab Carlo das Stück Papier, auf dem der Name des englischen Fotografen stand. Carlo nahm es mit seiner kräftigen fleischigen Hand und schaute es neugierig an.

4

Rrrüinng! Rrrüinng! Rrrüinng! Klang gequält das Glöckchen an der Rezeption des Dorchester. Carlo hatte bereits fünfmal hintereinander darauf gedrückt. Er und Roberto standen vor der leeren Rezeption und wunderten sich, warum sie bis jetzt noch niemand begrüßt hatte, außer dem Zylindermann am Eingang.

„Mach das Ding bloß nicht kaputt, bevor wir eingecheckt haben", mahnte Roberto seinen Leibwächter, der ihn gut und gerne einen Kopf überragte.

„So schnell geht das Ding nicht zu Bruch, keine Sorge, Capo", meinte Carlo.

Trotzdem ließ er die kleine Glocke in Ruhe und betrachtete beeindruckt die Eingangshalle des Hotels. Selten sah man soviel gediegenen Luxus auf einmal.

„Guten Morgen, meine Herren, kann ich Ihnen helfen?" fragte der aufgetauchte Concierge freundlich. Roberto konnte ohne zu zögern auf Englisch antworten, weil er im Geschäftsleben Englisch häufig brauchte. Nur sein Akzent, den er selber einigermaßen schick fand, verriet sofort den Italiener.

„Buongiorno. Ja, meine Sekretärin hat Zimmer reserviert. Auf den Namen Ludovisi, Roberto Ludovisi. Sie sollten seit gestern reserviert sein."

„Einen Moment bitte", bat der Concierge in seinem grünen Hotelanzug mit den goldfarbenen Jackenknöpfen und kontrollierte das dicke Gästebuch. Bis er die Reservierung gefunden hatte, ging es relativ lang. Sein Kopf brütete über den zahlreichen Eintragungen, das Fünfsternenobelhotel war fast gänzlich ausgebucht.

„Richtig, Signore Ludovisi und Signore Calabretta. Aus Rom, wie ich sehe."

„Richtig, genau die sind wir. Welche Zimmer sind für uns reserviert?"

„Sie haben Glück. Wir konnten Ihren Wunsch erfüllen und haben Zimmer 710 und 711 für Sie reserviert. Die Suiten liegen direkt nebeneinander, wie bestellt."

„Fantastico. Ihr Hotel gefällt mir, obschon wir ein paar Mal klingeln mußten. Scheint so, als wäre ein Teil des Hotelpersonals anderweitig beschäftigt."

„Bitte verzeihen Sie, aber viele nehmen gerade einen kleinen Aperitif, so wie es unser schweizerischer Küchenchef nennt. Er feiert heute sein Arbeitsjubiläum."

„Arbeitsjubiläum? – Bene. Unsere Koffer stehen dort. Kann ich die Schlüssel haben? Unsere Arbeit wartet genauso", fand Roberto emotionslos.

„Natürlich, Signore Ludovisi. Ich rufe gleich den Boy. Ihre Zimmer sind ..."

„Wir finden unsere Zimmer schon. Der Boy soll bloß die Koffer tragen. Ach noch etwas – sind Signore Rollo und Signorina Rossi auf ihrem Zimmer? Es ist Zimmer 511, wir müssen dringend mit ihnen sprechen."

„Tut mir leid, Signore Ludovisi. Es ist mir nicht gestattet, Auskünfte über andere Hotelgäste zu erteilen. Ich könnte höchstens Ihren Besuch ankündigen."

„Engli... Tun Sie das. Kündigen Sie uns an. Danke", sagte Roberto und nahm die Zimmerschlüssel an sich.

Beim Fahrstuhl fragte ihn Carlo misstrauisch: „Wieso haben Serena und Rollo eigentlich nur ein Zimmer? Ist es ein Doppelzimmer?"

„Weiß nicht. Der Idiot Rollo soll es dir erklären. Seine Sekretärin Maria hat ursprünglich verschiedene Zimmer für sie reserviert. Warum plötzlich nur von Zimmer 511 die Rede ist, wissen sie vermutlich bloß alleine. Aber Vorsicht, zuerst müssen wir wissen, wo der verfluchte Wikingerdiamant ist. Das ist weitaus wichtiger, als die beiden Rohrkrepierer dort oben. Capito, Carlo?"

„Bene, Capo, bene", stimmte Carlo missmutig zu.

Bevor Carlo die vier Reisekoffer auspacken konnte, marschierten sie auf der Suche nach Zimmer 511 durch das Dorchester. Bald fanden sie den richtigen Hotelflur und Roberto klopfte vehement gegen die Türe. Drei Sekunden vergingen, bis ihnen geöffnet wurde. Der Concierge mußte Wort gehalten haben.

„Buongiorno Signore Ludovisi, wie geht es Ihnen?" begrüßte Salvatore Rollo sichtlich nervös seinen ungeduldigen Capo. Für Carlo hatte er nur ein kurzes Nicken übrig. Er führte sie in das Wohnzimmer der Hotelsuite. Auf einem breiten sandfarbenen Alcantarasofa saß Serena und begrüßte sie ebenfalls. Serena trug ein kanariengelbes Kleid, welches mit winzigen verschiedenfarbigen Kolibris bedruckt war. Ihr Gesicht war aufgequollen, so als hätte sie stundenlang geweint. Die leicht blutunterlaufenen Augen unterstützten diese Vermutung zusätzlich. Auch ihre brüchige Stimme klang weinerlich fremd und undeutlich.

„Setzen Sie sich doch, Signore Ludovisi. Machen Sie es sich gemütlich", bat Rollo und zeigte auf einen voluminösen Sessel an der linken Seite der Polstergruppe. Roberto setzte sich darauf, während Carlo neben seiner Freundin auf dem Sofa Platz nahm. Carlo tätschelte tröstend die Hand von Serena, was die Kinnlade von Salvatore augenblicklich heruntersinken ließ.

„Was ist denn nun genau passiert? Rollo, erzählen Sie. Am Telefon verstand ich bloß belangloses Zeug. Jetzt will ich eine präzise Erklärung von Ihnen", unterbrach Roberto das Staunen des Archäologen, der sich zuerst fassen mußte.

„Ich ... nun ... wir ...", stammelte Salvatore.

„Mann, lassen Sie Ihr Genuschel sein und kommen Sie endlich zu den Fakten. Wir haben nicht viel Zeit, sonst können wir den Wikingerdiamanten vergessen.

Also, Dottore Rollo, was ist passiert? Und wo, glauben Sie, ist der Stein?"

Obwohl es ihm sichtlich schwer fiel, begann Rollo mit der Geschichte der Ausgrabung, dem unverhofften Fotoshooting und der unglücklichen Verwechslung der Autos, bei der er alle Schuld vollumfänglich Serena zuschob.

„So war es doch gar nicht!" schrie Serena aufgebracht und den Tränen nahe.
Sie zog ein Papiertaschentuch aus einer Schachtel auf dem Rauchglastisch, neben der schon einige zerknüllte Papiertaschentücher lagen, und putzte sich die triefende Nase. Verheult und mit flehender Stimme fuhr sie fort: „Der Dottore hat falsch parkiert, hinter einem Wohnmobil, darum sah ich den richtigen Wagen nicht. Rollo sagte nichts von einem Wohnmobil und wo er parkiert hatte. Zudem zwang er mich Dinge zu tun, die ich nicht tun wollte."
„Was zum Teufel ...?"
„Ruhe, Dottore Rollo. Sie hatten Gelegenheit, das Missgeschick zu erklären, jetzt ist Signorina Rossi am Zug. Versuchen Sie nicht zu stören."
„Aber ich ..."
„Schweigen Sie, verdammt noch mal! Schweigen Sie, Rollo, oder Sie lernen mich kennen!" befahl Roberto wutentbrannt. Sein Gesicht war rot angelaufen und sein Blick glich dem eines Pumas, den jemand am Schwanz zog.
„Keine Angst, Signorina Rossi. Mir können Sie alles anvertrauen. Ich werde über die ganze Sache schweigen. Schließlich sind Sie nur die Sekretärin und noch unerfahren in schwierigen Geschäften. Die Verantwortung trägt alleine Dottore Rollo."
Serena heulte mitleiderregend los, so als hätte sie auf ein geheimes Zeichen gewartet. Ihr Zeichen mußte wahrscheinlich *Verantwortung* geheißen haben.
Roberto und Carlo schauten sie betroffen an, bevor ihr Blick zu Salvatore Rollo wanderte. Rollos erstaunter und reuiger Gesichtsausdruck bestätigte ihre allerschlimmsten Vermutungen, obwohl Serena kein einziges Wort sprach.
„Was haben Sie bloß für Scheiße gebaut, Rollo?" meinte Roberto mit einem leichten verständnislosen Kopfschütteln. Carlo nahm Serena in den Arm und flüsterte ihr leise unverständliche Worte ins Ohr, um sie zu trösten.

„Sehen Sie, was Sie angerichtet haben? Signorina Rossi kann kaum noch sprechen. Was haben Sie sich bloß dabei gedacht?"
„Signore Ludovisi, Sie müssen mir glauben, Serena war mit allem einverstanden. Im Gegenteil, sie hatte sogar großen Spaß an der ganzen Sache."
„Er lügt!" rief Serena dazwischen. Und ergänzte unter Tränen: „Der Dottore zwang mich – nett zu ihm zu sein. Dann buchte er unsere Hotelzimmer plötzlich auf ein Doppelzimmer. Und bei der Ausgrabung sollte ich den englischen Professor verführen, damit Professor Farnsworth anderweitig beschäftigt sei."
„Sie lügt! Diese miese Nutte lügt! Alles nur dreckige Lügen, die sie erzählt!" kommentierte Rollo die Anschuldigungen seiner Sekretärin.
„Du verfluchtes Schwein!" schrie Carlo wütend, stand auf und packte Salvatore am Hemdkragen. Er zog ihn aus dem Sessel hoch und wollte mit der linken erhobenen Faust auf Salvatore einprügeln. Erwartungsfroh blickte ihn Serena an.
„Halt, Carlo! Warte! Keine Gewalt! – Bestimmt nicht hier im Hotel!"
Nur ganz schwer konnte Carlo seine Wut zügeln und den Befehl seines Capo befolgen. Wie einen nassen Sack ließ er Salvatore Rollo zurück in den Sessel fallen und erwiderte mit eisig zorniger Stimme: „Wir sind noch nicht fertig miteinander, Dottore. Noch lange nicht fertig miteinander. – Du trauriges Bild eines Dottore – noch lange nicht fertig."
„Was will dieser Halbaffe von mir? Ich habe ihm nichts getan."
„Dieser Halbaffe ist zufällig der Freund von Serena. Verstehen Sie jetzt, Rollo? Oder muß ich Ihnen zuerst eine Zeichnung machen?" fragte Roberto.
„Der Freund? Dieser Typ ist der Freund von Serena? Grande Dio, davon hat sie mir nichts gesagt. Das wußte ich nicht. Das ... Das wußte ich ehrlich nicht."
„Spielt das eine Rolle, Dottore Rollo? Spielt das wirklich eine Rolle? Sie haben nicht nur mein Vertrauen missbraucht, sondern auch

das Ihrer jungen Sekretärin. Von Ihrer Ehefrau ganz zu schweigen. Sie genossen für dreihundert englische Pfund am Tag diese Suite, den Zimmerservice, Ihre Spesen und eine verängstigte Privatsekretärin. All das hinderte Sie nicht daran, den größten Diamanten der Welt zu finden und ihn danach durch Ihre Unfähigkeit wieder zu verlieren. Ich an Ihrer Stelle würde bestimmt nicht von Halbaffen sprechen."

„Aber, Signore Ludovisi, es waren unglückliche Zufälle und ich ..."
„Schweigen Sie, Dottore Rollo, bevor ich meine Geduld endgültig verliere. Ihr Auftrag war klar und simpel – bringen Sie mir den Wikingerdiamanten, wenn er tatsächlich existiert. Und was taten Sie? Alles andere, nur nicht den verdammten Diamanten einzupacken und zu verschwinden."

„Ich habe den verdammten Diamanten nicht in ein falsches Auto gepackt, diese miese Schlampe dort drüben hat es getan", entgegnete Salvatore wütend.

„Sie taten etwas viel schlimmeres, Dottore Rollo. Zuerst missbrauchen Sie Ihre Sekretärin, die mehr als dreißig Jahre jünger ist als Sie, und dann vertrauen Sie eben dieser den sagenhaften Wikingerdiamanten an. Überlegen Sie jetzt gut, was Sie mir darauf antworten", warnte ihn Roberto.

„Es war eine unglückliche Verwechslung, Signore Ludovisi. Und wenn dieses Miststück dort drüben die Augen geöffnet hätte, wäre ihr aufgefallen, daß Sie meinen Aktenkoffer in ein falsches Auto legt. Diese ..."

„Dottore Rollo, es ist sinnlos für mich, mit jemandem zu diskutieren, der seine Fehler nicht einsieht. – Und es wäre für mich noch wesentlich sinnloser, so jemanden zu beschäftigen. Sie sind gefeuert, Rollo! Fliegen Sie nach Rom, räumen Sie Ihr Büro, und dann möchte ich Ihre unfähige Visage niemals mehr sehen!"

„Aber Signore Ludovisi, ich arbeite schon mehr als zehn Jahre für Sie!"

„Falsch, Dottore Rollo, Sie arbeiteten schon mehr als zehn Jahre für mich."

„Sie feuern mich, einfach so? Nach allem, was ich für Sie und das Museo Ludovisi getan habe? Nach all der wertvollen Forschungsarbeit?"

„Richtig, Dottore Rollo. Ich gratuliere Ihnen zu der ersten richtig erkannten Tatsache am heutigen Tag. Und jetzt würde ich Ihnen raten zu packen und den nächsten Flug nach Rom zu buchen, wenn Sie nicht noch unangenehmere Tatsachen erkennen wollen", drohte Roberto.

Gerne hätte Salvatore Rollo seinem Capo die Meinung gesagt und der miesen kleinen Nutte einige Ohrfeigen verpaßt, die Serenas verdorbenes Hurenhirn durchgeschüttelt hätten. Doch einem grimmigen Mann wie Ludovisi, mit weitreichenden Verbindungen zur Unterwelt, sagte man nur selten seine unverblümte Meinung, wenn man Konsequenzen fürchtete und eine große Familie hatte. Deswegen hielt Salvatore seine italienischen Flüche zurück und raunte: „Bene, Signore Ludovisi. Ich gehe packen und reise danach ab."

„Einen Moment noch, Dottore Rollo. Nur damit wir uns richtig verstehen, die Sache mit dem Wikingerdiamanten bleibt unter uns. Kein Wort darüber zu Ihrer Frau, Ihren Söhnen, Ihren Freunden, Bekannten oder irgendwem. Ich fände es schade, wenn Ihnen wirklich unangenehme Dinge passieren würden. Ich hoffe, ich habe mich klar und unmissverständlich ausgedrückt."

„Völlig klar, Signore Ludovisi, völlig klar", bestätigte Salvatore und stand auf.

Er ging ins Schlafzimmer und begann wütend und frustriert einzupacken.

„Jetzt zu Ihnen, Signorina Rossi. Es liegt mir fern, Ihnen in der Situation Vorwürfe zu machen. Dennoch verstehe ich nicht, weshalb Sie mir die Belästigung durch Dottore Rollo nicht mitgeteilt haben. Besonders bei einer so wichtigen Angelegenheit, wie dem unbezahlbaren Wikingerdiamanten. Schließlich war es Ihre Aufgabe, mir mitzuteilen, wenn Rollos großes Maul losplapperte. Etwas anderes habe ich gar nicht von Ihnen verlangt."

„Ich ... ich habe mich so geschämt, Signore Ludovisi. Ich habe mich so sehr geschämt bei den Sachen, die Dottore Rollo von mir verlangte", schluchzte Serena.

„Dieses Schwein! Dieses miese Schwein!" grollte Roberto.

„Ich mußte mich immer überwinden und fand es ekelerregend, wenn mich Dottore Rollo berührte. Am liebsten hätte ich gleich gekündigt und wäre nach Rom geflogen. Aber dies ist meine erste Stelle als Sekretärin und ich bin auf sie angewiesen, darum hielt ich so gut ich konnte aus", jammerte Serena.

„Ihre Situation ist mir jetzt klar, Signorina Rossi. Ich werde Sie nicht noch zusätzlich bestrafen, indem ich Ihnen kündige. In Kürze werde ich einen neuen Archäologen einstellen müssen, dann können Sie seine Sekretärin werden. Bis dahin können Sie meine Sekretärin hier in England sein. Jedoch gilt dieses Angebot nur, wenn Sie darauf verzichten, rechtliche Schritte gegen Dottore Rollo einzuleiten. Denn ich kann keine schlechte Presse gebrauchen, die mich oder mein Unternehmen in Verruf bringt. Von Polizei ganz zu schweigen."

„Sie sind sehr gütig, Signore Ludovisi. Das ist sehr gütig von Ihnen."

„Grazie, Signorina Rossi. Dann sind wir uns einig – keine Anwälte."

„Certo, Signore Ludovisi. Keine Anwälte und keine Anklage."

„Un momento, Capo, Sie wollen den Schweinehund Rollo einfach so davonkommen lassen? Eine lausige Kündigung, und das soll's gewesen sein?"

„Mehr kann ich nicht tun, Carlo. Natürlich war ich bloß der Arbeitgeber des Dottore und nicht der Freund seiner Sekretärin. Wenn dir dazu etwas anderes einfällt, ist das deine Sache. Haben wir uns verstanden, Carlo?"

„Si, Capo, ich habe Sie mehr als gut verstanden", bestätigte Carlo lächelnd.

„Verlieren wir nicht noch mehr Zeit. Packen Sie Ihre Sachen, Signorina Rossi. Sie können bei Carlo wohnen. Ich werde ein paar

Leute in London anrufen, um zu hören, ob schon etwas von dem Wikingerdiamanten bekannt geworden ist. Wenn wir Glück haben, versucht dieser William Tower den Diamanten für sich selbst zu behalten. Wenn nicht, wird die Angelegenheit complicato."
„Wir brauchen auf jeden Fall Verstärkung aus Rom", ergänzte Carlo.
„Si, sehr wahrscheinlich hast du recht. Das wird die erste Aufgabe für Signorina Rossi. Gib ihr die Telefonnummern unserer Männer, die sollen gleich losfliegen, wir treffen sie hier im Dorchester."
„Bene. Dann helfe ich jetzt meiner Freundin einpacken."
„Si Carlo, mach das. Und sei nicht zu grob – kein Krankenhaus. Vergiß nicht, wir sind hier bei den pingeligen Engländern. Capito, Carlo?"
„Ich werd's versuchen. Versprechen kann ich's nicht, bei dem ..."
„Kein Krankenhaus! Hörst du? Wir haben schon genug andere Probleme."
„Bene, Capo. Kein Krankenhaus – nur eine nette kleine Behandlung."
„Na also. So ist's besser", meinte Roberto und stand auf. Er warf einen letzten Blick durch die geräumige Suite, rückte seinen Anzug zurecht und verließ Carlo und Serena. Salvatore Rollo wollte er nicht mehr verabschieden, sie hatten sich nach seiner Meinung nichts mehr zu sagen.
Rollo räumte gerade einige gebügelte Hemden in den Reisekoffer, wobei er sie mitsamt der Kleiderhaken des Nobelhotels einpackte, als das Miststück und der Halbaffe das Schlafzimmer betraten. Für den winzigen Bruchteil eines Augenblicks erinnerte sich Salvatore an die akrobatischen Darbietungen von Serena auf dem französischen Doppelbett, bevor sie zu einer hinterhältigen miesen Nutte degenerierte. Der heftige harte Faustschlag, der ihn aus den süßen Erinnerungen riß, zertrümmerte beinahe seine Nase. Schmerzerfüllt hielt Salvatore beide Hände vor sie. Danach traf ihn ein mächtiger Schwinger genau in den Magen. Durch die ungebremste Wucht des Schlags krümmte er sich zusammen.

Darauf schien Carlo gewartet zu haben, denn jetzt schlug er mit seinem angewinkelten Ellbogen präzise in den Nacken des Archäologen. Carlos gezielter Ellbogenschlag, der dem eines professionellen Catchers glich, ließ Salvatore endgültig zu Boden fallen. Schwarze Punkte tanzten vor seinen Augen. Irgendein Nerv mußte schwer getroffen sein, nur so konnte sich Salvatore den unglaublichen Schmerz erklären, der in seinem Genick und Gehirn tobte. Er wand sich stöhnend auf dem blauroten Bucharateppich.
Carlo stellte sich hinter ihn und setzte einen Schuh – in Größe siebenundvierzig – auf seinen schmerzenden Nacken. Dunkles Blut rann aus Salvatores Nase.
„So, du dreckiger Schweinehund. Wie fühlt sich das an? Häähh? Wie fühlt sich das an, wenn man missbraucht wird? Na los, rede!" befahl Carlo wütend.
„Oow, oow, ooowww", röchelte Salvatore blutspeiend.
„Ich kann dich nicht hören, Hurensohn! Hörst du, lausiger Schweinehund! Ich kann dich nicht hören!" fuhr Carlo zornig fort und steigerte den Druck seines italienischen Lacklederschuhs so stark er konnte.
„Aaahh!" schrie Salvatore, als ihn der unerträglich pochende Schmerz traf.
„Mach ihn fertig, Carlo! Jaahh, mach das alte Dreckschwein fertig!" feuerte Serena ihren Freund an. Mordlust blitzte in Serenas flackernden Augen. Dieses Flackern kannte der ehemalige Fremdenlegionär nur zu gut, jedoch sah er es noch nie bei seiner Freundin. Ein wenig schockiert löste er den Druck. Etwas in den Gesichtszügen von Serena kam ihm seltsam vor. Ihre Mimik schien etwas verbergen oder vertuschen zu wollen. Vielleicht hatte er sich auch nur getäuscht. Auf jeden Fall verwarf er die Idee, Salvatore Rollo weiter zu verprügeln. Langsam verebbte seine Eifersucht, die ihn für mehrere Momente rasend vor Wut gemacht hatte. Das Häufchen Elend unter seinem Schuh war keine Eifersucht wert, eher ein bißchen ungewolltes Mitleid. Zudem wünschte sein Capo keine Scherereien, das machte er ihm mehr als klar.

„Jetzt will ich deine Entschuldigung hören, Dottore Arschloch", verlangte Carlo rauh und erhöhte wieder vehement den Druck seines schwarzen Schuhs. „Entschuldige dich bei Serena für deine Schweinereien, gräßlicher alter Hurenbock, oder ich zertrete deinen faulen Kopf wie einen Kürbis."
Benommen vor Schmerzen und mit heiserer Stimme antwortete Rollo: „Diese miese Nutte hat mich reingelegt. Du bist der nächste, blöder Halbaffe."
„Du gottverdammtes Arschloch weißt wirklich nicht, mit wem du sprichst", erwiderte Carlo verblüfft von der unerwarteten Antwort. Schnell kam Serena zu ihm und richtete sich in einer Mischung aus Zorn und Beleidigung an Rollo: „Ich bin also keine Entschuldigung wert, altes Dreckschwein! Keine Entschuldigung wert! Keine Entschuldigung wert! Keine Entschuldigung wert!" schrie sie und stieß dabei jedes Mal den spitzen Absatz ihrer Sommerschuhe in die Nieren des geschundenen Salvatore Rollo, bis dieser wegdämmerte.

5

„Bist du schon lange an der Arbeit?" fragte Adele, als sie das Büro von Veronica betrat.
Ihre Freundin blickte auf und meinte lakonisch: „Jemand von uns muß schließlich arbeiten – auch wenn die andere jemand von uns meint, sie könne bis drei Uhr nachmittags pennen."
„Aha, die Kosakenlady ist ein wenig gereizt. Es wurde nun einmal spät im Ivy. Ist sicher nicht meine Schuld, wenn mich die Leute dauernd anquatschen."
„Man kann seine Gespräche auch in einer vernünftigen Länge halten und nicht labern, bis man einen Kieferkrampf kriegt."
„Kieferkrampf? – Ach so, Kieferkrampf. Hahaha, huhuhu, Kieferkrampf."
„Heute nicht so ganz auf Draht, englisches Sumpfhuhn?"
„Ja, hatte vorher einen schweren Kopf und eine unangenehme Begegnung mit dem Spiegel im Bad. Sah aus wie Nessie – mit struppigen blonden Haaren."
„Du weißt, was ich jetzt sagen sollte."
„Nein, Vron, ich sehe nicht immer so aus. Sagten jedenfalls viele Leute gestern abend. Und ich weiß genau, was du jetzt sagen wirst."
„Kann sein, aber ich sage es trotzdem. Heute ist ein neuer Tag, und so wie du jetzt ausschaust, wirst du für den Rest deines Lebens ausschauen. Also pick deine Würmer zusammen, bevor ein anderes Huhn im Sumpf auftaucht."
„Blöde Kuh!"
„Falsch, das heißt blöde Kosakenkuh."
„Vron, habe ich dir schon einmal gesagt, daß du ab und zu recht hast?"
„Nur wenn ich versuche, dir unseren Kontostand zu erklären. Apropos Kontostand, sieh dir mal den Brief an, der wird dein Nessiegesicht aufhellen."

Adeles dumpfer Kopf blinkte keine passende Erwiderung, darum griff sie sich einen Bürostuhl, von denen einige an den unpassendsten Orten herumstanden, und setzte sich vor Veronicas Schreibtisch. Kurz überflog sie den Brief: „Die wollen mich in Paris fünf Jahre im voraus buchen?"

„Lies richtig. Nicht fünf Jahre im voraus, sondern fünf Jahre hintereinander im voraus. Hat's geklingelt, Frau Supermodel?"

„Wollen wir Sie ... tatsächlich. Die wollen mich fünf Jahre hintereinander im voraus buchen. Wow, wirklich unglaublich! Und wie ist die Gage?"

„Muß ich erst aushandeln. Sollte jedoch ziemlich großzügig ausfallen. Ich höre sie schon klingeln, unsere Kasse. Ich kann sie schon sehen, die dicken fetten Schecks. Dieser Auftrag in Paris wird sich für uns mehr als lohnen."

„Dann ist ja alles bestens und ich kann mich aus Sofa lümmeln, bis Montag faulenzen und Schokolade futtern. Fernsehen und meine Sekretärin ärgern."

„Schon wieder falsch, Frau Suppenhuhn. Ich habe für dich eine Liege im Solarium reserviert. Deine blasse Haut braucht Farbe, wenn du in Paris eine gute Figur machen willst. Und Schokolade gibt's erst nach Paris wieder."

„Das Solarium geht in Ordnung, wenn du mitkommst. Ich gehe nur ungern alleine in ein Solarium – ist viel zu langweilig. Zudem möchte ich dich schwitzen sehen, dich und deine dicken, prallen, russischen Milch..."

„Du bist so eine saublöde ..."

„Hahaha, huhuhu", lachte Adele los und mußte sich am Tisch festhalten.

„Warum kann man sich mit dir nie ernsthaft unterhalten? Es geht hier schließlich um deine, oder besser gesagt, unsere Karriere. Meinst du, es sei so einfach, solche Aufträge an Land zu ziehen? Du bist nicht das einzige Model."

„Sicher – aber das einzige Model, dessen Freundin glaubt, sie sei ihre Mutter."

„So einen Blödsinn hast du noch niemals von dir gegeben. Dein Kopf muß die letzte Nacht wirklich nicht gut verkraftet haben. Glaubst du, deine Vorstadtmama verhandelt mit Modehäusern, Designern und Fotografen? Glaubst du, dein Mütterchen macht deine Kontoführung, Buchhaltung und Steuererklärung?"
„Vielleicht sollte ich sie einmal fragen. Sie hat mir noch nie Schokolade verboten. Und sie macht auch keine Termine für mich in Solarien. Und Fotoshootings mit meinem Exfreund, wenn ich eigentlich Ferien hätte."
„Ach, daher weht der Wind."
„Genau, ganz genau, daher weht der Wind. Sieh es doch ein, wir sollten ein paar Tage ausspannen, wenn wir uns nicht ständig gegenseitig sinnlos anfeinden wollen."
„All right, dagegen habe ich nichts einzuwenden. Solange du am Montag in Paris antanzt und deine Shows machst. Was schwebt dir denn so vor?"
„Wie wäre es mit ein bißchen Shopping? Ich weiß schon nicht mehr, wann wir zusammen das letzte Mal einkaufen waren. Wenn mich etwas entspannt, dann ist es eine Shoppingtour die Sloane Street hinauf und hinunter."
„Einverstanden. Aber ins Solarium solltest du trotzdem."
„Ist es nicht schon zu spät dafür?" fragte Adele und sah auf ihre Armbanduhr.
Die Platinzeiger standen knapp auf halb vier Uhr. Der Sekundenzeiger auf fünf.
„Für wann hast du die Liege reserviert? Und vergiß nicht, du kommst mit."
„Ich habe die Liege für drei Uhr reserviert. Ich konnte ja nicht ahnen, daß du solange ausschläfst. Es ist wirklich schon ein bißchen spät. Verschieben wir es auf morgen, dann können wir ohne Zeitdruck shoppen. Am Samstag auch, da ist sowieso mehr los in den Läden", meinte Veronica und schlug ihre Agenda auf.
„Du wirst doch nicht etwa notieren, wann wir zusammen shoppen gehen?"

„Selbstverständlich nicht. Ich wollte nur den Termin fürs Solarium streichen."

„Und dann wolltest du schreiben – Freitag mit Adele ins Solarium – Komma – danach Shopping – Punkt – Samstag ebenfalls Shopping – Punkt. Gib es zu, genau das wolltest du schreiben mit deiner Kosakenchordisziplin."

„Stimmt ja gar nicht. Ich schreibe nie Adele, sondern immer Miss Kentucky fried chicken, extra knusprig, mit Pommes frites und Ketchup."

„Tja, wer's glaubt, wird selig, Miss Krakauerwurst. Da wir gerade vom Essen sprechen – ich bekomme so langsam Hunger."

„Solltest du aber nicht. Denk an dein Vorbild Naomi – elend viel zu trinken im Kühlschrank – und nur eine Gurke. Kapiert?"

„Ein Vorbild ist für mich solange ein Vorbild, bis ich ein besseres Vorbild sehe. Kapiert, Miss Kosakenmelkmaschine?"

„Sicher, die meisten Boxer wechseln ja auch irgendwann ihre Gewichtsklasse."

„Also bin ich deiner Ansicht nach fett."

„So fett, wie eine englische Kuh sein kann."

„Du Kosakenflittchen mit Schreibstörung."

„Du blödes englisches Moorhuhn mit Kopfschuß."

„Ach, es hat eigentlich gar keinen Sinn, mit dir zu diskutieren. Warum vergeude ich meine Zeit hier oben, wenn ein voller Kühlschrank auf mich wartet?"

„Du glaubst doch nicht etwa, ich überlasse dir die besten Leckerbissen darin? Schließlich bin ich einkaufen gegangen und habe damit das Anrecht auf die erste Wahl. Aber keine Angst, ich überlasse dir ein paar Gurken."

„Das glaubst du aber nur alleine, russisches ...", rief Adele, stand auf, stürmte die Wendeltreppe hinunter, lief quer durch das Wohnzimmer und erreichte die Küche. Hinter sich konnte sie Veronica hören, die ihr ungestüm nachspurtete.

Jimmy, der Kater, lag auf dem hellbraunen Ledersofa und schreckte kurz auf, als er seine Besitzerinnen an sich vorbeispurten sah.

Schläfrig gähnte er, streckte sich und setzte zu einem Sprung an, der länger ausfiel als geplant, und folgte ihnen in die Küche.
„Laß die Scheißtüre los!" befahl Veronica und packte die Hand von Adele am Kühlschrankgriff. Adele schaute sie ärgerlich an und entgegnete: „Laß sofort meine Hand los!"
„Du sollst die Türe loslassen, habe ich gesagt!"
„Nimm sofort deine Griffel von meiner Hand, oder du kannst was erleben!"
„Du sollst die verdammte Türe loslassen!"
„Nimm deine Griffel von meiner Hand, russisches Landei!" sprach Adele energisch und stieß Veronica mit der anderen Hand an der Schulter.
„Schubs mich nicht, englische Kuh!"
„Ich schubs dich, soviel ich will!"
„Ach ja, das wollen wir doch einmal sehen!" drohte Veronica und schubste jetzt Adele ebenfalls mit ihrer freien Hand. Das Schubsen ging eine ganze Weile so weiter, bis sie die Katze bemerkten, die vier Meter entfernt saß und sie mit einem interessierten Blick beobachtete. Manchmal neigte das Tier den Katzenkopf zur Seite, so als würde es versuchen in einer Seitenlage das merkwürdige Treiben besser zu verstehen, das die Freundinnen da aufführten.
Schließlich stoppte Adele und erkundigte sich bei Veronica: „Was machen wir hier eigentlich?"
„Nun – wir schubsen uns."
„Und wieso?"
„Nun ja, weil du die Kühlschranktüre ... ach verdammt."
„Komm, sag es."
„Weil du die Kühlschranktüre geöffnet hast und ich sie zuerst öffnen wollte und überhaupt ...", erklärte Veronica, brach mitten im Satz ab und fing an zu lächeln.
„Wir sind zwei totale Idioten. Weißt du das?"
„Oh ja, Vron. Wir sind wirklich zwei totale Idioten", bestätigte Adele lächelnd.

Dann umarmten sie sich längere Zeit, bevor Veronica fortfuhr: „Wenn du den Kühlschrank aufmachen willst, so mach ihn eben auf."
„Gut, sehen wir nach, was Miss Kosakenschubser so alles eingekauft hat. Vor allem wieviel Schokolade – und welche billige Sorte."
„Du bist unverbesserlich, Adele."
„Danke, das wußte ich schon immer."
„Ich meinte, unverbesserlich eingebildet."
„Ich? Meinst du wirklich mich? Redest du wirklich mit mir?"
„Deine Imitationen werden auch immer schlechter."
„Blöde Kuh."
„Blondes englisches Sumpfhuhn."
„Sehen wir, was im Kühlschrank ist. Und gnade dir Gott, wenn du irgendwelchen Blödsinn eingekauft hast. Wenn ich Hunger habe, verstehe ich absolut keinen Spaß."
„Ist mir bei deinen freundlichen Umgangsformen gar nicht aufgefallen."
„Einmal ist immer das erste Mal."
„Ja, wir waren alle mal in der Grundschule."
„Du ...", meinte Adele, verzichtete dann aber auf eine Fortsetzung, sie hatte Pommes Chips mit Paprikageschmack im Kühlschrank entdeckt. Sie griff sich eine Tüte und eine Dose Cola light. Veronica nahm das Gleiche mit sich, als sie die Küche verließen und Adele im Vorbeigehen dem Kater ein Stück Speck vor seine Pfoten warf. Der Kater sah sie mit einem dankbaren Blick an, der jedoch nur kurz anhielt, bevor er den Speck zu verzehren begann.
Als Adele und Veronica auf dem Ledersofa saßen, drückte Adele die Fernbedienung für den Großbildfernseher, der gut drei Sofalängen vor ihnen stand.
Al Bundy erklärte gerade seiner Peggy, warum er sie so sehr schätzte. Nach der Retourkutsche von Peggy schweifte Al ab zu glorreichen Football-Erinnerungen. Die Freundinnen öffneten ihre Chipstüten.

„Ewig bringen sie diese Wiederholungen. Hängt mir so langsam zum Hals heraus", sagte Veronica und knabberte an einem großen Paprikachip.

„Richtig. Irgendwann wird es vermutlich Sender geben, die nur noch Wiederholungen bringen, und sich mit hirnrissiger Werbung ihre Brötchen verdienen."

„Und so was nennen die Unterhaltung."

„Genau. Eigentlich nur blöde Zeitverschwendung. Wenigstens schmecken die Chips. Schalt mal um", bat Adele und gab die Fernbedienung Veronica.

„Wieso schaltest du nicht um?"

„Bin zu faul dafür."

„Okay", antwortete Veronica mit halbvollem Mund und drückte den Sendersuchlauf. Keines der bunten Programme wollte ihr so recht gefallen. „Ist recht schwer, sich zu entscheiden. Da, das scheint irgendein Film zu sein."

„Ja, Vron, der kommt mir bekannt vor – und ist sicher besser, als der Halbglatzenschuhverkäufer", bemerkte Adele kauend.

„Hahaha. Ja, das glaube ich auch."

Für mehrere Minuten versuchten sie sich schweigend in die banale Handlung des Spielfilms zu vertiefen, die seichte Alltagsstory konnte sie allerdings nur gering fesseln.

„So ein bekloppter Quatsch. Wollen wir vielleicht ein Video einschieben?"

„Jetzt wart halt ein bißchen, vielleicht wird der Film besser."

„Dann kennst du ihn also doch nicht?"

„Nein, Vron, habe mich geirrt oder ihn verwechselt oder auch beides."

Der Kater schlenderte aus der Küche und nahm seinen alten Platz auf dem Sofa wieder ein. Wobei Jimmy nicht darauf achtete, daß er sich halbwegs auf die Füße von Adele und Veronica legte, die sich in der Zwischenzeit zur linken und rechten Seite des Sofas ausgestreckt hatten. Er schaute sie mit einem Blick an, der ganz klar seine Eigentumsrechte auf den Sofaplatz bekundete.

„Ja, es gibt bestimmt keinen anderen Platz, wo du dich hinlegen könntest", bekam er dafür von Adele gesagt, während Veronica fand: „Die Katze ist eindeutig schlecht erzogen, wenn du mich fragst."
„Und wer von uns ist mehr zu Hause und sollte sie eigentlich erziehen?"
„Glaubst du, ich spiele neben meiner Arbeit das Kindermädchen für Jimmy?"
„Nein, aber ein paar einfache Regeln könntest du Jimmy schon beibringen."
„Regeln? Ausgerechnet du sprichst von Regeln?"
„Ja, ich erkenne sofort, wenn sich jemand nicht an seine Regeln hält."
„Aha, bei anderen Leuten. Aber wie steht es bei dir selber?"
„Ich halte mich immer an meine Regeln, auch wenn sie für dich vielleicht nicht erkennbar sind. Vron, dazu ist nämlich mehr nötig, als bloß Kosakenverstand."
„Oh Mann. Deine Regeln bestehen bloß in der Erfindung von neuen Ausreden. Was ist zum Beispiel mit dem schäbigen Aktenkoffer dort? Das Ding lag im Mazda – und es kann nur dir gehören. Warum hast du mir nicht gesagt, daß du eine Vorliebe für abgenutzte Aktenkoffer hast, dann hätte ich dir einen viel schöneren besorgt – und deine sogenannten Regeln ungeheuer verbessert."
„Welcher Aktenkoffer?"
„Na, der dort, auf dem Sideboard", entgegnete Veronica und zeigte in Richtung der wuchtigen schwarzen Anrichte, die neben der gleichfarbigen Wohnwand den größten Teil der linken Wohnzimmerwand ausfüllte. Adele stand verwundert auf und ging zum dunklen Möbel, dessen Vorderfront verglast war und hauptsächlich zur Aufbewahrung von verschiedenem Geschirr benutzt wurde.
„Das Ding gehört mir nicht. Wo hast du ihn genau gefunden?" wollte Adele wissen und trug ihn zum Sofa. Sie legte den Koffer neben die Katze, welche daran roch, ihren Kopf schüttelte und vom Ledersofa sprang. Vom Boden sprang sie weiter auf den nächsten Lederpolstersessel, von dem sie beleidigt hinüberschaute.

„Na, habe ich doch gesagt. Er lag im Mazda, als wir gestern ins Ivy fuhren.
Ich warf ihn auf die Rückbank zu Pamela, bevor du eingestiegen bist. Ach, darum hast du ihn nicht gesehen. Und als wir zurückfuhren, warst du bestimmt zu blau dafür. Ähnlich wie Pamela, würde ich sagen."
„Ich war nicht blau, höchstens ein wenig beschwipst. Angeheitert, sonst sicher nichts", verteidigte sich Adele und untersuchte interessiert den Koffer.
„Ich habe schon total betrunkene Leute laufen gesehen, sie liefen wesentlich gerader, als du gestern – oder besser gesagt, heute morgen."
„Kann ich mir denken – in Rußland laufen sicher die meisten Leute so."
„Du blöde ..."
„Jetzt mal ernsthaft. Wenn er mir nicht gehört und er dir nicht gehört, wem gehört er dann?" fragte Adele und spielte an den Zahlenschlössern.
„Das Ding könnte Pamela gehören, vielleicht benutzt sie ihn, um Make-up zu transportieren. Obwohl das abgenutzte Teil nur bedingt einem Make-up-Koffer gleicht", resümierte Veronica und untersuchte ihn ebenfalls.
„Der hat ein ganz schönes Gewicht. Was ist da wohl drin? Ich glaube für normales Make-up ist er zu schwer", schätzte Adele und schüttelte ihn. Etwas polterte darin.
„Ja, Make-up hört sich anders an. Könnte eine Art Schachtel sein."
„Ja, Vron, oder irgendetwas aus Metall, das würde das Gewicht erklären."
„Kannst du ihn öffnen?"
„Ich versuche es die ganze Zeit. Leider bin ich kein Safeknacker."
„Laß es mich probieren", bat Veronica und machte sich an den Zahlenschlössern zu schaffen. Nach einem guten Dutzend Versuchen gab sie es auf.

„Wahrscheinlich ist es eine simple Kombination, bei der man sich aufregen würde, wenn man sie wüßte. Oder sich wenigstens an den Kopf fassen würde."
„Könnte sein. Manchmal sind simple Kombinationen die schwierigsten", bestätigte Adele und versuchte es erneut an den Schlössern.
„Keine Chance, das Ding will nicht aufgehen."
„Wollen wir es mit einer Schere versuchen?"
„Hast du deinen Verstand verloren? Vron, ich dachte ich hätte gestern zuviel getrunken – und nun kommt so ein bescheuerter Vorschlag von dir?"
„War ja nur eine Idee. Hat Frau blondes Supermodel etwa eine bessere?"
„Klar. Rufen wir Pamela an, die wird uns schon sagen, ob er ihr gehört."
„Der Alkohol scheint sich bei dir so langsam zu verflüchtigen."
„Bei mir schon, Vron."
„Du bist so eine blöde ..."
„Hahaha", lachte Adele los und ging zum Telefon, welches auf einem Beistelltischchen beim Fenster stand. Veronica nahm ein Modemagazin und warf es ihr nach. Das Magazin traf Adele von hinten, bevor sie beim Tastentelefon war.
„Aua. Du hast meinen phantastisch aussehenden Modelpopo getroffen."
„Du eingebildetes Abbild eines englischen Moorhuhns."
Adele lachte weiter und drückte den Nummernspeicher des Telefons. Pamelas Nummer kam ziemlich weit hinten zum Vorschein. Adele drückte sie. Klickend begann die Wählautomatik mit der Arbeit. Es tutete.
„Hallo, hier ist Sammy", meldete sich eine Kinderstimme am anderen Ende.
„Wer? Ach so. Hallo Sammy. Kannst du mir deine Mama ans Telefon holen?"
„Wer spricht denn da? Bist du die Tante aus dem Kindergarten?"
„Die ...? Nein, ich bin nicht die Tante aus dem Kindergarten."

„Und wer bist du dann? Meine Mami sagt, ich darf nicht mit fremden Leuten am Telefon sprechen. Meine Mami sagt, es wären zu viele Spinner darunter."
„Äh, deine Mami hat gar nicht mal so unrecht."
„Okay, dann lege ich jetzt auf."
„Warte! Ich bin eine gute Freundin deiner Mama. Mein Name ist Adele."
„Adele? Du kennst meine Mami? – Dann bist du so etwas wie eine Tante?"
„Eine Tante? All right, ich bin so etwas wie eine Tante."
„Oh, dann bist du also Tante Adele?"
„Ja, ich bin deine Tante Adele", antwortete Adele genervt, während Veronica sich vor Lachen auf dem Sofa krümmte. Den Tränen nahe wiederholte sie Adeles Satz, wobei sie besonders das Wort „Tante" speziell schelmisch betonte: „Ja, ich bin deine *Tante* Adele. Hahaha huhuhu – echt gut. Wahaha."
„Oh, hallo, Tante Adele. Wer lacht denn bei dir zu Hause?"
„Tja Sammy, hier ist irgend so eine komische Frau. Keine Ahnung, wer sie ist."
„Und willst du sie nicht fragen, wer sie ist?"
„Wie? Hör mir zu, Sammy, hol mir jetzt bitte deine Mama ans Telefon."
„Meine Mami? Die ist im Bad und badet", meinte Sammy unumstößlich.
„Gut. Dann geh zu deiner Mami und sag ihr, Tante Adele will sie sprechen."
„Gugleguglegulu."
„Was? Gugleguglegulu? Was ist mit dir los, Sammy?"
„Großer Vogel im Trickfilm sagt Gugleguglegulu."
„Verd...", wollte Adele losfluchen, brach jedoch sofort ab und sah Veronica zu, wie sie ihren Kopf in einem Sofakissen vergrub und weiterlachte.
„Hallo? Wer ist da?"
„Ah Pamela, das wurde Zeit."

„Adele? Bist du es?"
„Ja, ich bin es. Dein Sohn hat mich ganz schön auf Trab gehalten. Nicht gerade sehr pflegeleicht, dein Sprößling."
„Er ist nun mal erst fünf Jahre alt, da sind alle Kinder so."
„Schon gut. Jetzt bist du ja am Telefon."
„Richtig. Was verschafft mir die Ehre deines Anrufs?" fragte Pamela amüsiert.
„Fehlt dir vielleicht ein Aktenkoffer seit dem Fotoshooting gestern? Bei uns ist einer aufgetaucht, und wir wissen nicht, wem er gehört. Öffnen können wir das Ding auch nicht. Es hat Zahlenschlösser und die Kombination ist unbekannt."
„Aktenkoffer? Ich habe überhaupt keinen Aktenkoffer. Ich verwende nur einen Make-up-Koffer, und der ist hier. Das Ding bei euch gehört mir ganz bestimmt nicht."
„Seltsam."
„Warte mal. Hatte nicht William so einen Koffer für seine Modelskizzen?"
„Ja schon, aber nicht so ein altes abgewetztes Ding. Der Koffer bei uns sieht aus wie von einem Lehrer oder Professor. Und riechen tut er genauso."
„Komisch. Nun, mir gehört er jedenfalls nicht. Du solltest Will anrufen, der wird sicher besser wissen, wem er gehört. Vermute ich mal."
„Wieso kommst du auf diese Idee?"
„Ganz einfach, Adele. Gibt es eine einfachere Art, mit seiner Exfreundin in Kontakt zu treten, als seinen Koffer bei ihr zu Hause zu vergessen?"
„Ach so. Ja, ist gar nicht mal so abwegig der Gedanke."
„Würde doch genau zu Will passen, wenn du mich fragst."
„Nun ja, vielleicht. Obschon Will eigentlich nicht zu solchen Späßen neigt."
„Wenn es um eine hübsche Frau geht, vergessen Männer manchmal ihre Gewohnheiten. Sie haben plötzlich komische Einfälle, wie euer unbekannter Koffer. Ich könnte mir vorstellen, daß Will bei

dir alles versuchen wird, um mit dir wieder in näheren Kontakt zu treten – um es einmal so auszudrücken."
„Trotzdem paßt es nicht zu Will. Es bleibt mir vermutlich nichts anderes übrig, als ihn anzurufen. Ich werde an seiner Reaktion merken, ob du recht hast."
„Na also, sage ich doch. Seid ihr übrigens gut nach Hause gekommen?"
„Einigermaßen, obwohl ich einen sehr schweren Kopf habe. Ich schlief bis zum Nachmittag und hänge jetzt mit Veronica vor der Glotze herum. Nächste Woche starten die Shows in Paris, da möchte ich einigermaßen ausgeruht ankommen."
„Ah, Paris. Ja, so schön wie du es hast, möchte ich es auch haben."
„Von einer Show zur nächsten rennen, nennst du schön?"
„Du hast wenigstens die Chance dazu. Mir wird so etwas nie passieren. Deswegen war ich so deprimiert, daß ich heute blau gemacht habe", erklärte Pamela, worauf Adele lächeln mußte. Sie überlegte kurz und bemerkte: „Dann hast du es schöner als ich. War wohl zu spät für den Kosmetiksalon?"
„Nein, nicht zu spät, sondern zu früh. Die alten fetten Weiber im Kosmetiksalon, mußten sich heute selber ein Kilo Make-up auftragen. Viel nützen wird es nicht, aber vielleicht werden sie jetzt meine Fähigkeiten schätzen."
„Du klingst ziemlich frech", fand Adele immer noch lächelnd.
„Tatsachen klingen öfter ziemlich frech, aber sie bleiben stets Tatsachen."
„Tja, könnte sein."
„Also, ich muß so langsam Schluß machen. Ich beginne zu frieren unter meinem Badetuch. Grüß Veronica von mir."
„All right, das mache ich. Bye, Pamela."
„Bye, Adele", verabschiedete sich Pamela.
Die Telefonhörer wurden aufgelegt.
„Sie weiß auch nicht, wem das Ding gehört. Sie hat gesagt, ich soll Will anrufen. Pamela vermutet, daß er den Koffer absichtlich bei uns gelassen hat. Und ich soll dich grüßen von ihr."

„Aha. Das hört sich gar nicht mal so abwegig an. Er könnte tatsächlich Will gehören. Am besten, du rufst ihn gleich an, bin gespannt, was drin ist."
„Warum rufst du ihn nicht an? Schließlich bist du meine Managerin."
„Ich mische mich nicht in Privatangelegenheiten."
„Ach was? Plötzlich ist der dämliche Koffer meine Privatangelegenheit?"
„Richtig. Du hast es erfaßt."
„Du russ...", entgegnete Adele und ließ die Wählautomatik arbeiten.
„Hallo? Ja, Will, ich bin es."
„Hallo Adele, wie geht es dir?" erkundigte sich William freudig überrascht.
„Bestens. Ich rufe dich wegen eines Aktenkoffers an, den Veronica in unserem Mazda gefunden hat. Wir wissen beide nicht, wem er gehört. Pamela dachte, daß du etwas mit der Sache zu tun haben könntest, darum rufe ich dich an."
„Ein Aktenkoffer? Ah ja, der Aktenkoffer."
„In dem Fall gehört das abgewetzte Ding dir?"
„Nein, nein, das habe ich nicht gesagt. Ich fand dieses komische Ding gestern nach unserer Rückfahrt von Newhaven. Er lag im Kofferraum des Range Rovers und ihr wart schon in eure Wohnung gegangen, da habe ich ihn in euren Mazda gelegt, weil ich angenommen habe, daß er euch gehört."
„Ach so. Jetzt sehe ich ein wenig klarer."
„Freut mich, daß ich helfen konnte."
„Schon gut. Und du hast wirklich keine Ahnung, wem er gehören könnte?"
„Nein, Adele, ich habe da bloß eine Vermutung."
„Laß hören", forderte Adele und sah hinüber zu Veronica, die fragend zurücksah.
„Der Aktenkoffer könnte Pepe Delecroix gehören. Als wir ihn am Pavilion Hotel absetzten, schien er ein wenig durcheinander zu sein.

Vielleicht hat er in der Eile ganz einfach seinen Koffer vergessen – würde mich nicht wundern."
„Ja, das ist eine Möglichkeit. Es ist bloß seltsam, daß er sich in dem Fall noch nicht bei uns gemeldet hat. Er müßte den Koffer eigentlich vermissen."
„Du kennst doch die Franzosen, Adele, die haben den Kopf ständig irgendwo zwischen den Wolken und nur selten bis gar nicht auf der Erde. Höchstwahrscheinlich hat Pepe bis jetzt nicht einmal gemerkt, daß sein Koffer verschwunden ist", erläuterte William und mußte schmunzeln. „Ich nehme an, ihr konntet das Ding auch nicht öffnen, sonst würdest du es nämlich sofort sehen, wem er gehört. Habt ihr es versucht?"
„Ja, Will, leider ohne Erfolg. Muß eine ausgesprochen dämliche Kombination sein. Bleibt trotzdem die Frage, was wir jetzt mit dem Ding anfangen sollen?"
„Wenn du unbedingt willst, kannst du Pepe im Pavilion Hotel anrufen."
„Geht leider nicht."
„Wieso?"
„Weil mir Pepe auf der Rückfahrt erzählt hat, daß er gleich nach Paris zurückfliegen will. Er habe einige Aufträge bei Pariser Modeshows, die er keinesfalls verspassen wolle. Übrigens genau wie ich."
„Ah richtig. Ja, jetzt erinnere ich mich. Als wir bei der Paddington Station vorbeifuhren, hat er irgendetwas von Modeshows geplappert. Ich konnte ihn bloß undeutlich verstehen bei dem Kauderwelschdialekt, den er Englisch nennt."
„Hahaha, ja, echt komisch sein Dialekt. Aber auch scharmant."
„So ist es, Adele. Ich entwickle übrigens gerade die Fotos vom Shooting."
„Sind sie gut geworden?"
„Mehr als gut. Die Fotos sind traumhaft. Deine Ausstrahlung spielt geradezu mit den Klippen und dem Meer im Hintergrund. Besonders die Posen am Strand, als die Wellen fast bis zu deinen Schuhen kamen, sind absolut großartig. Das Licht, die Kleider, deine Posen,

alles stimmt zusammen, alles harmoniert. Solche Fotos schießt man sicher nur einmal in einem Fotografenleben."
„Übertreibst du da nicht ein bißchen?"
„Sicher nicht, komm einfach her und überzeug dich selber."
„Du weißt genau, daß diese Zeiten vorüber sind, Will. Sogar wenn ich wollte, würde es nie wieder so werden wie früher. Es fällt mir bestimmt nicht leicht, das zu sagen, aber mehr als gute Freunde werden wir nie mehr werden, Will. Hörst du? – Will?"
„Ich ... ich verstehe. Trotzdem schicke ich dir einige Abzüge per Post, nur damit du siehst, wie unglaublich schön du darauf aussiehst."
„Danke. Ist wirklich nett von dir."
„Gegen ein neues Fotoshooting hast du aber nichts einzuwenden, oder?"
„Warum sollte ich? Nein. Ich möchte dich nur bitten, beim nächsten Shooting dafür zu sorgen, daß ich nicht pausenlos Autogramme geben muß."
„Dafür konnte ich aber nichts. Ist nicht meine Schuld, wenn du so beliebt bist.
Wer konnte schon ahnen, daß diese blöde Ausgrabung am gleichen Ort ist?"
„Du hättest es abklären können. So etwas nennt man gute Planung."
„Ich glaube, wir haben im Rover schon genug gestritten. Von vorne möchte ich nicht nochmals anfangen. Bleiben wir dabei – es war mein Fehler."
„All right, wenn du willst, bleiben wir dabei."
„Gut, Adele. Wirst du jetzt wegen dem Aktenkoffer im Pavilion Hotel anrufen?"
„Nein, ich habe die Nase gestrichen voll von dem Ding. Soll sich Veronica darum kümmern", betonte Adele und sah, wie Veronica ihre rechte Hand mit gespreiztem Zeigefinger hob. Verneinend schüttelte sie Hand und Kopf.
„Veronicas Begeisterung wird sich wohl in Grenzen halten", vermutete William, was Adele sehr überraschte. In früheren Tagen hatte

Will keinen Hauch von Einfühlungsvermögen gezeigt – und ausgerechnet nachdem sie ihm erklärt hatte, daß sie nur noch gute Freunde sein konnten, schien er eben über dieses zu verfügen. Sollte sich Will doch geändert haben? Adele schürzte ihre Lippen, was sie neuerdings vermehrt tat, wenn sie sich in einem Zwiespalt befand. Vielleicht wertete sie den Tonfall von Will bloß falsch aus. Statt Einfühlung konnte es genauso gut Neugier sein. Ihre Lippen entspannten sich wieder.
„Ob sie jetzt begeistert ist oder nicht, Veronica wird Pepe ausfindig machen.
Auf einen Besuch beim Fundbüro habe ich überhaupt keine Lust", schilderte Adele und warf Veronica einen eindringlichen Blick zu, der prompt retour kam.
„Na gut, man sieht sich. Bye, Adele."
„Bye, Will, mach's gut", verabschiedete sich Adele und legte auf.
„Du scheinst ohne meine Hilfe nicht besonders weit zu kommen."
„Ja, Vron, du hast es erraten. Darum wirst du dich jetzt damit befassen, sogar wenn du glaubst, es sei meine Privatangelegenheit. Ich weiß genauso wenig wie du, wem das Mistding gehört. Also setz deinen Hintern in Bewegung."
„Okay okay, Frau Moorhuhn. So dringend ist die Sache auch wieder nicht. Ich werde morgen im Pavilion Hotel anrufen und mir Pepes Adresse geben lassen. Was hast du übrigens von einem neuen Fotoshooting gefaselt?"
„Will wollte wissen, ob wir in Zukunft wieder einmal Fotos machen werden."
„Der Kerl kann's echt nicht lassen. Ihr seid euch erstaunlich ähnlich. Beide seid ihr ehrgeizig, energisch und durchsetzungsstark. Aber vor allem, und das ist das Wichtigste, habt ihr beide denselben sturen Ziegenschädel."
„Du blöde …"
„Hahaha, ihr paßt tierisch gut zusammen. Die Ziege und der Ziegenbock", lachte Veronica lauthals, worauf Adele losstürmte. Ohne Rücksicht machte sie einen Sprung und landete bäuchlings auf Ve-

ronica. Liegend packte Adele Veronica an den Schultern und rüttelte sie heftig. „Das nimmst du zurück, du russisches Flittchen! Das nimmst du zurück!" rief Adele gereizt und gleichzeitig belustigt. „Nein, werde ich nicht! Nein, werde ich nicht! Sumpfhuhn!"

6

Roberto Ludovisi machte sich einige Notizen, las sie durch und diktierte diese dann Serena Rossi, welche neben ihm an einer Schreibmaschine saß. Mühelos konnte Serena mit seinem schnellen Diktat mithalten. Serenas Finger waren erstaunlich flink. Ein weiterer Grund, weshalb sich Roberto über seinen ehemaligen Archäologen Salvatore Rollo ärgerte. Wie konnte man bloß so eine ausgezeichnete Schreibkraft sexuell bedrängen und damit ihre wirklichen Talente verschleudern? Gab es dafür nicht spezielle Damen, die einem keine Scherereien machten und keine geschäftlichen Probleme verursachten? Gewiß gab es solche auch in England, und dem dämlichen Rollo wäre es nicht schwergefallen, sie zu finden. Aber nein, das wäre bestimmt zu simpel gewesen für einen halbwegs intelligenten studierten Dottore. Ludovisi interessierten solche Damen nicht. Er hatte schon vergessen, wie lange er impotent war.
Die Schreibmaschine, die vom Hotel Dorchester zur Verfügung gestellt wurde, ratterte weiter. Nach wenigen Sätzen klopfte jemand an die Hotelzimmertüre: „Entri!" rief Roberto auf Italienisch und sah zur Türe. Carlo Calabretta und vier andere Männer betraten die Suite. Man begrüßte sich beiläufig.
„Wie sieht's mit der Wohnung des Fotografen aus? Gibt es Schwierigkeiten damit? Könnt ihr ihm unauffällig einige Fragen stellen?"
„Dieser Fotograf wohnt nicht schlecht. Er bewohnt ein Haus im Stadtteil South Wark an der Lavington Street. Kein großes Haus, aber groß genug", informierte Carlo seinen Capo und setzte sich, wie die anderen Männer.
„Wohnen sonst noch andere Leute in dem Haus?"
„No, Capo, soviel wir gesehen haben nicht. Wir beobachteten das Haus bis zum frühen Morgen. Außer diesem William Tower sahen wir niemanden."
„Bene, Carlo. Fahrt gleich hin und knöpft euch den Kerl vor. Und laßt euch nicht mit Ausreden abspeisen. Ich will wissen, wo die-

ser Diamant ist und wer ihn besitzt. Wahrscheinlich hat Tower den Diamanten eingesackt."
„Warum glauben Sie das, Capo?"
„Weil hier neben mir fünf englische Zeitungen liegen und keine schreibt etwas von einem sensationellen Diamanten, der so schwer wie eine Eisenkugel ist."
„Ah, io capisco. Können wir nicht zuerst etwas frühstücken?"
„No, Carlo. Eßt etwas auf der Hinfahrt. Wir haben schon genug Zeit verloren, und jede Minute, die wir verlieren, kostet mich Geld."
„Si, Capo. Was sollen wir tun, wenn der Fotograf den Diamanten nicht hat?"
„Darüber zerbrechen wir uns den Kopf, wenn es soweit ist. Wenn er nicht mit der Sprache herausrückt, durchsucht ihr gründlich seine Wohnung. Die meisten Leute verstecken Wertsachen, die ihnen nicht gehören, in ihrer näheren Umgebung. Ein solches Riesending von einem Diamanten würde ich in meiner Nähe behalten. – Auf keinen Fall würde ich so dumm sein und ihn irgendwo vergraben."
„Certo, Capo. Sonst würde ihn vielleicht irgendein Idiot per Zufall ausgraben."
„Richtig, Carlo. Vermutlich glaubt dieser Fotograf, er hätte den Wikingerdiamanten schon auf Nummer sicher, und er müsse nur seine Füße stillhalten, damit niemand etwas bemerkt. Hoffen wir, daß es so ist, sonst wird es möglicherweise ungemütlich."
„Allora Männer, ihr habt es gehört, es geht los", faßte Carlo zusammen.

7

Der metallicbraune Mercedes der C-Klasse bog in die Lavington Street ein.
Die Seitenstraße der Southwark Street war nach der morgendlichen Rushhour fast autofrei. Deswegen konnte Carlo problemlos einen Parkplatz finden. Er stellte den Mercedes auf ein Parkfeld neben dem Trottoir und spähte nach einer Parkuhr. Auch an diesem sonnigen Freitagmorgen war keine Parkuhr zu sehen. Carlo hatte sich schon gestern abend nach einer umgesehen, doch die lichtlose Nacht ließ ihn nicht viel erkennen. Zudem galt da seine ganze Aufmerksamkeit dem Haus des Fotografen, das keine dreißig Meter von ihnen entfernt stand. Eine Parkbusse konnte er absolut nicht gebrauchen und noch viel weniger einen Londoner Bobby, der ihn dumm ansprach, und der vielleicht bei seinem süditalienischen Akzent erst richtig neugierig wurde.
„Franco, du wartest hier im Auto auf uns. Wenn du einen dieser Langhelme siehst, fährst du ein paar Runden und parkierst in der Nähe. Capito?"
„Si, Carlo", bestätigte Franco und aß weiter Fish and Chips. Die drei Männer auf den Rücksitzen taten dasselbe. Besonders gut schmeckte ihnen das ungewöhnliche Frühstück aber nicht. Abwertend meinte der kleine Giuseppe: „Den Fraß können nur Engländer gut finden. Scheiß Fish and Chips." Seine Mitfahrer stimmten ihm, ohne zu zögern, zu. Danach stiegen sie aus.
Das Haus von William Tower hatte drei Stockwerke, wobei das unterste als Atelier ausgebaut war. Im mittleren Stockwerk befanden sich sein Büro und seine Dunkelkammer. Im darüberliegenden waren die Wohnräume eingerichtet. Als Abgrenzung und zum Schutz vor Einbrechern verlief ein Metallzaun knapp um das ganze Haus herum. Seine langen und furchteinflößenden Spitzen verhinderten jede Kletterpartie. Offen stand dafür die Metallgittertüre, durch die Carlo und drei seiner Männer nun eintraten. Er läutete an der Haustüre. Es verging eine Weile, bis ein hagerer Mann in einem

Morgenmantel öffnete: „Hallo, was wollen Sie hier? Ich kaufe keine Staubsauger."

„Buongiorno. Wir verkaufen auch keine Staubsauger. Wir sind gute Freunde des Archäologen Dottore Rollo und möchten mit Mister William Tower sprechen. Ich vermute, Sie sind das, so wie Sie mir Dottore Rollo beschrieben hat."

„Richtig. Ich habe jedoch nichts mit diesem Dottore Rollo zu schaffen."

„Bene, es handelt sich um nichts Ernstes. Nur um einige Fragen betreffend der Ausgrabung, die der Dottore in Südengland gemacht hat."

„In dem Fall fragen Sie den falschen Mann. Soviel ich weiß, war ein gewisser Professor Farnsworth für die Ausgrabung zuständig. Warum fragen Sie nicht ihn?" erkundigte sich William und fühlte sich ein wenig bedroht.

„Weil ich jetzt hier stehe und Ihnen Fragen stellen will."

„Was soll das? Ich beantworte keine Fragen an der Haustüre."

„Das können wir leicht ändern", meinte Carlo und packte William von vorne am Morgenmantel. Mühelos schob er ihn rückwärts ins helle Atelier, während seine drei Kumpane folgten. William schlug auf Carlos Hände, vermochte aber den stahlharten Griff nicht zu lösen. Trotzdem ließ Carlo los.

„Sind Sie verrückt geworden? Verlassen Sie auf der Stelle mein Haus, oder ich rufe die Polizei! Na los, gehen Sie!" rief William verärgert.

„Wenn Sie heil aus der Sache herauskommen wollen, würde ich Ihnen raten, nach gar niemandem zu rufen. Schon gar nicht nach den Bullen", raunte Carlo.

Er und seine Männer sahen sich in dem lichtdurchfluteten Atelier um. An den weißen Wänden hingen riesige Fotos, meistens von Models, aber auch einige Landschaftsaufnahmen waren darunter. Sie zeigten Palmenstrände einer Südseeinsel, wobei die Italiener vermuteten, daß sie aus vergangenen Ferien stammten. Doch es waren Erinnerungen an ein Fotoshooting auf Hawaii. Verschiedene

Stative, teilweise mit Kameras, standen verstreut im ganzen Atelier. An drei Wänden waren mehrfarbige Rollos angebracht, die man herunterziehen konnte und so für jedes Fotoshooting den richtigen Hintergrund hatte. Ein Sammelsurium an Stühlen, Tischen und Polstermöbeln stand im Atelier. William Tower benutzte sie als Requisiten für seine Modefotos. Auf einer großen dunkelbraunen Bartheke stapelten sich geradezu Fotos. Davor standen sieben schwarze Barhocker mit Metallfüßen, die vor allem von den Models benutzt wurden. Dahinter standen ein kleiner Kühlschrank, eine Kaffeemaschine und zirka zwanzig Flaschen alkoholischer Getränke, welche die Models bei Laune halten sollten. Mineralwasser war ebenfalls darunter.

„Verdammte Scheiße, was wollen Sie von mir?"

„Ich stelle hier die Fragen, Mister Tower. Also hören Sie gut zu und geben Sie mir Antworten, die mir gefallen. – Sonst müßten wir Dinge tun, die Ihnen nicht gefallen werden. Ganz und gar nicht gefallen werden", drohte Carlo.

„Ich sagte Ihnen schon, daß ich mit der verdammten Ausgrabung nichts zu tun hatte", erwiderte William in ärgerlichem Tonfall.

„Wissen wir, Mister Tower. Es geht nicht um die Ausgrabung, sondern um das, was gefunden wurde. Und ich glaube genau, daß Sie wissen, was wir suchen."

„Verdammte Scheiße, nein, ich weiß nicht, was Sie suchen!"

„Falsche Antwort, Mister Tower", entgegnete Carlo und seine Faust schlug blitzschnell zu. Der Schlag traf William auf das rechte Auge und ließ ihn rückwärts gegen einen Scheinwerfer straucheln, der polternd umfiel. So unerwartet wie der Faustschlag kam der damit verbundene Schmerz. Jammernd hielt William seine Hände vor das verletzte Auge.

„Durchsucht das Haus gründlich und schreit, wenn ihr etwas findet", befahl Carlo den Männern, die ohne Rücksicht auf Schäden mit der Suche begannen.

Erschrocken starrte William Carlo an, der auf ihn zukam und ihn wieder am Morgenmantel packte. Er zog William kraftvoll zu sich

und fragte: „Wo ist das blaue Kästchen mit dem Diamanten, englischer Fotografenarsch?"
„Ich habe kein blaues Kästchen, und schon gar keinen Diamanten, dreckiger Itaker!" fluchte William, bevor ihn Carlo auf seine Augenhöhe hob.
„Falsche Antwort, Mister Fotograf", betonte Carlo und warf ihn seitwärts auf die Holzkante der Bartheke, wobei sich William eine Rippe brach. Entsetzt und schmerzverzehrt glitt William von der Bar zu Boden und blieb vor ihr liegen. Wimmernd hielt er seinen Brustkorb, während Carlo sich neben William auf einen Barhocker setzte und ihn ausdruckslos betrachtete. Das getroffene Auge und die Augenbraue schwollen an und verfärbten sich dunkelblau.
„Wie steht es jetzt, Mister Fotograf? Erinnerst du dich jetzt an ein Steinkästchen mit einem Diamanten darin?" fragte Carlo lakonisch. Er griff nach einer Flasche Johnny Walker hinter der Bar, schraubte sie auf und setzte zum Trinken an. Nach fünf großen Zügen setzte er ab, blickte zu William Tower hinunter und meinte: „Guter Whisky, den du da hast. Möchtest du einen Schluck? Ich könnte dir auch die Flasche in den Hals stopfen und ausprobieren, wie tief sie hinuntergeht. So was bereitet mir viel Spaß und Vergnügen. Verstehst du, Mister Fotograf?"
„Ja ... ja, ich verstehe", stammelte William schmerzerfüllt.
„Bene, molto bene. So langsam verstehen wir uns, Mister Fotografenarsch. Allora, wo ist das blaue Steinkästchen und wo ist sein Inhalt, der Diamant?"
„Ich ... ich weiß es nicht. Ich habe kein Steinkästchen und auch keinen Diamanten. Glauben Sie mir, ich weiß wirklich nicht, wovon Sie sprechen."
„Du machst mir Sorgen, Mister Fotograf. Und ich mag es nicht, wenn mir jemand Sorgen macht. Ich rate dir, deine nächste Antwort gut zu überlegen, wenn du nicht noch mehr gebrochene Rippen möchtest. Giuseppe, was ist los, habt ihr etwas gefunden?" wollte Carlo plötzlich von seinem Komplizen wissen.

„No, Carlo, hier ist nur nutzloses Gerümpel, keine Spur von einem Diamanten.
Unser Amico hat das Kästchen sehr wahrscheinlich versteckt.
– Vielleicht im zweiten Stock."
„Hast du gehört, Mister Fotograf? Es geht ein Stockwerk höher. Steh auf!" befahl Carlo und kickte leicht mit seinem rechten Halbschuh in den Oberschenkel von William. Mühsam ächzend stand der Engländer auf.
„Wieso lassen Sie mich nicht in Ruhe? Sie sehen doch, daß ich keine Ahnung habe, wo Ihr verfluchter Diamant ist! Hauen Sie endlich ab!"
„Nicht so schnell, Mister Fotograf. Zuerst kommen deine oberen Stockwerke dran. Und wenn wir dann immer noch nichts gefunden haben sollten, dann bist du dran", drohte Carlo, und stieß den gebeugten William Tower in Richtung Treppe.
„Sie werden nichts finden, weil ich nichts habe", erklärte William, als er und die Männer die Treppe hochstiegen. Seine Stimme klang verzerrt. „Wieso fragen Sie nicht diesen Professor Farnsworth oder den idiotischen Doktor Rollo? Die Typen können das verdammte Kästchen ebenso gut haben."
„Nein, können sie nicht. Der Aktenkoffer mit dem Kästchen wurde in deinen Range Rover gelegt und nicht in ihre Autos. Darum mußt du das Kästchen mit dem Diamanten haben. Also rück mit der Sprache heraus, bevor ich den Range Rover und danach dich auseinandernehme", forderte Carlo.
„Aktenkoffer? Ach, der Aktenkoffer! Dann war das Ihr Mistding?"
„Spiel hier bloß nicht den Dummen, Fotografenarsch. Wo ist der Koffer?"
„Ich ... ich habe ihn nicht mehr. Ich gab ihn einer Freundin von mir."
„Schon wieder falsche Antwort", stieß Carlo wütend aus und warf William kopfvoran gegen ein Büchergestell, welches dabei bedrohlich wackelte. William prallte davon ab und blieb davor liegen. Er hielt seinen Kopf.

„Du strapazierst meine Nerven und meine Geduld. So blöd kannst du nicht sein, Mister Fotograf. Niemand gibt so einen Riesendiamanten seiner Freundin."

„Ich wußte nichts von einem Diamanten. Ich konnte den verdammten Koffer ja nicht einmal öffnen. Das Scheißding hatte Zahlenschlösser."

Für einen kurzen Moment hielt Carlo im Verhör inne. Etwas in seinem dunklen Bewußtsein, das schon längst vergessen und begraben schien, sagte ihm, daß der Fotograf die Wahrheit sprach. Aber kaum einen Sekundenbruchteil später meldete sich sein altvertrautes und gewohntes Misstrauen zurück: „Jeder Idiot kann solche Zahlenschlösser knacken, Mister Fotograf."

„Ich wollte die Schlösser gar nicht knacken, ich dachte, der Koffer gehört einer Freundin."

„Aha, bene. Wie heißt diese Freundin?"

„Sie ... sie ...", stöhnte William unter Schmerzen.

Carlo Calabretta ging zum Fotografen und zog ihn zu sich hoch, während seine Männer mit der Durchsuchung des Stockwerks begannen, ähnlich einer Bande von Vandalen. „Noch einmal. Wie heißt deine blöde Freundin, Mister Fotografenarsch?"

„Sie ... sie heißt Adele Lord. Ich dachte der Koffer gehört ihrer Managerin."

„Porca miseria! So eine gottverdammte Scheiße!" fluchte Carlo wütend. Am liebsten hätte er auf den Fotografen eingedroschen, was ihm jedoch nichts genützt hätte, darum ließ er es sein. Statt dessen fragte er eindringlich: „Ist das die gleiche Kuh, mit der du dieses Fotoshooting gemacht hast?"

Verblüfft sah William Carlo an, bis ihm klar wurde, daß der Italiener vermutlich seine Informationen direkt von Doktor Rollo erhielt und somit Bescheid wußte. „Ja, Adele Lord ist meine Exfreundin."

„Bene. Und konnten deine Ex oder ihre Managerin den Aktenkoffer öffnen?"

„Nein. Sie hat mich gestern angerufen und wollte wissen, wem der Koffer gehört. Wir vermuteten, der Koffer gehöre einem Coiffeur,

der uns begleitete. Adele wollte ihn anrufen und abklären, ob der Koffer ihm gehört."
„Und konnte sie es abklären, oder hat sie ihn heute schon geöffnet?"
„Keine Ahnung. Nach unserem Telefongespräch war mir die Sache egal."
„Allora, ich sage dir jetzt, was wir tun. Meine Amici werden deine Wohnung und den Range Rover durchsuchen. Sollten wir wirklich nichts finden, wirst du uns zu deiner Exfreundin begleiten. Dort geht der Spaß weiter."
„Du verfluchtes Itakerschwein!" beschimpfte William den Südländer.
„Thank you very much, Fotografenarsch", bedankte sich Carlo. Er setzte William auf einen hellblauen Bürostuhl, der dem Fotografen normalerweise als Sitzgelegenheit für die Korrektur von Fotos diente. Dazu brauchte William mehrere Apparate auf dem weißen massiven Bürotisch, der unterteilt fast den ganzen Raum ausfüllte. Ein in die Jahre gekommener MacComputer, ein Telefon mit eingebautem Faxgerät und ein Farbkopierer standen ebenfalls darauf. Auch einige Fotomappen von Models, Modezeitschriften, Telefonbücher, ein Terminkalender und verschiedene Briefe lagen verteilt da. Die Dunkelkammer zur linken Seite war ein speziell abgetrennter kleiner Raum, der erst durch den roten Vorhang davor auffiel. Neben der Dunkelkammer stand eine verglaste Doppeltüre zum Balkon offen, dank der man das Büro ausgezeichnet mit Frischluft versorgen konnte.
„Bleib hier sitzen, Mister Fotograf. Deine Wohnung wird bald fertig durchsucht sein. Ich nehme an, dein Range Rover steht in der Garage? Habe ich recht?"
„Ja, unten neben dem Haus", antwortete William dumpf.
„Kann man durch das Haus in die Garage gelangen?"
„Ja, man muß durch das Atelier gehen und rechts durch die Hintertüre. Dann kommt man automatisch in die Garage", erklärte William unwillig.

„Bene. Ich schaue mir deinen Wagen einmal an. Und du machst keinen Blödsinn hier oben, Mister Fotograf, sonst werden meine Amici ungemütlich."

„Okay, tun Sie, was Sie nicht lassen können."

„Genau das werde ich tun, Mister Fotografenarsch", spottete Carlo finster lächelnd und verließ wortlos das Büro. Seine Kumpane suchten ungestört weiter, wobei die Männer scheinbar alles auf den Boden werfen mußten.

William Tower überlegte seine momentane Lage, erst jetzt fand er Zeit dazu.

Sein Kopf, das Auge und die gebrochene Rippe schmerzten wie verrückt. Verzweiflung und Panik stiegen in ihm auf, als er sich die Fortsetzung dieses Alptraums ausmalte: *Die verdammten Itaker werden nichts finden und mich zu Adele mitschleppen. Dort werden sie ihre Wohnung verwüsten und weiß der Teufel noch was anstellen, bis sie das Scheißding von Koffer gefunden haben,* dachte er. Doch das, was noch schlimmer war, wollte er sich gar nicht erst vorstellen.

Was geschah, wenn die Halunken den Koffer gefunden hätten? Würden sie einfach so fortgehen? Ohne Repressalien? William konnte es nicht glauben. Nicht nachdem, was die Itaker schon alles bei ihm angestellt hatten. Seine Verzweiflung wuchs, bis er das offene Balkonfenster bemerkte. Ein kleiner Hoffnungsschimmer stieg in William auf. Sollte er es wagen? Sollte er auf den Balkon hinausstürmen und um Hilfe rufen? Gab es einen anderen Ausweg? An Flucht war nicht zu denken, dazu war der Balkon zu hoch und seine Verletzungen eindeutig zu schwer. Weit würde er bestimmt nicht kommen. Aber auf dem Balkon nach Hilfe rufen, das konnte er. Und wenn er nur ein kleines Quentchen Glück haben würde, so würde ihn bestimmt jemand hören. Vielleicht sogar ein Bobby, der um diese morgendliche Uhrzeit schon unterwegs war. Es spielte schlußendlich keine Rolle, wer ihn hören würde, denn dieser Jemand würde bestimmt aufmerksam werden und vermutlich die Polizei benachrichtigen. Seine Hoffnung steigerte sich zur gewollt unumstößlichen Annahme. In einem günstigen Augenblick, als ihn keiner der geschäftigen

Ganoven beobachtete, stand er auf und rannte, so schnell es sein angeschlagener Zustand noch erlaubte, zum offenen Balkonfenster. Zu spät und überhastet bemerkte er die altvertraute Türstufe, die den Balkon vom übrigen Stockwerk abtrennte. William blieb mit einem Fuß an der Stufe hängen und sein Schwung riß ihn weiter zum Backsteingeländer des Balkons.
Dieses war nur knapp achtzig Zentimeter hoch und konnte ihn nicht bremsen.
Sein geöffneter Mund, der eigentlich um Hilfe rufen wollte, stieß einen erschrockenen Schrei aus, als er über die Brüstung hinüberfiel und sich daran im letzten Augenblick mit seiner linken Hand festhalten konnte. Mit voller Wucht prallte William gegen den äußeren Balkon, ungefähr dort, wo seine Rippe gebrochen war. Der gigantische Schmerz löste seinen Griff sofort und er fiel hinunter. Entsetzt sah er die Spitzen des Gartenzauns auf sich zukommen und spürte zuletzt, wie sie ihn durchbohrten.

8

Polly Ratcliffe schlurfte in ihren rosafarbenen Hausschuhen und dem nougatfarbenen Morgenmantel zum Briefkasten, die grünen Lockenwickler im grauen Haar. Der Kontrast störte sie ebenso wenig, wie ihren treuen Begleiter Raider. Raider war eine undeutbare schwarzweiße Straßenmischung aus verschiedenen Hunderassen, dafür aber ungeheuer lieb und zutraulich.
Fast erreichte sie ihr gußeisernes Gartentor, als Raider am Gartenzaun ihres Nachbarn zu bellen begann. Für einen Moment wollte sie ihn zurückpfeifen, doch dann fand sie es gar nicht mal so schlecht, daß ihr Hündchen, von kaum zwanzig Pfund Gewicht, dem ständig lärmenden Nachbarn seine Meinung kundtat. Wenn sie selber hätte bellen können, hätte sie es wahrscheinlich getan, denn der Höllenlärm aus dem Nachbarhaus ging ihr gehörig auf die Nerven. Der sogenannte Fotograf hatte wohl wieder Models zu Besuch und feierte mit ihnen gerade eine Party. Merkwürdig war daran bloß für sie, daß er nicht seine grauenhafte Popmusik in der gleichen Lautstärke laufen ließ.
Es war schon ein schweres Kreuz, daß sie mit ihrem Nachbarn zu tragen hatte.
Der Kerl fotografierte junge Hühner und nannte sich Modefotograf, obwohl die laute Musik und sonstige Töne nicht auf eine seriöse Arbeitsweise hinwiesen.
Gut, daß ihr verstorbener Richard nichts mehr davon mitbekam, er hätte sich wohl sonst im Grab umgedreht. Für solche Frauenhelden wäre er bestimmt nicht in den Krieg gegangen und hätte die Krauts besiegt. Oh nein, Monsieur Tower.
Polly ließ Raider weiterbellen und griff nach der vollen Milchflasche, die der Milchmann jeden Morgen hinstellte. Nun verlagerte sich der Lärm in das mittlere Stockwerk. Die Geräusche hörten sich für Polly wie Umzugsgeräusche an, oder war da nur der Wunsch der Vater des Gedankens? Neugierig blickte sie hinauf. Ein paar Wortfetzen hörten sich irgendwie Italienisch an und außerdem waren es

eindeutig Männerstimmen, was die ganze Sache noch unerklärlicher machte.
Misses Cobb von nebenan hatte recht, bei diesem Kerl stimmte etwas ganz und gar nicht. Nur schon seine Kleidung, immer in phantasielosem Schwarz, wie eine traurige Beerdigung. Für eine Zeitlang war es still und Polly wollte zurück ins Haus, als plötzlich dieser Irre auf dem Balkon auftauchte und eine Rolle vorwärts über die Brüstung machte. Kurz konnte er sich noch festhalten, doch dann ließ er los und fiel wie eine reife Tomate auf die Spitzen des Gartenzauns. Aufgespießt blieb er darauf hängen und Blut rann an den Metallstäben herunter, als sein Körper zur Ruhe kam. Die Milchflasche glitt Polly aus den Händen und zerschellte auf dem betonierten Boden ihrer Einfahrt. Zuerst fragte sie sich unerklärlicherweise, warum der Fotograf keinen schwarzen Morgenmantel trug, aber dann begann sie unglaublich schrill zu schreien: „Oh my god! Oh my god! Oh my dear god! Nein, das kann nicht wahr sein! Gütiger Gott, das kann nicht wahr sein!" wiederholte sie fünfmal mit gebrochener Stimme. Schließlich schlug sie beide Hände vor ihre Augen.
Schwankend und zitternd ging Polly in ihr Haus, und das schreckliche Bild in ihrem Kopf begleitete sie, so wie es das noch für eine lange Zeit tun würde. Im gemütlich eingerichteten Hausflur griff sie zum Telefonhörer und mußte sich überwinden, damit ihr zittriger Zeigefinger eine Nummer wählte. Es war die Notfallnummer 999.

9

George Scotchford wollte gerade die nächste Seite seiner Times aufschlagen, als sein Telefon klingelte. Er war so vertieft in den Zeitungsartikel, daß er nicht besonders schnell reagierte. Die Woche hatte wieder einmal gemächlich den Freitagnachmittag erreicht, und das vertraute Gefühl der Vorfreude auf das Wochenende, stellte sich immer stärker ein. Seine Gedanken waren bei den Kirschbäumen in seinem kleinen Garten, welche er dieses Wochenende zurückschneiden wollte. Der eingefleischte Hobbygärtner wußte genau, wann der beste Zeitpunkt dafür war – und dieses Wochenende schien perfekt dafür zu sein, bis eben das Telefon störte. Für einen winzigen Augenblick wollte er gar nicht mehr abheben, denn Telefonanrufe an einem Freitagnachmittag und bei Scotland Yard konnten nur Unbill bedeuten. Sollte er sich daran nicht längst gewöhnt haben? – Nach siebenunddreißig Dienstjahren? Eigentlich schon, doch George war Optimist und blieb Optimist, seit er mit neunzehn Jahren zur Polizei ging. Das Telefon schellte unaufhörlich weiter. George Scotchford hob zögernd ab.

10

Der Dienstwagen, ein schwarzmetallic Ford Escort, bog in die Lavington Street ein. Am Steuer saß George Scotchford und versuchte sich einen Weg durch die Menschenmenge frei zu hupen, die vor dem Haus von William Tower stand.
Etliche Schaulustige, Presseleute und Fotografen, sowie mehrere seiner Polizeikollegen standen um den Eingang des Grundstücks herum. Schließlich fand George einen geeigneten Parkplatz und stieg aus. Er zückte seinen Ausweis und hielt ihn dem ersten Policeofficer entgegen, der die Absperrung kontrollierte, durch welche alle Schaulustigen abgehalten werden sollten. Ohne Probleme ließ man ihn passieren.
Am hinteren linken Gartenzaun war ein großes braunes Tuch über etwas gelegt worden, das augenscheinlich auf den gußeisernen Spitzen des Zauns ruhte.
Darunter sah er einige Lachen von vergorenem Blut, das teilweise langsam in den grünen Rasen eintrocknete. Davor stand ein Kriminalbeamter, der mit einem Handy telefonierte.
„Hallo, mein Name ist Scotchford", begrüßte George den Mann, der gleich sein Handy wegsteckte. Erleichterung machte sich auf seinem Gesicht breit, als er entgegnete: „Hallo, mein Name ist Warton, Nick Warton. Wir haben telefoniert."
„Richtig. Sie klangen ziemlich aufgeregt am Telefon. Was ist passiert?"
„Nun, Inspektor Scotchford, wie ich schon am Telefon erwähnte, haben wir hier einen Toten. Zuerst dachte ich, es wäre ein simpler Selbstmord, aber als ich mir das Gesicht des Toten ansah, bemerkte ich ein blaues Veilchen."
„Ach, und da kamen Sie auf die Idee, mein Revier anzurufen?"
„Ja, wieso? Sie sind doch vom Revier Southwark/South Bank, oder?"

„Natürlich. Ich fand es bloß merkwürdig, daß Sie gleich die Mordkommission einschalten, obwohl Sie noch keinen Beweis für einen Mord haben."
„Kam mein Anruf irgendwie ungelegen?" fragte Nick erstaunt.
„Nach einer harten Woche kommt jeder Anruf an einem Freitagnachmittag ungelegen – aber dafür können Sie nichts. Also, wenn ich schon mal hier bin, sehen wir uns den Burschen einmal an."
„Vorsicht, Inspektor Scotchford, das ist kein schöner Anblick. Der Kerl ist aufgespießt wie ein Falter in einer Schmetterlingssammlung. Nur sein Gesichtausdruck sieht überhaupt nicht nach Schmetterling aus."
„All right, danke für die Warnung, ist nicht mein erster Toter. Zweitens, nennen Sie mich George, sonst wird der Nachmittag noch länger, als er schon ist."
„Okay George, mein Name ist Nick", erwiderte Nick Warton, sie schüttelten sich die Hände. Danach hob Scotchford das braune Leichentuch ein Stück und sah den Toten an. Der Mann war mit dem Bauch voran durchbohrt worden und seine Glieder hatten sich merkwürdig verbogen, bevor die Totenstarre eintrat.
Sein Kopf war halb nach oben verdreht und starrte mit aufgerissenen panischen Augen direkt zum Haus des Nachbarn. George fragte Nick: „Weißt du schon den Namen des Toten?"
„Ja, er heißt William Tower und ist Fotograf von Beruf. Eine Nachbarin sah wie er vom Balkon herunterfiel, und wie er aufgespießt wurde. Sie rief uns an."
„Ah, das ist sehr gut. Wie hat sie es verkraftet, steht sie unter Schock?"
„Die Frau ist böse angeschlagen. Eine Kollegin von mir kümmert sich gerade um sie. Die Zeugin heißt Polly Ratcliffe und ist Rentnerin und Witwe."
„Gut. Hast du sie schon eingehend vernommen?"
„Nein, ich dachte, ich warte auf den Arzt, damit er mir sein Okay gibt."
„Von welchem Revier bist du eigentlich?"

„Na, vom Sechzehnten, Waterloo Station. Warum fragst du, George?"

„Ach, vom Sechzehnten? Da kennst du sicher Harold Benson. Ist ein uralter Kumpel von mir. Wir fingen beide bei der Verkehrspolizei an, damals in den späten Fünfzigern. Soviel ich weiß, ist Harold auch Inspektor geworden bei der Kriminalpolizei. Habe ihn später immer mehr aus den Augen verloren, als ich zur Mordkommission ging und selber die Leiter hinaufstieg."

„Ach, Harold *Harry* Benson war ein Kumpel von dir?" staunte Nick.

„Sicher. Wir gingen zusammen auf Streife, damals in Newington. Ist schon verdammt lang her. Dann kennst du also Harold?"

„Kennen? Harold war der Chef unserer Abteilung, bis er vor knapp drei Monaten pensioniert wurde. War echt bewegend, als er ging. Er war knallhart und hat uns eine Menge beigebracht. Wir nannten ihn heimlich immer *Dirty Harry*."

„Hahaha, ja, Harold war schon ein harter Brocken. – Schon pensioniert? Tja, die Zeit vergeht verdammt schnell. Muß mich mal bei ihm melden."

„Ja, solltest du auf jeden Fall tun. Er wird sich bestimmt freuen."

„Glaube ich auch, wir waren nämlich gute Kumpel. Eines hat die Harold aber nicht beigebracht, so sehr ich seine Methoden auch schätze."

„Und was soll das sein?"

„Warte niemals auf einen Kurpfuscher. Er wird dir nur sagen, daß sein Patient Ruhe braucht und keinesfalls befragt werden kann. Wenn ich immer auf Ärzte gehört hätte, wäre ich immer noch Sergeant und nicht Inspektor."

Nick Warton mußte schmunzeln und George Scotchford schmunzelte zurück.

„Also, sollen wir jetzt Misses Ratcliffe befragen?"

„Einen Moment, Nick, so schnell schießt nicht einmal *Dirty Harry*."

„Wahrscheinlich nicht, nein", vermutete Nick amüsiert.

„Na also, sehen wir uns mal den Kopf dieses Fotografen etwas genauer an. – Aha – da haben wir das blaue Auge. Du lagst richtig, sieht so aus, als hätte unser Balkonspringer vor seinem Sprung Bekanntschaft mit einer riesigen Faust gemacht. Und was haben wir denn da?" murmelte Scotchford leise und drehte den Kopf des Toten zu sich, bis er die Polizisten ansah, den Mund weit aufgerissen.
„Wo?" erkundigte sich Nick. Die erstarrte Mimik ließ ihn verstummen.
„Hier. Siehst du? Hier oben an der Stirn."
„Ja. Scheint etwas Ähnliches wie eine große Beule zu sein."
„Du hast eindeutig keine Kinder, nicht wahr, Nick?"
„Nein, ich habe keine Kinder. Wieso kommst du darauf, George?"
„Weil kleine Kinder ständig mit solchen Beulen herumrennen, bis sie gemerkt haben, daß sie besser nicht gegen Türen oder andere Möbel rennen. Unser toter Fotograf ist aber kein Kind mehr."
„Na und?"
„Würdest du mit voller Wucht gegen eine Tür oder etwas anderes rennen?"
„Nein, natürlich nicht. Ach so, du glaubst, die Beule ist kein Zufall."
„Richtig. Vermutlich der gleiche Zufall, dem er sein blaues Auge verdankt."
„Demnach glaubst du, er wurde verprügelt?"
„Kann ich mir gut vorstellen. Bleibt nur die Frage, warum?" betonte Scotchford und streifte das braune Tuch wieder über die Leiche.
„Vielleicht verrät uns die Spurensicherung und die Obduktion des Leichnams mehr. Ich gehe jedoch von einem gewaltsamen Tod aus. In meinen über dreißig Dienstjahren sah ich noch keinen Selbstmörder, der zuerst verprügelt wird und danach freiwillig auf einen Gartenzaun springt."
„Ich habe ebenfalls noch nie von so einem Fall gehört", ergänzte Nick.
„Ist der Erkennungsdienst schon unterwegs?"

„Ja, der Erkennungsdienst und ein Gerichtsmediziner sind verständigt."
„Gut. Ich möchte daß der Tatort abgesichert und abgesperrt wird. Und haltet die verdammten Fotografen und Reporter fern. Sag das gleich deinen Männern und per Handy dem Erkennungsdienst. Ach ja, und verlange Verstärkung."
„Okay, George, dann übernimmst du den Fall?"
„Ich habe ihn schon übernommen. Gehen wir ins Haus", meinte George ausdruckslos und ging in Richtung Haustüre davon. Nick folgte ihm und rief einige Befehle zu den Polizisten, die mit den Schaulustigen beschäftigt waren. Danach telefonierte er und merkte – der Akku des Handys war fast leer.
Schweigend betraten sie das Haus und sahen sich einem heillosen Durcheinander gegenüber. Überall lagen umgestürzte Stühle, Tische und Lampen. Schubladen waren herausgerissen worden und deren Inhalt wurde rücksichtslos auf den Boden geschmissen. Bilder von der Wand gerissen und kurzerhand eingetreten, auf der Suche nach einem geheimen Safe. Die meisten Polstermöbel waren durch Messer aufgeschlitzt und das Füllmaterial lag verstreut davor. Sogar Teppiche hatte man vom Boden weggerollt und nachher über das Schlachtfeld geworfen, das nicht verwüsteter aussehen konnte.
„Jemand hat hier drinnen etwas gesucht – und er hat es verdammt gründlich gesucht", sagte Scotchford, als er ein zerrissenes Foto vom Boden aufhob. Die Fetzen stellten eine junge Frau in einem Bikini dar.
„Der Ansicht bin ich auch. Ich war vorher schon kurz im Haus, in den oberen Stockwerken sieht es nicht besser aus."
„Also waren es mehrere Leute. Soviel Zerstörung kann eine einzelne Person gar nicht selber anrichten. Oder sie nimmt sich sehr viel Zeit dafür."
„Ja, George. Ich glaube zudem, daß hier Profis am Werk waren. So gründlich durchsuchen keine normalen Einbrecher eine Wohnung."

„Stimmt. Außerdem scheinen sie ziemlich wütend gewesen zu sein, das erklärt am besten ihre maßlose Zerstörungswut", bemerkte Scotchford und versuchte die Fetzen des Fotos auf der Bartheke zusammenzusetzen. Es gelang ihm.
„Eine sehr schöne junge Frau. Findest du nicht auch, Nick?"
„Völlig deiner Meinung, George. Irgendwoher kenne ich sie. Mir kommt ihr Gesicht bekannt vor, aber ich komme nicht auf ihren Namen."
„Solche Frauen haben meistens viele Freunde und Verehrer. Vielleicht hat unser Balkonspringer ein paar Fotos zuviel gemacht. Vielleicht Fotos von Leuten, die gar nicht fotografiert werden wollten", resümierte Scotchford.
„Deine Schlußfolgerung klingt naheliegend und logisch. Sie muß aber nicht stimmen. Es könnte auch ein eifersüchtiger Freund eines Models gewesen sein."
„Nick, da wären wir wieder bei einem Freund, was dieses Chaos nicht erklärt.
Gut, dieser Freund könnte natürlich auch Kollegen oder andere Kerle angeheuert haben. Trotzdem, die würden nicht gleich die ganze Wohnung demolieren."
„Hören wir, was unsere Zeugin zu sagen hat. Danach sehen wir wahrscheinlich klarer. Ich hoffe nur, sie steht nicht unter zu großem Schock."
„All right. Vor der Spurensicherung sollten wir sowieso nichts anfassen, sonst beschweren sich die Handschuhträger lautstark. Gehen wir", forderte George Nick auf.
Die Kriminalbeamten verließen das Haus von William Tower und betraten kurz darauf das von Polly Ratcliffe. Ihr Haus war haargenau gleich gebaut, wie das des Fotografen, besaß jedoch kein Atelier im Untergeschoß. Zudem pflegte Polly ihre Blumenbeete vor dem Haus wesentlich besser. Die Witwe saß im Wohnzimmer in einem blaßblauen Ohrensessel mit Blümchenmuster. Ihr Hund Raider bellte und stürmte direkt auf Nick und George zu. Er beäugte sie misstrauisch und schnupperte an ihren Hosenbeinen.

„Raider, sei jetzt brav. Laß die Herren von der Polizei in Ruhe", bat Polly den Vierbeiner, der mit seinem Schwanz wedelte und sich neben sie hinlegte.

„Ein nettes Hündchen haben Sie da, Misses Ratcliffe. Er ist doch nicht etwa gefährlich?" wollte George wissen, bückte sich und streichelte Raider.

„Mein Raider? Gefährlich? Oh nein, Mister Inspektor. Mein Raider ist so zahm wie ein Lamm. Nur gegen Katzen hat er eine Abneigung", erklärte Polly.

„So so, Raider ist ein braves Hündchen. Ja, Raider ist ein braves Hündchen", lobte George Raider und tätschelte seinen Kopf, worauf Raider die Hand des Inspektors abzulecken begann.

Nick Warton wunderte sich, wie schnell Scotchford von Raider akzeptiert wurde, genau wie von seiner Besitzerin.

„Mein Raider mag Sie, Mister Inspektor. Das ist selten, normalerweise bellt er fremde Leute nur an. Mein Hündchen ist wählerisch und sucht sich seine Freunde gut aus. Sie scheinen seine Sympathie gewonnen zu haben, Mister ...?"

„Oh Verzeihung, Misses Ratcliffe, Ihr Raider hat mich etwas verwirrt. Scotchford, Inspektor George Scotchford ist mein Name. Freut mich, Sie kennenzulernen", stellte sich George vor, wobei er seine Hand abwischte und danach die von Misses Ratcliffe schüttelte.

Lächelnd meinte Polly: „Freut mich ebenfalls, Inspektor Scotchford. Sie haben einen interessanten Namen. Klingt irgendwie alkoholisch für mich", amüsierte sich Polly.

„Danke, Misses Ratcliffe. Ich bin stolz auf meinen Namen. Wenn ich nach Feierabend in eine Bar gehe, brauche ich mich nur vorzustellen und schon kriege ich einen Drink gratis. Ich brauche wohl nicht zu erwähnen, welchen."

„Hahaha – das ist gut – hahaha – einen Drink gratis – hahaha", lachte Polly los und Nick Warton stimmte mit ein. Auch Sergeant Charlotte Angel schmunzelte. Sie wurde von Nick zur Betreuung von Polly abkommandiert und saß neben der Witwe in einem Duplikat des Ohrensessels. Scotchford machte sich mit ihr bekannt und wandte sich danach wieder Polly zu: „Ich hoffe, Sergeant Angel konnte Sie ein bißchen aufmuntern, nach dem überaus tragischen Ereignis von heute morgen."

„Ja, Inspektor Scotchford, Sergeant Angel ist nett. Es geht mir schon eine Spur besser, als nach dem grauenhaften Unfall. Wissen Sie, ich saß den ganzen Vormittag nur so da – und sah den gräßlichen Sturz immer wieder vor mir."

„Oh, tut mir sehr leid, Misses Ratcliffe."

„Ist schon gut, Inspektor Scotchford. Sie können bestimmt nichts dafür."

„Wir haben bereits einen Arzt benachrichtigt, er wird Sie nachher gründlich untersuchen", ergänzte Nick die Diskussion und wurde von Polly fragend angesehen.

„Einen Arzt? Ach so, ein Arzt. Nun ja, vielleicht wird der mir ...", stammelte Polly und brach in Tränen aus. Sie wischte sich mit ihrem Ärmel über ihre Augen.

„Tut ... tut mir leid. Ich wollte nicht ...", brach Nick ab.

„Mein Kollege wollte Sie nicht kränken, Misses Ratcliffe. Er ist noch jung und ungestüm, so wie wir es alle einmal waren. Doch manchmal ist es besser, sich etwas von der Seele zu reden, besonders wenn es ein so bedrückendes Erlebnis ist", versuchte Scotchford Polly zu trösten und hatte Erfolg damit.

Die Witwe blickte auf und sah in sein väterlich wirkendes Gesicht. Seine Mimik, der fast weiße Schnurrbart und die grauweißen Haare ließen sie Vertrauen schöpfen. Zudem trug Scotchford keine Dienstuniform, sondern einen normalen Tweedanzug, den er scheinbar aus den Sechzigerjahren hinübergerettet hatte. Scotchfords Körperhaltung drückte Zuversicht sowie Mitgefühl aus.

„Sie haben vermutlich recht, Inspektor Scotchford. Dieser schreckliche Unfall belastet mich ungeheuer", bestätigte Polly mit brüchig belegter Stimme. „Wenn Sie Fragen an mich haben, dann fragen Sie. Ich werde versuchen Ihnen zu antworten. Obwohl es mir schwer fällt. Sehr schwer, Inspektor Scotchford."

„Sie sind unglaublich tapfer, Misses Ratcliffe. Sie sind noch aus dem guten alten Holz der Kriegsgeneration geschnitzt, wenn ich das so sagen darf."
„Natürlich dürfen Sie das, Inspektor. Ich hätte es nicht besser sagen können", fand Polly und blickte George dankbar an.
„Ich bewundere die ganze Zeit dieses Bild über Ihrer Kommode. Es stellt einen Bomber aus dem Zweiten Weltkrieg dar, wenn ich richtig vermute."
„So ist es, Inspektor. Mein verstorbener Mann Richard flog so einen Lancaster Bomber im Krieg. Er war in der berühmten 612. Staffel."
„Wirklich? In dem Fall ist das Foto davor wohl Ihr verstorbener Ehemann?"
„Richtig Inspektor, das ist mein verstorbener Richard."
„Ihr Richard war ein strammer und gut aussehender Mann, Misses Ratcliffe."
„Danke vielmals, Inspektor. Auf dem Foto trägt er seine alte Uniform."
„Sie stand ihm ausgesprochen gut, wenn ich das bemerken darf."
„Sie machen mich verlegen, Inspektor Scotchford."
„Oh Verzeihung, Misses Ratcliffe, das wollte ich bestimmt nicht."
„Warum war die 612. Staffel berühmt?" unterbrach Nick.
„Die 612. bombte den Krauts ihre Möhne und Eder-Talsperren löchrig. Danach bekamen die Krauts nasse Füße, um es einmal harmlos auszudrücken", erklärte Scotchford, während sich das Gesicht von Polly immer mehr aufhellte.
„Ja, so war es, Inspektor. Und vergessen Sie nicht die Versenkung des großen Schlachtschiffs Tirpitz, da war mein Richard nämlich auch mit dabei."
„Ach was? Ihr Richard war ja ein echter Teufelskerl."
„Oh, danke vielmals, Inspektor. – Das waren noch Zeiten, damals."
„Ja, Misses Ratcliffe, kann ich mir gut vorstellen. Kann ich mir gut vorstellen", stimmte Scotchford zu. Er ließ eine Pause verstreichen, bevor er fortfuhr: „Sie müssen mir unbedingt die Fliegergeschichten Ihres Mannes erzählen, wenn wir später einmal Zeit dazu finden.

Die Royal Air Force hat mich immer schon brennend interessiert – und vor allem die Flieger und Flugzeuge aus dem Zweiten Weltkrieg", ergänzte George.
„Nichts lieber als das, Inspektor. Wissen Sie, es ist selten geworden, daß sich jemand für solche Geschichten interessiert. Und es ist ebenso selten geworden, daß man sich mit jemandem unterhalten kann, der sich einem nicht gleich aufdrängen will – oder noch schlimmer, etwas verkaufen will."
„Kann ich bestätigen, Misses Ratcliffe. Die Leute von heute wollen immer alles gleich jetzt und hier. Sie haben weder Geduld, noch das nötige Feingefühl."
„So ist es, Inspektor. Aber warum setzen Sie sich nicht? Darf ich Ihnen Tee und ein paar Walnußplätzchen anbieten? Ich habe vor einigen Tagen ein ganzes Backblech davon gebacken. Sie schmecken ganz vorzüglich."
„Vielen Dank, Misses Ratcliffe. Wir nehmen dankend an", erwiderte George und setzte sich mit Nick auf das Sofa gegenüber der Witwe.
„Einen Moment bitte, ich hole noch mehr Tassen und die Plätzchen."
„Warten Sie, Sergeant Angel kann das für Sie übernehmen. Ich glaube, Ihre Gesundheit wurde am heutigen Tag schon mehr als genug strapaziert. Sergeant Angel weiß bestimmt, wo die Küche ist."
„Sie sind zu nett, Inspektor Scotchford. So fürsorglich, ganz die alte Schule."
„Jetzt machen Sie mich verlegen, Misses Ratcliffe."
„Huhuhu", lächelte Polly und lehnte sich entspannt zurück.
„Kommen wir wieder zu den ernsten Dingen des Lebens. Was können Sie mir über den tragischen Unfall von Mister Tower erzählen?" fragte George, während Sergeant Angel aufstand und zur Küche losmarschierte. Den stechenden Blick, den sie dabei Scotchford zuwarf, hatte rein gar nichts mit Fürsorge zu tun.
„Wissen Sie, ich kannte diesen Mister Tower nur flüchtig. Gewiß waren wir Nachbarn, aber er fiel mir nur durch seine laute Musik

auf. Die konnte einem ganz böse auf die Nerven gehen – seine Musik und die jungen Hühner."
„Die jungen Hühner?"
„Ja, Inspektor Scotchford. Die jungen Frauen, die er ständig fotografierte."
„Ach so."
„Stellen Sie sich vor, Inspektor, diese sogenannten Models waren kaum achtzehn Jahre alt und dümmer als Stroh. Wenn dieser Tower sie fotografierte, ließ er dazu ständig laute Popmusik laufen. Wahrscheinlich um diese Gänse in Stimmung zu bringen und andere Laute von ihnen zu übertönen, über die ich nicht weiter sprechen will. Es wäre zu peinlich für mich, Inspektor. Viel zu peinlich", resümierte Polly in betroffenem Tonfall.
„Durchaus verständlich, Misses Ratcliffe. Es soll ja solche und solche Nachbarn geben."
„Sie haben recht, Inspektor. Und auf William Tower hätte ich als Nachbarn gerne verzichtet, aber man kann sich seine Nachbarn leider nicht aussuchen."
„Natürlich nicht, Misses Ratcliffe."
„Ich will aber keinesfalls schlecht über Mister Tower reden, bitte verstehen Sie mich nicht falsch. Doch dieser Tower paßte nun einmal nicht in unser Quartier, das wird Ihnen jeder andere Nachbar bestätigen. Die Lavington Street ist eine ruhige Straße, an der größtenteils Rentner leben. Rentner, die ihre Ruhe haben wollen – und die sich ihre Ruhe durch jahrelange Arbeit verdient haben. Wenn dieser Tower einmal loslegte, konnte man kein Auge mehr zu tun."
„Wirklich unschön, so etwas. Haben Sie sich denn nie beschwert?"
„Beschwert? Gewiß habe ich mich beschwert, Inspektor. Viele Male habe ich mich beschwert. Genützt hat es gar nichts. Mister Tower sagte immer – er brauche die Musik zur Konzentration. – Konzentration – daß ich nicht lache. Dumme Hühner beeindrucken wollte er, das ist alles."
„Hatte William Tower keine feste Freundin?" unterbrach Nick und machte sich eifrig Notizen. Verwundert blickte ihn Polly an. „Der?

Der hatte unzählige Bekanntschaften, aber ich weiß nicht, ob man so etwas als feste Freundin bezeichnen kann. Warten Sie mal, vor mehr als einem Jahr hatte er mal etwas Festes, glaube ich, sicher bin ich mir nicht mehr."

„Und diese Freundin, wie hieß sie?" bohrte Nick weiter.

„Sie war auch so ein Model. Ich glaube sie hieß Adele – ja genau, Adele Lord. Ich fand es damals seltsam, wie ein Model einen so altmodischen Namen haben konnte. Den Namen gab man Mädchen vor dem Ersten Weltkrieg."

„Namen sind meistens bloß Schall und Rauch, nur die Person dahinter zählt."

„Ich teile Ihre Meinung nicht ganz, Inspektor Scotchford, doch im Fall dieser Adele Lord haben Sie vollkommen recht. Sie ist gewiß kein dummes Huhn."

„Warum haben Sie diese Vermutung, Misses Ratcliffe?" wollte George wissen und bemerkte, wie Sergeant Angel neue Tassen und Walnußplätzchen servierte. Die gläserne Teekanne, mit den hübsch eingeritzten Tiermotiven einer Fuchsjagd, stand bereits vor seiner Vernehmung auf dem viktorianischen Salontisch. Er goß sich Earl Grey in seine Teetasse, der Tee war lauwarm. Polly hatte nicht übertrieben, die selbstgemachten Kekse schmeckten sehr gut.

„Weil ich mit dieser Adele Lord gesprochen habe. – Besser gesagt, ich habe mich bei ihr über den Lärm von Mister Tower beschwert."

„Aha. Und haben Sie mit ihr über noch andere Dinge gesprochen?"

„Ja, Inspektor. Doch an den genauen Wortlaut kann ich mich nicht mehr erinnern. Schließlich ist es schon ungefähr ein Jahr her. Ich weiß nur noch, daß wir über ihren Beruf als Model gesprochen haben. Miss Lord war sehr nett und so haben wir uns längere Zeit unterhalten. Darum kann ich Ihnen auch sagen, daß sie keine dumme Gans war, wie die anderen sogenannten Models von Mister Tower. – Leider trennten sie sich später im Streit."

„Sie bekamen Streit?"

„Ja, Inspektor. Irgendwann im Hochsommer – oder im September? Ich weiß es nicht mehr so genau – wissen Sie – mein Gedächtnis ist nicht mehr so gut wie früher. Jedenfalls war es an einem Nachmittag, und es hatte gerade aufgehört zu regnen, da wollte ich mit Raider Gassi gehen. Ich ging also die Auffahrt hinunter, als ich plötzlich Geschirr scheppern hörte. Es hörte sich so an, als würde jemand Teller, Gläser und Vasen gegen eine Wand werfen. Und kaum zehn Minuten später stürmte diese Adele Lord aus dem Haus von Mister Tower, schlug mit verweintem Gesicht die Haustüre hinter sich zu und rannte beinahe zu ihrem Auto. Dann raste sie in einem Höllentempo davon. Seit jenem Tag habe ich sie nie mehr zu Gesicht bekommen."

„Interessant, Misses Ratcliffe, wirklich interessant."

„Fand ich damals auch, meine Herren. Ich fand es aber auch schade, daß keine Versöhnung mehr stattfand. Eine so intelligente Frau wie Miss Lord hätte dem unsteten Lebenswandel von Mister Tower ein Ende bereitet. Vielleicht wäre aus dem Fotografen sogar noch ein guter Mann geworden – und vielleicht würde er jetzt noch ...", brach Polly ab, ihre Stimme versagte ihr den Dienst.

„Sie sind also der Überzeugung, daß Miss Lord nichts mit dem tragischen Unfall zu tun hat. Wenn ich das richtig verstehe?"

„Meine Güte, nein, Sergeant Warton. Miss Lord kann absolut nichts mit dem Unfall zu tun haben. Etwas Derartiges würde ich ihr nie im Leben zutrauen", meinte Polly betroffen und sah Nick fassungslos an.

„Besonders gut haben Sie Miss Lord aber nicht gekannt – so wie ich das verstanden habe. Sie sagten, Sie hätten sich bloß mit Miss Lord unterhalten."

„Natürlich kannte ich Miss Lord nicht besonders gut. Aber wer kennt schon jemanden besonders gut, außer er ist mit ihm verheiratet. Doch ich besitze gesunde Menschenkenntnis – so wie sie bei der Polizei auch verbreitet sein sollte."

„Ach, dann vermuten Sie nur, daß Miss Lord unbeteiligt war?"

„Vermuten? Unbeteiligt? Was wollen Sie eigentlich, Sergeant Warton?" erkundigte sich Polly leicht verängstigt.
„Verzeihung, Misses Ratcliffe, mein Kollege ist zu weit gegangen. Wir wollen Sie schließlich nicht verhören, wie irgendeinen Kriminellen. Bitte vergessen Sie seine Frage und erzählen Sie nur, wie sich der Unfall Ihres Erachtens abgespielt hat", bat George die Witwe und blickte Nick anklagend an. Nick wollte gleich dagegen protestieren, jedoch schenkte ihm Sergeant Angel denselben Blick – und so schwieg er. Später würde eine klärende Aussprache nötig werden.
„Gut, Inspektor Scotchford. Ich werde es versuchen", antwortete Polly und entspannte sich wieder. Sie trank einen Schluck Tee und fuhr fort: „Als ich heute morgen die Milch holen wollte, so wie ich das jeden Morgen tue, außer am Wochenende, da hörte ich einen Mordslärm aus dem Haus von Mister Tower. Zuerst dachte ich, der macht bestimmt wieder eine Party mit ein paar Models. Ich konnte aber keine Popmusik hören und die Geräusche klangen eher wie Umzugsgeräusche. So als würde jemand Möbel verschieben oder umstellen. Dann hörte ich zudem Männerstimmen im Haus, was mich einigermaßen überraschte, weil Mister Tower nur selten Männerbesuch hat."
„Sie hörten Männerstimmen?" unterbrach George.
„Ja – und was noch merkwürdiger war – die Männer sprachen Italienisch."
„Italienisch? Sind Sie sicher, Misses Ratcliffe?"
„Aber ja doch. Wissen Sie, Inspektor, als mein verstorbener Richard pensioniert wurde, da machten wir längere Reisen durch Südeuropa. Wir waren einige Male in Italien, einmal sogar für ganze drei Wochen. Wenn jemand Italienisch spricht, dann verstehe ich das also, glauben Sie mir."
„Natürlich, Misses Ratcliffe. Was geschah danach?"
„Nun ja, ich dachte nicht weiter darüber nach, weil sein Haus ab und zu einem Irrenhaus gleicht. All diese jungen Models und die lauten Partys. Also wollte ich wieder zurück in mein Haus, als der Kerl plötzlich auf seinem Balkon erschien und kopfüber über das

Geländer fiel – direkt auf den Gartenzaun. Schrecklich!" erzählte Polly. Ihre Stimme war brüchig belegt, stockte zwischendurch. Sie vergrub ihr Gesicht in den Händen, so wie sie es am Morgen schon getan hatte, und schüttelte ungläubig ihren Kopf. Hinter den Händen seufzte sie: „Es war absolut grauenhaft, Inspektor. So unbeschreiblich grauenhaft."
George Scotchford stand auf und legte eine Hand tröstend auf Pollys Schulter.
„Beruhigen Sie sich, Misses Ratcliffe. Es ist vorbei. Sie tragen keine Schuld an dem Unfall. Wir werden die Angelegenheit übernehmen", meinte George mitfühlend. Seine Worte waren Balsam für das aufgewühlte Gemüt von Polly. Zögernd ergriff sie seine Hand und drückte krampfhaft zu, bevor sie keuchte: „So einen Tod verdient niemand, Inspektor. Kein Mensch verdient einen solchen Tod. Niemand auf der ganzen Welt verdient so einen Tod."
Betroffen beobachteten Nick Warton und Charlotte Angel die unwirklich anmutende Szene. Beide fühlten sich lausig, weil sie nicht wußten, wie sie darauf reagieren sollten. Weder ihre Münder, noch ihre Gehirne funktionierten.
„Bestimmt, Misses Ratcliffe. So einen Tod verdient niemand. Bestimmt niemand", erwiderte Scotchford sanft.

11

„Der Stupido ist aus dem Fenster gesprungen?"
„Si, Capo. Der Idiota nutzte eine günstige Gelegenheit und sprang vom Balkon. Er stolperte wahrscheinlich beim Rennen und stürzte über das Geländer. Freiwillig ist er sicher nicht auf den Gartenzaun gesprungen", ergänzte Carlo lakonisch und blickte in das ärgerliche Gesicht von Roberto Ludovisi.
„Konntet ihr das nicht verhindern?" fragte Roberto. Die Männer um ihn herum wagten nicht zu antworten – zu kalt war das Funkeln in seinen Augen. Der einzige, dem die stechenden Pupillen nichts ausmachten, war Carlo. Er reagierte nicht auf irgendwelche Eindrücke oder Blicke, sondern nur auf Bewegungen des Körpers, der Arme, der Beine. Diese Verhaltensweise wurde ihm in der Fremdenlegion eingedrillt, solange, bis Carlo nur noch mechanisch Befehle befolgte.
Ohne Fragen, ohne Gedanken, ohne Gefühle und ohne Gewissen.
„Es war nicht zu verhindern. Der Fotograf hat die Nerven verloren und ist gerannt, sonst hätte er vor dem Geländer stoppen können. Man kann nicht verhindern, daß jemand die Nerven verliert, wenn man etwas von ihm wissen will", erläuterte Carlo, so als würde es sich dabei um ein simples Kochrezept für Minestrone handeln. Die anderen Männer nickten zustimmend und wortlos.
„Porca miseria!" fluchte Roberto los und schlug wutentbrannt seine Faust auf den eher kleinen Schreibtisch seiner Hotelsuite. Der laute Knall ließ die Männer und Serena zusammenzucken. Sie hofften inständig, daß den Knall niemand im Dorchester hörte. Langsam öffnete Roberto seine Faust wieder: „Ihr baut die gleichen Fehler wie der dämliche Rollo. Für was bezahle ich euch? Damit ihr mich anscheißt? Verdammte verfluchte Scheiße!" fluchte er weiter. „Ich würde euch am liebsten alle feuern, wie den dämlichen Rollo, dann müßte ich eure dummen Gesichter nicht mehr sehen", fuhr er fort und versuchte sich zu beruhigen. Irgendwie gelang ihm das, wenn

es auch längere Zeit dauerte. „War der Fotograf sofort tot – und hat euch jemand gesehen?"
„Schwer zu sagen, Capo. Der Fotograf wurde direkt von den Spitzen des Metallzauns aufgespießt, vermutlich war er gleich tot. Ich glaube nicht, daß wir gesehen wurden. Wir verschwanden schnell und unauffällig."
„Bene, Carlo. Wenigstens der Abgang ist euch geglückt. Hat euch der Fotograf erzählt, wo der Diamant ist oder wo er ihn versteckt hat?"
„No, Capo – das heißt – er sagte, er habe den Aktenkoffer mit dem Diamanten seiner Freundin gegeben, diesem Model, von der schon Rollo gesprochen hat.
Dieser Adele Lord. Ob er die Wahrheit sagte, konnten wir nicht mehr prüfen."
„Und gefunden habt ihr nichts in seinem Haus?"
„No, Capo, wir durchsuchten alles gründlich. Da war nichts zu finden."
„Allora, wenn wir nach eurem stupiden Fehler die Sache zu Ende bringen wollen, müssen wir verdammt vorsichtig sein. Ich wette, es wimmelt jetzt von Bullen beim Haus des Fotografen. Laßt mich nachdenken", sagte Roberto und stützte seinen Kopf auf seine Hand, mit dem Gesichtsausdruck eines Schachspielers beim entscheidenden Abschnitt einer Partie bei der Schachweltmeisterschaft.
„Gehen wir zu der Wohnung dieser Adele Lord und nehmen sie auseinander.
Wenn das Model den Diamanten hat, werden wir ihn finden", schlug Giuseppe vor. Der kleine Neapolitaner hatte bis dahin geschwiegen, obwohl das gar nicht seine Art war, denn Giuseppe liebte nichts mehr, als sich mit seinen meist hitzigen Vorschlägen, Einwänden und Anmerkungen einzumischen. Er stand seit fünfzehn Jahren in den Diensten von Roberto Ludovisi, gleich nachdem er seine Heimatstadt Neapel und die Camorra verlassen hatte. Präziser ausgedrückt, verlassen mußte, je nach Betrachtungsweise. Ganz so einfach war ihm das nicht gelungen, denn die Camorra ließ niemanden

gerne gehen, außer mit einem Zementblock an den Beinen. Aber auch in seinem Fall hatten die guten Kontakte von Ludovisi zur Unterwelt gespielt und hatten ihn vor körperlichen Schäden bewahrt. Seit jenem Gefallen arbeitete Giuseppe Banoso für Ludovisi. Und je länger er für ihn arbeitete, desto mehr versuchte Giuseppe in der internen Hierarchie aufzusteigen, wobei Carlo sein größtes Hindernis darstellte. Ein Hindernis von über zwei Metern und gut vierzig Zentimeter größer als er selber.

Nervös kaute Giuseppe auf seinem Zahnstocher herum, den er fast den ganzen Tag im Mund hatte. Seine scheinbar immer angriffslustige Mimik, die den Eindruck machte, etwas stehlen zu wollen, wurde über der linken Oberlippe von einem häßlichen braunschwarzen Muttermal verstärkt, das wie ein Pickel aussah. Die fettigblonden Haare und seine schmächtige Gestalt machten ihn ebenfalls nicht sympathischer. Gespannt hörte er Ludovisis Antwort: „Zum Teil richtig, Giuseppe. Aber nur zum Teil. Du vergißt unsere Sicherheit. Wir könnten sehr schnell auffliegen, wenn die Bullen einigermaßen intelligent sind", gab Roberto zu bedenken und setzte sich wieder gerade in den Bürostuhl.

Ludovisi sah sich in der Runde der Männer um, so als würde er Erkenntnis und danach Zustimmung für seinen Einwand erwarten, doch die Männer schwiegen.

Ein wenig unwirsch sprach er weiter: „Bene, dann erkläre ich es euch. Zuerst werden die Bullen die Unordnung in der Wohnung des toten Fotografen bemerken. Und sie denken – aha, da hat jemand etwas gesucht. Also werden sie misstrauisch. Danach fangen sie an Fragen zu stellen. Vermutlich als erstes der Familie, dann den Freunden, dann der Freundin und zuletzt den Bekannten. Wenn wir echtes Pech haben, dann sogar den Nachbarn des idiotischen Fotografen. Spätestens bei der Exfreundin, diesem Model, werden sie auf den Aktenkoffer stoßen. Es könnte natürlich auch ein schlaues Model sein. Und was würde ein schlaues Model dann tun?" fragte Roberto die Anwesenden.

Nach längerem Zögern und unsicher raffte sich Carlo auf zu sagen: „Vielleicht gibt das Model den Koffer den Bullen und die kommen auf uns."
„Falsch, Carlo. Vollkommen falsch. Wir sprechen hier von einem schlauen Model und von keinem dämlichen. Wenn diese Adele Lord nur ein bißchen Grips im Schädel hat, hat sie den Aktenkoffer schon längst geöffnet und hat den Wikingerdiamanten entdeckt. Dummerweise tauchen jetzt die Bullen bei ihr auf, und dummerweise ist ihr Exfreund aufgespießt wie eine Bratwurst."
„Certo, Capo, aber was hat das mit uns zu tun?"
„Piano, Carlo, das werde ich gleich erklären. – Allora, die Bullen tauchen bei Adele Lord auf und sie hat den Diamanten. Den Riesenklunker will sie natürlich behalten, einen Fünf-Kilo-Diamanten bekommt man nur selten geschenkt."
„Si, Capo, sehr selten", stimmte Serena zu, die sich bis dahin aus der hitzigen Diskussion herausgehalten hatte. Dafür verfolgte sie interessiert das Gespräch.
„Grazie, Serena. Wie gesagt, nehmen wir an, diese Adele Lord will den Diamanten behalten. Deswegen wird sie den Bullen von der Ausgrabung berichten und vom dämlichen Dottore Rollo. Natürlich tut sie das nur, um Zeit zu gewinnen. Schließlich will sie den Diamanten in Sicherheit bringen."
„Ah si, io capisco", nickten die meisten seiner Zuhörer.
„Allora, von Dottore Rollo droht uns keine Gefahr mehr, nach seiner Abreibung wird er nicht mehr losplappern. Er flog sowieso schon gestern zurück nach Rom. Es bleibt nur dieser Professore Farnsworth. Serena, wieviel weiß er von uns?"
„Er weiß, daß ich und Dottore Rollo im Dorchester wohnen. Und er weiß, daß Sie unser Capo sind – der Stupido Rollo mußte ihm das erzählen."
„Maledetto Rollo! Wenn das so ist, müssen wir schnellstens verschwinden, bevor die Bullen im Dorchester auftauchen", grollte Roberto ärgerlich.
„Soll ich neue Zimmer in einem anderen Hotel reservieren?"

„No, Serena, die Bullen werden sowieso jedes Hotel in London kontrollieren.
Wir brauchen einen unauffälligen Unterschlupf. Ein Versteck, von dem aus wir operieren können. Hat vielleicht jemand von euch einen Vorschlag?"
Die Männer schauten sich ratlos gegenseitig an, bis Giuseppe sagte: „Wir könnten bei Freunden absteigen, damit wären unsere Probleme gelöst."
„No, Giuseppe, damit hätten wir neue Probleme. Certo, wir haben gute Freunde in London. Aber würden die ihre Klappe halten? Wollten unsere Freunde nicht ebenfalls ein Stück vom Kuchen? Vielleicht sogar den ganzen? No, Giuseppe, den Diamanten kann man nicht aufteilen, und ich habe nicht die geringste Lust dazu. Wir brauchen keine neuen *Amici*, wir brauchen ein sicheres Versteck. Carlo, du bist so ruhig, hast du keine Idee?" erkundigte sich Roberto.
„Ich kannte mal einen Engländer in der Fremdenlegion", begann Carlo und sah die Neugier in den Gesichtszügen seines Capo. „Der Kerl war vorher Commander bei der Royal Navy, bei den U-Booten, bis man ihn degradiert hat. Davis, Joe Davis war sein Name."
„Continua", forderte Roberto gespannt.
„Als Joe eines Tages Landurlaub hatte, nach sieben Monaten auf hoher See, kam er unerwartet nach Hause. Wie es der Zufall so wollte, hatte seine Frau gerade einen Handwerker zu Besuch. Der Klempner verlegte gerade sein Rohr und zwar bei ihr. Da drehte der gute Joe durch und erschoß den Klempner. Die Ehefrau schlug er grün und blau, danach verließ er sie."
„Und weiter?"
„Joe hatte Glück im Unglück, er wurde vor ein Militärgericht gestellt. Die Royal Navy wollte den Fall intern regeln und nicht an die große Glocke hängen. Man einigte sich auf Notwehr, weil der Klempner mit einem Schraubenschlüssel auf Joe losging, jedenfalls nach seiner Aussage. Und weil Joe bis dahin eine blütenweiße Weste hatte, kam er mit seiner Degradierung und dem unehrenhaften

Rausschmiss aus der Navy davon. Ah si, die Gerichtskosten mußte er selbstverständlich übernehmen", ergänzte Carlo.
„Ma, was hat das mit unserem Problem zu tun?"
„Un attimo, Capo, Sie werden gleich verstehen. Joe und ich lagen in Belgisch Kongo einmal im selben Schützengraben. Wir mußten eine französische Clubanlage vor Rebellen schützen, die verrückt spielten. Am Schluß wurden alle Touristen per Hubschrauber evakuiert, aber das ist eine andere Geschichte. Wie auch immer, wir saßen also so da auf unseren beschlagnahmten Liegestühlen, als wir ins Gespräch kamen. Joe erzählte von seinen Erinnerungen an die Royal Navy und ich von meiner Zeit in Palermo. Irgendwie kamen wir auf Bunker und geheime Militäranlagen zu sprechen. Vielleicht weil der Schützengraben so grausam stank, ich weiß es nicht mehr. Auf alle Fälle erzählte mir Joe etwas von einem geheimen Bunker der Royal Navy, der aus Kostengründen gleich nach dem kalten Krieg aufgegeben wurde", schilderte Carlo.
„Ich glaube, ich weiß, worauf du hinaus willst."
„Bene, Capo. Joe sagte, der Bunker sei einwandfrei in Schuß gewesen, als die aufgeblasenen Köpfe im Verteidigungsministerium beschlossen, ihn einzumotten. Er regte sich gehörig auf über die knausrigen Schlipsträger. Wir müßten bloß hinfahren und ihn übernehmen, kein Mensch vermutet uns dort. Die Bullen sicher nicht und die Royal Navy ist schon längst dort verschwunden."
„Klingt fast zu schön, um wahr zu sein", fand Roberto erstaunt.
„Zudem ist der Bunker unter einer Burgruine gebaut und ist somit von außen nicht einsehbar. Allerdings sind die Eingänge von der Navy verschweißt worden, wir müßten sie zuerst aufbrechen, danach stünde uns die ganze Anlage zur Verfügung", erklärte Carlo.
„Die ganze Anlage? Ich dachte, es wäre nur ein Bunker?"
„No no, Capo. Wie mir Joe erzählte, wurde der Bunker in einem Berg gebaut, direkt über einer Versuchsanlage für U-Boote, darum wußte er auch darüber Bescheid. Die Anlage war im kalten Krieg top secret, später wurde sie der Royal Navy zu teuer."

„Io capisco, Carlo. Also liegt diese Versuchsanlage am Meer?" fragte Roberto.
„Nicht direkt. Die U-Boote konnten vom Meer aus durch eine Höhle in die Anlage fahren. Und weil die Anlage in einem Berg ist, waren die U-Boote für Satelliten unsichtbar. – War eine geniale Sache, laut Joe."
„Fantastico! Also könnte man genauso gut mit einem Schiff in die Anlage fahren?"
„Weiß ich nicht, müßte man zuerst ausprobieren. Wenn aber ein U-Boot der Royal Navy hineinkommt, sollte genauso ein normales Schiff hineinkommen, solange es kein Schlachtschiff ist. Leider starb Joe Davis ein halbes Jahr später in Uganda bei einem Einsatzkommando, sonst könnte ich ihn fragen."
„Schade, aber bei der Fremdenlegion wird vermutlich niemand sehr alt."
„Giusto Capo, die Fremdenlegion ist nur etwas für junge Leute. Entweder du hast mit dreißig einen höheren Dienstgrad, oder du verläßt die Legion wieder. Ist besser so für deine Gesundheit und für die Fremdenlegion."
„Allora, Carlo, die Idee mit dem Bunker finde ich gut. Wir werden uns die Anlage einmal anschauen und dann eine Entscheidung treffen. Wo ist sie?"
„Die Anlage ist in Südengland, in der Nähe der Stadt Newhaven. Sie ist sogar nur wenige Kilometer von der Ausgrabung dieses Wikingerschiffs entfernt. Ist wahrscheinlich ein blöder Zufall", vermutete Carlo.
„Ich sehe auch keinen Zusammenhang darin, doch die abgelegene Gegend ist ideal für unsere Zwecke. Dort wird uns bestimmt kein Bulle suchen."
„Si, Capo, deswegen habe ich den Bunker vorgeschlagen."
„Bene, Carlo. Ich werde die Anlage persönlich in Augenschein nehmen. Noch mehr Fehler kann ich mir nicht leisten", betonte Roberto. Ein wenig gelöster und entspannter lehnte er sich zurück, wobei der Bürostuhl gequält quietschte, was dem Italiener jedoch

nichts ausmachte. Jetzt fiel ihm auf, daß seine Männer wartend dastanden und ihn fragend ansahen.

„Sollen alle Männer nach Südengland mitfahren?" wollte Carlo wissen.

„Eine gute Frage. Eigentlich brauche ich nicht alle Männer dafür. Ich sage dir, was wir machen – ich fahre mit Franco und Antonio nach Newhaven, sobald du mir die ungefähre Lage des Bunkers auf einer Landkarte eingezeichnet hast. Du wirst mit Giuseppe und Marco diese Adele Lord ausfindig machen und sie beschatten. Aber ohne einzugreifen, der tote Fotograf reicht mir. Spätestens am Abend sind wir zurück von Newhaven."

„Was für ein Auto sollen wir benutzen?"

„Giusto, Carlo, daran habe ich gar nicht gedacht. Serena wird ein paar Freunde von mir anrufen, die werden euch ein Auto zur Verfügung stellen. Ich möchte euch nur um eines bitten – baut ja keine Scheiße, capito?"

„Si, Capo, wir werden uns unauffällig im Hintergrund halten."

„Grazie, Carlo, genau das wollte ich von dir hören", bedankte sich Roberto.

„Ich habe eine Landkarte in meinem Hotelzimmer, die Rollo und ich benutzten, darauf kann Carlo den Bunker einzeichnen."

„Molto bene, Serena. Ein Problem weniger. Nimm mein Adreßbuch und ruf die Pedruzzis an. Danilo schuldet mir noch einen Gefallen – und heute wird er die Gelegenheit haben, diesen gutzumachen."

„Si, Signore Ludovisi. Wo ist das Adreßbuch?"

„Aspetta, hole zuerst die Landkarte, sonst verlieren wir nur unnötig Zeit. Während Carlo den Weg markiert, kannst du Danilo anrufen. Ich werde mit Pedruzzi sprechen, damit er spurt, sonst klappt die Sache sowieso nicht."

„Allora, ich hole jetzt die Karte", entgegnete Serena und ging zur Hoteltüre.

„Ihr könnt Serena begleiten. Carlo kann euch den Weg auf der Landkarte erklären, dann wißt ihr ebenfalls gleich Bescheid. Ich muß mein Adreßbuch aus dem Wandsafe nehmen", richtete sich Roberto an seine Männer.

„Bene, Capo", antworteten sie im Chor.

Kurz darauf verließen die Männer und Serena die luxuriöse Hotelsuite. Vor dem Lift kam ihnen ein Hotelpage entgegen, an dem sie achtlos vorbeigingen. Bloß Serena blickte ihn an und fuhr, für die anderen unsichtbar, mit ihrer langen Zunge genüßlich über ihre vollen roten Lippen. Der junge Page zwinkerte Serena schelmisch lächelnd zu, so wie man einer feurigen Geliebten zuzwinkert. Aufreizend, mit wissendem Gesichtsausdruck zwinkerte Serena zurück.

12

„Verzeihung, Miss Lord, daß wir Sie an einem Samstag belästigen, aber die Umstände ließen uns keine andere Wahl."
„An einem Samstag um neun Uhr früh, vergessen Sie die Uhrzeit nicht, Inspektor Scotchford. Normalerweise schlafe ich da nämlich."
„Oh sicher, natürlich, neun Uhr früh. Verzeihen Sie bitte", entschuldigte sich George beeindruckt. Die Ausstrahlung von Adele hatte es ihm angetan. Auch Sergeant Nick Warton und seine Kollegin Charlotte Angel schienen davor nicht gefeit zu sein und betrachteten Adele fasziniert. Ähnlich betrachtete Veronica die Kriminalbeamten, die ihr und Adele am weißen Marmortisch gegenübersaßen. Adele blickte eher missmutig zu ihnen.
„Wenn ich fragen darf, was ist denn nun so wichtig? Meine Managerin sagte, sie müßten dringend mit mir sprechen. Hoffen wir, daß es wirklich wichtig ist."
„Es ist sogar sehr wichtig. Ich vermute, Sie haben heute morgen noch keine Zeitung gelesen?" fragte George.
„Ich lese am Samstag früh keine Zeitung. Sonst auch nicht, nur wenn ich muß.
Für das Zeitungslesen ist Veronica zuständig, ich lese eher Modejournale", erklärte Adele, wobei Veronica zustimmend nickte.
„Nun gut, Miss Lord, so bleibt mir wahrscheinlich nichts anderes übrig, als Ihnen die schlechte Nachricht selber zu überbringen", meinte George vorsichtig.
Er wollte Adele Lord keinesfalls schockieren, schließlich hatte er sehr viele ungeklärte Fragen, von denen George annahm, daß die korrekten Antworten am leichtesten vom Topmodel kommen konnten. Möglichst einfühlsam fuhr er fort: „Wir wurden gestern zu einem tragischen Unfall gerufen. Bei der ersten Befragung einer Nachbarin, die Zeugin des Unfalls war, ist Ihr Name erwähnt worden."
„Ein Unfall? Was für ein Unfall?" unterbrach Adele.

„Es handelt sich beim Verunfallten um einen Mister William Tower. So wie uns gesagt wurde, war Mister Tower ein Freund von Ihnen", klärte Nick auf.

„Ja ja, natürlich ist William Tower ein Freund von mir. Was ist los mit ihm?"

„Er ... er hatte einen schweren Unfall. Er verstarb gestern an der Unfallstelle", schilderte Scotchford und beobachtete die Reaktion des Models. Eine stumme Weile lang hatte es den Anschein, als ob seine Mitteilung nicht verstanden wurde, doch langsam spiegelten sich Ungläubigkeit und Fassungslosigkeit in den Gesichtern von Adele und Veronica wieder. Es dauerte lange, bis sie etwas darauf erwidern konnten: „Das ist nicht wahr. Das ist unmöglich. Das kann nicht sein", flüsterten sie abwechselnd.

Nach ihrer ehrlichen Überraschung, die von großer Ahnungslosigkeit zeugte, verwarf Scotchford jede Mitwisserschaft oder Beteiligung an dem Unfall. Diese Einschätzung beruhigte ihn, obschon er nicht genau wußte, wieso. Vielleicht weil es ihn gestört hätte, wenn so junge und hübsche Frauen in einen gräßlichen Unfall verwickelt gewesen wären. In einen tragischen Unfall, der sich, nach der Obduktion des Fotografen und den vorläufigen Ausführungen des Gerichtsmediziners, immer mehr zu einem brutalen Mordfall wandelte. Oder war es nur sein Bauchgefühl, welches sich so selten täuschte?

„Leider doch. Mister Tower stürzte gestern vom Balkon herunter auf seinen Gartenzaun. Er war sofort tot. Er mußte nicht mehr lange leiden", entgegnete Nick und beobachtete, wie sich Adele und Veronica fassungslos ansahen. Ihre Gesichter schienen eingefallen und um eine Spur bleicher zu sein, als vor der Hiobsbotschaft. Keine von ihnen brachte einen Ton heraus.

„Aus diesem Grund haben wir Sie aufgesucht. Wir machen das immer so – ist reine Routinearbeit für uns", fuhr Nick fort und merkte am Blick von Scotchford, welchen Fehler er damit machte.

„Routinearbeit? – Oh mein Gott!" flüstere Adele kaum verständlich. Veronica legte die Arme um sie. Schweigend umarmten sich

die Freundinnen, wobei Adele leise und brüchig weiterkeuchte: „Oh mein Gott. Vron, das kann nicht sein. Oh mein Gott."
Inspektor Scotchford stand auf und gab seinen Kollegen ein Handzeichen, damit sie ihn begleiteten. Die drei verließen den Marmortisch und gingen rund fünf Meter in Richtung Wohnzimmerfenster. Dort sagte er kaum hörbar zu Nick: „So einen Blödsinn erzählt man nicht. Warst du je auf einer Polizeischule?"
„Klar war ich ..."
„Klappe zu", stoppte ihn Scotchford, „Klappe zu und zuhören. Kein Idiot, und sei er auch noch so dämlich, erzählt beim Tod eines Freundes etwas von Routinearbeit. Okay? Kein Idiot tut so etwas – also tu es auch nicht. Hat dir Harold Benson nichts beigebracht? Ich hatte Harold *Harry* klüger in Erinnerung."
„*Dirty Harry* ist aber nicht hier, und ich führe meine Befragung so wie ich es will", verteidigte sich Nick, obschon er wußte, daß Scotchford richtig lag.
„Es hat keinen Zweck, wenn wir uns miteinander anlegen. Ich sage dir nur etwas, sobald der Gerichtsmediziner mir erzählt, daß der Fotograf ermordet wurde, ist es *mein Fall*. Sobald unser Kurpfuscher mir erzählt, daß es ein Unfall oder Selbstmord war, ist es *dein Fall*, und ich kann dann endlich meine Kirschbäume schneiden, so wie ich es dieses Wochenende schon immer tun wollte. In Ordnung, Nick?"
Das Angebot von Scotchford ließ Sergeant Charlotte Angel schmunzeln, mit einem Hauch von Schadenfreude in den Mundwinkeln. Die schweigsame Charlotte und der Holzklotz Nick waren wohl noch nicht lange ein Team, vermutete Scotchford. Ein Grund mehr, um herauszufinden, woher diese Nuance von Emotion kam.
„Ich dachte, wir lösen diesen Fall gemeinsam?"
„Denken? – Ist eine gute Idee, Nick. Genau das solltest du tun, bevor du eine Zeugin vergraulst und unsere Ermittlungen unmöglich machst."
Die Standpauke wirkte bei Nick Warton, was normalerweise fast nie bei ihm der Fall war. Er kannte Scotchford erst seit ungefähr einem

Tag, doch die professionelle Routine, mit der der Inspektor Polly Ratcliffe vernommen hatte und ihr alles entlockte, was sie wissen mußten, faszinierte ihn. Aber am meisten beeindruckte ihn seine Zielstrebigkeit, die scheinbar auch nicht vor Dienstkollegen Halt machte.

Nicks Augen wanderten vom strengen Gesicht des Inspektors aus dem Wohnzimmerfenster. Es nieselte ganz leicht, ganz ähnlich wie es im Moment auf sein Selbstbewußtsein nieselte. – Graue Schleierwolken, bei denen sich die Sonne nicht entscheiden konnte, durch welche sie ab und zu einen Strahl werfen sollte.

„All right. Wie wollen wir weiter vorgehen?" sprach er zum Fenster hinaus.

„Wir müssen mehr Fingerspitzengefühl zeigen, die Frauen kannten den Fotografen vermutlich gut. Das kann ein großer Vorteil für uns sein. Wenn wir aber die falschen Fragen stellen, können wir sehr schnell auf Granit beißen."

„Okay, ich werde es versuchen", stimmte Nick zu.

„Danke. Und Sergeant Angel, scheuen Sie sich nicht, auch Fragen zu stellen.

Wir haben es hier mit Frauen zu tun, und normalerweise finden Frauen eher Zugang zum eigenen Geschlecht. Vor allem aus der Modebranche."

„Nun ja, wissen Sie, Inspektor Scotchford, gewöhnlich bearbeiten wir nur kleinere Straftaten und keine Mordfälle. Ich habe keine Erfahrung darin."

„Dann haben Sie jetzt die beste Gelegenheit, gute Erfahrungen zu sammeln. Also nutzen Sie die Gelegenheit. Und Sergeant Angel …"

„Ja, Inspektor?"

„Stellen Sie gleich die erste Frage, wenn wir wieder am Tisch sitzen."

„Warum?"

„Weil Sie bis jetzt noch keine gestellt haben und Sie deswegen für die Frauen keine Bedrohung darstellen. Uns betrachten die Damen

vermutlich als Rohlinge, wegen der ausgefeilten Rhetorik von Nick. Wenn Sie Hilfe brauchen, helfe ich gerne."
„Vielen Dank, Inspektor", dankte Charlotte verblüfft von soviel Zutrauen.
„Keine Ursache."
Die drei gingen zurück zu den Freundinnen. Adele und Veronica tuschelten untereinander. Sie hatten sich wieder besser unter Kontrolle.
„Verzeihen Sie, meine Damen, wir mußten nur schnell etwas bereden", entschuldigte sich Scotchford, worauf beide zustimmend nickten. Nachdem sich alle gesetzt hatten, befolgte Charlotte Angel Georges Bitte: „Dürfte ich einige Fragen stellen, die unsere Ermittlungen erleichtern?"
„Ganz sicher dürfen Sie das", preschte es aus Veronica heraus, sichtlich froh, sich nun einer Frau mitteilen zu können. Adele blieb stumm.
„Gut. Das ist sehr nett von Ihnen. – Äh, wie wir von einer Nachbarin erfuhren, einer gewissen Misses Ratcliffe, kannten Sie William Tower näher."
„Richtig. Als Managerin von Adele muß ich mich um die geschäftlichen Belange kümmern. Erst letzten Mittwoch hatten wir ein Fotoshooting zusammen mit William Tower, bei dem ich die Gage und andere Punkte ausgehandelt habe. Doch ich kenne ihn bereits von früher, als Will und Adele noch ein Paar waren."
„Oh, ich wußte nicht, daß Sie Mister Tower so gut kannten."
„Nun, wir waren natürlich nicht mit ihm verwandt, Sergeant Angel, dennoch wissen wir Ihr Mitgefühl zu schätzen. Trotz der Streitereien kamen wir gut mit ihm aus. Er war immer ein Freund. Ein guter Freund", bekräftigte Veronica.
„Streitereien?" wunderte sich Charlotte.
„Ja, bloß einige Meinungsverschiedenheiten – Kleinigkeiten, nichts Ernstes."
„Könnten Sie uns diese Meinungsverschiedenheiten näher beschreiben, Miss Balabushka?" fragte Charlotte und bemerkte, wie

Adele ihre Managerin eingehend musterte. Sie stoppte Veronica jedoch nicht.

„Sicher. Nehmen Sie zum Beispiel das Fotoshooting vom letzten Mittwoch. Zuerst sagte Will uns, ich meine Mister Tower, wir könnten die Outfits selber aussuchen und auch bei den Fotos mitbestimmen. Am Ende befolgten wir nur seine Anweisungen und durften zusätzlich noch sein Equipment zum Strand schleppen. So war Will meistens, am Ende kamen wir uns blöd vor."

„Ach, das waren also Ihre Meinungsverschiedenheiten?"

„Ja, Sergeant Angel", bestätigte Veronica und erkannte ein wenig Ratlosigkeit in der Mimik der Polizeibeamtin, die sich nach ihren Kollegen umdrehte.

„Waren Ihre Differenzen nur von beruflicher Art, oder hatten Sie auch privat Meinungsverschiedenheiten?" kam George Charlotte zu Hilfe, die ihn dafür dankbar ansah.

„Hören Sie, Inspektor Scotchford", übernahm Adele, „was wir privat mit Mister Tower zu tun hatten, geht Sie nichts an. Aber er war mein Exfreund, und wir hatten privat und beruflich seit über einem Jahr keinen Kontakt mehr. Ich hoffe, daß Sie diese Aussage zufrieden stellt."

„Natürlich, Miss Lord, ich wollte keineswegs aufdringlich erscheinen."

„Gut Inspektor, ich habe nämlich auch ein paar Fragen an Sie."

„Uh...", machte Scotchford und zog erstaunt seine Augenbrauen nach oben.

Es kam nicht oft vor, daß eine Zeugin ihn befragte, doch er ließ sich auf dieses Spiel ein: „Bitte, Miss Lord, fragen Sie", bot er freudig an. Adeles Interesse kam ihm entgegen und George bewertete es positiv.

„Wie geschah der Unfall? Ich meine, weswegen fiel Will auf den Gartenzaun? War es ein Missgeschick? Vielleicht ein tragisches Unglück?"

„Deswegen sind wir hier, Miss Lord. Genau diesen Punkt möchten wir aufklären. Und Ihre Mitarbeit wäre dabei sehr wichtig für uns."
„Schön. Und was vermuten Sie, wie es geschah?"
George Scotchford lächelte, denn gewöhnlich war er nicht der Verdächtige: „Wir vermuten, William Tower ging in schnellem Tempo auf seinen Balkon, dabei blieb er an der Balkonstufe hängen. Wegen seinem Tempo konnte er nicht mehr bremsen und fiel über das Geländer."
„Er konnte nicht mehr bremsen? Das sieht Will gar nicht ähnlich."
„Ist überhaupt nicht seine Art", ergänzte Veronica Adele.
„Demnach war William Tower eher ein gemächlicher Typ?" wollte Nick wissen, der zwanghaft versucht hatte, sich zurückzuhalten.
„Das kann man sagen. Will hat es nie besonders eilig. Lieber treibt er andere Leute zur Eile an, besonders bei Fotoaufnahmen. Ich würde ihn nicht gemächlich nennen, viel eher besonnen – konzentriert vielleicht", beschrieb Adele William Tower, bis ihr wieder einfiel, daß er tot war. So tot wie jemand sein konnte, der auf einen eisernen Gartenzaun fiel und von eisernen Spitzen durchbohrt wurde – und jedes Wort über ihn tat ihr im nachhinein weh, so weh, wie es in Zukunft jeder Gedanke an ihn tun würde.
Scotchford bemerkte Adeles trauriges Gesicht, in dem sich eine kleine Spur von Reue widerspiegelte. Der Inspektor hoffte inständig, daß Nick sie für einen Moment nicht direkt ansprechen würde, denn ihr Schweigen arbeitete besser für die Kriminalbeamten, als daß jede noch so gute Frage hätte tun können. Nick schien seine Gedanken lesen zu können.
„Wir möchten Ihnen unser tief empfundenes Beileid aussprechen, und uns entschuldigen, daß wir dies bis jetzt vergessen haben. Wissen Sie, der Todesfall hat uns ebenso betroffen gemacht."
„Danke, Inspektor. Ich kann immer noch nicht glauben, daß Will tot ist", erwiderte Adele und starrte leer geradeaus.
„Der Tod eines nahestehenden Menschen ist meistens völlig unbegreiflich, Miss Lord. Vielleicht hilft es Ihnen, uns zu erzählen, wann Sie Mister Tower zuletzt gesehen haben", meinte George.

„Vielleicht haben Sie recht. Ich sah Will zuletzt beim Fotoshooting am Strand bei Newhaven. Letzten Mittwoch, wie Veronica schon gesagt hat."

„Ich dachte, Sie hätten über ein Jahr keinen Kontakt mehr zu Mister Tower gehabt?" wunderte sich Nick.

„Das ist korrekt. Wir trafen ihn vorige Woche bei einer Modenschau im Harvey Nichols. Ich lief dort als Model. Nach der Show kamen wir ins Gespräch."

„Ich verstehe. Wahrscheinlich haben Sie dort das Fotoshooting vereinbart."

„So war es, Sergeant Warton", unterbrach Veronica, „ich mußte Adele geradezu überreden, beim Fotoshooting mitzumachen. Wir hatten nämlich ursprünglich eine Woche Ferien geplant."

„In dem Fall entschlossen Sie sich also spontan dazu?" vermutete George.

„Ja. Und ich bedauerte danach, daß ich mich überreden ließ."

„Wieso, wurden die Fotos nicht gut?" schaltete sich Charlotte in das Gespräch ein, so wie sie es schon lange vorhatte.

„Nein, nein, laut Will wurden die Fotos gut. Aber am Strand trafen wir einen Archäologen, den ich im Flugzeug kennenlernte, und der mir gehörig auf die Nerven ging. Deswegen machte ich Will Vorwürfe ...", brach Adele ab, sie legte beide Hände an die Stirn und stützte sich darauf. Ungläubig und mit gebrochener Stimme fuhr sie fort: „Ich habe ihm dämliche Vorwürfe gemacht. Und jetzt? Jetzt ist er ...", schluchzte sie und legte ihre Hände über die nassen Augen.

„Du kannst nichts dafür, Adele. Unfälle passieren nun einmal. Will hat nicht gerade wie ein Mönch gelebt, irgendwann mußte etwas passieren. Damit will ich nicht sagen, ich hätte diesen schrecklichen Unfall erwartet", erläuterte Veronica mitfühlend.

„Darf ich aus Ihren Worten entnehmen, daß Sie die Lebensweise von Mister Tower näher kannten?" richtete sich George an Veronica.

„Und ob wir die kannten. Will hatte viele Frauenbekanntschaften – und Treue war ein verhaßtes Fremdwort für ihn. Aus diesem

Grund trennte sich Adele von ihm. Ich sollte nicht weiter in Details gehen, denn als Fotograf war er wirklich ausgezeichnet, doch in Beziehungsfragen war er mis... er war nicht gut."
„Hatte Mister Tower irgendwelche Schwierigkeiten wegen seiner vielen Frauenbekanntschaften? Ich denke da an eifersüchtige Freunde und dergleichen."
„Das kann ich nicht beurteilen, Inspektor. Wir standen seit über einem Jahr in keinem näheren Kontakt mehr mit ihm. Doch ich kann mir vorstellen, daß Adele nicht seine einzige Bekanntschaft war, mit der er Probleme hatte. Gut möglich, daß da auch mal ein eifersüchtiger Freund darunter war. Warum fragen Sie?"
„Weil Mister Tower scheinbar verprügelt wurde, bevor er vom Balkon fiel."
„Großer Gott, Inspektor. Wie kann denn so etwas passieren?"
„Nun, Miss Balabushka, ich und Sergeant Warton bemerkten ein blaues Auge und eine Beule an Mister Towers Kopf. Und die Gerichtsmedizin bestätigte vorläufig unseren Verdacht, daß Mister Tower verprügelt wurde", erklärte George.
Adele und Veronica blickten sich vollkommen überrascht an. „Was meinen Sie mit verprügelt? Und mit vorläufig?"
„Ich meine damit, daß wir erst den vorläufigen Bericht der Gerichtsmedizin haben. Der vollständige und endgültige Bericht wird erst nächste Woche verfaßt. Bei der Autopsie wurde aber neben den Kopfverletzungen auch eine gebrochene Rippe festgestellt, die eindeutig nicht vom Sturz herstammt. Unser Verdacht und der unseres geschätzten Gerichtsmediziners geht daher von einer Schlägerei aus, Miss Lord."
„Sie ... Sie gehen also von keinem Zufall aus?" fragte Adele Scotchford.
„Nein, diese Vermutung habe ich verworfen, als ich mir Mister Tower ansah.
Später war ich in seinem Haus, in dem ein ungeheures Chaos herrschte. Ein derartiges Chaos, als ob darin eine Bande von Van-

dalen gewütet hätte. Diese zwei Tatbestände passen zu keinem zufälligen Unfall", folgerte George.
Worauf Adele schockiert und fassungslos nachfragte: „Dann ... dann denken Sie, daß Will ermordet wurde?"
„So weit würde ich nicht gehen. Immerhin haben wir eine glaubhafte Zeugin, die uns sagte, daß Mister Tower ohne Gewalteinwirkung vom Balkon fiel. Uns interessiert jedoch brennend, was davor passiert ist."
„Ich wünschte, wir könnten Ihnen in diesem Punkt weiterhelfen, aber wir waren den ganzen Tag zu Hause. Mich würde ebenfalls interessieren, wer im Haus von Will gewesen ist."
„Geht mir genauso", ergänzte Veronica Adele.
„Schade. Wir hatten gedacht, daß Sie uns einige Hinweise geben könnten. Nun, wir werden heute noch die Eltern von Mister Tower befragen. Vielleicht wissen sie mehr", hoffte George.
„Könnte sein. Will stand seinen Eltern sehr nahe, soviel ich weiß. Sie wohnen oben in Paddington, an der Junction Street", schilderte Adele.
„Demnach kennen Sie Mister Towers Eltern?"
„Ja, Inspektor. Will stellte sie mir einmal vor, als wir zu Besuch da waren. Seine Mutter machte seine Wäsche, darum war er oft bei seinen Eltern."
„Auch eine Möglichkeit, wie man mit der Familie in Kontakt bleiben kann", scherzte Scotchford, worauf alle schmunzeln mußten. Für einen kurzen Augenblick entspannte sich die aufgewühlte Atmosphäre, bis Nick fragte: „Miss Lord, mich würde interessieren, wie verlief dieses Fotoshooting mit Mister Tower? Und warum regten Sie sich über diesen Archäologen auf?"
„Dazu muß ich ein wenig ausholen", antwortete Adele. Sie überlegte kurz: „Als ich von den Shows in Mailand nach Hause flog, erkannte mich Doktor Rollo im Flugzeug. Zuerst fand ich ihn einigermaßen sympathisch, doch dann quatschte er mich eine halbe Stunde lang zu. Er erzählte mir von einer Ausgrabung eines Wikingerschiffs und daß in dem Schiff ein Grab sein sollte, und in dem Grab sollte ein

riesiger Diamant sein. Eine völlig hirnrissige Story, meiner Meinung nach."
„Interessant, und weiter?"
„Tja, Sergeant Warton, leider war ich so dumm und erzählte das meiner Managerin Veronica. Sie hatte wiederum gar nichts Besseres zu tun, als Will ein Fotoshooting am gleichen Strand vorzuschlagen, an dem die blöde Ausgrabung war. Deswegen traf ich wieder auf Doktor Rollo, der mir abermals auf die Nerven gehen konnte", betonte Adele und warf Veronica einen giftigen Blick zu.
„Doktor Rollo – das klingt beinahe italienisch", fand Nick.
„Richtig. Doktor Salvatore Rollo war ein Italiener, wie er im Buche steht. Man mußte in Deckung gehen, wenn sein Mundwerk einmal loslegte."
Die Kriminalbeamten schauten sich völlig erstaunt an. „Bitte fahren Sie fort", bat George.
„Jedenfalls kam dann nicht nur Doktor Rollo alleine, nein, auch ein Professor und seine Studenten mußten unser Fotoshooting stören, bevor es zu regnen begann und wir einpacken konnten. Darum habe ich mich aufgeregt."
„Ist durchaus verständlich, Miss Lord. Wie hieß dieser Professor? Und waren Sie bei der Ausgrabungsstätte? Haben Sie vielleicht das Wikingerschiff sogar gesehen?"
„Nein, Inspektor, wir hatten nicht das geringste Interesse an der Ausgrabung.
Wir sind vor dem Regen geflüchtet. Der Professor, der hieß – Farnsworth, ja, so hieß er. Professor Alan Farnsworth, vom Natural History Museum. So hat er sich uns vorgestellt. Er leite die Ausgrabung, hat er gesagt."
„Großartig, Miss Lord. Nur noch eine Frage. War Mister Tower in der Nähe der Ausgrabung? Ist er vielleicht mal schnell hingegangen, um sich das Wikingerschiff anzusehen?" wollte George gespannt wissen.
„Nein, er blieb die ganze Zeit bei uns. Obwohl uns Doktor Rollo und Professor Farnsworth zu einer Besichtigung einluden, kamen

wir nicht dazu, der Regen vermieste uns den ganzen Tag. Wir fuhren gleich zurück nach London."

„Ach so. Danke, danke für Ihre Auskunft", bedankte sich George. „Und dieser Doktor Rollo, hat sich der seit dem Fotoshooting wieder bei Ihnen gemeldet?" bohrte Nick nach.

„Nein, hat er nicht. Und ich bin sehr froh darüber. Ich gab ihm zwar ein Autogramm, aber bestimmt nicht meine Adresse und noch viel weniger meine Telefonnummer", entgegnete Adele energisch.

Gleich bevor Nick eine neue Frage abschießen konnte, unterbrach Scotchford: „Gut, meine Damen, wir haben Sie genug belästigt. Wir werden Ihre Angaben überprüfen und uns gegebenenfalls wieder bei Ihnen melden. Ich hoffe, wir haben Sie nicht zu sehr gestört an diesem angebrochenen Wochenende."

Verdutzt blickte Nick George an, wobei sein Mund leicht offen stehen blieb.

Sergeant Angel reagierte ähnlich überrascht. Adele und Veronica schienen relativ erleichtert bei seiner Ankündigung.

„Jawohl, Inspektor. Wir stehen Ihnen gerne zur Verfügung. Ich möchte Sie nur darauf hinweisen, daß Adele nächste Woche in Paris sein wird. Denn dort starten nämlich die Herbstmodeschauen, und Adele wird bei einigen als Model laufen."

„Ach, in Paris? Nun gut, Sie werden uns wahrscheinlich in London erhalten bleiben, Miss Balabushka?" spekulierte George.

„Selbstverständlich, ich stehe für Ihre Anliegen zur Verfügung."

„Großartig. In dem Fall darf ich mich von Ihnen verabschieden und Ihnen alles Gute für die Modeschauen wünschen."

„Danke vielmals, Inspektor Scotchford", bedankten sich Adele und Veronica.

Nicht ganz so routiniert verabschiedeten sich Charlotte und Nick.

13

Im Treppenhaus, beim Hinuntersteigen, richtete sich Nick an George: „Warum fragtest du nicht weiter nach dem Italiener, diesem Doktor Rollo? Ich bin fast sicher, daß er mit dem Unfall des Fotografen etwas zu tun hat."
„Ich bin ganz deiner Meinung, Nick. Aber die Frauen wissen nicht, wo der Typ wohnt. Der Professor weiß es vermutlich genau, oder ich müßte mich schwer täuschen. Wenn wir den Professor finden, haben wir auch den Doktor, und wenn wir den Doktor haben, kriegen wir auch die Spaghettis, die das Haus von Mister Tower verwüstet haben."
„So einfach geht das?" wunderte sich Charlotte.
„Wenn wir keine Zeit verlieren, könnte es einfach werden", meinte George.
„Wieso?"
„Weil ich jede Wette eingehen würde, daß unser Doktor Rollo nicht mehr bei dieser merkwürdigen Ausgrabung ist. Charlotte, ich glaube, er hat gefunden, was er gesucht hat."
„Sie meinen diesen Diamanten? Ich dachte, der wäre nur ein Hirngespinst?"
„Ja, Miss Lord dachte, es wäre eine hirnrissige Story, und Sie dachten ohne zu zögern das gleiche. Doch der tote Fotograf spricht eine andere Sprache."
„Also suchten die Spaghettis den Diamanten im Haus des Fotografen."
„Vielleicht, Nick. Vielleicht auch nicht. Es sind nur Spekulationen. Professor Farnsworth weiß die Antworten, oder Doktor Rollo. Einer von ihnen hat Dreck am Stecken, wenn nicht sogar beide zusammen. – Wir werden sehen", sprach Scotchford gedehnt und erreichte den Ausgang.
Die Kriminalbeamten stiegen in ihren Streifenwagen, der gut sichtbar vor dem Mehrfamilienhaus stand. Auf der gegenüberliegenden

Straßenseite war ein metallicbrauner Mercedes der C-Klasse geparkt, aus dem sie beobachtet wurden.
Es fiel ihnen nicht auf, wie die Männer darin wegschauten, als sie an dem ausgeliehenen Auto vorbeifuhren.
„Carlo, die Bullen sind weg."

Kapitel 7
Bauernkrieg

1

Glutrot schimmerten die ausgebrannten Häuser von Cambourne durch das Unterholz. Die Kundschafter konnten kaum glauben, was sie da sahen. Von den hübschen Strohhäusern waren nur noch angesengte Reste übrig, in denen ausgehende Flammen vom Wind neu entfacht wurden. Dazwischen schleppten die Brandstifter aus dem Norden alles fort, was ihnen von Wert erschien. Kein Haus wurde verschont und war es auch noch so bescheiden.
„Die verdammten Bastarde brennen unser Dorf nieder!" schrie der Zwilling Markus Sox und wollte zum Dorf hinstürmen. Sein Bruder Martin konnte ihn im letzten Moment festhalten. Er zwang Markus zurück ins dichte Gebüsch.
„Seid still, sonst hören euch die Barbaren", befahl Steve Sox leise. Die Söhne gehorchten und duckten sich zu ihm und den anderen Kundschaftern.
„Mein Gasthof, beim heiligen Christus, mein schöner Gasthof!" jammerte Samuel Bone ungläubig beim Anblick der verkohlten Überreste des goldenen Löwen, die in der Dämmerung rauchend loderten. „Zerstört ... sie haben meinen Gasthof zerstört", raunte er schließlich stockend, sein Gesichtsausdruck blieb gefangen in einer fremden Welt.
„Verfluchte Heiden! Gottverfluchte Heiden!" kommentierte Graf Jakobus faßungslos die alptraumhafte Szenerie.
Lange saßen die Kundschafter im Unterholz und mußten mit ansehen, wie ihr Cambourne zu Asche zerfiel. Endlich, als es stockdunkel war, zogen die Wikinger von dannen. Unter der Führung von Jakobus verließen die Männer danach den Waldrand und liefen durch das ehemalige Cambourne. Der beißende Rauch brannte in

ihren Augen und vom Gestank der verbrannten Strohhäuser wurde ihnen übel.

Nichts, gar nichts erinnerte an das einst friedliche Dorf. Sogar die kleine Kirche, einst ihr ganzer Stolz, war nur noch ein rauchender Trümmerhaufen. Mittendrin stand der rußgeschwärzte Altar. Irgendetwas lag auf ihm, doch die Umrisse ließen sich in der schwarzen Nacht nur schwer erkennen. Zögernd näherten sich die Kundschafter. Der ekelerregende Geruch, der vom Altar ausging, übertraf sogar den Gestank der eingeäscherten Strohhäuser. Noch immer erkannten sie nicht, was ihn verursachte.

„Hier sind Fackeln. Haltet sie in die Glut und zündet sie an", richtete sich Jakobus an seine Begleiter. Er verteilte die Pechfackeln. Sobald die erste brannte, verschlug es den Männern vor Ekel den Atem. Tierkadaver lagen auf dem Altar und verstreut davor herum. Aufgeschlitzte Tierkörper, teilweise mit herausgerissenen Gedärmen, mit abgeschlagenen Köpfen oder ausgestochenen Augen. Der ganze Altar war übersät davon, so als ob die heilige Stätte als Schlachtbank benutzt worden wäre.

„Geschändet", hauchte Steve tief betroffen, „es genügte den Bastarden nicht, Cambourne zu verbrennen, die Verfluchten mußten außerdem unsere Kirche mit den zerfetzten Körpern unserer Haustiere schänden."

Angewidert betrachteten sie die grauenhaft verstümmelten Kadaver, bis die Fackeln einen großen Schatten warfen, in der Form eines Kreuzes. Hinter dem Altar, dort wo sich einst vor dem Überfall die Rückwand der Kirche befunden hatte, stand wie gewohnt das übermannsgroße Holzkreuz. Normalerweise hing ein geschnitzter Jesus am Kreuz, doch von dem fehlte jede Spur. Statt dessen zeigten die flackernden Schatten zwei Hundekadaver, die man senkrecht und waagerecht auf das Kreuz genagelt hatte. Die schmalen Bäuche der Hunde waren aufgeschlitzt und ihre roten Eingeweide baumelten grotesk davor. Aus ihren verzerrten Hundeköpfen, in deren leeren Augen blankes Entsetzen wohnte, hingen die Hundezungen seitlich weit heraus.

„Großer Gott, steh uns bei", murmelte Graf Jakobus, sein Blick war ebenso starr, wie der der toten Hunde. Martin Sox hielt seine Hände vor den Mund und rannte aus der Ruine, er fiel auf seine Knie und erbrach die halbverdauten Reste seiner Hasenmahlzeit vom Mittag in das angesengte Gras. Markus Sox vertrug mehr, jedoch hatte er ebenfalls einen bittersauren Geschmack im Gaumen. Nur schwer konnten die Kundschafter ihren Blick vom gräßlichen Kreuz lösen, das ihnen die Sprache verschlug. Nach geraumer Zeit sahen sie Zeichen, welche man mit Hundeblut auf den Boden vor dem Kreuz gemalt hatte. Merkwürdige unerklärliche Zeichen, nur zwei Kronen waren gut erkennbar. Kronen wie sie Könige trugen – oder Prinzen – oder Prinzessinnen. Langsam wurde den Männern klar, wen die Hunde eigentlich darstellten. Ein Rüde und eine Hündin hingen am Kreuz – Kronen deuteten auf ein ehrbares Adelsgeschlecht. *Graf Jakobus und Prinzessin Jasmina* – blitzte es in ihrem Bewußtsein auf. Schockiert drehten sich alle Gesichter zu Jakobus von Plantain.

„Die Wikinger meinen Euch damit", sagte Samuel Bones brüchige Stimme.

„Verdammtes Heidenpack! Verfluchtes Hurenpack! Ich erschlage jeden einzelnen davon!" schrie Jakobus und stürmte zum Kreuz. Er trat mit seinem Lederstiefel dagegen, wonach das Hundekreuz nach hinten umfiel. „Gottverfluchte Bastarde!" wütete er fort und zog sein Schwert. Rasend vor Zorn hieb er auf die Hundekadaver ein, die bald in mehrere Fleischteile zerfielen.

„Versündigt Euch nicht!" rief Steve ihm zu, aber der Graf hörte ihn kaum, zu tief und stark war seine Raserei. Atemlos hielt er irgendwann inne, als seine Muskeln das Schwert nicht mehr heben konnten. „Ich werfe diese Bastarde zurück ins Meer, und wenn es das Letzte ist, was ich tue!" keuchte er. Seine Finger zitterten vor Wut und Anstrengung.

„Los, wir kehren heim zur Burg. Morgen werden wir den Heiden zeigen, was es heißt, einen angelsächsischen Grafen zu beleidigen", kündigte er an.

Jakobus verließ mit seinen Soldaten die rauchende Kirchenruine, hinter ihnen gingen Steve und Markus Sox, sowie Samuel Bone. Steve fragte Samuel: „Wie wahnsinnig muß jemand sein, damit er Hunde an ein Kreuz nagelt?"
„Unbeschreiblich wahnsinnig, wenn er keinen guten Grund dafür hat", antwortete Samuel und schüttelte unverständig sein Haupt.

2

Theophilus Alkin sah auf, als die Zugbrücke rasselnd heruntergelassen wurde.
Es war spät in der Nacht, und die Halbsichel des Mondes leuchtete bleich über den Burghof. Ein Teil der Flüchtlinge aus Cambourne schlief schon. Während die Kundschafter fort waren, hatte der Pfarrer die Gelegenheit genutzt und sich mit Prinzessin Jasmina und Martha von Plantain unterhalten. Stundenlang saßen sie im Burgfried und besprachen ihre missliche Lage. Je dunkler es draußen wurde, desto sorgenvoller und ängstlicher wurden sie im steinernen Turm. Erleichtert beobachteten sie von oben, wie Graf Jakobus und seine Begleiter durch das Burgtor schritten. Die Frauen und Theophilus eilten hinunter.
„Ihr seid lange fortgewesen", begrüßte Alkin den Grafen.
„Wir wurden aufgehalten", entgegnete Jakobus. Müde schlüpfte er aus seinem Kettenhemd. Er überreichte es Jasmina und küßte sie kurz auf beide Wangen.
„Wie steht es um das Dorf?" fragte Alkin.
„Es gibt kein Dorf mehr", erwiderte Jakobus trocken.
„Wie? Was habt Ihr gesagt?"
„Es gibt kein Dorf mehr, Bruder Alkin. Die Bastarde haben es niedergebrannt.
Nichts steht mehr in Cambourne, kein Haus, keine Scheune und keine Kirche."
Ungläubig starrte Theophilus den Grafen an. Zuerst begriff er gar nicht, was er gehört hatte. Dann, ganz langsam, flüsterte er mit kehliger Stimme: „Nein, das ... das ist unmöglich. Nein, großer Gott nein, das kann nicht sein."
Prinzessin Jasmina und Martha von Plantain starrten ihn an, bis ihr fassungsloser Blick auf Jakobus fiel. Der Ausdruck in ihren Gesichtern verlangte Aufklärung.
„Wir sollten die Sache im Turm bereden. Ich will keine Panik unter den Leibeigenen", reagierte Jakobus. Er wandte sich an Steve: „Sag

den Bauern, sie sollen sich ruhig verhalten. Ich werde morgen zu ihnen sprechen. Du kannst den Bauern aber meine Hilfe zusichern."
„Danke, Graf Jakobus. Ich spreche zu ihnen."
„Gut so. Und danach kannst du mit Samuel in den Turm kommen. Wir müssen entscheiden, was wir weiter unternehmen wollen."
„Wie Ihr wünscht, Graf Jakobus", bestätigte Steve.

3

Der Kamin loderte hell, nachdem die Magd mehrere Holzscheite hineingeworfen hatte. Sie machte einen Knicks in Richtung der Gräfin Martha und verließ das riesige Turmzimmer. An den Wänden des spärlich beleuchteten Raums hingen Wandteppiche sowie verschiedene Schilder und Schwerter. Auch diverse Bilder von Verwandten der Familie hingen verteilt im Raum. Vor dem Kamin standen Jakobus, Steve Sox und Samuel Bone. Die Hände streckten die Männer gegen das Feuer, um sich aufzuwärmen – es war kalt geworden. Dicht dahinter saßen Jasmina und Martha auf Stühlen. Der Pfarrer zog es vor, auf und ab zu gehen, er konnte nicht stillsitzen.
„Habt ihr die Heiden gesehen?" wollte Alkin ungeduldig wissen.
„Ja, wir sahen sie. Aber es waren zu viele, um die Hurensöhne anzugreifen.
Ganz Cambourne wurde ausgeraubt und niedergebrannt, ohne daß wir eingreifen konnten. Sogar Eure Kirche zerstörten die Barbaren", erzählte Jakobus.
„Diese verfluchten Teufel! Gott wird sie dafür strafen!" zürnte Theophilus und blieb stehen. Ärgerlich fragte er Jakobus: „Konntet Ihr den Anführer der Barbaren erkennen?"
„Nein, es war schon zu dunkel und wir waren zu weit von den Bastarden entfernt. Zudem gab den Wikingern niemand Befehle. Einige gingen von Haus zu Haus und räumten es aus, während hinter ihnen eine andere Gruppe die Häuser in Brand steckte. Keiner sagte den Halunken, was sie zu tun hatten."
Das Gesicht des Pfarrers nahm bedenkliche Züge an, als er entgegnete: „Eure Schilderung läßt nichts Gutes hoffen. Wenn Wikinger so geschlossen vorgehen, steckt meistens ein gerissener Anführer dahinter, der sie lenkt. Diesen Häuptling müssen wir finden. Nur wenn man einer Schlange den Kopf gleich abschlägt, kann man das Getier des Teufels gefahrlos töten."
„Ihr habt Bruder Alkin nichts vom Kreuz erzählt", unterbrach Samuel.

„Was für ein Kreuz?"
„Das Kreuz in Eurer Kirche, Bruder Alkin", präzisierte Steve.
„Ach, Ihr meint das Christuskreuz? Ja, was ist damit?"
„Es ... es wurde von den Heiden geschändet, wie der Rest der Kirche", meinte Jakobus betroffen und bekreuzigte sich ehrfurchtsvoll.
„Geschändet? Ich dachte, die Kirche wurde niedergebrannt?"
„So ist es, Bruder Alkin. Aber vorher taten die Bastarde etwas Unbeschreibliches. Etwas so Blutrünstiges, daß ich es Euch ganz verschweigen wollte. Eine Schandtat aus den Tiefen der Hölle und genauso grausam."
„Verschweigt mir nichts, Graf Jakobus. Ich sah manch Böses in Irland."
„In Ordnung. Die Hurensöhne haben jedes Haustier in Cambourne niedergemetzelt und verstreuten die Überreste auf Eurem Kirchenaltar."
„Gütiger Gott!" stieß Alkin entsetzt aus.
„Damit nicht genug. Die Unmenschen entfernten den Christus vom Kreuz und nagelten zwei tote Hunde ans Kirchenkreuz. Ein gräßlicher Anblick."
„Bei allen Heiligen – das ist Blasphemie, das ist eine Gotteslästerung sondergleichen!" rief Alkin angewidert und bekreuzigte sich, wie zuvor Jakobus. In sehr leisem, ergriffenem Ton raunte er: „Die Heiden haben unsere Kirche entweiht und zu einem Ort der Sünde gemacht. – Mögen ihre Seelen in der Hölle brennen!"
Der Pfarrer faltete seine Hände und fing an zu beten, wobei sich alle ebenfalls bekreuzigten, außer Prinzessin Jasmina, die dem für sie merkwürdigen Treiben interessiert zusah. Jasmina hatte fast kein Wort des angelsächsischen Dialekts verstanden. Nachdem Theophilus Alkin sein flehendliches Gebet beendet hatte, richtete sich Jasmina auf Lateinisch an ihn: „Ist etwas geschehen, das Ihr zu beten angefangen habt?"
„Verzeiht, ich vergaß, das Ihr unsere Sprache nicht sprecht", entschuldigte sich Theophilus und übersetzte der Prinzessin die schrecklichen Vorfälle. Die Mimik von Jasmina wurde finster, ängstlich und

sorgenvoll. Schließlich unterbrach sie den Pfarrer und erzählte ihm die Geschichte ihrer Flucht. Und der ehemalige Mönch begann zu verstehen.

„Die Wikinger suchen nach Euch!" stellte er verblüfft fest. „Sie haben Euch verfolgt und – zwei Hunde am Kreuz – jetzt begreife ich!"

„So ist es, Bruder Alkin. Die Bastarde betrachten uns als ihre Beute, und das Hundekreuz sollte uns daran erinnern."

„Schlimmer, Graf Jakobus. Ihr habt einen Häuptling von ihnen getötet! Zuerst wollten die Heiden vielleicht Beute, doch wenn Ihr das Oberhaupt eines Clans tötet, dann wollen seine Krieger nur noch eines – und das ist Rache."

„Wir hatten keine andere Wahl, sonst hätten wir niemals fliehen können", verteidigte sich Jakobus.

„Das mag stimmen, doch es ändert nichts. Erst tötet Ihr einen mächtigen Clanführer, danach stehlt Ihr sein Boot und flieht damit. Die Barbaren müssen verrückt vor Wut sein. Deswegen ist Cambourne nur noch Asche."

„Ihr seid sehr schnell mit Vermutungen. Aber meinem Sohn alle Schuld zuzuschieben, ist nicht sehr christlich. Immerhin zündeten die Dänen Cambourne an, und nicht mein Sohn. Also mäßigt Eure Worte", gebot Martha von Plantain dem Pfarrer, der einsichtig reagierte: „Gewiß, Gräfin Martha. Die Ereignisse haben mir auf mein Gemüt geschlagen, oder es liegt an der späten Nacht, daß meine Worte so unschön klangen. Bitte glaubt mir, nichts läge mir ferner, als Euren Sohn zu kränken."

Die Gräfin schien mit seiner Erklärung zufrieden zu sein, was nicht allzu oft der Fall war, seit dem Tod ihres geliebten Gatten Otmund. Sorgen um die Zukunft hatten in ihrem Gesicht Spuren hinterlassen. Tiefe Falten, eine angeschlagene Gesundheit, und ihre Haare wurden ebenfalls immer weißer. Unstete Launen ergriffen sie manchmal, unter denen vor allem die Dienstboten litten. Das ersehnte innere Gleichgewicht kam allmählich zurück, als König Edmund den Streit mit dem Nachbarn schlichtete, der ihren Mann

hinterrücks gemeuchelt hatte. Natürlich konnte kein Geld der Welt den toten Otmund aufwiegen, jedoch mußte der elende Nachbarsgraf die neue Kirche bezahlen, den Pfarrer aus Irland und die Pilgerreise nach Jerusalem, was Martha sehr freute. Sogar die lieblich hübsche Jasmina hob Marthas Laune. Weder die arabische Sprache, noch die falsche Religion störten die Gräfin. Jasmina gefiel ihrem Sohn, und nur das zählte, alles andere konnte man ändern. Auch der ungeheure Reichtum der Prinzessin, vom dem Jakobus erzählte, machten sie zu einer guten Partie. Möglicherweise bekam damit Jakobus die Gelegenheit, mehr Soldaten anzuwerben und den miesen Wicht von Nachbarn in Grund und Boden zu stampfen. Eine wunderbare Vorstellung für Martha.
„Gut, Bruder Alkin. Laßt uns die Kränkung vergessen. Hoffen wir, daß sich Euer Mund seines Standes gewiß wird und unschöne Worte weiterhin vermeiden wird."
„Danke, Gräfin Martha. Ich werde mich stark bemühen", versprach Alkin und schwieg. Er wußte, daß es im Augenblick besser war.
„Damit vertreibt ihr die Hurensöhne am Strand nicht. Denn wir wissen genau unseren Stand, wir sind Bauern. Was gedenkt Ihr zu tun, damit wir Bauern bleiben können und nicht wie unsere Haustiere abgeschlachtet werden?"
„Ich verstehe deine Aufregung, Steve. Ich weiß, daß du am liebsten sofort zum Strand stürmen möchtest und gegen die Heiden kämpfen möchtest. Aber sag mir, gegen wie viele Krieger würdest du kämpfen? Und stünde das Glück auf deiner Seite, um sie zu besiegen?" fragte Theophilus.
„Mein Terry sah gegen hundert Männer, somit wären wir klar in der Überzahl.
Wenn wir gleich am frühen Morgen zuschlagen, zusammen mit den Soldaten des Grafen und denen der Prinzessin Jasmina, sollten wir siegen."
„Dein Terry ist ein Knabe, dessen Phantasie ihm zuweilen Streiche spielt. Was ist, wenn uns keine hundert, sondern zweihundert oder dreihundert Krieger erwarten? Und erwarten werden sie uns,

deswegen haben die Heiden Cambourne niedergebrannt, um uns zu reizen."
„Ihr glaubt, die Bastarde wollen uns aus der Burg locken?"
„Richtig, Graf Jakobus. Es geht den Wikingern nicht um Beute, Reichtum oder Verpflegung. Sonst wären die Barbaren gestrandet und hätten wenige Momente später Cambourne ausgeraubt. Nein, sie sinnen auf Rache."
„Seid Ihr sicher?"
„Ja, so sicher ich mir sein kann. Ich sah viele Überfälle in Irland. Alle waren sie von der gleichen Art. Die Heiden tauchen schnell aus dem Nichts auf und plündern ein Dorf, danach verschwinden sie genauso schnell wieder, dafür sind ihre Drachenschiffe gebaut", erklärte Alkin dem Grafen.
„Terry sagte, ihre Schiffe seien beschädigt. Vielleicht brauchten die Hurensöhne deshalb länger", vermutete Steve.
„Der Zustand ihrer Schiffe spielt sicher eine große Rolle – aber nicht darum.
Sollten ihre Schiffe leck sein, sitzen die Heiden am Strand fest."
„Sehr gut, Bruder Alkin, dann sitzen die Bastarde in der Falle und wir können sie endgültig vernichten, danach wird kein Däne mehr unseren Strand betreten."
„Ich würde Euch zustimmen, wenn es sich um normale Wikinger handeln würde. Jemand, der jedoch Hunde an ein Kreuz nagelt und ein Dorf nur als Mittel zum Zweck niederbrennt, der ist nicht normal, der ist wahnsinnig. Und wahnsinnige Barbaren sind so gefährlich und unberechenbar wie wilde Tiere. Unsere Aufgabe wird dadurch bestimmt nicht leichter", konterte Alkin und suchte im Gesicht des Grafen Bestätigung.
„Wollt Ihr warten, bis die Bastarde meine Burg stürmen?" entgegnete Jakobus statt dessen.
„Die Heiden werden Eure Burg nicht stürmen, das hätten sie längst schon getan, wenn es ihnen möglich wäre", erwiderte Alkin.
„In dem Fall verratet mir Euren Plan, bevor ich meine Geduld verliere."

„Gemach, Graf Jakobus. Die Zeit ist auf unserer Seite."
„Ich verstehe noch immer nicht."
„Ihr vergeßt die Soldaten von König Edmund, welche Ihr angefordert habt.
Bald werden die Berittenen hier eintreffen. Überdies können Männer von den benachbarten Dörfern zu uns stoßen. Mit dieser Streitmacht werden wir die gottlosen Wilden vernichten und ihre verfluchten Seelen zur Hölle schicken, aus der sie ausgebrochen sind", schilderte der ehemalige Mönch finster.
„Demnach sollen wir zuerst auf die Soldaten von König Edmund warten", folgerte Jakobus.
„Ja."
„Heute morgen wart Ihr aber anderer Meinung. Als Terry uns die Nachricht von der Landung der Heiden brachte, da wolltet Ihr ihnen keine Zeit geben. Ihr sagtet sogar, daß die Dänen nicht dazu kommen würden, meinen Gasthof auszurauben. Und jetzt? Jetzt ist mein Lebenswerk zerstört!" ärgerte sich Samuel Bone. Er machte eine verwerfende Handbewegung.
„Samuel hat recht. Auch mein Bauernhof ist nur noch Asche. Wozu Zeit verlieren, wenn die Hurensöhne am Strand festsitzen?"
„Weil ihr eure Häuser wieder aufbauen könnt. Doch euer Leben habt ihr nur einmal, und auf das haben es die Barbaren abgesehen", betonte Alkin gegenüber Steve Sox.
„Könnte es vielleicht sein, daß Euch die Zerstörung des Dorfes und der Kirche eingeschüchtert hat?" erkundigte sich Jakobus.
„Das kann sein. Jedoch bin ich lieber eingeschüchtert als tot. Und Ihr solltet es ebenso sein", beharrte der Pfarrer auf seinem Standpunkt. Dieser Einwand von Theophilus Alkin ließ eine längere Pause entstehen.
„Aus Eurem Mund spricht das Alter und die Erfahrung. Ich habe viel gelernt von Eurer Weisheit. Ich teile Eure Meinung, daß wir warten sollten – aber nicht auf die Soldaten von König Edmund."
„Nicht, Graf Jakobus?"

„Nein, Bruder Alkin. Wir sollten nochmals Kundschafter losschikken, aber diesmal zum Strand. Wenn die Bastarde uns zahlenmäßig unterlegen sind, ist es nämlich nutzlos, auf die königlichen Soldaten zu warten. Wir würden damit eine gute Gelegenheit verspielen. Was wäre, wenn die Heiden ihre Drachenschiffe reparieren können? Sie wären fort, und wir wären die Dummen."
„Gelegenheiten kommen und Gelegenheiten gehen. Es kommt darauf an, die richtigen von den falschen Gelegenheiten zu unterscheiden. So sicher wie die Nordmänner uns erwarten, so sicher werden sie ebenfalls unsere Kundschafter erwarten", faßte Alkin zusammen.
„Ist es die Ängstlichkeit eines alten Mannes, die ich aus Euren Worten höre?" wollte Jakobus wissen.
„Ich würde es Vorsicht nennen. Vorsicht – die auf Erfahrung beruht", mahnte Alkin vielsagend.
„Zum Teil ist dank Eurer Vorsicht Cambourne verbrannt. Schon vor über zehn Jahren raubten uns die Hurensöhne alles. Sollen die Teufel ewig straffrei ausgehen?"
„Nein, Steve. Ich verstehe deine Aufregung, aber ..."
„Ihr wollt kein Risiko eingehen – denn das Alter scheut jedes Risiko", unterbrach die Gräfin den Pfarrer, der sie verwundert ansah.
„Wie?" brachte er verdutzt heraus.
„Es ist mein Sohn, der entscheidet, Bruder Alkin, und nicht Ihr. Das Alter gibt die Ratschläge, aber die Jugend entscheidet, denn sie hat das Recht dazu."
„Ihr macht einen großen Fehler, wenn Ihr so denkt", widersprach Theophilus der Gräfin. Seine Gicht meldete sich zurück, wie meistens um diese Nachtzeit.
Tausende kleiner Kristallnadeln begannen zu stechen, manchmal so stark und unerträglich, daß sich Theophilus alle Kleider vom Leib reißen wollte, weil der winzige Druck der Stoffe auf seiner Haut zu groß wurde.
„Es ist nicht an Euch, mir zu sagen, wenn ich Fehler mache!"

„Beruhige dich, Mutter, Bruder Alkin meint es nicht böse. Ich werde selber mit ein paar Männern als Kundschafter losreiten. Sollten die Bastarde am Strand in der Minderzahl sein, werden sie ihre gerechte Strafe erhalten."
Der Pfarrer wollte denselben Satz wiederholen, diesmal an Jakobus von Plantain gerichtet, er ließ es aber bleiben. Jakobus übersetzte Jasmina seinen Plan. Sie schien einverstanden damit.
„Warum habt Ihr eigentlich nicht gleich nach mir rufen lassen, als Ihr von der Pilgerreise zurück kamt?" fragte Alkin.
„Es blieb zu wenig Zeit. Als wir mit dem Schiff ankamen, begann der Sturm zu wüten und verbannte uns drei Tage in die Burg. Ich wollte Euch heute benachrichtigen, doch die Dänen waren schneller."
„Und wo ist das Drachenschiff der Heiden?"
„An einem verborgenen Ort."
„Ein verborgener Ort?"
„Ja, Bruder Alkin. Ein Ort, an dem es niemand vermutet."
„Ihr hättet es gleich versenken sollen. Die Barbaren schnitzen heidnische Zeichen an ihre Boote, damit sie von ihren mörderischen Göttern beschützt werden. Versenkt das Schiff, sonst bringt es Euch noch mehr Unglück."
Der Graf überdachte die warnenden Worte eine Weile, bevor er dem kranken Gottesmann antwortete: „Seht Euch das Drachenschiff selber an und sagt mir dann, ob ich es immer noch versenken soll."
„Der Anblick ist nicht wichtig. Ein Werk des Teufels bleibt ein Werk des Teufels, auch bei näherer Betrachtung. Ich sah viele Drachenschiffe in Irland. Und mögen die geschwungenen Linien auch noch so ansehnlich sein, ihr Zweck ist der des Todes", blieb Alkin seiner Überzeugung treu.
„Ich möchte das Schiff gerne einmal sehen", bat Steve.
„Ja, weswegen ein Schiff gleich versenken, wenn es uns vielleicht in irgendeiner Weise nützlich sein kann?" ergänzte Samuel.
„Wie meinst du das?" wunderte sich der Graf.

„Mit einem solchen Drachenschiff könnte man die Wikinger vom Meer aus am Strand beobachten. Und wenn die Schiffe der Dänen wirklich beschädigt sind, ohne jede Gefahr", erklärte der Wirt seine Gedankengänge.

„Und wenn sie nur leicht beschädigt sind?" warf Alkin ein. „Dann setzen die Heiden ihre Segel und verfolgen euch. Sie sind Meister der Segelkunst und werden euer gestohlenes Schiff schnell einholen. Wahrscheinlich werden sie danach keine Hunde mehr an ein Kreuz nageln, sondern die Leute, die vor ihrer Nase mit einem Drachenschiff herumsegeln."

„Bruder Alkin hat recht. Es ist sehr schwierig, ein Drachenschiff zu segeln und noch schwieriger, mit einem zu fliehen. Ich habe keine Bootsmannschaft, die das ohne Schwierigkeiten kann. Aber versenken werde ich das Schiff nicht."

„Merkt Ihr nicht, wie Euch das Schiff in seinen Bann zieht? Ihr müßt gleich das Schiff versenken, weil es die Heiden anzieht – weil es den Teufeln gehört – und weil es uns nur Unglück bringen wird", prophezeite Alkin.

„Ist es die Aufgabe eines Pfarrers, einem Grafen Befehle zu geben? Nein, Bruder Alkin, meinem Sohn gehört das Drachenschiff, und ein solches Schiff soll man nicht versenken. Sein Wert ist groß, und König Edmund wird uns sicher eine schöne Summe dafür bezahlen."

„Ich will Eurem Sohn nichts befehlen, Gräfin Martha. Ich spreche als Diener Gottes, und als solcher sage ich Euch – versenkt das Drachenschiff der Teufel, bevor die Heiden es sehen und noch mehr wahnsinnige Untaten verüben."

„In der Grotte können es die Heiden nicht sehen, Bruder Alkin", schilderte Jakobus überzeugt.

„In der Grotte? Was für eine Grotte?" erkundigte sich Alkin erstaunt.

„Die Grotte, welche ich Euch schon längst zeigen wollte, also folgt mir", erwiderte Jakobus wirsch. Er machte ein Zeichen zum Aufbruch. Alle Anwesenden verließen das Turmzimmer und gingen

ihm nach. Zuerst stiegen sie hintereinander die steilen Treppen des Burgfrieds hinunter bis zum Kellergewölbe. Dort unten, wo die Vorräte der Burg in verschiedenen Gängen und Abteilen gelagert wurden, führte sie der Graf zu einer beschlagenen Türe. Vor ihr standen zwei Wachsoldaten. Jakobus zog einen massiven Schlüssel aus seinem Gewand und steckte ihn in das ebenso massive Türschloß. Er drehte ihn dreimal, wobei das eiserne Schloß jedes Mal metallisch knackend einschnappte. Es war kein gewöhnliches Türschloß, sondern ein spezielles. Eine raffinierte handwerkliche Anfertigung, die den Geheimgang dahinter schützen sollte. Erst wenn man, wie jetzt Jakobus, den Schlüssel herauszog und ihn danach wieder hineinsteckte und ihn dann im Gegenuhrzeigersinn viermal drehte, öffnete sich das Schloß. Die Soldaten mußten Jakobus helfen, die Türe aufzuschieben, so schwer und dick war sie. Öllampen beleuchteten düster und spärlich den Gang dahinter. Aus dem Gang strömte frische salzige Meeresluft.
„Kommt mit und paßt auf, der Weg ist rutschig", warnte Jakobus seine Begleiter, als sie in den schmalen Gang eintraten. „Mein Vater hat diesen Durchgang beim Bau des Zugbrunnens entdeckt. Ein Fluß muß ihn irgendwann ausgewaschen haben, denn er führt direkt zum Meer", beschrieb Jakobus den naßfeuchten Tunnel, an dessen Wänden sich Wassertropfen und kleine Rinnsale bildeten. Immer tiefer ging es in die Erde hinab, bis schließlich das Rauschen von Wellen zu hören war. Der enge Gang wurde breiter, und plötzlich standen sie in einem riesigen dunklen Raum. Sie waren in der Grotte. Nicht weit unter ihnen, am Fuß der Grotte, schien eine Art Teich oder ein kleiner See zu sein. Fahles Licht erhellte das Wasser – und einen merkwürdigen langen Schatten am Ufer. Wie ein schwarzes Ungeheuer schwamm das Drachenschiff vor ihnen.
Jakobus von Plantain hob seine russige Öllampe und im rauchigen Licht blickte sie grimmig ein Widderkopf an, der vorne das Wikingerschiff zierte. Zaghaft und ein wenig ängstlich musterten Steve Sox und Samuel Bone das Schiff.

Steve richtete sich an Jakobus: „Aus der Nähe sieht das Schiff nicht besonders gefährlich aus."

„Ja, solange es verankert ist und keine Krieger trägt, ist es harmlos."

„Der Schein trügt. Das Schiff ist ein Machwerk von Teufeln und das Götzenbild des Widders ist ihr Zeichen. Ihr müßt das Teufelswerk versenken, Graf Jakobus", forderte Theophilus, sichtlich absolut unbeeindruckt von den elegant geschwungenen Linien des Bootes.

„Beruhigt Euch, Bruder Alkin. Ich habe nicht die Absicht, es zu behalten. Ich werde es König Edmund anbieten", beschwichtigte Jakobus den Pfarrer.

Theophilus gab es auf, den Grafen umstimmen zu wollen. So wie er König Edmund einschätzte, würde er das Heidenschiff bestimmt zerstören. Sein Gottesglaube war stärker als der des Grafen – und dieser starke Glaube würde dieses Teufelsschiff zu spüren bekommen.

Der ehemalige Mönch stieg mit den anderen auf das Boot, während Jakobus einige Laternen anzündete. Die dicken Kerzen spendeten flackerndes Licht und ließen die geniale Konstruktion des Schiffes besser erkennen. Viele hundert Jahre an Schiffsbauerfahrung steckten in ihm.

„Ein solches Schiff zu versenken, wäre wirklich dumm", bemerkte Samuel fasziniert. Neugierig fuhr er fort: „Aber wie brachtet Ihr das Drachenschiff in diese Grotte? Ich sehe keinen Eingang."

„Siehst du da vorne das Loch im Felsen?" fragte Jakobus und deutete auf ein Loch dicht über der Wasseroberfläche.

„Ja, Graf Jakobus. Aber das Loch ist zu klein und der Mast ist zu hoch, als das Ihr dadurch segeln könntet."

„Richtig Samuel, im Moment ist es das. Wenn jedoch die Ebbe anbricht, vergrößert sich das Loch und das Schiff kann hindurchfahren."

„Nein, der Mast ist immer noch zu hoch. Er würde knicken."

„Ja, ein fester Mast, der würde knicken", bestätigte Jakobus und ging nun zum Mast. Vor dem Mast war eine Art Holzschale, die der Graf entfernte. Darunter kam ein Hebel zum Vorschein, den man zur

Seite schieben mußte und danach gegen oben. Jakobus stemmte sich gegen den Mast und konnte ihn ohne Mühe nach unten absenken. Staunend überrascht meinte Samuel: „Unglaublich! Eine unglaubliche Erfindung!"
„Jawohl, ich war ebenfalls sprachlos, als ich es das erste Mal sah. Wir kamen bei unserer Flucht hinter das Geheimnis des beugbaren Mastes. Ein Kaufmann erzählte Jasmina vor langer Zeit von solchen Zaubermasten. Sie hielt es damals für ein Märchen, bis wir es selber ausprobierten. Ich habe nur nicht die geringste Ahnung, warum die Dänen eine so schlaue Erfindung machten."
„Ich kann Euch genau sagen, warum", bot Alkin an und legte die rechte Hand auf den Mast. Er mußte sich abstützen, seiner Gicht gehorchend.
„Ihr? Ausgerechnet Ihr wißt, wieso?"
„So ist es. Ich las darüber in den Büchern unseres Ordens", erwiderte Alkin dem Grafen. Er begann zu erzählen: „Die Erfindung des beugbaren Mastes hat mit Brücken zu tun. Als immer mehr Nordmänner in weiter südlichen Ländern einfielen und sie verwüsteten, merkten ihre Herrscher, daß die Heiden auf Schiffen die Flüsse befuhren. Aber dort wo Brücken standen, kamen die Schiffe nicht weiter, wegen ihrer hohen Masten. Deswegen ließen viele Könige Brücken bauen, damit den Unmenschen Einhalt geboten werde. Doch die Teufel erfanden beugbare Maste, und somit wurden die Brücken kein Hindernis mehr für sie."
„Schlaue Hurensöhne, diese Wikinger", folgerte Steve.
„Die Heiden sind von Dämonen besessen, die sie lenken. Ich will nicht sagen, alle von ihnen, doch die an unserem Strand ganz sicher. Darum sollten wir König Edmunds Soldaten abwarten, bevor wir zuschlagen. Das Drachenschiff zeigt uns deutlich, zu welcher Hinterlist die Heiden fähig sind."
„Fangt nicht wieder von vorne an, Bruder Alkin. Meine Entscheidung ist getroffen. Morgen werden ich und ein paar andere Männer die Dänen auskundschaften. Ihr vergeßt, daß wir Pferde haben und die Bastarde am Strand nicht."

„Und Ihr vergeßt, daß die Heiden Euch erwarten."
„Glaubt Ihr, wir sind Stümper? Uns werden sie nicht sehen, genauso wenig, wie sie dieses Schiff in der Grotte sehen können", entgegnete Jakobus.
Dem Pfarrer kam der Graf langsam so vor, wie das störrische Pferd von Samuel Bone. Nur konnte man „slow Susie" ganz einfach mit einer Mohrrübe überzeugen, und leider kannte der ehemalige Mönch das Überzeugungsmittel für Jakobus nicht. Es war anders, als er ihn kennenlernte und ihn unterrichtete. In jenen Tagen hörte Jakobus auf Alkin – bemühte sich, seinen Glauben zu stärken und seinen Geist zu schulen. Damals keimte Hoffnung in Theophilus auf, einen Mitstreiter für den christlichen Glauben gefunden zu haben. Einen ritterlichen Streiter, der durch seine Pilgerreise nach Jerusalem Vollkommenheit im Glauben finden sollte. Was war geschehen? Hatten Prinzessin Jasmina und die Wikinger seinen Geist verändert? Oder steckte noch eine andere Sache hinter dem Sinneswandel? Eine Sache, über die der Graf geschwiegen hatte – vielleicht – verschwiegen hatte?
Theophilus Alkin sah zur Decke der Grotte empor. Auf gut fünfzig Fuß schätzte er ihre Höhe ein. Er beobachtete die finsteren Felsen der Höhle. Sie kamen ihm dunkel und verschwommen vor. Einzig die Kerzenlaternen warfen ein wenig flackerndes Licht an die zerklüfteten Steinkanten. Der Rest der gewaltigen Höhle wirkte noch düsterer. Fahles Mondlicht, das durch das Loch auf Meereshöhe eindrang, warf eigenartige Schatten an die Wände. Durchsichtige Gespensterschatten, halb im Hier und halb im Nichts. Sie gaben Alkin ein unheimliches Gefühl und ließen in ihm eine fast greifbare Vorahnung aufsteigen. Eine Vorahnung von Unglück, von Schmerz, von Blut und von Tod. Sofort wollte Theophilus erneut den Grafen bitten, eindringlich und wenn nötig unter Androhung des Fegefeuers, auf die Erkundung der Heiden am Strand zu verzichten. Auf die gerüsteten kampferprobten Soldaten des Königs zu warten und erst dann irgendetwas zu unternehmen. – Doch er schwieg.

4

Funken sprühten, als der Schmiedehammer auf den Amboß traf und das Eisenstück rotgelb aufglühte. Wulfstan hämmerte wuchtig weiter, der Eisennagel war fast fertig. Er stoppte und hob den glühenden Nagel mit seiner Zange. Interessiert schaute er sich seine Arbeit an und nickte befriedigt. Danach ließ er das heiße Metall in einen Wassereimer fallen, wobei es zischend rauchte und der spitze Metallstift zu den anderen dreißig Nägeln sank, die der Wikingerschmied bereits angefertigt hatte.

Vor ihm liefen Ivar, Ubbe und Runar vorbei, scheinbar in ein eifriges Gespräch vertieft. Sie grüßten ihn kurz und gingen weiter in Richtung der drei Drachenschiffe. Seit man die Schiffe auf den Strand gezogen hatte, wurden die Schäden des Unwetters erst richtig sichtbar. Und Wulfstan würde hunderte Nägel schmieden müssen, wenn die losen Planken einigermaßen halten sollten, und wenn sie mit ihren defekten Schiffen wirklich Irland erreichen wollten. In Irland würde ihnen Olaf „der Weiße" neue Drachenschiffe geben, und mit ihnen konnten sie knapp vor Wintereinbruch ihre Fjorde erreichen. Es war für sie von großem Vorteil, mächtige Verwandte in Dublin zu haben. Aber der Seeweg nach Irland war weit, und bald würden Herbststürme über die irische See fegen.

„Kein Angelsachse ist aufgetaucht. Ich glaube, die Feiglinge verkriechen sich in ihrer Burg. Wir haben das Dorf wohl umsonst niedergebrannt", vermutete Ubbe.

„Auf jeden Fall konnten wir einiges Viehzeug erbeuten."

„Ja, Runar. Nur die wenigen Ziegen reichen uns nicht lange. In Kürze werden unsere Vorräte aufgebraucht sein", fand Ivar nachdenklich. Missmutig ergänzte er: „Je länger wir hier festsitzen, desto schlimmer wird unsere Lage. Alle unsere Drachenboote sind leck und die Angelsachsen sind schlauer, als ich dachte."

„Warum kamen sie nicht, was glaubst du?" fragte Ubbe Ivar, während sie sich den Drachenschiffen näherten, an denen Bootsbauer Löcher reparierten.

„Es muß an dem verdammten Christenpfarrer liegen, daß die Bohnenfresser nicht gleich hierher gestürmt sind. Der Hundsfott hielt sie davon ab und den Grafen wohl auch. – Wahrscheinlich werden sie Späher schicken."
„Weshalb Späher?"
„Weil der Gottesmann vorsichtig ist. Er will wissen, mit wem er es zu tun hat, bevor er zuschlägt. Deshalb ließ ich Männer im Wald postieren. Wenn die Späher auftauchen, werden sie eine nette Überraschung erleben", beantwortete Ivar erwartungsfroh die Frage von Runar.
In der Zwischenzeit standen sie neben dem Drachenschiff von Ubbe, dessen Steuerruder ausgewechselt wurde. „Wie geht es voran?" erkundigte sich Ubbe beim Bootsbauer Björn, der zu den besten seiner Handwerkszunft gehörte.
„Das Ruder ist gemacht und bereit. Es fehlen und jedoch viele Planken und das geeignete Holz für sie. Die Zimmermänner müssen neue schreinern. Fünfzehn bis zwanzig Tage, früher werden die Drachen nicht schwimmen", betonte Björn und hantierte weiter an der Schaufel des Ruders.
„Zu lange für uns", resümierte Ubbe.
„Nicht unbedingt. Mir ist da etwas eingefallen. Die meisten Grafen gebieten nicht nur über ein Dorf, sondern über mehrere", widersprach Ivar.
„Hier seid ihr also", unterbrach Iben Chordadhbeh den Wikinger und ging auf die drei Anführer zu. Sie schauten ihn verwundert an, begrüßten ihn aber nicht.
Björn und die anderen Bootsbauer nahmen noch weniger Notiz vom Araber.
„Ist euer Plan geglückt? Kamen die Angelsachsen zum Wald oberhalb von der Klippe? Habt ihr den Grafen besiegt?"
„Sehr viele Fragen für einen Sarazenen, der bis nachmittags schläft", meinte Runar in anklagendem Ton und ebensolchem Blick.

„Der schwere Frankenwein ist mir zu Kopf gestiegen. Mein Haupt schmerzt so, als würde eine Kamelherde darüber traben. Darum gebt mir nicht die Schuld, wenn ich kaum aufstehen kann."
„Das bißchen Wein hat dich schon schlappgemacht? Iben, ich glaube, ihr Sarazenen seid Skrälinge und würdet in meinem Heimatdorf keine fünf Tage überleben", verkündete Ubbe mitleidig.
„Wir Sarazenen haben andere Talente, als Weinfässer auszutrinken und ganze Ochsen vom Spieß zu verzehren", verteidigte sich Iben.
„Talente?" wunderte sich Ubbe.
„Er meint gute Eigenschaften", erklärte Ivar.
„Gute Eigenschaften? Komisch, ich sah auf meinen langen Reisen nie einen Turbanträger, der gute Eigenschaften hatte. Ich hörte mal, sie seien gute Kameltreiber, aber das ist auch schon alles. Erzähl mir mal von euren so guten Eigenschaften", forderte Ubbe auf und sah Iben herablassend an.
Die Beleidigung ärgerte Iben gleich stark, wie seine Kopfschmerzen. Jegliches Nachdenken zu einer passenden Antwort fiel ihm schwer, in der fast undurchdringlichen schwarzen Wolke, die der Alkohol heraufbeschwor. „Wir Sarazenen können lesen, schreiben und rechnen. Zudem verstehen wir uns in den schönen Künsten der Dichtkunst, der Architektur, der Medizin und der Sternendeutung. Solche Talente bleiben den Nordmännern vermutlich ewig verwehrt", entgegnete Iben und staunte über seine eigene Antwort.
„Solche Eigenschaften sind ganz nutzlos, wenn man sie mit kräftigen Armen, großem Mut und einer schweren Streitaxt vergleicht", fand Ubbe.
„Versteht deine Streitaxt die Sprache der Angelsachsen?"
„Nein."
„Siehst du, ich spreche sie."
„Du sprichst die Sprache der Angelsachsen?" stoppte Ivar den Disput.
„Ja."
„Warum hast du das nicht früher gesagt?"

„Weil einzig Dummköpfe freiwillig verraten, was sie können und was nicht.
Auch ein Talent, über das wir Sarazenen verfügen", schmunzelte Iben.
Diese Worte gefielen Ubbe nicht, doch Ivar schaute ihn mit dem altvertrauten Gesichtsausdruck an, mit dem ihn sein Bruder immer dann ansah, wenn er besser schweigen sollte. Und Ubbe befolgte den unhörbaren Befehl. Eine unsichtbare Anweisung, welche Ubbe manchmal als Fingerzeig des Wikingergottes Loki auslegte – denn sie war meistens zu seinem Vorteil.
„So wirst du uns die Sprache der Gefangenen übersetzen."
„Was für Gefangene, Ivar?"
„Die Angelsachsen stellten sich nicht zu einem Kampf, also werden sie Späher schicken – und die werden wir gefangen nehmen."
„Späher? Warum sollten die Angelsachsen ...", brach Iben ab. Er überlegte und raunte: „Ich beginne langsam zu verstehen."
„Ist schon wieder ein neues Talent, das du uns verrätst", kommentierte Ivar und begann hämisch grob zu lachen. Als niemand mit einstimmte, hörte er auf.
„So wollt ihr demnach die Burg trotzdem angreifen?"
„Wie kommst du auf diese Idee, Iben?" fragte Ivar.
„Ich dachte, ich soll die Gefangenen nach den Schwachstellen der Burg ausfragen, damit ihr sie angreifen und erobern könnt."
„Du magst über sehr viele Talente verfügen, Kaufmann, aber das Wissen vom Kriegshandwerk ist dir nicht gegeben. Wir greifen keine Burg an, ohne danach fortsegeln zu können", verkündete Ivar.
„Was habt ihr dann vor?" erkundigte sich Iben ungeduldig.
„Wenn ein Gegner keine Fehler macht, mußt du ihn zu Fehlern zwingen, das haben wir vor", schilderte Ivar, wobei seine Brüder vielsagend nickten.
„Wie meinst du das?"
„Ganz einfach. Ein Dorf ist verbrannt, weitere Dörfer werden brennen."

„Seid ihr verrückt geworden? Ihr wollt noch mehr Dörfer verbrennen?" entsetzte sich Iben bei der Ankündigung von Ivar. Bis jetzt waren bloß ein paar Haustiere den Wikingern zum Opfer gefallen, doch wenn die Barbaren weitere Dörfer zerstörten, würden ohne jeden Zweifel auch unschuldige Dorfbewohner getötet. Sinnlos getötete Menschen, an deren Tod er ebenfalls Mitschuld tragen würde.
„Einzig die Dörfer, die Graf Jakobus von Plantain gehören", präzisierte Ivar, so als ob das irgendeine Berechtigung wäre, alles in Schutt und Asche zu legen.
„Ihr müßt von Sinnen sein, solche Untaten auszuhecken."
„Hüte deine Zunge, Sarazene, wenn du sie behalten möchtest", drohte Ubbe düster. Er zog seinen breiten Gürtel über den Bauch. An dem hellbraunen Gürtel hing eine massive Streitaxt, deren geschliffene Klinge aufblitzte.
„Kein Nordmann verbietet mir zu sprechen. Ohne meine Hilfe hättet ihr niemals die Flotte der Geschwister überfallen können. Ihr schuldet mir immer noch meinen Anteil der Beute, und solange werde ich nicht schweigen."
„Du ...", brummte Ubbe.
„Schon gut, Iben. Mein Bruder mag keine Leute, die mehr reden als er selber.
Wir sind auch wegen unserer Beute hier, und solange Horik hier nicht auftaucht, wird das auch so bleiben. Es liegt aber an uns, wie wir unsere Beute zurückbekommen. Wenn du dazu keine guten Vorschläge hast, bleibst du wirklich besser stumm", gebot Ivar.
Der Araber überlegte eine Weile. Sein Kopf fühlte sich leer und taub an. Nicht der geringste Gedanke, wie er dem Wikinger widersprechen sollte oder was man tun könnte, um die wertvolle Beute anders zurückzugewinnen, erschien in seinem Bewußtsein. Bloß das Gefühl des Ausgeliefertseins blieb. Ausgeliefert in einer Situation, die sich zusehends verschlechterte.

5

Runar und Ubbe stiegen die Steintreppe hinauf. An diesem Nachmittag waren die Temperaturen kühl und stetiger Westwind blies vom Meer. Die Sonne verbarg sich hinter undeutlichem Dunst und vermochte sie weder zu wärmen, noch den Tag richtig auszuleuchten. Auf dem Klippenkamm begrüßten sie fünf Wachen kopfnickend. Jeder der Männer war bis an die Zähne bewaffnet.
„Habt ihr schon irgendein Schiff gesichtet?" richtete sich Runar an sie.
„Nein, kein Schiff in Sicht", antworteten die Wachen geschlossen.
„Gut. Ruft uns, wenn ihr etwas seht", befahl Runar und lief mit Ubbe weiter zum Waldrand. Das nasse Gras stand kniehoch. Der Feldweg ließ sich mehr erahnen, denn erkennen. Nieselschauer setzten ein, als sie den Wald betraten. Am Morgen warteten hier im Wald mehr als hundertfünfzig Wikinger auf die Dorfbewohner, welche es aber vorzogen, nicht zu erscheinen. Gegen Mittag verließen die Nordmänner schließlich verärgert ihre Verstecke. Ivar postierte zehn Krieger weiter innen im Wald, und zu diesen waren die Anführer jetzt unterwegs.
„Ich möchte bloß wissen, wo Halfdan und Horik solange bleiben?"
„Wahrscheinlich suchen sie die Küste ab", vermutete Runar.
„Immerhin konnten sie aus dem Unwetter segeln. Ich glaube nicht, daß ihre Drachen beschädigt wurden."
„Ich hoffe es auch nicht. Ich hoffe es für uns – und ich hoffe es für dich", entgegnete Ubbe und stampfte weiter durch den Morast des Waldwegs.
Runar verzichtete darauf, seinen Halbbruder zurechtzuweisen, dafür kannte er ihn schon zu lange. Er wußte, daß er genauso gut auf einen störrischen Esel einreden konnte. Das Endresultat würde bei beiden dasselbe sein. Mitten im Wald stießen sie auf Thysen, der sich mit den anderen Spähern verborgen hielt. Erst als er aus dem dichten Buschwerk rief, konnten sie sein Versteck erkennen. Die Späher saßen in einem Halbkreis am Boden.

„Warum habt ihr euch nicht verteilt?"
„Ist nicht mehr nötig, Runar. Warte ein wenig, und du wirst verstehen", kündigte Thysen geheimnisvoll an und machte ein Handzeichen, damit sich allesamt ruhig verhielten. Gespannt verharrten die Männer und lauschten. Zuerst konnte man vor allem Vogelgezwitscher und Wassertropfen hören. Dann, aus der Nähe, hörten sie ein Wiehern, danach ein Schnauben. Angestrengt spähten sie durch das Unterholz. Knapp dreißig Meter vor ihnen ging ein Trupp Angelsachsen durch den Wald.
„Siehst du, wir entdeckten die Angelsachsen bereits am Waldanfang des Dorfes. Es wäre dumm von uns gewesen, sie schon dort anzugreifen. Zu leicht hätten sie auf ihren Pferden fliehen können. Doch durch das Unterholz des Waldes wird ihnen das schwerfallen", flüsterte Thysen.
„Ein guter Entschluß. Ihre Pferde nützen ihnen im Dickicht nichts. Und solange sie die Tiere am Zügel führen, sind wir im Vorteil", ergänzte Runar. „Zuerst folgen wir den Angelsachsen, und wenn wir wissen, was sie suchen, schnappt die Falle zu", verriet er seinen Plan.
Mit großem Abstand folgten die Wikinger den Angelsachsen. Immer wieder schauten sich die Angelsachsen nach allen Seiten um. Deswegen mußten sich die Nordmänner ständig niederkauern, was mit der Zeit einem Spiel glich, das die Angelsachsen nicht gewinnen konnten. Von den sieben Kundschaftern der Angelsachsen erkannte Runar nur einen. Es war Jakobus von Plantain, er trug als einziger ein Kettenhemd. Die anderen schienen weniger gut ausgerüstet zu sein. Vier trugen Schwerter und Helme, es waren wohl Soldaten. Zwei hatten überhaupt keine Waffen und ihre ärmlichen Kleider verrieten ihre bäuerliche Herkunft. Die merkwürdige Truppe erreichte den Waldrand. Dort stoppten die Kundschafter und begannen zu diskutieren. Vermutlich sahen sie die Wachen der Wikinger am Klippenrand.
„Sobald die Angelsachsen aus dem Schutz des Waldes treten, werden sie entdeckt. Davor haben sie Angst", erklärte Thysen.

„Das glaube ich ebenfalls", stimmte Runar zu.
„Wenn die geglaubt haben, wir stellen keine Wachen auf, sind es Idioten", bemerkte Ubbe und löste seine Streitaxt vom Gürtel.
„Ubbe hat recht. Nur Idioten schleichen sich auf einem Waldweg an, oder vielleicht sind es unerfahrene Anfänger."
„Ja, Thysen. Jetzt sitzen sie in der Falle und merken es nicht einmal. Wir stürmen los und treiben die Angelsachsen gegen unsere Wachen, bevor ihnen in den Sinn kommt aufzusteigen", schlug Runar vor.
Damit waren alle einverstanden und machten ihre Waffen bereit. Gemeinsam sprangen die Krieger aus den Büschen und rannten laut schreiend gegen die Angelsachsen. Diese blieben zuerst wie angewurzelt stehen und schauten geschockt und verständnislos nach hinten. Langsam wurde ihnen ihre Lage klar, während sich die Distanz zu den schwertschwingenden Wikingern rapide verkleinerte. In völliger Panik liefen sie aus dem Wald und über die feuchte Wiese, dicht gefolgt von der schreienden Horde. Vor den Angelsachsen waren noch gute siebzig Meter Gras, bis ihnen einfiel, daß sie Pferde mitzogen. Natürlich versuchten sie jetzt aufzusitzen, aber die nervösen Pferde ließen das kaum zu. Wiehernd und ausschlagend wehrten sich die Gäule, so als ob sie die panische Angst ihrer Besitzer spürten. Vom Klippenrand flogen ihnen Pfeile von den alarmierten Wachen entgegen. Irgendwie gelang es den Kundschaftern doch noch, auf ihre Pferde zu kommen. Sie rissen an den Zügeln, machten kehrt und galoppierten gegen die nordischen Verfolger. Die Wikinger lösten ihre Gruppe auf und versuchten den Pferden auszuweichen. Bis auf Ubbe, der blieb einfach stehen. Sogar als ein Pferd direkt auf ihn zugaloppierte, blieb er ruhig stehen. Seine beiden Hände hoben die riesige Streitaxt. Kurz bevor er vom Pferd niedergetrampelt wurde, machte er einen Schritt zur Seite, drehte sich um seine eigene Achse und hieb wuchtig die Streitaxt in das Hinterbein des Pferds. Schmatzend durchschlug die massive Klinge den Oberschenkel, durchtrennte Sehnen, Muskeln, Fleisch und den Knochen, bevor sie das Bein endgültig abtrennte. Das Pferd überschlug sich in vollem

Lauf und warf seinen Reiter weit ins hohe Gras. Jämmerlich wiehernd versuchte das Pferd aufzustehen. Ein gewaltiger Schwall von rotem Blut strömte aus dem Stumpf, der vormals sein Hinterlauf gewesen war. Kurz nachdem es wieder stand, verdrehte das Tier seine Augen und fiel tot um. Das abgehackte Pferdebein lag gräßlich zuckend im Gras. Ubbe schaute es verwundert an – dann schaute er seine Streitaxt an – und ein bitterböses Lächeln erschien auf seinem Gesicht. Er packte das Bein und hob es mit ausgestrecktem Arm über seinen Kopf, während sein anderer Arm die Streitaxt in die Luft streckte. Wie ein Besessener stieß er einen markerschütternden Schrei aus. Ungläubig beobachteten ihn die Angelsachsen. Längst schon hatten sie ihre Pferde gestoppt, gleich nachdem Samuel Bone abgeworfen wurde. Die Aktion des Wikingers ließ sie erstarren und war völlig unbegreiflich für sie, bis Ubbe ihnen triumphierend zurief: „Kommt her, Schwächlinge! Wer will der nächste sein?"
Zwar verstanden die Angelsachsen kein Wort des nordischen Dialekts, aber das war auch gar nicht nötig. Panisch trieben sie ihre Pferde an und verschwanden im Wald. Samuel rannte hinterher. Beim Sturz hatte er sich das linke Handgelenk verstaucht, und sein Übergewicht spürte er bei jedem Schritt. Schwer und tief schnaufend erreichte er fast den Waldrand, als ihn jemand von hinten festhielt. Verzweifelt wollte der Wirt die starke Hand abschütteln. Doch so sehr er sich auch wehrte, seine Bemühungen waren vergebens. Der blonde Wikinger zog ihn zurück zum toten Pferd. Um das Tier, das in einer großen Blutlache lag, versammelten sich die Nordmänner. Bewundernd lobten einige Ubbe für seinen Axtschlag. Ubbe nahm die Glückwünsche gerne entgegen, obwohl er den Schlag ursprünglich anders plante und das Pferd gar nicht so stark treffen wollte. Runar schleppte Samuel hinter sich her und warf ihn rücksichtslos auf den Boden vor dem Pferd. Neugierig beäugten ihn die Wikinger.
„Aha, der Reiter des toten Gauls", meinte Ubbe. „Unser Herr ist wohl nicht mehr so hoch zu Roß", spottete er und begann hämisch zu lachen. Worauf der Rest der Männer ebenso loslachte.

„Er sieht wie ein Bauer aus. Bestimmt ist er kein Soldat", vermutete Runar.
„Ein dicker Bohnenfresser ist er. Und reiten tut er wie ein Mehlsack", ergänzte Ubbe.
„Unser Freund Iben soll ihn befragen, dann werden wir erfahren, wer er ist.
Sein Pferd wird jedenfalls einen guten Braten abgeben."
„Richtig, wenigstens dazu ist der Gaul nützlich", bestätigte Ubbe seinem Halbbruder.
Kurze Zeit später führten Runar und Ubbe ihren Gefangenen die Steintreppe hinunter, während die anderen Nordmänner das Pferd in Teile zerlegten. Nur widerwillig ging Samuel mit ihnen und sie mußten ihn gelegentlich anstoßen, damit er nicht trotzig stehen blieb. Ivar wartete schon auf sie, denn der Lärm der Wachen hatte ihn alarmiert. Iben Cordadhbeh stand neben ihm und sagte beeindruckt: „Ein Angelsachse, ihr habt tatsächlich einen Angelsachsen gefangen."
„Hast du etwas anderes geglaubt?" fragte Ivar tonlos.
„Nein, ich dachte nur nicht, daß es so schnell geht."
„Na ja, Iben, es ist leider nicht der Mann, den wir erwischen wollten", sprach Ivar in enttäuschtem Tonfall und ging seinen Brüdern entgegen. Iben folgte ihm bis vor die Steintreppe. Kurz darauf kamen die Brüder und ihr Gefangener unten an.
„Was ist geschehen?"
„Die Angelsachsen haben Späher geschickt, genauso wie du es vorausgesagt hast. Ubbe konnte ein Pferd von ihnen töten und den Reiter konnten wir gefangen nehmen."
„Und wo sind die restlichen Späher?"
„Die konnten fliehen, ihre Pferde waren zu schnell", erklärte Runar.
„Hast du jemanden von ihnen erkannt?"
„Ja, Ivar. Der Graf hat die Späher angeführt."
„Der Graf? Ihr fangt einen einfachen Bauerntrottel und laßt Graf Jakobus entkommen?"

„Sie hatten Pferde und das Glück war auf ihrer Seite. Wir versuchten ihn zu fangen, doch gegen die Pferde waren wir machtlos", schilderte Runar gegenüber Ivar und wurde langsam ärgerlich.
„Das verdammte Pech klebt an unseren Stiefeln, wie ein Haufen stinkender Hundescheiße! Elender Hurensohn von einem Graf!" fluchte Ivar.
„Wenigstens den Bohnenfresser haben wir gekriegt. Der wird uns schon sagen, was wir wissen müssen", fügte Ubbe hinzu.
„Oh ja, das wird er bestimmt", bejahte Ivar. Er wandte sich an Iben: „Frag den Bauern, wer er ist, woher er kommt und nach dem Christenpfarrer. Er soll uns seine Pläne und die des Grafen verraten."
„Ich werde es versuchen", erwiderte Iben und stellte sich zuerst einmal vor.
Sein Angelsächsisch war nicht besonders gut, weil er es selten brauchte. Mühsam suchte Iben die richtigen Worte zusammen, wobei seine Aussprache holprig und mit vielen Denkpausen durchsetzt blieb.
Samuel verstand ihn trotzdem und antwortete: „Ich bin kein Bauer, sondern ein Gastwirt – und mein Name ist Samuel Bone. Deine gottlosen Kumpane haben meinen Gasthof zerstört, darum werden sie nichts aus mir herausbekommen."
Der arabische Kaufmann übersetzte die trotzigen Worte des Wirts. Die Wikinger waren davon überrascht, jedoch nicht lange. „Sag dem Wirt, sein Gasthof hat schön gebrannt, und sein Wein hat gut gemundet. Ich möchte wissen, ob er selber auch so gut brennt, und ob den Fischen im Meer sein gebratenes Fleisch munden wird? Sag ihm das, Kaufmann! Sag ihm genau das!" befahl Ivar kalt.
Als Iben es tat, konnte er blankes Entsetzen in den Augen von Samuel lesen.
Der Wirt rang sichtlich nach Fassung und entgegnete leise: „Gott und die Gerechtigkeit sind auf meiner Seite, ich habe nichts zu fürchten."

Kaum hatte Iben den Satz übersetzt, reagierte Ivar belustigt: „Ich wußte, das wir unseren Spaß mit dir haben werden, fetter Bohnenfresser."
„Wie meinst du das?" fragte Iben erstaunt und vergaß die Übersetzung für Samuel. Ivar störte sich nicht daran und sagte: „Ich werde dir zeigen, was ich damit meine." Er gab seinen Brüdern ein Handzeichen und diese packten den Wirt jeweils unter einen Arm. Sie hoben Samuel hoch und trugen ihn ohne Mühe. „Kommt mit, man muß das Eisen schmieden, solange es heiß ist", forderte Ivar sie auf, und so marschierten sie gemeinsam zu Wulfstan, dem Schmied.
Wulfstan bearbeitete gerade ein rotglühendes Stück Eisen, das später einmal ein Querbolzen für ein Steuerruder werden sollte. Verwundert hielt er inne, als er die Männer auf sich zukommen sah und erkundigte sich: „Wen tragt ihr denn da durch die Gegend?"
„Einen Sack voller Bohnen, der ein bißchen aufgewärmt werden will", antwortete Ivar ironisch.
Es verging eine Weile, bis der Wikingerschmied verstand, dann lachte er schallend los: „Hohoho, ein Sack voller Bohnen der … hohoho."
„Stellt unseren Bauernfreund ab. Und du, Iben, fragst ihn folgendes – welche Werkzeuge benutzt ein guter Schmied?"
Zwar begriff Iben nicht, was Ivar damit bezweckte, aber irgendwann hatte er es aufgegeben, die verrückten Gedankengänge des Wikingers nachzuvollziehen.
Zu verschroben kamen ihm die Einfälle von Ivar vor, und wenn seine Brüder ihn auch für einen genialen Anführer hielten, dem scheinbar ihr merkwürdiger Götzengott Loki ins Ohr flüsterte, so hielt ihn Iben immer mehr für einen simplen Geistesgestörten. Aber manchmal mußte man als Kaufmann mit Irrsinnigen ein Bündnis eingehen, damit man das bekam, was einem zustand.
Samuel Bone hatte nicht die geringste Absicht, den Hurensohn von einem Wikinger mit einer Antwort zu ehren. In seinem Kopf rauchten fortwährend die Überreste seines Lebenswerks, seines Gasthofs. Und so sehr er sich auch anstrengte, so wollte ihm doch keine

Tötungsart für die Nordmänner einfallen, die schmerzvoll genug gewesen wäre, um seinen Verlust auch nur annähernd zu sühnen. Böse schweigend blickte er Ivar an.

„Ich hätte mir denken können, daß ein Bohnenfresser wie du gar nichts vom Schmiedehandwerk versteht. Es sind natürlich der Hammer und die Zange, mein stummer Wirtefreund", betonte Ivar, er griff nach dem Schmiedehammer. Seine andere Hand zog die Zange aus der Glut, welche ganz leicht glühte. Absichtlich hielt er inne und wartete, bis Iben seine Übersetzung beendet hatte. Erst als Ivar die pure Angst in den Augen des Wirts sah, schlug er ansatzlos den Hammer auf den Amboß. Erschrocken zuckte Samuel zusammen. Der metallene Klang in der Luft verhallte langsam. Die Angst des Wirts steigerte sich. Lächelnd gab Ivar den Hammer Wulfstan zurück und ließ die Zange direkt vor dem Gesicht von Samuel auf und zu schnappen. Die Zange war derart nahe, daß Samuel ihre glühende Hitze spüren konnte.

„Du hast eine große Nase, Bohnenfresser. Hat dir das schon jemand gesagt?" spottete Ivar, während seine Brüder den Wirt an den Armen festhielten. Über seine Stirn liefen Schweißperlen. Samuel Bone versuchte sich zu befreien, aber es kam ihm so vor, als hätten ihn zwei garstige Teufel gepackt und hielten ihn mit übermenschlichen Kräften fest. Der dritte Dämon aus der Hölle fuhr mit seiner rotglühenden Zange vor seinem Gesicht hin und her. Er hörte nicht mehr die Worte des arabischen Übersetzers, welcher sich mit den Dämonen verbündet hatte, und der zweifelsfrei auch ein teuflisches Wesen sein mußte. Seine Angst schien den Teil seines Gehirns ausgeschaltet zu haben, der für das Gehör und für das Verstehen zuständig war. Schmerz zerstörte diesen geräuschlosen Zustand, als die Zange zuschnappte und die Nasenflügel von Samuel anbrannte. Ein häßliches Zischen und rauchendes Fleisch. In unglaublicher Lautstärke schrie der Wirt entsetzt los. Wie verrückt schüttelte er seinen Kopf, wobei er die Zange abstreifen konnte. Seine Nase sah schwarzangesengt aus und pulsierte blutend.

Ivar hielt das Folterwerkzeug in die gelbe Glut des Schmiedefeuers, bis es wieder glühte: „Sag dem Bohnenfresser, daß der nächste Körperteil nicht so schnell heilen wird, wie seine Nase, und daß er zwischen seinen Beinen baumelt, wenigstens im Moment noch", meinte Ivar kalt und schaute ausdruckslos in das schmerzverzerrte Gesicht des Wirts.
Angewidert übersetzte Iben Chordadhbeh.
„Ich werde reden", keuchte Samuel inbrünstig. Kurz danach niedergeschlagen: „Fragt mich, was ihr wollt, ich werde euch erzählen, was ihr wissen wollt."
„Jetzt schon, Iben? Schade, ich dachte Angelsachsen vertragen mehr. Na gut, nochmals zum Anfang. Frag ihn, was der Christenpfarrer und Graf Jakobus vorhaben? Und ob der Graf mehrere Dörfer unter seiner Fuchtel hat?"
Zuerst redete Samuel Bone nur zögernd und versuchte wichtige Details vom Grafen und von Theophilus Alkin zu verschweigen. Doch Ivar merkte sofort, wenn er Auslassungen machte und stellte so gezielte Fragen, daß Samuel präzise antworten mußte, wenn er nicht unglaubwürdig erscheinen wollte. Die Wikinger staunten, als sie von den angeforderten Soldaten und vom Drachenschiff in der Grotte erfuhren. Interessant fanden sie besonders die drei weiteren Dörfer, die zur Grafschaft von Graf Jakobus gehörten. Cramouth, Redwells und Blainton – waren nicht annähernd so groß wie Cambourne. Auf ungefähr die Hälfte schätzte Samuel die Einwohner im Vergleich zu seinem Heimatdorf. Man konnte die Dörfer mühelos innerhalb eines Tages erreichen. Ob sie allerdings schon alarmiert waren, wußte Samuel nicht. Jedoch vermutete er, daß Theophilus Alkin auch dafür sorgen würde.
„Dieser verdammte Pfarrer!" fluchte Ivar. Und wandte sich an seine Brüder: „Der Mönch stammt aus Irland und kennt unser Vorgehen. Wir müssen sehr schnell handeln, sonst warnt er die anderen Dörfer, bevor wir ihr Vieh erbeuten können."
„Mir machen die Soldaten von König Edmund mehr Sorgen. Was ist, wenn sie hier eintreffen und uns angreifen?"

„Laß die Soldaten unsere Sorge sein, Iben. Wir sind schon mit anderen Kriegern fertig geworden, als bloß mit ein paar berittenen Angelsachsen", schilderte Runar.
„Mit ein paar? Wie viele sind es eigentlich genau?"
Diese Frage von Iben konnte Samuel ebenfalls nicht beantworten. Komischerweise nahm ihm das niemand übel. *Wahrscheinlich halten mich die Teufel für einen dummen Tropf, und erwarten deshalb nicht besonders viel von mir*, dachte der Wirt.
„Es gibt mehrere Dinge, die wir nun tun müssen", kündigte Ivar an. Er gab die Zange Wulfstan zurück und bedankte sich für das Werkzeug. Der Schmied nickte zustimmend, legte Hammer und Zange beiseite und wartete gespannt auf die Fortsetzung.
„Zuerst kümmern wir uns um die Dörfer des Grafen, damit wir genug Vorräte haben. Den Raubzug überlasse ich euch beiden. Ich lege den Bohnenfresser in Ketten. Danach nehme ich ein Ruderboot und überprüfe, ob uns der Wirt die Wahrheit gesagt hat. Wenn Einars Drachenschiff in der Grotte ist, werde ich es herausholen."
„Stürmen wir doch einfach die Burg durch die Grotte", schlug Runar vor.
Für einen kurzen Augenblick überlegte Ivar, dann widersprach er: „Laß mich vorher die Grotte erkunden, vielleicht wimmelt es darin von Wachen. Wenn wir aber Vorräte und Einars Drachenschiff haben, wer sollte uns dann noch aufhalten?"
„Keiner, den ich kenne", betonte Ubbe.
„Was ist mit dem Graf?"
„Was soll mit ihm sein, Iben?" fragte Ivar überrascht.
„Es könnte ja sein, daß der Graf angreift, während ihr seine Dörfer plündert und du mit dem Ruderboot unterwegs bist."
„Der Sarazene hat gar nicht mal so unrecht", stimmte Ubbe zu. Und Ivar erklärte: „Ich schätze deinen Einwand, aber sein Missgeschick als Kundschafter muß der Graf zuerst verdauen. Außerdem konnten wir einen seiner Männer gefangen nehmen, auch das wird ihn verunsichern. Und während er noch darüber nachsinnt, weshalb ihm ein solches Unglück widerfährt, werden wir seine Dörfer plün-

dern und verbrennen. Wir holen Einars Drachenschiff zurück und machen ihn vor seinen Leibeigenen lächerlich. – Rate einmal, was danach passieren wird?"
„Er wird …"
„Genau, Iben. Ganz genau das wird er."
„Ich verstehe", raunte Iben leise und erkannte die Hinterlist im Plan des Wikingers. Die Sache war nun vollends aus seinen Händen geglitten und entwickelte sich immer mehr zu einem Rachefeldzug. Iben konnte nur noch hoffen, daß es nicht allzu viele Opfer geben würde. Er hoffte es inständig.
„Brecht gleich auf und nutzt die Dunkelheit. Ihr müßt schnell sein und bringt nur Vorräte mit. Keine Gefangenen, der Bohnenfresser hier reicht für unsere Zwecke", befahl Ivar seinen Brüdern.
„Gut, wir rufen die Krieger zusammen. Siebzig Männer sollten genug sein, der Rest bleibt bei unseren Booten", sagte Runar.
„In Ordnung, machen wir es so. Iben wird mich begleiten, vielleicht brauche ich ihn in der Grotte, wenn eine Wache auftaucht, die Angelsächsisch spricht."
„Ich soll dich begleiten?"
„Aber sicher, Iben. Ich möchte verhindern, daß du dich bei uns langweilst", meinte Ivar ironisch lächelnd.
Iben Chordadhbeh konnte darüber nicht lächeln und seine Mimik wurde misstrauisch. Er unterdrückte einen Fluch und entgegnete: „Ich komme mit, doch ich ziehe keine Klinge für euch."
„Das hat auch niemand von dir verlangt", bemerkte Ivar so schnell, als hätte er mit dieser Ankündigung schon lange gerechnet. Seine Brüder machten kehrt und gingen kommentarlos in Richtung der Zelte.
Ivar wandte sich an Wulfstan: „Hast du genug Ketten für unseren Bohnenfresser?"
„Natürlich, ein guter Schmied hat immer irgendwelche Ketten in der Nähe."

„Dann hol sie", wies Ivar ihn an. Und bat Iben zu übersetzen: „Sag unserem Wirtefreund, daß er gefesselt wird, und daß er nicht versuchen sollte zu fliehen, wenn ihm sein Leben lieb ist."
Wulfstan kam mit einigen Ketten und Schlössern zurück. Sofort begann Ivar den Wirt zu fesseln und wickelte mehrere Eisenketten um seinen ganzen Körper. Bald konnte sich Samuel Bone kaum mehr rühren, und Ivar benötigte drei dicke Schlösser, um die Ketten zusammenzuschließen. Die Schlüssel gab er Wulfstan.
„Achte auf den Bohnenfresser, und hilf ihm, wenn er etwas verlangt", befahl Ivar dem Wikingerschmied, der zustimmte. Danach verließen Ivar und Iben die provisorische Schmiede und marschierten zu den defekten Drachenbooten. Es war spät am Nachmittag und die Dämmerung setzte sachte ein.
Der Bootsbauer Björn begrüßte sie – er nahm an, daß sie die Fortschritte bei den Reparaturen überprüfen wollten und war erstaunt, als Ivar ihn nach einem Ruderboot fragte, welches nicht leck sein durfte. Diesen Wunsch konnte er problemlos erfüllen.
„Wir nehmen vier meiner Krieger mit, die sollten reichen, um Einars Drachenschiff zu rudern, falls es nötig sein sollte. Ich glaube aber nicht, daß es eine Grotte unter der Burg gibt. Es würde so gar nicht zu unserem Glück passen, das uns seit Cartagena verfolgt."
„Der Wirt hat zuviel Angst, um zu lügen. Ich glaube ihm", versicherte Iben.
„Wir werden sehen", stellte Ivar ausdruckslos fest.

6

Nachdem das Ruderboot zu Wasser gelassen wurde, begann die Fahrt. Die Ebbe ließ Klippen höher erscheinen und ließ Sandbänke aus dem Meer treten, die den Wikingern vorher verborgen geblieben waren. Gleichmäßig ruderten sie ostwärts der Küste entlang. Kurz bevor es dunkel wurde, sahen sie auf einem Steilhang eine Burg. Ihre Mauern verschmolzen mit den Felsen, welche beinahe senkrecht bis zum Meer hinabreichten. Einen Strand gab es nicht, nur kantige Felsformationen, die von meterhohen Wellen umspült wurden. Erst wenn man längere Zeit hinsah, konnte man das schwarze Loch auf Meereshöhe erkennen, von dem Samuel gesprochen hatte. Niemand würde vermuten, daß hinter dem Loch eine Höhle lag, denn das Sonnenlicht von oben drang kaum in seinen Eingang. Und die starke Strömung sowie spitze Riffe verhinderten, daß jemand das Loch näher untersuchte. Zudem zeigte die Wasserstandslinie an der Felswand, daß die Grotte bei Flut praktisch unsichtbar sein würde. Vorsichtig lenkte Ivar das Ruderboot zwischen den Felsriffen zur Höhle. Iben warnte ihn gelegentlich vor Steinbrocken, stellte jedoch fest, daß der Wikinger sie schon längst in den Kurs einberechnet hatte.

„Die Brandung ist sogar bei Ebbe stark, wie muß sie erst bei Flut sein?" fragte Iben, um das allgemeine Schweigen zu brechen.

„Bei Flut müssen wir wieder weg sein", kam Ivars kurze Antwort. Gischt spritzte auf die Felsen und kleine Krabben nutzten den Rückzug des Meers für ihre Nahrungssuche. Ebenso die Möwen, welche über ihnen kreisten.

Endlich kamen sie vor dem schwarzen Loch an. Gute vier Meter hoch und neun Meter breit war der Höhleneingang. Sie stellten fest, daß man auch von der Nähe aus nicht in die Grotte hineinschauen konnte. Der Höhleneingang verlief in eine leichte Biegung und verhinderte neugierige Blicke. Langsam ruderten sie in die düstere Höhle. Das Wasser wurde immer ruhiger, je weiter sie hineinkamen.

Schließlich öffnete sich die Höhle in ihrer ganzen Größe und ließ sie staunen.

„Dort, dort ist Einars Drachenschiff!" rief Iben und deutete auf ein undeutliches langes Gebilde, das dreißig Meter vor ihnen im Wasser schwamm.

„Sei leise oder willst du die Wachen warnen?" murmelte Ivar ärgerlich zurück.

Doch die Grotte war vollkommen menschenleer, nur Fledermäuse piepsten ab und zu von der Höhlendecke. Knirschend stieß das Ruderboot ans Ufer. Die Wikinger und der Araber stiegen aus und begannen die Grotte zu erkunden. Kerzenlaternen erleuchteten mangelhaft das Drachenboot. Ivar nahm eine. „Wir müssen uns beeilen, derjenige, der die Kerzen angezündet hat, wird wahrscheinlich bald zurückkommen", flüsterte er.

„Wieso?"

„Weil niemand Kerzen in einer leeren Höhle anzündet, außer er will Arbeiten darin verrichten. Und die einzige Arbeit in dieser Höhle muß etwas mit Einars Drachen zu tun haben."

Der Kaufmann fand die Antwort von Ivar sehr logisch und griff sich selber eine Laterne. Bevor sie aber mit dem Drachenboot verschwanden, wollte Ivar unbedingt den Gang zur Burg in Augenschein nehmen.

„Ich dachte, wir haben zu wenig Zeit?" warf Iben ein.

„Für den Geheimgang nehme ich mir die Zeit. Ihr bleibt hier und macht das Schiff klar. Wenn ich wiederkomme, rudern wir aus der Höhle."

Ohne das Einverständnis von Iben abzuwarten, verschwand Ivar in der Dunkelheit. Seine Krieger stiegen auf Einars Boot und ließen vier Ruder ins Wasser gleiten. Iben band ihr Ruderboot mit einem Tau am Heck fest, zur allgemeinen Verwunderung der Wikingerkrieger, die ihm solche seemännische Voraussicht nicht zugetraut hätten. Es vergingen kaum fünf Minuten, bis Ivar zurückkam. Er machte einen gehetzten Eindruck und schnaufte, so als hätte er einen Hundertmeterlauf hinter sich.

„Schnell, rudert los! Ich kam zur Türe und hörte Stimmen. Wir müssen verschwinden!" gab er seinen Männern die Anweisung, worauf diese sich in die Riemen legten. Ruckartig nahm das Drachenboot Fahrt auf und Ivar rannte zum Steuerruder, gefolgt von Iben Chordadhbeh. Ivar riß das Steuerruder an sich und versuchte den Kurs festzulegen. Iben stand neben ihm und konnte durch einen schmalen Felsenspalt aus der Höhle sehen. Er fand es merkwürdig, daß er aus der Grotte hinaussehen konnte, aber von draußen nicht hinein. Es mußte wohl an der Dunkelheit in der Höhle liegen und am Blickwinkel, vermutete er. Der Drache kam mit vier Ruderern nur langsam voran. Normalerweise ruderten mehr als dreißig Männer das Schiff.

„Was für Stimmen hast du gehört?"

„Ich weiß nicht, Iben. Ich kam an die Türe und wollte sie untersuchen, da hörte ich auf einmal direkt dahinter Stimmen. Ich bin losgerannt, als jemand einen Schlüssel ins Türschloß steckte. Hoffentlich kommen wir aus der verdammten Höhle, bevor uns die Angelsachsen entdecken."

„Konntest du eine Stimme erkennen?"

„Nein – doch – eine Frau hat gesprochen. Ich nehme an, daß es Prinzessin Jasmina war, weil die Frau kein Angelsächsisch sprach."

„Tatsächlich? Merkwürdig, was sucht die Prinzessin auf dem Drachenboot?"

„Wenn wir nicht schnell aus der Höhle verschwinden, kannst du sie selber fragen", entgegnete Ivar und versuchte um die Biegung in der Höhlenwand zu lenken. Schon lange hatte Ivar kein Drachenschiff mehr gesteuert, dafür hatte er einen Steuermann. Die fehlende Routine machte sich jetzt bemerkbar und Ivar mußte seinen Kurs immer wieder neu korrigieren. Fast hätte der Schiffsbug die kantige Felswand geschrammt. Nervös befahl Ivar dem Araber: „Nimm ein Ruder und stoß uns von der Wand weg. Wir können kein Leck gebrauchen. Los, mach schon!"

Iben suchte ein Ruder und stemmte es mit seiner ganzen Kraft gegen den dunklen Felsen. Das Drachenboot gewann etwas Abstand zur Höhlenwand.
„Heeee!" schrie Jasmina vom Ufer der Grotte aus. Ihre drei staunenden Leibwächter stimmten wütend mit ein. Sie hoben drohend und fluchend ihre Fäuste.
Die Wikinger schauten überrascht zu ihnen, bis Ivar grölte: „Zu spät, viel zu spät, ihr Arschlöcher, viel zu spät!" Seine Beleidigung (in nordischem Dialekt) blieb unverstanden und bevor Jasmina darauf etwas erwidern konnte, bog das Drachenschiff um die Biegung der Höhle und war weg.
Fassungslos blickten Jasmina und die Leibwächter dem Schiff nach. Jasmina senkte ihr Gesicht, niedergeschlagen meinte sie: „Das darf nicht wahr sein. Der Diamant ..." So blieb sie eine ganze Weile lang stehen und hing ihren Gedanken nach. Sie starrte ungläubig auf den Boden der Grotte und schüttelte schließlich kaum merkbar den Kopf. Alles kam ihr völlig sinnlos vor. Jasmina realisierte nicht Jakobus, der auf sie zukam. Erst als er ihr seine Hand auf die Schulter legte, kam sie wieder zu sich und sagte sehr leise: „Die verfluchten Wikinger. Die gottverfluchten Wikinger haben das Schiff gestohlen. Der Diamant ... der Diamant der Götter ist ..."
Jakobus nahm sie in seine Arme und drückte sie so fest er konnte. Das war alles, was ihm einfiel.

7

Theophilus Alkin striegelte das grauweiße Fell von „slow Susie". Die Morgensonne ging strahlend hell auf und die Luft war so frisch und kühl, wie sie nur bei Tagesbeginn sein kann. Der ehemalige Mönch fand Gefallen an der Fellpflege des Pferds; diese Arbeit beruhigte sein aufgebrachtes Gemüt. Er fragte sich, ob die gewalttätige Welt stets dieselbe sein würde, wenn jeder Mensch am Morgen ein Pferd striegeln würde? Wenn alle Menschen die Kraft und die Anmut eines Pferds spüren könnten? Er bezweifelte es. Im stickigen Stall der Burg standen viele Pferde, bis auf eines, das fehlte. Der leere Platz fiel niemandem auf, der noch nie im Burgstall gewesen war, doch Theophilus Alkin fiel er nicht nur auf, sondern er schmerzte ihn. Knarrend öffnete Rose Bone die Stalltüre und trat ein. Ihr Gang war leicht gebückt und zaghaft. Im Gesicht verrieten tiefe Sorgenfalten ihren Seelenzustand. Blaßdunkle Augenringe wiesen auf denselben Schlafmangel hin, welchen auch Theophilus dazu veranlaßt hatte, „slow Susie" zu striegeln.

„Habt Ihr schon irgendeine Neuigkeit von Samuel?" fragte Rose mit ängstlich brüchiger Stimme und ein Hoffnungsschimmer erhellte kurz ihr eingefallenes Gesicht.

„Nein, aber der Tag hat erst begonnen."

„Schade, ich dachte, Ihr hättet vielleicht schon etwas von ihm gehört", antwortete sie enttäuscht. Traurig blickte Rose Theophilus an.

„Ich glaube, die Heiden werden deinem Samuel nichts Böses antun. Sie haben vermutlich bekommen, was sie wollten."

Freudig überrascht, von der Vermutung des Pfarrers, erkundigte sich Rose: „Wirklich? – Bekommen? Was haben die Teufel bekommen?"

„Ich dürfte dir das eigentlich nicht sagen, aber auch Verschwiegenheit hat ihre Grenzen, wenn sie Freunde betrifft", meinte Alkin geheimnisvoll. Und erzählte: „Unter der Burg liegt eine Grotte und darin befand sich ein gestohlenes Wikingerschiff. Die Heiden konnten es gestern abend stehlen und sind damit fortgesegelt. Den

Hinweis zu der Grotte gab ihnen Samuel, da bin ich mir ziemlich sicher."
„Heilige Jungfrau Maria!" stieß Rose betroffen aus und umklammerte den rechten Arm von Theophilus. Leicht schwankend flüsterte sie: „Also glaubt Ihr, daß mein Mann noch lebt?"
„Das tue ich, Rose. Ich bin mir ziemlich sicher. Ich glaube sogar, daß wir Samuel bald wiedersehen werden."
„Großer Gott! Danke, danke Bruder Alkin. Danke für Eure Zuversicht", stammelte Rose erleichtert und ließ den Ärmel des Mönchsgewands wieder los.
„Bitte behalte meine Worte für dich. Es würde die anderen Leute nur aufregen, wenn sie wüßten, daß die Heiden in der Burg waren, und sei es auch nur unten in der Grotte. Ich habe dem Grafen darüber Stillschweigen versprochen."
„Gewiß, ich werde schweigen. Meine Lippen sind verschlossen. Aber habt Ihr keine Angst, daß die Wikinger in die Grotte zurückkommen und die Burg plündern werden?"
„Nein, und zwar aus dem gleichen Grund, weshalb ich auch glaube, daß Samuel noch lebendig ist. Die Heiden wollten ihr Teufelsschiff zurück, und das haben sie bekommen. Als nächstes wollen sie etwas *anderes* – und Samuel ist es nicht."
„Was wollen sie dann?"
„Wenn ich das wüßte Rose, könnte ich ruhig schlafen. Für die Eroberung der Burg haben die Heiden vermutlich zu wenig Männer, sonst wäre nicht nur eine Handvoll von ihnen in der Grotte aufgetaucht", schilderte Alkin und merkte, wie „slow Susie" ihre Mähne schüttelte. Er hatte zu striegeln aufgehört, als er das Gespräch mit Rose begann und „slow Susie" erinnerte ihn jetzt daran. Das Roß drehte sich zu ihm, sein Blick schien den Pfarrer aufzufordern weiterzustriegeln.
Verwundert blickte Theophilus in die Augen des Pferds: „Euer Roß ist wirklich etwas Besonderes", meinte er bewundernd.
„Ja, der Gaul ist besonders eigensinnig und besonders störrisch. Ich könnte sofort losheulen, wenn ich daran denke, daß der Gaul das

einzige ist, was uns von unserem Gasthof geblieben ist. Losheulen könnte ich – und vielleicht mache ich es nicht, weil ich dann mein restliches Leben weinen würde", erklärte Rose bitter. Sie klopfte mit ihrer offenen Handfläche auf das Hinterteil des Pferds.
„Störrisches Mistding – das einzige – was geblieben ist", wiederholte sie verdrossen. Theophilus spürte ihre Verzweiflung, die vermischt mit Ärger und Zorn war. Es blieb unbegreiflich für ihn, warum er gleich Zugang zu dem Pferd gefunden hatte und Rose nach so vielen Jahren immer noch nicht. Wahrscheinlich erwartete sie zuviel von „slow Susie" und gab sich nicht mit dem zufrieden, was nun einmal Gott und die Natur dem Pferd mitgaben – den ureigenen Willen.
Alkin beendete die Fellpflege und überreichte die Bürste Rose: „Ich bin anderer Meinung, Rose", sagte er milde, „ich glaube, daß Samuel zurückkehren wird, und daß ihr gemeinsam eines Tages dieses störrische Pferd vermissen werdet, so wie du im Moment Samuel vermisst."
Rose Bone brach in Tränen aus, obschon sie stark bleiben wollte, und wischte sich mit dem Handrücken das Salzwasser weg. Schluchzend fragte sie: „Ihr seid doch von Irland, haben die Teufel dort auch Gefangene freigelassen?"
Ein Hahn vor dem Pferdestall unterbrach krähend den Versuch einer Antwort.
Die Pause kam Theophilus gelegen, dadurch konnte er positiver formulieren: „Aber sicher, natürlich haben die Wikinger auch Gefangene freigelassen. Sie halten nicht viel von Mündern, die sie stopfen müssen. Und dein Mann ist ja ein guter Esser, soviel ich weiß."
„Ja, da habt Ihr gewiß recht", bestätige Rose ungewollt lächelnd.
„Siehst du, schon wieder ein Hinweis, bei dem wir hoffen können. Die Heiden belagern normalerweise eine Burg, wenn sie sie erobern wollen. Jedenfalls taten sie das immer in Irland. Da können die Barbaren keine hungrigen Gefangenen gebrauchen, die ihnen ihre Vorräte …", brach Theophilus ab. Seine Augen weiteten sich und düstere Vorahnung verwandelte sein Gesicht in eine häßliche Fratze.

Erschrocken wich Rose Bone einen Schritt zurück: „Oh mein Gott! Ihr glaubt doch nicht, daß sie Samuel ...", keuchte sie.
„Was? Nein, nein, Rose, ich meine nicht Samuel. Es ... es sind die Dörfer! Natürlich, jetzt weiß ich, was die Heiden wollen. Sie wollen die Vorräte der Dörfer von Graf Jakobus. Der Diebstahl des Drachenschiffs war nur Ablenkung, damit wir die übrigen Dörfer vergessen!" erkannte Theophilus verblüfft.
Auf einen Schlag sah Theophilus Alkin zehn Jahre älter aus und glich nun eher einem gebrechlichen Greis, denn einem alten Mönch. Seine vertrauensvolle Mimik, die Rose stets so sehr geschätzt hatte, schien für immer verschwunden zu sein. Doch auch die erschreckende Fratze blieb nicht lange, sondern machte seltsame Wandlungen durch. Zuerst Verblüffung, dann Wissen, danach Erkenntnis und schlußendlich verharrte das Greisengesicht in purer Angst. „Ich muß zu Graf Jakobus", stammelte eine Stimme, so alt wie die Welt.
Rose brachte keinen Ton heraus und drückte die Bürste in ihrer Hand krampfhaft zusammen. Die spitzen und groben Borsten durchdrangen ihre Haut. Sie spürte es nicht, das Gefühl von Horror lähmte ihre Nervenbahnen. Theophilus ging davon und Rose fand seine Bewegungen eckig und ungelenk. Waren sie vorher nicht rund und geschmeidig gewesen, als er „slow Susie" striegelte? War das überhaupt wichtig? Zählte nicht viel mehr seine Versicherung, daß Samuel verschont bleiben würde? Gewiß. – Ganz gewiß?
Die Tür zum Pferdestall schlug knarrend zu. Rose Bone blieb alleine zurück.
Der Pfarrer lief über den Burghof, vorbei an muhenden Kühen und blökenden Schafen. Er mußte aufpassen, damit er in keinen der Exkrementhaufen trat, die den Hof bedeckten, und die sehr übel rochen. Bauern begrüßten ihn und wollten unbedingt mit ihm sprechen, er winkte ab. Eher zufällig sah Alkin den Grafen und Prinzessin Jasmina auf der Burgmauer. Sie standen bei einer Schießscharte.

„Hallo, Graf Jakobus, ich muß Euch dringend etwas sagen!" rief Theophilus.
Jakobus schaute von der Mauer hinunter und erwiderte: „Das trifft sich gut, ich ebenfalls. Nehmt die Leiter dort und kommt herauf."
Mühsam stieg Theophilus Stufe um Stufe hinauf und spürte in der kühlen Morgenfrische jeden einzelnen seiner Beinknochen. Wieder einmal verfluchte er innerlich seine Gicht und wünschte sie dorthin, wo er auch die Heiden hinwünschte. Später würde eine Treppe gebaut werden, hatte Jakobus erwähnt, aber später nützte ihm im Moment gar nichts.
„Guten Morgen, Bruder Alkin, schon so früh unterwegs?" begrüßte ihn der Graf scheinbar bestens gelaunt.
„Guten Morgen. Ich stehe meistens früh auf – meine Gicht – wißt Ihr?"
„Sicher, verzeiht, ich vergaß."
„Ihr müßt Euch nicht entschuldigen, sagt mir lieber, weshalb Ihr so gute Laune habt? Sind vielleicht die Berittenen von König Edmund in Sichtweite?"
„Nein, bis jetzt nicht. Meine gute Laune hat einen anderen Grund. Ich möchte, daß Ihr mich und Jasmina traut und in den Ehestand versetzt."
Versteinert blickte Theophilus den Grafen und Jasmina an: „Ihr ... Ihr habt mich überrascht. Wie kommt Ihr in dieser schweren Zeit auf so eine Idee?"
„Wir wollten schon früher heiraten, verlobt sind wir schon. Und jetzt, wo die Wikinger wegsegeln, finden wir es angebracht, gleich zu heiraten."
„Wer wird wegsegeln?"
„Na, die Wikinger. Sie haben keinen Grund mehr zu bleiben."
„Ich wünschte, ich könnte Eure Vermutung teilen, Graf Jakobus. Doch ich befürchte, daß die Heiden nicht so schnell verschwinden werden. Im Gegenteil, ich glaube, der Raub des Drachenschiffs war nur eine Ablenkung, und die Dänen wollen Eure anderen Dörfer wegen der Vorräte plündern."

„Weshalb könnt Ihr nicht positiver denken, Bruder Alkin? Was wäre, wenn ich Euch sagen würde, daß in dem Drachenschiff etwas Wertvolles war. Etwas derart Unglaubliches und Kostbares, das die Dänen zufrieden wegsegeln werden."
„Und was soll dieses *Etwas* sein? Habt Ihr mir dieses *Etwas* verschwiegen?
Gehörte dieses *Etwas* vielleicht ebenfalls den Heiden und Ihr habt es wie das Drachenschiff geraubt?"
„Ihr stellt gehässige Fragen heute morgen. Eigentlich sollte es an mir sein, gehässig zu werden, denn ich verlor ein Drachenschiff und ein gutes Reitpferd.
Aber stelle ich Euch ungehörige Fragen?"
„Nein, aber ..."
„Seht Ihr, ich äußerte nur einen Wunsch, nämlich den Wunsch zu heiraten, und Ihr habt mir nicht einmal darauf geantwortet. Wer sollte nun eigentlich gehässig sein?" beharrte Jakobus und sein Blick wurde schneidend.
„Es ... nun gut. Eine Heirat mit der Prinzessin Jasmina ist durchaus möglich, nur müssen dafür bestimmte Voraussetzungen erfüllt sein."
„Voraussetzungen?"
„Ja, wie Ihr wißt, ist Prinzessin Jasmina eine Muslime, was bedeutet, daß ich für die Heirat mit Euch die Zustimmung eines Bischofs benötige. Leichter und bestimmt besser wäre es, wenn Prinzessin Jasmina ihrem Glauben abschwören und eine Christin werden würde. In dem Fall wäre mir nichts lieber, als Euch sofort zu verheiraten."
„Gibt es keine einfachere Lösung?"
„Keine, die in den Augen Gottes Gnade finden würde", erklärte Theophilus.
„Die Religion ist keine einfache Sache, wie Ihr in Jerusalem bestimmt gelernt habt. Viele Märtyrer sind für unsere Religion gestorben, weil sie die einzig Richtige ist – vergeßt das niemals", ergänzte er.
„Zweifelt Ihr an meinem Glauben?"

„Nein, sicher nicht. Doch der Glaube an Jesus Christus ist nicht nur eine Lehre, wie eine Wissenschaft oder eine Philosophie und kann nicht nach Gutdünken in genehme Bahnen gelenkt werden. Die zehn Gebote unserer Religion müßt Ihr befolgen, sonst seid Ihr nicht mehr wert, als die Teufel am Strand."
Die Belehrung durch Theophilus brachte Jakobus in Harnisch. Erregt wandte er sich an Jasmina und übersetzte die Bedenken des Pfarrers. Jasmina ihrerseits richtete sich an den ehemaligen Mönch: „Ich hätte Euch für klüger gehalten, sich unserer Heirat in den Weg zu stellen. Selbst mein Vater, der mächtige Kalif Qandrasseh, war mit unserer Verlobung einverstanden. Jakobus Mutter ist ebenso einverstanden. Wollt Ihr unser Glück zerstören durch Euren Glauben – der, soviel ich mich auskenne, die Liebe als höchstes Gut preist?" zürnte sie mit rotem Kopf.
„Ja, die Liebe zu Gott, Prinzessin Jasmina."
„Ihr habt Euren Gott, und ich habe meinen Gott. Dennoch glaube ich nicht, daß es einen Gott gibt, der etwas gegen die Hochzeit von zwei Menschen hat."
„Nein, natürlich nicht, aber jede Religion hat ihre eigenen Regeln. Und ich bin nicht gewillt, einen angelsächsischen Grafen und eine arabische Prinzessin zu verheiraten, ohne die Zustimmung eines Bischofs."
Diese Antwort verärgerte Jasmina noch mehr, entrüstet fragte sie: „Ihr weigert Euch? Ihr weigert Euch, Euren Lehnsherrn zu verheiraten?"
„Nur solange ich keine Einwilligung eines Bischofs habe."
„Ihr benehmt Euch wie ein Strauß, der seinen Kopf in den Sand steckt. Schon bei den verdammten Wikingern habt Ihr das getan. Holt Euch besser Eure dumme Zustimmung vom Bischof, sonst lernt Ihr von mir, was Verweigerung bedeutet", drohte Jasmina wütend und verließ Jakobus und Theophilus. Die Männer schauten ihr nach, bis sie außer Sichtweite war.
„Sie meint es nicht so", beschwichtigte Jakobus und fügte hinzu, „Jasmina läßt sich nur ungern etwas vorschreiben, daran mußte

ich mich auch zuerst gewöhnen. Sie setzt meistens ihren Willen durch."
„Wahrscheinlich war Kalif Qandrasseh zu wenig streng bei ihrer Erziehung und erfüllte alle Wünsche der Prinzessin. Ich kann Euch ohne die Genehmigung eines Bischofs nicht verheiraten, damit würde ich gegen meinen eigenen Glauben verstoßen. Ich hoffe, Ihr begreift das besser als Prinzessin Jasmina."
„Ich versuche es. Aber was ist, wenn Ihr die Genehmigung nicht bekommt?
Würdet Ihr uns trotzdem verheiraten?" erkundigte sich Jakobus gespannt.
„Ich würde Euch einen anderen Priester empfehlen", antwortete Theophilus, ohne zu zögern. Er drehte sich zur Burgmauer und legte seine Hände auf die Schießscharte. Sein Blick streifte über die Baumwipfel des dichten Waldes.
„Wie habt Ihr eigentlich die Prinzessin kennengelernt? Das habt Ihr mir noch nicht erzählt. Hat das einen speziellen Grund?"
„Ja. Ich kann Euch nur soviel sagen, daß ich bei meiner Heimreise von Jerusalem einen Besuch beim Kalifen Qandrasseh machte, um dem Kalifen die besten Grüße von König Edmund zu übermitteln. Dabei sah ich Jasmina und wir verliebten uns auf der Stelle. Seit jenem Tag sind wir unzertrennlich."
„Ich verstehe, daß sich ein Mann und eine Frau verlieben können. Ich verstehe aber nicht, weshalb ein König der Angelsachsen einem Kalifen Grüße übermittelt. Vor allem, ein so christlicher König wie Edmund. Dafür fehlt mir jedes Verständnis. Könnt Ihr meinen Geist erhellen?"
„König Edmund gab mir den Auftrag, nach meiner Pilgerreise etwas beim Kalifen in Erfahrung zu bringen. Diesen Auftrag habe ich mehr als gut erfüllt, und wenn uns die verfluchten Dänen das Drachenschiff nicht aus der Grotte gestohlen hätten, würde ich Euch den Beweis zeigen können."
„Also war dieser Beweis im Drachenschiff."
„Ja."

„Und was ist dieser Beweis?"
„König Edmund gab mir die Anweisung, Euch gegenüber nichts zu erzählen.
Ihr solltet Eure Krankheit in Ruhe auskurieren können, sagte er mir."
„Ich weiß König Edmunds Sorge für meine Gesundheit durchaus zu schätzen, aber in unser schweren Lage solltet Ihr mir Euer Geheimnis anvertrauen."
„Selbst wenn ich das tun würde, würdet Ihr mir kein Wort glauben. Niemand täte es – und ich tat es auch nicht, bis ich das Unfaßbare sah. Zudem würdet Ihr Jasmina in einem falschen Licht sehen und sie anklagen, so wie es die Wikinger taten. Darum werde ich mein Versprechen gegenüber König Edmund halten."
„Gut, ich achte Euer Versprechen. Erklärt mir nur eines, warum seid Ihr sicher, daß sich die Heiden mit diesem *unfaßbar Wertvollem* zufrieden geben werden?"
„Weil sie das Drachenschiff obendrein zurückhaben. Und weil Samuel Bone bestimmt ausgeplaudert hat, daß schon Soldaten von König Edmund unterwegs sind. Die Dänen werden wieder verschwinden."
Theophilus Alkin blieb stumm und versuchte sich ein Bild der neuen Situation auszumalen. Er hielt die Annahme von Jakobus, daß die Wikinger jetzt wegsegeln, für unwahrscheinlich. Der Clan des toten Wikingerhäuptlings würde sich nicht mit *irgendetwas Wertvollem* zufrieden geben, dafür vergossen die Unmenschen viel zu gerne Blut und verübten nichts lieber als Rache. Sehr verwundert stellte er fest, daß König Edmund Jakobus für einen geheimen Auftrag eingespannt hatte, für den er wohl zu jung und zu unerfahren war. Oder sollte er eben gerade diese Eigenschaften haben? – Eine dunkle Ahnung schlich sich in das Bewußtsein des Pfarrers, und er fragte sich, ob ihn König Edmund wirklich nur wegen seiner Gesundheit nicht aufklären wollte.
Ein zerlumpter Bauer unterbrach seine Gedankengänge, welcher vor dem Wassergraben der Burg auftauchte und panisch winkte.

Zum Rufen fehlte ihm die Puste. Jakobus sah ihn ebenfalls und gab den Befehl für die Zugbrücke. Der Bauer wankte durch das Burgtor. Theophilus und Jakobus stiegen die Leiter hinunter. Beide sahen die Angst im Gesicht des Bauern, der leicht zitterte. Der ausgemergelte Mann, vielleicht in ähnlichem Alter wie Jakobus, kam ihnen vor wie ein Hund, den man zu lange und zuviel geschlagen hatte, bis er schließlich von zu Hause weglief und untertänig Schutz bei einem neuen Herrn suchte. Im frühen Mittelalter kein unüblicher Anblick, es gab schlimmere.

„Die Wikinger haben uns überfallen", stammelte er keuchend, bevor er einen schweren Hustenanfall bekam. Jakobus holte ihm einen Becher Wasser, den er dankbar verbeugend annahm und in kurzen Schlucken austrank.

„Kennt Ihr den Bauern?"

„Ja, ich glaube, ich sah ihn mehrmals in der Kirche von Cambourne. Jeweils am Sonntag bei der Messe. Soweit ich mich erinnere, wohnt er mit seiner Familie in Redwells. Dort hat er einen kleinen Bauernhof."

„Es gibt kein Redwells mehr – und ich habe keinen Bauernhof mehr", keuchte der Bauer in leisem, kaltem Ton. „Sie haben alles eingeäschert. – Alles, was sie konnten", ergänzte er niedergeschlagen und senkte seinen Kopf.

„Verdammte Bastarde! Verschissene Hurensöhne! Dreckiges Heidenpack!" fluchte Jakobus los und steigerte sich in einen wahren Wutanfall, in dem er hin- und herlief und mit geballten Fäusten jeden und jedes zur Hölle wünschte, das ihm in seinem Ärger einfiel.

8

Das Segel spannte sich und der „Drache von Odin" machte gute Fahrt. Schon viele Tage segelte Halfdan die angelsächsische Küste entlang, auf der Suche nach seinen Brüdern. Bis dahin ohne Erfolg. Ihn hatte das Unwetter nicht verschont und sein Schiff benötigte dringend Reparaturen. Er mußte ständig drei Männer bereitstellen, die abwechselnd Wasser aus dem Bug schöpften. Während ein Bootsbauer mehrere lecke Stellen stopfte, welche aber nie vollständig abgedichtet werden konnten und nach einiger Zeit wieder undicht wurden. Dementsprechend war Halfdans Gemütszustand nicht besonders heiter. Noch schlimmer sprang der Sturm mit Horik „dem Jungen" und mit Einars Sohn Jonastör um. Ihre Schiffe leckten dermaßen, daß sie froh sein konnten, die verbündeten Wikingerhäfen in Irland zu erreichen. Gleich nach dem Unwetter hatte sich Halfdan von Horik und Jonastör getrennt, jedoch gab er das Versprechen, ihnen nach Irland zu folgen, sobald er seine Brüder finden würde.
Eine kleine Rauchsäule wurde sichtbar und Halfdan befahl den neuen Kurs.
In der Nähe der Küste konnte man Einars Schiff am Ufer und mehrere Zelte am Strand erkennen. Halfdan sah zudem die Drachenschiffe seiner Brüder. Sie waren auf den Strand gezogen worden und einige Männer schienen an ihnen zu arbeiten. Nun hatten sie vermutlich sein eindrucksvolles Schiff gesehen, denn sie ließen die Werkzeuge fallen und stürmten jubelnd zum Strand. Immer mehr Männer rannten zum Strand und johlten freudig Begrüßungen zu ihm herüber. Schnell wurde das große Segel des „Drachen von Odin" gerafft und der Anker geworfen. Als Halfdan den Strand betrat, warteten bereits Ivar und Runar auf ihn: „Es tut gut, euch zu sehen", sprach er erleichtert und schüttelte ihre Hände.
„Wir dachten schon, du findest uns nicht mehr. Wir wußten aber, daß so ein lausiger Sturm dich nicht versenken würde", freute sich Runar.

„Ja, das Glück war auf meiner Seite. Ich segle nicht so gerne in Stürme wie du. Aber jeder sucht sich sein Vergnügen auf seine Art", betonte Halfdan.
„Wir machen alle einmal Fehler – und Runar versprach in Zukunft Stürme zu meiden", beschwichtigte Ivar. Und fragte: „Wo sind Horik und Jonastör? Als ich sie zum letzten Mal sah, sind sie in deiner Nähe gesegelt."
„Sie hatten nicht soviel Glück wie ich. Ihre Schiffe hatten nach dem Sturm mehr Löcher, als die alten Schuhe meiner Großmutter. Sie segeln nach Irland und wir sollten das auch tun. Den Tod von Einar können wir später rächen."
„Wir wären schon lange fort, doch sieh dir unsere Schiffe an. Die Bootsbauer sagen, daß es im besten Fall einen halben Monat geht, um die Schiffe ins Wasser zu lassen."
„Das ist schlecht. Und wo ist Ubbe und unser geschätzter Sarazene?"
„Die sind in meinem Zelt. Seit wir in der letzten Nacht ein paar Dörfer geplündert haben, schlagen sich die beiden den Wanst voll und trinken reichlich Bier", erklärte Runar.
Halfdan erkundigte sich erstaunt: „Ihr habt ein paar Dörfer überfallen? Gab es Widerstand?"
„Keinen richtigen. Du kennst ja die Bohnenfresser, entweder laufen sie schreiend davon, oder sie verkriechen sich in ihren Häusern. Ich weiß nicht, was lächerlicher ist. Der Rest lebt nicht mehr", resümierte Ivar.
„Scheint so, als wären eure Vorräte für einen halben Monat gut", vermutete Halfdan unbeeindruckt. Für ihn waren Überfälle normal, und es hätte ihn eher gewundert, wenn seine Brüder friedlich am Strand auf seine Ankunft gewartet hätten. Vielleicht würde er ihren Mut sogar geringer eingeschätzt haben.
„Vorräte sind genug da, aber der verfluchte Graf Jakobus hat von König Edmund Soldaten verlangt. Die müssen wir zuerst besiegen", stellte Ivar fest.

„Soldaten? Wie ist das genau geschehen?" verlangte Halfdan zu wissen. Eine Spur Gereiztheit lag in seiner Stimme. Er wollte sich nicht unbedingt mit einem König anlegen, der ihm unbekannt war und dessen Soldaten ebenfalls. Ivar erzählte von der Landung, vom zerstörten Dorf Cambourne und vom Wirt Samuel Bone, dank dem sie Einars Drachenschiff zurückholen konnten. „Ist dir nicht in den Sinn gekommen zu verhandeln?"

„Ich hielt es für unnötig, Halfdan. Wir werden mit den Soldaten fertig. Den Diamanten und Einars Schiff haben wir schon. Und der Graf wird so verärgert sein über seine geplünderten Dörfer, daß wir ihn auch bald haben werden. Wir dürfen uns nicht mit Verhandlungen zufrieden geben. Einar war unser Freund, und niemand mordet unsere Freunde ungestraft."

„Es gibt eine Zeit, um zu *handeln*, und eine Zeit, um zu *verhandeln*, das mußt du noch lernen, Ivar. – Was nützt uns der Diamant ohne die Prinzessin? Was nützt uns der tote Graf, wenn wir nachher einen König zum Feind haben und mit lecken Schiffen am Strand in der Falle sitzen?"

„Was paßt dir daran nicht? Sind es die paar idiotischen Berittenen, die dieser dämliche König schicken kann? Diese Trottel sind schnell unter der Erde."

„Nein, die ersten Soldaten sind unwichtig. Aber wie viele von ihnen wird dieser König Edmund schicken, wenn er erst einmal gewarnt ist? Hast du daran einmal gedacht? Und wie viele unserer Krieger werden wir dann verlieren?"

Ivars dünne Lippen zogen sich bei Halfdans Einwänden unmerklich nach oben. Sein Temperament legte ihm schon unzählige Beleidigungen in den Mund, in geordneter Reihenfolge und zum Abschuß bereit. Sein Verstand hingegen lächelte kühl, und Ivar folgte ihm, wie so oft, als er antwortete: „Keine! Wir werden keine Krieger mehr verlieren, weil wir längst fort sind, wenn die Soldaten dieses König Edmunds auftauchen."

„Wie willst du das anstellen? Willst du schwimmen?" spottete Halfdan.

„Nein. Du denkst zuviel an die Schiffe und zu wenig an unseren Vorteil. Der Graf vermutet, daß wir unsere Drachenschiffe reparieren müssen und erst danach fortsegeln können. Er weiß nicht, daß du mit deinem Schiff hier bist. Also wird er auf die Berittenen des Königs warten und dann angreifen."

„Gut möglich, ich sehe aber immer noch gar keinen Vorteil für uns", beharrte Halfdan auf seinem Standpunkt.

„Was ist, wenn wir den Grafen in einen Hinterhalt locken, ihn und seine Soldaten vernichten und gleich darauf mit deinem und Einars Schiff wegsegeln?" fragte Ivar.

„Du willst unsere Schiffe einfach aufgeben?"

„Willst du hier einen halben Monat festsitzen?"

Halfdan überdachte die Situation und stellte fest, daß Ivar wieder einmal richtig lag. Das Risiko, einen halben Monat lang am Strand Zielscheibe zu spielen, war größer, als drei Drachenschiffe zu verlieren, die man sowieso leicht ersetzen konnte. Überdies galt es, möglichst rasch nach Haithabu zu kommen, um die riesige Beute aufzuteilen. Nächstes Jahr würden sie versuchen eine Armee von Wikingern aufzustellen, und der Zwischenfall mit Graf Jakobus würde dagegen völlig unbedeutend erscheinen. *Wie ein Hauch in einem Sturm*, überlegte Halfdan und sagte: „Ich bin einverstanden. Dein Plan ist gut. Wenn Runar und Ubbe zustimmen, kämpfen wir gegen den Grafen und segeln gleich danach fort. Was meinst du dazu, Runar?"

„Der Vorschlag ist gut, aber ich bin nur damit einverstanden, wenn ich Graf Jakobus als Beute bekomme. Es ist schade, daß Prinzessin Jasmina in der Burg sitzt, sonst hätte ich meine ganze Beute bekommen."

„Ja, sicher ist es das. Du sollst Graf Jakobus bekommen. Was du mit ihm anstellst, sei dir überlassen."

„Gut, in dem Fall bin ich auch einverstanden."

„Na also, es bleibt nur noch Ubbe. Laßt uns zum Zelt gehen", forderte Ivar seine Brüder auf und lief mit ihnen los. Zu ihrer Überraschung, kamen ihnen Iben Chordadhbeh und Ubbe entgegen. Sie torkelten

ein wenig und stützten sich manchmal gegenseitig ab. Jeder hielt ein Trinkhorn in der Hand und murmelte etwas vor sich hin. Verwundert erkannten sie Halfdan, und Iben nuschelte undeutlich: „Halfdan, alter Freund, hast du uns endlich gefunden?"
Anstatt darauf zu antworten, sah sich Halfdan nach einem Wassereimer um, fand einen, griff ihn und goß dessen Inhalt über den arabischen Kaufmann.
„Woouuhh!" rief Iben unverständlich und schüttelte sich unter dem tosenden Gelächter der Wikinger. Iben wand sich, nahm seinen Turban ab und wrang ihn aus. Die Wikinger waren inzwischen den Tränen nahe vor Lachen.
„Warum hast du das getan?" fragte Iben verblüfft.
„Keine Angst, Iben. Wir Wikinger pflegen so unsere Betrunkenen aufzuwecken. Es sollte eine Ehre für dich sein, daß ich dich als Wikinger ansehe", schilderte Halfdan, worauf die Nordmänner in neue Lachsalven ausbrachen.
„Auf diese Ehre kann ich gerne verzichten", fand Iben leicht beleidigt.
„Laß gut sein, Iben. Es freut mich dich zu sehen, auch wenn du ein wenig naß bist. Ich hörte, daß du mit Ubbe trinkst. Und wenn jemand mit Ubbe trinkt, endet er meistens völlig betrunken. Jetzt bis du naß, aber wach."
„Ach ja? Ich war schon vorher wach", verteidigte sich Iben fröstelnd, denn die Temperaturen an dem anfänglich schönen Tag kamen nicht auf hohe Werte und der Ostwind hatte Nebel gebracht, der sich immer mehr verdichtete.
„Ich wollte nur sichergehen, Iben. Nein, ohne Spaß, wir haben beschlossen, den Grafen in einen Hinterhalt zu locken. Prinzessin Jasmina kann von mir aus auf der elenden Burg von Jakobus bleiben und bei den Angelsachsen vermodern. Wir haben nicht genug Männer für die Burg, und unsere Zeit wird knapp.
Das wollte ich dir sagen, und ich glaube, naß verstehst du es noch besser."

„Prinzessin Jasmina ist meine Beute, vergiß das nicht. Ohne Jasmina kann keiner den Diamanten der Götter zum Leben erwecken und seine Geheimnisse verstehen. Ihr braucht die Prinzessin genauso wie ich."

„Nein, Iben. Du brauchst die Prinzessin, weil du den Diamanten gerne selber hättest. Doch die Jagd nach dem Stein brachte uns nur Unglück. Ich will keine Männer und Boote mehr verlieren, wegen eines verhexten Edelsteins, der Leute erschlägt", erklärte Halfdan.

Iben Chordadhbeh wußte, das Halfdan recht hatte. Zwar hatten sie den „Diamanten der Götter" in Einars Drachenschiff gefunden, er war in einem Jutesack versteckt gewesen, aber er war völlig nutzlos, und niemand wagte ihn zu berühren. Iben eingeschlossen. Es bestand jedoch immer noch die Möglichkeit, einen guten Preis für Jasmina herauszuholen, weil Horik „der Junge" ihm Jasmina als Beute zugesichert hatte. Und vielleicht, in einem günstigen Augenblick, konnte er Runar überreden, ihm den Stein zu verkaufen. Der Wikinger hing nicht sehr an dem Diamanten, den er nicht anfassen konnte. Zudem wußte Iben von Kalif Qandrasseh, wie man mit dem Diamanten verfahren mußte, damit seine ungeheuren Fähigkeiten nutzbar wurden. Jemanden mit der richtigen Sorte Blut – den galt es zu finden – danach könnte Iben den Diamanten befragen und würde unglaublich reich werden.

„Was meinst du dazu, Ubbe?" unterbrach Halfdan seine Gedanken.

„Ich sagte schon früher, daß wir aus dem Grafen Krähenfutter machen sollten", lallte Ubbe betrunken. Er nuschelte kaum verständlich weiter: „Schlagt diesem Grafen den Kopf ein und werft den verfluchten Edelstein ins Meer, wo er hingehört."

„Warum schüttest du jetzt nicht Wasser über ihn?" erkundigte sich Iben.

„Weil Ubbe anders handelt als du. Gehen wir ins Zelt und wärmen uns auf", meinte Halfdan. Alle waren mit seinem Vorschlag einverstanden.

Bald saßen sie im Zelt von Runar und tranken Bier. Das blaue Kästchen aus Lapislazuli stand offen auf dem Eichentisch. Der Diamant ruhte im roten Samt. Lange bewunderten sie sein Leuchten und Funkeln schweigend, bis Halfdan den Deckel vorsichtig schloß und sich an Runar wandte: „Den Edelstein hast du zurück. Was willst du mit ihm anfangen?"
„Ich werde ihn teuer verkaufen. Ich behalte keinen Edelstein, in dem fremde Götter wohnen. Einen Stein, der Männer erschlägt und der einem bloß Unglück bringt, so einen Diamanten behalte ich nicht. Nur ein Dummkopf täte so etwas."
„Eine weise Entscheidung. Wem willst du ihn verkaufen?"
„Diesem Kalifen von AlDjeza'Ir. Ihm gehörte der Edelstein von Anfang an und nur er wird mir einen Preis dafür zahlen können, der meine vier toten Männer aufwiegt", machte Runar Halfdan klar.
„Weshalb verkaufst du ihn nicht mir? Ich zahle dir jeden Preis für den Diamanten", betonte Iben.
„In dem Fall verlange ich tausend Drachenschiffe für den Edelstein."
„Tausend Drachenschiffe? Du mußt absolut verrückt sein! Runar, kein König würde dir tausend Drachenschiffe für den Diamanten bezahlen."
„Kein König, oder nur du nicht? Es ist niemals gut, wenn man sich überschätzt, Kaufmann. Und es ist noch viel schlechter, wenn man Wikinger unterschätzt", sagte Runar gespannt. Sein Blick verharrte im Gesicht von Iben und wurde hart.
Lange hielt Iben dem Blick nicht stand: „So mach mit dem Stein, was du willst. Ich möchte bloß wissen, wie du dem Kalifen Qandrasseh den Diamanten verkaufen willst? Glaubst du, er kauft den Diamanten der Götter einem Barbaren ab?"
„Glaubst du, er kauft ihn einem Verräter ab?" konterte Runar.
„Schluß jetzt! Hört auf zu streiten. Wir haben wichtigeres zu tun, als uns idiotische Fragen zu stellen. Wir gaben Horik unser Wort, Einars Tod zu rächen, und ihr wißt, was das bedeutet."

„So ist es, Halfdan. Ich habe schon Späher vor die Burg von Graf Jakobus geschickt. Wir werden wissen, wann die Berittenen von König Edmund auftauchen und werden unser gegebenes Wort halten können."

„Gut, Ivar, wenigstens einer von euch behält einen klaren Kopf. Wo wollen wir den Berittenen auflauern?" fragte Halfdan Ivar, er bemerkte, daß Ubbe vorübergebeugt eingeschlafen war und zu schnarchen begonnen hatte. Er ließ ihn seinen Rausch ausschlafen. Im Moment war Ubbe unwichtig.

„Ich glaube, der beste Ort dafür wäre der Wald. Auf freiem Feld sind wir ihren Pferden unterlegen, doch im dichten Wald sind ihre Pferde nutzlos. Es dürfte einfach sein, die Berittenen mit Pfeilen und Speeren anzugreifen. Sobald sie am Boden sind, sind sie so gut wie tot."

„Deine Zuversicht in allen Ehren, aber was ist mit den Bauern? Könnten es nicht zu viele für uns sein? Immerhin habt ihr vier Dörfer des Grafen niedergebrannt", gab Halfdan zu bedenken.

„Ich hatte noch nie Angst vor Bohnenfressern und werde jetzt nicht damit anfangen. Vielleicht wird ihre Anzahl zu Beginn groß sein, und ihr Mut wird sich darauf stützen. Doch je mehr Bauern verletzt oder getötet werden, desto rascher werden sie fortlaufen, weil sie das bleiben, was sie sind – einfältige angelsächsische Bohnenscheißer", führte Ivar aus.

Halfdan gab sich damit zufrieden. Fürs erste. Zu gegebener Zeit würde man die Strategie anpassen müssen, je nachdem wie die Schlacht verlief. Darin war er Spezialist. Auf diese Art hatten er und seine Brüder schon manches Mal gesiegt, weil sie flexibel reagierten und nicht stur einem Schlachtplan folgten. Er konnte sich dabei blind auf seine Brüder verlassen, und diese Tatsache schlug jede ausgeklügelte Theorie.

„Trinken wir darauf! Trinken wir auf angelsächsische Bohnenscheißer!" rief er und hob sein Trinkhorn. Ubbe erwachte davon und murmelte schlaftrunken irgendetwas völlig Unverständliches.

Schließlich hoben alle ihre Trinkhörner und stießen sie in der Mitte des Tisches kraftvoll zusammen.

Währenddessen verließen Halfdans Krieger den „Drachen von Odin" und ruderten zum Wikingerlager. Nebelschwaden folgten ihnen vom Meer hinauf und hüllten das Lager der Nordmänner in undurchdringlichen Dunst. Bald waren die Zelte ganz im Nebel verschwunden.

9

„Treibt die Pferde an!" befahl Christian von Fullerton, der adlige Anführer der Berittenen. Seine fünfzig Reiter gehorchten und beschleunigten mit ihm gemeinsam das Tempo. Sie ritten durch die verwüsteten Reste des Dorfes Blainton. Es mußte vor dem Wikingerüberfall ein hübsches kleines Dorf gewesen sein, jedenfalls deuteten die gepflegten Gärten vor den Brandruinen darauf hin. Jetzt aber lagen manchmal Leichen davor. Und verängstigte Haustiere streunten zwischen den verkohlten Häusern. Lebende Menschen sahen sie keine, wahrscheinlich versteckten sich diese in den Wäldern. Christian war von König Edmund angehalten worden, sich nicht lange in den Dörfern aufzuhalten und gleich zur Burg von Graf Jakobus zu reiten. Und im Augenblick kam ihm diese königliche Anweisung wie ein Geschenk vor. Schnell galoppierten die Reiter aus Blainton hinaus und kamen in den Wald hinter dem Dorf. Die Straße ging leicht bergauf und aus dem Galoppieren wurde allmählich wieder ein Traben.
„Die Schandtat im Dorf verübten wohl die Wikinger?" fragte Nelson Jewett, der neben Christian ritt und normalerweise als Hauptmann König Edmund diente.
Christian hob das Visier seines Helms und lästerte: „Wer sollte es sonst gewesen sein? – Die Heiligen Drei Könige?"
Nelson Jewett war überrascht von der Antwort, jedoch nicht vom herablassenden Tonfall, den Graf Christian seit fünf Tagen unverändert beibehielt. Gleich nachdem sie von König Edmund losritten, hatte der Graf ihm erklärt, was er von seinem Auftrag hielt. Er hielt ihn für übertrieben und unangebracht. Außerdem verstand er nicht, weshalb dieser Graf Jakobus die Dänen nicht selber von seinem Strand fegte, denn seine Grafschaft in York würde die fünfzig Berittenen wesentlich besser gebrauchen können, als eine heruntergekommene Grafschaft im Süden von nirgendwo. Wenn die Wikinger etwas rauben wollten, dann sicher in seiner Grafschaft,

was etliche Überfälle zweifelsfrei belegten. Doch König Edmund entschied anders und Graf Christian mußte sich fügen.

„Hoffentlich steht die Burg von Graf Jakobus noch", entgegnete Nelson und unternahm einen weiteren Versuch die Stimmung zu verbessern.

„Die Wikinger werden die Burg in Ruhe lassen. Sie greifen lieber harmlose Dörfer an – ist in meiner Grafschaft genauso. Aber meine Dörfer kriegen keine Berittenen als Schutz", schilderte Christian und gab seinem Pferd die Sporen.

Für Nelson war Graf Christian trotz seiner Verdrossenheit eine imposante Erscheinung: Christian war weit über sechs Fuß groß und vermutlich zweihundert Pfund schwer. Er hatte lange schwarze Haare und ein energisches schmales Gesicht. Seine Körperhaltung strotzte vor Selbstbewußtsein. Er trug einen matt schimmernden Brustpanzer und Beinschienen. Viele Kratzer auf der Rüstung zeugten davon, daß Graf Christian schon manchen Kampf geschlagen hatte. Niemals sah Nelson jemanden, der besser mit dem Schwert umgehen konnte. Gleich zu Anfang forderte der Graf sieben Soldaten auf, gegen ihn zu kämpfen, damit er ihre Stärke testen könne. Zuerst machten sich die Soldaten über ihn lustig, weil sie vermuteten, daß er einen Spaß machen wollte. Als er aber blitzschnell sein Schwert zog, dessen Klinge an einer Seite gezackt war, damit möglichst viel Fleisch herausgerissen werden konnte, verstummten sie sofort. Einer nach dem anderen stürmte gegen den Grafen. Sie hieben auf ihn ein und erfreuten sich daran, weil die Soldaten nur selten gegen einen Adligen kämpfen durften. Ihre restlichen Kameraden spornten sie lauthals an, aber die Rufe blieben nutzlos. Kein einziger Hieb traf sein Ziel. Und Graf Christian von Fullerton hatte nicht einmal Mühe, jeden Angreifer zu entwaffnen. Zusätzlich gab er jedem von ihnen einen Tritt, so daß schlußendlich alle sieben am Boden lagen. Verdutzt applaudierten die Zuschauer, als der Graf sein Schwert wieder einsteckte. Er machte ein Handzeichen zum Dank und sprach zu ihnen: „Ihr seid zwar nicht stark genug für mich, aber

für die Wikingerhunde seid ihr hundertmal zu stark", worauf neuer Applaus und Jubel aufbrandete.
Der Graf wußte, wie man Soldaten motivierte, das war Nelson Jewett schnell klargeworden. Worüber er stutzte, war die Wortkargheit gegenüber ihrem Auftrag. Weder König Edmund, noch Graf Christian gingen dabei in Details. Sie erwähnten bloß, daß mehrere Wikingerschiffe gestrandet seien und ein Dorf in Gefahr wäre geplündert zu werden. Diese Gefahr schien sich bewahrheitet zu haben – und zwar schon bei drei Dörfern, durch die sie geritten waren. Bei dem Ausmaß an rücksichtsloser Zerstörung und gnadenlos hingemetzelter Dorfbewohner fragte sich Nelson so langsam, ob seine Reiter wirklich so stark waren, um die Wikinger zu vernichten. Insgeheim hoffte er, daß die Wikinger fortgesegelt wären, wenn sie die Burg von Graf Jakobus erreichen würden.
Die Straße ging immer steiler den Berg hinauf und der Wald wurde immer dichter. Endlich kamen sie an eine Wegkreuzung, bei der sie stoppten.
„Dort geht es nach Cambourne", erklärte Christian und deutete auf die rechts abzweigende Straße, die eher einem ausgetretenen Weg glich. „Der Bote, den Graf Jakobus schickte, hat die Kreuzung gut beschrieben. Sonst wüßte ich nicht, welchen Weg wir reiten müßten."
„Sollen wir nachsehen, ob Cambourne noch steht?" erkundigte sich Nelson.
„Nein, ist nicht nötig. Cambourne liegt vom Meer aus am nächsten. Die Wikinger werden es zuerst geplündert haben, da bin ich mir ganz sicher. Wir reiten gleich weiter zur Burg, der Graf braucht uns wahrscheinlich dringender als ein ausgebranntes Bauerndorf", vermutete Christian.
Der Trupp Reiter trabte los und Christian gab die Anweisung, sich nach Wikingern umzusehen. Er hatte irgendwie das Gefühl oder bloß eine Ahnung, von jemandem beobachtet zu werden. Das verwirrende Formen- und Farbenspiel des Waldes und das schattenhafte Dämmerlicht erlaubten keine klare Sicht. Man achtete mehr

auf ungewöhnliche Bewegungen, die jedoch kein geübter Beobachter machen würde, und deswegen gab man das Spähen durch das Unterholz meistens bald wieder auf. Sie benötigten ungefähr eine Stunde, bis sie den Anstieg zur Burg erreichten. Rasselnd wurde die Zugbrücke heruntergelassen und ein Mann in einem Kettenhemd kam heraus.

„Seid gegrüßt. Ich bin Jakobus von Plantain und habe Euch erwartet."

„Seid gegrüßt, Graf Jakobus. Ich bin Graf Christian von Fullerton, Abgesandter König Edmunds und Anführer seiner Berittenen. Ich hoffe, Ihr seid wohlauf."

„Danke, Graf Christian. Ja, ich bin wohlauf. Tretet ein und seid meine Gäste."

Die Reiter galoppierten über die Zugbrücke in den Burghof und wurden von den Bauern neugierig gemustert. Ihre schweren Schlachtrösser schnaubten heftig und ließen mehrere Bauern ängstlich zurücktreten. Beeindruckt halfen andere den Soldaten beim Absteigen. Sie hielten die Pferde fest, deren Schulterhöhe sie stets überragte.

Ein zufriedenes Lächeln tauchte auf dem Gesicht von Graf Jakobus auf und er wandte sich an Graf Christian: „Eure Rösser sind mächtige Tiere, mit denen werden wir die Dänen besiegen."

„Ich hoffe es, Graf Jakobus. Die Rösser sind aus den Stallungen von König Edmund und sind für den Nahkampf gezüchtet, daher kommt ihre Größe. Dem König müssen Euer Wohl und Eure Grafschaft am Herzen liegen, sonst würde er nicht solche Muskelberge von Pferden schicken. Ihr seid zu beneiden."

„Danke, aber die Nordmänner sind eine Bedrohung für das ganze Land. König Edmund tut gut daran, den Bastarden eine Lektion zu erteilen."

„Richtig, man muß den Feind dort schlagen, wo er auftaucht. In meiner Grafschaft in York werden wir leider nicht immer so großzügig von König Edmund unterstützt. Aus diesem Grund vertreibe ich

die Bastarde lieber selber. Wahrscheinlich hat mir König Edmund deshalb das Kommando übertragen."
Jakobus spürte den leichten Vorwurf in diesen Worten und betonte: „Ich hätte auch nichts lieber getan, als die Bastarde vom Strand zu fegen", dann ging er näher zu Christian. Er senkte seine Stimme und raunte: „Leider hörte ich auf einen Pfaffen, der mich davon abhielt. Dafür brachte er mir die stinkenden Bauern in meine Burg, die mir meine Luft verpesten."
„Ihr hört auf einen Kirchenmann bei Kriegsdingen?" wunderte sich Christian und stieg ebenfalls vom Pferd.
„Verzeiht, Ihr müßt Hunger und Durst haben. Gehen wir hinein", bat Jakobus Christian und gab per Handzeichen einigen Bediensteten den Befehl, die Soldaten und ihre Pferde zu versorgen.
„Wißt Ihr, der Pfarrer war mein Lehrer und der Pfarrer von Cambourne, das die Bastarde zerstört haben. Zudem hat er Erfahrung mit Wikingern", meinte Jakobus, als sie den Saal im Erdgeschoß des Burgfrieds betraten. Der Raum war geräumig, jedoch nicht besonders hell. Die vier schmalen Fenster spendeten nur wenig Licht. Auf einem runden Tisch standen in Schalen verschiedene Speisen und ein Tonkrug mit Wein.
„Ja, König Edmund berichtete mir über ihn. Seine Erfahrung kann uns vielleicht nützlich sein. – Aber bei Euren Dörfern hat sie komplett versagt", stellte Christian fest in einem Ton, in dem sich Besserwissen und Mitleid vermischten.
Er setzte sich, legte den Helm ab und begann sofort zu essen, während Jakobus ihm gegenüber Platz nahm. Stumm sah Jakobus den Grafen aus York an, der ungefähr in seinem Alter sein mußte. Das Gefühl von Überlegenheit, das von ihm ausging und ihn einhüllte wie eine unsichtbare Aura, faszinierte Jakobus. Es steigerte seine Zuversicht, die Nordmänner zu besiegen. König Edmund hatte den richtigen Mann für diese Aufgabe geschickt.
„Seid Ihr an meinen restlichen Dörfern vorbeigeritten?" fragte Jakobus nach einer Weile. Christian blickte kurz über seine Lamm-

keule und schmatzte: „Ja, an dem, was von ihnen übriggeblieben ist."

„Die verfluchten Hurensöhne wollen nicht nur meinen Kopf, sie verbrennen ebenso meine Dörfer und meucheln meine Leibeigenen. Es ist gut, daß Ihr endlich gekommen seid, sonst hätten die Hunde womöglich noch meine Burg gestürmt."

Christian von Fullerton warf die Keule zurück in die Schale, so als wäre ihm der Appetit vergangen, nahm den Weinkrug und setzte ihn an. Langsam und gleichmäßig trank er, und Jakobus glaubte schon, er wolle nie mehr aufhören, und er bekäme keine Antwort mehr auf seine Vermutung. Unerwartet rülpste Christian, setzte den Krug wieder auf den Tisch und entgegnete: „Seltsam, normalerweise begnügen sich die Bastarde mit einem Dorf und segeln danach weiter. Ihr müßt nicht nur König Edmund ans Herz gewachsen sein, wenn ich das sagen darf, ohne Euch zu beleidigen. Könnt Ihr mir sagen, warum?" fragte er und wischte sich mit seinem Ärmel über den Mund.

„Natürlich – wir Edelleute sollten keine Geheimnisse voreinander haben", erwiderte Jakobus und begann seine unglaubliche Geschichte. Er vermied bei seiner Erzählung absichtlich die Stellen, bei denen der „Diamant der Götter" seine Magie zeigte, weil er annahm, daß Christian ihm sowieso nicht geglaubt hätte und ihn als großmäuligen Lügner einstufen würde.

Um so mehr überraschte ihn die Reaktion des Grafen aus York: „Guter Graf Jakobus, Ihr wißt, wie man sich Feinde schafft. Gleich mehrere Wikingerclans in Wut zu versetzen, dazu muß man – sagen wir einmal – viel Courage besitzen. Offenbar habt Ihr genug davon", kommentierte Christian mit einem winzigen Schmunzeln und griff erneut zum Weinkrug. Bevor er ansetzte, sprach er gönnerhaft weiter: „König Edmund schätzt Eure Bemühungen. Auf jeden Fall tat der König das, als der magische Diamant der Götter in Eurem Besitz war. Euer Bote erzählte nichts von einem Raub."

„Natürlich nicht. Ich schickte ihn gleich, nachdem die Wikinger gestrandet waren. Der Bote wußte nichts vom Diebstahl. Aber woher ...?"

„Woher ich weiß, daß der Diamant der Götter magische Fähigkeiten hat? Nun, verehrter Graf Jakobus, König Edmund weihte mich in dieses Geheimnis ein. Oder dachtet Ihr, der König schickt einen Dorftrottel und fünfzig bewaffnete Reiter nur wegen ein paar verärgerten Wikingern?"

„Nein, nein, das nahm ich nicht an. Niemals hätte ich Euch für einen Dorftrottel gehalten", versicherte Jakobus hastig.

„Demnach würde ich Euch raten, mich nicht wie einen solchen zu behandeln und mir wichtige Einzelheiten zu verschweigen. König Edmund hat mir anvertraut, daß dieser merkwürdige Diamant Bilder zeigt. Bilder von allem und jedem, das man sich wünscht. Und ich frage Euch jetzt, Graf Jakobus, hat der König damit recht oder unrecht?"

„Er hat recht. Aber allzu leicht zeigt der Diamant keine Bilder."

„Wie meint Ihr das nun wieder?"

„Was genau hat Euch König Edmund anvertraut?" konterte Jakobus.

Sein Gast blickte ihn darauf vergnügt an und begann erneut Wein zu trinken, bis der Krug leer war: „Ich will ehrlich zu Euch sein, Graf Jakobus. Ich habe einen langen und harten Ritt hinter mir, und vielleicht liegt es auch nur an diesem Wein. Es ist fränkischer, nicht wahr?"

„Jawohl. Er stammt vom Drachenschiff. Die Dänen haben ihn wahrscheinlich im Frankenland erbeutet. Ich habe drei Fässer davon im Keller. Woran habt Ihr ihn erkannt? Seid Ihr ein Weinkenner?"

„Ich wünschte, ich wäre es. Nein, meine Mutter ist im Frankenland geboren und ihre Verwandten schicken uns gelegentlich Wein. Deswegen erkannte ich ihn. Doch kommen wir wieder zum Diamanten der Götter. Ich vermute, der gute König Edmund hat Euch dasselbe über den Edelstein gesagt wir mir, nämlich daß man den Stein nur zu berühren braucht und sich das, was man sehen will, vorstellen soll. Und schon soll einem dieser Diamant das Bild davon zeigen."

„Ja, mir hat er etwas Ähnliches erzählt und mich gebeten, auf meiner Pilgerreise nach Jerusalem einen Besuch bei Kalif Qandrasseh zu machen, damit ich mich davon überzeugen konnte."

„Und so wie es den Anschein hat, konntet Ihr das."

„So ist es. Er befahl mir zusätzlich, über den Diamanten zu schweigen."

„Mir ebenfalls. Habt Ihr über ihn geschwiegen?"

„Sicher. Ich sehe aber keinen Sinn mehr darin. Die Bastarde haben den Stein gestohlen. Sie werden jedoch nicht glücklich damit werden."

„Weshalb? Ist der Stein verhext und überträgt die Krätze?"

„Nein, dazu müßten sie ihn erst berühren können", fand Jakobus schadenfroh und erklärte Christian die Geheimnisse des „Diamanten der Götter". Der Graf aus York hörte staunend zu und hielt sich mit Fragen zurück, obwohl ihm unzählige Fragen durch sein Gehirn schossen und darin hängen blieben. Endlich waren Jakobus Ausführungen zu Ende und Christian preschte los: „Prinzessin Jasmina ist Eure Verlobte und nur sie kann die Bilder aus dem Diamanten zaubern?" erkundigte er sich, die Augen weit aufgerissen.

„Ja, ich kenne niemanden, der sonst dazu imstande wäre."

„Und Ihr glaubt, die Wikinger sitzen an Eurem Strand fest?"

„Vorgestern waren sie noch dort, und an dem Abend raubten sie das Drachenschiff des toten Häuptlings. Ob sie jetzt noch dort sind, weiß ich nicht. Ich gäbe viel dafür, wenn sie fort wären, zusammen mit dem verfluchten Stein."

„Also erhebt Ihr keine Besitzansprüche auf den Diamanten?"

„Besitzansprüche? Ich wollte den Diamanten und das Heidenschiff König Edmund schenken. Ich würde ihn sogar Euch schenken, wenn ich dadurch die verdammten Teufel am Strand loswerden würde", haderte Jakobus.

„Dafür bin ich hier, Graf Jakobus. Ich werde nicht zaudern und nicht zögern.

Sobald meine Reiter ausgeruht sind, werden wir angreifen."
„Danke, Graf Christian. Es ist lange her, daß jemand außer mir auf meiner Burg Mut zeigt und mir nicht ständig mit Warnungen und Vorbehalten mein Gemüt trübt. Ihr könnt auf mich und meine Leibeigenen zählen."
„Sehr gut. Wie ich sah, verfügt Ihr auch über einige Soldaten."
„Richtig. Meine Soldaten und Jasminas Leibwache."
„Sind die Sarazenen zuverlässig? Ich kämpfte noch nie mit Muselmanen zusammen und möchte nicht auf dem Schlachtfeld enttäuscht werden."
„Sie sind zuverlässig. Jasminas Männer wurden in der Armee ihres Vaters ausgebildet und verstehen sich auf die Kriegskunst."
„Ich muß Euch wohl glauben, Graf Jakobus. Obschon ich bei Heiden ständig Zweifel habe", kommentierte Christian und ließ dabei seine rechte Hand in der Luft hin- und herschwenken, was ein Zeichen für Unbeständigkeit sein sollte.
„Ohne Jasminas Leibwache könnte ich heute nicht mit Euch reden, verehrter Graf Christian. Vielleicht würde ich auch von den Dänen als Geisel festgehalten. Vielleicht sogar als Sklave verkauft. Es wäre durchaus möglich, daß ich schon tot wäre. Ich hoffe, damit sind Eure Zweifel verschwunden."
„Nun gut, sei es, wie es sei. Auf Eure Leibeigenen verlasse ich mich lieber, schließlich geht es bei ihnen um ihr erbärmliches Leben. Ihre Dörfer haben sie verloren, und ich kann mir vorstellen, wie sie auf einen Kampf brennen."
„Gewiß, das tun sie. Bruder Alkin ist unterwegs und sucht die versprengten Leibeigenen meiner Dörfer zusammen. Es dürften an die hundert Mann zu unserer Truppe dazukommen. Damit sind wir den Bastarden überlegen."
„Habt Ihr genug Waffen für die Bauern?"
„Ich werde die verteilen lassen, welche in meiner Waffenkammer sind. Der Rest der Leibeigenen muß sich selber Waffen besorgen. Manchmal hat eine Heugabel oder Sense mehr Wirkung, als das härteste Schwert."

„Da gebe ich Euch recht. Der Mann, der die Waffe führt, zählt, nicht nur die Waffe alleine. Ist in meiner Grafschaft dasselbe, meine Leibeigenen kämpfen gerne gegen die Hurenhunde aus dem Norden, man muß ihnen nur zeigen, wie", betonte Christian und blickte sehnlich in den leeren Weinkrug.

„Verzeiht, ich vergaß den Wein. Wartet bitte einen Augenblick", bat Jakobus, ging zur Türe des Saals und rief nach einer Magd.

Der Graf aus York nagte weiter an seiner Lammkeule, und nachdem sich Jakobus wieder hingesetzt hatte, sprach er mit vollem Mund: „Ihr müßt nicht glauben, daß ich immer soviel Wein trinke, doch ich rede auch nicht immer soviel. Und Wein löst bekanntlich die Zunge."

„Stimmt, der Ausspruch kommt mir bekannt vor", schmunzelte Jakobus.

„Ich sehe, daß Ihr zu Leben versteht, Graf Jakobus, und nicht einen Drittel des Tages mit Beten vergeudet, so wie das gewisse Könige tun. Ihr werdet mir dadurch sympathischer."

„Ihr mir ebenfalls", entgegnete Jakobus und bemühte sich, ehrlich zu klingen.

Die Magd brachte einen neuen Krug Wein und nahm den alten, während sie den fremden Grafen neugierig musterte.

„Ah, ein hübsches Mägdelein. Wie heißt du denn, mein schönes Kind?" fragte Christian und kniff der Magd hinten in den Rock. Diese stieß einen kurzen überraschten Laut aus, lächelte den Grafen danach aber an. Trotzdem gab sie ihm keine Antwort und verließ den Saal.

„Sie scheint mir ein wenig schüchtern, Eure Magd. Sie hat jedoch Rundungen dort, wo sie sein sollten. Wißt Ihr, ich mag Weibsbilder, die Pferden ähneln."

„Ich verstehe nicht ganz?" wunderte sich Jakobus. Er kannte die Magd besser (jedenfalls vor seiner Pilgerreise), als der Graf aus York wußte, und seine Stimmung wurde ein wenig missmutig.

„Ein rundes Hinterteil und eine stramme Brust – zeichnet jedes Pferd aus. Ich hoffe Ihr versteht jetzt, worin sich Weibsbilder und Pferde ähneln."

„Oohh, jetzt verstehe ich. Hahaha, ein rundes … ja, genau so ist es", stimmte Jakobus vergnügt zu und lachte erleichtert, er hatte etwas anderes gedacht.

Christian von Fullerton schenkte ihm einen Becher ein und gemeinsam tranken sie den schweren Burgunder, ohne sich dabei aus den Augen zu verlieren. Unvermittelt fuhr Christian mit dem früheren Gesprächsthema fort: „Von Vorteil ist es außerdem, die Bauern als erstes anstürmen zu lassen, danach haben wir Reiter leichteres Spiel und verlieren weniger Schlachtrösser. Ein gutes Schlachtroß ist viel wert, Graf Jakobus, und ist nicht leicht zu ersetzen. – Ihr teilt doch meine Meinung?"

Jakobus war in Gedanken noch immer bei Amanda, der Magd. Er überlegte, warum er sie vergessen hatte, und ob Jasmina je von ihrem Techtelmechtel erfahren würde. Aber vor allem, was passieren würde, wenn sie es erfuhr. Ein kurzer Schauer durchzuckte ihn, als er es sich vorstellte. Amanda mußte fort aus seiner Burg, aus seinem Personal, aus seinem Leben.

„Graf Jakobus – Ihr teilt doch meine Meinung?" weckte ihn Christian auf.

„Teilen? Ach ja, natürlich teile ich Eure Meinung. Die Bauern sollen stürmen.

Sie hätten von Anfang an stürmen sollen und ihre Dörfer verteidigen. Warum habe ich bloß auf Bruder Alkin gehört, wahrscheinlich würden dann die restlichen Dörfer noch stehen und wären nicht abgebrannt."

Erstaunt von der plötzlichen Einsicht seines Gegenübers, hob Christian seine buschigen Augenbrauen und ganz kurz wurden tiefe Stirnfalten sichtbar. „Ich bin absolut sicher, daß sie noch stehen würden. Man darf den Dänen nicht nachgeben, sonst zahlt man einen hohen Preis dafür. Wenn ich an Eurer Stelle wäre, würde ich nicht auf einen altersschwachen Kirchenmann hören, der, so wie

mir König Edmund anvertraut hat, von der Gicht geschwächt ist, und der vermutlich nicht einmal mehr geradeaus pissen kann."
„König Edmund hat Euch das gesagt?"
„Es waren nicht genau seine Worte. Ein gläubiger König wie er gebraucht keine solchen Worte. Nur sind sie bei Eurer Grafschaft nicht berechtigt."
„Gewiß sind sie das. Ohne Zweifel sind sie das", bestätige Jakobus.
„Also, gebt mir das Kommando über Eure Bauern, und ich zeige Euch, wie man die Bastarde am Strand richtig behandelt. Ihr werdet niemals mehr etwas mit ihnen zu tun haben, das verspreche ich Euch."
„Einverstanden. Ihr könnt über meine Leibeigenen verfügen. Ich werde Euch allerdings begleiten. Die Dänen haben mich beleidigt, dafür sollen sie büßen."
„Wunderbar, Graf Jakobus. Ich habe nichts anderes von Euch erwartet."
„Eines müßt Ihr mir aber noch erzählen."
„Alles, was Ihr wollt. Fragt mich alles, was Ihr wollt", bat Christian.
„Wie erfuhr König Edmund eigentlich vom Diamanten der Götter?"
„Er hat Euch das nicht anvertraut? Ihr erfüllt einen Auftrag von König Edmund und wißt nicht einmal, warum?" fragte Christian erstaunt.
„Der König half meiner Familie, deshalb hielt ich es für unangebracht, mich näher darüber zu erkundigen. Er sagte bloß, der Diamant sei äußerst wichtig für ihn. Aber nach allem, was passiert ist, sehe ich das etwas anders."
„Da kann ich Euch gut verstehen, wer täte so etwas nicht? Mir sagte König Edmund, daß er von einem Mönchsorden in Irland von dem Diamanten erfahren hat. Es gäbe in diesem Orden eine Bibliothek, in der viele alte Schriften aufbewahrt würden. Darunter sei in früheren Jahren auch ein Pergament gewesen, das diesen Diamanten der Götter erwähnt habe."

„Und von diesem Pergament wußte König Edmund vom Diamanten?"

„Nicht ganz, nein. Der Prior des Ordens, ich glaube sein Name ist Sonwillibrord, hält das Pergament unter Verschluß, seit er es von seinem Vorgänger erhalten hat. Dies sei eine uralte Tradition des Ordens und werde schon seit dem Abzug der Römer so gehandhabt, von denen das Pergament stammen soll."

„Seltsam. Wieso muß ein Pergament unter Verschluß gehalten werden?"

„Laut König Edmund enthalte das Pergament einzelne Passagen, die so gotteslästerlich wären, daß sie den Geist von normalen Menschen und Mönchen vergiften würden. Womöglich würden sie ihren Gottesglauben verlieren und zu heidnischen Barbaren werden, ähnlich wie die Bastarde an Eurem Strand."

„Ich beginne langsam zu verstehen. Aber weswegen verbrennt man dieses gefährliche Pergament nicht einfach?"

„Die Antwort darauf kennt Ihr besser als König Edmund und dieser Prior aus Irland. Überlegt einmal", forderte Christian Jakobus auf.

„Die Bilder – die Bilder des Diamanten!"

„So ist es, Graf Jakobus. König Edmund weiß um die magischen Bilder des Diamanten. Und das Pergament gibt Anweisungen, wie die Bilder aus dem Stein entlockt werden können. Allerdings steht nichts darin von den Schlägen, die der Edelstein austeilt. Das dürfte auch für König Edmund neu sein."

„Ihr meint, König Edmund gab mir den Auftrag, weil er genau wußte ..."

„Sagen wir, weil er wußte, daß Ihr den geheimen Auftrag erfüllen würdet. Von Prinzessin Jasmina hat er nichts geahnt und noch viel weniger, daß Ihr den Diamanten gleich in Euren Besitz nehmt. Oder besser nehmen konntet."

„Aber wie ...?"

„Wie er von Kalif Qandrasseh erfuhr? – Ihr seid nicht der erste Pilger, der nach Jerusalem ging, Graf Jakobus. Fünfzehn Jahre brauchte König Edmund, bis er auf die Spur des Diamanten der Götter kam.

Fünfzehn Versuche, die fehlschlugen. Fünfzehn Pilger, die versagten, außer Euch. Ihr könnt stolz sein."
„Ein solch gewaltiger Aufwand – für was?"
„Schon wieder kennt Ihr darauf die Antwort. Sie ist wahrscheinlich an Eurem Strand und verzehrt gerade die Vorräte Eurer zerstörten Dörfer."
„Die Wikinger?" flüsterte Jakobus fassungslos.
Christian von Fullerton nickte leicht und trank den Becher leer.
„Der König ist es leid, daß ständig die Unmenschen aus dem Norden seine Ländereien plündern, seine Dörfer verbrennen und seine Städte belagern, bis er sie mit riesigen Geldsummen freikaufen muß", erklärte Christian eindringlich.
Der Graf aus York blickte Jakobus in die Augen und fuhr in leiser gespannter Tonlage fort: „Könnt Ihr Euch vorstellen, wie König Edmund der sagenhafte Diamant mit der Zeit erschienen ist? Ein Edelstein, der einem sagen kann, wo und wann die Dänen zuschlagen werden. Ein Diamant, der Euch zeigt, in welcher Stärke und Anzahl der Feind seine Krieger schickt. Ein magisches Juwel, das vielleicht Gott selber gesannt hat, damit er, König Edmund, die Prophezeiung des Jeremia verhindern kann, der vorhersagte – und es wird ein Unglück aus dem Norden hereinbrechen über alle Bewohner des Landes."
„Soweit mir Bruder Alkin sagte, meine Jeremia damit das Land Juda."
„Euer Bruder Alkin ist ein Stümper. Nein, ein altersschwacher zaghafter Stümper. Jeremia kann mit seiner Vorhersage nur *ein Land* gemeint haben, das Land der Angelsachsen, *unser Land*. Wenn ein so gläubiger König wie Edmund das erkannt hat, dann solltet Ihr das auch einsehen, Graf Jakobus."
„Auch wenn dem so ist, König Edmund wird den Diamanten der Götter ohne Prinzessin Jasmina nicht gebrauchen können."
„Und? Was spricht dagegen? Die Frau eines angelsächsischen Grafen wird einem angelsächsischen König sicher gutgemeinte Ratschläge

erteilen dürfen. Niemand braucht zu erfahren, von wem sie eigentlich stammen."

„Seid Ihr auf diese Idee gekommen?"

„Gleich nachdem Ihr mir von Prinzessin Jasmina erzählt habt. Wir brauchen dafür nur verschwiegene Boten und schnelle Pferde. Beides werdet Ihr im Überfluß haben, sobald die Heiden am Strand besiegt sind."

„Eure Idee ist gut, Graf Christian. Sie hat bloß einen großen Fehler."

„Einen Fehler?"

„Ihr vergeßt, daß wir nicht verheiratet sind. Leider weigert sich Bruder Alkin standhaft, uns zu verheiraten. Er sagt, er braucht dafür das Einverständnis eines Bischofs. Ich werde jetzt noch ärgerlich, wenn ich an seine Ablehnung denke."

„Seid froh, daß er Euch nicht verheiratet hat. Wieviel zählt schon eine Heirat durch einen Dorfpfaffen, der normalerweise Leibeigene verheiratet? Er könnte genauso gut eine Kuh und einen Stier verheiraten, soviel zählt für mich eine Heirat durch einen Dorfpfarrer. Ein Graf wie Ihr sollte wirklich durch einen Bischof verheiratet werden, da gebe ich Bruder Alkin recht. Ihr müßt an Eure und an die Zukunft von Prinzessin Jasmina denken."

„Wie meint Ihr das?" wollte Jakobus erstaunt wissen.

„Nun, nehmen wir einmal an, Eure Ehe wird von einem Bischof abgesegnet. Kein Mensch und kein Edelmann käme auf den Gedanken, eine solche Verbindung anzuzweifeln. Keiner würde es wagen. Auch dann nicht, wenn die Braut aus dem Orient käme. Aus dem fernen ungläubigen Afrika, in dem Hexerei und schwarze Magie weit verbreitet sind. Es soll sogar Menschenfresser dort geben, Graf Jakobus. Versteht Ihr jetzt?"

Jakobus von Plantain überlegte und sein Gesicht nahm einen grüblerischen Ausdruck an. Mit der linken Hand kratzte er sich hinter dem Ohr und mit der rechten schob er den leeren Weinbecher von sich. In seinem Kopf spukte das Wort „abgesegnet" herum und als er darin nochmals alle Geschehnisse abspulte, kam er sich immer mehr

wie eine Figur in einem Spiel vor. Keine Figur von geringem Wert, er war schließlich kein Leibeigener, aber eben doch nur eine Figur, der scheinbar von jedermann nach Gutdünken befohlen wurde. Der König, seine Mutter, Bruder Alkin, Jasmina und nun dieser Graf Christian. Er nahm sich vor das zu ändern, und mit seiner Antwort fing er an: „Wir werden sehen. In Zukunft werde ich nichts mehr auf die Meinung anderer geben. In meiner Grafschaft befehle ich, und nur dem König bin ich darüber Rechenschaft schuldig."
„Daran gibt es keinen Zweifel. Ich möchte Euch dennoch bitten, über den Auftrag des Königs und den Diamanten weiterhin zu schweigen. Es gibt misstrauische Leute, darunter würde vermutlich ebenfalls Bruder Alkin sein, welche die Magie des Diamanten mit dem Teufel in Verbindung bringen würden. Und Prinzessin Jasmina – ich würde glauben – nicht besonders wohlwollend behandeln würden."
„Eure Worte sind gut temperiert, Graf Christian. Macht Euch keine Sorgen, über den Diamanten der Götter werde ich schweigen, denn das ist auch in meinem Interesse."
Die Türe zum Saal wurde geöffnet und unterbrach das Gespräch. Gräfin Martha von Plantain und Prinzessin Jasmina betraten den Raum. Nachdem Jakobus den Grafen aus York vorgestellt hatte, meinte Martha: „Eine Magd hat mir berichtet, daß Ihr angekommen seid, Graf Christian. Auf die Person ist nicht richtig Verlaß, sonst hätte ich Euch schon früher begrüßt. Wir haben Euch nämlich schon sehnlichst erwartet."
„Auf wen ist heute schon noch Verlaß, außer auf uns Edelleute? Es ist mir trotzdem eine große Ehre, Euch kennenzulernen."
Die Gräfin sah Christian abschätzend an und beschloß, ihn zu prüfen: „Gleichfalls. Würde es Euch stören, lateinisch zu sprechen? Die Prinzessin versteht unsere Sprache nicht. Es wird doch kein zu großer Aufwand sein?" fragte sie gespannt in bibelfestem Latein.
„Nein, ganz und gar nicht. So hat sich der Religionsunterricht gleich doppelt gelohnt", antwortete Christian ebenso sicher in der

Fremdsprache, die er mühsam und nur dank der Hilfe unzähliger, wie er sie nannte, Kirchenmänner gelernt hatte.
Kichernd tuschelten die Frauen etwas untereinander, sie mochten einander offensichtlich. Danach richtete sich Jasmina an ihn: „Ihr macht einen guten Eindruck, so wie es Eure Schlachtrösser im Hof tun. Macht Ihr auf dem Schlachtfeld auch einen guten Eindruck?"
„Ich täte nichts lieber, als Euch das zu beweisen, Prinzessin Jasmina. Ich bin nur nicht sicher, ob mich Eure Schönheit dazu nicht zu sehr verwirrt hat."
„Danke für das Kompliment."
„Was für ein Kompliment?"
„Ihr seid ein Schmeichler, Graf Christian. König Edmund hat eine gute Wahl beim Anführer seiner Berittenen getroffen. Was sagt der König zu meiner Verlobung mit Jakobus? Wir möchten nämlich rasch heiraten."
„Der Bote berichtete nichts von Eurer Verlobung. Er sprach nur von den Wikingern. Ich weiß deswegen nicht, wie König Edmund über Eure Heirat denken würde. Seine ganze Sorge galt den Barbaren an der Küste."
Verwundert drehte sich Jasmina zu Jakobus und erkundigte sich: „Hast du dem Boten nichts von unserer Verlobung erzählt?"
„Ich hielt es nicht für nötig. Ich wußte nicht, daß uns Bruder Alkin Schwierigkeiten mit unserer Heirat macht. Wo ist eigentlich mein Bote?"
„Er verweilt am Hof des Königs. Er ruht sich aus, und der König will ihn danach ein wenig genauer befragen."
„Konnte er das nicht gleich bei seiner Ankunft?"
„Nein, Graf Jakobus. Der Bote war zu erschöpft und König Edmund hat mich sofort mit den Reitern losgeschickt. Ihr habt einen mächtigen Freund in ihm."
„Ja, das haben wir. Wißt Ihr, mein verstorbener Mann und König Edmund waren seit langer Zeit Freunde und …", brach Martha ab, weil etwas draußen vor dem Burgfried die Bauern laut jubeln ließ. Der Lärm störte: „Was soll der Krach? Das hat man nun davon,

wenn man gütig Leibeigene in seiner Burg beherbergt. Ein Wunder, daß sie nicht ihre Hütten auf unserem Burghof aufbauen. Jakobus?"

Doch auch ihrem Sohn war der Grund für die begeisterten Jubelrufe unbekannt, er schüttelte mit unwissender Mimik seinen Kopf, forderte aber auf: „Sehen wir nach", und machte eine entsprechende Handbewegung.

Als sie ins Freie traten, hatte sich eine große Menschenmenge kreisförmig um jemanden versammelt. Die Edelleute mußten sich einen Weg durch die Bauern bahnen, bis sie schlußendlich mittendrin Samuel Bone erkannten. Der Gastwirt saß auf einem Schemel und seine Frau, Rose Bone, tupfte mit einem nassen Tuch seine Nase. Die Nase war schwarzrot angelaufen und anscheinend schwer verbrannt. Sobald Samuel Graf Jakobus bemerkte, nahm er das Tuch, preßte es auf die Nase und stand rasch auf: „Graf Jakobus, ich bin zurück von den Wikingern", sagte er stolz.

„Sehr gut. Wie konntest du fliehen? Und was geschah mit deiner Nase?"

„Die verdammten Hunde haben mich gefoltert! Bis aufs Blut haben sie mich gefoltert!" wütete Samuel, entfernte das Tuch und streckte Jakobus sein Gesicht entgegen. Angewidert wendeten sich Jasmina und Martha ab. Das verbrannte Fleisch hatte zu eitern begonnen und sah gräßlich aus.

„Du hast uns überzeugt. Bitte bedeck deine Wunden wieder", bat Jakobus ihn.

„Eh, ach ja, ich vergaß die edlen Damen. Verzeiht mir bitte", entschuldigte sich Samuel und legte das Tuch erneut auf seine Nase. Aufgebracht ergänzte er: „Ich muß Gott dafür danken, daß ich noch eine Nase habe. Mit einer glühenden Zange haben sie mich traktiert, die Hurenhunde, die Bastarde, diese Rattenficker!"

„Wir sind alle deiner Meinung, Samuel. Aber könntest du uns nun verraten, wie du fliehen konntest?"

„Ich konnte nicht fliehen, die Wikinger haben mir befohlen, Euch eine Nachricht zu überbringen."

„Eine Nachricht? Mir?"
„Ja, Graf Jakobus. Ich soll Euch mitteilen, daß die Bastarde keinen weiteren Streit mehr wünschen. Sie sind zu einem Waffenstillstand bereit."
Völlig erstaunt blickte Jakobus von Samuel zu Graf Christian. Dieser nickte kaum merklich und wandte sich seinerseits an Samuel: „Mein Name ist Graf Christian. Ich bin der Anführer der Berittenen von König Edmund. Ich möchte dich bitten, mir einige Fragen möglichst genau zu beantworten."
„König Edmund ist ein guter und gläubiger König – ich werde es versuchen."
„In Ordnung. Wie viele Krieger sahst du am Strand und was für Waffen tragen sie?"
„Das ist schwer zu sagen, Graf Christian. Nachdem mich die Dänen gefoltert hatten, legten sie mich in Ketten und sperrten mich in ein Zelt ein."
„Das war anzunehmen, aber vorher, wie viele Krieger sahst du? Ich meine nicht auf den Mann genau. Gib uns eine ungefähre Zahl", forderte Christian.
„Ich würde schätzen – so an die hundertfünfzig. Sie trugen Schwerter, Dolche, Äxte, Pfeilbogen und natürlich Rundschilder."
„Und ihre Schiffe, in welchem Zustand waren ihre Schiffe?"
„Ihre Schiffe hatten sie auf den Strand gezogen. Einige Zimmermänner arbeiteten an ihnen. Ich vermute, sie waren kaputt. Genau kann ich das nicht sagen, denn ich bin Wirt und kein Seemann. Ach ja, ihre Maste waren geknickt", erklärte Samuel dem Grafen aus York.
„In dem Fall können sie nicht weg vom Strand. Wahrscheinlich wollen sie deswegen einen Waffenstillstand", kombinierte Christian. Er schaute nachdenklich zu Jakobus, dessen Gesichtsausdruck sich von verwundert zu erfreut wechselte. Keine positive Freude, eher schadenfroh. Plötzlich verging diese Gefühlsregung und Jakobus fragte stutzig: „Hast du kein ganzes Drachenschiff gesehen? Ich meine jenes, welches wir in der Grotte gesehen haben und über das du nicht schweigen konntest?"

„Hört mich an, Graf Jakobus, die Schmerzen waren unerträglich und ich …"

„Ich mache dir keinen Vorwurf, Samuel Bone. Versteh mich nicht falsch, die Teufel verstehen sich auf die Folter. Ich möchte bloß wissen, ob du …"

„Nein, nein, ich sah das Drachenschiff nicht. Allerdings hörte ich in dem Zelt zwischendurch die Wikinger laut rufen, was ich mir nicht erklären konnte."

„Da kamen sicher die Diebe mit dem Drachenschiff zurück", vermutete Christian und las Bestätigung in den Augen von Jakobus.

„Noch etwas. Wer gab dir den Auftrag, uns die Nachricht zu überbringen?"

„Nun, das war seltsam. Die Dänen sprachen meine Sprache nicht, dafür hatten sie einen dunkelhäutigen Sarazenen, der sich als Iben vorstellte. Iben Chordudbad – oder so ähnlich. Er sagte, er wäre Kaufmann."

„Iben Chordadhbeh! Der Hurensohn ist also auch am Strand! Ich kann es kaum erwarten, mein Schwert an ihm zu erproben!"

„Gemach, Graf Jakobus, Ihr werdet noch früh genug die Gelegenheit dazu haben", beschwichtigte Christian.

Samuel Bone fuhr fort: „Wie gesagt, dieser Sarazene erteilte mir den Auftrag, Euch das Friedensangebot zu überbringen. Wer ihm das befohlen hat, weiß ich nicht. Ich wußte zuerst nicht einmal, wohin mich die Wikinger bringen. Sie haben mir nämlich die Augen verbunden. Als sie mir die Binde in Cambourne abnahmen, bin ich zur Burg gerannt. Es hatte viel Nebel, und ich war froh, daß ich den Weg fand."

„Ich hoffe, morgen hat es keinen Nebel, ich kämpfe nicht gerne im Dunst", entgegnete Christian, so als hätten weder das Friedensangebot, noch die Erzählung von Samuel Bone die geringste Bedeutung. Jakobus dachte ebenso keine Sekunde an einen Waffenstillstand. Statt dessen übersetzte er Jasmina die Neuigkeiten, und die Prinzessin bestärkte ihn, die Barbaren anzugreifen.

„Danke für deine Nachricht. Ich werde dir beim Neuaufbau deines Gasthofes helfen", bot Jakobus dem Wirt an. Dieser nickte freudig. Danach richtete sich Jakobus an die restlichen Dorfbewohner: „Einwohner von Cambourne, hört mir zu! Ich und Graf Christian haben beschlossen, morgen die Bastarde am Strand anzugreifen!" rief er, worauf Jubel und Freudenschreie aufbrandeten. Jakobus wartete, bis es ruhiger wurde: „Ich lasse euch nicht im Stich, Einwohner von Cambourne. Jeder, dessen Haus zerstört wurde und der mit uns freiwillig kämpft, bekommt von mir ein neues Haus!" ergänzte er. Diesmal war der Beifall weniger laut. „Zudem bekommt jeder Freiwillige eine Waffe, damit wir den Gottlosen ihre gerechte Strafe geben können. Jeder Freiwillige trete vor!" befahl Jakobus.

Die Leute diskutierten heftig untereinander. Langsam meldeten sich die ersten Freiwilligen, und stetig wurden es mehr. Nur sehr wenige meldeten sich nicht, meistens auf Anraten ihrer besorgten Ehefrauen.

„Graf Christian, könnt Ihr die Bauern in Gruppen einteilen? Ich gehe zur Waffenkammer und lasse die Waffen verteilen."

„Es ist mir ein Vergnügen, das für Euch zu tun", meinte der Graf aus York.

Er zog Jakobus beiseite und flüsterte leise: „Das habt Ihr sehr gut gemacht, die Bauern gehorchen Euch. Aber wie wollt Ihr so viele Häuser bauen?"

„Nach der Schlacht werden es nicht mehr so viele sein – und – wieviel ist König Edmund der Diamant der Götter wert? Bestimmt ein paar mickrige Häuser", betonte Jakobus ebenso leise. Christian lächelte zustimmend.

10

Im zweiten Stockwerk des Burgfrieds war die Waffenkammer eingerichtet. Gräfin Martha hatte dafür gesorgt, daß sie beinahe überquoll. Eines Tages würde ihr Sohn mit den martialischen Mordwerkzeugen den Mörder ihres Mannes zur Rechenschaft zwingen. Daher konnten für die Gräfin gar nicht genug Waffen in der Kammer sein.
Gleich begann Jakobus die Waffen seinen Soldaten auszuhändigen, die diese nachher den Bauern geben sollten, als ihn eine dumpfe Stimme hinter seinem Rücken zusammenzucken ließ: „Was macht Ihr da?" wollte sie energisch wissen.
Jakobus drehte sich um und sah in das strenge Gesicht von Theophilus Alkin.
Sein durchdringender Blick, der dem glich, den er im Beichtstuhl bekam, wenn jemand eine besonders schwere Sünde bekannte, schüchterte Jakobus kurz ein.
„Ich verteile die Waffen an die Bauern. Morgen greifen wir die Bastarde am Strand an", antwortete Jakobus, und er vermutete, daß der ehemalige Mönch exakt wußte, was er da tat. Er mußte die Soldaten im Hof gesehen haben.
„Ihr wollt die Wikinger mit den verängstigten Bauern angreifen, obwohl sie überhaupt nicht im Kampf geübt sind?"
„Ja, zusammen mit den Berittenen von König Edmund."
„Das ist allein die Aufgabe der Berittenen und Eurer Soldaten. Die Bauern haben damit nichts zu tun. Ich bin nicht einverstanden, daß Ihr sie aufbietet."
„Ihr braucht damit auch nicht einverstanden zu sein, weil die Sache Euch gar nichts angeht", entgegnete jemand von der Türe der Waffenkammer aus, es war Graf Christian, welcher mit Gräfin Martha und Prinzessin Jasmina eintrat.
„Wie könnt Ihr es wagen, ich bin der Pfarrer von Cambourne und …"
„Ihr meint von dem verbrannten Schutthaufen, Bruder Alkin?" unterbrach Christian und Streitlust tanzte in seinen Augen.

„Nein, von den Einwohnern, für dessen Seelenheil ich verantwortlich bin."

„Ach, Ihr sprecht von Seelenheil und laßt zu, daß die Barbaren vier Dörfer in Schutt und Asche legen? Ihr habt eine merkwürdige Vorstellung von Seelenheil", spottete der Graf aus York direkt von Theophilus stehend.

„Es ist nicht der weltliche Besitz, nachdem sich das Seelenheil richtet. Es ist der christliche Glaube, den Ihr irgendwann auf dem Schlachtfeld verloren habt."

„Ihr könnt froh sein, daß Ihr ein Kirchenmann seid, alter Mann. Niemand beleidigt Graf Christian von Fullerton auf diese Weise, ohne daß er seinen Kopf verliert", drohte Christian.

„Ich verliere lieber meinen Kopf, als meinen Glauben. Ganz im Gegensatz zu Euch."

„Das läßt sich leicht feststellen", erwiderte Christian verärgert und zog unerwartet schnell sein Schwert. Die Klinge sauste mehrmals wenige Zentimeter über das Haupt von Theophilus Alkin, der dabei keine Miene verzog.

„Schluß jetzt!" rief Gräfin Martha und zeigte mit dem Finger auf Christian.

„Ihr habt morgen genug Gelegenheit, Eure Klinge sprechen zu lassen. Und Ihr, Bruder Alkin, Ihr gebt meinem Sohn keine Befehle mehr. Wegen Eurer Zauderei haben wir unsere Dörfer verloren, also schweigt still!"

Erstaunt vom Gefühlsausbruch der Gräfin, steckte Christian sein Schwert zurück. Trotzig blickte Theophilus Martha an und sagte: „Wenn Ihr in Euer Verderben rennen wollt, so tut das. Die Heiden am Strand sind viel stärker und viel schlauer, als Ihr glaubt, das zeigt die Art und Weise, in welcher Hinterlist sie die Dörfer zerstört haben. Wenn Ihr es trotzdem tut, werde ich Euch dafür keine Absolution erteilen."

„Wir pfeifen auf Eure Absolution", kommentierte Christian.

„Ich werde Euer schändliches Betragen König Edmund melden. Der König wird Euch dafür bestrafen", verteidigte sich Alkin.

„Ich wünsche Euch viel Glück dabei, Bruder Alkin", verhöhnte ihn Christian.
„Wo sind die restlichen Bauern? Habt Ihr sie gefunden?" schwenkte Jakobus in ein anderes Gesprächsthema um, das ihm weit wichtiger erschien.
„Ja, ich fand viele versprengt in den Wäldern, von anderen fehlt jede Spur. Ich brachte sie vor die Burg, weil sie nur in den Mauern in Sicherheit sind."
„Wenn es nach Euch ginge, müßte ich für sie eine neue Burg bauen. Ist es nicht so, Bruder Alkin?"
„Auf diesen Gedanken bin ich niemals gekommen, das ist absurd. Die Burg bleibt jedoch im Moment der sicherste Platz für Eure Bauern."
„Danke, daß Ihr die Bauern gesucht habt, soviel war ich Euch noch schuldig.
Und nun geht mir aus meinen Augen für die nächsten Tage, wenn Ihr nicht die Sicherheit meines Kerkers kennenlernen wollt."
„Was?" stieß Theophilus verdutzt aus.
„Ihr habt mich gehört, geht!" befahl Jakobus streng.
Mit beleidigtem Gesichtsausdruck verließ Theophilus die Waffenkammer und warf den Anwesenden zum Abschied einen giftigen Blick zu.
„Großartig! Endlich habt Ihr den Pfaffen in seine Schranken gewiesen", beglückwünschte Graf Christian seinen Standesgenossen. Prinzessin Jasmina und seine Mutter gaben ebenso zustimmende Kommentare von sich.
„Verteilt die Waffen", forderte Jakobus tonlos.

11

In den frühen Morgenstunden, kurz vor Anbruch der Dämmerung, marschierten um die zweihundert bewaffnete Bauern, dreißig Soldaten, zehn Sarazenenkrieger und zweiundfünfzig Berittene durch das zerstörte Dorf Cambourne. Seit sie die Burg verlassen hatten, verbesserte sich mit jedem Schritt die Stimmung der Männer, weil ihnen ihre große Zahl und Stärke bewußt wurde. Sie konnten es kaum mehr erwarten, auf die Wikinger loszugehen und die Unmenschen in blutige Stücke zu hauen. Sogar Theophilus Alkin hatte ihnen den Segen erteilt und hatte gesagt, er bete für den siegreichen Ausgang der Schlacht. Jakobus gestand es sich nicht gerne ein, doch er war sehr froh darüber. Wie ein langer Bandwurm schlängelte sich die Kolonne. Graf Christian ritt vor und zurück und befahl den Männern aufzurücken. Er versprühte seine gewohnte Selbstsicherheit, bis die kleine Streitmacht aus den verkohlten Häusergerippen herauskam und am Dorfausgang Nelson Jewett rief: „Seht! Seht dort! Dort sind Wikinger!"
Aufgeregt spähten alle zum nahen Waldrand, vor dem tatsächlich eine Gruppe Nordmänner stand. Als sie die Angelsachsen erkannten, rannten sie erschreckt in den Wald. Sofort wollte Jakobus sie verfolgen. Christian hielt ihn aber zurück: „Wartet! Es wäre töricht, unsere Truppe aufzulösen. Nur gemeinsam sind wir den Bastarden überlegen. Schicken wir zuerst ein paar Bauern. Wenn uns im Wald kein Hinterhalt droht, durchqueren wir ihn."
„In Ordnung, schicken wir ein paar Bauern", stimmte Jakobus zu.
Die Wahl fiel auf Steve Sox und seine Zwillinge, da sie den Wald am besten kannten und weil Jakobus am meisten Vertrauen zu ihnen hatte. Schließlich hatte schon Steves Sohn Terry die Wikinger entdeckt, und die anderen Familienmitglieder hatten sich als gute Kundschafter herausgestellt. Zäh und langsam verging die Zeit, bis endlich Steve und die Zwillinge zurückkamen. Sie trugen Bündel mit sich und warfen diese vor die Hufe von Jakobus Pferd. Neugierig schnupperte es daran.

„Habt ihr die Hurensöhne gesehen? Und was sind das für Bündel?"
„Ja, Graf Jakobus, wir haben drei Wikinger gesehen. Sie standen weit innen im Wald. Als wir auf sie zukamen, rannten sie davon in Richtung Strand. Es waren dumme Feiglinge, nichts weiter", verkündete Markus Sox, worauf einige Männer zustimmend johlten. Ein stolzes Lächeln erschien auf seinem Gesicht und sein Tonfall paßte sich dementsprechend an: „Wie feige Hühner sind sie gerannt, wenn ein Fuchs auftaucht. Diese Bündel haben sie verloren, es sind nur alte Lumpen, Eßschalen und Kochlöffel darin."
„Wahrscheinlich wollten die Bastarde die letzten Beutestücke aus Cambourne holen", vermutete Jakobus gegenüber Christian, dessen Pferd nervös tänzelte.
Der Graf aus York nickte kurz und fragte: „Und sonst habt ihr keine Wikinger gesehen? Vielleicht im Unterholz?"
„Nein, sonst sahen wir niemanden", antwortete Markus ein wenig zögernd, denn er und Martin sowie ihr Vater hatten sich nicht allzu genau umgesehen.
Dazu waren die Nordmänner zu schnell und zu einfach davongelaufen, und ihre Freude darüber war zu groß gewesen, um noch lange ins Dickicht zu schauen.
„Gut, beeilen wir uns. Die Dänen wissen jetzt, daß wir kommen. Je schneller wir am Strand sind, desto ungeordneter wir ihr Widerstand sein. Überraschen können wir sie nicht mehr", faßte Christian zusammen.
„Na, dann los!" rief Jakobus laut.
Die Männer setzten sich wieder in Bewegung und Graf Christian befahl einer Gruppe von Bauern vorneweg zu marschieren, weil sie den Weg besser kannten, sagte er. Der Waldweg war schmal und holprig, und die Kolonne zog sich abermals in die Länge, was Christian ganz und gar nicht gefiel. Er ließ die Truppe auf einer Lichtung in der Nähe eines knorrigen Lindenbaums stoppen und wartete auf die Nachzügler. Aufgebracht und ungeduldig bemerkte Christian: „Eure Bauern sind nicht gerade schnell. Wir sollten schon durch den Wald sein", und winkte ihnen, damit sie das Tempo erhöhten.

„Sie sind es nun mal nicht gewohnt, in einer Reihe zu gehen. Wir kommen ..."

Ein leiser Zischlaut unterbrach die Antwort von Jakobus. Dann noch einer. Auf einmal gab es einen ganzen Schwall von Zischlauten, bis der erste Pfeil sein Ziel traf, da begannen die Schmerzensschreie. Um ihn herum sanken getroffene Bauern und Soldaten zu Boden. Reiter fielen von ihren Pferden, oder die Tiere drehten durch und stürmten geradeaus in den Wald, wo sie im Dickicht verloren gingen. Überall steckten Pfeile in Armen, in Beinen, in Körpern, die sich grotesk verrenkten. In Köpfen, aus denen Blut quoll und deren Augen panisch aufgerissen waren. Nur wenige Sekunden, und es herrschte ein heilloses Chaos.

„Bildet einen Kreis, das ist eine Falle!" schrie Christian gellend auf seinem Streitroß.

Jakobus spürte einen leichten Lufthauch an seiner rechten Schläfe, und zuerst überlegte er verwundert, warum die Biene so knapp vorbeiflog. Doch plötzlich ragte etwas aus dem Hals von Christian, und Jakobus brauchte eine Weile, bis er erkannte, daß es eine Pfeilspitze war, die ihn von hinten durchbohrt hatte. Lallend und röchelnd stieß Christian eine feine Blutwolke aus seinem Mund, während er beide Hände über seine Kehle hielt. Schwankend fiel er vom Pferd, und ein Schwall von Blut spritzte aus seiner Kehle, als er unten aufschlug. Sein Körper zitterte noch kurz, dann erstarrte er für die Ewigkeit. Ungläubig schaute Jakobus ihn an, und sehr weit entfernt hörte er Nelson Jewett panisch rufen: „Graf Christian ist tot, bildet einen Kreis, wenn ihr weiterleben wollt!"

Es schien unglaublich lange zu gehen, bis die Männer so etwas Ähnliches wie einen Kreis gebildet hatten. Die Pfeile von den unsichtbaren Schützen aus dem Nichts des Waldes wollten nicht aufhören. Irgendwann versiegten sie langsam und es wurde unheimlich still. Einzig das Wehklagen der Verletzten war zu hören. Kurz nachdem sich Jakobus an die Stille gewöhnt hatte, begann ein markerschütterndes Brüllen aus dem Wald. Es kam rasch näher. Das Unterholz und die Gebüsche wurden lebendig und spieen von allen Seiten

Wikinger aus, welche gegen den Verteidigungsring der Angelsachsen anrannten. Wütend schlugen die Krieger aufeinander ein und verstrickten sich in einem grauenhaften Gemetzel. Schwerter wurden in Bäuche gerammt. Äxte schlugen krachend durch Brustpanzer. Speere bohrten sich in ungeschützte Rücken. Sensen trennten Hände, Arme und sogar Köpfe ab, die danach blutend im Laub lagen. Mit Messern wurden Kehlen aufgeschlitzt und ein wahrer Blutrausch ergriff die Krieger. Die Reiter hieben von ihren Pferden auf die Nordmänner ein. Viele gesunde Pferde gab es jedoch nicht mehr. Aus dem Durcheinander der Schlacht grölte eine zornige Stimme: „Graf Jakobus, komm hierher und kämpfe, Sohn einer Hündin!" Jakobus drehte sich um und sah Runar, der ihm mit einer Hand zuwinkte, während er mit der anderen sein Schwert aus einem toten Sarazenen zog. Zwar verstand Jakobus nur Graf und seinen Vornamen, aber das spielte keine Rolle. Rasend vor Zorn gellte er zurück: „Du verdammter Bastard! Warte auf mich!" und spurtete in Richtung des Nordmannes. Sie trafen sich auf halber Strecke und kreuzten ihre Klingen. Der Kampf war fast ausgeglichen, bis Runar Jakobus ein Bein stellte und dieser umfiel. Runar stellte sich über ihn, nahm sein Schwert in beide Hände, holte zum Schlag aus und drohte: „Jetzt bist du tot, verfluchter Schweinehund!" Die schwere Klinge sauste hinunter. Blitzschnell konnte sich Jakobus wegrollen und stieß sein Schwert seitlich nach oben durch Runar. Verwundert blickte Runar auf das Schwert, das ihn durchbohrt hatte und in ihm steckte, dann fiel er mit seinem Gesicht nach vorne um und blieb liegen. Ein starkes Triumpfgefühl durchflutete Jakobus, als er den toten Wikingerhäuptling betrachtete und wieder aufstand. Eine Art Hoffnung überkam ihn, nahm Besitz von ihm und gaukelte Jakobus vor, daß er nun gewonnen habe, daß die Bastarde nun endgültig besiegt wären. Er bemerkte für einen Augenblick den riesigen Schatten nicht, der sich hinter ihm näherte. Und noch weniger die massive Axt, die durch die Luft sauste und ihn mit irrwitzigem Schwung traf. Er spürte bloß noch, wie sein Oberkörper von den Hüften abgehauen

wurde. Und in den letzten Sekunden seines Lebens sah er vom Boden aus seine eigenen Beine dastehen.
Die Schlacht war in vollem Gange und Nelson Jewett verteilte gezielte Hiebe.
Sein Pferd blutete aus mehreren Wunden und er brauchte seine ganze Konzentration, damit das Tier nicht durchging. Im Getümmel des Kampfes blieb sein Blick auf einem massigen bewegungslosen Wikinger haften, der hinter etwas Merkwürdigem stand, das Nelson nur undeutlich erkennen konnte. Der gewaltige Nordmann streckte seine überdimensionale Axt gegen den Himmel, so als ob ihn das Gemetzel um ihn herum nichts angehen würde. Wie ein stummer Ruf zu heidnischen Göttern, kam das Bild Nelson vor. Jeder, der den Riesen sah, hielt inne und staunte über die menschliche Statue. Doch das Erstaunen verwandelte sich in Entsetzen, sobald man realisiert hatte, das jenes seltsame zweibeinige Ding, hinter dem der Hüne stand, der Rumpf eines Menschen war, und daß der fehlende Oberkörper davor im Laub lag.
„Rückzug! Zieht euch zurück! Graf Jakobus ist tot!" schrie Nelson panisch. Er riß an den Zügeln und wendete sein Roß, gab ihm die Sporen und galoppierte auf dem Waldweg davon. Sofort taten die übriggebliebenen Reiter dasselbe und die Bauern rannten hinterher oder in den Wald hinein.
Ubbe gab dem gräßlichen Rumpf von Graf Jakobus einen Tritt und er flog in einiger Entfernung zu Boden. Ivar ging zu seinem Bruder Ubbe. Überall lagen Tote und Verletzte herum. Der Wikinger beachtete sie nicht und sagte: „Wir haben gesiegt, aber wir zahlten einen hohen Preis dafür."
„Einen viel zu hohen Preis, für einen angelsächsischen Schwächling", bedauerte Ubbe. Nach einer Pause fügte er hinzu: „Möge Runar Frieden finden und mit unseren Ahnen an der Tafel von Odin speisen."

12

„Ihr wollt die Schiffe eingraben?" fragte Iben Chordadhbeh, obwohl Halfdan seine Schilderung nicht beendet hatte, und ihn deshalb überaus missmutig ansah.
„Eingraben und verbrennen – so will es unser Brauch. Alle unsere toten Häuptlinge gehen so auf die Reise ins Totenreich. Keiner tritt ohne seine Sklaven und Besitztümer vor das Angesicht Odins, sonst verspotten ihn die Asen und verbannen ihn von ihrer Tafel", erklärte Halfdan. „Komm mit und sieh es dir an. Eine solche Bestattung wirst du wahrscheinlich nie mehr sehen", forderte er den Araber auf. Sie verließen das Zelt.
Am hinteren Ende des Strandabschnitts hievten die Nordmänner Runars Drachenschiff in eine Grube. Bald verschwand das lecke Schiff mit dem geknickten Mast vollständig darin. Iben erkundigte sich: „Das Loch ist sehr tief, hat das einen besonderen Grund?"
„Das Loch ist für drei Schiffe, nicht nur für eines", betonte Halfdan. Er und Iben benötigten eine Strickleiter, um hinunterzusteigen. Auf dem oberen Deck lagen tote Krieger, die den Häuptling nach Walhalla begleiten sollten. Im Unterdeck, das nur bei speziellen Schiffen von Anführern üblich war, hatten die Zimmermänner einen Holzverschlag angefertigt, in dem die Leiche von Runar aufgebahrt wurde. Verteilt darum herum fanden einige seiner treuesten Krieger ihre letzte Ruhestätte, welche ebenfalls in der Schlacht gefallen waren. Iben vermutete, daß sie wohl die Leibwache für Runar im Jenseits sein sollten. Erschrocken stellte Iben fest, daß auch drei tote Frauen dalagen. Sie trugen farbenfrohe Samtkleider von Prinzessin Jasmina, und am Hals wiesen dunkle Würgemale darauf hin, daß sie von den Wikingern erdrosselt wurden.
„Warum in Allahs Willen, habt ihr die Frauen umgebracht?"
„Die Frauen aus den Dörfern werden Runar als Dienerinnen begleiten. Im Totenreich sind sie Runar bei vielen Arbeiten nützlich, und in den schönen Kleidern der Prinzessin werden sie seine Augen erfreuen."

Iben schüttelte verständnislos den Kopf. Mochten die Nordmänner auch gute Seemänner und Krieger sein, blieben sie doch in ihren Ritualen Barbaren. Wilde Bestien, die man entweder bekämpfen oder ihnen aus dem Weg gehen sollte, aber keinesfalls sollte man mit ihnen gemeinsame Sache machen, das bewiesen die Frauenleichen einmal mehr.
Ivar und Ubbe beendeten Ibens Erkenntnis, als sie den Frachtraum betraten.
Ivar trug das blaue Steinkästchen mit dem „Diamanten der Götter". Er legte es wortlos auf die Brust von Runar und faltete die Hände des Toten darüber. „Der wertvollste Besitz für den wertvollsten Bruder", murmelte Ivar kaum verständlich und richtete sich wieder auf. Halfdan und Ubbe traten neben ihn.
„Wir werden dich nicht vergessen, Runar. Halte unseren Platz frei", verabschiedeten sich die Brüder.
Kurz danach schichteten sie Rundschilder über den Holzverschlag, bis er nicht mehr sichtbar war. Iben verließ zusammen mit den Anführern die Grabkammer.
Oben angekommen, warfen die Wikinger eine Fackel ins Unterdeck und schaufelten Sand über Runars Schiff. Danach hievten sie die beiden anderen Drachenschiffe in die Grube. Es hatte leicht zu regnen begonnen, trotzdem wurden die Schiffe angezündet. Die Flammen schlugen hoch und kämpften zischend mit den Regentropfen. Fasziniert beobachtete Iben das gelbrote Leuchten, roch den blaßgrauen Rauch und hörte dem Fraß des Feuers zu, welches die Schiffsplanken knirschen ließ.

13

Iben Chordadhbeh lehnte sich an die Reling des „Drachen von Odin", und der Ostwind trieb den Bug durch die Wellen in Richtung Irland. Die Erlebnisse der letzten Monate kamen ihm unwirklich vor. Unerklärlich und teilweise so verschwommen, wie die blaßgraue Rauchwolke, die weit hinter ihm am Strand aufstieg. Er würde sie eines Tages aufschreiben, diese, seine seltsame Geschichte. Und er würde ein neues Leben beginnen müssen, weit weg von der Reichweite des Kalifen Qandrasseh und von der Rache seiner Tochter.

„Der Wind steht gut, in wenigen Tagen sind wir bei Olaf. Dort wird dir König Horik deinen Anteil der Beute ausbezahlen und du wirst ein reicher Mann sein", prophezeite Halfdan.

Ivar erkundigte sich lächelnd: „Was willst du mit dem vielen Geld machen, Kaufmann?"

„Vielleicht suche ich ein Land ohne Wikinger – und vielleicht suche ich ein Land ohne Kalifen", antwortete Iben und warf Ivar einen solchen Blick zu, der sein Lächeln einfror. Der Nordmann wendete sich ab, sah aufs Meer hinaus und sprach tonlos: „In dem Fall wünsche ich dir viel Glück. Du wirst es brauchen."

Kapitel 8
Spaghettitaktik

1

„Glaubst du, ich habe Tomaten auf den Augen?" entgegnete Carlo unwirsch und Giuseppe verzog kurz sein Gesicht. Marco schmunzelte schadenfroh.
„Die Bullen waren bei Adele Lord, bestimmt haben sie sie verhört. Wir sollten das Gleiche tun, wenn du mich fragst."
„Certo Giuseppe, noch mal die gleiche Scheiße bauen, wie beim Fotografen, nicht wahr? Ist ja nicht wichtig, wenn seine Freundin draufgeht, oder? Stupido cretino! Wir bleiben hier sitzen und ich rufe Roberto an!" resümierte Carlo. Er griff in die Innentasche seines maßgeschneiderten Anzugs und holte sein Handy hervor. Es piepste, als er das eher klobige schwarze Motorola einschaltete.
Vom Rücksitz aus richtete sich Marco Errani fragend an ihn: „Soll ich mal abklären, in welchem Stock das Model wohnt?"
„Klar, kann nichts schaden. Und nimm das Türschloß unter die Lupe."
„Bene", antwortete Marco und verließ den Mercedes.
Giuseppe und Carlo blickten ihm nach, als er die Cadogan Lane überquerte, auf der am späten Samstagmorgen nicht viel Verkehr herrschte. Carlo zog die kleine Antenne des Handys heraus und begann zu wählen. Am anderen Ende der Leitung nahm niemand ab, bald tutete ihn dafür ein nerviges Besetztzeichen an.
„Scheißtelefon, Scheißengländer, Scheißbullen", fluchte er gegen das Mobiltelefon. Verärgert schob er die Antenne zurück und steckte das Handy wieder in seinen Anzug.
Inzwischen inspizierte Marco die Namensschilder beim Mehrfamilienhaus von Adele Lord und war überrascht, daß er ihren Namen nicht fand. Mühsam las er die Schilder unter den weißen Knöpfen der Türklingeln: *Wilding – Morris – Woodcock – Balabushka – wo zur*

Hölle ist Lord? – Lord wie Adele Lord. Sie muß doch hier wohnen, dachte er und schaute nervös zur Hausnummer hoch. Das Hausschild zeigte eine elegant geschwungene Nummer fünf. Der gebürtige Sizilianer aus der schönen Hafenstadt Catania wunderte sich: *Es ist die richtige Nummer, aber der Name Lord fehlt. Wieso steht der nicht da?* Auch nach einer Minute wollte ihm für dieses Problem keine Lösung einfallen und so beschloß er, den Rückzug anzutreten. Im Auto erstattete er Bericht: „Da gibt es gar keine Adele Lord. Die Hausnummer stimmt ganz sicher, aber Lord steht auf keinem Namensschild. Vornamen stehen sowieso nicht da."
„Steht auf einem Schild Balabushka?"
„Ja, Carlo", bestätigte Marco verdutzt, „woher ...?"
„Ist ein uralter Trick, Marco. Das Model schreibt den Namen ihrer Managerin auf das Namensschild – viel leichter wird man kaum unliebsame Verehrer los."
„Ah, io comprende. Scheint ein schlaues Mädchen zu sein", stellte Marco fest.
„Jedenfalls schlauer, als ihr toter Fotografenfreund. In welchem Stockwerk wohnt diese Balabushka?"
„Im obersten. Sie wohnt ganz zuoberst."
„In Ordnung. Miss Model hat also eine Dachwohnung und genießt die Aussicht. Hoffentlich kannst du sie noch lange genießen, Miss Lord."
Als der Nachmittag langsam in den Abend überging, versuchte Carlo erneut seinen Capo anzurufen. Diesmal mit Erfolg. Seine Kumpane hörten dem Gespräch gespannt zu, konnten jedoch keine Einzelheiten verstehen. Das Telefonat unterbrach die allgemeine Langeweile, die sich bei der Beobachtung des Mietshauses eingestellt hatte. Mit dem Autoradio und einigen englischen Klatschzeitungen hatten sie versucht die Zeit totzuschlagen.
„Was hat Roberto gesagt?" fragte Giuseppe.
„Wir sollen zurück zum Dorchester. Roberto hat einen neuen Plan."
„Die Bullen haben ihn wohl durcheinander gebracht."

„Wer weiß, vielleicht", erwiderte Carlo und startete den Mercedes. Er bog in die Seitenstraße ein und ergänzte: „Ist aber trotzdem besser als die Scheiße, die du vorschlägst. Giuseppe, ein toter Fotograf ist genug."
„Und wie lange sollen wir dieses dämliche Haus noch weiter beobachten?" erkundigte sich Giuseppe in genervtem Tonfall.
„Frag Roberto", antwortete Carlo kurz angebunden.
Nach einer halben Stunde stand ihr Auto vor dem „Dorchester", und ein Hotelangestellter fuhr es in die Tiefgarage. Im Zimmer 711 warteten Roberto Ludovisi und Serena Rossi bereits auf sie. Die Begrüßung verlief freundlich.
„Carlo, der Bunker ist tatsächlich so, wie du ihn beschrieben hast. Die Navy ließ sogar ein Notstromaggregat dort, welches wir benutzen können. Allerdings ist die ganze Anlage total verstaubt, was uns aber nicht stören wird", schilderte Roberto.
„Also haben Sie sich entschlossen, den Bunker als Versteck zu benutzen", vermutete Carlo.
„Giusto, dein Tip war hervorragend", betonte Roberto dankbar und nippte an seiner Tasse Espresso. Er verzog sein Gesicht, es war kein Zucker im Kaffee.
Serena gab ihm ein Päckchen Würfelzucker und ein Blatt ihres Notizblocks. Roberto las Serenas Notizen und öffnete mit der anderen Hand das Päckchen. Der Würfelzucker plumpste in die kleine Tasse. „Bene, molte bene", sagte er, die Augen auf das Papier gerichtet. Seine Stimme klang abwesend und erst als er aufblickte, lag ein Hauch von Frohlockung in ihr: „Die Maltesa ist unterwegs. Sie wird im Laufe des morgigen Tages in Südengland eintreffen", verkündete er.
„Die Maltesa? Sie lassen Ihre Yacht nach Südengland kommen?" wunderte sich Carlo.
Sein Chef überreichte ihm das Notizblatt und meinte ironisch: „Ma certo. Was wäre die geheime Anlage der Royal Navy ohne ein Schiff? Ich sage es dir, sie wäre ziemlich nutzlos. Aber mit einer

Yacht, die durch keinen Zoll muß, und die an keinem Flughafen unter die Lupe genommen wird, ist sie unbezahlbar. Capito?"
„Si", stimmten sämtliche Männer kopfnickend zu.
„Deswegen konntest du mich per Telefon nicht erreichen, weil ich mein Schiff organisieren mußte und dem Kapitän die richtige Stelle an der Küste beschrieb.
Doch ich glaube, ihr seid auch ohne mich recht gut zurechtgekommen."
„Wir hatten nicht viel zu tun. Am Freitag fingen wir an, das Mietshaus von dem Model zu beobachten. Heute morgen machten wir weiter, und als die Bullen auftauchten, versuchte ich Sie anzurufen. Es war immer besetzt, ich dachte schon, mein Handy funktioniert nicht. Man weiß ja nie, bei den Scheißengländern", führte Carlo aus und lehnte sich in den sandfarbenen Alcantarasessel zurück. Er griff nach einem der Sandwichs, die Serena als Zwischenverpflegung bestellt hatte, biß ab und sprach kauend weiter: „Giuseppe wollte sich das Model gleich vorknöpfen, nachdem die Bullen fort waren, aber das habe ich verhindert. Ich dachte, Sie hätten etwas dagegen, wegen dem toten Fotografen und weil Sie uns verboten haben einzugreifen."
„Giusto. Im Augenblick ist es wichtiger, aus London zu verschwinden. Die Bullen wissen über Adele Lord Bescheid, das beweist der Besuch bei ihr. Hoffentlich ist der Diamant noch in ihrer Wohnung. Wie viele Bullen waren es? Und trugen sie den Aktenkoffer bei sich?"
„Es waren zwei Männer und eine Frau, Capo. Sie trugen keinen Aktenkoffer bei sich. Vermutlich will diese Adele Lord den Diamanten behalten, so wie Sie es vor der Fahrt nach Südengland vermuteten."
„Bene Giuseppe. Ich täuschte mich also nicht. Die kleine Freundin dieses Stupido-Fotografen ist clever. Um so besser, am Sonntag kümmern wir uns um sie.
Präziser gesagt – ihr kümmert euch um sie."
„Come?"

„Ganz einfach, Carlo. Macht der Ragazza klar, daß es gesünder für sie wäre, den Diamanten herauszurücken, oder ihre Karriere als Copertina würde ein frühzeitiges Ende finden, mit einer häßlichen Narbe im schönen Modelgesicht."
Giuseppe Banoso ließ unvermittelt sein Klappmesser aufspringen, so als hätte Roberto ihm dafür ein unsichtbares Zeichen gegeben. Die schmale, längliche Klinge glänzte matt im Licht. Deutlich konnte man Schleifspuren darauf erkennen, die verrieten, daß die Klinge nicht nur spitz, sondern auch scharf war. „Und wie weit sollen wir gehen? Ich meine ..."
„Soweit es nötig ist, Giuseppe. Der Diamant muß bei Adele Lord sein. Womöglich weiß sogar ihre Managerin darüber Bescheid. Aber ich brauche keine weiteren Leichen am Hals. Ai capito?"
„Certo. Keine weiteren Leichen", bestätigte Giuseppe und klappte das Messer wieder zu. Kurz umspielte eine Spur von Stolz seine Gesichtszüge.
„So ein Springmesser hatte ich auch mal. Im Kindergarten, ich putzte mir damit meine Fingernägel. Doch irgendwann wurde ich zu groß dafür", spottete Carlo.
„Maledetto bastardo!" fluchte Giuseppe ihn an.
„Silenzio! Streitet euch gefälligst wenn wir zurück in Rom sind. Wenn ihr dem Model den Diamanten abgenommen habt, ist es mir scheißegal, ob ihr euch den Hals gegenseitig umdreht. Aber zuvor bringt ihr mir den Diamanten zur Navy-Anlage. Könnt ihr das – oder nicht?"
Carlo und Giuseppe sahen sich wütend in die funkelnden Augen. Langsam und zornig gaben beide die gleiche Antwort: „Ja, das können wir."

2

Der Lift surrte angenehm leise und stoppte schließlich ein wenig abrupt im Untergeschoß des Natural History Museum. Die Lifttüre wurde sanft geöffnet. George Scotchford, Nick Warton und Charlotte Angel traten gemeinsam in den unterirdischen Verbindungsgang. An den Seiten des gut beleuchteten Gangs standen verstreut kleinere Tierskelette und ausgestopfte Tiere, welche einmal Bestandteile einer Ausstellung im Museum waren.
„Links? Rechts?" fragte Nick.
„Ich glaube, die Sekretärin sagte links."
„Richtig Charlotte, die reizende Dame sagte links", stimmte Scotchford leicht ironisch zu und veranlaßte damit ein allgemeines Schmunzeln.
„Ich habe selten eine Sekretärin gesehen, die so sauer war, daß sie an einem Samstagnachmittag arbeiten mußte. Bei jedem Wort konnte man es spüren."
„Tja, Nick, es gibt eben noch grundehrliche Gemüter – auch wenn sie rothaarig sind", ergänzte Scotchford und ließ seine Kollegen endgültig leise lachen. Die drei drehten nach links und gingen den Gang entlang, der ihnen endlos erschien. In Abständen von zirka dreißig Metern waren jeweils an den Gangseiten Türen angebracht. Was sich in den Räumen dahinter verbarg, blieb den Polizeibeamten verborgen. Über ihren Köpfen verliefen gelbe und orangefarbene Röhren, vermutlich für die Heizung und das Abwasser. Schneller als sie zuerst glaubten, endete der Gang in einer riesigen Halle. In der Halle erkannten sie unzählige Tierskelette, meistens in Glasvitrinen. Dazwischen Steinstatuen aus den verschiedensten Epochen und Kulturen. Griechische Götter, ägyptische Pharaonen und aztekische Krieger blickten zu ihnen. Täuschend echte Nachbildungen aus Plastilin von historischen Originalen, die irgendwo in einem Tempel oder einem zerfallenen Palast beheimatet waren. Kisten und Schachteln stapelten sich überall, gefüllt mit Artefakten der Vergangenheit. Ebenso Figuren von Dinosauriern in allen Formen

und Größen. Diese gewaltige Halle, bei der es ihnen die Sprache verschlug, war die imposante Abstellkammer des Natural History Museum.
Weit hinten konnten sie jemanden sehen und marschierten auf ihn zu. Der Mann putzte eine Art runden Schild mit einem Metallbukkel im Zentrum. Verwundert schaute er auf und meinte: „Oh hallo. Sie haben sich wohl nach hier unten verirrt. Leider ist das Museum geschlossen. Hat ihnen denn oben das niemand mitgeteilt?"
„Hallo, Professor Farnsworth, wenn ich mich nicht irre?"
„Jawohl, das ist korrekt, trotzdem …"
„Verzeihung, Professor. Mein Name ist Scotchford, Inspektor Scotchford. Und das sind Sergeant Warton und Sergeant Angel von Scotland Yard."
„Oh, Scotland Yard?"
„Richtig, Scotland Yard. Die Dame beim Empfang sagte uns, Sie wären unabkömmlich. Ich bevorzugte aber Sie selber zu fragen, weil es sich um eine dringende Angelegenheit handelt. Ich hoffe, Sie verstehen."
„Natürlich, Inspektor. Zweifellos begriff Rita die Wichtigkeit Ihres Besuches nicht. Sie hat heute keinen guten Tag, wissen Sie."
„Sicher, jeder hat mal einen schlechten Tag."
„Ja, Inspektor. Bloß kann man bei Rita die schlechten leichter als die guten zählen. Aber vielleicht passiert so etwas, wenn man schon so viele Jahre in einem Büro gearbeitet hat, daß man es für sein Wohnzimmer hält und seine Launen nicht mehr vor den Besuchern verbirgt."
„Kommt auf die allgemeine Laune der Person an, vermute ich mal."
„Sie sagen es, Inspektor. Sie sagen es."
„Hahaha. Nun gut, kommen wir wieder zum Grund unseres Besuchs. Ich will es kurz machen, es geht um einen gewissen William Tower. Er war Fotograf und soweit uns das bekannt ist, haben Sie Mister Tower bei einer Ausgrabung in Südengland kennengelernt."

„Jawohl, er machte in der Nähe unserer Ausgrabung ein Fotoshooting. Es war erst letzten Mittwoch, und ich lud ihn und sein Fototeam zu einer Besichtigung unserer Ausgrabung ein. Bedauerlicherweise begann es zu regnen und sie haben abgelehnt."
„Sie?"
„Ja. Ich glaube, Mister Tower hätte unsere Ausgrabung gerne besichtigt, aber sein Fototeam und dieses Model, ihr Name war Adele Lord, hatten etwas dagegen. Warum fragen Sie? Hat Mister Tower etwas ausgefressen?" erkundigte sich Alan Farnsworth. Der Professor legte den Rundschild auf die anderen, die schon dalagen, und blickte den Inspektor erwartungsvoll an.
 Scotchford überlegte kurz, bevor er antwortete: „Mister Tower hatte einen tragischen Unfall. Er ist tot."
„Er ist tot? Großer Gott, wie konnte das passieren? Kam er unter ein Auto?"
„Nein, Mister Tower fiel vom Balkon und wurde von seinem Gartenzaun aufgespießt", erklärte Scotchford und beobachtete die Reaktion des Professors. Im Gesicht von Farnsworth wechselten sich Erschrecken und Ungläubigkeit ab. Mit fassungsloser Stimme raunte er: „Vom … vom Gartenzaun aufgespießt! Ach, du heilige … wie konnte das passieren? Ich meine, niemand fällt einfach so auf einen Gartenzaun."
„Richtig, darüber zerbrechen wir uns auch den Kopf. Es scheint so, als wäre Mister Tower vor seinem Sturz verprügelt worden. Ganz böse verprügelt worden, laut dem vorläufigen Bericht unseres Gerichtsmediziners. Und weil wir bereits Miss Lord vernommen haben, führte uns die Spur zu Ihnen."
„Zu mir? Da sind Sie auf einer völlig falschen Fährte, Inspektor Scotchford.
Ich kannte Mister Tower nur sehr flüchtig und sah ihn höchstens zwei Stunden am Strand. Er machte einen sympathischen Eindruck auf mich, aber das ist auch schon alles, was ich Ihnen über ihn erzählen kann."

„Okay. Uns interessiert vielmehr ein gewisser Doktor Rollo – Salvatore Rollo.
Miss Lord hat uns auf den Doktor hingewiesen. Er soll bei Ihrer Ausgrabung mit dabei gewesen sein", betonte Scotchford.
„Ach, Sie vermuten, daß Doktor Rollo etwas mit der Sache zu tun hat?"
„Verzeihung, Professor Farnsworth, ich schätze Ihre wissenschaftliche Arbeit sehr, aber erlauben Sie mir, daß ich auf meinem Fachgebiet die Fragen stelle."
„Natürlich. Ich verstehe nur nicht genau den Zusammenhang mit Doktor Rollo.
Meines Erachtens kann Mister Rollo nichts mit dem Unfall oder der Prügelei zu tun haben, dafür ist Doktor Rollo viel zu friedfertig."
„Sie haben meine Frage nicht beantwortet", beharrte George.
„All right, Doktor Rollo war an der Ausgrabung beteiligt. Ich würde sogar behaupten, daß wir ihm die Endeckung der Wikingerschiffe verdanken."
„Wieso?"
„Dazu muß ich ein wenig ausholen", meinte Alan und kramte sein Zippo-Feuerzeug und seine Pfeife aus der Seitentasche seines blauen Hausmeisterkittels. Ohne Tabak hineinzustopfen, zündete er sie an.
„Ist hier unten nicht Rauchen verboten?" wunderte sich Nick Warton, der sich auf Anweisung von Scotchford bisher zurückgehalten hatte.
„Eigentlich schon, doch ich habe sozusagen eine Sondergenehmigung – und erst noch von mir selber ausgestellt", amüsierte sich der Professor schmunzelnd.
Die Polizeibeamten lächelten ebenfalls und warteten auf die Fortsetzung: „Wir konnten überhaupt erst mit dieser Ausgrabung beginnen, nachdem uns Doktor Rollo die Kopie eines mittelalterlichen Pergaments durchgefaxt hat, auf dem der Standort des Wikingergrabs beschrieben wurde. Zweifellos hätte niemand sonst die Grabstätte gefunden. Es war ein unglaublicher Glücksfall."

„Ich verstehe. Was wissen Sie sonst noch von Doktor Rollo?"
„Nicht besonders viel, Inspektor. Wir hatten am Montag ein Gespräch – zusammen mit seiner Sekretärin – oben in meinem Büro."
„Und?"
„Nun, wir unterhielten uns über die Ausgrabung und was von ihr zu erwarten sei. Bei dieser Gelegenheit hat mir Doktor Rollo mitgeteilt, daß er für das Museo Ludovisi in Rom arbeite. Am Dienstag begleitete mich Rollo und seine Sekretärin nach Südengland, wo er sozusagen als Gast bei der Ausgrabung mitwirkte. Als gerngesehener Gast, wenn ich das bemerken darf."
„Sie schätzten demnach seine Mitarbeit", vermutete Nick.
„Oh ja. Doktor Rollos Spezialgebiet war das frühe Mittelalter, und dank ihm fanden wir das dritte Drachenschiff."
„Das dritte Drachenschiff?" wiederholte Charlotte Angel fragend. Sie hatte bis dahin geschwiegen, glaubte jetzt aber, nachdem sich Nick auch einmischte, daß es an der Zeit wäre, mitzureden.
„Ja. Zuerst fanden meine Studenten und ich nur ein Drachenschiff. Erst als uns Doktor Rollo den Tip gab, tiefer zu graben, fanden wir zusätzlich zwei weitere. Das unterste ist in einem erstaunlich guten Zustand. Bedauerlicherweise sind die zwei anderen zum größten Teil verbrannt. Sehen Sie die Rundschilder, die sind vom untersten Drachenschiff", erklärte Alan und zeigte auf den Haufen Schilder, welche augenscheinlich äußerst sorgfältig geputzt worden waren.
„Man vermutet gar nicht, daß die Dinger so alt sind", erwiderte George und hob ein Schild auf. Es war sehr leicht, denn das Holz war morsch. Er fuhr mit seiner Hand darüber: „Haben Sie noch mehr gefunden in den Wikingerbooten? Vielleicht irgendetwas Wertvolles?"
„Jeder Fund in einem Wikingergrab ist wertvoll, Inspektor Scotchford. Wissenschaftlich gesehen sind die Wikingerschiffe von Südengland eine ungeheure Sensation."
„Sicher, nur meinte ich damit finanziell wertvoll. Wahrscheinlich drückte ich mich nicht richtig aus. Fanden Sie zum Beispiel Münzen?"

„Ich verstehe, worauf Sie hinauswollen. Ja, es waren viele arabische Silbermünzen in dem Grab, deren Herkunft wir jedoch noch überprüfen müssen."

„Miss Lord erzählte uns von einem riesigen Diamanten, über den Doktor Rollo gesprochen hat. Der Stein soll sich ebenfalls in dem Grab befunden haben. Was können Sie uns dazu sagen?" fragte Nick und erhielt dafür von George einen zustimmenden Blick.

Alan Farnsworth zögerte kurz, überlegte, nahm einen Zug aus seiner Pfeife und stellte die Gegenfrage: „Ich vermute, Sie meinen die Spekulation, die Doktor Rollo gegenüber Miss Lord geäußert hat?"

„Spekulation? Wir wissen nichts von einer Spekulation", reagierte Nick überrascht. Er bat den Professor: „Bitte erzählen Sie uns von dieser Spekulation."

„Es ging bei der Spekulation um einen Diamanten, den Doktor Rollo in dem Wikingergrab vermutete. Der Edelstein soll in einigen Passagen des mittelalterlichen Pergaments erwähnt worden sein. Meiner Meinung nach wollte Doktor Rollo mit seinen Äußerungen Miss Lord imponieren, was ihm scheinbar auch gut gelungen ist."

„Demnach fanden Sie also keinen Diamanten."

„Nein, Sergeant Warton. Mehr als Silbermünzen kamen in dem Grab nicht zum Vorschein. Es hätte mich auch sehr gewundert, wenn dieser Edelstein, Doktor Rollo nannte ihn den Wikingerdiamanten, aufgetaucht wäre."

„Wikingerdiamant? Ein sagenhafter Name", meinte Charlotte fasziniert.

„Ja, und wie die Wikinger bleibt er sagenhaft. Ein Mythos, eine Legende. Von den römischen Kollegen von Doktor Rollo ausgedacht und später von ihm verwendet, um ein Model in einem Flugzeug zu beeindrucken. Es geht ja wohl gar nicht italienischer, wenn Sie wissen, was ich damit meine."

„Hört sich so an, als hätte Sie der gute Doktor Rollo ein wenig enttäuscht", resümierte George freundlich schmunzelnd.

„Sie haben ein gutes Gehör, und zweifellos haben Sie damit recht."

„Weshalb?" hakte George nach.

„Weil Doktor Rollo am Donnerstag ohne Ankündigung von der Ausgrabung verschwand. Später bekam ich ein Fax von ihm, in dem er mir schrieb, er müsse dringend nach Rom zurück wegen Schwierigkeiten im Museo Ludovisi. Wenn ich es nicht besser wüßte, würde ich tatsächlich annehmen, daß er den Wikingerdiamanten gefunden hat."
„Und was macht Sie so sicher, daß er ihn nicht gefunden hat?"
„Ganz einfach, Sergeant Angel. Ich und meine Studenten waren immer mit Doktor Rollo und seiner Sekretärin zusammen, während der gesamten Ausgrabung. Wir wohnten sogar im gleichen Hotel in Newhaven. Es wäre uns allen bestimmt aufgefallen, wenn Doktor Rollo einen derartigen Diamanten gefunden hätte."
„Nun gut, belassen wir es dabei. Wissen Sie, wo wir Doktor Rollo erreichen können? Wir möchten ihm ebenfalls ein paar Fragen stellen."
„Wie ich schon sagte, Inspektor, vermutlich ist Doktor Rollo zurück in Rom. Hier in London wohnte er im Dorchester. Ich habe mich gewundert, wieso ihm und seiner Sekretärin eine Suite in einem Fünfsternehotel spendiert wurde. Unsereins darf da nur mit einer schriftlichen Einladung hinein", scherzte Alan und seine Zuhörer schmunzelten kopfnickend.
„Sie sprachen von einer Suite. Sollte es nicht heißen, jeweils eine Suite?" erkundigte sich Nick.
„Nein, Doktor Rollo und seine junge Sekretärin bewohnten eine Suite gemeinsam. Und wenn ich jung sage, meine ich damit, daß Miss Rossi knapp einundzwanzig war und sehr attraktiv. Ein weiterer Punkt, bei dem ich Doktor Rollo beneide", schilderte Alan und schmunzelte abermals.
„Wollen Sie damit andeuten, daß das Verhältnis zwischen Doktor Rollo und seiner Sekretärin nicht nur von beruflicher Natur war?"
„Ich vermute es stark, Sergeant Warton", bestätigte Alan und zündete seine ausgegangene Pfeife neu an. Er nahm einen Zug und ergänzte: „Zweifellos war ihr Verhältnis sehr eng. Auf alle Fälle enger,

als das, was wir in England gewohnt sind. Und enger, als daß ich mir das als verheirateter Mann jemals erlauben könnte."
„Ich verstehe, Professor Farnsworth", sagte Nick.
Du verstehst gar nichts, dummer Bulle, dachte Alan. *Serena war ein verficktes Spitzenweib, so wie es sie öfter geben sollte,* kam er gedanklich zum Schluß. Mit Wehmut sah er ihre perfekten Rundungen wieder vor seinem geistigen Auge und seine Mimik wurde für einen winzigen Augenblick traurig.
George Scotchford entging die kurze Regung nicht. Die Sekretärin mußte eine größere Rolle in der Vergangenheit des Professors gespielt haben, als dieser zugeben wollte. Was seine unnötigen Beteuerungen und die Gefühlsregung im Gesicht eindeutig bewiesen. Der Inspektor hatte schon bessere Lügner enttarnt, und schlechte Lügner waren ihm irgendwie im Laufe der langen Dienstjahre gleichgültig geworden. Beim nächsten Verhör würde er den wunden Punkt des Professors bearbeiten, und ein nächstes Verhör würde es bestimmt geben, da war sich Scotchford ziemlich sicher. Doch außer einigen unbeholfenen Verschleierungsversuchen traute er Farnsworth keinen Raub und noch viel weniger ein Gewaltverbrechen zu. Es sei denn, jemand hätte den Professor in ein solches Verbrechen hineingezogen. Die Lösung des Falls hing weiterhin mit Doktor Rollo zusammen, wie er es bereits bei Adele Lord und ihrer Managerin vermutet hatte.
„Wer kann sich so etwas schon erlauben?" entgegnete er deshalb jovial.
Und kündigte an: „Gut, Professor Farnsworth, ich glaube, Sie haben uns sehr weitergeholfen. Wir möchten uns bei Ihnen bedanken."
„Nichts zu danken, Inspektor Scotchford. Zweifellos ist es die erste Bürgerpflicht, Scotland Yard weiterzuhelfen. Davon bin ich überzeugt."

3

„Dürfte ich Ihre Ausweise sehen?" fragte der Concierge hinter der Rezeption und beugte sich dabei so vor, als ob seine Frage eine stille Geheimsache bleiben sollte, von der kein anderer der betuchten Hotelgäste etwas zu erfahren brauchte.
„Selbstverständlich dürfen Sie das", antwortete George ein wenig ironisch. Er und seine Begleiter kramten in ihren Anzügen und streckten dem Concierge ihre Ausweise entgegen.
Aufmerksam studierte der Concierge die Papiere und verglich die nüchternen eingeschweißten Fotos. Er nickte kurz und sagte: „Danke vielmals. Verzeihen Sie bitte die Umstände, aber unsere Vorschriften im Dorchester sind dementsprechend streng. Was kann ich für Sie tun?"
„Wenn es Ihre Vorschriften erlauben, könnten Sie uns ein paar Fragen beantworten", erwiderte Scotchford und beschloß, für heute keine ironischen Kommentare mehr abzugeben.
„Ich werde es versuchen, bitte fragen Sie."
„Wir sind auf der Suche nach einem Doktor Rollo und seiner Sekretärin, einer gewissen Serena Rossi. Beides sind italienische Staatsangehörige. Sie haben bei Ihnen vermutlich die Suite 511 gemietet. Kennen Sie sie?"
„Diese Frage betrifft zwei unserer Hotelgäste, und für derartige Auskünfte ist unser Empfangschef zuständig. Einen kleinen Moment bitte, ich rufe ihn gleich an", meinte der Concierge ausdruckslos und nahm den Telefonhörer neben ihm ab. Nachdem er eine fünfstellige Nummer gewählt hatte, sprach er in den Hörer: „Hallo Mister Warren, ich habe drei Beamte von Scotland Yard bei mir ... ja Scotland Yard ... sie möchten Auskünfte über Hotelgäste ... ja danke."
Der Concierge legte wieder auf und richtete sich an Scotchford: „Mister Warren wird gleich hier sein und wird Ihre Fragen beantworten. Bitte haben Sie drei Minuten Geduld."

„Okay. Wir warten", willigte George ein. Er blickte Nick und Charlotte stirnrunzelnd an und bemerkte trocken: „Vorschriften sind nun mal Vorschriften."
Die Wartezeit verging rasch, konnten sie doch den edlen Luxus des Hotels bestaunen, dessen Eindruck von vorbeischlendernden Scheichs noch verstärkt wurde. Links vor ihnen wurde eine unauffällige Türe geöffnet und ein Mann trat heraus. Er war zwischen vierzig und fünfzig und eine sehr elegante Erscheinung. Sein volles schwarzes Haar war zurückgekämmt und eingeölt. Der blaßgraue englische Anzug, den er trug und der zu seinem Gesicht paßte, schien nagelneu zu sein. Sofort erkannten sie am aufrechten und energischen Gang, als er auf sie zukam, daß es sich hier um jemanden handelte, der Befehle erteilte und selten welche bekam. Und wenn, dann allerhöchstens als gutgemeinte Aufmunterung.
„Guten Tag. Henry Warren, ich bin der Hotelmanager", begrüßte er sie und schüttelte bereits ihre Hände, bevor ihnen das richtig klar wurde.
„Guten Tag. Inspektor Scotchford, Sergeant Warton und Sergeant Angel – von Scotland Yard", stellte sie George ein bißchen verdutzt vor.
„Mister Jackett sagte mir, es gäbe ein Problem mit einem Hotelgast?"
„Nun, ein Problem ist es noch nicht. Es könnte ein Problem werden, falls wir auf unsere Fragen keine Antworten bekommen."
„Schön, ich sorge dafür, daß kein Problem auftaucht", versprach Warren. Er richtete sich an den Concierge, der in der Zwischenzeit Verstärkung von einer weiblichen Kollegin bekommen hatte: „Keine Anrufe, Mister Jackett, solange die Beamten von Scotland Yard bei mir sind."
„Keine Anrufe", wiederholte der Concierge und nickte zustimmend.
Henry Warren bat die Beamten mit ausgestreckter Hand ihm zu folgen. Er führte sie durch die Türe, aus der er gekommen war, und danach durch ein leeres Büro, in dem wochentags seine Sekretärin

arbeitete. Dahinter befand sich sein Büro, welches konträr zum Artdéco-Styl des Dorchesters eingerichtet war. Die Büromöbel darin erschienen nüchtern kühl und ebenso die einfallslosen Bilder an der Wand. Einzig der lange Konferenztisch aus hellem Buchenholz bildete eine freundliche Abwechslung zu den tristen Farben.
„Bitte nehmen Sie dort Platz", forderte er die drei auf.
Scotchford, Warton und Angel setzten sich, während sich Warren ihnen gegenüber hinsetzte. Er betrachtete sie abschätzend. „Also, wer von unseren Gästen ist unangenehm aufgefallen?" brach Warren die wortlose Pause, die entstanden war.
„Eine interessante Formulierung, Mister Warren. Bis jetzt noch niemand", bemerkte George und versuchte ebenfalls Warren einzuschätzen.
„Schön, vielleicht war ich ein wenig vorschnell. Mit welcher Auskunft kann ich Ihnen behilflich sein, betreffend einer unserer Gäste?"
„Okay. Sagen Ihnen die Namen Doktor Salvatore Rollo und Miss Serena Rossi etwas? Die beiden waren Gäste in der Hotelsuite 511."
„Nein, die Namen sagen mir nichts. Aber für solche Fälle haben wir unseren Computer. Alle unsere Gäste und ihre Daten sind darin gespeichert. Wir haben viele Stammgäste und unser *Big Brother* erleichtert unseren Job ungemein", erklärte Warren, stand auf und ging zu seinem schiefergrauen Schreibtisch hinüber. Er drückte einige Tasten auf der Tastatur des Labtops. Sein grüner Bildschirm zeigte ihm die Eintragung für das Zimmer 511.
„Aha, hier haben wir es. Einen Moment, ich drucke das Suitenblatt aus", kündigte Warren an, und der Canon-Drucker rechts von ihm begann zu rattern. Schwungvoll zog er das Blatt aus dem Ablagefach. Wieder am Konferenztisch sitzend, las er laut vor: „Belegung Suite 511 – Doktor Salvatore Rollo – Archäologe aus Rom. Miss Serena Rossi – Sekretärin von Doktor Rollo. Reservierung vor fünfzehn Tagen durch Museo Ludovisi in Rom. Anreise letzten Samstag – Abreise letzten Donnerstag."

„Ist das alles, was da steht?" unterbrach Nick ungläubig.
„Soweit ich das ... Moment, hier ist ein spezieller Vermerk", murmelte Warren erstaunt. Er las im unteren Teil des Blattes: „Bemerkungen – Doktor Rollo bei Abreise in schlechtem gesundheitlichen Zustand. Umbuchung – Miss Serena Rossi von Suite 511 auf Suite 711, laut Anweisung von Mister Roberto Ludovisi – Belegung Suite 710."
„Was hat das zu bedeuten?"
„Anscheinend verließ Doktor Rollo das Dorchester am Donnerstag und seine Sekretärin wurde auf Suite 711 umgebucht", beantwortete der Hotelmanager Nicks Frage.
„Weshalb war Doktor Rollo in schlechtem gesundheitlichem Zustand?"
„Keine Ahnung, Inspektor Scotchford, der Vermerk ist nicht von mir."
„Und von wem ist er, Mister Warren?" fragte George automatisch nach.
Henry Warren überflog das ausgedruckte Belegungsblatt und fand die hoteleigene Abkürzung des diensthabenden Concierge.
„IJ – der Vermerk ist von Ian Jackett – wir haben Glück", meinte Warren erfreut und griff nach dem Telefon, welches links vor ihm auf dem Tisch stand. Er bestellte den Concierge in sein Büro und sagte zu den Polizeibeamten: „Mister Jackett wird uns persönlich über den Vermerk aufklären."
Nach rund einer halben Minute trat Ian Jackett ein.
„Womit kann ich Ihnen behilflich sein?"
„Es geht um Suite 511, Mister Jackett. Sie hatten letzten Donnerstag Dienst. Sie haben das Suitenblatt für Suite Nummer 511 erstellt."
„Das stimmt, Mister Warren. Ich kann mich noch gut daran erinnern."
„Schön. Können Sie uns etwas von Doktor Rollo erzählen? Sie haben ihn in dem Suitenblatt unter Bemerkungen erwähnt. Sehen Sie?" Warren gab das Belegungsblatt dem Concierge, der es, wie er zuvor, studierte.

„Ja, der Eintrag stammt von mir. Ich fand es notwendig, einen solchen zu machen", schilderte Jackett und gab den Computerausdruck Warren zurück.

„Ein vorbildliches Verhalten, Mister Jackett", lobte Warren. Und ergänzte: „Die Beamten von Scotland Yard möchten wissen, was Sie zu diesem Eintrag veranlaßt hat?"

„Das Erscheinungsbild von Doktor Rollo hat mich dazu veranlaßt. Der Doktor sah so aus, als ob er in eine Schlägerei verwickelt gewesen wäre. Er hatte blaue Flecken und Abschürfungen im Gesicht. Seine Nase war geschwollen und rot angelaufen. Ich fragte ihn, ob er Hilfe benötige, und ob er von einem Gast belästigt worden sei."

„Lassen Sie mich raten", unterbrach Scotchford, „selbstverständlich war sein Aussehen ein dummer Zufall. Vielleicht ein Ausrutscher im Bad oder ein blöder Sturz im Wohnzimmer, wahrscheinlich über einen unsichtbaren Schemel."

„Ja, Sie haben recht. Doktor Rollo hat tatsächlich etwas in dieser Art gesagt. Nur stürzte er im Schlafzimmer, und er hat sich für die Blutflecke auf dem Perserteppich entschuldigt. Er sagte, wir sollen die Reinigung seinem Chef in Rechnung stellen. Woher ...?"

„Tja, nahe dran. Woher ich das weiß? Nur eine Vermutung, Mister Jackett.

Und noch eine Vermutung – Mister Ludovisi von Suite 710 ist ebenfalls abgereist, genau wie Miss Serena Rossi von Suite 711."

Verblüfft schaute der Concierge den Inspektor an und bestätigte ehrfurchtsvoll: „Sie haben schon wieder recht. Signore Ludovisi und Signore Calabretta haben zusammen mit Signorina Rossi das Hotel vor einer Stunde verlassen."

„Verdammt!" fluchte Scotchford.

Alle blickten verdutzt zu ihm. Henry Warren fragte: „Sind Sie mit der Auskunft von Mister Jackett nicht zufrieden?"

„Nein, nein, Mister Jackett ist nicht der Grund für meinen Aussetzer. Bitte verzeihen Sie. Es war ein anstrengender Tag und ich dachte, wir hätten endlich Doktor Rollo aufgespürt. Es fehlte uns eine Stunde."

„Tut mir leid, Sie haben ihn verpaßt. Das war Pech."
„Kann mal vorkommen", stimmte George enttäuscht dem Hotelmanager zu.
„Also spielen Doktor Rollo und Signore Ludovisi bei Ihren Recherchen eine wichtige Rolle?"
„So ist es, Mister Warren. Bei unserem Fall geht es um einen toten Fotografen. Und Doktor Rollo sowie sein Chef Signore Ludovisi sind in den Todesfall verwickelt. Wie stark beide involviert sind, müssen wir noch herausfinden."
„Vermuten Sie einen direkten Zusammenhang? Ich meine, zum toten Fotografen?"
Bei der Frage von Warren lehnte sich Scotchford zurück. Er war sich nicht sicher, ob die Puzzelteile dieses Mordfalls schon komplett vorhanden waren. Einige Teile paßten, andere blieben sperrig und rätselhaft. Natürlich durfte er Warren nicht in seine Vermutungen einweihen, dafür kannte er ihn zu kurz. Aber er konnte neue Puzzelteile beschaffen, und darum gab er die Frage weiter: „Sergeant Warton kann Ihnen das beantworten."
Sichtlich überrascht sagte Nick: „Unsere Vermutungen gehen in ungefähr diese Richtung, das kann ich bestätigen. Wir wären Ihnen aber sehr dankbar, wenn Sie uns für unsere Ermittlungen noch mehr Einzelheiten über Doktor Rollo und Signore Ludovisi erzählen könnten."
„Ich hoffe, Sie behandeln unsere Auskünfte vertraulich. Wir und unsere Hotelgäste schätzen keine negative Publicity. Ich darf doch darauf zählen?"
„Ja, auf jeden Fall können Sie darauf zählen. Ihre Angaben bleiben unter uns."
„Schön, Sergeant Warton. In dem Fall übergebe ich das Wort Mister Jackett."
Der Concierge wußte nicht so recht, was er zusätzlich erzählen sollte. Deswegen wartete er auf eine Anfrage, die er auch bald von Nick erhielt: „Am besten Sie beginnen ganz von vorne, mit der Reservierung der Zimmer."

„Wie Sie wünschen, Sergeant", entgegnete Ian Jackett und erbat per Handzeichen das Belegungsblatt von Zimmer 511. Henry Warren gab es ihm.

„Die Reservierung von Suite 511 erfolgte am zehnten September. Ganz korrekt gesagt war es jedoch eine Umbuchung von zwei Einzelsuiten in eine Doppelsuite", korrigierte sich Jackett.

„Eine Umbuchung?" wunderte sich Nick.

„Ja, zuerst rief eine Miss Calculotti an und reservierte zwei Einzelsuiten. Ich glaube, ihr Vorname war Maria – oder Magda – ich weiß es nicht mehr genau. Jedenfalls bekamen wir drei Tage später eine Stornierung dieser Einzelsuiten durch Miss Serena Rossi. Sie reservierte dafür die Doppelsuite 511. Sie fragte nach einem Doppelbett in der Suite, daran kann ich mich noch gut erinnern, weil es selten vorkommt, daß jemand zwei Suiten in eine einzelne umbucht. Ich interessierte mich jedoch nicht weiter dafür."

„Und was geschah danach?" fragte Nick.

„Doktor Rollo und Miss Rossi sind letzten Samstag angereist. Am Donnerstag sind Mister Ludovisi und Mister Calabretta angereist. Sie belegten Suite 710 und 711. Mister Ludovisi erkundigte sich nach Doktor Rollo. Am Donnerstagnachmittag ist Doktor Rollo abgereist, und kurz danach verlangte Mister Ludovisi die Umbuchung von Miss Rossi. Am Donnerstagabend buchte Miss Rossi zwei weitere Suiten, es waren Suite 823 und 824. Am Freitag sind drei weitere Mitarbeiter von Mister Ludovisi angereist."

„Mitarbeiter?"

„Nun ja, Inspektor Scotchford, ich vermute, daß es Mitarbeiter von Mister Ludovisi waren. Sicher bin ich mir nicht. Miss Rossi erwähnte bei der Buchung der Suiten, daß Mister Ludovisi geschäftlich in London sei, und daß er für wichtige Verhandlungen weitere Leute brauchte. Details nannte Miss Rossi nicht."

Die sind auch nicht mehr nötig, dachte Scotchford. Er konnte sich ausmalen, wie diese *Verhandlungen* abgelaufen waren. Das Endresultat dieser *Verhandlungen* war der tote Fotograf. William Tower mußte tatsächlich irgendwie in den Besitz dieses Wikingerdiamanten gekommen sein. Ob nun legal oder illegal, blieb offen. Und derjenige, der den Diamanten eigentlich besorgen sollte, Doktor Salvatore Rollo, hatte versagt und bekam dafür einen *schlechten gesundheitlichen Zustand*, wie es der Concierge ausdrückte. Langsam paßten die Puzzelteile perfekt zusammen, doch der wichtigste Teil fehlte weiterhin und ließ ein weißes Loch im Puzzelbild offen. *Hatten die Spaghettis Erfolg bei ihrer brutalen Suche?* Die überstürzte Abreise schien dies zu bestätigen, außer …: „Erzählte Mister Ludovisi, wohin er reist, bei seiner Abreise?"

„Nein, darüber sagte er nichts. Wir pflegen unsere Hotelgäste nicht danach zu fragen, wohin sie verreisen. Unsere Gäste schätzen unsere Diskretion."

„Selbstverständlich, Mister Jackett. Ich habe nichts anderes erwartet, um ehrlich zu sein. Nun gut, geben Sie bitte Sergeant Angel die Personalien und eine genaue Personenbeschreibung. Ihre Angaben waren sehr wichtig, danke."

„Ist gern geschehen, Inspektor. Ich stehe Ihnen jederzeit zur Verfügung."

„Okay", bestätigte George und blickte auffordernd zu Charlotte, die kurz darauf mit Ian Jackett zur Rezeption losmarschierte. George und Nick erhoben sich ebenfalls. Warren schloß sich ein wenig zögerlich an. Er gab Scotchford das Belegungsblatt von Zimmer 511, welches Jackett liegengelassen hatte. „Ich bin neugierig, Inspektor", sagte er, „glauben Sie jetzt, nachdem Sie alle Fakten kennen, daß Doktor Rollo und Mister Ludovisi in unlautere Machenschaften verwickelt sind?"

„Eine heikle Frage, Mister Warren. Ich will Sie nicht brüskieren, und vielleicht spricht auch schon die vorabendliche Müdigkeit aus mir, aber die Neugier ist der Tod des alten Katers auf dem Birnbaum."

„Oh", raunte Warren enttäuscht.

„Aber ich verspreche Ihnen, sobald der Fall gelöst ist, werden Sie es wissen."

„Danke, das ist sehr nett. Ich bin schon sehr gespannt darauf", bedankte sich Warren bei Scotchford und sein Gesicht erhellte sich.

Es zeigte eine Art Vorfreude. Wahrscheinlich hatte der Hotelmanager nicht nur ein persönliches Interesse am Ausgang des Falls, sondern würde auch ausgehend von den Informationen des Inspektors entscheiden, ob Mister Rollo, Mister Ludovisi und seine Mitarbeiter jemals wieder im Dorchester logieren durften.
Der nächste Satz von Henry Warren bestätigte Scotchfords Vermutung: „Wenn sich einer der Verdächtigen wieder bei uns meldet, werde ich mich persönlich mit Ihnen in Verbindung setzen."
„Das wäre sehr zuvorkommend von Ihnen", entgegnete George. Er zog aus der Seitentasche seines Anzugs eine Visitenkarte: „Bitte nehmen Sie meine Karte. Darauf steht meine dienstliche und meine persönliche Telefonnummer."
Warren nahm die Visitenkarte, las und meinte: „Ich wußte gar nicht, daß bei Scotland Yard Visitenkarten üblich sind."
„Sind sie auch nicht. Ich hatte es nach einigen Jahren nur satt, ständig Telefonnummern aufzuschreiben. Aber bitte keine Anrufe um drei Uhr morgens."
„Schön, Inspektor Scotchford, ich gehöre sowieso nicht zu den Leuten, die um drei Uhr morgens Telefonate führen."
„Um so besser, Mister Warren. Um so besser", pflichtete George ihm zu und verließ mit Nick und dem Hotelmanager den Konferenzraum.
Bei der Rezeption angekommen, sahen sie Charlotte, die dahinter stand und immer noch Ian Jackett mit Fragen bombardierte. Der Concierge gab sich große Mühe, jedes Detail der Italiener zu beschreiben, die ihn in diese missliche Lage gebracht hatten. Seine Dienstkollegin übernahm währenddessen die Betreuung der Hotelgäste, welche sich nicht allzu sehr an der in Zivil gekleideten Polizeibeamtin störten.
Nach gut einer Viertelstunde verabschiedeten sich die Polizisten. Als sie aus dem Dorchester waren, gingen sie einige Schritte die Park Lane entlang und blieben vor ihrem Streifenwagen stehen.
„Charlotte, nun möchte ich Ihre Meinung zu unserem Fall hören."

Die Anfrage von Scotchford kam für Charlotte überraschend, hatte doch Nick schon hinreichend erklärt, daß sie zu spät im Hotel aufgetaucht waren, und daß die Italiener vermutlich schon längst wieder in *Bella Italia* waren. Folgerichtig würde der Fall Interpol übergeben, weil Interpol für außerbritische Fahndungen zuständig war. Eigentlich war es schon gar nicht mehr *ihr Fall*. „Ich habe die gleiche Meinung wie Nick. Ich glaube, die Männer von Mister Ludovisi fanden den Diamanten im Haus von William Tower. Als Tower von seinem Balkon fiel, bekamen sie Panik und verschwanden."
„Was macht Sie so sicher?"
„Bei was sicher?"
„Nun, daß die Spaghettis den Wikingerdiamanten wirklich gefunden haben."
„Ich ... ich glaube nicht, daß sie verschwunden wären, ohne den Diamanten", vermutete Charlotte und bemerkte im gleichen Augenblick ihren Fehler.
„Und genau in dem Punkt bin ich nicht Ihrer Ansicht", widersprach George.
Ein gutmütiges Lächeln umspielte seine Lippen, als Charlotte ihn verdutzt ansah.

4

Die Badewanne füllte sich sehr langsam und das Wasser umspielte den makellosen Körper von Adele. Der Kieferndüft des Badeshampoos wurde intensiver. Kaum hörbar blubbernd vermehrte sich der Schaum. Adele lag ausgestreckt in der Wanne, die innen perlweiß und außen mittelblau war. Diese Farbkombination setzte sich beim Waschbecken, der Dusche und dem WC fort. Auch alle Wände des Badezimmers waren im gleichen blauen Farbton gekachelt, dementsprechend war die Decke des Badezimmers weiß. Bei den Bodenplatten wurde die Kombination fortgesetzt, jedoch in einem blasseren Blau. Die weißen Plattenquadrate hatten eine schwache Maserung und einen hellblauen Seitenrand, welcher an jeder Ecke durch ein kleineres helllila Quadrat unterbrochen wurde.

Das breite Fenster über Adele ließ morgendliche Sonnenstrahlen auf den matt glänzenden Platten tanzen und erhellte das ganze Badezimmer.

Als der Schaum und das warme Wasser Adele fast gänzlich bedeckten, drehte sie mit den Zehen des linken Fußes den Regler des Wasserhahns zu. Sie benetzte ihre langen blonden Haare, die bis zum Ansatz ihres Busens reichten, und die sofort dunkler wurden. Danach verschränkte sie beide Hände hinter ihrem Kopf, lehnte sich gegen die Wand und entspannte sich zusehends. Mit den Füßen, die auf dem Rand der Wanne ruhten, konnte sie sich gut an der entgegengesetzten Wand abstützen, was im Moment aber nicht nötig war.

Für Adele schien die Welt an diesem Sonntagmorgen unheimlich friedlich zu sein und sie ließ sich noch tiefer ins Wasser gleiten. Ein wohltuendes Gefühl der Gelöstheit kam auf und nahm ihren Körper in Besitz, so wie es jedes Mal war, wenn es Adele gelang, ungestört ein Bad zu nehmen. Gerne hätte sie tagtäglich ein solches Entspannungsbad genossen, aber meistens blieb dafür nur der Sonntag übrig. Deswegen wurde mit der Zeit so etwas Ähnliches wie ein Baderitual daraus, bei dem sie besser niemand störte.

Heute kam zwar ihr Körper zur Ruhe, doch ihr Geist blieb in der vergangenen Woche hängen und kreiste hinter geschlossenen Augen um die schrecklichen Ereignisse. Ihr ehemaliger Freund Will war tot – starb in einem gräßlichen Unfall, und das letzte, was sie ihm am Telefon gesagt hatte, war eine dumme Lüge gewesen. Mehr als nur gute Freunde würden sie nie mehr werden können, hatte sie gesagt, obwohl sie innerlich spürte, daß bei ihr mehr vorhanden war. Viel mehr. Und jetzt blieb ihr nur noch seine Beerdigung, und bei dieser war sie nicht einmal sicher, ob ihr die Modeschauen in Paris dafür genug Zeit lassen würden.

Was als geplante Ferienwoche begann, endete in einer Schicksalswoche – und in Schuldgefühlen, die auch ein herrlich duftendes Schaumbad nicht lindern konnte. Immer neue Erinnerungen an Will stiegen ich ihr Bewußtsein. Gedanken, von denen sie geglaubt hatte, daß sie sie schon längst verarbeitet und vergessen hätte. Schlagartig wurde ihr klar, wie ähnlich sie sich doch gewesen waren, und wie gut sie eigentlich zueinander gepaßt hätten. Vielleicht zu gut.

Leise Schritte näherten sich der Badezimmertüre. Veronica mußte aufgestanden sein. Ihre Freundin und Managerin war ebenfalls nach der schlechten Nachricht von Scotland Yard am Boden zerstört gewesen. Irgendwie war Will ein Stück ihrer gemeinsamen Geschichte gewesen, sogar wenn sie Streit hatten. Behutsam und vorsichtig wurde die Badezimmertüre geöffnet. Adele ließ ihre Augen geschlossen, weil sie wußte, daß Veronica meistens so die Türe öffnete, wenn sie ein Bad nahm.

Veronica Balabushka trat in das Badezimmer. Sie trug ein langes lindgrünes Nachthemd mit einem rosa Mille-Fleur-Druck rundum. Kurz fiel ihr Blick auf Adele, die sich nicht bewegte und ruhig in der Wanne lag. Die Schaumdecke bedeckte fast ihren ganzen Körper, nur das Zwerchfell war sichtbar. Achtlos ging Veronica weiter zum Spiegel. Vom Waschbecken nahm sie die rote Haarbürste und begann ihr dunkelgewelltes Haar zu bürsten. Beinahe beiläufig und ohne sich umzudrehen, sagte sie: „Guten Morgen."

„Guten Morgen", kam es von der Badewanne ausdruckslos zurück.
„Hast du gut geschlafen?"
„Ich fand keinen Schlaf, Vron. Ich wälzte mich hin und her und dachte an den gräßlichen Unfall. Ich versuchte mir die ganze Nacht lang zu erklären, wieso der Unfall passieren mußte."
„Ging mir ähnlich", erwiderte Veronica. Sie ergänzte: „Wir werden wohl noch eine Weile brauchen, bis wir an etwas anderes denken können. Nur gut, daß die Shows nächste Woche in Paris anlaufen, dann sind wir abgelenkt."
„Ja, die Shows werden uns ein wenig ablenken. Ich kann es immer noch nicht begreifen. Will ist tot – einfach so – ein Unfall und peng – weg – tot. – Unbegreiflich", raunte Adele leise.
„Ich frage mich bloß, in was für eine Schlägerei Will verwickelt gewesen ist? Ich kann mir die genauso wenig vorstellen, wie seinen Sturz von dem Balkon", meinte Veronica, legte die Bürste zurück und drehte den Wasserhahn auf.
„Ich mir auch nicht. Der Inspektor hielt es für keinen Zufall, was die Sache für mich noch schrecklicher macht. Wer kann nur so brutal sein?" fragte sich Adele, löste ihre hinter dem Kopf verschränkten Arme und versenkte sie ins Badewasser.
„Auf alle Fälle keine Person, die wir kennen. Dafür muß man echt kriminell sein. Wahrscheinlich waren es Einbrecher, wie ich es gestern schon vermutete", sagte Veronica und begann ihr Gesicht zu waschen. „Aber wir sollten uns darüber nicht zu sehr den Kopf zerbrechen, das ist die Sache von Scotland Yard. Dieser Inspektor Scotchford machte einen guten Eindruck auf mich. Ich glaube, der wird die Halunken schnappen."
„Ja, Vron, das glaube ich auch. Nur bei seinen Begleitern habe ich so meine Zweifel. Sergeant Warton und Sergeant Angel kamen mir vor wie Lehrlinge im Vergleich zu Scotchford. Scotchford, ein merkwürdiger Name, aber das brauche ich dir ja nicht zu sagen."
„Du kannst es echt nicht lassen, nicht wahr?"
„Oh Verzeihung, Miss Bala und so weiter", stichelte Adele und richtete sich auf. Sie beugte sich nach vorne und griff nach dem

Duschkopf, der rechts oben an der Wand angebracht war. Ein leichter Kalkfilm überzog ihn, weil sich die Freundinnen nie einig wurden, wer ihn putzen sollte. Als sie ihn aus der Halterung genommen hatte, drehte sie am Wasserregler und überprüfte die Temperatur. Das Wasser brauchte eine Weile, bis es warm wurde. Danach hielt sie den Duschkopf über ihre Haare. Als sie vollständig naß waren, ließ Adele den laufenden Duschkopf in die Wanne sinken, nahm Shampoo und begann ihre Haare zu waschen.
Veronica trug unterdessen ihr Make-up auf: „Schon gut, Miss Suppenhuhn. Es scheint dir wieder besser zu gehen. Da fällt mir ein, wir sollten auch zur Beerdigung von Will gehen."
„Einverstanden. Fragt sich nur, wann die ist. Ich bin nächste Woche in Paris, vergiß das nicht", gab Adele zu bedenken und wusch das Früchteshampoo aus ihren Haaren, welches stark nach Bananen roch.
„Stimmt. Aber hat der Inspektor nicht etwas von einer Obduktion gesagt? Ich vermute, Will wird nicht so schnell beigesetzt, wenn sie ihn aufschneiden."
„Mußtest du das jetzt unbedingt erwähnen?" erkundigte sich Adele vorwurfsvoll, stellte das Wasser ab und wrang ihre füllige Mähne aus. Energisch zog sie den Stöpsel aus der Badewanne, stand auf und griff sich ein weißes Handtuch, das passend zum Weiß-Blau-Kontrast des Badezimmers von den Freundinnen gekauft worden war. In der Wanne stehend, stülpte sie es über ihren Kopf und rieb sich die Haare halbtrocken.
„Wieso? Findest du es nicht pietätvoll, wenn ich das erwähne?"
„Einmal das, und zudem ist es gräßlich für mich, mir vorzustellen, wie Will in irgendeiner Leichenhalle ausgeschlachtet wird. Einfach nur gräßlich."
„Sorry, ich nahm nicht an, daß du dir so etwas vorstellst", entschuldigte sich Veronica. Sie zog den Lidstrich unter ihrem rechten Auge nach. Mit dem anderen Auge warf sie per Spiegel einen Blick auf Adele.

„So etwas tue ich normalerweise auch nicht. Mir kam da nur mein Unterricht an der Uni in den Sinn. Wir mußten da mal einen Lehrfilm für angehende Ärzte anschauen, in dem eine Autopsie durchgeführt wurde. – Mir wurde sehr schlecht dabei."
„Wäre mir wahrscheinlich ähnlich ergangen. Was passierte darin?"
„Die schnitten darin einen Kerl mit einem Y-Autopsieschnitt auf. Ich behielt den Ausdruck in meinem Kopf, weil ich mir dabei die Hände vors Gesicht hielt. Von dem Augenblick an wußte ich, daß ich niemals Medizin studieren würde", erklärte Adele, stieg aus der Badewanne und begann sich abzutrocknen.
„War bestimmt die richtige Entscheidung."
„Ja, trotzdem werden wir die Beerdigung von Will vermutlich verpassen."
„Es gäbe da noch eine andere Möglichkeit."
„Ja? Welche meinst du?"
„Wir könnten kurz bei seinen Eltern vorbeischauen, oben in Paddington. Wir kondolieren und teilen ihnen mit, daß wir leider terminlich für die Beerdigung verhindert sind. Später könnten wir immer noch Wills Grab besuchen."
„Eine Spitzenidee! Das machen wir", stimmte Adele erfreut zu.
„Ich glaube, das hat eine persönliche Note. Und ich vermute, daß sie etwas in der Art von der ehemaligen Freundin ihres Sohnes erwarten."
„Glaubst du wirklich? Immerhin waren wir seit über einem Jahr getrennt."
„Na und? Bei einem Todesfall spielt eine Trennung keine Rolle mehr. Bei einem Todesfall ist es wesentlich wichtiger, daß man dem Toten seine letzte Ehre erweist."
„In Ordnung, obwohl sich *letzte Ehre erweisen* seltsam anhört. Da kommt mir in den Sinn, wir dürfen keinesfalls eine Kondolenzkarte vergessen."
„Stimmt, das würde einen schlechten Eindruck machen, wenn wir die vergessen würden. Ich werde es mir gleich notieren, sobald ich aus dem Bad bin", versprach Veronica und stellte ihr Make-up fer-

tig. Hinter sich sah sie, wie Adele das Badetuch auf den Handtuchhalter legte und den pinkfarbenen Bademantel anzog, in dem sie meistens vor dem Frühstück herumlief. Gelegentlich sogar vor dem Mittagessen.
„Sollen wir gleich zu Wills Eltern fahren, wenn ich fertig bin?"
„Warum nicht, dann haben wir den restlichen Sonntag frei. Ich wollte sowieso noch kurz zu Fredy."
„Ach, davon hast du mir gar nichts erzählt."
„Es war ein spontaner Einfall. Wenn du willst, kannst du mitkommen."
„Nein danke. Ich finde, du und dein Mechanikerfreund sollten einmal alleine sein. Ich gehe dann noch kurz zu meinen Eltern und bringe ihnen die Hiobsbotschaft von Will. Es trifft sich gut, wenn ich das vor den Shows in Paris erledigen kann", resümierte Adele und nahm den Haarföhn aus dem Badezimmerschrank. Sie steckte ihn ein, schaltete ihn aber nicht an.
„Ja, deine Mutter mochte Will sehr. Weshalb, ist mir nie ganz klargeworden."
„Sie sah in ihm den perfekten Schwiegersohn. Vermutlich weil seine Fotos von mir in so vielen Zeitschriften waren und er meine Karriere gestartet hat. Wenn sie Will und seine vielen Modelfreundinnen ein bißchen besser gekannt hätte, wäre ihre Sympathie für Will den Bach hinuntergegangen."
„Bist du sicher?"
„Wer ist bei Müttern und ihren komischen Ansichten schon sicher?" entgegnete Adele in einer Mischung aus Lakonik und Ironie. Schmunzelnd schaltete sie den Föhn an und stellte ihn auf die kleinste Temperaturstufe.
„Da bin ich vollkommen deiner Meinung", sagte Veronica lauter als normal. Und fuhr gleichlaut fort: „Ich parkier den Mazda vors Haus, damit wir gleich loskönnen."
„Gut, mach das. Ich bin in einer Viertelstunde fertig", kündigte Adele an, und beide Freundinnen wußten im voraus, daß diese Zeitangabe bestimmt überschritten würde. Adele hatte kein Talent

für ein schnelles Make-up und wußte zudem überaus selten, was sie anziehen sollte.

Veronica nickte, drehte sich um und verließ das Badezimmer wortlos. Vor der Türe saß Jimmy und blickte sie hoffnungsvoll an. Wie die meisten Katzen, verabscheute Jimmy Wasser und betrat das Bad nur ungern. Er begann fordernd zu miauen.

„Ist ja gut, man könnte meinen, du verhungerst gleich", wandte sich Veronica an ihn, was den Kater jedoch nicht davon abhielt, weiter zu miauen. Erst als Veronica ihm in der Küche Trockenfutter gab, verstummte er. Danach zog sie in ihrem Schlafzimmer ein dunkles Kleid an, weil sie glaubte, daß das bei einem Kondolenzbesuch vorteilhaft wäre. Sie verließ die Wohnung und fuhr per Lift in die Tiefgarage. Als sie den Mazda vor dem Mehrfamilienhaus parkte, sah sie auf der anderen Straßenseite einen metallicbraunen Mercedes stehen. Normalerweise stand an einem Sonntagmorgen auf der anderen Straßenseite kein Mercedes auf dem Parkfeld. Normalerweise stand gar kein Auto am Sonntag dort, weil sonntags dort parkieren verboten war. Ein nicht zu übersehendes Hinweisschild am Anfang der Straße machte darauf aufmerksam. Und jeder Nachbar, der an der Cadogan Lane wohnte, wußte das gut. Besonders jene, die wie Veronica dafür schon eine Parkbuße erhalten hatten. Für einen kurzen Moment wollte Veronica schnell hinübergehen und den vier Männern im Auto mitteilen, daß sie ihren Wagen umstellen sollten. Doch irgendetwas hielt sie davon ab. Vielleicht waren es die komplett fremden Gesichter hinter den Autoscheiben, welche nicht besonders vertrauenserweckend zu ihr hinüberschauten, oder einfach der Umstand, daß sie in Eile war und besseres zu tun hatte.

Nachdem Veronica im Hauseingang verschwand, sprach Carlo: „Sieht so aus, als ob die Ragazzinas einen Ausflug machen wollten."

„Si, wir dürfen sie nicht aus den Augen verlieren."

„Giusto Giuseppe. Der Ausflug wird nicht stattfinden", stellte Carlo fest.

Es vergingen rund dreißig Minuten, bis Adele und Veronica erschienen. Sie traten plaudernd aus der Eingangstüre des Mehrfamilienhauses und schlenderten zum Mazda. Veronica hatte das Verdeck vom Cabriolet heruntergeklappt, weil die Sonne angenehm hell am Himmel stand. Zwar trübten einige Schleierwolken die Stimmung, aber der Tag versprach einigermaßen sonnig zu werden.

„Soll ich fahren?"

„Nein, eigentlich wollte ich fahren. Wenn ich bei meinen Eltern bin, kannst du noch lange genug fahren", erklärte Adele und hielt ihre offene rechte Hand Veronica entgegen, damit sie ihr den Autoschlüssel zuwerfen konnte.

„Na schön", meinte Veronica ein wenig verdrossen und warf den Schlüssel.

Adele fing den Schlüssel beinahe, konnte ihn aber nicht richtig festhalten. Der Schlüssel fiel hinunter auf das Trottoir und Adele bückte sich danach. In dieser gebeugten Haltung sah sie plötzlich zwei riesige Schuhe vor sich stehen, die wie aus dem Nichts erschienen waren. Als sie aufblickte, bot ihr der dazugehörende Mann seine Hand zum Aufstehen an. Sie ergriff die breite Hand und zog sich daran hoch.

„Vielen Dank, das war sehr nett von Ihnen", bedankte sich Adele und schaute in ein selbstbewußtes Raubvogelgesicht, das den Ansatz eines Lächelns zeigte.

„Nichts zu danken, Miss Lord. Einer hübschen Lady helfe ich immer gerne", antwortete der Mann, dessen Akzent ihn sofort als Italiener verriet.

„Sie kennen mich?" fragte Adele reflexartig nach, obschon sie sich diese Frage längst abgewöhnen wollte. Viel zu viele Male hatte sie sie gestellt und ärgerte sich eigentlich nur noch über die meist gleichlautenden Antworten.

Carlo Calabretta gab ihr jedoch eine Antwort, die sie verwunderte: „Ma certo. Und es trifft sich gut, daß ich Sie hier treffe."

„In dem Fall wollen Sie bestimmt ein Autogramm von mir?"

„Nicht ganz, Miss Lord. Nicht ganz", widersprach Carlo, sein Lächeln wurde hämischer und auf eine beunruhigende Art finster. Hinter Carlo hatten sich Marco Errani, Giuseppe Banoso und Franco Belasi formiert. Sie sagten jedoch gar nichts, sondern schauten die Frauen nur abschätzend an. Das gemeinschaftliche Schweigen der Männer ließ in Adele und Veronica ein unbehagliches Gefühl aufkommen.
Bald erkundigte sich Adele genervt: „Was wollen Sie dann? Wer sind Sie eigentlich?"
„Es ist nicht wichtig, wie ich heiße, Miss Lord. Viel wichtiger ist, wie genau Sie meine Fragen beantworten", betonte Carlo.
„Was für Fragen? Und wie kommen Sie dazu, mich einfach so auf der Straße anzusprechen?" konterte Adele, und das unbehagliche Gefühl in ihrem Bauch verstärkte sich stark.
„Spielen Sie nicht die Dumme, Miss Lord. Sie wissen, warum wir hier sind", entgegnete Carlo. Seine Komplizen verteilten sich unauffällig um den Mazda. Aus dem unbehaglichen Gefühl wurde ein Gefühl der Bedrohung.
„Ich weiß nicht, was Sie meinen. Und nun entschuldigen Sie uns, wir haben es eilig", sagte Adele rasch. Ihre Stimme klang unsicher. Sie griff nach der Klinke der Autotüre und wollte sie öffnen, doch Carlos Hand hielt ihren rechten Arm blitzschnell fest. Erschrocken und ungläubig starrte Adele in sein Gesicht. Da war es wieder, dieses finstere Lächeln, das dem einer Hyäne glich.
„Langsam, Miss Lord. Nicht so schnell. Seien Sie nicht so unfreundlich", verkündete Carlo selbstgefällig und die restlichen Männer kicherten. Das Kichern erschien den beiden Freundinnen wie das Kichern von bösen Mädchen, die in einem Schulhausklo beim Rauchen erwischt wurden. Und genau wie der Mädchenbande war es auch den Männern egal, daß sie bei etwas Illegalem erwischt wurden. Im Gegenteil, es freute sie sogar noch, steigerte den Genuß.
„Lassen Sie mich sofort los, sonst..."
„Sonst was? Miss Lord will mir doch nicht etwa drohen?" fuhr Carlo unbeeindruckt und im gleichen Tonfall fort. Er behielt den Arm fest

im Griff. Adele zögerte nicht lange, sondern holte aus und schlug ihren Fuß seitlich in die Nierengegend von Carlo. Sie hatte diesen Tritt im Karateunterricht schon unzählige Male am Sandsack geübt. Der Tritt verfehlte seine Wirkung nicht und ließ Carlo vor Schmerz und grenzenloser Verblüffung aufschreien. Völlig überrascht vom Tritt, weniger von den stechenden Schmerzen, ließ er den Arm von Adele los und tastete seine Nieren ab. Darauf hatte Adele gehofft und der nächste Tritt traf den Italiener voll von vorne in den Magen, so daß er nach hinten über die Motorhaube des Mazdas fiel. Abermals schrie der Italiener auf, diesmal in grenzenloser Wut. Carlo rollte sich mühsam von der Motorhaube und glaubte kurz, keine Luft mehr zu bekommen, dafür bekam er um so mehr Schmerzen. Gebückt und schwer schnaufend grunzte er: „Puttana! Maledetto puttana!" und hielt seine Hände vor den Magen. „Packt die elende Hure! Packt sie euch!" keuchte er seinen Männern zu, die wie angewurzelt dastanden und absolut verständnislos zu ihm hinüberschauten. Als sich die Verständnislosigkeit ihrer Gesichter in Bestürzung wandelte (schließlich war Carlo ein Schrank von einem Mann und erst noch ihr Anführer), nahm Adele ihre Karate-Verteidigungshaltung ein und fixierte sie mit Blicken. Die Männer begannen, Adele zu umkreisen.

Veronica verharrte schockiert auf der linken Seite des Mazdas und konnte sich vor Angst nicht bewegen. Ihr Mund schien ebenso gelähmt zu sein und brachte kein Wort heraus. Gebannt verfolgte Veronica die seltsame Szene, die ihr wie ein gräßlicher Alptraum vorkam, aus dem sie nichts lieber als erwachen wollte.

Aber die bedrohlichen Traumgestalten taten ihr den Gefallen nicht, sie umkreisten weiter Adele. Plötzlich griff einer der Schemen ihre Freundin an. Es war ein kleiner Mann, mit fettig blonden Haaren und irgendeinem häßlichen Pickel über der Oberlippe. Er sah für sie aus wie ein böser Zwerg oder Gnom oder Troll. Sich ganz genau festzulegen, gelang Veronica nicht. Jedenfalls erkannte sie das Springmesser in seiner Hand, das blitzend aufsprang, und sie hörte sich selber panisch schreien: „Achtung, Adele!"

Kurz drehte der Mann seinen Kopf in ihre Richtung, was Adele genug Zeit gab, ihm einen Fußtritt zu verpassen, der ihn von hinten am Schädel traf, so daß er nach vorne gegen die Autotüre flog und mit seiner Stirn daran aufprallte. Der Zwerg blieb fluchend am Boden liegen und rieb sich die rote Stirn. Das Klappmesser war bei seinem Sturz unter den Mazda geschlittert. Die Kumpane des Zwergs wichen beeindruckt einige Schritte zurück, nur der Hüne, den Adele zuerst verprügelt hatte, ging wütend auf sie zu. Er ballte seine riesigen Fäuste und grollte: „Ich werde dir ein paar Schläge verpassen, die du noch gar nicht kennst, Miss Scheißlord."
Bevor Adele darauf irgendetwas erwidern konnte, hörten sie jemanden rufen: „Schluß jetzt! Lassen Sie die Damen in Ruhe! Hände hoch!"
Wie vom Blitz getroffen, drehten sich alle in die Richtung des lauten Befehls.
Ungefähr zwanzig Meter vor ihnen kamen ihnen Nick Warton und Charlotte Angel mit gezückten Dienstpistolen entgegen. Unerwartet rollte sich der Hüne über die Motorhaube, packte Veronica und hielt sie vor sich. Er griff in seinen Anzug, zog seine Desert-Eagle-Magnum aus dem Pistolenholster und preßte drohend die mattschwarze Pistole an die Schläfe von Veronica: „Stehen bleiben! Keinen Schritt weiter! Sonst könnt ihr das Gehirn der Lady mit einem Putzmopp aufwischen!" warnte Carlo die Polizeibeamten, welche abrupt stoppten.
Nick und Charlotte musterten Carlo. Nick rief zu ihm: „Was zum Teufel soll das? Machen Sie keinen Blödsinn! Was wollen Sie?"
„Ich will vor allem keine blöden Fragen! Also schön brav stehen bleiben!" brüllte Carlo zurück. Er wandte sich an seine Kumpane: „Los zum Wagen, wir verschwinden!" und ging langsam vorsichtig rückwärts über die Cadogan Lane. Veronica schleifte er einfach mit sich, die Pistole weiterhin auf ihre Schläfe gedrückt. Franco, Marco und Giuseppe überholten ihn und stiegen in den Mercedes. Franco startete das Auto. Marco öffnete die hintere Türe und Carlo stieg rücklings ein, während er Veronica ebenfalls hineinzerrte. Kaum

waren sie eingestiegen, schnellte der Mercedes quietschend los. Carlo schlug die Autotüre zu.

Der Mercedes preschte an Nick und Charlotte vorbei, die ihm mit ihren Dienstwaffen im Anschlag nachschauten.

„Sind Sie verletzt?" fragte Charlotte. Sie und Nick rannten auf Adele zu.

„Nein, ich glaube nicht", antwortete Adele und merkte, daß sie immer noch in der Karate-Verteidigungshaltung dastand. Verstört blickte sie die Beamten an und senkte ihre Hände. Adele versuchte eine normale Körperhaltung einzunehmen, aber jeder Muskel ihres Körpers schien verspannt zu sein.

„Großer Gott, wer war das?" flüsterte Adele, ihre Stimme klang unsicher brüchig. Ihr Gesicht zeigte eine Mischung aus Ratlosigkeit und Angst.

„Vermutlich die gleichen Männer, die auch Mister Tower verprügelt haben", erklärte Nick schnell. Und ergänzte: „Wir verfolgen die Halunken. Wollen Sie uns begleiten? Fühlen Sie sich stark genug?"

Für einen kurzen Augenblick verstand Adele nicht, was er damit meinte. Dann begann sie die Zusammenhänge zu verstehen und sagte entschlossen: „Oh ja, dafür fühle ich mich stark genug."

„Gut, kommen Sie!" forderte Nick sie auf und sprintete los. Adele und Charlotte eilten ihm nach. Am Ende der Straße hatten die Beamten ihren Dienstwagen parkiert und Adele begriff nicht, warum er ihr nicht schon vorher aufgefallen war. Wahrscheinlich parkierten die Polizisten gerade, als sie sich mit den Halunken herumschlug. Nick riß die Vordertüre auf und schnappte das Funkgerät: „Hier Wagen 23, hier Wagen 23, wir sind auf der Verfolgung eines metallicbraunen Mercedes. Ich wiederhole, wir sind auf der Verfolgung eines metallicbraunen Mercedes. An alle Streifenwagen im Bezirk Belgravia und Umgebung, wir sind auf der Verfolgung eines metallicbraunen Mercedes. Bitte sofort melden, wenn gesichtet!" rief er in das Mikrophon.

Charlotte stieg ihm gegenüber ein, während Adele hinten im Ford Escort einstieg. Alle schlugen die Türen zu und Nick gab Gas. Das Auto beschleunigte ruckartig.

„Gurten Sie sich besser an, das kann eine rasante Fahrt werden", warnte Charlotte Adele, und beide zogen hastig die Sicherheitsgurte heraus.

„Konntest du dir das Kennzeichen merken?" richtete sich Nick an Charlotte.

„Nein, nicht genau. Es ging alles so schnell. Es war irgendetwas mit MDN ..."

„Scheiße!" fluchte Nick. Hektisch und angestrengt überflog er sein Kurzzeitgedächtnis: „Ich habe es mir auch nicht gemerkt. Gib den Streifenwagen nochmals die Beschreibung durch. Weit können die Spaghettis nicht sein."

„Die Spagettis?"

„Ja, Miss Lord. Die Kerle, die wir verfolgen, sind Italiener, und wir nehmen an, daß sie nicht nur William Tower spitalreif geprügelt haben, sondern daß sie auch mit Doktor Rollo und mit seinem Capo in Kontakt stehen."

„Sie glauben, daß diese Kerle Will ermordet haben?"

„Nein, Miss Lord. Bis zum jetzigen Zeitpunkt sieht es immer noch wie ein tragischer Unfall aus. Aber ganz sicher sind wir uns nicht. Wenn wir Glück haben, sieht eine Streife den Wagen der Spaghettis. Sonntags sind leider nur nie allzuviele Streifenwagen unterwegs", beendete Nick seine Ausführungen.

Charlotte gab in der Zwischenzeit die Beschreibung des Mercedes abermals durch, bis sich unverhofft rauschend und pfeifend eine Stimme im Äther meldete. Sie kam von Wagen Nummer 79: „Wagen 23 bitte melden ... Wagen 23 bitte melden ... Hier ist Wagen 79 ... Wagen 23 bitte melden ...", kam es knarrend aus dem Lautsprecher.

Charlotte hielt das Mikrophon nahe an ihren Mund und antwortete: „Hier Wagen 23, bitte sprechen Sie!"

„Hier Wagen 79, Sergeant Archer. Wir sahen Mercedes mit hoher Geschwindigkeit, Farbe metallicbraun. Das Fahrzeug fuhr von Sloane Street über Sloane Square in Richtung King's Road. Sollen wir Verfolgung aufnehmen? Wagen 23 bitte melden …"
„Wir haben die Spaghettis!" rief Nick erfreut aus. Er bat Charlotte: „Frag sie nach ihrem Standort und sag ihnen, sie sollen losfahren. Wir dürfen uns jetzt von den Itakern nicht mehr abhängen lassen!"
„Hier Wagen 23, Sergeant Angel. Bitte geben Sie Ihre Position durch und nehmen Sie gleich die Verfolgung des Mercedes auf."
„Hier Wagen 79, verstanden Sergeant Angel. Unsere Position ist momentan Symons Street, Ecke Pavilion Road. Wir nehmen Verfolgung des Mercedes über King's Road auf. – Um wen handelt es sich bei den Verdächtigen?"
„Danke, Wagen 79. Bei den Verdächtigen handelt es sich um vier italienische Männer. Achtung, die Männer haben eine weibliche Geisel und sind bewaffnet. Es ist mit höchster Vorsicht vorzugehen, die Männer sind gewalttätig."
„Verstanden, Wagen 23. Wir bleiben in Verbindung."
„All right, Wagen 79. Wir folgen euch zur King's Road", sagte Charlotte und ließ den grünen Knopf am Mikrophon wieder los. Das knackende Geräusch im Lautsprecher wies darauf hin, daß Sergeant Archer im Wagen 79 das Gleiche tat.
Nick hatte unterdessen seine Sirene eingeschaltet und der Streifenwagen bog heulend und quietschend in die Sloane Street ein. Adele und Charlotte wurden kurz in ihre Sitze hineingepreßt, als Nick rücksichtslos auf das Gaspedal trat.
Er raste knapp an mehreren Autos vorbei, welche ängstlich zur Seite auswichen.
„Verdammte Itaker, ihr entkommt mir nicht!" fluchte er dabei.
In hohem Tempo erreichten sie den Sloane Square, wobei Nick einige rote und gelbe Ampeln nicht beachtete. Doch alle Fußgänger hatten die Sirene bereits gehört und blieben am Straßenrand neugierig stehen und gafften. Im inneren Rückspiegel konnte Nick

Adele beobachten. Sie blickte sorgenvoll aus dem Seitenfenster und zu ihm nach vorne. Das Tempo schien sie zu beeindrucken.

„Keine Angst, Miss Lord, ich hatte schon jahrelang keinen Unfall mehr."

„Das ist beruhigend, Sergeant Warton. Wirklich beruhigend", raunte sie.

„Ich wußte gar nicht, daß Sie Karate können, Miss Lord. Ihre Vorstellung war sehr eindrucksvoll für mich", lobte Nick das Model.

„Für mich ebenfalls", ergänzte Charlotte mit bewunderndem Unterton.

Das Polizeiauto mit den seitlich karierten Streifen (die einer Zielflagge bei einem Autorennen nicht unähnlich sind), legte sich fast in die Rechtskurve beim Sloane Square. Adele mußte sich seitlich abstützen, so stark war die Neigung des Fahrzeugs. Wieder quietschten die Reifen und Adele rechnete damit, daß die äußeren Räder vom Boden abheben würden und der Wagen in Schräglage weiterfahren würde. Zu ihrer Verwunderung blieb das Auto auf allen vier Rädern und jagte die King's Road hinunter. Adele nahm ihre stützende Hand von der rechten Seitentüre und saß wieder gerade hin. Sie wandte sich nervös an Nick: „Glauben Sie, wir erwischen die Halunken noch?"

„Wenn wir am Ball bleiben, haben wir eine gute Chance. Ich hoffe, Wagen 79 kann den Mercedes bald sehen. Ich frage mich bloß, was die Spaghettis unten in Chelsea suchen. In Chelsea kommt man nicht so schnell auf eine Autobahn."

„Wieso Autobahn?"

„Weil ich vermute, daß die Itaker nicht in London bleiben wollen. Dazu haben sie zuviel Staub aufgewirbelt und erst noch eine Geisel dabei. Ich glaube, die möchten so schnell wie möglich aus London hinaus."

Die Antwort von Nick traf Adele wie ein Schlag, sie hatte Veronica völlig vergessen. Kurz brandete ihr Schuldbewußtsein auf, dann erfaßte sie eine Gefühlswelle aus Bestürzung und bodenloser Angst. Was war, wenn Veronica etwas passierte? Was war, wenn sie verletzt wurde – oder noch Schlimmeres? Sie versuchte es sich nicht vorzustellen – aber vergebens.

„Die fahren vielleicht runter nach Kingston", unterbrach Charlotte und Adele hätte die Polizeibeamtin dafür am liebsten umarmt.

„Gut möglich. Auf jeden Fall kennen sich die Itaker in London nicht aus. Diesen Vorteil müssen wir ausnützen", fügte Nick an und überholte waghalsig und zum Teil im Gegenverkehr mehrere Autos. Es vergingen kaum dreißig Sekunden, als er ungefähr hundert Meter vor sich Wagen 79 sah. „Sag Wagen 79, daß ich ihn von hinten sehe. Frag ihn, wo die Itaker geblieben sind", bat er Charlotte energisch.

Charlotte drückte den grünen Knopf des Mikrophons: „Hier Wagen 23 ... Hier Wagen 23 ... Achtung Wagen 79 ... Achtung Wagen 79 ... Wir sind hinter Ihnen und sehen Sie. Können Sie den Mercedes sehen?"

„Hier Wagen 79 ... Hier Wagen 79 ... Ich hab Sie im Rückspiegel, Wagen 23.

Mercedes fährt zirka dreihundert Meter vor mir. Ich wiederhole, Mercedes fährt zirka dreihundert Meter vor mir. Ich erbitte Anweisungen."

„Guter Mann, dieser Sergeant Archer. Guter Mann", lobte Nick und schaltete zur großen Überraschung von Adele die Sirene ab.

„Warum um Gottes willen schalten Sie die Sirene ab?" rief Adele fassungslos und schockiert. Ihre Mimik spiegelte ihre Gefühle wider.

„Beruhigen Sie sich, Miss Lord. Wir brauchen die Sirene im Moment nicht.

Unser Kollege behält den Mercedes im Auge. Wir würden die Itaker höchstens warnen, wenn wir uns mit laufender Sirene nähern. Verstehen Sie?"

„Ja", bestätigte Adele dumpf.

„Deshalb fährt unser Kollege auch ohne Sirene. Und deshalb hält er auch Abstand zum Mercedes. Wir wollen die Spaghettis nicht verscheuchen, Miss Lord."

„Nein, natürlich nicht", stimmte Adele wiederum dumpf zu.
Nick Warton war froh, daß er Adele beruhigen konnte. Er hatte es schon mit anderen Fahrgästen zu tun gehabt, welche wesentlich hysterischer auf solche Streßsituationen reagierten.
„Wir sollten bei der Zentrale Verstärkung anfordern. Wenn wir wissen, wohin die Italiener fahren, können wir Straßensperren verlangen."
„Dasselbe wollte ich auch gleich vorschlagen. Ich möchte die Itaker möglichst gewaltlos stoppen. Sag Wagen 79, daß wir dem Mercedes weiter mit Abstand folgen und melde dich bei der Zentrale", forderte Nick.
Ihr Streifenwagen hatte inzwischen zu Wagen 79 aufgeschlossen und fuhr ganz knapp hinter ihm. Nick verringerte das Tempo. Sie fuhren an der Welsh United Reformed Chapel vorbei, als Charlotte sich bei Wagen 79 meldete: „Hier Wagen 23 ... Hier Wagen 23 ... Achtung Wagen 79 ... Wir verfolgen weiter den Mercedes mit Abstand. Achtung, wir verfolgen weiter den Mercedes mit Abstand. Ich fordere Verstärkung an. Bitte bestätigen."
„Hier Wagen 79 ... Habe verstanden, Sergeant Angel. Wir verfolgen den Mercedes weiter mit Abstand. Wir ... Achtung Wagen 23, der Mercedes wird viel schneller. Achtung Wagen 23, der Mercedes wird schneller."
„Verdammt!" fluchte Nick und beschleunigte zusammen mit Wagen 79.
„Was ist passiert?" erkundigte sich Adele ängstlich.
„Die verdammten Itaker haben uns gesehen", meinte Nick wirsch.
„Achtung Wagen 23, der Mercedes biegt ohne zu blinken scharf in die Sydney Street."
„Los, sag ihm, er soll die verdammte Sirene einschalten!" befahl Nick.
„Achtung Wagen 79, schalten Sie die Sirene ein!"
„Und sag ihm, daß wir jetzt die Spaghettis einholen und stoppen. Die wollen rauf in die Fulham und von dort auf die Autobahn. Wir müssen sie vorher stoppen!"

„Achtung Wagen 79, wir versuchen Mercedes vor Fulham Road zu stoppen."
„Verstanden Wagen 23. Los geht's ...", bestätigte Sergeant Archer vorfreudig, stellte die Sirene an und sein Dienstkollege trat das Gaspedal durch.
Die Polizeiautos beschleunigten noch mehr und bogen kurz darauf rechts in die Sydney Street ein, welche die King's Road und die Fulham Road verbindet. Sie rasten mit weit über neunzig Meilen pro Stunde die Verbindungsstraße hinauf, bei der eigentlich ein Tempolimit von dreißig galt. Bald sahen sie nebst dem Mercedes ebenso den Grund für das Tempolimit. Links führte die Sydney Street am New Brompton & National Heart Hospital vorbei und gleich rechts an der St. Luke's Church. Wie immer waren beide Institutionen an einem Sonntag gut besucht und der Verkehr dementsprechend. Es bedurfte großer Geschicklichkeit die Wagen zu überholen, die vorher der Mercedes rücksichtslos überholt hatte.
Natürlich wichen einige Autos zur Seite aus, manchmal nervös hupend, aber längst nicht alle.
Plötzlich fuhr beim Spital ein Krankenwagen rückwärts auf die Straße und brachte den Verkehr zum Erliegen. Sofort blitzte es in den Köpfen der Polizisten hell auf – *Jetzt kriegen wir die Halunken!* Doch sie hatten sich zu früh gefreut. Der Mercedes blieb zwar zuerst stehen, rollte dann aber auf den linken Gehsteig, verscheuchte ein paar grölende Spitalbesucher und war schließlich hinter dem Krankenwagen verschwunden. Weil Sergeant Archer keine Besucher gefährden wollte, wählte er die andere Seite, um den Krankenwagen zu umfahren. Leider war es die falsche Seite, denn in der St. Luke's Church hatte gerade eine Hochzeit ihr glückliches Ende gefunden. Peter und Gwen Matthews (Mädchenname Jones) ließen die reiswerfenden Gäste ihrer Traumhochzeit hinter sich, und setzten sich in die gemietete Rolls Royce Limousine auf dem Parkplatz vor der St. Luke's Church. Die Trauung und die ganze Zeremonie waren hervorragend verlaufen und das frischvermählte Ehepaar hätte in keiner besseren Stimmung sein können. Der schwarzglänzende Luxuswagen und der

sanft lächelnde Chauffeur darin sollten sie auf dem schnellsten Weg nach Heathrow bringen, wo bereits ihr Flugzeug in eineinhalb Stunden starten sollte. Das Reiseziel der Flitterwochen, auf das man sich nach längerem Hin und Her einigen konnte, waren die Bahamas. Sicherheitshalber überprüfte Gwen nochmals, ob sie die beiden First-Class-Tickets nicht zu Hause vergessen hatte. Beruhigt zog sie die Tickets aus ihrem weißen Handtäschchen, das zum langen weißen Chiffon-Brautkleid paßte, das sie trug. Gwen schwenkte die Tickets vor dem Gesicht von Peter. Mit schelmischem Tonfall, den Peter so sehr an ihr liebte, sagte sie: „Laß uns auf die Bahamas hüpfen und dort weiterhüpfen."
Lachend gab Peter seinem Chauffeur ein Handzeichen und der massige Rolls setzte sich in Bewegung. Die Hochzeitsgäste riefen und winkten ihnen freudig nach, als der Wagen die Einfahrt zur St. Luke's Church erreichte. Links von ihnen fuhr ein Krankenwagen rückwärts auf die Sydney Street, was den Chauffeur aber nicht störte. Viel mehr störte ihn der Mercedes, der auf der anderen Straßenseite über den Gehsteig fuhr, und der ihn dazu veranlaßte zu bemerken: „Schauen Sie sich diesen Sonntagsfahrer an, der Kerl spinnt total. Sobald gewisse Leute einen Krautwagen fahren, meinen sie, die Welt gehöre ihnen."
Die Frischvermählten beugten sich nach vorne und nickten zustimmend. Darum sahen sie den Streifenwagen nicht, der links, ebenfalls über den Gehsteig fahrend auf sie zukam und zu spät bremste. Krachend fuhr der Polizeiwagen in die Seite des Rolls Royce und verursachte eine häßliche Beule. Auch das Polizeiauto kam nicht ungeschoren davon, seine Frontpartie wurde eingedrückt und zeigte teilweise nach oben. Die Vorderachse brach und die Vorderräder standen schräg nach außen. Aufgeregt rannten die Hochzeitsgäste von der Kirche zu den Unfallautos und bildeten eine dichte Menschentraube. Das wiederum brachte den folgenden Streifenwagen vollends zum Stillstand. Im Chaos aus hektischen Rufen und unschönen Verwünschungen senkte Nick Warton die Seitenscheibe

des Ford und schrie laut: „Machen Sie Platz! Machen Sie Platz! Das ist eine Polizeiverfolgung!"
Doch seine Aufforderung verhallte reaktionslos in der verärgerten Meute. Besonders die Eltern der Braut und des Bräutigams waren aufgebracht, weil die teure Hochzeit, der teure Mietwagen und die noch teureren Flitterwochen ein Reinfall zu werden drohten. Der Vater der Braut schlug mit seiner offenen Hand auf die Scheibe des Polizeiautos, solange, bis Nick und Charlotte ausstiegen.
„Es reicht jetzt!" brüllte Nick den Mann an, der verdutzt innehielt.
Nick schaute über die Leute hinweg und sah gerade noch den Mercedes am Ende der Sydney Street ankommen. Kurz wunderte es ihn, daß der Mercedes überhaupt abbremste und links blinkte, als er in die Fulham Road einbog.

5

Schwungvoll pfeifend durchschnitt der Driver die Luft und traf mit einem „Tok" den Maxfli-Golfball. Der Ball flog rasend schnell davon und beschleunigte in einer minimalen Rechtskurve, bevor er nach 180 Metern das Fairway traf und ausrollte.
„Guter Schlag, Harold. Du hast nichts verlernt."
„Danke, George. Ich kann viel spielen, seit ich pensioniert bin."
Die beiden Männer gingen aufeinander zu und schüttelten sich die Hände. Danach steckte Harold Benson seine „Big Berta" in den Callaway-Golfbag zurück. Er zog aus der offenen Seitentasche des Golfbags eine dicke schwarze Plastikmappe und gab sie George Scotchford. Der Inspektor blickte sie verwundert an, schätzte ihr Gewicht und meinte ein wenig überrascht: „Ein ganz schön dicker Haufen Papier."
„Ja, George, deine Spaghettis haben alle etwas auf dem Kerbholz. Nur Doktor Rollo und seine Sekretärin, diese Serena Rossi, sind nirgends registriert. Entweder sind sie neu in dem Gewerbe oder vermutlich unschuldig."
„Der Gedanke ist mir auch schon gekommen", pflichtete George ihm bei.
Benson schulterte die weiße Golftasche und marschierte mit Scotchford vom Abschlag des fünften Lochs. Der Inspektor studierte die kopierten Dossiers von Interpol, während Harold nach seinem Maxfli-M3-Red-Tour Ausschau hielt. Als er ihn sah, lief er mit Scotchford zum Golfball.
Das fünfte Loch war ein Dogleg-Parvier, ungefähr 320 Meter lang, je nach der Fahnenposition auf dem leberförmigen Green. Da heute Sonntag war und viele Amateurgolfer unterwegs waren, steckte die Fahne in ihrer einfachsten Position, nämlich genau im Zentrum des großzügigen Greens.
„Ich schätze so 120 Meter bis zur Fahne", sagte Harold und legte den Golfbag ins Gras. Weil sein alter Freund darauf nichts erwiderte,

fragte er: „Ich glaube, ein Eisen 9 – das Gras ist naß und es geht bergauf – nicht wahr?"
„Was?" murmelte Scotchford. Er wendete sich zögernd vom Dossier ab und blickte in Harolds Gesicht: „Ach so – ja, ein Eisen 9 wäre perfekt. Die Kerle haben wirklich einen netten Lebenslauf. Da ist von Raub über Mord bis zu Waffenschmuggel alles vorhanden. Ein Wunder, daß die Kerle noch frei rumlaufen dürfen."
„Richtig, ist eine nette Bande, die du dir da ausgesucht hast", stimmte Harold zu und griff nach seinem silbrig-glänzenden Neunereisen. Nachdem er drei Probeschwünge gemacht hatte, stellte er sich in Position und schlug den Ball. Der Maxfli flog in hohem Bogen los, landete rechts in der Nähe der Fahne, rollte dann aber aus bis fast ans Ende des Greens.
„Ein bißchen zu stark", kommentierte Harold seinen Schlag.
„Trotzdem ein guter Schlag. Ich wünschte, ich wäre auch nur annähernd so gut", lobte George seinen ehemaligen Dienstkollegen.
„Du mußt eben ein bißchen mehr spielen."
„Und wann soll ich das tun? Harold, ich komme nicht einmal dazu, meine Rosenbüsche zu schneiden. Glaub mir, ich täte nichts lieber, als den ganzen Kram hinzuschmeißen und nur noch Golf zu spielen."
Harold Benson schüttelte ganz leicht seinen Kopf, so als hätte er Scotchfords Aussage nicht richtig begriffen und schmunzelte übers ganze Gesicht: „Wir wissen beide, daß du das nicht fertig bringst, George", meinte er und steckte sein Neunereisen zurück in die Golftasche.
Scotchford gab ihm darauf keine Antwort, sondern studierte weiter in den Dossiers, auf denen jeweils rechts oben (neben dem Briefkopf von Interpol) ein Stempel mit „CONFIDENTIAL" stand. Sie liefen gemächlich weiter zum Green und Harold nahm schon einmal seinen Putter aus dem Bag. Er fuhr mit seiner Hand kontrollierend über die rote geraute Schlagfläche des Putters. Die Stoßfläche war frei von Schmutz und Gras.

„Die Sache wird immer schlimmer, je länger ich lese. Dieser Ludovisi scheint sein Geld ausschließlich mit krummen Geschäften gemacht zu haben."

„Richtig. Neuerdings versucht er seine Firmen umzupolen – versucht ihnen einen seriösen Tatsch zu geben. Vermutlich würde ich es ähnlich machen, wenn ich dreißigmal wegen Wirtschaftsdelikten vor einem Richter gestanden hätte", schilderte Harold und benutzte den Putter als Spazierstock.

„Dreißig Mal angeklagt – Verurteilungen null", staunte George.

„Ja ja, unser Freund hat nicht nur gute Anwälte. Seine Verbindungen reichen von korrupten Politikern über Richter bis zu bestechlichen Polizisten. Ganz zu schweigen von seinen Kontakten zur Mafia und Camorra. – Eben ein richtig ehrenwerter Geschäftsmann", resümierte Harold ironisch.

„Das ganz sicher. Eine wirklich beeindruckende Karriere. Der ehrenwerte Signore hat sogar sein eigenes Museum. Ein bißchen übertrieben, finde ich."

„Nur bis du sein psychologisches Profil gelesen hast. Es ist ganz zuhinterst, am Ende der Akte. Man muß ziemlich lange blättern."

„Kommt mir schon eher wie ein Buch vor."

„Du könntest auch ohne Probleme ein dickes Buch über den Kerl schreiben", scherzte Harold und schmunzelte abermals.

„War es schwer, an die Akten zu gelangen?" erkundigte sich George, schloß das dicke Dossier und schlug es einfachheitshalber hinten auf.

„Nicht besonders. Ich hab ein paar alte Kontakte aufgewärmt, ein paar Freunde angerufen und – Mister Ludovisi ist nicht der einzige mit guten Verbindungen."

„Ich schulde dir was, Harold."

„Du schuldest mir gar nichts, George. Höchstens eine Runde Golf", betonte Harold, sein Lächeln war verschwunden.

Die Männer stiegen den kleinen Hügel vor dem Puttinggreen hinauf. Scotchford überflog stichwortartig die vierseitige psychologische Analyse eines Dr. phil. psych. Robert Ormond. „Mach dir das

Leben nicht zu schwer, ich erzähl dir die Kurzfassung", kündigte Harold an. Scotchford nickte. Der Maxfli war noch weiter gerollt, als zuerst angenommen, und lag bereits fast wieder auf dem Fairway. Gemeinsam überquerten sie das plattgewalzte Green. Es mußten mindestens zwanzig Meter bis zur Fahne sein. Benson versuchte Bodenwellen auf dem Green zu erkennen, welche die Bahn des Golfballs beeinflussen würden.
„Chippen oder putten?"
„Putten, was denn sonst?"
„Bist du dir sicher? Was spricht gegen Chippen?"
„Gar nichts spricht gegen Chippen. Ich kann gewöhnlich nur beim Putten das Tempo besser kontrollieren. Aber wie gesagt, du spielst viel mehr Golf als ich."
„Du willst damit sagen, daß ich es eigentlich besser wissen sollte?"
„Nein, Harold. Ich sage damit, daß ich einen schlechten Caddie abgeben würde. Mach das, was dir dein Bauch vorschlägt – ist mein einziger Rat."
„Ist ähnlich wie in unserem Job – besser gesagt – meinem Ex-Job."
„Höre ich da ein bißchen Sehnsucht nach Überstunden, Unterbezahlung und nervenaufreibenden Verhören. Unter anderem auch mit dem holden Eheweib?"
„Du mußt dich verhört haben", antwortete Harold.
Benson hob den Maxfli vom Green auf. Er legte eine Zehn-Pence-Münze auf die Stelle, wo der Ball gelegen hatte, und begann ihn an seiner dunkelgrünen Regenjacke sauber zu reiben. Als er den Golfball gereinigt hatte, legte er ihn zurück. Benson blieb in gebeugter Haltung, steckte die Münze wieder in die Brusttasche der Jacke, hielt den Putter in einer geraden Linie senkrecht vor sich und versuchte nochmals die Wellen im Green zu lesen.
„Sieht mir nach einer kleinen Linkskurve aus. Zudem hängt das Green nach vorne", schilderte Harold, wobei er das linke Auge zugekniffen hielt.

„Ja, kommt mir auch so vor. Wenn du ihm zuviel Tempo gibst, rauscht er weit am Loch vorbei. Wenn du ihm zu wenig Tempo gibst, hast du nachher sicher einen schwierigen Bergab-Putt."
„An dir ist wohl doch ein Caddie verloren gegangen."
„Soviel ich weiß, hast du deine Golftasche selber getragen."
„Gut gekontert, Inspektor."
„Okay, du wolltest mir eine Kurzfassung des Psychoprofils geben."
„Aber bestimmt nicht vor dem Putt. Vergiß nicht, ich bin in Pension."
„Okay, Harold Woods, zeig mir, ob du was dazugelernt hast."
„Wohl eher Harold Niklaus, wenn du mich fragst", korrigierte Harold und stellte sich in Position. Mit einer halben Ausholbewegung tippte er den Ball an. Der Golfball rollte los und beschleunigte zuerst, dann wurde er zusehends langsamer und lief knapp rechts am Loch vorbei. Nach rund zwei Metern hinter dem Loch kam er zum Stillstand.
„Ich habe schon besser geputtet. Kommt davon, wenn man keine Ruhe hat", kommentierte Harold und ging mit Scotchford zum Ball.
„Dafür hast du jetzt Zeit für das Psychoprofil."
„Und danach bin ich dich doch hoffentlich los?"
„Ich gebe dir mein Golfer-Ehrenwort darauf", versprach George in gespielt ergriffenem Tonfall, ohne dabei eine Miene zu verziehen.
„Gut, denn im Grunde genommen ist es ein simples Profil. Nach Ansicht des guten Doktor Ormonds, der übrigens Amerikaner ist, hat Mister Ludovisi ein gestört krankhaftes Verhältnis zu antiken Fundstücken und Relikten. Deshalb sein eigenes Museum. Laut Ormond sind die verstaubten Steinköpfe für Ludovisi eine Art Ersatzbefriedigung. Die Veranlagung, wertvolle antike Dinge zu sammeln, muß bei ihm bereits latent vorhanden gewesen sein."
„Ungefähr so wie eine Elster, die glänzende Dinge sammelt?"
„Ja, ungefähr. Und seit beim ehrenwerten Signore Ludovisi seine Nudel nicht mehr gerade steht, hat sich seine Neigung zu einer Sucht entwickelt."

„Du willst damit sagen ..."
„Richtig, George. Mister Ludovisi ist impotent, was für einen Südländer sowieso schon eine Katastrophe bedeutet. Doktor Ormond vermutet, daß Ludovisi deshalb antike Fundstücke sammelt, weil er glaubt, irgendwie an der Geschichte der Fundstücke teilhaben zu können – ein Teil von ihnen und ihrer Geschichte zu werden – im übertragenen Sinne."
„Weil ein Teil seiner Lebensgeschichte ja schon tot ist."
„Du hast es erfaßt, George. Wenigstens nach der Vermutung von Ormond."
„In dem Fall bist du anderer Meinung?"
„Nicht ganz. Ich glaube eher, Mister Ludovisi handelt aus Habgier und Besitzsucht. Und je seltener ein Fundstück ist, desto mehr befriedigt ihn das."
„Ich verstehe. Dann stellt dieser Wikingerdiamant für ihn eine ungeheure Versuchung dar, weil ..."
„Weil der Diamant einzigartig ist, in seiner Seltenheit und in seinem Wert. In seiner Geschichte vielleicht auch. Es gibt für den ehrenhaften Ludovisi keine größere Versuchung. Bloß bezweifle ich persönlich ernsthaft, ob der Diamant wirklich so einzigartig ist. Wahrscheinlich ist es irgendein großer Kristall oder etwas in der Art", meinte Harold zweifelnd.
„Mir ist ebenfalls nicht viel über den Edelstein bekannt. Nur das, was ich dir am Telefon erzählt habe. Ich konnte Doktor Rollo nicht in Rom erreichen, sonst hätte er mir präzisere Angaben über den Diamanten geben können. Er scheint wie vom Erdboden verschluckt zu sein. Seltsam ...", wunderte sich George.
„Weshalb seltsam? Paßt doch genau ins Bild."
Das Handy von Scotchford begann schrill zu piepsen. Aus der seitlichen Manteltasche seines beigen Regenmantels zog er es hervor.
„Hast du auch so einen Nervtöter? Ich gehe nie mit dem Mobiltelefon auf den Golfplatz. Ich lasse es lieber bei meiner Frau zu Hause. Die zwei ähneln sich, irgendwie", sagte Harold tonlos. Sein Blick wanderte zum Golfball.

„Du warst schon früher schlauer als ich", fand George. Er hielt das Handy ans rechte Ohr und fragte ungeduldig: „Hier Scotchford, wer stört?" Am anderen Ende der Leitung entgegnete Nick Warton überrascht: „Hallo George, hier ist Nick. Es gibt Neuigkeiten."
„Hallo, Nick. Ich hoffe doch gute Neuigkeiten."
„Nicht besonders gute, nein. Wir hatten einen Unfall."
„Einen Unfall?" wiederholte George lauter als gewöhnlich, was Benson wieder aufschauen ließ. Gespannt versuchte er etwas vom Telefonat zu verstehen.
„Ja ... ja ... langsam, langsam, ganz von vorne ... was? Ihr habt was?"
Danach verstummte sein Freund für eine Weile und hörte nur noch zu. Dabei wechselte andauernd seine Mimik. Benson versuchte erst gar nicht, die einzelnen Gefühlsregungen im Gesicht zu erraten, darin war er nie gut gewesen. Er hatte sich bei seinen Ermittlungen immer auf Fakten verlassen. Möglichst auf harte unumstößliche Fakten. Gefühle waren da nur von sekundärer Natur und konnten manchmal sogar eine Ermittlung in falsche Bahnen lenken. Sein Freund George hörte mehr auf seinen Bauch, und darin unterschieden sie sich grundsätzlich. Aber diese Gegensätzlichkeit hatte sie auch zu einem sehr guten Team gemacht. Damals – als gewissenhafte Ermittlungsarbeit noch geschätzt wurde und einem keine pubertierenden Büroschnösel dreinredeten. Selbstverständlich hatte das sofort gestoppt, nachdem er Vorsteher des sechzehnten Reviers wurde. Doch danach vermisste er die Arbeit an der Front, vermisste den Nervenkitzel, übles Gesindel dingfest zu machen, bis er schließlich vor drei Monaten in Frühpension ging.
Man hatte ihm die Frühpension von allerhöchster Stelle großzügig ermöglicht. Wahrscheinlich weil er von seinen Sergeants Einsatz verlangte und ihnen ab und zu höflich mitteilte, daß sie ihre Finger aus gewissen übelriechenden Löchern ziehen sollten.
Zuerst wollte er gerne auf die Frühpension verzichten. Als jedoch seine Frau Mary von der angebotenen Frühpension Wind kriegte, vermutlich hatte ihr das einer der Bürogummis gesteckt, blieb ihm

fast keine andere Wahl mehr. Mary konnte sehr überzeugend sein. Manchmal verglich er ihre kompromisslose Überzeugungskraft mit derer von Maggie Thatcher in ihrer besten Zeit, obwohl seine Mary in früheren Jahren wesentlich sanfter gewesen war. Die Aussicht auf Seniorenreisen durch halb Europa faszinierte Mary und ließ sie wahre Lobeshymnen auf seine Frühpension anstimmen. Ihn störten solche Greisenreisen eher, er hatte bei Scotland Yard schon genug Reisen gemacht. Er dürfe diese einmalige Chance nicht auslassen, beharrte Mary. Nicht nachdem er tausende Überstunden gemacht hätte und sie an den Wochenenden alleine zu Hause sitzen mußte. Was natürlich nur bedingt stimmte, denn Mary hatte Dutzende von Freundinnen und war Mitglied in den merkwürdigsten Frauenvereinen. Nicht zu vergessen ihre erwachsenen Kinder. Aber irgendwie und irgendwann gab er ihr nach und wurde weich. Ähnlich den blassen Weicheiern vom sechzehnten Revier. – Vielleicht hatten sie auf ihn abgefärbt? Ja, das mußte eindeutig so sein. Waterloo Station goodbye.

„Hör zu, Nick. Ich bin draußen in Richmond Park. Du fährst Miss Lord zurück in ihre Wohnung und ich komme gleich zu euch", unterbrach George seine Gedanken. Er hob den Maxfli nochmals auf und legte die Pence-Münze hin. Benson wußte, daß er wohl nicht so schnell zum Putten kommen würde.

„Was ich hier draußen mache? Ich spiele mit einem Freund eine Runde Golf im Club ... auf welchem ...?" Scotchford nahm das Handy vom Ohr, hielt die Sprechmuschel mit der linken Hand zu und richtete sich an Benson: „Warton hat mich doch tatsächlich gefragt, auf welchem Kurs wir spielen."

Harold nickte kurz, blickte auf den Golfball und mußte schmunzeln.

„Wir spielen auf dem Dukes-Kurs. Hoffentlich muß ich dir jetzt nicht auch noch sagen, wie viele Yards die achtzehn Löcher haben ... Nein? Okay, bye", verabschiedete sich George und schaltete sein Handy aus. Scotchford steckte es in die Manteltasche zurück und erklärte: „Die Spaghettis sind noch in London. Sie haben die

Managerin von Adele Lord entführt. Warton hatte einen Unfall bei ihrer Verfolgung."

Benson ließ den Golfball in seiner Hand kreisen, während er über Scotchfords Mitteilungen nachdachte. Gedankenverloren stoppte er den Ball und las die rote Maxfli-Schrift darauf. Sein Gehirn verarbeitete die Neuigkeiten, und als er die Lösung gefunden hatte, begann Benson den Ball zu jonglieren: „Du weißt, was das bedeutet", betonte er.

„Ludovisi sucht immer noch den Diamanten – und Ludovisi vermutet, daß Adele Lord ihn hat", antwortete George.

Benson nickte abermals: „Richtig. Wir wissen nun mit Sicherheit, warum die Itaker den Fotografen verprügelt haben – sie suchten den Diamanten. Sie fanden ihn offensichtlich nicht bei ihm. Nun nehmen sie Adele Lord und ihre Managerin aufs Korn."

„Ja. Und sie gehen dabei nicht gerade zimperlich zur Sache. Warton sagte, er habe selten ein so kaltblütiges Kidnapping gesehen. Zudem seien die Kerle bewaffnet gewesen."

„Hat Warton sonst noch etwas anderes gesagt? Zum Beispiel, wie der Ablauf beim Kidnapping genau verlaufen ist? Haben die Itaker die Managerin gezielt ausgesucht?"

„Nein, hat er nicht gesagt. Wir wollen alles weitere in der Wohnung von Adele Lord besprechen. Sie steht wahrscheinlich unter Schock. Sie war beim Kidnapping und bei der anschließenden Verfolgung im Streifenwagen mit dabei."

„Hört sich böse an. Glaubst du, sie verkraftet es? Was für ein Typ ist sie?"

„Ein Typ Miss, bei der man sich wünscht, dreißig Jahre jünger zu sein. Nein, ohne Scheiß, ich glaube, Sie wird es verkraften. Aber einfach wird es bestimmt nicht werden."

„Du mußt versuchen sie aufzumuntern. Versuch ihr Halt zu geben. Bald werden die Itaker sich bei ihr melden – dann mußt du zur Stelle sein. Diesen Augenblick darfst du nicht verpassen, sonst läuft alles schief."

„Wie meinst du das, Harold?"

„Ich meine, daß alles mögliche passieren kann, wenn man Miss Lord nicht präzise sagt, was sie zu tun hat, und was sie zu lassen hat. Frauen werden in solchen Situationen instabil, auch wenn mir in dem Punkt jede Feministin widersprechen würde."
„Instabil?"
„Richtig. Soviel du mir am Telefon erzählt hast, ist ihre Managerin eine gute Freundin von ihr. Wenn bei Frauen enge Freundinnen in Not geraten oder wie in unserem Fall entführt werden, haben Frauen die Tendenz, jede Logik zu vergessen und vollkommen absurde Dinge zu tun. Natürlich vergessen sie nebst der Logik auch alle Konsequenzen, egal wie verheerend sie sein können."
„Ich hatte auch schon mit Kidnapping zu tun."
„Sicher George. Aber du hattest es noch nie mit einem ehrenwerten Signore zu tun, der annimmt, daß ein Bergkristall seine schlaffe Nudel wieder zum Stehen bringt. Solche Leute haben nicht nur einen Vogel – die sind krank."
„Vielleicht – vielleicht sind sie wirklich krank", bestätigte Scotchford.
„Gut, daß du das einsiehst, George."
Leicht ächzend legte Benson den Golfball zurück aufs Green und steckte die Münze wieder in seine Jacke. Benson hatte einen senkrechten blauen Strich auf den Maxfli gemalt, damit er besser gerade putten konnte. Nach diesem Strich richtete er den Ball jetzt zum Loch aus.
„Bleib nur nicht zu kurz."
„Keine Angst, George, wenn's ums Par geht, bleibe ich nur selten zu kurz", versicherte Benson und sah zum Putter hinunter. Er zielte auf die rechte Lochkante, holte aus und stieß den Ball an. Der Ball rollte zum Loch und fiel mit einer Ehrenrunde hinein.
„Gratuliere, ein gutes Par."
„Glück gehabt, ein wenig schneller und er wäre ausgelippt."
„Ist er aber nicht", meinte George. Er ging zum Loch, zog den Ball heraus und warf ihn Benson zu. Sein Freund fing ihn ohne Mühe auf.

„Immer noch gute Reflexe."
„Fürs Golf und für die Rente abzuholen reicht's noch", scherzte Benson, worauf Scotchford milde lächeln mußte. Harold Benson lächelte retour.
„Was würdest du mir raten? Wie soll ich weiter vorgehen in dem Fall?"
„Ich würde zuerst abklären, ob Miss Lord den Wikingerdiamanten überhaupt besitzt. Sobald du das mit Sicherheit weißt, kannst du eine entsprechende Strategie ausarbeiten. Wahrscheinlich hast du deswegen Warton zu ihr geschickt, vermute ich."
„Du vermutest richtig. Leider kamen mir die Spaghettis zuvor."
„Nicht unbedingt. Wenn Miss Lord den Diamanten wirklich besitzt, hast du eine gute Chance, Ludovisi zu schnappen. Wenn nicht, sieht es übel aus."
„Du denkst, er würde ihr nicht glauben, wenn sie ihn nicht besitzt?"
„Warum sollte er? Andernfalls hätte Ludovisi wohl kaum seine Männer losgeschickt. Vielleicht wäre Miss Lord auch einem Unfall zum Opfer gefallen, wenn Warton nicht zum richtigen Zeitpunkt aufgetaucht wäre."
„Kann sein. Einem Itaker, der Leute verprügelt, und der mit der Polizei Rennen fährt, dem traue ich vieles zu. Ich muß gleich zu Miss Lord."
„Laß dich von mir nicht aufhalten. Aber verliere Miss Lord niemals aus den Augen. Und halte mich auf dem Laufenden."
„Darauf kannst du dich verlassen. Was hältst du übrigens von Warton?"
„Ist ein vielversprechender Mann. Ich habe ihn die letzten drei Jahre ausgebildet. In der Zeit machte er erstaunliche Fortschritte, nur bei seiner Intuition haperte es. Deshalb gab ich ihm Charlotte Angel zur Verstärkung."
„Aha, jetzt wird mir einiges klar. Okay, dann mache ich mich auf den Weg."
„Mach das, und vergiß nicht – du schuldest mir eine Runde Golf."

„Ich werd's nicht vergessen Harold, bye."
„Goodbye, George, mach's gut", verabschiedete sich Benson. Er hob den Putter und winkte leicht. Scotchford nickte zustimmend. Während Benson seinen weißen Callaway-Golfbag aufhob, marschierte Scotchford bereits zum Clubhaus des Richmond Park Golf Club zurück. In der rechten Hand hielt er eine dicke schwarze Plastikmappe.

6

Adele versenkte ihr Gesicht in ihren Händen und stützte sich mit den Ellbogen auf dem weißen Marmortisch ab. Gegenüber saßen Nick Warton und Charlotte Angel, die sie mit Fragen überhäuft hatten. Fast schon verzweifelt antwortete sie hinter den Händen: „Nein, nein und nochmals nein", nahm die Hände vom Gesicht und fuhr in verärgertem Ton fort: „Ich habe diesen dämlichen Diamanten nicht, sonst hätte ich Ihnen den Diamanten schon längst gegeben. Warum vergeuden Sie wertvolle Zeit mit sinnlosen Fragen, wo Sie doch besser nach Veronica suchen sollten?"
„Wir haben bereits eine Großfahndung veranlaßt. Mehr können wir im Moment nicht tun", entgegnete Charlotte beschwichtigend.
„Mehr können Sie nicht tun? In dem Fall können Sie verdammt wenig!" erwiderte Adele trotzig. Tränen stiegen in ihre Augen. Schluchzend verbarg Adele das Gesicht erneut hinter den Händen. Nick und Charlotte sahen sich ratlos an, bis Charlotte Adele trösten wollte: „Beruhigen Sie sich, Miss Lord. Wir tun unser möglichstes."
Anstatt darauf etwas zu sagen, schluchzte Adele bloß noch mehr. Die Klingel an der Haustüre schellte und kam den Beamten wie eine kleine Erlösung vor. „Ich gehe schon", sagte Nick, stand schnell auf, ging zur Türe und öffnete.
„Hallo, Nick. Na, alles in Ordnung?" begrüßte ihn George Scotchford.
„Hallo, George. Leider nicht ganz", grüßte Nick zurück.
Der Inspektor trat mit Nick ins Wohnzimmer. Als Adele ihn hörte, schaute sie auf und schlagartig erhellte sich ihre Mimik. Sie wischte Tränen aus den Augen: „Inspektor Scotchford, Sie müssen sofort etwas unternehmen. Jetzt gleich!" forderte sie und unterstrich das durch einen ausgestreckten Zeigefinger.
„Erst einmal guten Tag, Miss Lord. Das Gleiche wünsche ich übrigens Sergeant Angel, wenn wir dafür genug Zeit haben."
„Oh, Verzeihung, guten Tag Inspektor", raunte Adele.

Charlotte nickte Scotchford erleichtert zu, bevor sie sich entspannte.
„Ich muß mich entschuldigen, Miss Lord, aber der Verkehr von Richmond bis hierher war mörderisch. Der Park kommt mir so langsam vor wie ein bekanntes Naturschutzgebiet, und wir Golfer sind für die Besucher die Hauptattraktion darin", scherzte George, was Adele jedoch nicht schmunzeln ließ. Er zog seinen Regenmantel aus, hängte ihn über die hellgrüne Rückenlehne des Eßzimmerstuhls, auf dem Nick vorher gesessen hatte, und setzte sich darauf. Nick nahm neben ihm Platz. Scotchford legte seine dicke schwarze Plastikmappe auf den Tisch, die er von Harold Benson erhalten hatte: „Lest euch bitte die Akten einmal kurz durch, ich werde mich währenddessen mit Miss Lord besprechen", bat er die Beamten und verteilte die Dossiers an Charlotte und an Nick. Sie begannen darin zu blättern.
„Ich vermute, Sergeant Warton hat Sie schon informiert, weshalb wir Sie heute nochmals belästigt haben?"
„Ja, und ich sagte ihm schon etliche Male, daß ich diesen verdammten Diamanten nicht habe. Will und ich trennten uns vor einem Jahr im Streit. Ich bin die letzte Person, der Will einen Diamanten gegeben hätte."
„Nun gut, Miss Lord. Unsere bisherigen Ermittlungen zeigen aber, daß Ihr ehemaliger Freund wahrscheinlich irgendwie in den Besitz des Diamanten gekommen ist. Ob nun zufällig oder absichtlich, bleibt offen."
„Und Sie glauben, daß er deswegen verprügelt wurde?"
„Ja, das glaube ich. Ich bin mir außerdem sicher, daß die Leute, welche Ihre Managerin entführt haben, die gleichen sind, die ebenfalls William Tower verprügelt haben. Es handelt sich um eine straff organisierte Bande, deren Kopf ein italienischer Industrieller ist. Sein Name ist Roberto Ludovisi."
„Ludovisi? Derselbe Ludovisi, dem auch das Museo Ludovisi gehört?"
„Sie kennen ihn?"

„Nein, Inspektor, aber Doktor Rollo hat mir im Flugzeug gesagt …", brach Adele ab. Ihr Gesicht wechselte von Überraschung zu Verblüffung: „Ich … ich verstehe langsam, worauf Sie hinauswollen. Sie glauben, Doktor Rollo handelte im Auftrag von Ludovisi – und als er diesen merkwürdigen Wikingerdiamanten gefunden hatte, da gab er ihn Will. Aber das ist doch lächerlich, Inspektor, Will kannte Doktor Rollo doch gar nicht und …"

„Richtig, Miss Lord, man muß jemanden gar nicht kennen, um ihm etwas zu geben. Sogar wenn dieses *Etwas* scheinbar sehr wertvoll ist."

„Aber …"

„Aber wieso übergab Doktor Rollo diesen Diamanten an William Tower, das wollten Sie doch fragen, nicht wahr?"

„Ja, Inspektor."

„Diese Frage habe ich mir lange überlegt. Ich bin noch zu keiner endgültigen Antwort gekommen, nur zu einer vorläufigen Hypothese."

„Und wie lautet Ihre Hypothese?"

„Ich vermute, Doktor Rollo fand den Wikingerdiamanten oder wenigstens etwas Ähnliches, und bei seiner Entdeckung waren weder Professor Farnsworth, noch das Ausgrabungsteam mit dabei. – Jetzt hatte der gute Doktor Rollo ein Problem, einerseits sollte er den Edelstein laut Ludovisi nach Rom bringen, so lautete wahrscheinlich schon von Anfang an sein Auftrag. Anderseits konnte er den auffälligen Stein nicht einfach so fortbringen. Dazu gab es zu viele neugierige Studenten bei der Ausgrabungsstätte. Zudem wohnte er mit dem ganzen Team im selben Hotel. Was hätten Sie an seiner Stelle getan, ohne zuviel Aufsehen zu erregen, Miss Lord?"

„Ich hätte eine günstige Gelegenheit …"

„Sie kombinieren erstaunlich gut, Miss Lord. Vermutlich wartete Doktor Rollo auf eine günstige Gelegenheit. Als er von Ihrem Fotoshooting erfuhr und die Studenten und Farnsworth von Ihnen Autogramme wollten, da war seine Stunde gekommen. Wie er den Stein genau rausgeschmuggelt hat, weiß ich nicht. Ich weiß nur, daß

Doktor Rollo und seine Sekretärin am nächsten Tag weg waren. Wie vom Winde verweht, so als ginge sie die Ausgrabung gar nichts mehr an. Bloß ein Fax kam von ihm, in dem eine müde Ausrede stand, warum er die Ausgrabung dringend verlassen müsse."
„Das klingt unglaublich, es erklärt aber in keinster Weise, was Will damit zu tun gehabt haben soll."
„Natürlich nicht, darum ist es bloß eine Hypothese. Jedenfalls kam ihr toter Exfreund irgendwie in den Besitz des Wikingerdiamanten – vermutlich hat ihm Doktor Rollo den Stein gegeben – vielleicht untergeschoben. Warum und wie er das tat, da dachte ich, Sie könnten mir weiterhelfen – mir wenigstens ein paar Anhaltspunkte liefern. Schließlich waren Sie beim Fotoshooting mit dabei."
„Natürlich war ich mit dabei. Aber Will war die ganze Zeit bei unserem Team.
Wenn Doktor Rollo ihm etwas gegeben hätte, dann hätte ich es sicher gesehen."
„Wer war sonst noch in Ihrem Team?"
„Sie glauben, jemand anderes hätte die Übergabe gesehen?"
„Vielleicht Miss Lord, wenn wir Glück haben."
„Nun ja, mit dabei waren noch Veronica, unsere Freundin Pamela Charmers und Pepe Delacroix – er war für meine Frisur zuständig."
„Für was war Ihre Freundin Pamela zuständig?"
„Sie machte mein Make-up. Sie ist Visagistin von Beruf."
„Okay. Können Sie uns die Adressen und die Telefonnummern von Pamela Charmers und Pepe Delacroix geben?"
„Ich kann es versuchen. Ich muß dazu das Adreßbuch von Veronica suchen.
Normalerweise liegt es immer auf ihrem Schreibtisch. Soll ich es holen?"
„Ja bitte, das wäre sehr nett von Ihnen."
„Gut, ich gehe schnell nach oben und sehe nach, ob ich es finden kann", sagte Adele und stand auf, ging aus dem Wohnzimmer und stieg die Wendeltreppe hinauf.

„Wie gefallen euch die Akten?" richtete sich George an seine Kollegen. Nick und Charlotte stoppten das Durchblättern der Dossiers und blickten zu ihm.
„Von wem hast du diese Akten?" fragte Nick verwundert.
„Steht doch drauf, von Interpol, von wem denn sonst?"
„Ich meine, wer hat dir diese Akten gegeben? Gewöhnlich muß man tagelang auf solche Akten warten, wenn man sie überhaupt jemals erhält."
„Ich bekam sie von einem guten Freund, Nick. Einem Freund der ungenannt bleiben will. Aber keine Angst, wir haben den Dienstweg nur ein bißchen abgekürzt, das ist alles. Ich hoffe, ihr könnt damit leben."
„Sicher, sicher können wir das", bestätigte Charlotte rasch.
Bevor Nick dazu etwas erwiderte, drehte er den Verschluß der blauen Mineralwasserflasche auf, die vor ihm stand. Adele hatte den Polizisten jeweils eine Flasche offeriert, gleich nachdem sie in der Wohnung angekommen waren. Und sie hatten dankbar angenommen. In kurzen Zügen trank er das erfrischende Quellwasser, dann setzte Nick ab und entgegnete: „Was soll die Geheimniskrämerei? Ich dachte, wir lösen den Fall gemeinsam? Dieser Freund wird wohl kaum John Major persönlich sein, vermute ich."
„Nein, ist er nicht. Ein Buchhalter würde wohl kaum so unkompliziert Akten herausgeben. Trotzdem bleibt mein guter Freund namenlos – ist besser so."
Charlotte fing an vergnügt zu lachen, während Nick die Antwort eher säuerlich zur Kenntnis nahm.
„Seid ihr schon bei den Eltern von William Tower gewesen? Manchmal bekommt man von den Eltern eines Toten die besten Hinweise."
„Nein, George, wir wollten gleich zu ihnen, nachdem wir bei den beiden Ladys gewesen sind. Das Kidnapping kam uns dazwischen", erklärte Nick.
„Ich verstehe. Ich habe mir überlegt, wie wir weiter vorgehen sollten. Die Spaghettis werden sich in Kürze bei Miss Lord melden,

deshalb bleibt Sergeant Angel hier und wir fahren zu den Eltern von Mister Tower. Sind Sie einverstanden, Sergeant Angel? Ich vermute, Sie haben nichts gegen ein bißchen Gesellschaft bei einem Topmodel."
„Sie vermuten richtig, Inspektor Scotchford. Aber könnten Sie mir einen Gefallen tun?"
„Sicher, wenn er in meiner Macht steht."
„Nennen Sie mich Charlotte, oder besser Charlie, die meisten Leute die mich kennen, kürzen meinen Vornamen ab. Ich mag das. Zu Nick sagen Sie ja auch Nick."
„Okay, dann sag George zu mir. Und Verzeihung, daß ich es dir nicht schon früher angeboten habe. Liegt vermutlich an meiner altmodischen Erziehung."
„Vermutlich", schmunzelte Charlotte.
„Sollten wir nicht einen Nummerncodierer und ein Tonband am Telefon von Miss Lord anbringen?"
„Ja, Nick, ich hab die Dinger schon angefordert, doch ich befürchte, wir erhalten sie erst montags. Hoffen wir, daß die Itaker erst nächste Woche versuchen zu telefonieren."
„Mist", murmelte Nick.
„Keine Angst, ich habe noch etwas in meiner Trickkiste", kündigte George geheimnisvoll an.
„Und was ist das?"
„Das sage ich dir, wenn Miss Lord eventuell durchdreht, Charlie."
„Warum denn nicht jetzt, und was verstehst du unter durchdrehen?"
„Das wirst du vielleicht noch sehen. Wichtig ist im Moment, daß du bei Miss Lord bleibst und sie nicht aus den Augen verlierst. Egal was passiert. Vor allem darf sie nicht alleine mit den Kidnappern verhandeln. Hast du verstanden?"
„Sicher, ich werde sie im Auge behalten."
Im Hintergrund hörten die Beamten die Wendeltreppe knarren und kurz darauf betrat Adele wieder das Wohnzimmer. Adele trug ein violettes Buch in ihrer Hand, welches von der Größe her einem

Fotoalbum ähnelte. Es schien in eine Art Plastiküberzug eingebunden zu sein. Adele legte das Buch vor Scotchford.
„Hier Inspektor. Das ist das Adreßbuch von Veronica. Meine Freundin hat so einen Tick, jede Person und Adresse aufzuschreiben, mit der wir es zu tun hatten. Deshalb ist das Buch so massiv. Ich schaue nur selten hinein."
Scotchford bedankte sich und schlug das Buch auf. Fein säuberlich standen unzählige Adressen darin, meistens pro Seite alphabetisch geordnet. Die Telefonnummern waren in Rot geschrieben, damit man sie besser erkannte. George stieß freudig aus: „Phantastisch!" Er begann Pamela Charmers und Pepe Delacroix zu suchen. Nach einer Weile fand er Pamela Charmers. Den französischen Coiffeur fand er ganz zuletzt, darunter stand: Pavilion Hotel, 3436 Sussex Gardens, W2, und die Telefonnummer.
„Ihre Managerin hat wirklich akribische Arbeit geleistet, Miss Lord. Sie haben doch nichts dagegen, wenn wir mit Ihren Freunden Kontakt aufnehmen?" fragte Scotchford und beobachtete Adeles Reaktion.
„Von mir aus. Ich sehe aber keinen Sinn darin, denn Pamela ist nur eine Freundin von uns. Mister Delacroix ist eher ein Bekannter. Er ist Franzose und wohnt gewöhnlich in Paris – deshalb auch die Hoteladresse. Soviel ich weiß, ist er bereits zurückgereist nach Paris. Veronica versuchte ihn nämlich im Pavilion Hotel zu erreichen, weil er seinen Koffer bei uns vergessen hat."
„Tja, die Franzosen haben ihren Kopf immer woanders", versuchte George Adele aufzuheitern, doch ohne Erfolg.
„Wissen Sie, Will sagte etwas Ähnliches – und jetzt ist er tot. Ich möchte nicht auch noch Veronica verlieren – verstehen Sie?" meinte Adele leise niedergeschlagen.
„Natürlich", stimmte George ernst zu. Er fuhr einfühlsam fort: „Sie sollten versuchen Ruhe zu bewahren, besonders wenn sich die Entführer melden."

„Wann glauben Sie, werden sie sich bei mir melden? Und was soll ich bloß diesen Halunken sagen? Ich habe den verdammten Diamanten nicht!"

„Ich nehme an, sie werden bald anrufen. Ich lasse Sergeant Angel über Nacht bei Ihnen, damit Sie geschützt sind. Ein Polizeiauto vor Ihrem Haus verhindert jede Belästigung durch diese Herren."

„Warum bleiben Sie nicht hier?"

„Weil ich versuchen möchte, den Diamanten zu finden, bevor die Itaker weiter Leute verprügeln oder entführen. Miss Lord, wenn Sie den Stein nicht besitzen, muß er bei Ihren Bekannten oder bei den Eltern von William Tower sein. Wer immer ihn auch hat, ist in großer Gefahr – das sollte Ihnen inzwischen bewußt sein."

„Will hatte den Stein nicht, Inspektor. Und sogar wenn er ihn gehabt hätte, er könnte den Diamanten genauso gut einfach versteckt haben."

„Ich weiß, worauf Sie hinauswollen, und ich schließe diese Möglichkeit nicht aus. Tatsache ist jedoch, daß Ihre Managerin entführt wurde, und daß die Itaker demnach den Stein noch nicht haben. Ich werde zuerst alle Beteiligten vernehmen, bevor ich nach irgendeinem Versteck zu suchen beginne."

„Sehen Sie mich an, Inspektor, ich bin nur noch ein Nervenbündel. Ich weiß nicht, wie ich den Anruf der Halunken überstehen soll? Und noch viel weniger, was ich den Halunken sagen soll?"

„Sagen Sie einfach, Sie haben den Diamanten und tauschen ihn gegen Ihre Freundin", schlug Scotchford vor, ohne lange zu überlegen.

„Was", staunte Adele, „ich soll die Halunken anlügen?"

„Ich würde es nicht lügen nennen, Miss Lord. Ich würde es eher absichern nennen. Wir beruhigen dadurch die Kidnapper und gewinnen Zeit. Die Zeit, die wir brauchen, um den Diamanten und die Kidnapper zu finden. Schlußendlich muß beides unser Ziel sein, begreifen Sie das?"

„Ja, ich glaube schon."

„Sie brauchen nur das zu tun, was wir Ihnen sagen, um den Rest kümmern wir uns selbst", ergänzte Nick den Inspektor.
„Kann ich mich darauf verlassen?"
„Ich gebe Ihnen mein Wort darauf, Miss Lord. Wenn ich nämlich irgendetwas hasse, dann sind es Spaghettis, die mich vom Schneiden meiner Rosenbüsche abhalten", scherzte George und diesmal mußte Adele ein wenig schmunzeln. Die Polizeibeamten sahen sie aufmunternd an.
„Gut – ich werde es versuchen", sagte Adele leise.
„Mehr können wir von Ihnen auch nicht erwarten, und ich möchte Ihnen meine Anerkennung aussprechen, daß Sie so stark geblieben sind."
„Wissen Sie, Inspektor, vielleicht wird sich das bald ändern. Ich werde auf alle Fälle die Shows in Paris absagen müssen, wenigstens für nächste Woche."
„Ja, tut mir sehr leid, da bleibt Ihnen wohl keine andere Wahl. Sergeant Angel wird sich während unserer Abwesenheit um Sie kümmern. Wir werden stündlich miteinander telefonieren. Bei einem Notfall selbstverständlich sofort."
„Sie meinen ...?"
„Ja, ich meine, wenn sich die Kidnapper melden, oder wenn wir zum Beispiel den Diamanten finden", erklärte George, wobei er beim letzteren starken Zweifel hatte. Er vermutete, daß derjenige Bekannte der den Wikingerdiamanten besaß, diesen höchstwahrscheinlich nicht freiwillig herausrücken würde. Außer, diese Person interessierte sich für keine riesigen Diamanten, was ihm noch viel unwahrscheinlicher vorkam. Nur bei Adele Lord war er sicher, daß sie den mysteriösen Wikingerdiamanten nicht über das Wohl ihrer Freundin stellen würde. Eine Durchsuchung ihrer Wohnung hielt er deshalb für unnötig.
„Nehmen wir einmal an, Sie finden diesen idiotischen Diamanten nicht. Gegen was wollen Sie dann Veronica eintauschen?"
„Ihre Frage ist selbstverständlich berechtigt, Miss Lord", erwiderte George. Er versuchte seine Antwort möglichst gut zu begründen:

„Wir werden mit der Hilfe von Professor Farnsworth ein Duplikat des Edelsteins anfertigen. Sogar wenn wir das Original finden würden, müßten wir dasselbe tun. Ich habe den Professor deswegen heute morgen nochmals angerufen. Und obwohl Farnsworth den Edelstein als reine Phantasie bezeichnet hat, wäre der Wikingerdiamant britisches Staatseigentum, und von unschätzbarem Wert."

„Sie wollen Veronica gegen eine Attrappe austauschen? Sind Sie verrückt? Sobald die Kidnapper den Betrug bemerken, ist Veronica ihr nächstes Opfer. Ist Ihnen das schon mal in den Sinn gekommen?" erkundigte sich Adele ärgerlich, sah Scotchford aufgebracht an und schüttelte ungläubig ihren Kopf.

„Es gibt im Moment und in unserer kritischen Situation keine bessere Lösung. Aber wenn Sie eine bessere anzubieten haben, die nicht gegen das staatliche Eigentumsrecht verstößt, bin ich jederzeit gerne bereit, sie mir anzuhören", führte George aus.

Adele schüttelte erneut den Kopf, blieb jedoch stumm.

„Okay, Miss Lord, wir bleiben in Kontakt und sehen uns spätestens am Montag wieder. Versuchen Sie sich zu beruhigen, wir werden die Sache schon irgendwie in den Griff kriegen", betonte Scotchford. Er und Nick standen vom Tisch auf.

„Hoffen wir es", entgegnete Adele zögerlich.

7

Der frühmorgendliche Nebel zog sich in blassen Schwaden aus dem Wald zurück. Er hinterließ glitzernden Tau auf den Bäumen und auf den Sträuchern. Die Sonne hatte den Dunst vertrieben und stand nun strahlend hell am Himmel. Ein Auto fuhr die wenig benutzte Landstraße hinauf, die von Newhaven über weit ausgedehnte Wiesen zum Wald führte. Die Straße war nicht geteert und machte mit ihren Schlaglöchern, in denen seit der Nacht hellbraunes Wasser stand, dem Wagen und seinen Insassen das Leben schwer.
Bei der Wegkreuzung verlangsamte das Auto seine schnelle Fahrt. Es bog in eine leichte Linkskurve ein, welche in den Wald hineinführte. Das Licht wurde düsterer und der Straßenbelag noch schlechter. Ab und zu lagen dünne Äste auf der Fahrbahn. Vorsichtig beschleunige der metallicbraune Mercedes, offensichtlich kannte sein Lenker die Tücken des Waldwegs. Nach knapp fünfzehn Minuten kam die Burgruine durch das Blätterdach in Sicht. Der Hügel, auf dem sie einst gebaut wurde, war zwar baumfrei, dafür aber mit spitzigen Felsen gespickt und wesentlich steiler als die Waldstraße. Ostwärts fiel der Hügel steil zum Atlantik hinab, dessen Brandung man gut hören konnte. Giuseppe Banoso stoppte das Auto am Fuße des Hügels, wo sich eine Art Halteplatz befand. Der Halteplatz war oval, kiesbedeckt und größtenteils mit diversem Unkraut überwuchert. Er parkierte den Mercedes neben einem breiten roten Alfa Romeo, den sein Capo ebenfalls ausgeliehen hatte. Die beiden Autos trugen gefälschte Nummernschilder. Als die drei Italiener ausgestiegen waren, öffneten sie den Kofferraum und nahmen mehrere Plastiktüten voller Lebensmittel heraus.
Ein vierter Mann kam auf sie zu, der unauffällig in der Nähe patrouilliert hatte: „Salve Carlo, hat alles geklappt?"
„Si Antonio, aber wir mußten lange suchen, bis wir etwas Genießbares fanden", antwortete Carlo und hob die Tüten ein wenig hoch.
„Eehh, kein Wunder bei den Engländern. Sind alles Stronzos", meinte Antonio Serini abwinkend und setzte den Rundgang fort.

Antonio war ein gleicher Hüne wie Carlo, nur wesentlich ruhiger und er befolgte Befehle, ohne nachzudenken.
Zustimmend nickten die restlichen Männer und begannen den Aufstieg zur Ruine. Zerfallene Mauernreste zeugten von der ehemaligen Trutzigkeit der Burg. Efeu klammerte sich an einige windgeschützte Stellen. So etwas wie ein Burgtor gab es nicht mehr, dazu hatte der Zahn der Zeit zu sehr an der Ruine genagt, und auch die Mauern waren größtenteils in sich zusammengestürzt. Dort wo einst der Burgfried in den Himmel ragte, stand jetzt ein olivgrauer Betonbunker. Tiefe Risse im Beton zeigten an, daß man den Bunker schon längst aufgegeben hatte. „NAVY STATION" prangte in verblichenen Lettern über der massiven Stahlbetontüre, die halbgeöffnet war. Augenscheinlich hatte man die drei Vorhängeschlösser der Türe mit einem Hammer abgeschlagen. Nach der Türe kam ein kleiner Umkleideraum, in dem die Navy-Soldaten früher ihre Regenjacken und Gummistiefel auszogen. Dahinter führte eine Treppe rund drei Meter hinunter in die Kommandozentrale des Bunkers und zu den angrenzenden Räumen. Es gab einen Schlafraum, eine Küche, Duschen und sanitäre Anlagen, einen Maschinenraum und mehrere Geräteräume.
Doch das Erstaunlichste lag unter diesen Räumen. Es war die riesige Höhle, in der die Royal Navy ein Trockendock und einen Anlegesteg für U-Boote gebaut hatte. Die Wände der Höhle waren größtenteils mit Beton ausgegossen oder mit Stahlträgern abgestützt. Von der Kommandozentrale überblickte man die ganze Anlage und konnte mit einem geräumigen Lift bequem hinunterfahren. Der Lift konnte zum Transport von ganzen U-Bootmotoren benutzt werden. Das Notstromaggregat surrte und ließ die ehemals geheime Anlage in fahlem Licht aufleuchten. Einige Lampen funktionierten nicht mehr. Nur in der Kommandozentrale brannte jede Lampe, dafür hatte Roberto Ludovisi gesorgt. Er saß Veronica Balabushka gegenüber und schaute in ihr Gesicht. Dieses zeigte eine Mischung aus Trotz, Ängstlichkeit und Neugier. Roberto stand auf, drehte sich links zum Kommandopult und lehnte sich darüber: „Sie werden

diesen Telefonanruf machen, Miss Balabushka. Ich habe Sie bisher mit Samthandschuhen angefaßt – lassen Sie mich das nicht ändern", drohte er.
„Sie haben mich gekidnappt und halten mich seit einem Tag gegen meinen Willen fest. Das ist alles, was Sie bisher getan haben."
Puttana, dachte Roberto und sah durch die Plexiglaskuppel zu seiner Yacht hinab, die neben dem Anlegesteg sanft im Wasser schaukelte. Das Bild seiner schnittigen weißen Maltesa beruhigte ihn. Nochmals fiel ihm ein, wie knapp sie durch das felsartige Loch paßte, welches die Navy-Anlage nur bei Ebbe schiffbar machte. Bei Flut blieb seine Zwanzig-Meter-Yacht in der Höhle gefangen. Diese Situation sagte ihm ganz und gar nicht zu und ärgerte ihn erneut. Ludovisi stieß sich weg vom Kommandopult, dessen technische Geräte und Monitoren die Navy beim Verlassen des Bunkers komplett demontierte. Er blickte stechend Veronica an, als er auf sie zuging: „Ich sagte Ihnen bereits, daß es nicht meine Absicht war, Sie zu entführen. Aber wenn Sie nicht kooperieren, muß ich Ihre Freundin irgendwie überzeugen, den Aktenkoffer herzugeben. Vielleicht schicke ich Miss Lord ein Ohr von Ihrem hübschen Kopf. Vielleicht einen Finger. Allora, Miss Balabushka, was soll ich zuerst abschneiden?"
Sofort verschwand die Trotzigkeit aus Veronicas Gesichtsausdruck und wandelte sich zu blankem Entsetzen. Zusätzlich traten nun ihre Entführer in die Zentrale und verunsicherten sie noch mehr. Die Männer begrüßten sich und diskutierten auf Italienisch, wovon Veronica nur einzelne Wörter verstand. Beinahe wollte sie losheulen, so war ihr zumute, jedoch gönnte sie den verdammten Itakern eine solche Genugtuung nicht. Mühevoll gelang es Veronica, ihre Fassung zu behalten. Mit der energischsten Stimme, die Veronica in diesem Augenblick zustande brachte, antwortete sie: „All right, geben Sie mir das verdammte Telefon. Ich werde Adele anrufen."
Ein gemeinschaftliches Lächeln erschien auf den Gesichtern ihrer Peiniger. Es war für Veronica das häßlichste Lächeln, das sie jemals gesehen hatte.

„Bene, Miss Balabushka. Zum Glück werden Sie langsam vernünftig", entgegnete Roberto. Er hielt das Handy erneut seiner Geisel hin: „Hier, wählen Sie. Und kein falsches Wort, Miss Balabushka."
Ärgerlich nahm Veronica das Handy und drückte auf die piepsenden Knöpfe.
Die Geheimnummer, die sie wählte, die in keinem Telefonbuch verzeichnet war, wegen einigen unliebsamen Fans von Adele und deren überaus störenden Anrufen, würde bald wieder geändert werden müssen. Gleichzeitig wurde ihr klar, daß das wahrscheinlich ihr kleinstes Problem war, und daß sie froh sein konnte, wenn sie überhaupt dazu kam, es zu lösen. Kaum hatte das Tuten in der Leitung begonnen, nahm bereits jemand ab: „Hallo, hier Lord."
„Hallo Adele. Ich bin's, Veronica."
Eine Weile blieb Adele stumm und Veronica hörte im Hintergrund ein Flüstern, welches sie gleich Sergeant Charlotte Angel zuordnen konnte, was sie einerseits überraschte, weil sie Charlotte nur kurz kannte und andererseits sehr freute. Ein beruhigendes Gefühl flackerte in Veronica auf. Ein herbeigesehntes Gefühl.
„Großer Gott, Vron, wie geht es dir? Bist du in Ordnung?"
„Ja, mir geht es soweit gut. Mach dir bitte nicht zu große Sorgen."
„Ich ... ich werde es versuchen, Vron. Ich versuche es", klang es weinerlich am anderen Ende der Leitung. Veronica merkte sofort, wie müde und niedergeschlagen Adele war. Vermutlich hatte ihre Freundin die Nacht über kein Auge zugetan, genau wie sie selber. Jedoch waren die Beweggründe von Veronica wesentlich ernster und angsteinflößender. Und die Pritsche, auf der sie zu schlafen versuchte, wesentlich härter als das gewohnte weiche Bett. Die Royal Navy legte keinen besonderen Wert auf Komfort, schon gar nicht bei stillgelegten und ausgeräumten Militäranlagen, die offiziell gar nie existierten. Auch die Decke, welche die Mafiosos für sie hinlegten, änderte daran nicht viel. Am Morgen schmerzte jeder Knochen, den sie bewegte. Außerdem bekam sie Kopfweh, nachdem ihr dieser Mistkerl von Ludovisi erklärte, wo er diesen unglücksbringenden Wikingerdiamanten vermutete.

„Bitte, Adele, du mußt genau das machen, was ich dir jetzt sage", beharrte Veronica, worauf Ludovisi ihr aufmunternd zunickte.
„Gut Vron, was soll ich tun?"
„Bitte geh nach oben in mein Büro und hol den Aktenkoffer von Pepe Delacroix. Ich habe ihn auf meinem Schreibtisch liegengelassen."
„Den Aktenkoffer? Wieso den Aktenkoffer?"
„Bitte, Adele, für Fragen ist später Zeit."
Wieder verriet Veronica ein leises Getuschel, daß sich Adele mit Sergeant Angel absprach. Die Halunken bekamen davon nichts mit und dies zu wissen, war eine ungeheure Erleichterung für Veronica.
„In Ordnung, Vron, ich hole den Koffer. Du mußt dich einen Moment gedulden", kündigte Adele an, ihre Stimme klang nervös.
„Danke", sagte Veronica leise. Sie hörte, wie der Telefonhörer auf das braune Beistelltischchen beim Fenster gelegt wurde, und wie Adele losrannte. Roberto Ludovisi sah sie fragend an, worauf sie erklärte: „Adele holt den Aktenkoffer aus meinem Büro. Mein Büro ist ein Stock höher und deswegen geht das nicht so schnell."
Ludovisi nickte verständnisvoll und brummte: „Bene. 111 und 222."
„Ich habe es nicht vergessen, Mister Ludovisi", erwiderte Veronica trotzig.
„Molto bene", lächelte Roberto hämisch.
Carlo, Marco und Giuseppe saßen verstreut in der ehemaligen Kommandozentrale auf einfachen Holzstühlen, welche die Royal Navy in einem Lagerraum zurückgelassen hatte. Roberto bevorzugte zu stehen. Serena Rossi war damit beauftragt worden, in der Marinekantine etwas zu kochen, nachdem Carlo ihr die eingekauften Lebensmittel ausgehändigt hatte. Serena warf ein, daß sie nicht viel Erfahrung beim Kochen habe. Was Veronica sofort in ihrer Vermutung bestärkte, daß die sogenannte Sekretärin mit ihrem für England zu kurzen roten Kleid und den unpassenden gelben Blüten darauf nichts weiter als ein billiges Flittchen war. Adele mochte bei

der Beschreibung von Doktor Rollos Sekretärin gnädiger gewesen sein. Veronica konnte es nicht.
„Vron, bist du noch dran?" fragte Adele schwer schnaufend.
„Ja."
„Ich habe den Aktenkoffer. Was soll ich jetzt damit tun?"
„Versuch ihn zu öffnen. Die Kombination der Schlösser lautet 111 und 222."
„Okay, ich versuche ihn zu öffnen."
Schon beim ersten Versuch schnappten die zwei Bügel der Zahlenschlösser auf. Und Adele ärgerte sich, daß sie ihre Freundin davon abgehalten hatte, die Schlösser nicht gewaltsam mit einer Schere aufzubrechen.
„Was ist drin?"
„Es sieht so aus wie eine blaue Schatulle, Vron. Oder ein blaues Kästchen. Es glänzt so, als wäre es poliert worden und scheint aus einer Art Stein zu sein."
Veronica drehte den Kopf zu Ludovisi und informierte ihn dumpf: „Das Kästchen ist im Koffer."
Der Gesichtsausdruck von Ludovisi hellte sich kurz auf und er befahl: „Weiter!"
Veronica drehte den Kopf wieder und gab Adele die Anweisung: „Jetzt mußt du den Deckel des Kästchens herausziehen. Aber achte darauf, daß du den Inhalt keinesfalls berührst. Hörst du? Du darfst den Inhalt nicht anfassen."
„Okay, den Inhalt nicht anfassen", bestätigte Adele und zog den Deckel heraus. Der funkelnde Inhalt strahlte sie an, blendete sie länger als erwartet und ließ sie ungläubig erstarren. Sprachlos betrachtete sie den Diamanten, und die Versuchung wurde beinahe übermenschlich, den riesigen klaren Edelstein zu berühren. Sergeant Charlotte Angel schien es ähnlich zu ergehen, jedenfalls deutete Adele so ihre Mimik. Und je länger sie ihn anstarrte, desto mehr verlor sie sich in den Farbblitzen. Ihr Geist drang immer tiefer in den Stein ein. Sie spürte merkwürdig bewußt und gleichzeitig unbewußt, wie ihre Gedanken eingesogen wurden und auf eine völlig

neue und unbekannte Art zu fließen begannen. In einer nie gekannten Klarheit und leichten Harmonie, ohne jede Grenzen und ...
„Was ist drin?" riß sie aus dem tranceähnlichen Zustand, und sie flüsterte überrascht: „Der Diamant ... Der Diamant ist drin."
„Faß das Ding bloß nicht an. Laut den Itak... laut den Italienern ist das Ding gefährlich, wenn man es anfaßt. Wieso, wissen die selber nicht. Also faß das Ding bloß nicht an und schieb den Deckel wieder zu."
Unwillig tat Adele, was ihre Freundin verlangte. Trotzdem konnte sie es nicht glauben, daß dieser herrliche Diamant gefährlich sein sollte. Er war zwar monströs groß, und sie hätte sich auch in ihren tollkühnsten Träumen keinen solchen Riesendiamanten vorstellen können (noch weniger hatte sie Doktor Rollo geglaubt, als er ihr davon erzählte), dennoch stufte sie ihn als harmlos ein. Allerdings blieb diese seltsame Versuchung bestehen, wuchs sogar zusehends, den Stein zu berühren. Denn wenn nur schon das *Anschauen* eine solch unerklärlich positive Wirkung auf ihren Geist hatte, was mochte dann erst das *Berühren* für eine Wirkung haben? Die Wirkung würde wahrscheinlich alles übertreffen, von dem sie imstande wäre, es zu erklären. Schlagartig wurde ihr bewußt, daß wirklich etwas grundsätzlich anders war an dem Diamanten. Nicht nur seine Größe und sein ungewöhnlicher Schliff, der dem üblichen Brillantschliff so gar nicht ähnlich war, und der trotzdem das Licht in allen Regenbogenfarben reflektierte, sondern vor allem seine fast zwanghafte Anziehungskraft, die der Stein auf sie ausübte, und die sie noch bei keinem anderen Schmuckstück erlebt hatte, das sie bei einer Präsentation oder einer Modenschau vorgeführt hatte. Diese Anziehungskraft mußte von irgendetwas im Stein selber herrühren. Von etwas Unsichtbarem, von etwas Magischem, von etwas Unheimlichem, vermutete Adele. Vielleicht lag darin die Gefahr, vor der sie Veronica gewarnt hatte. Nur konnte sie in dieser Gefahr nichts Böses erkennen. – Es sei denn, die Anziehungskraft des Steins würde sich bei der Berührung in etwas Neues verwandeln. In etwas wirklich Gefährliches.

Während Adele gedankenverloren das Kästchen aus blauem Lapislazuli auf den Beistelltisch legte, wandte sich Veronica an Ludovisi: „Ihr sogenannter Wikingerdiamant ist im Kästchen."
„Molto bene, Miss Balabushka. Ich hoffe, Sie erinnern sich neben den Zahlen auch an unsere Abmachung. Und daran, was passieren wird, wenn die Übergabe des Diamanten nicht so verläuft, wie ich es wünsche."
Anstatt Ludovisi darauf eine Antwort zu geben, sah sie ihm ängstlich und eingeschüchtert in die Augen. In ihrem Blick konnte Ludovisi unausgesprochene Zustimmung lesen, deshalb vermied er es, Veronica weiter einzuschüchtern. Erst als er sich ihres Einverständnisses ganz sicher war, hob er seine rechte Hand und forderte sie mit einer raschen Geste auf, seine Forderungen präzise zu übermitteln.
„Hast du den Deckel zugeschoben?"
„Ja, Vron."
„Gut. Hör mir zu, Adele, du mußt jetzt gleich in unseren Mazda steigen und losfahren. Nimm das Kästchen mit dem Diamanten und vergiß keinesfalls dein Handy. Ich werde dich unterwegs anrufen und dir neue Anweisungen geben."
„In dem Fall wollen dich die Entführer gegen den Diamanten austauschen?"
„Ja, aber nur wenn keine Polizei im Spiel ist. Sobald sie ein Polizeiauto sehen, ist der Deal geplatzt. Und ich weiß nicht, was sie mir dann antun werden ..."
Eine Pause verstrich, die Veronica wie eine Ewigkeit vorkam.
„Gut, ich habe verstanden, Vron. Aber wohin soll ich fahren?"
„Fahr einfach los, am besten rauf zum Hyde Park. Fahr am besten um den Park herum, bis ich dich wieder anrufe. Und paß auf, daß dich kein Polizeiauto verfolgt."
„In Ordnung, ich werde darauf achten, daß mich kein Polizeiauto verfolgt."
„Gut, Adele. Ich muß jetzt Schluß machen, weil ..."

Bevor Veronica ausreden konnte, packte Ludovisi ihre Hand und drückte rauh auf den Ausstellknopf des Handys. Die Verbindung war tot.

„Das reicht", sagte er barsch dazu, „Sie haben Ihrer Freundin genug erzählt", und nahm das Handy an sich. Bei seiner Aktion erschrak Veronica ein wenig. „Complimento, Miss Balabushka, Sie haben Ihrer Freundin nur das erzählt, was Sie sollten. In einer Stunde werden Sie erneut anrufen, bis dahin muß ich noch ein paar Vorbereitungen treffen."

„Vorbereitungen?"

„Ma certo. Ich werde Ihnen aber diese Vorbereitungen genauso wenig schildern, wie ich Ihnen sonstige Informationen geben werde."

„Sie könnten mir wenigstens sagen, wohin Sie mich entführt haben."

„Scusi, Miss Balabushka, aber meine Leute haben Ihnen nicht umsonst Ihre Augen auf der Autofahrt hierher verbunden. Und spätestens in einer Stunde werden Sie es sowieso wissen, und Sie werden überaus erstaunt sein. Ich glaube sogar, Sie werden so ungeheuer überrascht sein, wie Ihre Modelfreundin."

Wütend fluchte Veronica gedanklich: *Mistkerl! Verdammter Itakermistkerl!*

Sie hatte zwar während der langen Autofahrt unter der violettschwarzen Augenbinde durchblinzeln können, die wahrscheinlich als Putzlappen für die Autopolitur des Mercedes verwendet wurde (der Putzlappen roch nach Putzmittel und ein bißchen nach Benzin), jedoch nicht genug, um zu erkennen, wohin die Fahrt ging. Zudem drückte der Itakerrohling, der sie in den Wagen geschleift hatte, ihren Kopf ab und zu nach unten.

„Trotzdem gebe ich Ihnen einen Hinweis. Sehen Sie sich um, Miss Balabushka. Giusto, Sie sind in einer militärischen Anlage. In einem Bunker, um genau zu sein. In einem Bunker nahe am Meer."

8

„Veronica hat plötzlich aufgelegt", raunte Adele, ihre Stimme klang sorgenvoll.
Behutsam legte sie den Telefonhörer auf die Gabel. Adele sah Sergeant Charlotte Angel an, welche neben ihr stand und aufmerksam zugehört hatte. Charlotte hatte versucht etwas vom Telefongespräch zu verstehen, doch leider war es zu leise gewesen, und deswegen konnte sie bloß aus Adeles Mimik Vermutungen über den Inhalt anstellen.
„Was wollen die Kidnapper genau?"
„Die Dreckskerle wollen Veronica gegen den Diamanten austauschen. Ich soll gleich mit dem Mazda losfahren und ich soll keine Polizei einschalten. Die Halunken wollen mir während der Fahrt neue Instruktionen geben", erklärte Adele gehetzt und noch sorgenvoller.
„Das klingt sehr professionell und durchdacht. Ich rufe Inspektor Scotchford an und werde das weitere Vorgehen mit ihm besprechen."
„Das weitere Vorgehen mit ihm besprechen?" fragte Adele höhnisch. „Er sollte hier sein! Scotchford sollte mit den verdammten Halunken verhandeln! Wieso ist er nicht hier? Wo zum Teufel steckt er?"
„Ich sagte Ihnen bereits vor rund einer halben Stunde, als Inspektor Scotchford anrief, daß er sich verspäten wird. Er und Nick wollten einen Nummerndechiffrierer samt Bandgerät besorgen, um ihn an Ihr Telefon anzuschließen. Solche Geräte sind nicht alltäglich, und wie ich Ihnen schon sagte, brauchten die Leute von der technischen Abteilung ein wenig länger, um einen zu besorgen", verteidigte sich Charlotte. Sie spürte jedoch instinktiv, daß ihre wohlgemeinte Erklärung nicht die geringste Wirkung auf Adele hatte. Und daß ihr mühsam aufgebautes Vertrauensverhältnis, welches sie am Sonntag, über die letzte Nacht und heute morgen beim Frühstück noch zu vertiefen suchte, beim nächsten Satz von Adele in die Brüche

gehen würde, wie eine dünne klirrende Fensterscheibe beim Aufprall eines massiven Steinbrockens.
„Verdammte Schlamperei! Verdammte Beamten- und Bürokratenschlamperei! Was machen Ihre idiotischen Leute von Scotland Yard eigentlich? Glauben Sie, ich will meine beste Freundin wegen unkompetenten Idioten verlieren? Nur wegen ein paar Lagerfuzzis, die ihre Geräte nicht finden können?"
„Nein, Miss Lord, natürlich nicht. Glauben Sie mir, ich bin ebenso besorgt, daß Inspektor Scotchford bis jetzt nicht aufgetaucht ist. Ich rufe ihn sofort an."
„Tun Sie das! Los, tun Sie das!" befahl Adele wütend.
Adeles scharfer Blick blieb auf Charlotte haften, bis diese ihr Diensthandy hervorholte und zu wählen begann. Als Charlotte Scotchford erreichte und ihm den Anruf der Kidnapper beschrieb, wandte sich Adele abermals dem blauen Kästchen aus Lapislazuli zu, das harmlos auf dem Beistelltischchen stand. Sie griff danach, hob es hoch und ließ es durch beide Hände wandern. Es war angenehm kühl, und die Versuchung wurde wieder größer, den Deckel herauszuziehen und den Diamanten wenigstens zu betrachten – wenn nicht gar zu berühren. *Wäre das so schlimm? Würde das wirklich so gefährlich sein?*
Bei näherer Betrachtung entdeckte sie auf der Unterseite des Kästchens winzige goldfarbene Zeichen, deren Unbekanntheit sie abschreckten. Zuerst hatte Adele das Kästchen nur zur Ablenkung von der bedrückenden Situation untersuchen wollen. *Untersuchen* war schon ein zu strenges Wort dafür, sie hatte es eigentlich nur ein wenig genauer anschauen wollen. So wie sie und Veronica gelegentlich in einer schicken Boutique modische Neuheiten anschauten, darüber diskutierten, tratschten, lästerten und manchmal auch anprobierten, nur um ganz sicher zu gehen.
Doch kaum hatte sie das Steinkästchen in den Händen, kam auch wieder diese unerklärliche Anziehungskraft, die sich gleichzeitig mit der Warnung von Veronica zu einer noch größeren Versuchung stei-

gerte, den riesigen Diamanten endlich zu berühren. Endlich das Geheimnis seiner Gefährlichkeit zu erfahren. Aber nun waren da auf einmal diese merkwürdigen Zeichen, die einem gar nicht auffielen, wenn man die Unterseite des Kästchens nicht betrachtete. Und wer würde das schon tun oder nahm sich dafür genug Zeit, die Unterseite einer solch wunderschönen Handwerksarbeit zu betrachten; schließlich zählte nur der sagenhaft wertvolle Inhalt.
Adele kniff ihre Augen zusammen, damit sie die millimetergroßen Zeichen besser erkannte. Die Zeichen waren in fünf langen Rechtecken eingraviert worden, die jeweils etwa zwei Zentimeter breit waren. Die Rechtecke waren senkrecht getrennt angeordnet und die Randlinien danach vergoldet worden. Wahrscheinlich sollte jedes Rechteck eine andere Mitteilung anzeigen, deswegen die klare Trennung, vermutete Adele.
Das Gewicht wurde ihr zu schwer und sie mußte das Kästchen auf dem Beistelltischchen abstützen. Sie hatte diese winzigen seltsamen Anordnungen von gewellten Längs- und Querstrichen schon einmal gesehen, die in ihrer Ganzheit eine uralte Schriftsprache waren. Und als sie einen sitzenden Falken und ein angedeutetes halboffenes Auge sah, das fast ähnlich aussah, wie im Moment ihre eigenen, da wußte sie auch wieder, wo. Es war im British Museum gewesen, wo sie auf goldfarbenen Bildern und Steintafeln solche Zeichen einst gesehen hatte. Überrascht stellte sie fest, daß es ägyptische Hieroglyphen waren. Was ägyptische Hieroglyphen auf einer Schatulle suchten, die nach der Meinung von Doktor Rollo den Wikingern gehört haben sollte, konnte sie sich nicht erklären. Bis ihr blitzschnell wieder einfiel, daß der so aufdringliche Rollo etwas über einen Raubzug der Wikinger gefaselt hatte, und darüber, daß der sogenannte Wikingerdiamant eigentlich nur die Beute der Nordmänner war.
Adele war nun völlig klar, wer der ursprüngliche Besitzer gewesen sein mußte. Trotzdem blieb die Warnung von Veronica bestehen und die mattglänzenden Hieroglyphen schienen in ihrer bloßen Anwesenheit zusätzlich einzuschüchtern.

Sogar wenn man wie Adele die bildähnliche Schrift nicht lesen und noch viel weniger verstehen konnte. Dazu hätte sie den „Stein von Rosetta" benötigt, der es möglich gemacht hatte, die Schrift der Pharaonen zu entziffern, und der ebenfalls im British Museum aufbewahrt wurde. Und sie wunderte sich komischerweise, warum so viele Schulausflüge in England in Museen gemacht wurden. Wie alt mochte diese blaupolierte Schatulle sein? Vielleicht gleich alt, wie die ägyptischen Mumien im Museum? Kam daher die Gefahr? Konnte so etwas wie ein Fluch auf dem Diamanten lasten? Vielleicht ein ähnlicher Fluch, wie er von einigen Mumien ausging und der so viele englische Ägyptenforscher früher oder später ereilt hatte? Manchmal auf grausame Art und trotz den Nichtigkeitsaussagen der behandelnden Ärzte? Nein, solche Ideen und Vermutungen gehörten nicht in die letzten Jahre des ausgehenden Jahrtausends. Und ganz bestimmt konnte solcher Aberglaube auch nicht auf so einen unglaublichen Diamanten zutreffen.

Adele schüttelte leicht ihren Kopf. Sie drehte das Lapislazuli-Kästchen und legte es ganz auf den Beistelltisch. Als sie den Deckel das Kästchens herauszog, war sie absolut sicher, daß die Warnung von Veronica bloß Humbug war. Ein Schwindel, der ihr von den verdammten Itakern eingeredet wurde, damit Veronicas Freundin ja nicht auf die Idee kam, den Diamanten selber zu behalten.

Knapp, bevor Adele den Edelstein berühren konnte, unterbrach Charlotte: „Inspektor Scotchford läßt Ihnen ausrichten, daß er so schnell wie möglich hier sein wird. Er bat mich zu fragen, ob die Kidnapper gesagt haben, wohin Sie fahren sollen? Und wann sich die Kidnapper wieder bei Ihnen melden?"

Adele zog ihre Finger zurück und antwortete: „Sagen Sie Inspektor Scotchford, daß mir die Halunken weder das eine noch das andere gesagt haben. Und daß wir dank seiner Schlamperei jetzt im Zeitdruck sind. Die Halunken haben verlangt, daß ich gleich losfahre, und wenn sein Beamtenarsch nicht in zehn Minuten hier ist, werde ich genau das machen."

Verblüfft und ein wenig ängstlich sah Charlotte Adele an; sie ließ eine kleine Pause verstreichen und gab Adeles Antwort an Scotchford weiter.

„Sie sollen sich beruhigen und keinen Unsinn machen, hat der Inspektor gesagt."

„Zehn Minuten, Sergeant Angel. Zehn Minuten, mehr nicht", erwiderte Adele.

Die Ängstlichkeit im Gesichtsausdruck von Charlotte verstärkte sich, als sie die Forderung an Scotchford weitergab. Der wiederum hielt ihr nun einen eindringlichen Vortrag am anderen Ende der Leitung, was sich in der ständig wechselnden Mimik von Charlotte widerspiegelte.

Adele hatte die Nase voll von den ihrer Meinung nach untätigen Polizisten. Sie ergriff den Diamanten und hob ihn aus seinem roten Samtbett. Sogar mit beiden Händen erschien er ihr zu schwer und sie mußte ihn neben dem geöffneten Kästchen ablegen. *Es passiert überhaupt nichts. Ich wußte es, die Itaker sind dreckige Lügner,* dachte Adele. Doch langsam wurde ihr schwindlig und darum schloß sie für einen Moment ihre Augen. Und zuerst war alles wie gewöhnlich schwarz, nur ganz weit im Hintergrund drehten sich unzählige blaue Spiralen. Die Spiralen hatten exakt die gleiche blaue Farbe wie das Kästchen. Irgendwie kamen die Spiralen näher und wurden größer und detailreicher. Im Uhrzeigersinn drehten sie sich gleichmäßig schnell. Je näher die Spiralen kamen, desto heller und riesiger wurden sie. Das tiefe Blau verwandelte sich allmählich in ein Hellblau, später in ein milchiges Weiß mit winzigen gelben blinkenden Funken darin. Die Umrisse der Spiralen wurden immer durchsichtiger, und bei jeder Umdrehung der Spiralen schienen einige Funken ins umgebende Schwarz hinausgeschleudert zu werden.

Inzwischen befand sich Adele inmitten der Spiralen, die überall um sie herum waren, und die sie mit ihrem Licht fast blendeten. Das milchige Weiß war nun beinahe ganz durchsichtig, und aus den winzigen leuchtenden Funken waren glühende Kugeln geworden, die in Weiß, Gelb, Orange und Rot strahlten. Es kam ihr so vor, als bräuchte sie bloß ihre Hand auszustrecken und könnte nach Gutdünken eine der Kugeln berühren, vielleicht sogar in die Hand nehmen und aus der festgefügten Ordnung der Kugeln entfernen. Aber sie ließ es bleiben, weil sie Angst hatte, die glühende Kugel würde ihre Hand sonst verbrennen. Deswegen hielt sie inne und betrachtete staunend das funkelnde Farbenspiel.

Adele fühlte sich absolut schwerelos, und sie merkte, daß jede Drehung aufgehört hatte, und sie wußte gleich, warum das so sein mußte – weil sie nun selber ein Bestandteil einer der riesigen Spiralen geworden war. Und wenn sie das, was eigentlich ihr Kopf sein sollte, in die Nähe der gleißenden Flammenkugeln hielt (Adele konnte an sich selber nichts Körperliches mehr erkennen), sah sie noch kleinere Kugeln, welche jedoch nicht glühten, sondern in allen Regenbogenfarben matt schimmerten, die sie schon im Diamanten gesehen hatte.

Adele erschrak zutiefst, als ihr klar wurde, wo sie sich befand. Die heißglühenden Kugeln waren alles Sonnen und die kleineren Kugeln die dazugehörenden Planeten, und sie schwebte im Nichts zwischen den Planetensystemen. Sie wollte einen panischen Schrei ausstoßen, jedoch hatte sie keinen Mund mehr, der das tun konnte. Somit gellte ihr Schrei nur in ihrem Bewußtsein, und sie erinnerte sich dadurch auf einmal, daß sie bloß ihre Augen geschlossen hatte. Der ganze Flug durch die Galaxien mußte Einbildung sein und ihr derzeitiger Zustand ebenfalls. Also versuchte sie ihre Augen wieder zu öffnen. Es ging aber nicht. Wie sollte das auch gehen? Wenn sie keinen Kopf mehr hatte, hatte sie natürlich auch keine Augen mehr. Der Aberwitz ihrer Situation wurde ihr bewußt und ließ sie panisch werden. Es kam ihr so vor, als wollte sie aus einem Traum entfliehen, der zusehends bösartiger wurde, und sie brachte es nicht fertig, aufzuwachen. Mit größter Willensanstrengung versuchte sie ihre Panik zu unterdrücken und sich auf das Öffnen der nicht vorhandenen Augen zu konzentrieren. Etwas rüttelte an ihrem Bewußtsein, rüttelte stärker, und plötzlich war es wieder da – Licht, gleißendes

Licht, das Licht im Wohnzimmer, und Sergeant Angel rüttelte vehement ihren neu vorhandenen Oberkörper.
„Miss Lord, Miss Lord, was ist los mit Ihnen? Was ist geschehen?"
„Ich … ich weiß nicht. Ich wollte nur den Diamanten einmal berühren und dann wurde mir schwindlig", murmelte Adele und war überrascht, daß sie wieder einen Mund hatte. Gleichzeitig war sie auch sehr froh darüber.
Sergeant Charlotte Angel sah sie sorgenvoll an, und für einen Moment war das Gesicht der zurückhaltenden Polizistin das schönste, welches Adele jemals gesehen hatte.
„Sie waren wie weggetreten, Miss Lord. Sie saßen da und hielten diesen seltsamen Wikingerdiamanten fest, so als ob es um Ihr Leben ginge. Ihre Augen waren geschlossen und Ihr ganzer Körper hat gezittert."
Adeles Gedanken schwirrten wie aufgescheucht in ihrem konfusen Kopf herum. Es fiel ihr ungeheuer schwer, einen Gedanken festzuhalten, ihn zu behalten, ihn durchzudenken und ihn genau zu formulieren. Nur sehr langsam gelang es ihr, wieder in klaren Bahnen zu denken: „Vron hatte recht, dieser Stein ist gefährlich", flüsterte sie beeindruckt.
„Wie meinen?"
„Ich vergaß es Ihnen zu sagen."
„Was zu sagen?"
„Daß dieser Stein gefährlich ist, Sergeant Angel. Sehr gefährlich. Meine Freundin hat mich vorher gewarnt. Rühren Sie ihn um Gottes willen nicht an."
„Sie meinen, der Diamant löste bei Ihnen dieses merkwürdige Verhalten aus?"
„Nicht der Stein, es ist das, was in ihm ist. Etwas ist in diesem Stein."
„Wie meinen Sie das, etwas ist in diesem Stein?"
„Ich kann es nicht erklären, aber als ich ihn berührte, kam es mir so vor, als würde mein Bewußtsein in den Stein hineingezogen. Und ich kam nicht einmal auf die Idee, mich dagegen zu wehren. Ich

glaube, ich hätte nicht die geringste Chance dagegen gehabt. Die Verlockung war unglaublich stark."
„Die Verlockung? Eine Verlockung für was?"
„Es war die Verlockung, mein Bewußtsein loszulassen, es in den Stein hineinfließen zu lassen und es frei schweben zu lassen."
„Und Sie glauben, diese Verlockung kam von etwas in diesem Diamanten?"
„Ja, ich weiß, daß etwas Unerklärliches in dem Diamanten ist. Dieses Unerklärliche wohnt darin, und es wohnt vielleicht schon seit dem Tag darin, als der Diamant erschaffen wurde. Ich konnte es spüren, Sergeant Angel. Ich spürte seine Anwesenheit genau."
Charlotte glaubte kein einziges Wort von Adeles merkwürdiger Erklärung. Der nervliche Streß und die psychische Belastung des Kidnappings mußten zuviel für das Topmodel geworden sein. In der polizeilichen Psychologieschulung kamen solche Beispiele haufenweise vor, und die typischen Symptome dafür hatte sie selber gesehen: geistige Abwesenheit, Unansprechbarkeit, Zittern am ganzen Körper, Verlust des Realitätssinns, unzusammenhängende sinnlose Erklärungen. Ihre Diagnose war schnell und einfach – *starker Nervenzusammenbruch.*
„Gut, Miss Lord, wenn dieser Diamant so gefährlich ist, dann legen Sie ihn bitte wieder zurück in die Schatulle. Ich gehe währenddessen in die Küche und mache uns einen beruhigenden Tee. Ich glaube, der würde uns beiden gut tun, solange wir auf Inspektor Scotchford warten."
„Wenn Sie meinen", sagte Adele, in ihrer Stimme hielten sich Enttäuschung und ein wenig Traurigkeit die Waage. Sie hatte gleich gemerkt, daß ihr die Polizistin nicht glaubte, und sie konnte es ihr noch nicht einmal verübeln. Jedoch sah sie in der Abwesenheit von Sergeant Angel auch eine unverhoffte Gelegenheit. Eine Gelegenheit zu handeln, zu agieren und nicht auf einen alternden Inspektor zu warten, der vermutlich sowieso versagen würde. So versagen – wie er das nur schon bei der Beschaffung von idiotischen technischen

Geräten getan hatte – und bei Veronica – durfte es kein Versagen geben.

„Pfefferminz- oder Kamillentee?"

„Bringen Sie mir bitte einen Pfefferminztee. Soviel ich weiß, haben wir gar keinen Kamillentee. Ich mag nämlich Kamillentee nicht besonders."

„Da sind Sie bestimmt nicht die einzige", scherzte Charlotte, aber ihr kleines Schmunzeln wurde nicht erwidert. Der mitgenommene Gesichtsausdruck von Adele blieb nüchtern, als sie die Polizistin informierte: „Der Tee sollte rechts oben in einem der Küchenschränke sein. Ich mache fast nie den Tee selber, deshalb weiß ich nicht genau, wo er ist. Ich trinke meistens Mineralwasser aus dem Kühlschrank. Wegen der Kalorien, wissen Sie?"

„Selbstverständlich, bei Ihrem Job muß man natürlich ständig auf die Kalorien achten. Ich werde den Tee bestimmt finden", kündigte Charlotte an, als sie zur Wohnküche losmarschierte. Kurz sah sie noch, wie Adele den Diamanten in das Lapislazulikästchen zurücklegte und den Deckel zuschob. Und sie dachte, daß sie mit ihrer Vermutung richtig gelegen hatte, daß die Nerven des Models böse angeschlagen sein mußten, und daß der riesige sogenannte Wikingerdiamant harmlos war, so wie es alle Edelsteine waren. In der Küche fand Charlotte den Tee fast auf Anhieb. Sie setzte das Wasser auf, nahm zwei Tassen und warf die Teebeutel hinein.

„Sind Sie eigentlich schon lange bei Scotland Yard?" hörte sie Adele fragen.

„Ja, es werden im November fünf Jahre. Ich habe bei der Verkehrspolizei angefangen, danach wechselte ich vor drei Jahren zur Kriminalpolizei", schilderte Charlotte erfreut über das plötzliche Interesse des Models.

„Wurde es Ihnen zu langweilig, den Verkehr zu regeln?"

„Ja, das kann man unter Umständen so sagen. Aber ich wollte darüber hinaus unbedingt irgendwann in die Kriminalistik einsteigen. Das hat mich immer gereizt."

„Ist bestimmt spannender, als Autos hin und her zu winken."

„Hahaha, ja, das ist eindeutig spannender", bestätigte Charlotte lächelnd. Sie war erleichtert und froh, daß es Adele wieder besser zu gehen schien, bis ein Miauen sie nach unten blicken ließ. Es war Kater Jimmy, der ihr von Adele gestern vorgestellt wurde, und der seine Scheu vor ihr gleich ablegte, nachdem sie die Küche betreten hatte. Die weiße Katze strich um ihre Beine. „Jimmy ist hier in der Küche und miaut, wahrscheinlich ist er hungrig."
„Der Vielfraß ist immer hungrig, geben Sie ihm bitte ein wenig Trokkenfutter. Es sollte in den unteren Schränken neben dem Kochherd sein."
„Gut, ich suche es. Der Tee ist übrigens fertig."
„Sehr gut. Passen Sie bitte auf, daß Sie nicht auf die Pfoten von Jimmy treten. Wenn es ums Fressen geht, achtet er nicht, wer wohin tritt."
Charlotte durchstöberte die unteren Küchenschränke, aber ohne Erfolg: „Sind Sie sicher, daß das Trockenfutter hier unten ist? ... Miss Lord? Hallo?"
Als keine Antwort kam, ging Charlotte ins Wohnzimmer. Es war leer. Überrascht und erschrocken rannte Charlotte durch die Wohnung, rief dabei den Namen von Adele und schlug die Türen zu allen Zimmern auf. Aber das Topmodel blieb verschwunden. Sie rannte zurück ins Wohnzimmer, sah panisch auf das Beistelltischchen beim Telefon – das blaue Steinkästchen war weg. Einen Augenblick verharrte Charlotte und blickte völlig baff auf die leere Stelle, wo das Kästchen gestanden hatte. Das Model hatte sie doch tatsächlich reingelegt – hatte ihr Interesse und ihre Gutmütigkeit schamlos ausgenutzt. Ausgerechnet ihr mußte das passieren, einer der besten Polizistinnen vom sechzehnten Revier, wie ihr ehemaliger Abteilungschef Harold *Harry* Benson sie manchmal genannt hatte. Und damals war sie stolz darauf gewesen. „Scheiße!" stieß sie wütend aus und stürmte zur Wohnungstüre. Weit konnte die Betrügerin von Model noch nicht gekommen sein, und wenn sie diese Model-Schauspielerin eingeholt hätte, würde sie ganz andere Seiten aufziehen. So konnte, nein, so durfte sie niemand reinlegen.

Bei der Eingangstüre angekommen, drückte sie die Klinke hastig nach unten und zog daran. Die Türe ging nicht auf. Die Betrügerin mußte sie abgeschlossen haben, wahrscheinlich als krönender Abschluß der ganzen Betrügerei.
„Scheiße! Verdammte Scheiße!" fluchte sie abermals, jedoch viel lauter als vorher. Gehetzt sah sie sich nach einem Reserveschlüssel um, der bestimmt irgendwo in der Nähe aufgehängt sein mußte. Und natürlich war keiner da. Nachdem sie die Klinke mehrmals wie verrückt nach unten und nach oben gedrückt hatte, gab Charlotte schließlich resigniert auf. „Scheiße! Gottverdammte ...", raunte sie tief enttäuscht und fast den Tränen nahe. Ihre Enttäuschung verwandelte sich schnell in heißen Zorn und sie zog ihre mattglänzende Dienstpistole. Als sie die schwarze Waffe aus kaum einem Meter Entfernung auf das Türschloß richtete, bremste so etwas wie eine Schießstanderkenntnis ihren Abzugsfinger ab. Was war, wenn die Kugel vom Schloß abprallen würde? Was wäre, wenn der Abpraller sie treffen würde? Wäre es nicht besser und einfacher, mit dem Handy ihren Fehler einzugestehen? Die von außen heruntergedrückte Türklinke unterbrach ihre Gedanken. Charlotte wich fünf Schritte zurück, die Pistole im Anschlag. Wer immer die Klinke heruntedrückte und sich jetzt am Schloß zu schaffen machte, das Model konnte es keinesfalls sein. Die Betrügerin käme nicht freiwillig zurück. Das Schloß war erstaunlich schnell offen und die Türe wurde geöffnet.
„Hände hoch!" rief Charlotte energisch, stand mit gespreizten Beinen da und zielte mit der Pistole präzise auf den Kopf des Eindringlings.
„Mach keinen Blödsinn, Charlie, ich bin's", sagte Nick überrascht, als er in das Mündungsloch starrte. Vor Schreck ließ er sogar seinen Dietrich fallen.
„Was machst du denn hier? Und wo ist Scotchford?"
„Wir warteten unten im Wagen, bis Miss Lord wegfuhr, danach bin ich gleich heraufgekommen. George hat gleich vermutet, daß dich

Miss Lord eingeschlossen hat. So was hätte ich ihr nie zugetraut. Hab mich getäuscht."
„Ihr habt unten im Wagen gewartet? Wieso denn das? Ich und Miss Lord haben die Minuten gezählt, bis ihr endlich erscheint, und ihr wartet im Wagen?"
„Das kann dir George selber erzählen. Trotzdem wäre ich dir dankbar, wenn du die Pistole herunternehmen könntest. Greif dir deine Sachen und dann los.
Wir müssen Miss Lord hinterherfahren", kündigte Nick eilig an.
„Hinterherfahren? Langsam verstehe ich gar nichts mehr", stutzte Charlotte.
Als sie das Mehrfamilienhaus verließen, überquerten sie die Cadogan Lane und gingen auf einen dunkelblauen Toyota Celica zu, der dreißig Meter weiter hinten auf einem Parkfeld am Bürgersteig parkiert war. Nick setzte sich auf den Fahrersitz, während Charlotte hinten einstieg. Kurz begrüßte Scotchford Charlotte vom Beifahrersitz aus, seine Augen blickten auf ein technisches Gerät, welches auf seinen Knien lag. Das Gerät war viereckig und schwarz und hatte neben einigen Drehknöpfen einen grünpulsierenden Bildschirm, der Charlotte wie ein Radarbildschirm in einem Flugzeug vorkam.
„Du bist mir ein paar sehr gute Erklärungen schuldig, George", betonte Charlotte, was Scotchford zu einem leichten Kopfnicken veranlaßte. Er hob seine Hand und sagte: „Fahr los, es geht rauf zum Hyde Park."
Warton startete den Motor, stellte den Blinker und fuhr los.
„Ich fange am besten damit an, dir zu erzählen, was am Sonntag passiert ist."
„Das wäre unglaublich nett von dir, George", stimmte Charlotte ironisch zu.
„Nachdem ich und Nick die Wohnung von Miss Lord verließen, besuchten wir die Eltern von Mister Tower, was uns aber nicht weiterbrachte. Danach versuchten wir diesen Pepe Delacroix im Pavilion Hotel zu erreichen, doch leider war dieser längst nach Paris abgereist. Auch von der Freundin von Miss Lord, dieser Make-up-Artistin

Pamela Charmers, erhielten wir keine Neuigkeiten. Höchstens, daß sie selber schon lange auf den Malediven sitzen würde, wenn sie den Diamanten hätte."

„Richtig, Miss Charmers hat zwischendurch angerufen und hat sich nach dem Befinden von Miss Lord erkundigt, wie ich dir bereits am Telefon gesagt habe."

„Ja, außerdem hat sie nichts vom Kidnapping gewußt, was sie für mich unverdächtig gemacht hat. Es blieb also nur noch der gute Professor Farnsworth, und bei dem erlebten wir eine echte Überraschung."

„Ach, dann brachte dich Professor Farnsworth auf die Spur der Kidnapper?"

„Nein, schön wär's, aber er hat eine vage Vermutung von mir bestätigt."

„Eine vage Vermutung?"

„Ja, Charlie, du erinnerst dich doch sicher noch, wie ausführlich der Professor die Sekretärin von Doktor Rollo beschrieben hat."

„Klar, ich war vorgestern bei der Befragung dabei."

„Sicher, nur befragten wir Farnsworth gestern bei ihm zu Hause. Und in der Gegenwart seiner Ehefrau. – Du verwendest doch sicher auch Lippenstift?"

„Im Dienst eigentlich nicht, aber in meiner Freizeit schon. Aber was hat mein Lippenstift mit unserem Fall und mit Professor Farnsworth zu tun?"

„Gegenfrage, was würdest du vermuten, wenn du als Ehefrau in einer Unterhose deines Ehemanns Flecken von rotem Lippenstift finden würdest?"

„Ich würde vermuten, daß er von mir stammt, wenn ich roten ..."

„Genau, wenn du roten Lippenstift verwenden würdest. Aber was ist, wenn du ausschließlich rosaroten Lippenstift verwenden würdest?"

„Ich würde verdammt misstrauisch."

„Und was wäre, wenn zwei Leute von Scotland Yard auftauchen würden und plötzlich nach einer jungen Sekretärin fragen würden,

die nicht den besten Ruf hat und mit der dein Ehemann letzte Woche zusammengearbeitet hat."
„Ich wüßte, woher die Lippenstiftflecke in der Unterhose kämen."
„Okay, Charlie, ich glaube, du kannst dir nun ungefähr vorstellen, was gestern bei der Befragung von Professor Farnsworth passiert ist."
„War es schlimm?"
„Es war vor allem laut. Sehr laut, Charlie."
„Was ist genau passiert? Spann mich nicht auf die Folter."
„Ich möchte nicht unbedingt in unschöne Details gehen. Sagen wir es einmal so, das Selbstbewußtsein von Professor Farnsworth ist zusammengekracht, als hätte man mit einem Tennisschläger durch ein Kartenhaus geschlagen."
„Das ist ein drastischer Vergleich."
„Sicher ist das ein drastischer Vergleich, deswegen gehe ich nicht in Details. Auf alle Fälle hat uns der Professor jede Kleinigkeit präzise geschildert, und er hat seine Unschuld am Kidnapping und am Tod von Mister Tower beteuert. Ich glaube, er hätte jeden Eid darauf geschworen. Und genau zu diesem Zeitpunkt wurde mir klar, daß ich mit meiner vagen Vermutung richtig lag."
„Und was ist jetzt diese vage Vermutung?" fragte Charlotte ungeduldig.
Ein Lächeln huschte über Scotchfords Gesicht, als er ihre neugierige Mimik sah. Das Puzzlespiel dieses Falls war nun vollständig, und es ging lediglich noch darum, das letzte Puzzleteil zu finden und es einzupassen. Wie es aussah, wußte er: „Ganz einfach, wir haben es hier mit einer Verwechslung zu tun. Als mir gestern Farnsworth vom Fotoshooting so ausführlich erzählte, erwähnte er, daß Miss Rossi erst später dazu kam, weil sie Unterlagen von Doktor Rollo in seinen gemieteten Range Rover legen mußte. Zuerst kam ich nicht auf die Lösung, aber als Nick den Professor gefragt hat, worin Miss Rossi die Unterlagen transportierte, da hat es *klick* gemacht."
„Der Aktenkoffer!" stieß Charlotte ungläubig aus.

„Du hast es erraten. Miss Rossi muß die Autos von Doktor Rollo und Mister Tower verwechselt haben. Sie legte den Aktenkoffer mit dem Diamanten in den Range Rover von Tower. Wieso sie die Autos verwechselt hat, ist mir unklar. Vermutlich waren es die gleichen Autotypen, mit derselben Farbe, was eigentlich schon selten genug ist. Zudem müssen die Autos so parkiert gewesen sein, daß der Range Rover von Doktor Rollo für Miss Rossi nicht sichtbar gewesen ist. Und weil Miss Rossi zu Fuß zur Ausgrabung ging, was wieder eine andere pikante Geschichte ist, war ihr nicht klar, daß sie den Aktenkoffer in ein ganz falsches Auto gelegt hat."

„Und danach führte eins zum anderen", staunte Charlotte verblüfft.

„Mister Tower dachte, der Koffer gehöre Miss Lord, also muß er ihn in ihren Mazda gelegt haben. Miss Lord dachte, der Koffer gehöre entweder Mister Tower oder Miss Charmers. Als dem nicht so war, hat sie angenommen, er gehöre Mister Delacroix. Der war aber schon nach Paris weitergereist."

„Gut kombiniert, Charlie. Und der einzige, der sich von allen beschissen gefühlt haben muß, ist unser ehrenwerter Signore Ludovisi."

„Deswegen wurde Doktor Rollo im Dorchester verprügelt, darum fiel Mister Tower vom Balkon, und darum wurde die Managerin von Miss Lord entführt. Es ergibt alles einen Sinn", staunte Charlotte abermals.

„So ist es. Wir haben uns ausschließlich auf den Diamanten konzentriert und haben dabei völlig außer acht gelassen, in was das Ding transportiert wird. Sobald man an einen Aktenkoffer denkt, den niemand öffnen kann, wird der ganze Fall logisch. Ich mache euch deswegen übrigens keine Vorwürfe, ich hätte selber darauf kommen müssen. Der Fehler geht auf meine Kappe."

„Ist geschenkt", sagte Nick, der gut zugehört hatte.

„Das mit dem Aktenkoffer hast du aber seit gestern nach dem Besuch bei Professor Farnsworth gewußt. Warum hast du mich und

Miss Lord nicht gebeten, den Koffer zu öffnen? Damit wäre uns einiges erspart geblieben."
„Und was wäre uns erspart geblieben? Hätte Miss Lord vielleicht darauf verzichtet, abzuhauen und den Diamanten auf eigene Faust gegen ihre enge Freundin einzutauschen? Hätte sie auf eine Attrappe des Diamanten gewartet?"
„Die Attrappe! Das war nur ein Trick von dir!"
„Stimmt, Charlie, die Attrappe war nur ein Trick. Und wenn Miss Lord wirklich darauf eingegangen wäre, ihre beste Freundin gegen eine billige Attrappe auszutauschen, dann hätte ich genau gewußt, daß sie den Stein hat."
„Du hast sie reingelegt!"
„Nein, Charlie, ich habe ihr nur einen Köder hingeworfen, und sie hat ihn verschmäht. Sie hat nicht einmal geschnuppert daran. Von da an wußte ich, daß Miss Lord und ihre Managerin in die Sache hineingezogen wurden."
„Das haben wir doch schon beim Kidnapping gewußt."
„Nein, Charlie, du nahmst an, daß wir es wissen. Ich vermutete, daß Miss Lord nichts mit dem Unfall ihres Exfreunds zu tun gehabt hat, denn ihre Trauer und Ahnungslosigkeit waren echt. Aber ein Kidnapping kann man mühelos inszenieren, zum Beispiel als Ablenkungsmanöver für die Polizei."
„Oh!"
„Tja, der gute alte George denkt durchtrieben. Da können wir noch eine Menge lernen", lästerte Nick. Er stellte den Scheibenwischer an, es begann zu regnen.
„Du bringst aber Miss Lord durch dein Verhalten in große Gefahr. Und wie hast du eigentlich gewußt, daß mich Miss Lord überlisten würde?"
„Bitte, Charlie, du hast Miss Lord so angehimmelt, als würdest du Prinzessin Diana persönlich treffen. Sie hat dich vermutlich ein wenig eingelullt und schon war sie weg. Ist es nicht so?"
„Ja, ich gebe es ja zu. Sie hat mich beeindruckt – soll nicht mehr vorkommen."

„Zweitens, Miss Lord wäre in weitaus größerer Gefahr, wenn der ehrenwerte Signore Ludovisi glauben würde, daß Scotland Yard den Ort der Übergabe kennen würde. Wenn er überhaupt so etwas wie eine Übergabe vorhat."
„George, du glaubst doch nicht?"
„Ich habe seine Interpol-Akte über Nacht studiert. Ich habe sie sehr lange und sehr gründlich studiert, Charlie. Und wenn ich daraus etwas gelernt habe, dann daß Signore Ludovisi nicht lange fackelt. Ganz egal, um was es geht."
„Das mag ja stimmen, trotzdem finde ich dein Vorgehen unverantwortlich."
„Manchmal muß man unverantwortlich vorgehen, damit man am Ende gewinnt. Ich hoffe, eines Tages wirst du das selber lernen, Charlie, dann werden sich für dich ganz neue Möglichkeiten eröffnen. Übrigens, ganz egal auf welchem Gebiet", ergänzte George.
„Ich finde, du solltest deinen philosophischen Krimskrams für den Moment sein lassen und mir sagen, wohin Miss Lord jetzt fährt."
„Okay, Nick", stimmte George zu, ohne einen Hauch von Ärgerlichkeit in der Stimme. Er blickte auf das viereckige Gerät auf seinen Knien und drehte an einem der rechts angebrachten Reglerknöpfe, wonach ein blinkender gelber Punkt auf dem grünpulsierenden Bildschirm noch besser sichtbar wurde. Der gelbe Punkt bewegte sich langsam auf einer Art hellbrauner Karte, welche sich bei näherem Hinsehen als Stadtplan von London herausstellte. Der Stadtplan war so detailliert, daß man sogar ohne Mühe die einzelnen Straßen darauf erkannte.
„Sie fährt die Bayswater hinauf. Ich schätze, wir sind zirka einen Kilometer hinter ihr. Wir halten diesen Abstand und dieses Tempo. Das Signal ist stark genug."
„In Ordnung. Sag mir, wenn sie abbiegt, ich will sie nicht wegen einer Ampel verlieren. Wäre sehr dämlich, wenn uns das passieren würde."
„Keine Angst, Nick, der Sender hat eine Reichweite von fünf Kilometern."

„Ihr habt tatsächlich einen Sender an Miss Lords Wagen befestigt?"

„Ja, Charlie, so wie ich es bei Miss Lord angekündigt habe. In meiner Trickkiste war das neueste weiterentwickelte Spielzeug des MI5. Ein netter kleiner Sender, den du nur ans Bodenblech eines Autos schrauben mußt, und schon entkommt dir niemand mehr. Jedenfalls innerhalb eines Radius von fünf Kilometern."

„Sag mir jetzt bitte nicht, daß du das von Anfang an vorgehabt hast. Und daß dir der britische Geheimdienst den Sender nur aus Wohltätigkeit geschenkt hat."

„Nein, Charlie, die Sache hat sich nun einmal so ergeben. Und über den Sender sollten wir schweigen. Jedenfalls so lange, bis ihn jemand im MI5 vermisst. Was allerdings nicht passieren dürfte, weil der MI5 mehr als genug solcher Geräte hat, und weil ich mein Gerät bloß ausgeliehen habe."

„Und wer hat dir das Gerät ausgeliehen, George? Ist es derselbe Unbekannte, der dir auch die Interpol-Akten ausgeliehen hat?"

„Fast, Charlie, fast. Um bei eurer Ausdrucksweise zu bleiben, sagen wir, daß ein Unbekannter gute Verbindungen zu einem anderen Unbekannten im MI5 hat, und daß dieser Unbekannte mir gerne eine Gefälligkeit getan hat."

„Du willst mir damit sagen, daß Geheimdienst nicht umsonst Geheimdienst heißt?"

„Richtig Charlie – absolut richtig", amüsierte sich George.

Charlotte mußte lachen, trotz des Ernstes der Situation, der sie schnell wieder verstummen ließ. Nick wußte offenbar bereits, woher der Sender kam, denn er verzog keine Miene und konzentrierte sich weiter auf den Straßenverkehr. Der Celica ließ die Park Lane hinter sich und bog über den Cumberland Gate in die Bayswater Road, in der ein weitaus zähflüssiger Verkehr herrschte.

„Was versprichst du dir davon, Miss Lord einfach losfahren zu lassen?"

„Ich hoffe, daß Miss Lord tatsächlich glaubt, daß sie uns abgehängt hat. Sobald sich die Kidnapper wieder bei ihr melden, wird sie in

einer Art und Weise mit den Halunken verhandeln, wie sie es in unserer Gegenwart niemals getan hätte."
„Ich verstehe, George. Du und Nick habt euch wahrscheinlich auf diesen Plan geeinigt, nachdem ihr bei Professor Farnsworth gewesen seid."
„Wir haben uns nach längerer Diskussion darauf geeinigt, das stimmt wohl eher, Charlie. Wir kamen zum Schluß, daß es die einfachste und vielleicht im Fall des ehrenwerten Signore Ludovisi die einzige Lösung ist, wie wir sein Rattenloch finden können."
„Und du glaubst wirklich, daß Miss Lord die Itaker überzeugen kann? In ihrer Wohnung waren nämlich ihre Nerven nicht die besten."
„Wie meinst du das?"
„Nun ja, als wir zusammen telefonierten, habe ich mich für einen kurzen Augenblick abgewendet. Da muß Miss Lord den Diamanten aus dem Kästchen genommen haben. Als ich auflegte und mich umdrehte, sah ich, wie Miss Lord den Diamanten in beiden Händen hielt und mit geschlossenen Augen am ganzen Körper zitterte. Ich glaube, sie hatte einen Nervenzusammenbruch, doch als ich sie darauf ansprach, sagte sie, irgendetwas Gefährliches wäre an diesem Wikingerdiamanten. Sie sagte sogar, etwas wäre in ihm drin."
„Vielleicht sah sie die Geister von ein paar toten Wikingern", spottete Nick.
„Warum hast du mir das nicht früher gesagt?"
„Weil ich schon aufgelegt hatte, und weil ich mich um Miss Lord kümmern mußte. Danach ist sie abgehauen und hat mich eingeschlossen."
„Verdammt!" fluchte George.
„Du glaubst doch nicht wirklich, daß etwas an dem Diamanten gefährlich ist?"
„Nein, Charlie, ich glaube nicht mal, daß es ein Diamant ist, bevor mir das ein Juwelier bestätigt hat. Das, was mir Sorgen macht, sind die Nerven von Miss Lord. Wenn sie dir nichts vorgemacht hat, können wir nur hoffen, daß ihre Nerven halten. Sonst sitzen wir nämlich ganz tief ..."

„Ich verstehe", raunte Charlotte betroffen.
Nachdem sie fünfmal um den Hyde Park herumgefahren waren, stets darauf achtend, daß der Abstand zu Adele nicht zu klein oder zu groß wurde, änderte der kleine gelbe Punkt auf dem Bildschirm seine Richtung. Inzwischen war es kurz nach Mittag, und die stundenlange Verfolgung hatte die Polizisten hungrig, durstig und ein wenig müde gemacht.
„Da, jetzt biegt sie ab. Sie fährt runter nach Hammersmith. Gib Gas, sie hat ihr Auto stark beschleunigt."
„Vermutlich haben ihr die Spaghettis per Handy gesagt, wohin die Reise geht."
„Gut möglich, Nick. Und so wie sie Gas gibt, haben ihr die Spaghettis obendrein noch ein Zeitlimit gegeben."
„Verdammte Halunken!"
„Wo du recht hast, hast du recht, Charlie", murmelte Scotchford und starrte wie gebannt auf den Bildschirm.

9

Adele krallte ihre Hände um das Lenkrad, so schnell fuhr sie sonst nie. Einzig wenn der Drehzahlmesser in überaus hohe Regionen kletterte, was für Adele bedeutete, daß der Zeiger tiefrote Zahlen anzeigte, löste sie kurz die linke Hand und griff sich den Schalthebel. Hastig riß sie daran und knallte den nächsthöheren Gang hinein. Manchmal konnte sie das vor ihr fahrende Auto nicht einfach überholen und somit mußte sie mehr schalten, als ihr lieb war. Das Getriebe des Mazdas protestierte häufig metallischknarrend dagegen. Aber im Moment war das Adele völlig egal, denn sie mußte in spätestens einer Stunde in Newhaven sein, soviel Zeit hatten ihr die Verbrecher zugestanden. Was passieren würde, wenn sie zu spät ankäme, hatte ihr Veronica mit panischer Stimme bis in die letzte gräßliche Kleinigkeit geschildert, und Adele war davon angewidert. Ihr Blick fiel auf den hellbraunen Beifahrersitz aus Leder und das blaue Lapislazulikästchen mit dem Diamanten darin. Der Anblick erleichterte sie ein bißchen, denn bald würde sie es gegen ihre Freundin eintauschen können. Und das war gut so, auch wenn sie dazu eine unfähige Polizeibeamtin in ihrer Wohnung übertölpeln und einsperren mußte. Allein schon, daß ihr das gelang, zeigte Adele, wie eindeutig unfähig diese Polizeibeamten waren.

Endlich kam die Autobahnauffahrt, und kurz erinnerte sie sich an den letzten Mittwoch, als sie und das Fototeam die gleiche Auffahrt benutzten. Sie konnte es kaum glauben, was sich inzwischen für schreckliche Dinge in den fünf Tagen ereignet hatten. Inzwischen war Will tot und Veronica gekidnappt worden, und sie wurde von den Verbrechern gezwungen, über die Autobahn zu rasen und Scotland Yard abzuschütteln. Obwohl sich Adele beim letzteren sicher war, daß sie die lahmarschigen Beamten nicht verfolgten. Vermutlich würden diese immer noch versuchen einen idiotischen Nummerndechiffrierer zu besorgen, oder versuchen eine noch dümmere Attrappe des Wikingerdiamanten herzustellen, von dem sie nicht einmal wußten, wie er aussah.

Verärgert betätigte Adele die Lichthupe und trat das Gaspedal durch. Plötzlich kam ihr Manuele aus Mailand in den Sinn, als sie ihren Fahrstil irgendwie einordnen wollte, und das wechselvolle Panorama von Häusern, Wohnblocks und ganzen Quartieren an den Seitenfenstern vorbeihuschte, die manchmal ihren ursprünglichen dörflichen Charakter bewahrt hatten, obschon sie zum Moloch London gehörten.

Nach knapp einer Stunde und vor Newhaven piepste nervig ihr Handy, das mit ausgezogener Antenne neben dem Steinkästchen lag. Adele mußte das Tempo verringern, nahm das Handy und hielt es ans Ohr: „Hallo, hier Lord."

„Hallo, Miss Lord", meldete sich eine Männerstimme, welche eindeutig einen italienischen Akzent hatte und die Adele bis dahin unbekannt war.

„Sind Sie Signore Ludovisi?" fragte sie deswegen ängstlich nach.

„Wer weiß, Miss Lord? Ich lege auf Namen keinen so großen Wert – und vielleicht sollten Sie das in Ihrer Situation auch nicht tun."

Wütend schoß es durch Adeles Kopf: *Dreckiger Itaker!* Adele mußte sich zusammennehmen und ihre Wut und Angst unterdrücken. So schnell ging das nicht, erst als ihr das Bild der gefesselten und womöglich geknebelten Veronica ins Bewußtsein schlich, brachte sie es fertig: „Wie Sie meinen. Ich bin jetzt in Newhaven. Was soll ich jetzt tun?"

„Bene, Miss Lord. Bevor wir weitermachen, beantworten Sie mir eine Frage.

Haben Sie die Polizei abgeschüttelt, oder verfolgen die Bullen Sie?"

„Das habe ich doch bereits Veronica in London gesagt."

„Aber mir haben Sie es noch nicht gesagt. Allora, Miss Lord, kleben die Bullen an Ihnen?" beharrte Roberto energisch auf seiner Frage.

Vor Adele trat ein jugendlicher Radfahrer in die Pedalen, (Adele schätzte ihn als Schüler von vielleicht zehn Jahren ein) und beinahe hätte sie ihn übersehen.

Schnell trat sie auf die Bremsen und fuhr auf den linken Gehsteig, das Handy am Ohr verhinderte eine kontrollierte Fahrt.

„Nein, die Bullen kleben nicht an mir. Ich habe die Polizeibeamtin, die mich kontrollierte, in meine Wohnung eingesperrt. Danach bin ich mit meinem Mazda losgefahren, seitdem sah ich keinen Polizisten mehr, wie ich das Veronica schon gesagt habe."
„Molto bene, Miss Lord. Sie werden nun durch Newhaven durchfahren und dieselbe Landstraße benutzen, wie beim Fotoshooting. Ich vermute, Sie erinnern sich bestimmt noch an diese Straße?"
„Ja sicher, aber woher ...?"
„Machen Sie die Sache nicht complicato, Miss Lord. Nehmen Sie die Landstraße, genießen Sie die Aussicht auf das Meer, und wenn Sie an eine Abzweigung kommen, biegen Sie ab und fahren in Richtung Castle Plantain. Keine Sorge, es gibt dort einen Wegweiser, den Sie nicht übersehen können."
„Wieso ...?"
„Wenn Sie später beim Wald ankommen, sehen Sie eine zweite Kreuzung und einen weiteren Wegweiser, auf dem militärisches Speergebiet steht. Ignorieren Sie das Fahrverbot für Privatfahrzeuge und fahren Sie in den Wald. Im Wald werden wir Sie erwarten, Miss Lord."
„Was ist mit ...?"
„Ich gebe Ihnen exakt dreißig Minuten, Miss Lord, weil Sie die Landstraße schon kennen. Kommen Sie nicht zu spät, Miss Lord, meine Amici finden Ihre Freundin Veronica immer hübscher, und ich weiß nicht, wie das nach mehr als dreißig Minuten aussehen wird. Wenn Sie aber rechtzeitig mit dem Diamanten hier sind, werden Sie sie unbeschädigt zurückerhalten. Ich hoffe, Sie haben mich verstanden, Miss Lord", drohte Roberto.
„Vollkommen", bestätigte Adele leise und hörte wie der Kidnapper auflegte.
In ihrem Kopf überschlugen sich die Gedanken und ihre Platinuhr am Handgelenk zeigte dreizehn Uhr fünfundzwanzig. *Die dreckigen Itaker sind verrückt, das schaffe ich nie in einer halben Stunde*, dachte sie und ordnete sich wieder in den Stadtverkehr von Newhaven ein.

Ampeln und andere Verkehrszeichen hatten jede Bedeutung für sie verloren, als sie erneut zu überholen begann.

10

Carlo Calabretta spähte durch seinen Feldstecher. Er überblickte die sehr weiten Wiesen und die Landstraße, die seit der regnerischen Nacht zusehends trockener geworden war. Zusammen mit Giuseppe Banoso stand er zwischen mehreren übermannsgroßen Gebüschen am Waldrand, so daß man die Männer außerhalb des Waldes nicht sehen konnte. Der integrierte Distanzmesser des Leica-Feldstechers paßte sich dem Zielpunkt automatisch an, und Carlo wünschte sich, daß er so ein Ding schon in der Fremdenlegion gehabt hätte, damit einige Kommandos leichter und ohne größere Verluste abgelaufen wären.

Endlich sah er eine blasse Staubwolke aufsteigen, und kurz danach konnte er einen roten Mazda MX5 erkennen, der über die Landstraße jagte. Das Stoffverdeck des Mazdas war heruntergeklappt und der Distanzmesser zeigte 570 Meter an, als er die wehenden blonden Haare der Fahrerin erkannte: „Da kommt sie", sagte er und setzte den Feldstecher ab.

„Kommt sie alleine?"

„Es sieht ganz danach aus. Du gehst auf den Waldweg und stoppst die Ragazza. Ich bleibe vorerst hier und prüfe, ob wirklich keine Bullen kommen."

„Bene, Carlo. Ich hoffe, sie fährt mich nicht über den Haufen, so wie die rast."

Carlo hörte aus der Antwort von Giuseppe heraus, daß dieser vermutlich noch nie ein Auto zum Stehen gebracht hatte und ein wenig Anleitung brauchte. Er hingegen wußte, wie man jedes Fahrzeug stoppte, ob nun auf friedliche oder auf unfriedliche Art. Egal ob nun Zivilisten oder Rebellen in ihm saßen: „Bene, du stellst dich auf die Landstraße, ungefähr dreißig Meter vor dem Waldweg. Und du stellst dich so hin, daß dich die blöde Kuh schon von weitem sehen wird. Wenn sie ungefähr fünfzig Meter vor dir ist, hebst du deine rechte Hand und winkst ihr. In der linken Hand hältst du die Kalaschnikow, aber ziele nicht auf sie."

„Und was ist, wenn sie nicht anhält?"
„In dem Fall hebst du die AK und zielst auf ihren blöden Modelkopf. Wenn das sie nicht zum Stehen bringt, durchlöcherst du ihre Reifen. Capito?"
„Si, Carlo."
„Allora va!" befahl Carlo und Giuseppe trat aus dem Wald.
Der Mazda kam in einem mordsmäßigen Tempo auf ihn zu, doch Giuseppe machte genau das, was Carlo ihm aufgetragen hatte. Es funktionierte. Giuseppe löste den Griff um seine AK47 und ließ die Waffe an seiner Hüfte baumeln. Das Maschinengewehr hing an einem Lederriemen, den Giuseppe über die rechte Schulter umgebunden hatte. Der Motor des Autos wurde abgestellt, während Carlo sich neben Giuseppe platzierte.
„Miss Lord, was für ein Vergnügen, Ihnen wieder zu begegnen. Ich glaube, Sie werden es diesmal unterlassen, mich mit Tritten zu traktieren", begrüßte Carlo Adele und ging weiter zur Fahrertüre.
„Ich lege keinen Wert auf Ihr Vergnügen", antwortete Adele und nahm das Lapislazulikästchen vom Beifahrersitz. Sie schob den Deckel auf: „Hier ist Ihr verdammter Diamant. Wo ist Veronica?"
Zuerst verschlug es den Männern die Sprache, als sie mit staunenden Augen den riesigen Edelstein ansahen. Nach einer Weile entgegnete Carlo beeindruckt: „Ein netter Stein, den Sie da haben, Miss Lord. Legen Sie ihn wieder auf den Sitz, wir müssen Sie zuerst durchsuchen."
„Wie meinen Sie das, *durchsuchen*?"
Ein vorfreudiges Lächeln huschte über Carlos und Giuseppes Gesicht.
„Wir müssen sicher gehen, daß Sie nicht verkabelt sind, Miss Lord. Vielleicht ist es Ihnen auch in den Sinn gekommen, eine Waffe unter Ihrem braunen Minirock zu verstecken", spekulierte Carlo.
Giuseppe zog seine Augenbrauen in die Höhe und nickte zustimmend.
„Ich mag es aber nicht, betatscht zu werden."

„Und ich mag es nicht, von einem Model Tritte zu bekommen. Allora, Miss Lord, wollen Sie Ihre Freundin gesund wieder sehen oder nicht?" erkundigte sich Carlo und öffnete gleichzeitig so die Fahrertüre des Mazdas, als ob er darauf nur eine einzige Antwort erwarten würde; an seiner rechten Hüfte baumelte ebenfalls eine Kalaschnikow.

„All right, tun Sie, was Sie nicht lassen können!" fauchte Adele gereizt, schob den Deckel des Kästchens wieder zu, legte es zurück und stieg aus.

Carlo verzichtete auf eine Erwiderung und begann Adele unter den interessierten Blicken von Giuseppe abzutasten. Dieser zückte sein Handy und wählte. Sobald Carlo mit der Untersuchung fertig war, sagte er bloß: „Bene."

„Sie ist hier und sie ist sauber", sprach Giuseppe ins Handy, hörte zu und seine Mimik wurde ernst. „Du sollst sie hinfahren", informierte er Carlo, „ich bleibe hier."

Adele zupfte ihre Bluse und ihren Rock ärgerlich hastig zurecht, die großkalibrigen Waffen beeindruckten sie zwar, minderten jedoch nicht ihren Ärger.

„Steigen Sie ein, wir fahren zu Ihrer Freundin", kündigte Carlo an und warf den Feldstecher zu Giuseppe, der ihn dankbar auffing. Dann setzte er sich auf den Fahrersitz und wartete, bis Adele neben ihm eingestiegen war. „Wenn du irgendetwas siehst, benutz sofort dein Handy. Capito?"

„Ma certo, Carlo, du kannst dich auf mich verlassen."

„Hoffentlich, Giuseppe, hoffentlich", stieß Carlo zweifelnd aus und gab Gas.

Der Mazda preschte los und verschwand bald ganz im Wald.

Giuseppe fluchte in Gedanken, *maledetto bastardo!* Der hünenhafte Carlo vertraute (und traute) ihm immer noch nicht, sogar nach so vielen gemeinsamen Jahren im Dienst von Signore Ludovisi. Und er ließ es ihn bei jeder Gelegenheit rücksichtslos spüren. Irgendwann würde er es ihm heimzahlen, und der lange Lulatsch würde ein paar Meter unter der Erde ein stinkendes Stück Sumpf düngen. Genau

dorthin gehörte Carlo, nach der Meinung von Giuseppe – er gehörte eigentlich schon lange dorthin.
Weiter leise und ausdauernd fluchend, hielt Giuseppe den Feldstecher vor seine Augen. Es gab keinen Verkehr auf der Landstraße, wie vermutet, und wie bereits seit drei Stunden, die er und Carlo mit dämlicher Warterei verbracht hatten.
Es überraschte ihn, als auf einmal ein blauer Toyota Celica sichtbar wurde. Der Celica fuhr schnell über die Landstraße, aber er fuhr nicht so schnell, wie vorher der Mazda gefahren war. Der Fahrstil des Fahrers wirkte sehr sicher und sehr kontrolliert, ganz im Gegensatz zu Miss Lord. Giuseppe legte die linke Hand auf sein Handy, doch der Toyota verlangsamte das Tempo und stoppte schlußendlich, deswegen ließ er das Handy wieder los und zog seine Hand aus der Seitentasche seines italienischen Anzugs. Signore Ludovisi hatte ein Auge dafür, ob seine Angestellten stets korrekt gekleidet waren und spendierte seinen Männern jeden Monat einen maßgeschneiderten Anzug. Giuseppe fand, daß der Capo damit große Klasse zeigte, und daß es vollkommen richtig war, große Klasse zu zeigen.
Was den Fahrer veranlaßt hatte zu stoppen, wußte Giuseppe nicht, und zum Verdruß von Giuseppe hielt der Toyota in einer Distanz von 680 Metern, was sogar für den Leica-Feldstecher zu weit war, um den Fahrer genau zu erkennen. Natürlich wurde Giuseppe bei diesem Verhalten misstrauisch, und sein Verstand riet ihm beharrlich und eindringlich dazu, sein Handy zu benutzen. Jedoch nur solange, bis der blaue Toyota Celica langsam kehrt machte und nach Newhaven zurückfuhr.

11

Ungefähr zehn Minuten später trafen Carlo und Adele beim Halteplatz unterhalb der Burgruine ein. Auf dem Halteplatz stand der metallicbraune Mercedes, mit dem Veronica entführt worden war. Antonio Serini lehnte sich an ihn, stellte sich aber gerade hin, als der Mazda daneben parkiert wurde und die Insassen ausstiegen. Die Südländer wechselten einige kurze Worte, von denen Adele fast keine verstand. Antonio nahm seine AK47 von der Motorhaube des Mercedes, die er am Anfang seiner Pause darauf gelegte hatte; scheinbar störte Carlo dieser Umstand, vermutete Adele. In ihr verstärkte sich die Angst, denn sie war stets der Meinung gewesen, daß solche Waffen ausschließlich im Krieg verwendet wurden und nicht von x-beliebigen Verbrechern.

„Prego, Miss Lord, hier entlang", bat Carlo und zeigte zum steilen Weg der zur Burgruine hinaufführte. Der geteerte Weg war kaum zwei Meter breit und in einem überaus schlechten Zustand. An vielen Stellen waren kleine und große Löcher im Teer, und oftmals wuchsen Unkraut und ganze Sträucher darin. Ein normales Auto hätte ernste Schwierigkeiten gehabt, den Weg mit den Schlaglöchern hinaufzufahren.

Adele war froh, flache Schuhe angezogen zu haben, weil sie in Stöckelschuhen nicht weit auf dem Weg gekommen wäre. Trotz der flachen Schuhe blieb es hart, den Aufstieg zu meistern. Oben bei den verfallenen Mauern mußte sie zuerst verschnaufen. Das Lapislazulikästchen hatte je länger je mehr gewogen, und sie verglich sein Gewicht nun mit einem Rucksack voller Steine, dennoch hätte sie es niemals aus den Händen gegeben. Ihr Begleiter zeigte keine Anzeichen von Ermüdung, er mußte nicht einmal schwer atmen. Seine Kondition war der ihrigen weit überlegen, das zeigte sein hämisches Grinsen. Adele haßte es und sie haßte ihn. Sobald sie den Bunker sah, erinnerte sich Adele wieder an ihr Gespräch mit William Tower und daran, wie sie Vermutungen über jene geheime Anlage gemacht hatte, und sie wußte nun exakt, wo sie sich befand.

Vor der Eingangstüre des Bunkers standen ein übergewichtiger Mann, dessen weißgraue Haare sein gebräuntes Gesicht kontrastierten, und eine junge Frau in einem roten Kleid, die Adele gleich erkannte, es war Serena Rossi. Der Mann betrachtete sie abschätzend, Serena eher schuldbewußt.
„Miss Lord, es wurde Zeit, daß wir uns kennenlernen."
„Hallo, Signore Ludovisi – nehme ich an."
„Sie vermuten richtig, Miss Lord. Signorina Rossi kennen Sie ja bereits."
„Richtig", betätigte Adele und nickte Serena zu. Serena nickte ebenfalls.
„Wo ist meine Freundin Veronica?"
„Sie ist wohlbehalten in der Anlage, Miss Lord. Kommen Sie mit", forderte Roberto und ging voran in den Bunker. In der Kommandozentrale saß Veronica auf einem Stuhl, ihre Hände waren mit Klebeband hinter ihrem Rücken zusammengebunden. Marco Errani und Franco Belasi saßen auf dem Kommandopult, auch sie waren mit AKs bewaffnet. Als Adele eintrat, strahlte Veronicas Gesicht regelrecht vor Erleichterung und vor Freude. Adele konnte nicht anders, als zu Veronica hinzugehen und sie zu umarmen. Bei der innigen Umarmung flüsterte Adele in Veronicas Ohr: „Ich bin hier, Vron. Alles wird gut."
Veronica flüsterte zurück: „Danke, Adele. Danke vielmals."
Roberto Ludovisi störte die Umarmung der Freundinnen nicht, er richtete sich statt dessen an seine Wachmänner: „Geht raus zu Antonio, wir brauchen nicht mehr lange."
„Bene Capo", stimmten Marco und Franco gleichzeitig zu. Sie verließen den Bunker. Serena bekam von ihrem Capo ein kurzes Zeichen, das scheinbar vorher abgesprochen war, denn sie nahm eine bereitgelegte Schere und schnitt damit die Handfesseln von Veronica durch. Das Klebeband blieb hartnäckig haften und Veronica hatte große Mühe, bis sie es abgestreift hatte.
„War das wirklich nötig?"

„Ich denke schon, Miss Lord. Sie haben bereits Carlo auf den Rücken gelegt, wofür ich Ihnen übrigens meine Hochachtung aussprechen wollte. Es gibt nur wenige Leute, die Carlo jemals einen Tritt versetzen konnten. Darum wollte ich gar nicht erst ausprobieren, was für Überraschungen Ihre Freundin bereithält."
„Veronica kann kein Karate. Sie ist harmlos", betonte Adele vorwurfsvoll.
„Freut mich, das zu hören, Miss Lord. Und mit einer Kalaschnikow im Rücken muß man solche Aussagen nicht einmal überprüfen. Sie verstehen doch?"
„Ja, ich verstehe", meinte Adele leise.
„Genug der Höflichkeiten. Wie Sie sehen, ist Ihre Freundin wohlauf. Kommen wir also zum nächsten Teil unseres Handels. Legen Sie bitte das Kästchen mit dem Wikingerdiamanten auf das Pult dort."
Adele wunderte sich, warum der sogenannte Capo das nicht selber tat, befolgte jedoch seinen Wunsch. Sie zog den Schiebedeckel auf und nahm den Diamanten aus dem Lapislazulikästchen. Adele streckte ihm den riesigen Edelstein entgegen, worauf Ludovisi erschrocken zurückwich und sie so anschaute, als würde er jeden Augenblick damit rechnen, daß ein Blitz in sie einschlagen würde. Carlo Calabretta und Serena Rossi sahen Adele genauso merkwürdig an.
„Was ist los? Ach so, Sie glauben der Stein ist gefährlich", vermutete Adele und legte den Diamanten auf das demontierte Kommandopult. „Keine Angst, der Diamant ist nur gefährlich, wenn man ihn lange berührt", erklärte sie und merkte, daß sich die Italiener ein wenig entspannten.
„Im Grunde genommen sollten Sie gar nicht erst in der Lage sein, den Diamanten überhaupt zu berühren, Miss Lord. Jedenfalls laut den mittelalterlichen Pergamenten, die Doktor Rollo gefunden und untersucht hat."
„Doktor Rollo? Den habe ich völlig vergessen. Ich kann mich nur noch dunkel daran erinnern, was er mir im Flugzeug erzählt hat."

„Dann werde ich Ihrem Gedächtnis ein bißchen auf die Sprünge helfen", kündigte Roberto an, und es war unverkennbar, daß er diesen Satz schon seit frühster Jugend viele Male gesagt und gebraucht hatte; und es klang so, als ob er ihn bei undurchsichtigen Geschäften anwenden würde, die nicht ganz nach seinem Willen verliefen. „Doktor Rollo hat Ihnen im Flugzeug von dem Wikingerdiamanten erzählt, obwohl er schweigen sollte. Der Idiota hat Ihnen darüber hinaus von den unerklärlichen Fähigkeiten des Diamanten erzählt."
„Nein, hat er nicht. Er sagte bloß, daß der Diamant solche Fähigkeiten haben könnte. Was das für Fähigkeiten sind, hat er nicht gesagt."
„Bene, Miss Lord, belassen wir es dabei. Jedenfalls steht in den Pergamenten, daß der Diamant göttliche Schläge austeilen soll, und zwar jedem, der nicht von königlichem Blute sei – also stimmt irgendetwas nicht mit dem Stein."
„Hören Sie mir zu, Signore Ludovisi, als ich den Diamanten bei mir zu Hause in die Hände nahm, bin ich in eine Art Bewußtlosigkeit gefallen. Ich wußte nicht einmal mehr, wer ich bin oder wo ich war. Eine Polizeibeamtin mußte mich wachrütteln, sonst wäre ich möglicherweise nie mehr aufgewacht. Wenn Ihnen das nicht als Beweis reicht, weiß ich auch nicht mehr."
„Sie kann unmöglich die richtige ...", unterbrach Serena völlig baff.
„Es scheint aber so", widersprach Roberto.
„Wieso fassen Sie den Stein nicht selber an, dann werden Sie schon merken, ob der Stein echt ist", betonte Adele verständnislos.
„Vor Ihrer Erzählung hätte ich das unter Umständen getan, Miss Lord. Aber nach Ihrer Erzählung wird sehr wahrscheinlich niemand mehr den Diamanten anfassen wollen."
„Das ist Ihr Problem, Signore Ludovisi. Ich habe Ihnen prompt den Diamanten gebracht, also geben Sie Veronica frei und lassen Sie uns gehen."

„Ich habe Ihnen Ihre Freundin unbeschädigt zurückgegeben, von freilassen habe ich aber nie gesprochen. Sie sollten besser zuhören, wenn Sie Verhandlungen führen, Miss Lord", verhöhnte Roberto Adele.

12

Mitten am Nachmittag hatte sich der Montag endgültig zu einem freundlichen Tag entwickelt, so kam es Giuseppe jedenfalls vor, als er die milden Sonnenstrahlen genoß, die auf sein Gesicht und auf die Motorhaube des Alfas fielen. Der Rest des Autos wurde nur schwach angestrahlt, weil es unter dem Blätterdach des Waldes stand. Giuseppe war langsam in einen friedlichen Dämmerzustand gefallen, den er manchmal unterbrach, indem er einige Schritte herumspazierte und durch den Leica-Feldstecher über die ausgedehnten Wiesen spähte. Seit zweieinhalb Stunden tat er das, und es ereignete sich überhaupt nichts. Bloß das andauernde Vogelgezwitscher blieb, das ihn danach erneut eindämmern ließ.
Weit entfernt hörte er kurz einen Ton, welcher nicht zu den Singvögeln passen wollte, der aber sofort wieder wie ein Echo verschwand. Er griff zum Handy und war fast sicher, daß sein Capo jeden Moment anrufen und ihm sagen würde, daß die Aktion beendet war. Daß es zurück ins warme Italien ging. Zurück zu gutem Essen, herrlichem Wetter und lebensfrohen Landsleuten. Doch statt dessen kam dieser heulende Ton wieder – und diesmal wesentlich lauter und beständiger. *Könnte ein Krankenwagen sein*, dachte Giuseppe zuerst in seiner Muttersprache und riß den Feldstecher vor seine Augen. Aber bei der Vielzahl von Sirenen verwarf er diesen Gedanken sehr schnell. Und als er die noch kleine blinkende Fahrzeugkolonne sah, die staubaufwirbelnd über die Landstraße auf ihn zukam, da drückte er hastig und panisch zugleich eine Telefonnummer ins Handy. Er schrie etwas kaum Verständliches hinein, öffnete die Autotüre und warf sich regelrecht in den roten Alfa Romeo.

13

Die Spitze der Fahrzeugkolonne bildete ein blauer Toyota Celica. Hinter ihm fuhren fünf Wagen der Stadtpolizei von Newhaven, danach drei Wagen der Kriminalpolizei der Grafschaft West Sussex und am Ende vier Wagen der benachbarten Grafschaft East Sussex. Beim Waldanfang verlangsamte die Kolonne kaum merkbar und die Sirenen heulten wie eine aufziehende Gefahr durch die engen Baumreihen. Jedes Wildtier in der Nähe ergriff erschrocken die Flucht ins dichte Unterholz. Nach genau acht Minuten erreichten der Toyota und die Polizeiautos den Halteplatz unter der Burgruine. Die Wagen verteilten sich strategisch über den ganzen ovalen Platz, so daß sie jeden Winkel gut abdecken konnten. Im Zentrum des Platzes standen der Mazda, der Mercedes und der Alfa Romeo. Scotchford, Warton und Angel stiegen aus dem Toyota. Sie marschierten mit gezogenen Dienstpistolen auf den Mazda zu, als ihnen das typische *tak tak tak* von Kalaschnikows entgegenschlug. Projektile durchsiebten den Mazda vor ihnen und hinterließen häßliche kleine Löcher im Metall.

„In Deckung! Geht in Deckung!" schrie George und rannte zurück zum Celica. Nick und Charlotte taten es ihm gleich und suchten gemeinsam Schutz hinter dem Toyota. Inzwischen wurden die Scheiben des Mazdas zerschossen. Die Scheiben zersplitterten und ihre kleinen Scherben flogen träge zu Boden. Auch die Polizeibeamten von Newhaven und der betroffenen Grafschaften East- und West Sussex suchten Schutz hinter ihren Streifenwagen. Einige waren sogar mit Maschinenpistolen bewaffnet, verzichteten aber darauf, das Feuer zu erwidern, da scheinbar ausschließlich auf den Mazda geschossen wurde.

John Steeler, der Polizeichef von Newhaven, der für die Verstärkung aus den Grafschaften gesorgt hatte, kauerte ungefähr zehn Meter von Scotchford entfernt bei seinem Einsatzfahrzeug der Stadt Newhaven. Steeler war achtundvierzig Jahre alt, schwarzhaarig, einen Meter fünfundsiebzig groß und sein Bierbauch hing ein wenig über

den Gürtel seiner makellos gebügelten Diensthose. Er handelte rasch, als ein Polizeikollege aus London anrief und von einem Kidnapping und einer anschließenden Verfolgung berichtete, die sich von London in seine Stadt verlagert hatte, und danach auf militärisches Speergebiet, was die ganze Sache noch weitaus brisanter machte. Sein sonst kompetent ausschauendes Gesicht drückte momentan Bestürzung aus, weil es nicht allzu oft vorkam, daß er unter Beschuß genommen wurde. Genau genommen, war das in seiner Polizeikarriere nur dreimal vorgekommen, aus weiter Entfernung – und verteilt über mehr als zwanzig Dienstjahre. Aber mit einer solchen Heftigkeit und mit Kalaschnikows hatte bis jetzt noch niemand auf ihn geschossen. Dagegen wirkten die drei Male, die ein paar Ganoven und ein Heroinjunkie auf ihn geschossen hatten, wie ein Streit auf einem beschaulichen Kindergartenspielplatz.
„Kommen Sie hierher!" rief ihm der Inspektor aus London zu und winkte.
Das Mündungsfeuer war langsam verstummt. Der Mazda glich einem Wrack, bestenfalls noch gut für den nächstgelegenen Autofriedhof.
„Okay, ich komme rüber!" rief er retour. Geduckt schlich er bis zum Ende des Einsatzfahrzeugs und spurtete los, immer damit rechnend, daß die Kalaschnikows wieder metallisch losrattern würden. Doch es blieb totenstill. Hinter dem blauen Toyota Celica kauernd, bellte er Scotchford an: „Was sind das für gottverdammte Verrückte? Sie haben mir nicht gesagt, daß wir es hier mit Wahnsinnigen zu tun haben!"
„Dafür haben wir die Constables angefordert. Glauben Sie, wir haben das nur aus Spaß getan?" konterte George.
„Nein, natürlich nicht. Trotzdem bereue ich es schon, daß ich Ihnen das Kommando überlassen habe!" geiferte Steeler.
„Jemand hat die Itaker vorgewarnt, sonst würden wir jetzt hier nicht auf dem Präsentierteller sitzen. Wahrscheinlich hatten sie eine Art Wachposten am Waldanfang aufgestellt. Der Kerl muß sie gewarnt haben."

Steeler entgegnete Scotchford darauf nichts, er betrachtete ihn und seine Begleiter vorerst nur anklagend ärgerlich. Er löste seine Krawatte und sagte: „Wir haben zu hastig und zu übereilt reagiert. Wir hätten den Einsatz zuerst besser planen sollen – die Fakten und Gegebenheiten besser abklären sollen."
„Sie arbeiten vermutlich schon lange als Polizeichef."
„Was wollen Sie damit andeuten, Inspektor Scotchford?"
„Ich will damit andeuten, daß Sie als Politiker gute Chancen hätten."
„Ich weiß nicht, worauf Sie hinauswollen?"
„Ich will damit sagen, daß Polizeiarbeit meistens Teamarbeit ist, und daß jede Teamarbeit größtenteils auf Improvisation beruht. Als Polizeichef reicht es hingegen, seiner Sekretärin zu sagen, sie soll einen neuen Termin vereinbaren. Und bei den Halunken da oben gibt es keinen neuen Termin."
„Ich verstehe, Inspektor Scotchford. Trotzdem bin ich nicht Ihrer Meinung. Wir sitzen hier in einer Sackgasse und werden zusätzlich schwer beschossen."
„Nicht *wir* werden beschossen, sondern der Mazda. Wenn uns die Itaker tatsächlich treffen wollten, dann hätten sie uns getroffen. Kalaschnikows wurden nicht zum Danebenschießen entwickelt."
John Steeler wunderte sich, warum Scotchford so ruhig blieb. Jedoch fand er seine Vermutung einleuchtend. Er überlegte einen Augenblick. „Sie glauben also, daß uns die Kidnapper damit nur einschüchtern wollten?"
„Richtig, Chief Steeler, die wollten uns bloß warnen. Eine Warnung, die sagte, bis hierher und nicht weiter, sonst werdet ihr durchlöchert wie das Auto."
„Das verändert unsere missliche Lage aber nicht."
„Ganz im Gegenteil. Wir haben jetzt die Gelegenheit, Castle Plantain zu umstellen und Verstärkung anzufordern. Vielleicht gelingt es uns sogar, eine Spezialeinheit aufzutreiben, die den Itakern richtig einheizt."
„Dachten Sie dabei an eine militärische Einheit?"

Scotchford verstand die Frage von Steeler nicht genau, bis ihm wieder in den Sinn kam, daß sie sich auf militärischem Speergebiet befanden und seine Frage durchaus berechtigt war: „Nein, eigentlich nicht. Aber wenn es sein muß, teile ich meine Lorbeeren auch gerne mit dem Militär."
„Gut, ich werde sehen, was ich tun kann. Was schlagen Sie sonst noch vor?"
„Gehen Sie zurück zu Ihren Leuten, lassen Sie die Streifenwagen weit außer Schußweite fahren und fordern Sie danach Verstärkung an. Aber vor allem, sichern Sie den Hügel nach allen Seiten ab."
„Das ist nicht möglich."
„Was ist nicht möglich?" erkundigte sich George verwundert.
„Den Hügel nach allen Seiten abzusichern. Die hintere Seite des Hügels fällt rund fünfzig Meter steil bis zum Meer hinab."
„Okay, dann sichern Sie die drei anderen Seiten ab. Ich nehme nicht an, daß die Spaghettis wegschwimmen wollen."
„Das nahm ich auch nicht an, Inspektor Scotchford, ich wollte Sie bloß informieren", reagierte Steeler ein wenig gereizt.
„Verzeihung, Chief Steeler, der Fall geht mir so langsam an meine Schmerzgrenze."
„Bei wem tut er das nicht?" erwiderte Steeler.
Scotchford nickte zustimmend. Sergeant Warton und Angel taten es ihm nach.
Als Steeler geduckt zurückgespurtet war und die Dienstfahrzeuge den ovalen Halteplatz verlassen hatten, öffnete Scotchford die Autotüre vor sich. Er nahm ein batteriebetriebenes Megaphon aus dem Toyota. Zuerst überprüfte er, ob das Megaphon überhaupt noch funktionierte, weil er es seit langer Zeit nicht mehr gebraucht hatte. Wann es zuletzt gewesen war, daran konnte sich Scotchford gar nicht mehr erinnern. Er hatte jedoch irgendeine Vorahnung gehabt, daß es beim Kidnapping unter Umständen zum Einsatz kommen würde und hatte es deswegen am Morgen aus dem Kofferraum seines Fords genommen. Es summte leise, als er den grünen Knopf am Megaphon drückte. Er blies auf den Lautsprecher, und es hörte

sich so an, als ob ein Riese blasen würde: „Funktioniert einwandfrei. Wundert mich, daß die Batterien so lange gehalten haben", kommentierte er dazu.

„Weißt du schon, wie du mit den Kidnappern verhandeln willst? Sollten wir nicht lieber auf die Rückkehr von Chief Steeler warten?" fragte Charlotte.

Scotchford fühlte sich plötzlich unwohl in seinem Tweedanzug, deswegen zog er ihn aus und warf ihn auf den Vordersitz des Toyotas, bevor er die Türe endgültig schloß. „Nein, weiß ich nicht. Mir wird schon etwas einfallen. Und Chief Steeler soll seinen Job tun – ich tue meinen", antwortete George. Er stand auf:

„Hier spricht die Polizei! Wir haben den Burghügel umstellt! Lassen Sie die Waffen fallen und kommen Sie mit erhobenen Händen heraus!" sprach George in das Megaphon, und für einen oder zwei kurze Augenblicke glaubte er, daß sein Befehl befolgt werden würde. Doch dann sah er weit oben zwischen den schattigen Mauerresten der ehemaligen Burg neue Mündungsblitze und duckte sich so schnell er konnte. Gleichzeitig schlugen die ersten Kugeln in den Mercedes ein und verwandelten den Mittelklassewagen in ein gleiches Wrack wie den Mazda.

„Ich hätte wirklich gestaunt, wenn die den Alfa beschossen hätten", meinte Nick ironisch, was George und Charlotte staunen ließ.

„Du bist verdammt kaltblütig", lobte Charlotte ihn anerkennend.

„Nur realistisch. Ich vermute die Itaker glauben nicht, daß sie verloren haben."

„Das würde allerdings nicht zu Ludovisi passen. Jedenfalls nicht zu seinem bisherigen Vorgehen und zu seiner Akte von Interpol. Vielleicht habe ich auch die falschen Worte gewählt", spekulierte George nachdenklich.

„Worte nützen da nichts. Der ehrenwerte Signore Ludovisi hat wahrscheinlich schon so lange nicht mehr verloren, daß ihm gar nicht mehr bewußt wird, wann er verloren hat und wann es besser wäre, aufzugeben."

„Vielleicht, Nick. Immerhin steht viel für ihn auf dem Spiel. In England werden ihn seine Anwälte nicht so einfach rausboxen können. Dennoch paßt irgendetwas nicht ins Bild", zweifelte George.
„Versuch es doch noch einmal mit dem Megaphon. Schließlich haben die Kidnapper bis jetzt gar keine Forderungen gestellt", schlug Charlotte vor.
Forderungen, hallte es wiederholend durch das Gehirn von Scotchford. *Forderungen*, nach was oder für was? *Forderungen* stellte man normalerweise als Kidnapper gleich bei der ersten Gelegenheit. Und schlagartig wußte er, was nicht stimmte, was nicht ins Bild paßte: „Die Itaker spielen auf Zeit", stieß er überrascht aus.
Nick und Charlotte schauten ihn an, schauten sich gegenseitig an und schüttelten ihre Köpfe.
„Nein, die Itaker spielen nicht auf Zeit. Warum sollten die das tun? Ich bin mir ziemlich sicher, daß wir sie überrumpelt haben, und daß die Spaghettis nicht mehr wissen, was sie tun sollen. Deshalb schießen die wie wild um sich", erläuterte Nick.
„Stimmt. Ich meine, wie sollten die von da oben wegkommen?"
„Richtig, Charlie. Die Itaker könnten höchstens versuchen, sich ihren Weg freizuschießen. Und wenn unsere Verstärkung hier ist, haben sie nicht einmal mehr diese Möglichkeit. Die sitzen da oben in der Falle."
Scotchford hörte sich die Einwände seiner Kollegen an, aber sein Bauchgefühl lehnte jeden davon kategorisch ab, bevor er überhaupt darüber nachdachte. Nur *von da oben wegkommen* schwebte leuchtend durch seine Gedanken, ähnlich einem blendenden Strahl eines Scheinwerfers, der die tiefschwarze Nacht durchdringt. Aber der Strahl fand sein Ziel nicht: „Okay. Ich versuche es noch mal mit dem Megaphon", sagte er unwillig. Er stand erneut vorsichtig auf – sehr vorsichtig und sehr langsam. Schweißflecken verfärbten sein vanillefarbenes Hemd über der Brust und unter den Achselhöhlen dunkler. Scotchford preßte das Megaphon gegen seinen Mund: „Hier spricht die Polizei! Hören Sie auf zu schießen, werfen Sie die Waffen fort und kommen Sie mit erhobenen Händen heraus! Jeder

Widerstand ist zwecklos! Ich wiederhole, der Hügel ist großräumig umstellt. Geben Sie auf und kommen Sie mit Ihren Geiseln herunter!"

Auch dieses Mal kam keine Antwort, es wurde nicht einmal geschossen. Das fanden die Polizeibeamten allerdings gut. Wahrscheinlich würden die Kidnapper beraten, wie sie sich am besten ergeben konnten, dachten Nick und Charlotte. Nach drei Minuten Ruhe erhoben sie sich ebenfalls. „Die haben eingesehen, daß sie verloren haben", verkündete Nick. „Die kommen gleich herunter, ihre Hände in die Höhe gestreckt", ergänzte Charlotte. Scotchford war weniger zuversichtlich.

Tak tak tak tak tak tak tak tak tak tak tak tak tak tak tak tak tak tak tak tak tak tak tak tak tak tak tak tak!

Der rote Alfa Romeo wurde vor ihren Augen zerschossen. Die Reifen zerplatzten jeweils mit lautstarkem Knall. Die Scheiben zerbarsten in tausende Scherben, deren Splitter wuchtig in den unmöglichsten Flugbahnen durch die Luft sausten. Das *pling pling pling* unzähliger Projektile ließ den Alfa für eine kurze Zeit lang regelrecht erzittern und einige fielen danach neben oder unter das Auto. Die Polizisten warfen sich hinter den Toyota, die Arme schützend über ihre Köpfe geschlagen. Der Kugelhagel brach ab.

„Verdammte Itaker! Gottverdammte Itaker!" schrie Nick wütend. Charlotte sah ihn angsterfüllt und verstört an. Scotchford blutete aus seinem rechten Arm.

Es roch nach Benzin. Der rücksichtslose Beschuß der Kalaschnikows hatte den Kühlergrill des Alfas zerfetzt und aus dem dunklen Loch, welches er vorher abdeckte, rann nun ein dünner durchsichtiger Rinnsal, der auf dem Kiesboden eine kleine grünliche Pfütze bildete. Die Pfütze vergrößerte sich zusehends und erreichte eines der heißglühenden Projektile knapp vor der löchrigen Stoßstange. Das Benzin entzündete sich in einer zischenden gelbroten Stichflamme, die sich augenblicklich in den Motorblock und in den Benzintank weiterfraß. Als sie im Tank ankam, explodierte der Treibstoff wie Dynamit und hob den Alfa zuerst einen Meter in die Höhe, bevor

die Explosion den Wagen zerriß. Einzelteile flogen in alle Richtungen davon und ein Trümmerregen aus Metall, Gummi, Glas und Plastik fiel auf den Halteplatz. Die ohrenbetäubende Explosion dröhnte in den Ohren der Polizisten weiter, so daß sie glauben, ihre Trommelfelle wären geplatzt. Vom Alfa war bloß noch ein angesengtes Gerippe übrig, dessen dicker schwarzer Rauch gegen den Himmel aufstieg.
„Wir müssen verschwinden!" schrie Nick, weil er glaubte, sonst nicht gehört zu werden. Er riß die Türe des Toyotas auf, und George und Charlotte krochen mehr in den Wagen, als daß sie einstiegen. Bei der Explosion waren die linken Seitenfenster und das Vorderfenster des Toyotas gesplittert, und Nick sah kaum noch, wohin er fuhr, währenddessen er den Motor des Celicas aufheulen ließ. Sie waren rund vierzig Meter gefahren, da donnerte es erneut zweimal kurz hintereinander, und sie wußten, daß der Mercedes und der Mazda in die Luft geflogen waren. Gut fünfzig Meter weiter erreichten sie die Absperrung, bei der sich Polizeichef Steeler und die restlichen Polizisten versammelt hatten. Das heißt ein Teil von ihnen, der größere Teil war mit den Streifenwagen in den Wald gefahren und sicherte den Burghügel gegen Norden und Süden ab. Der blaue Toyota, in dessen linker Seite einige spitze Metallteile von der Explosion des Alfas steckten, hielt vor den zwei Einsatzfahrzeugen der Stadt Newhaven, welche die Straße versperrten.
„Was zum Teufel ist da explodiert?" fragte Steeler Scotchford, bis er das Blut am Oberarm des Inspektors sah, der inzwischen ausgestiegen war. „Großer Gott! Sind Sie verletzt?"
„Sieht das nach Malen-nach-Zahlen aus?" erkundigte sich George sarkastisch und hob seine linke Hand, die vorher den Oberarm abdeckte. Darunter kam eine klaffende Fleischwunde zum Vorschein, deren frisches Blut sein Hemd durchtränkte. Es war ihm nicht klar, woher er die Kraft für den Sarkasmus hernahm, denn etwas in seiner Schulter brannte wie glühendes Feuer.
„Ach du Scheiß...! Sorry Inspektor, ich besorge einen Erste-Hilfe-Koffer. Die Verstärkung ist übrigens im Anmarsch. Wir haben jetzt

schon zwanzig zusätzliche Wagen aufgeboten. Leider bekam auch die Presse Wind davon."

„Ist mir egal, Chief Steeler. Die Itaker haben die Autos in die Luft gejagt. Lassen Sie die Army ruhig kommen. Am besten hundert Panzer, die diese elenden Spaghettis aus der verdammten Ruine herausbomben."

„Wohl eher die Navy. Der Stützpunkt gehörte ursprünglich der Navy", korrigierte John Steeler und Scotchford riß erstaunt seine Augen auf.

„Der Navy?"

„Ja Inspektor, der Navy. Und die Navy-Leute von Eastbourne waren gar nicht erfreut, als sie erfuhren, daß ein paar Mafiosi ihren stillgelegten Stützpunkt benutzen. Sie schicken uns einen Zerstörer und dreißig Navy-Infanteristen, die in rund vier Stunden hier sein sollten", erklärte Steeler.

„Gut. Das sind endlich einmal gute Neuigkeiten", meinte Scotchford. Er sah wie im Hintergrund ein Übertragungswagen von *Planet-TV* den Waldweg hinauffuhr und bei den abgestellten Polizeiautos anhielt. Ein Fernsehteam und Pressefotografen stiegen aus. Warum sie nur ein Fahrzeug benutzten, war ihm unklar, wahrscheinlich hatten sie sich abgesprochen. „Halten Sie mir diese Geier vom Hals!" forderte er und zeigte auf die neugierig herumblickenden Journalisten. Erste Fotos wurden geschossen.

„Keine Sorge, meine Constables lassen niemanden durch", versicherte Steeler.

Charlotte hatte unterdessen den Erste-Hilfe-Koffer erhalten. Der Koffer war weiß und ein rotes Kreuz prangte zentriert auf dem Kofferdeckel. Sie gab ihn zuerst Nick und untersuchte die Wunde von Scotchford: „Könnte ein Glassplitter sein, deshalb blutet es so stark. Das Ding sitzt zu tief, da muß ein Arzt ran", kam sie zum Schluß.

„Bist du Krankenschwester?"

„Nein, George, aber wenn sogar so ein Laie wie ich das merkt, solltest du auf mich hören. Jetzt halt still, ich muß die Wunde desinfizieren und gut verbinden. Und wenn es weh tut, bedank dich

bei unserer hervorragenden medizinischen Grundausbildung beim sechzehnten Revier", faßte Charlotte zusammen.
„Ich lache später", entgegnete George trocken.
„Ich lasse einen Krankenwagen kommen", kündigte Steeler an. Nick streckte seinen Daumen als Bestätigung in die Höhe. Steeler drehte sich um und ging in Richtung Journalisten davon. Charlotte riß das Hemd von Scotchford am Oberarm auf und legte die Wunde frei. Nick hatte sie dabei beobachtet und gab ihr ein Fläschchen Jod und einen Wattebausch aus dem Erste-Hilfe-Koffer.
„Steeler will vermutlich gleich ein ausführliches Interview geben, dieser …", spottete George, bis Charlotte die Wunde mit dem Wattebausch abtupfte und er verstummte. Seine verzerrte Mimik sagte alles, obwohl er keinen Laut von sich gab.
„Ja, ist wirklich merkwürdig, wie schnell die Presse hier angetanzt ist. Normalerweise tauchen die erst auf, wenn die Sache gelaufen ist. Glaubst du, daß Chief Steeler tatsächlich damit etwas zu tun hat?" fragte Nick, er wollte Scotchford von seinen Schmerzen ablenken.
„Ich kenne Steeler noch nicht lange, aber wenn er sich als Polizeichef profilieren will oder politische Ambitionen hat, dann ist das die allerbeste Gelegenheit. Die Presse war ganz sicher zu schnell hier", bestätigte George.
„Wenigstens hat er die Navy gleich alarmiert. Ich kann mir bloß nicht vorstellen, für was die Navy den Stützpunkt auf der Ruine benutzt hat. Von da oben kann man höchstens Tontauben schießen und keine Schiffe versenken", fand Nick.
Charlotte hatte den Verband fertiggestellt und Nick legte den Erste-Hilfe-Koffer auf die Motorhaube des Einsatzfahrzeugs der Stadt Newhaven. Scotchford strich kontrollierend mit seiner linken Hand über den Verband, das Brennen der Wunde hatte sich ausgeweitet. Sein ganzer rechter Arm brannte so, als würde ätzende Säure durch ihn fließen. Zusätzlich fühlte sich der Arm seltsam taub an, was Scotchford sehr beunruhigte und ihm klarmachte, daß er tatsächlich einen Arzt benötigte. Wenn der ausufernde Fall noch irgendwie gut ausgehen sollte, mußte er nun die Befehlsgewalt an Nick über-

geben. Denn mit seinem kaputten Arm würde er nicht einmal mehr seine Dienstwaffe heben können. Und einen klaren Gedanken zu erfassen, war bei diesen Schmerzen ebenso unmöglich. Es fiel ihm ganz und gar nicht leicht, trotzdem wandte er sich an Nick: „Du solltest den Fall jetzt übernehmen, ich bin zu schwer angeschlagen. In meiner Verfassung würde ich euch höchstens behindern."
„All right. Der Fall ist sowieso bald abgeschlossen. Die Itaker werden sich ergeben, spätestens wenn wir und die Navy auf sie schießen."
Scotchford wußte, daß sich Nick den Ausgang des Falls zu einfach vorstellte, wollte ihn jedoch nicht zurechtweisen, das würden der weitere Verlauf und die Verhandlungen mit den Spagettis vermutlich schon tun. Das Wort *Verhandlungen* hallte wie zuvor das Wort *Forderungen* in seinem Gehirn. Ohne *Forderungen* gab es keine *Verhandlungen*, und ohne *Verhandlungen* konnte sich der Fall zu einer *Katastrophe* entwickeln.
John Steeler unterbrach seine üblen Vorahnungen, als der Polizeichef von den Presseleuten zurückkehrte. Sofort informierte er Scotchford: „Ein Krankenwagen vom Garland Hospital ist unterwegs. Ich sehe, daß Sergeant Angel Sie bereits verarztet hat. Ich hoffe, die Schmerzen sind zu ertragen."
„Danke für den Krankenwagen, Chief Steeler. Ertragen kann ich die Schmerzen, aber meinen Dienst kann ich damit nicht mehr ausüben. Deswegen übernimmt Sergeant Warton den Fall für mich. Ich glaube, Sie verstehen das."
„Vollkommen, Inspektor Scotchford. Vollkommen."
„Doch bevor ich das tue, möchte ich von Ihnen wissen, warum die Presse so verdammt schnell in unsere Arbeit pfuschen kann, und wieso die Royal Navy einen Stützpunkt achtzig Meter über dem Meeresspiegel braucht?"
Das Gesicht von Steeler nahm einen anerkennenden Ausdruck an. Ein Inspektor, der seinen Beruf über seine Schmerzen stellte, verdiente seine Hochachtung.
„Ich habe mich selbstverständlich genau das Gleiche gefragt, Inspektor Scotchford. Wenn mir nämlich etwas missfällt, dann sind

das undichte Stellen bei meiner Polizei. Glücklicherweise habe ich eine alte Bekannte bei unserem Regionalsender *Planet-TV*. Sie ist dort die stellvertretende Aufnahmeleiterin. Man könnte sie auch als Jugendliebe von mir bezeichnen. Wir gingen nämlich zusammen auf die gleichen Schulen, daraus ist dann im Laufe der Schuljahre so etwas wie eine verliebte Schwärmerei entstanden."

„Höchst interessant, Chief Steeler. Höchst interessant. Nur leider fällt mir mein Arm so langsam ab."

„Tut mir leid, ich vergaß Ihre Verletzung."

Scotchford biß seine Zähne zusammen und nickte.

„In dem Fall will ich es kurz machen. Die Presse war so schnell hier, weil sie einen Tip bekommen hat, sagte mir Sandra."

„Und hat Ihnen Sandra auch erzählt, wer den Tip gegeben hat?"

„Nein, Inspektor, der Kerl hat seinen Namen nicht genannt. Sandra sagte bloß, er habe einen starken italienischen Akzent gehabt. Sie hat den Anruf nicht persönlich entgegengenommen, darum wußte sie nicht mehr."

Die drei Polizeibeamten aus London schauten sich fassungslos an. Charlotte brach schließlich das Schweigen: „Nein, das ist nicht wahr, das ergibt überhaupt keinen Sinn", raunte sie ungläubig.

„Es muß so sein. Für den Anruf kommen bloß die Itaker da oben in Frage", widersprach Nick, obwohl er den Grund für so einen aberwitzigen Telefonanruf nicht verstehen und noch weniger begreifen konnte. Denn wer würde sich schon freiwillig ans Messer liefern?

Scotchford forderte Steeler auf: „Und der Stützpunkt? Was wissen Sie über den Stützpunkt der Navy?"

„Der Stützpunkt ist in unserer Gegend eigentlich ein offenes Geheimnis. Vermutlich hat die Navy ein militärisches Speergebiet daraus gemacht, weil er sonst ganz abgerissen worden wäre. Einige Navy-Generäle dachten sich wahrscheinlich, daß man solche Stützpunkte irgendwann wieder nötig hat."

„Chief Steeler, mein Arm fühlt sich tot an, ich tippe auf Blutvergiftung. Solange ich noch gerade stehen kann – *für was hat die dämliche*

Navy den verdammten Bunker gebraucht?" stieß George ärgerlich aus.

John Steeler musterte ihn ein wenig beleidigt, seine Vorahnung von Polizeibeamten aus der entfernten Hauptstadt London hatte sich bewahrheitet; sie waren alle hochnäsig und besserwisserisch, gingen auf keine regionalen Besonderheiten und Gegebenheiten ein. Dieser Scotchford war ein typisches Exemplar davon. Eine kleine Verletzung, und der Lack war ab.

Ohne Betonung erklärte er: „Für U-Boote. Die Navy hat den Stützpunkt für einige Neukonstruktionen von U-Booten verwendet. Der Großteil der Anlage ist in den Hügel unterhalb von Castle Plantain gebaut, so daß sie nicht einsehbar ist. Es soll eine Art Tunnel oder Höhle geben, dadurch konnten die U-Boote in den Stützpunkt fahren."

„Ach, die U-Boote konnten unter Wasser in den Stützpunkt fahren?"

„Nein, Sergeant Warton, der Tunnel soll teilweise über der Wasserlinie sein und soll nur bei Ebbe überhaupt sichtbar sein. Ich hatte nie die Gelegenheit, ihn zu besichtigen. Der Tunnel ist über Land nur sehr schwer zugänglich. Sie hätten weniger Mühe, wenn sie mit einem Boot vor die Klippen ...", brach er ab. Und augenblicklich wurde allen klar, was die Italiener vorhatten.

„Die Spaghettis spielen auf Zeit, ich wußte es!" stellte George erfreut fest.

„Woher sollen die Mafiosi ein Boot herhaben?" zweifelte Steeler.

„Woher sollen sie es nicht herhaben?" konterte George. Und befahl: „Nick, Charlotte, rennt zu den Klippen! Die erwischen wir!"

Nick und Charlotte rannten los, gefolgt von drei Constables der Stadt Newhaven, welche Polizeichef Steeler ihnen als Schutz mitgab. Sie wollten den Burghügel in südlicher Richtung umgehen, kamen jedoch nicht besonders schnell vorwärts, weil das Unterholz zu dicht war und am späten Nachmittag keine gute Sicht im Wald herrschte. Bald liefen sie an den Polizisten vorbei, die den Befehl hatten, den steilen Burghügel zu beobachten und wenn nötig, das

Feuer zu eröffnen. Ihre Einsatzwagen standen in einem Abstand von jeweils rund dreißig Metern verteilt. Einige zielten sogar mit Maschinenpistolen auf die Ruine. Kurz riefen sie einen Gruß in ihre Richtung und spurteten weiter. Das Rauschen der Brandung wurde lauter und plötzlich standen sie vor einem gähnenden Abgrund, der gut fünfzig Meter abfiel bis zum Meer.

„Da unten ist kein Boot", sagte Nick und spähte hinunter.

„Vielleicht ist es noch in der Navy-Anlage. Von hier oben kann man den Tunnel nicht sehen", meinte Charlotte.

„Willst du da wirklich runterklettern?" erkundigte sich Nick beeindruckt.

„Klar, oder hast du etwa Höhenangst?"

„Nein, Charlie, aber die Klippen sind verdammt steil."

Die versammelten Constables aus Newhaven murmelten unverständlich und nickten zustimmend.

„Was für mutige Männer ihr doch seid", spottete Charlotte. „Ich klettere hinunter. Schlagt bloß nicht zu viele Wurzeln", ergänzte sie und fing an herunterzuklettern.

Nick und die anderen Polizeibeamten schauten sich schuldbewußt an.

„Gut, ist ja gut. Klettern wir eben die verdammten Klippen runter", willigte Nick ein und begann ebenso herunterzuklettern.

Die drei Constables machten keinen Wank. Einer von ihnen, auf seiner schwarzen Uniformjacke stand über der linken Brust mit grauweißem Garn eingestickt, Constable R. Keeton, sprach für sie: „Wir bleiben hier oben und geben Ihnen Feuerschutz, Sergeant Warton."

„Feuerschutz", wiederholte Nick ironisch, während er weiter abstieg. Vorsichtig versuchte er Charlotte einzuholen, die einen Vorsprung hatte. Unten war die Felswand ein wenig feucht und an manchen Stellen rutschig, was von der Gischt der Wellen kam, die manchmal meterhoch an die Klippen schlugen. Sie fanden eine Art Felskante, die kaum breit genug war, um darauf zu stehen. Fünf Meter unter ihnen wogte das Meer.

„Ich sehe keinen Tunnel und auch keine Höhle. Steeler muß sich geirrt haben. Wenn hier ein Tunnel war, hat ihn die Navy bei ihrem Abzug gesprengt", spekulierte Nick.
Sein Blick blieb auf seinen dunkelbraunen Polizeischuhen und den Wellen darunter haften, als knapp daneben ein spitzer weißer Rumpf scheinbar direkt aus dem Felsen hinausfuhr. Der Rumpf wurde immer länger und sehr schnittig. Er konnte mit offenem Mund Details des oberen Decks der Yacht erkennen. Stromlinienförmig verlief der Rumpf langsam in die verglaste Steuerkabine, und die drei 550 PS Volvo-Bootsmotoren hörten sich so an, wie angriffslustige knurrende Löwen.
„Wir stehen direkt darüber", flüsterte Charlotte völlig überrascht und beinahe schon ehrfurchtsvoll.
Behutsam wurde die Luxusyacht aus dem Navy-Stützpunkt manövriert. Die abgerundete keilförmige Steuerkabine mußte an die zwei Meter hoch sein und passe nur knapp durch den Ausgang. Weit im Hintergrund ertönte abermals das *tak tak tak* von Kalaschnikows, gefolgt von Salven aus Maschinenpistolen, die Constables hatten wohl den Schießbefehl erhalten.
„Wie können die Spaghettis in der Ruine und gleichzeitig auf der Yacht sein?" fragte Charlotte verständnislos.
„Die Itaker haben sich aufgeteilt!" stellte Nick verblüfft fest.
„Scotchford hatte recht, die Halunken wollten uns nur hinhalten und Zeit gewinnen. Nur deswegen schossen sie auf uns, und deswegen riefen sie bei der Presse an, um noch mehr Zeit zu gewinnen", folgerte Nick.
„Stimmt. Ich kann mir ungefähr vorstellen, wer da in der Yacht sitzt und wer oben auf der Ruine die Polizisten beschießt. Oder sollte ich sagen, beschäftigt?"
„Spielt im Moment keine Rolle, wie du das sagst. Wir haben nur eine einzige Chance, die Itaker zu erwischen, und das ist auf die Yacht zu springen und sie zu überwältigen."
„Ich bin mit dabei. Sollen wir gleich auf die Steuerkabine springen?"

„Nein, Charlie, darauf finden wir keinen Halt, und wenn die Yacht beschleunigt, fliegen wir ins Meer. Wir warten, bis die Steuerkabine draußen ist, dann springen wir auf das hintere Deck. Ist ein wenig tiefer, doch ich glaube, wir schaffen den Sprung."
Charlotte sah Nick zweifelnd an: „Das werden mehr als neun Fuß."
„Ich weiß, aber wenn dieses Ding erst einmal richtig beschleunigt, holt es vermutlich nicht einmal mehr die Navy ein. Und wenn die Yacht außerhalb der Dreimeilenzone ist, haben die Itaker gewonnen. Sobald die Yacht in internationalen Gewässern ist, gilt kein britisches Recht mehr, sondern das Seerecht. Wie willst du den ehrenwerten Signore Ludovisi dann verhaften?"
„Der Hurensohn hat sich seine Flucht gut ausgedacht", bestätigte Charlotte.
Das Heck kam aus dem Felsen zum Vorschein und Nick rief: „Spring!"

14

Roberto Ludovisi stand neben seinem Kapitän in der Steuerkabine der Maltesa. Seine Yacht hatte den felsartigen Tunnel der Navy-Anlage fast durchfahren, und er dachte bereits, daß sein Ablenkungsmanöver perfekt funktionieren würde, als etwas gut hörbar hinter ihm auf das Heck der Yacht fiel. Er drehte sich um. Die Kabinentüre war verschlossen, und durch ihr kleines rundes Bullauge konnte man nur wenig auf dem Deck erkennen.

„Was ist da hinten los?" fragte ihn Alberto Linno, der weißbärtige Kapitän.

Der Seemann zog seine Mütze tiefer ins Gesicht, was er sonst ausschließlich in dem Fall tat, wenn rauhes Wetter aufzog. Linnos andere kräftige Hand blieb auf dem Steuerrad und hielt den Kurs. Es reizte ihn, endlich die Hebel für das Gas hochzuschieben und von diesem unfreundlichen Ort zu verschwinden. Linno, der, bevor er für Ludovisi arbeitete, dünnhäutige Öltanker über die Ozeane geschippert hatte, mochte die verstaubte stillgelegte Navy-Anlage nicht. Und für die felsigen Klippen und Untiefen vor der Anlage hatte er ebenfalls nicht viel übrig. Beinahe gleich viel wie für seine Gäste, so nannte sie Signore Ludovisi, die auf einer weißen Lederbank neben ihm in der Steuerkabine saßen. Eine blonde und eine schwarzhaarige Frau, beide sehr hübsch und sehr jung. Sehr jung, von seinem Standpunkt aus, denn Linno war siebenundsechzig Jahre alt. Die dritte Frau kannte er, es war Signorina Rossi, welche neben Ludovisi stand und gelegentlich beschämt zu den anderen Frauen blickte. Möglicherweise weil diese an den Händen gefesselt waren. Es hätte ihn beruhigt, wenn sie zum Beispiel in der Kombüse etwas zu essen gekocht und ihn nicht beim Manövrieren der Yacht ständig begafft hätten. Solche Blicke brachten nur Unglück. Generell brachten Frauen in einer Steuerkabine nur Unglück, das war schon immer so gewesen und so fest in Linno verankert, wie tonnenschwere Anker im tiefen Atlantik.

„Maledetto, ich weiß nicht. Ich sehe nach", antwortete sein Capo und zog aus seiner Jackentasche eine Walther PPK. Ludovisi entsicherte die Pistole. Als er aus der Kabinentüre trat, in der rechten Hand die Walther haltend, sah er auf dem Hinterdeck der Maltesa einen Mann und eine Frau, welche gerade von dem weißen Plankenboden aufstanden. Völlig überrascht stellte Ludovisi fest, daß sie von den Klippen heruntergeklettert sein mußten und bei einer günstigen Gelegenheit auf seine Yacht gesprungen waren. Es mußten eindeutig Polizisten sein, obschon sie keine Uniformen trugen, was Ludovisi in diesem Augenblick noch schlimmer vorkam. Blitzschnell richtete er seine Pistole auf sie. Die Polizisten blickten ihn ängstlich an und hoben ihre Arme in die Höhe. Ein finsteres Lächeln umspielte Ludovisis Lippen. Gerade wollte er sie höflich fragen, ob sie schwimmen konnten, da zerbarsten laute Schüsse seine Überheblichkeit. Jemand beschoß von oben seine Maltesa. Die Kletterer waren nicht alleine gekommen, wurde ihm schlagartig bewußt.

„Maledetto!" schrie er abermals und hechtete zurück in die sichere Kabine, während Nick und Charlotte niederkauerten, um den Schüssen der drei Constables aus Newhaven kein Ziel zu bieten. Jedoch trafen die Schüsse ausschließlich den vorderen Teil der Yacht. Und Nick war jetzt überaus froh über den von ihm anfänglich ironisch kommentierten Feuerschutz.

In der Kabine griff sich Ludovisi die gefesselte Adele, zog sie an sich und befahl: „Kommen Sie mit! Ich werde Ihren Freunden eine Lektion erteilen!"

Dann erkundigte er sich hektisch beim Kapitän: „Wie lange brauchen wir, bis wir aus der Fahrrinne sind?"

Die Fahrrinne wurde von der Royal Navy im Ersten Weltkrieg freigesprengt, damit ihre U-Boote gefahrlos in die geheime Anlage fahren konnten. Später, knapp vor dem Zweiten Weltkrieg, wurde sie weiter verbreitert, so daß auch neuere, größere Konstruktionen durch sie hindurch kamen. Neben der Fahrrinne war ein Weiter-

kommen wegen der zahlreichen Riffe fast unmöglich. Aber auch in der Fahrrinne mußte man vorsichtig navigieren.
„Ich schätze fünf Minuten", sagte Linno nervös.
„Was ist da draußen los?" wollte Serena eingeschüchtert wissen. Die Warnschüsse hatten bei ihr ihre Wirkung nicht verfehlt.
„Ein paar Bullen sind hinten auf das Deck gesprungen. Keine Angst, ich kümmere mich um sie. Du bleibst hier bei Linno. Alberto, sobald wir aus der Fahrrinne sind, gibst du Vollgas. Capito?"
Linno nickte zur Bestätigung, seine Augen lasen weiter die Fahrrinne.
„Miss Balabushka, Sie gehen voraus. Ich möchte den Polizeibeamten Ihr hübsches Gesicht nicht vorenthalten", meinte Roberto hämisch.
Veronica erhob sich von der Lederbank, was mit nach vorne gefesselten Händen schwierig war. Das grüne Klebeband preßte ihre Handknöchel stark zusammen, ähnlich wie bei Adele. Nachdem sie unwillig aufgestanden war, warf Veronica Ludovisi einen schneidenden Blick zu, vermied jedoch jeden kritischen Kommentar, denn sie wollte die Situation nicht noch zusätzlich verschlechtern.
„Warten Sie! Miss Lord, nehmen Sie die Schatulle vom Kajütentisch. Ich will den Scheißbullen vorführen, was den Teesäufern endgültig abhanden kommt."
Adele nahm das schwere Kästchen aus Lapislazuli vom braunen Kajütentisch, hinter dem nun Serena Rossi als einzige auf der weißen Lederbank saß. Das Gewicht zog Adeles Hände nach unten.
„Bene. Es wird Zeit, die Bullen loszuwerden. Avanti, meine Damen!" befahl Roberto und stieß Veronica in Richtung Kabinentüre. Er preßte seine Walther PPK in den Rücken von Adele und forderte: „Avanti, avanti!"
Die Freundinnen verließen die Kabine der Luxusyacht, hinter ihnen ging Ludovisi. Vor ihnen erkannten sie die bekannten Gesichter von Nick Warton und von Charlotte Angel, welche unterdessen ihre Dienstwaffen gezogen hatten und auf den Gangster zielten. Die vertrauten Gesichter der Polizisten beruhigten sie ein wenig, doch

die dunklen Pistolen zerstörten dieses Gefühl gleich wieder. Ludovisis linker Arm umklammerte von hinten Adeles Hals, während seine rechte Hand die Walther an ihre Schläfe hielt.

„Mister Ludovisi, machen Sie nicht den gleichen Blödsinn wie Ihr Gorilla Carlo. Dieses Mal lasse ich kein Kidnapping mehr zu", versprach Nick.

Roberto Ludovisi wunderte sich zuerst, woher der Bulle Carlo kannte, dann begann er jedoch sehr schnell die Zusammenhänge zu begreifen: „Mister Warton und Miss Angel – wie Sie sehen, kenne ich Ihre Namen ebenfalls. Und ich gratuliere Ihnen, daß Sie meine kleine List durchschaut haben. Trotzdem, beeindruckt bin ich davon nicht, also werfen Sie jetzt besser Ihre nutzlosen Pistolen ins Meer."

„Wir sind nicht Ihre Hampelmänner, Mister Ludovisi. Uns geben Sie keine Befehle. Merken Sie nicht, daß Ihr Spiel aus ist? Endgültig aus ist?" entgegnete Nick und machte keinerlei Anstalten, seine Dienstwaffe herunterzunehmen. Charlotte tat es ebenso wenig.

Eine Weile blieb Ludovisi stumm, ungefähr so lange, bis er dachte, die Maltesa wäre durch die Fahrrinne. Sobald sie durch wäre, würde Linno die Gashebel heraufschieben und die unerwartet ruckartige Beschleunigung würde die Polizisten von ihren Beinen holen, wahrscheinlich würden sie gleich über Bord fliegen, weil sie jetzt schon sehr weit hinten und in der Nähe der Reling standen. Seine Yacht war eine der schnellsten in ganz Italien, und das würden die Bullen zu spüren bekommen. Aber die rasante Beschleunigung blieb aus – vorerst.

„Gar nichts ist aus, Mister Warton. Der Diamant gehört mir! Mir alleine!" rief Ludovisi, seine Stimme hatte einen gierigen Unterton. Er drückte den Arm stärker um Adeles Hals, wie eine Würgeschlange, die ihren Druck erhöht. „Los, Miss Lord, heben Sie die Schatulle hoch!" verlangte Roberto.

Adele versuchte das Kästchen über die Höhe ihres Bauches zu stemmen. Es gelang ihr nur mit größter Kraftanstrengung.

„Da drinnen ist der sagenhafte Wikingerdiamant, Mister Warton. Der Edelstein wird mich potent und unglaublich mächtig machen. Und Sie werden ein elender verdammter Scheißbulle bleiben, in Ihrem kalten Scheißengland. Das kann ich Ihnen garantieren!" rief Roberto zornig.

„Sie klingen wie ein Verlierer, Mister Ludovisi. Ganz genau gesagt, klingen Sie wie ein verrückter impotenter Verlierer!" rief Nick retour.

„Maledetto bastardo!" fluchte Roberto und gab Veronica neben ihm einen blitzschnellen harten Stoß, bevor er seine rechte Hand mit der Walther wieder an Adeles Schläfe hielt. Der unverhoffte Stoß kam völlig überraschend für Veronica und ihre gefesselten Hände konnten ihn nicht ausgleichen. Sie stieß einen erschrockenen Schrei aus, als sie seitwärts über die niedrige Reling ins eiskalte Wasser fiel.

Triumphierend schaute Ludovisi zu den Polizisten und fragte sie verhöhnend: „Wer ist jetzt der verrückte Verlierer, Mister Scheißbulle?"

Nick und Charlotte blickten sich gegenseitig an, die Dienstpistolen weiterhin auf Ludovisi und seine Geisel gerichtet.

„Glaubst du, sie schafft es?"

„Willst du es ausprobieren?" erkundigte sich Charlotte und machte gleich einen Hechtsprung Veronica hinterher. Im Wasser kraulte sie zu Veronica zurück, die bereits gute zwanzig Meter von ihr entfernt war. Die hilflos aussehenden Versuche von Veronica, sich an der Wasseroberfläche zu halten, machten Charlotte klar, daß sie richtig gehandelt hatte.

„Jetzt bleiben nur noch Sie übrig, Mister Scheißbulle. Also nochmals, werfen Sie die Kanone weg, oder Ihre hübsche Modelfreundin hat ein Loch mehr im Kopf!"

Nick überlegte ernsthaft, ob er der Forderung des Mafiosos nachgeben sollte, schließlich war er nun in der Unterzahl, wenn man den Kapitän der Yacht mit berücksichtigte und die im Moment aussichtslose Situation rekapitulierte. Da eröffneten die Constables aus Newhaven erneut das Feuer und trafen, wahrscheinlich unbeabsichtigt,

die stromlinienförmige Steuerkabine. Bedrohlich tief grollend kamen die Bootsmotoren auf Touren und das Heck der Maltesa wurde heruntergedrückt, während ihr Bug kurz in die Höhe ging. Fast aus dem Stand heraus beschleunigte die weiße Sportyacht und jagte auf das offene Meer hinaus. Zur Verwunderung von Ludovisi schien Nick damit gerechnet zu haben, denn er stemmte sich gegen den reißenden Fahrtwind.
„Bene, Mister Scheißbulle, werfen Sie endlich die Kanone weg!"
„Darauf kannst du lange warten, dreckiger Itaker!"
„Stupido, kannst du nicht schwimmen, oder willst du mich wie Miss Lord nach Rom begleiten?" fragte Roberto hämisch.
Adele wurde plötzlich klar, was der Gangster mit ihr vorhatte und sie schrie: „Nein! Nein! Nein!" Sie begann sich zu winden und warf in ihrer Verzweiflung das Kästchen aus Lapislazuli weit von sich. Ungläubig sah Ludovisi, wie das Kästchen durch die Luft flog und auf dem Meer aufschlug. Sofort ging es unter. Rasend schnell ließ die Maltesa die Stelle hinter sich, wo das Kästchen untergegangen war. Bald war sie bloß noch eine Stelle wie jede andere auf der unruhigen Wasseroberfläche. Und viele Wellen verwischten die exakte Erinnerung, wo sie ungefähr gewesen sein könnte.
„Sie ... Sie verdammte Hure!" stieß Roberto wütend aus. Er löste den Griff um Adeles Hals und drehte sie zu sich. Ihre Mimik zeigte Furcht, gepaart mit einer trotzigen Widerspenstigkeit. Ludovisi holte aus und schlug ihr zornig seine Revolverhand ins Gesicht. „Puttana!" schrie er dazu, als der Schlag Adele heftig traf und der große Schwung ihren Kopf einen Augenblick lang verdrehte.
Nick bekam kein freies Schußfeld, so sehr er sich das auch wünschte und so sehr er auch gerne geschossen hätte. Doch es hinderte ihn nicht daran zu fordern: „Aus dem Weg, Miss Lord! Ich erschieße den Mistkerl!"
Der Bulle meint es ernst, wurde Ludovisi bewußt und seine Augen weiteten sich kurz. Er gab Adele vor sich einen heftigen Stoß, genau wie er ihn zuvor Veronica gegeben hatte. Adele stolperte rückwärts gegen Nick, der sie aufzufangen versuchte. Aber die Rücklage von

Adele war zu stark und so fielen beide über die röhrenden Volvo-Bootsmotoren und danach in das aufgewühlte Kielwasser. Erleichtert stellte Adele fest, daß sie die messerscharfen Propellerblätter der Motoren verfehlt hatten. Es war lange her, seit sie das letzte Mal schwimmen gegangen war und ihre gefesselten Hände verhinderten geordnete Schwimmbewegungen. Zudem raubte ihr das eiskalte Wasser fast den Atem. Vom Polizeibeamten fehlte jede Spur und die Yacht des Gangsters wurde immer schneller zu einem winzigen, verschwommenen Punkt am Horizont. Ein Gefühl der Verlassenheit nahm von ihr Besitz, bis plötzlich etwas unter Wasser ihre Arme streifte und sie zutiefst erschrak. Beim Gedanken, was das vielleicht für ein monströses Tier sein könnte, bekam sie unglaubliche Angst. Da tauchte vor ihr ein Kopf aus dem Wasser. Es war der Kopf von Nick Warton: „Alles in Ordnung, Miss Lord?" fragte er.
„Müssen Sie mich so erschrecken?" entgegnete Adele vorwurfsvoll.
„Bitte verzeihen Sie. Ich habe nur einen kleinen Tauchgang gemacht. Ich trage nämlich stets ein Messer an meiner Wade. Das übernahm ich von meiner Ausbildung bei den Special Forces. Ist eine reine Vorsichtsmaßnahme."
„Bei den Special Forces?"
„Ja, war vor meiner Zeit bei Scotland Yard", erklärte Nick.
„All right", sagte Adele und streckte Nick so gut sie konnte ihre gefesselten Hände entgegen. Vorsichtig begann Nick das Klebeband durchzuschneiden und Adele riß es danach schmerzhaft von ihren Handgelenken.
„Glauben Sie, der Halunke macht kehrt?"
„Nein, den ehrenwerten Signore sehen wir vermutlich nie wieder – und seinen merkwürdigen Wikingerdiamanten ebenfalls. War eine ausgezeichnete Idee von Ihnen, den Diamanten fortzuwerfen, das hat Ludovisi total durcheinander gebracht."
„Danke für die Blumen", meinte Adele und sah im Gesichtsausdruck von Nick unverhohlene Bewunderung. Einen Moment lang

genoß Adele seine Blicke, denn sie war sich mehr als sicher, daß sie die Blicke verdient hatte.

„Wir sollten zurückschwimmen, solange wir nicht zu stark unterkühlt sind. Ich hoffe, Sie sind eine gute Schwimmerin", unterbrach Nick die Pause.

„Es ist eine Weile her, aber ich glaube, ich schaffe die Strecke bis zur Küste."

„Sie müssen, Miss Lord, Sie müssen", betonte Nick.

15

In einem flachen Bogen flog das Kästchen aus Lapislazuli durch die Luft und klatschte auf die wogende See. Es versank, ging langsam immer weiter unter. Seine blaue Farbe leuchtete in der durchsichtigen Umgebung, die ein bißchen heller gefärbt war. Wasser drang in das Kästchen und der rote Samt darin sog sich voll damit. Kleine Luftblasen entwichen aus dem Kästchen und stiegen an die Oberfläche. Sie lockten einen Schwarm Sardinen an, der das seltsame Objekt näher untersuchte, bis die Tiefe sogar ihnen zu tief wurde. In der Dunkelheit darunter regte sich ein riesiger Schatten, erwacht von den Flossenschlägen des Schwarms. Der graue Schatten schoß nach oben, sein breites zähnebesetztes Maul schnappte auf – und das Kästchen verschwand in seinem Rachen.

ENDE